# LES ENFANTS DE LA VOLGA

DU MÊME AUTEUR
CHEZ LE MÊME ÉDITEUR

*Zouleikha ouvre les yeux* (2017)

Gouzel Iakhina

# LES ENFANTS DE LA VOLGA

Traduit du russe
par Maud Mabillard

LES ÉDITIONS NOIR SUR BLANC

Titre original : *Deti moi*



Published by arrangement with ELKOST Intl. Literary Agency



ISBN : 978-2-88250-694-8

# Note

Tout comme *Zouleikha ouvre les yeux*, le précédent livre de Gouzel Iakhina, *Les Enfants de la Volga* est un récit très romanesque, mais qui se réfère à des jalons historiques précis.

Il s'agit ici de l'histoire des Allemands de la Volga, venus dès la seconde moitié du XVIII$^{e}$ siècle, sur l'invitation de la tsarine Catherine II, cultiver les rives du fleuve russe dans les environs de l'actuel Saratov, et qui ont conservé leur langue et leur culture jusqu'au milieu du XX$^{e}$ siècle.

À la fin du XIX$^{e}$ siècle, suite à des pressions de la Russie tsariste pour les forcer à s'assimiler, une partie des Allemands de la Volga a émigré en Amérique.

Après la révolution, la nouvelle organisation bolchevique a d'abord semblé jouer en leur faveur : en 1918, un territoire autonome allemand a été créé sur décret de Lénine. En 1924, ce territoire est devenu la « République socialiste soviétique autonome des Allemands de la Volga ».

Dans les années 1920-1930, tout comme les autres habitants de l'URSS, les Allemands de la Volga ont souffert des réquisitions de céréales et de bétail (1919-1920) et de la guerre civile (1917-1922), ainsi que de la famine (1921-1922), ce qui provoqua la fuite de nombreux habitants, notamment vers l'Allemagne. Il y eut ensuite une reprise des réquisitions (dès 1928), la collectivisation (dès 1929), une nouvelle famine (1932-1933) ainsi que de nombreuses répressions, qui culminèrent avec les grandes purges staliniennes (1937-1938).

Deux mois après l'invasion allemande en URSS (1941), Staline, craignant que les Allemands locaux ne s'allient avec l'armée nazie, ordonna la déportation immédiate et massive de tous les Allemands de la Volga vers la Sibérie ou le Kazakhstan.

Après la guerre, contrairement à d'autres peuples déportés par Staline, les Allemands ne sont jamais rentrés sur leurs terres près de Saratov. Les noms des villages ont été russifiés, et seuls quelques bâtiments (par exemple des églises protestantes) témoignent encore de deux siècles d'histoire « allemande » sur les bords de la Volga.

Maud MABILLARD

LA VOLGA
Saint-Pétersbourg
Tver
Volga
Iaroslavl
Nijni
Novgorod
MOSCOU
Oka
Riazan
Kazan
Kama
Perm
Oufa
Oulianovsk
Samara
Penza
Volga
Oural
Saratov
Engels
Région des
Allemands
de la Volga
Don
Volgograd
Astrakhan
mer
Caspienne

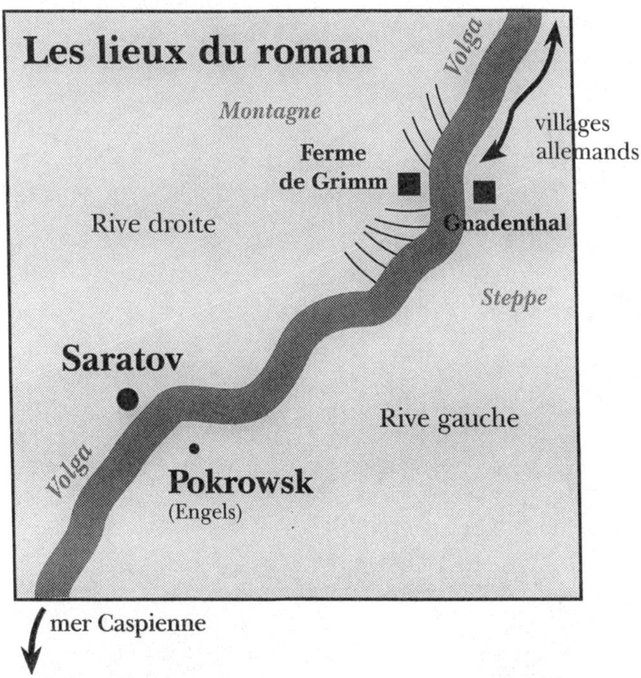
Les lieux du roman
Volga
Montagne
villages
allemands
Ferme
de Grimm
Rive droite
Gnadenthal
Steppe
Saratov
Rive gauche
Volga
Pokrowsk
(Engels)
mer Caspienne

*À mon grand-père,*
*enseignant d'allemand*
*dans une école de village*

# UNE ÉPOUSE

# 1

La Volga divisait le monde en deux.

La rive gauche, basse et jaune, s'étendait toute plate jusqu'à la steppe, là où le soleil se levait chaque matin. La terre, de ce côté, était d'un goût amer, trouée par les *souslik*[1] ; les herbes poussaient hautes et drues, les arbres – trapus et rares. Champs et melonnières couraient vers l'horizon, bariolés comme une couverture bachkire. Des villages s'éparpillaient au bord de l'eau. La steppe exhalait un air brûlant, épicé, de désert turkmène et de Caspienne salée.

Personne ne savait comment était la terre sur l'autre rive. Des montagnes puissantes s'élevaient au-dessus du fleuve, puis retombaient à pic dans l'eau sombre, comme coupées au couteau. Le sable ruisselait sur les falaises, glissant entre les rochers, mais les montagnes ne se tassaient pas pour autant, et devenaient chaque année plus abruptes et plus imposantes : d'un vert tirant sur le bleu en été, à cause des forêts ; blanche en hiver. Le soleil se couchait derrière ces hauteurs. Quelque part au loin, au-delà des montagnes, s'étendaient d'autres forêts, fraîches futaies de feuillus et bois denses de conifères ; de grandes villes russes avec des kremlins de pierre blanche ;

1. Petits rongeurs de la steppe, entre la marmotte et l'écureuil (appelés aussi spermophiles). *(Toutes les notes sont de la traductrice.)*

des marais ; des lacs d'eau glacée d'un bleu translucide. Il venait toujours un vent frais de la rive droite : c'était le souffle de la lointaine mer du Nord, que certains appelaient encore, à l'ancienne, la « Grande Mer allemande ».

Le Schulmeister[1] Jakob Ivanovitch Bach percevait cette division invisible juste au milieu du fleuve miroitant, là où les eaux prenaient des éclats d'acier et d'argent noirci. Cependant, les rares villageois auxquels il avait confié ses étranges idées étaient restés perplexes, ayant tendance à considérer Gnadenthal[2] plutôt comme le centre de leur petit univers entouré de steppes que comme une frontière. Bach avait préféré ne rien répliquer : toute expression de désaccord était pour lui une source de douleur morale. Il souffrait même lorsqu'il faisait la leçon à un élève négligent pendant un cours. C'est peut-être la raison pour laquelle il était considéré comme un enseignant médiocre. Bach avait une voix assourdie, un corps malingre, et une apparence si peu remarquable qu'il n'y avait résolument rien à en dire. Tout comme il n'y avait rien à dire sur sa vie en général.

Chaque matin, Bach s'éveillait à la lueur des étoiles. Allongé sous son édredon matelassé en plumes de canard, il écoutait le monde. Les bruits légers, confus, de la vie qui s'écoulait quelque part autour de lui et au-dessus de lui, le rassuraient. Les vents se promenaient sur les toits : lourds en hiver, chargés de neige et de grumeaux glacés, bondissants au printemps, gorgés d'humidité et d'électricité céleste, ralentis en été, secs, traînant avec eux poussière et graines de stipes. Des chiens aboyaient, saluant leurs maîtres sur le perron. Le bétail mugissait sur le chemin de l'abreuvoir (un colon consciencieux ne fera jamais boire son bœuf ou son chameau avec de l'eau de la veille ou de la neige fondue dans un seau, mais le mènera à la Volga pour le désaltérer – avant même de prendre son petit-déjeuner, ou de commencer toute autre activité). Dans les cours, les femmes chantonnaient, puis entonnaient des complaintes villageoises – pour égayer le matin froid, ou peut-être simplement pour ne pas s'endormir. Le monde respirait, crépitait, sifflait, mugissait, piaffait, tintait et chantait à plusieurs voix.

---

1. Maître d'école (all.).
2. Litt. « Vallée de la Grâce » (ou : Val de Grâce).

Les bruits de la vie de Bach étaient, eux, si rares et si négligeables qu'il avait perdu l'habitude de les entendre. L'unique fenêtre de la chambre tremblait sous les assauts du vent (cela faisait plus d'une année qu'il aurait dû serrer le carreau contre le cadre, et bourrer l'interstice de poils de chameau). Le tuyau du poêle, qui n'avait pas été décrassé, crépitait sans cesse. Une souris grise sifflait de temps en temps derrière le poêle (quoique ce ne fût peut-être qu'un courant d'air entre les planches, la souris pouvait être morte depuis longtemps, avoir servi de nourriture aux vers). Et c'était tout. Écouter le *vaste monde* était bien plus intéressant. Parfois, à force d'écouter, Bach en arrivait à oublier qu'il faisait lui-même partie de ce monde ; qu'il aurait pu, lui aussi, sortir sur le perron et se joindre au chœur des voix : chanter quelque chose d'une voix forte, un couplet crâne, comme le « *Ach, Wolge, Wolge* !... » des colons, ou faire claquer la porte d'entrée, ou, à défaut, simplement éternuer. Mais Bach préférait écouter.

À six heures du matin, habillé et coiffé, il était déjà devant le clocher de l'école, sa montre de gousset à la main. Attendant le moment où les aiguilles ne formaient plus qu'une ligne – l'aiguille des heures sur le six, celle des minutes sur le douze –, il tirait de toutes ses forces sur la corde, et la cloche de bronze tintait sourdement. Avec les années, Bach avait acquis une telle maîtrise dans cet exercice que la cloche sonnait au moment précis où l'aiguille des minutes atteignait le zénith sur le cadran. L'instant d'après – Bach le savait – tous les habitants de la colonie se retournaient à ce bruit, enlevaient leur casquette ou leur chapeau et chuchotaient une courte prière. Un nouveau jour commençait à Gnadenthal.

Selon ses obligations, le Schulmeister devait faire sonner trois fois la cloche : à six heures du matin, à midi et à neuf heures du soir. Bach estimait que le son de la cloche était sa seule contribution digne de ce nom à la symphonie du monde.

Il attendait que la dernière vibration s'éteigne dans le corps de la cloche, puis revenait en courant à la Schulhaus[1]. L'école était construite en solides rondins venus du Nord (les colons achetaient du bois des monts Jigouli, ou même de la

1. L'école (all.).

province de Kazan, acheminé par flottage sur la Volga). Son soubassement, en pierre, était renforcé par un torchis ; un toit en tôle, selon la nouvelle mode, avait remplacé l'ancien toit de planches desséchées. Chaque printemps, Bach peignait le cadre des fenêtres et la porte dans un bleu ciel lumineux.

La bâtisse était longue, alignant six grandes fenêtres de chaque côté. Presque tout l'espace intérieur était occupé par la classe, au fond de laquelle on avait isolé, derrière une paroi, une cuisinette et la chambre de l'instituteur. Le poêle principal trônait au milieu de la paroi. Sa chaleur ne suffisait pas à chauffer la large pièce, et trois petits poêles de fer se relayaient encore le long des murs, répandant une perpétuelle odeur de métal dans la classe : de fer chaud en hiver, en été – de fer mouillé. La chaire du Schulmeister s'élevait à l'autre bout de la classe, présidant aux rangées de bancs des élèves. Le premier rang – dit « des ânes » – accueillait les plus petits et les élèves dont la conduite ou l'attention ne satisfaisait pas l'instituteur ; les élèves plus âgés s'installaient derrière eux. La salle de classe comportait encore : un grand tableau noir ; une armoire bourrée de papier et de cartes géographiques ; quelques règles assez pesantes (elles servaient plus souvent à corriger les élèves qu'à tracer des traits) et un portrait de l'empereur russe, qui était apparu sur ordre exprès de l'inspection scolaire. Il faut dire que ce portrait avait été source de nouveaux soucis : après son acquisition, le conseiller Peter Dietrich avait dû abonner le village à un journal pour éviter – Dieu les en préserve ! – de passer à côté d'un changement d'empereur dans la lointaine Pétersbourg, les mettant dans l'embarras face à l'inspection suivante. Auparavant, les nouvelles de la Russie russe arrivaient avec un tel retard à la colonie qu'on aurait cru Gnadenthal situé non dans la région de la Volga, mais quelque part aux confins de l'immense empire, et de tels embarras étaient parfaitement envisageables.

À une époque, Bach avait rêvé d'orner le mur d'une image du grand Goethe, mais il avait dû y renoncer. Julius Wagner, le meunier, qui se rendait régulièrement à Saratov pour des affaires liées à son entreprise, avait promis, cochon qui s'en dédit, de « dénicher l'homme de plume s'il traînait sur un quelconque étal de la ville ». Mais, étant donné que le meunier n'éprouvait aucune passion pour la poésie et qu'il ne se représentait que très vaguement l'apparence de son génial compatriote, il avait été victime d'une tromperie perfide : en guise de Goethe, une fripouille de fripier lui avait refilé un assez mauvais portrait d'un aristocrate languide en col de dentelle, aux moustaches fournies et à la barbe pointue, qui aurait pu à la rigueur passer pour Cervantès, et encore : à condition d'être mal éclairé. Anton Fromm, le peintre de Gnadenthal, réputé pour ses décorations de coffres et de vaisseliers, avait proposé de masquer les moustaches et la barbe et d'ajouter au bas du portrait, juste sous le col en dentelle, « Goethe » en grosses lettres blanches, mais Bach avait refusé la fraude. La Schulhaus s'était donc passée de Goethe, et le malheureux portrait avait été offert au peintre, à sa demande instante, comme *source d'aspiration.*

... Ayant accompli son devoir de cloche, Bach allumait le poêle pour chauffer la classe avant la venue des élèves, et courait dans sa cuisinette prendre le petit-déjeuner. En vérité, il aurait été incapable de dire ce qu'il mangeait ou buvait, pour l'excellente raison qu'il n'y prêtait pas la moindre attention. Nous pouvons cependant affirmer avec certitude qu'il buvait, en lieu et place du café, « un liquide roux qui ressemblait à du pipi de chameau ». C'est exactement ce qu'en avait dit Dietrich, quand, cinq ou six ans plus tôt, il était passé voir le Schulmeister de bon matin pour une affaire importante et avait partagé sa pitance. Depuis, le conseiller n'était plus jamais venu à l'heure du petit-déjeuner (et, il faut l'avouer, personne d'autre ne s'y était risqué), mais Bach avait retenu ces mots. D'ailleurs, ils ne le gênaient absolument pas : il éprouvait une grande sympathie pour les chameaux.

Les enfants arrivaient à la Schulhaus pour huit heures. Dans une main, ils tenaient une pile de livres, et dans l'autre – un tas de bois ou une brique de fumier séché (en plus du paiement de l'écolage, les colons contribuaient en nature à l'éducation de leurs enfants : ils aidaient à chauffer le poêle). Les cours duraient quatre heures jusqu'à la pause de midi, puis deux heures après. Les enfants manquaient rarement l'école : pour chaque absence d'une demi-journée, la famille de l'élève payait trois kopecks d'amende. Ils apprenaient l'allemand, le russe, l'écriture, la lecture, l'arithmétique ; le catéchisme et l'histoire biblique étaient enseignés par Adam Haendel, le pasteur de

Gnadenthal. Il n'y avait pas de division en plusieurs classes, tous les élèves étaient réunis : une année, ils étaient cinquante, une autre, jusqu'à soixante-dix. Parfois, le Schulmeister les séparait en plusieurs groupes qui avaient chacun des exercices différents, d'autres fois ils déclamaient et chantaient en chœur. Répéter tous ensemble la même matière était la méthode pédagogique la plus courante à Gnadenthal – et la plus efficace, pour un public aussi nombreux et indiscipliné.

Faisant la classe depuis des années, dont chacune rappelait la précédente et ne se distinguait par rien de particulier (sauf, peut-être, qu'on avait refait le toit l'année d'avant, et que des gouttes ne tombaient plus du plafond sur la chaire du Schulmeister), Bach était si bien habitué à prononcer les mêmes paroles et à lire les mêmes problèmes dans les manuels, qu'il avait appris à se dédoubler en pensée à l'intérieur de son corps. Sa bouche répétait telle règle syntaxique, sa main frappait mollement, avec la règle, la nuque d'un élève trop bavard, ses jambes le faisaient arpenter gravement la classe, mais ses pensées… les pensées de Bach somnolaient, bercées par sa propre voix et le balancement régulier de sa tête au rythme de ses pas mesurés. Quelque temps plus tard, il jetait un coup d'œil – il ne tenait plus le *Manuel de russe* de Wöllner, mais le livre de mathématiques de Goldenberg. Et ses lèvres marmottaient des phrases non pas sur les substantifs, les adjectifs et les verbes, mais sur les règles de calcul. Et il ne restait plus qu'un bref moment avant la fin des cours, un misérable quart d'heure. N'était-ce pas délicieux ?…

La seule matière qui redonnait à ses pensées leur ancienne fraîcheur et énergie, c'était l'allemand. Bach n'aimait pas se perdre dans les exercices d'écriture, il passait dès que possible à la partie dédiée à la poésie : Novalis, Schiller, Heine, les strophes tombaient en abondance sur les têtes hirsutes, comme l'eau des baquets un jour de *bania*.

Dans sa jeunesse, Bach avait été brûlé par l'amour de la poésie. Alors, il avait l'impression qu'il ne se nourrissait pas de galettes de pommes de terre et de gelée de pastèque, mais de ballades et d'hymnes. Il lui semblait aussi qu'il pourrait en nourrir tous ceux qui l'entouraient : c'est pourquoi il était devenu maître d'école. Aujourd'hui encore, en déclamant ses poèmes préférés pendant les cours, Bach ressentait un tremblement d'enthousiasme frais dans la poitrine, quelque part sous le cœur. Récitant, pour la millième fois, le *Chant de nuit du voyageur*[1], Bach regardait par la fenêtre et y apercevait tout ce que décrivait le grand Goethe : les puissantes et sombres montagnes sur la rive droite de la Volga et, sur la rive gauche, le repos éternel répandu sur la steppe. Et lui, Jakob Ivanovitch Bach, âgé de trente-deux ans, dans sa tunique usée d'avoir été trop portée, aux coudes rapiécés et aux boutons dépareillés, lui dont la calvitie naissante et les fines rides annonçaient déjà la vieillesse, qui était-il, sinon ce voyageur, fatigué, épuisé, et pitoyable dans sa peur face à l'éternité ?...

Les enfants ne partageaient pas la passion de leur pédagogue : leurs visages – espiègles ou concentrés, selon leurs tempéraments – prenaient, dès les premiers vers, une expression somnambulique. Le romantisme de Iéna et l'école de Heidelberg agissaient sur la classe mieux qu'un somnifère ; la lecture des poèmes pouvait, semble-t-il, être utilisée plus efficacement que les habituelles semonces et coups de règle pour calmer les élèves. Seules les fables de Lessing, qui décrivaient les aventures de héros familiers – cochons, renards, loups et alouettes – étaient susceptibles d'éveiller l'attention des plus curieux. Mais même ceux-ci perdaient vite le fil de l'histoire racontée dans un *haut allemand* austère et ampoulé.

Au milieu du XVIIIe siècle, les colons avaient apporté leurs langues avec eux, celles de leurs lointaines régions : la Saxe et la Westphalie, la Bavière, le Tyrol et le Wurtemberg, l'Alsace et la Lorraine, Baden et Hessen. Depuis, l'Allemagne s'était unifiée, et se nommait désormais fièrement « empire » ; ses dialectes avaient mijoté dans le même chaudron, comme des légumes dans un bouillon, dont des cuisiniers habiles – Gottsched, Goethe, les frères Grimm – avaient tiré un mets raffiné : l'allemand littéraire. Pendant ce temps, dans les lointaines colonies allemandes de la Volga, il n'y avait eu personne pour pratiquer la « haute cuisine », et les dialectes locaux s'étaient mélangés en une langue simple et honnête comme

---

1. « Sur tous les sommets est le repos ; dans tous les feuillages tu sens un souffle à peine ; les oiselets se taisent dans le bois ; attends un peu, bientôt tu reposeras aussi ! » (trad. Jacques Porchat ; Lermontov en a fait une traduction célèbre en russe).

une soupe à l'oignon. Avec cela, les colons comprenaient mal le russe : dans tout Gnadenthal, on ne trouvait pas plus d'une centaine de mots russes, retenus tant bien que mal des cours d'école. Il faut dire que, pour vendre ses marchandises à la foire de Pokrowsk, ces cent mots étaient tout à fait suffisants.

... Après les cours, Bach s'enfermait dans sa chambrette et avalait son déjeuner à la hâte. Il aurait pu manger sans verrouiller la porte, mais le verrou améliorait bizarrement les qualités gustatives de la nourriture, laquelle était généralement déjà froide, pour ne pas dire carrément glacée. Moyennant un salaire très modeste, la mère d'un élève apportait à Bach une bouillie de fèves, ou une écuelle de vermicelles au lait, restes du repas de la veille de leur nombreuse famille. Il aurait fallu, bien sûr, parler avec cette chère femme et lui demander d'apporter la nourriture si ce n'est chaude, du moins tiède, mais le temps manquait toujours. Le temps manquait aussi pour réchauffer lui-même son plat : la partie la plus fatigante de la journée, « l'heure des visites », allait commencer.

Après s'être soigneusement coiffé et encore une fois lavé, Bach descendait le perron de la Schulhaus pour se retrouver sur la place centrale de Gnadenthal, au pied de la majestueuse Kirche[1] en pierre grise, pourvue d'une vaste salle de prière aux fenêtres en ogive dentelée, et d'un clocher fin et aigu qui faisait penser à un crayon bien taillé. Il choisissait une direction – la Volga les jours pairs, l'autre côté les jours impairs – et marchait d'un pas pressé sur la rue principale, large et droite comme un coupon de drap bien lissé. Il passait devant des maisons de bois soignées, avec de hauts perrons et des fenêtres aux cadres colorés (les cadres ouvragés des fenêtres, à Gnadenthal, étaient *toujours* pimpants, peints en bleu ciel, rouge groseille ou jaune maïs). Il longeait des palissades en bois raboté, aux portails larges (pour les télègues et les traîneaux) et aux portes basses (pour les gens). Il dépassait des barques retournées, attendant les crues. Il croisait des femmes, au puits, munies d'une palanche pour porter les seaux. Il frôlait des chameaux attachés devant la baraque où l'on vendait du pétrole de lampe, traversait la place du marché, où poussaient trois énormes *karagatch*, des ormes noirs.

1. Église (all.).

Bach avançait si vite, faisait si bruyamment crisser ses bottes de feutre sur la neige ou patauger ses semelles dans la boue printanière, qu'on aurait pu penser qu'une dizaine d'affaires urgentes l'attendaient, dont aucune ne pouvait être remise au lendemain. C'était bien le cas.

D'abord, monter sur la bosse du Chameau et contempler la Volga s'étendant à l'horizon : quelle est, en ce moment, la couleur de ses vagues, sa transparence ? La brume monte-t-elle sur l'eau ? Combien de mouettes tournent au-dessus du fleuve ? Et les poissons, se tiennent-ils dans l'eau profonde, ou près de la berge ? Ça, c'était à la belle saison. Puis, en hiver : quelle est l'épaisseur de la couverture de neige sur le fleuve ? N'a-t-elle pas fondu quelque part, dénudant un coin de glace étincelant au soleil ?

Ensuite, descendre dans la ravine, passer le pont aux Patates, longer le ruisseau du Soldat, qui ne gelait pas même pendant les grands froids, boire une gorgée d'eau : son goût est-il toujours le même ? Jeter un œil aux trous aux Cochons, où les villageois prenaient l'argile des célèbres briques de Gnadenthal. (Au début, ils mélangeaient simplement l'argile avec du foin. Puis, un jour, par jeu, ils avaient ajouté du fumier de vache, et découvert que cette composition donnait aux briques une solidité de pierre. Cette découverte avait été à l'origine du proverbe local, « Un peu de merde ne fait pas de mal ».) Continuer sur la rive à la Réglisse, jusqu'au ravin des Trois Bœufs, où se trouvait le cimetière d'animaux du village. Puis, se hâter, franchissant le fossé aux Mûres et le vallon aux Moustiques, jusqu'au mont du Moulin et au lac du Pasteur, non loin de la tombe au Diable…

Si, au cours de ses « visites », Bach remarquait un quelconque désordre – un jalon renversé par une tempête de neige ou un support disjoint sur le pont –, il commençait immédiatement à souffrir. Son attention extraordinaire aux choses rendait la vie de Bach douloureuse, car il s'inquiétait de toute altération dans son monde habituel : son cœur, si indifférent aux élèves pendant les cours, devenait passionné et brûlant quand il s'agissait des objets et des détails du paysage de ses promenades. Bach ne faisait part à personne de ses observations, mais chaque jour, il attendait avec inquiétude que l'erreur soit réparée, et que le monde retrouve son état originel – suive son cours normal. Alors, il s'apaisait.

Les colons, voyant passer le Schulmeister, ses genoux éternellement pliés, son dos raide et sa tête enfoncée dans ses épaules voûtées, l'appelaient parfois pour discuter avec lui des progrès scolaires de leur progéniture. Mais Bach, essoufflé par sa marche rapide, répondait à contrecœur, par phrases courtes : le temps lui manquait. Pour le confirmer, il sortait sa montre de sa poche, la regardait d'un air navré et, hochant la tête, courait plus loin, écourtant hâtivement la discussion.

Il faut dire qu'il y avait encore une autre raison à sa hâte : Bach bégayait. Cette infirmité était apparue quelques années auparavant, et le Schulmeister en souffrait exclusivement en dehors de l'école. La langue exercée de Bach travaillait sans défaillir pendant les cours ; il prononçait sans la moindre hésitation de longs mots de *haut allemand* et s'élançait parfois, avec une facilité déconcertante, dans de telles tirades que certains élèves en avaient déjà oublié le début quand il arrivait à la fin. Or, cette même langue cessait d'obéir à son maître dès qu'il s'agissait de parler en dialecte avec les autres villageois. Sa langue était d'accord, par exemple, de réciter des passages entiers de la deuxième partie de *Faust*. Mais elle refusait obstinément de dire à la veuve Koch : « Votre galopin a recommencé ses blagues ! » ; elle se grippait, collait à son palais, comme un *Knödel* mal cuit. Bach avait l'impression qu'avec les années, son bégaiement augmentait, mais il lui était difficile de vérifier son soupçon : il parlait de plus en plus rarement aux gens.

Après ses « visites » (parfois le soleil se couchait déjà, ou la nuit était tombée depuis longtemps), fatigué et débordant de satisfaction, il rentrait cahin-caha chez lui. Ses pieds étaient souvent mouillés, ses joues fouettées par le vent brûlaient, et son cœur battait de joie : il avait mérité sa récompense quotidienne pour son dur labeur, « l'heure de lecture vespérale ». Ayant accompli son dernier devoir du jour (c'est-à-dire sonné la cloche de neuf heures), Bach jetait ses habits humides sur le poêle, réchauffait ses pieds dans une bassine de thym ébouillanté et, ayant bu de l'eau chaude en prévention d'un rhume, il se mettait au lit avec un livre – un vieux volume à la reliure cartonnée portant, sur sa couverture, le nom de l'auteur à demi effacé.

Les chroniques de la migration des paysans allemands en Russie racontaient les jours où, sur invitation de l'impératrice Catherine II, les premiers colons débarquèrent à Kronstadt. Bach était déjà arrivé au moment où la monarque apparaissait en personne sur le débarcadère pour saluer ses courageux compatriotes : « Mes enfants ! crie-t-elle d'une voix retentissante, caracolant sur son cheval devant des rangs de colons glacés par le voyage. Nouveaux fils et filles de la patrie russe ! C'est avec joie que nous vous prenons sous notre aile protectrice, en vous promettant soins et soutien ! En échange, nous attendons de vous le plus grand zèle, une obéissance de tous les instants, une application constante et une loyauté sans faille à votre nouveau pays ! Qui n'est point disposé à cela – qu'il reparte sur-le-champ ! Les cœurs pourris et les bras paresseux n'ont pas leur place en Russie ! »

Or, Bach ne parvenait jamais à aller au-delà de cette scène exaltante : sous l'édredon, son corps épuisé par la promenade se ramollissait comme une pomme de terre bouillie nappée d'huile brûlante ; ses mains qui tenaient le livre s'abaissaient lentement, ses paupières se fermaient, son menton tombait sur sa poitrine. Les lignes qu'il venait de lire flottaient dans la lumière jaune de la lampe à pétrole, retentissaient à plusieurs voix avant de s'effacer, tandis qu'il plongeait dans un sommeil profond. Le livre lui tombait des mains, glissait lentement au bas de l'édredon ; mais le bruit qu'il faisait en atterrissant sur le sol ne pouvait déjà plus réveiller Bach. Il aurait été excessivement surpris d'apprendre qu'il lisait ces magnifiques chroniques depuis trois ans déjà.

Ainsi s'écoulait sa vie, calme, emplie de joies minuscules et d'angoisses insignifiantes, parfaitement satisfaisante. En un sens, heureuse. On aurait même pu la qualifier de vertueuse, s'il n'y avait eu une circonstance particulière. Le Schulmeister Bach avait une passion funeste, qu'il ne lui serait sans doute jamais donné d'éradiquer : il aimait les tempêtes. Il ne les aimait pas comme un paisible peintre ou un poète consciencieux contemple le déchaînement des éléments depuis sa fenêtre, tirant son inspiration des bruits retentissants et des teintes vives du mauvais temps. Oh non ! Bach aimait les tempêtes comme le dernier des ivrognes aime la vodka de pelures de pommes de terre, ou le morphinomane – sa morphine.

Généralement, *cela* avait lieu deux ou trois fois par an, au printemps ou au début de l'été : chaque fois que le ciel au-dessus de Gnadenthal s'emplissait d'une pesante masse violette, et que l'air était si gorgé d'électricité qu'un battement de cils semblait suffire à provoquer des étincelles bleues, Bach ressentait dans son corps une étrange effervescence qui allait grandissante. Était-ce son sang qui, doté d'une composition chimique particulière, réagissait excessivement à l'agitation des champs magnétiques, ou de très légères crampes musculaires dues à un excès d'ozone ? Bach n'aurait su le dire. Toujours est-il que son corps devenait soudain comme étranger : son squelette et ses muscles semblaient à l'étroit sous sa peau et s'enflaient, menaçant de la faire éclater, son cœur battait dans sa gorge et au bout de ses doigts, quelque chose dans son cerveau bourdonnait et l'appelait. Laissant la porte de la Schulhaus grande ouverte, Bach titubait vers cet appel, vers les hautes herbes, la steppe. Au moment où les colons rassemblaient hâtivement le bétail en troupeau et l'enfermaient dans des enclos, au moment où les femmes, serrant contre leur poitrine leur bébé et des bottes de roseaux, couraient en direction du village, fuyant l'orage, Bach avançait lentement à sa rencontre. Le ciel ventru, si gonflé de nuages qu'il en touchait presque terre, bruissait, crépitait, bourdonnait. Soudain, il s'illuminait d'un éclair blanc, poussait un sanglot passionné et bas, et s'abattait sur la steppe en grosses trombes d'eau froide : l'averse commençait. Bach déchirait les pans de sa blouse, découvrant sa poitrine malingre, levait son visage vers le ciel et ouvrait la bouche. La pluie se déversait sur son corps, passait à travers lui, ses pieds sentaient la terre trembler à chaque nouveau coup de tonnerre. Des éclairs jaunes, bleus, d'un noir violacé, flamboyaient de plus en plus souvent – au-dessus de lui ou dans sa tête ? L'effervescence de ses muscles culminait – le ciel tonnait encore une fois – et le corps de Bach éclatait en milliers de particules qui s'éparpillaient sur la steppe.

Beaucoup plus tard, il recouvrait ses esprits, couché dans la boue, le visage couvert de griffures et des chardons plein les cheveux. Son dos lui faisait mal comme si on l'avait battu. Il se relevait, marchait péniblement vers la Schulhaus, s'apercevant que, comme chaque fois, tous les boutons de sa blouse étaient arrachés. Un splendide arc-en-ciel, parfois double, brillait dans son dos, l'azur du ciel se répandait derrière les lambeaux de nuées qui s'enfuyaient vers la Volga. Mais l'âme de Bach était trop épuisée pour admirer cette beauté apaisée. Cachant avec ses mains les trous à ses genoux et tentant d'échapper aux regards des villageois, Bach se hâtait chez lui, honteux, se désolant de sa passion absurde. Son étrange caprice était non seulement déplorable, mais aussi dangereux : un jour, non loin de lui, un éclair avait tué une vache échappée de son troupeau, un autre – calciné un chêne solitaire. Sans compter qu'il était fort onéreux : tous ces boutons perdus pendant l'été, quelle dépense ! Mais se retenir – contempler l'orage de l'intérieur, ou depuis le perron de l'école – s'avérait au-dessus des forces de Bach. Les habitants de Gnadenthal étaient au courant des bizarreries printanières du Schulmeister ; ils les considéraient avec indulgence : « Ah, bah, que voulez-vous : ces hommes instruits, y sont pas comme tout le monde ! »

## 2

Mais un jour, la vie de Bach changea à jamais.

Ce matin-là, il se réveilla d'une humeur des plus favorables. Cette excellente disposition était due au bleu du ciel de mai qui guignait par la fenêtre entre les rideaux ouverts, à la vivacité frivole des nuages courant dans ce même ciel et, en général, à l'arrivée du printemps et des vacances scolaires.

À Gnadenthal, les cours duraient jusqu'à Pâques. Les colons assistaient au culte dans la Kirche décorée pour l'occasion, contemplaient les flammes des chandelles, s'offraient mutuellement des gâteaux et des œufs durs, faisaient une visite à leurs parents disparus (dans les cimetières) et aux vivants (dans les villages alentour), mangeaient en abondance du *Glaskäse* et du beurre d'un jaune ambré, puis ils attelaient tout leur bétail de trait et partaient au labour – par familles entières. Il ne restait plus, au village, que des vieilles édentées avec les petits enfants qu'il fallait surveiller ou les femmes dont les biens étaient si nombreux qu'ils exigeaient leur présence constante. Pendant plusieurs semaines, des dernières étoiles du matin aux premières étoiles du soir, les colons découperaient la steppe avec leurs charrues. À midi, ils se réuniraient autour d'un feu, mangeant une soupe de patates et buvant le « thé de la steppe » brûlant, de la racine de réglisse bouillie dans trois eaux avec une pincée de thym et une poignée d'herbes fraîchement cueillies.

La veille, en sonnant la cloche du matin, Bach savait que peu étaient là pour l'entendre : les convois de laboureurs étaient partis pendant la nuit, à la lumière vacillante d'un fin croissant de lune. Gnadenthal s'était vidé. Du reste, l'absence de gens n'avait aucune influence sur la précision des signaux de Bach ; au contraire, il se sentait une responsabilité plus forte encore d'assurer que le temps, et, avec lui, l'ordre des choses, s'écoulait avec la même régularité rigoureuse.

Il s'apprêtait déjà à sortir une jambe de dessous l'édredon et à chercher du pied, sur le sol, ses confortables chaussons en vieux mouton, quand une ombre tomba sur l'oreiller. Il leva les yeux : quelqu'un était à la fenêtre, dehors, coiffé d'un drôle de chapeau triangulaire, le visage contre la vitre. Il regardait à l'intérieur. Bach poussa un cri de surprise, s'assit, rejeta l'édredon – mais l'inconnu avait disparu aussi vite qu'il avait surgi. Bach n'avait pas eu le temps de voir son visage – l'homme était à contre-jour. Il se précipita vers la fenêtre ; sur la vitre, une trace pâle, laissée par l'haleine de l'inconnu, s'effaçait lentement. Il essaya vainement d'ouvrir la fenêtre, mais le verrou de fer semblait s'être fondu dans le cadre de bois pendant l'hiver, et ne cédait pas. Jetant une pelisse courte sur ses épaules, il s'élança sur le perron, courut à l'angle de l'école : il n'y avait personne, ni devant la maison ni dans l'arrière-cour. Il sentit que ses pieds pataugeaient désagréablement dans l'eau froide ; baissant les yeux, il s'aperçut qu'il marchait dans la boue en chaussons d'intérieur. Hochant la tête avec accablement, il se hâta de rentrer dans la Schulhaus.

Cette étrange visite troubla excessivement Bach. Et non sans fondement : le début de la journée fut marqué par une cascade de signes suspects et d'événements douteux.

Pendant qu'il grattait, avec un couteau plat, les écailles de la peinture de l'an précédent sur les chambranles de l'école avant de les repeindre, Bach leva par hasard les yeux au ciel et remarqua un nuage qui avait, à n'en pas douter, des traits humains : un visage de femme. Le visage gonfla ses joues, arrondit ses lèvres, ferma langoureusement les yeux et se fondit dans l'azur. Par la suite, alors qu'il passait son pinceau sur les appuis en bois des fenêtres, il entendit le bêlement d'une chèvre qui passa en courant. La bête hurlait avec ardeur, semblant pressentir quelque chose de terrible. Bach tourna la tête : ce n'était pas du tout une chèvre, mais un cochon gras et tacheté, à qui, pire encore, il manquait une oreille, et dont le groin avait une grimace plus dégoûtante que ce que Bach avait jamais pu voir sur un porc.

Non, il n'était pas superstitieux comme la plupart des villageois de Gnadenthal. Il ne pouvait pas sérieusement penser que, à cause d'un nid d'hirondelles involontairement dérangé, la vache donnerait du sang à la place du lait, ou qu'une pie nettoyant ses plumes sur le toit annonçait que quelqu'un, dans la maison, allait avoir un grave accident. Une pie, la belle affaire – mais un cochon ! C'est pourquoi, décidant qu'il y avait eu suffisamment d'épisodes de mauvais augure, Bach referma soigneusement le seau de peinture et se replia dans sa chambre, évitant de regarder autour de lui, de prêter attention aux bruits, et avec la ferme intention de passer la journée portes closes, à repriser ses vêtements et à penser à Novalis.

Il ferma la porte de l'école, poussa le verrou. Il verrouilla également la porte de sa chambrette. Tira complètement les rideaux. Enfin satisfait, il se tourna vers la table – et y aperçut un long rectangle blanc : une lettre scellée.

Bach regarda craintivement autour de lui – le mystérieux facteur n'était-il pas tapi quelque part dans la pièce ? – mais, n'ayant vu personne, il s'assit à la table, et examina l'enveloppe, où une main malhabile avait tracé : « À Monsieur le Schulmeister Bach ». Le mot « Schulmeister » contenait deux fautes d'orthographe.

Jamais dans sa vie, Bach n'avait écrit ni reçu de lettre. Sa première impulsion fut de la brûler : un message atterri aussi bizarrement chez lui ne présageait rien de bon. Il prit délicatement l'enveloppe dans la main. Elle était légère (il n'y avait visiblement qu'une feuille de papier à l'intérieur). Il examina l'écriture : le trait était maladroit, appartenait à l'évidence à une personne qui ne prenait pas souvent la plume. Il approcha l'enveloppe de son visage, la renifla : elle exhalait une légère odeur de pomme. Il la reposa sur la table, mit un livre par-dessus. Tournant sa chaise vers la fenêtre, il s'assit plus carrément, croisa les jambes, entoura son corps de ses bras et ferma les paupières. Après un quart d'heure dans cette position, il soupira d'un air résigné et, grimaçant sous l'effet d'un mauvais pressentiment, il ouvrit la lettre.

*Très honoré Schulmeister Bach,*
*J'ai l'honneur de vous saluer et de vous inviter à dîner pour discuter d'une petite affaire. Dans le cas où vous seriez d'accord, venez ce soir à 17 h sur le débarcadère de Gnadenthal, mon homme vous attendra.*

*Avec toute ma considération,*
*Cordialement, Udo Grimm*

*Ah, et encore ceci : n'ayez pas peur de mon homme. Son aspect est repoussant, mais son cœur est bon.*

En signant, l'auteur de la lettre avait appuyé si violemment sa plume sur le papier qu'il l'avait troué de part en part.

Bach sentit qu'il était mouillé de sueur. Il enleva ses habits, resta en chemise. Il prit une plume sur une étagère et entreprit, avec de grands gestes, de biffer et corriger les fautes dans la lettre ; il en trouva huit. Sa main travaillait avec énergie, la plume d'acier grinçait et envoyait de petits jets d'encre. Puis il froissa la lettre raturée et l'envoya dans la corbeille à papier. Il se coucha sous son édredon en plumes de canard, résolu à ne pas sortir de la maison avant la cloche du soir.

Si la colonie n'avait pas été vide, il aurait pu demander à Dietrich ou à d'autres hommes qui était ce Grimm, et peut-être que quelqu'un aurait pu l'accompagner chez lui. L'auteur de la lettre habitait sans doute dans la région, dans l'une des colonies en amont ou en aval de la Volga, puisqu'il lui proposait de se rendre chez lui en barque. Y aller seul revenait à accomplir une action imprudente, et même stupide. Il n'en était pas question.

Mais, soit que les prémices électriques d'un orage soient déjà dans l'air, soit pour d'autres raisons encore, Bach décela soudain en lui les signes de cette fameuse agitation insurmontable qui l'obligeait à se traîner sous l'averse au plus fort de l'orage. Il avait l'impression de sentir passer à travers son corps cet élan irrépressible qui l'emportait contre sa volonté. C'était à la fois effrayant et excitant : il n'avait pas la force, ni même le désir de s'opposer à ce courant puissant, tout semblait décidé avant lui et sans lui, il ne lui restait qu'à faire ce qui était exigé.

*

À l'heure dite, Bach était donc sur le quai, les cheveux soigneusement peignés, un mouchoir propre dans la poche de son gilet de drap. Son cœur battait si fort que les pans crasseux de son veston tressautaient. Dans sa main, il serrait sa canne avec laquelle il se promenait lors de ses « visites » – elle pouvait, le cas échéant, servir d'arme défensive.

Le débarcadère de Gnadenthal consistait en une minuscule jetée de bois, qui s'engageait dans la Volga sur vingt coudées. Radeaux, canots et barques à fond plat s'accumulaient le long de la jetée, au bout de laquelle on avait aménagé un quai d'accostage, une petite plateforme rectangulaire d'où dépassaient des rondins peints en blanc – pour l'amarrage. D'aussi loin que Bach s'en souvînt, jamais un gros bateau n'avait fait escale à Gnadenthal. Et l'on n'accrochait guère que des agneaux aux rondins d'amarrage, avant de les charger sur des barques pour les emmener à la foire de Pokrowsk.

Bach arpenta la jetée grinçante, espérant, en bougeant, maîtriser le tremblement de ses genoux. Il s'assit sur un billot et se mit à contempler l'étendue vide de la Volga. Il sortit sa montre : il était cinq heures précises. Soupirant de soulagement, il s'apprêtait déjà à partir, quand il entendit un léger clapotis quelque part sous ses pieds. Un esquif jaillit de sous les planches disjointes de la jetée. Un homme penché dedans se redressa brusquement, comme le personnage en carton d'un livre animé ; d'une main sûre, il attrapa le bord du débarcadère et, retenant la barque, se mit à fixer Bach d'un air d'attente.

C'était lui, le visiteur du matin : un Kirghize de haute taille, une veste de fourrure sans manches enfilée à même le corps, coiffé d'un chapeau de feutre conique, sous lequel des yeux étroits, relevés vers les tempes, le regardaient avec circonspection. Sa peau jaune et poreuse enveloppait si étroitement les os de son visage qu'on pouvait étudier les plus petites courbes de ses pommettes ou de son menton, sur lequel poussaient quelques poils rares, noirs et durs. La seule partie charnue de son visage était son gros nez, écrasé et un peu de travers : il avait visiblement été cassé lors d'une bagarre. Bach se souvint soudain que sa mère lui disait, dans son enfance : « Si tu n'es pas sage, le Kirghize viendra te chercher ! »

– M-m-m, prononça ou mugit le Kirghize, le pressant d'embarquer.

« Vous supposez donc que j'ai perdu l'esprit ?! aurait voulu s'écrier Bach. Comment pouvez-vous croire que je partirai avec vous ?! »

Mais son corps, qui ce jour-là obéissait si mal à la voix de la raison, s'était déjà avancé tout au bord du débarcadère, et il sauta maladroitement dans la barque, qui se mit à vaciller. Il avait laissé échapper sa canne ; elle tomba à l'eau, disparut quelque part sous les planches.

Le Kirghize lâcha le débarcadère – l'esquif fit demi-tour et partit rapidement dans le courant. Installé sur un banc face à Bach, le mystérieux guide saisit les rames et éloigna l'embarcation de la jetée. Les muscles de ses bras se gonflaient puis se détendaient avec le mouvement des rames, son plat visage mongol se rapprochait, puis s'éloignait. Ses yeux impassibles restaient constamment fixés sur Bach.

Le Schulmeister se tortilla sur son siège, essayant d'échapper à ce regard, mais l'esquif n'offrait aucun moyen de se dérober. Il décida, pour se calmer, de regarder le paysage, et c'est alors seulement qu'il découvrit que la barque ne longeait pas la rive, mais traversait la Volga.

Bach avait entendu parler des colonies de la rive droite – Balzer, Kutter, Messer, Schilling, Schwab ; elles étaient toutes soit en amont, soit en aval, là où il n'y avait pas de massifs montagneux pour gêner l'accès à la rivière. Mais il n'était jamais allé sur la rive haute. Elle était d'ailleurs si élevée, si inaccessible en face de Gnadenthal, que même en hiver, quand la glace faisait une bonne couche, personne ne s'y rendait. Un jour, la veuve Koch avait raconté (elle le tenait de feu la vieille Fischer, qui le tenait de la femme du tueur de cochons Hauf, laquelle le tenait elle-même de la belle-sœur du pasteur Haendel) que ces terres avaient été ou étaient toujours la propriété d'un monastère, et que, pour les gens ordinaires, l'accès en était interdit.

– Permettez, grommela Bach d'un ton impuissant, tourmentant les boutons de sa veste. Où allez-vous ?... Où allons-nous ?...

Le Kirghize ramait toujours sans dire un mot, dévisageant son passager. Du plat des rames, il fendait les flots lourds – brun-vert près de la rive, puis de plus en plus bleus sur l'eau profonde. La barque avançait par à-coups puissants – sans ralentir un instant, sans s'écarter d'un pouce du trajet fixé. La masse de la rive d'en face – la falaise grisâtre, au sommet de laquelle poussait une épaisse forêt d'un vert sombre –, qui, de loin, faisait penser à un gigantesque serpent à crête crénelée allongé sur l'eau, ne cessait de se rapprocher, elle aussi par à-coups, inexorablement. À un certain point, Bach eut l'impression que ce n'étaient pas les bras du Kirghize qui faisaient progresser la barque, mais une force d'attraction exercée par les énormes rochers. De haut en bas – du sommet à la base – la falaise était parcourue de profondes fissures en zigzag. Une poussière sableuse s'échappait de chacune d'entre elles, courait vers la rivière, et ce mouvement glissant donnait l'impression que la surface rocheuse était vivante, que la montagne respirait. Cette impression de vie était renforcée par les cabrioles des rayons de soleil, qui se cachaient derrière les nuages (alors, les crevasses prenaient des teintes violettes, semblaient plus profondes) puis réapparaissaient, éclaircissant la pierre, rendant les fissures presque invisibles.

Très vite, le fond de l'esquif vint racler des pierres. La barque eut une secousse – sa proue avait buté contre de gros cailloux couverts d'algues visqueuses. Il n'y avait presque pas de rive : la falaise de pierre s'élevait haut, tout contre le ciel, et se terminait par un à-pic. Le Kirghize sortit prestement de la barque et fit un signe, invitant son passager à le suivre. Épuisé par les émotions, le cœur du Schulmeister eut un sursaut, mais un sursaut fatigué, sans entrain, comme s'il s'était déjà résigné à l'invraisemblance de tout ce qui lui arrivait ; Bach regarda autour de lui et, l'air perdu, marcha jusqu'au bord, ses bottes glissant sur le mélange d'algues et de vase. Le Kirghize tira l'esquif hors de l'eau – Bach s'étonna de la force de son corps décharné – et le cacha sous un grand rocher brun.

Non loin, au pied d'une fissure qui déchirait la montagne de haut en bas, s'esquissait un petit sentier. Le Kirghize s'y engagea d'un pas léger et agile, comme s'il n'était pas en train de monter, mais de descendre la pente ; celle-ci se révéla d'ailleurs bien moins abrupte qu'elle le paraissait de loin. Bach, tout en se morigénant de s'être laissé entraîner dans une aventure aussi douteuse, le suivit péniblement, s'accrochant aux rares buissons qu'il rencontrait. Il grimpa affreusement longtemps, tombant régulièrement à genoux et avalant le sable qui s'envolait des talons lestes du Kirghize. Enfin, il arriva en haut de l'escarpement, couvert de sueur (il avait enlevé son gilet et sa veste et les portait au bras), le visage brûlant et les genoux tremblants.

À la lisière du bois, la montagne n'était plus si pentue, elle semblait même se transformer en plaine ou en colline aplatie. Mais on ne pouvait le vérifier, tant la forêt était épaisse. Bach dut se hâter pour ne pas perdre de vue le dos du Kirghize : sans lui, il aurait été embarrassé pour trouver sa route à travers l'enchevêtrement épais d'érables, de chênes et de trembles, les fourrés de fusains et d'églantiers. Pourtant, à peine quelques minutes plus tard, les arbres s'ouvrirent sur un vaste terrain en friche, sur lequel s'étendait une grande ferme isolée.

Le corps de ferme semblait un bateau voguant sur le pré : une longue bâtisse, immense, construite sur de lourds rochers, avec des murs en rondins incroyablement épais, comme Bach n'en avait jamais vu de sa vie. Avec les années, le grain du bois avait foncé, s'était desséché ; des lézardes comblées par de la poix y faisaient comme des grains de beauté. Les volets de bois dégrossi n'étaient ouverts que sur quelques fenêtres, les autres restant solidement fermés. Deux larges cheminées de pierre dépassaient du haut toit de chaume ébouriffé.

Les autres constructions du domaine se cachaient à l'arrière : des granges, des auvents, une vaste étable, la petite isba de la glacière, un puits. Toujours dans l'arrière-cour s'entassaient des montagnes de caisses, des télègues et des charrettes, des tonneaux, du bois de chauffe et des troncs sciés ; il semblait y avoir aussi une sorte de verger, où les arbres se montraient plus rares, étaient plus trapus, leurs troncs blancs, bien dessinés, faisant des taches de clarté. Il n'y avait pas de palissade : le domaine était délimité par le pré. Et il n'y avait pas d'habitants. Même le Kirghize silencieux avait disparu, profitant d'un instant d'inattention de Bach.

On aurait dit que la vie palpitait encore une minute plus tôt : une hache au long manche dépassait d'un billot, des bûchettes étaient éparpillées au sol ; un seau de pâtée fumante attendait au pied du perron, à côté de chaussures déchirées ; de l'eau s'écoulait d'un arrosoir renversé ; des restes de braises rougeoyaient faiblement dans le foyer de la cuisine d'été. Avec cela, pas un bruit, pas un mouvement. Seul un peu de linge étendu à la limite du pré balançait au vent, se gonflant parfois au-dessus de la corde, et retombant avec un petit bruit sec.

– Bien le bonjour, dit Bach en s'approchant de la maison, bougeant avec effort ses lèvres sèches d'inquiétude, et s'adressant à la porte légèrement entrouverte. J'aurais voulu parler à maître Udo Grimm.

Après avoir attendu un moment, il monta les marches du perron. Il frotta longtemps et bruyamment ses semelles sur l'arête du seuil, enlevant la boue de ses chaussures. Puis il tira vers lui la poignée de la porte et se glissa dans l'obscurité silencieuse.

Une odeur de nourriture chaude et grasse chatouilla les narines de Bach : il était dans la cuisine. Un poêle blanchi à la chaux s'élevait près du mur, couvert de chaudières et de chaudrons, de pots d'argile, tamis, barils, fers à repasser, cafetières, plateaux, tubes à saucisses et autre vaisselle. À côté, sur le mur de rondins, une étagère de bois brut disparaissait sous les jattes de fabrication grossière, les bouquets de cuillères, de louches et de ciseaux de fer. Les objets s'entassaient partout : sur la table à découper, les tabourets, et même sur les appuis des fenêtres – casseroles et poêles de toutes sortes, pots remplis de lait et de miel, planches avec des bretzels crus surmontées d'un nuage ouateux de poussière de farine, hachoirs où pendaient des rubans de viande hachée, pinceaux de cuisine, tiges d'herbes aromatiques, têtes de poissons et coquilles d'œuf. Là non plus, il n'y avait personne. On entendait seulement, dans la pièce voisine, qui n'était séparée de la cuisine que par un léger rideau en tissu, un craquement appétissant.

Bach s'avança vers ce bruit : il gratta discrètement les rondins massifs du chambranle, mais personne ne répondit ; écartant le rideau, il se retrouva dans une salle large comme une grange. Tout son centre était occupé par une table en planches couverte d'une telle quantité de mets qu'ils auraient sans doute suffi à rassasier le géant d'Ossling de la vieille légende saxonne. Un homme vigoureux était assis à la table et dévorait le repas, prenant les victuailles avec les doigts, sans s'embarrasser des couteau et fourchette qui étaient posés, intacts, à côté de l'assiette. Le craquement sonore provenait de ses mâchoires puissantes, occupées à broyer la nourriture.

Étonnamment, ce tableau n'avait rien de rebutant. Au contraire, l'apparence débordante de santé et d'énergie de l'homme allait si bien avec cette table abondante et avec chacun des plats, que toute la composition semblait être née de l'imagination fertile d'un peintre : la tête rasée du mangeur brillait exactement comme, au centre de la table, le pain rond badigeonné de jaune d'œuf et doré au four ; ses joues épaisses avaient la roseur du jambon perlant d'humidité disposé en tranches épaisses sur une assiette ; ses petits yeux sombres avaient exactement la couleur des baies dans la bonbonne de liqueur ; quant à ses oreilles, blanches et larges, qui dépassaient belliqueusement de sa tête, elles rappelaient d'une manière frappante les grosses ravioles empilées dans une jatte creuse. Ses doigts épais, pareils à des saucisses, attrapèrent du chou fermenté et le portèrent à sa bouche ; ses moustaches ébouriffées et sa barbe ressemblaient tant à ce chou que Bach dut plisser les yeux pour faire cesser l'illusion.

– Ma fille est une gourde, dit l'homme en guise de salutations, tout en continuant à mâcher, et sans se soucier le moins du monde d'inviter Bach à la table. Fais en sorte que ça ne se voie pas.

Bach avait remarqué que la table était mise pour deux personnes, mais il n'osa pas s'asseoir. Il toussota, réajusta son veston, sentant un spasme dans son estomac vide, qui sembla se tasser sur lui-même – perdu en conjectures sur la mystérieuse lettre, le Schulmeister n'avait rien mangé de la journée.

– Vous êtes Udo Grimm ? demanda-t-il à tout hasard.

– Pas Dieu le Père, pour sûr, confirma l'homme tout en choisissant, dans une poêle, des morceaux de pommes de terre frites dans du lard gras.

Des gouttes de graisse chaude jaillissaient de la poêle encore brûlante et crachotante, mais les doigts de Grimm ne tressaillirent même pas.

– Et quel âge a donc mademoiselle votre fille ?

Bach remarqua plusieurs sortes de saucissons sur la table – du saucisson de foie, froid, dans des teintes violacées ; du saucisson frit, brûlant sous ses écailles de couenne dorée ; du saucisson sec – et il sentit soudain un goût de sel dans sa bouche.

– 'l aura dix-sept ans à la Pentecôte.

En ayant fini avec les cochonnailles, Grimm passa à une soupe sucrée au miel de pastèque, dans laquelle flottaient des îlots de poires, pommes, griottes séchées et raisins secs. Pour autant, la cuillère ne quitta pas sa place sur la table : Grimm avalait la soupe en inclinant l'assiette, qu'il tenait comme une soucoupe, entre ses doigts écartés, à la manière des Tatars.

– Et, comme vous avez eu l'honneur de l'exprimer... Bach avala la salive qui affluait dans sa bouche et le gênait pour parler... elle ne se distingue pas par un esprit vif. À quel point cette infirmité est-elle prononcée ?

– Une vraie gourde, j'ai dit !

Grimm cracha avec énergie un noyau de griotte qui s'était coincé entre ses dents ; Bach sursauta, le noyau siffla près de son oreille et vint rebondir bruyamment sur le plancher, à l'autre bout de la pièce.

– Elle a que des fadaises dans la tête ! Des contes de fées et des caprices de bonne femme. Qui voudra l'épouser, hein ? Les empotés d'ici, y se jetteraient dessus comme des abeilles sur du miel, mais comment je pourrais écouler une pareille marchandise au Reich ?

Le Reich, c'est le nom que les colons donnaient – à la mode allemande – à l'Allemagne[1].

– Vous avez l'intention d'émigrer, conclut prudemment Bach. Bientôt ?

– T'es enseignant ? Eh bien, enseigne ! Grimm posa bruyamment l'assiette vide sur la table, faisant à nouveau sursauter Bach. Les questions, je les pose aussi bien que toi ! Apprends à ma fille à parler comme y faut ! Ou, si elle peut pas parler, qu'au moins elle puisse comprendre ! Une épouse silencieuse, c'est encore mieux. Suffira qu'elle cause un poil

1. *Reich* veut dire « État » (ici : « empire ») en allemand.

correct. Moi, j'me sentirai mieux, et toi t'auras mis des sous dans ta poche !

Grimm saisit une fine gaufre, la plongea dans une tasse de miel puis l'enfonça dans sa bouche, remontant avec sa main les fils de miel épais qui pendaient à ses lèvres.

« Je vous prie instamment de vous conduire convenablement, monsieur le malappris, ou je me verrai obligé de mettre un terme à notre entretien ! » aurait voulu crier Bach, il aurait même voulu taper légèrement de la paume sur la table ; mais, au lieu de cela, il se contenta de baisser les yeux et de lisser son pantalon, luttant avec l'indignation qui menaçait de le submerger.

– Ainsi, vous désirez que j'apprenne le *haut allemand* à votre fille, conclut-il, après une minute de silence, d'une voix légèrement tremblante. Pourrais-je, en ce cas, faire la connaissance de mon élève ?

– T'as qu'à venir demain avec ton saint-frusquin : tes livres et tes crayons (ou qu'est-ce que t'utilises pour tes cours ?). Et là, tu f'ras connaissance.

Grimm attrapa une lourde bonbonne de verre blanc, et se versa une liqueur trouble, couleur de framboise, dans un petit verre à vodka. Puis il jeta un regard appuyé vers Bach, et remplit un deuxième verre.

– T'es d'accord ?

– Monsieur Grimm, nous nous connaissons si peu que je vous prierais instamment d'éviter toute familiarité et de vous adresser à moi…

– T'es d'accord ? l'interrompit Grimm, se levant et tendant un verre à Bach.

Bach prit le verre (oh, comme cette liqueur affolait ses narines ! Rien que l'odeur lui tournait la tête !), haussa les épaules, leva des sourcils hésitants ; enfin, incapable de soutenir plus longtemps le regard inquisiteur de Grimm, et désireux de mettre fin aussi vite que possible à cette rencontre peu agréable, il agita le menton d'un air indécis, comme s'il voulait libérer son cou d'un col trop serré. Ce mouvement, ainsi que la grimace de souffrance sur son visage, pouvait être interprété de toutes les manières, mais Grimm, peu porté sur la polysémie, le prit pour un acquiescement ferme et net : les verres s'entrechoquèrent bruyamment, entérinant l'accord.

Désarçonné par un développement aussi rapide des événements, Bach porta son verre à ses lèvres, et versa fiévreusement le liquide frais dans sa gorge desséchée.

À cet instant précis, tout changea autour de lui. Peut-être que la liqueur était trop forte, ou que Bach, affamé et peu familier des boissons alcoolisées, était particulièrement affaibli, toujours est-il que la ferme qui, jusque-là, lui avait semblé austère et morose, parut soudain s'éveiller, la cour s'emplit de vie : des épaules robustes apparurent devant la fenêtre, on entendit des coups de hache, le bêlement de moutons. La porte d'entrée claqua : quelqu'un entra dans la cuisine, traînant des jambes, et une voix grinçante et acariâtre de vieille femme demanda :

– J'apporte le samovar ?

– Plus tard, répondit Grimm.

Il décrocha du mur une longue pipe courbée, s'assit le visage tourné vers la fenêtre, et se mit à bourrer sa pipe. Comprenant que l'entretien était terminé, Bach sortit, aucunement troublé par l'attitude inhabituelle du maître de maison, le cœur ragaillardi par le retour des gens et des sons autour de lui : il lui semblait désormais que toutes ses peurs étaient absurdes et ridicules, et même la faim qui l'avait tellement tourmenté depuis une heure avait disparu, laissant place à une agréable légèreté et une exaltation qui emplissait toutes les fibres de son corps.

La vieille qui s'affairait dans la cuisine, frêle comme une feuille de bourdaine en automne, ne daigna même pas regarder Bach – il décida que c'était une preuve de délicatesse. Son guide kirghize, qui l'attendait déjà devant le perron, lui sembla soudain bien moins effrayant, et la ferme lui donnait à présent une impression de confort : sans lever les yeux ni ouvrir la bouche, des journaliers allaient et venaient avec industrie (tous, comme un fait exprès, avaient le même visage mongol, à l'expression sévère, et on les distinguait à peine les uns des autres) ; de la volaille domestique courait en tous sens, caquetante et colorée – oies, canards, et même deux faisans aux longues plumes striées ; des chevaux piaffaient dans un enclos, bien nourris, le poil lustré ; dans le verger derrière la maison, les arbres étaient couverts de fleurs roses et blanches grosses comme le poing, au parfum si chargé qu'on sentait déjà, sur la langue, le goût sucré des futures pommes.

La forêt par laquelle Bach et le Kirghize passèrent au retour n'avait plus rien d'un fourré inhospitalier ; elle était devenue un joli bosquet, clair et printanier. On y marchait volontiers, d'autant plus que des pensées joyeuses ajoutaient au plaisir de la marche : les futures leçons avec la fille de Grimm apparaissaient à Bach comme une tâche aisée, mais utile, qui correspondait bien au devoir sacré de l'enseignant, tout en présentant un intérêt financier. Peu après, Bach découvrit que ses pieds le menaient sur le sentier d'une manière étonnante : chaque pas le faisait immédiatement avancer de dix ou de vingt coudées, de sorte qu'il se retrouva sur la crête de la falaise en quelques minutes à peine.

Devant la vue qui s'ouvrait depuis le sommet, Bach se figea, oubliant jusqu'à sa propre existence : en contrebas, la Volga d'un bleu éblouissant, scintillant comme si elle était cousue d'éclats de soleil, se déployait à l'infini. Pour la première fois de sa vie, le regard de Bach embrassait une telle amplitude. Le monde était étalé tout entier à ses pieds : les deux rives, la steppe dans la brume verte de la première herbe, avec les arabesques des ruisseaux dans les prés, l'étendue bleu foncé de ciel et d'eau à perte de vue, et l'orfraie grise qui tournoyait au-dessus du fleuve, en quête d'une proie. Bach écarta les bras pour recevoir tout cet espace, prit son élan et – il ne parviendrait jamais à se souvenir précisément de cet instant – il s'envola comme un oiseau, ou peut-être descendit le sentier en coup de vent, à la suite du Kirghize au pas leste…

*

À son réveil, le lendemain matin, Bach se souvint qu'il allait rencontrer son élève – et ressentit une faiblesse désagréable : ses dents, impitoyablement serrées, étaient emplies d'une sorte de froid lancinant, comme si un courant d'air soufflait dans ses mâchoires ; le même froid odieux se promenait dans son estomac. Bach songea à prétexter une indisposition pour éviter de s'engager dans cette entreprise hasardeuse, mais il découvrit soudain, dans ses poches, une somme d'argent – importante – que Grimm lui avait sans doute glissée la veille comme acompte, même si le Schulmeister ne conservait aucun souvenir de ce moment. Il ne pouvait plus refuser.

À l'heure convenue, Bach était sur le débarcadère, épuisé par l'angoisse de la leçon à venir. Sous son bras, il tenait un tome de Goethe, un manuel d'allemand et une pile de feuilles pour les exercices d'écriture. Sous son gilet, il avait décidé de mettre une chemise propre, et même – une chemise repassée. En dépit de l'excentricité du père, la fille pouvait se révéler plus exigeante sur les normes de la bienséance.

Bach n'avait encore jamais donné de cours privés à des jeunes filles adultes. Il craignait que le premier regard moqueur ou le premier mot imprudent de Fräulein Grimm le plonge dans la confusion – le fasse rougir inconsidérément ou qu'il se mette à bégayer – et, pour cette raison, il avait décidé d'être sévère avec son élève. Il avait également décidé de ne pas la regarder dans les yeux pendant les cours (imaginez seulement comment ils sont parfois, les yeux des jeunes filles !), et même de ne pas la regarder du tout, et se concentrer exclusivement sur la contemplation du paysage par la fenêtre, ou, dans le pire des cas, du plafond. Mieux valait apparaître froid et distant, que ridicule. Il avait préparé quelques phrases destinées, malgré le confort de la maison, à créer une atmosphère austère pendant les cours ; il ne les avait pas inventées, mais empruntées au lexique du pasteur Haendel. Il s'assit dans la barque du Kirghize en marmottant ces phrases, essayant tous les tons pour trouver le plus imposant.

Il ne prêta pas attention au trajet, tant il était absorbé par la préparation de la leçon. Il était déjà moins essoufflé que la veille en montant le sentier. La forêt avait un aspect paisible. Et la ferme paraissait accueillante et animée. Le maître de maison était invisible. Le Kirghize mena Bach au salon, qui avait si bien changé d'aspect que le Schulmeister hésitait à reconnaître la salle à manger de la veille.

L'immense table avait disparu (Bach s'étonna qu'on ait pu déplacer un tel mastodonte, bien trop grand pour passer par la porte ou les fenêtres). À sa place s'élevait à présent un paravent de toile qui cachait la moitié de la pièce. Devant le paravent, on avait disposé une chaise en bois au dossier sculpté. La vieille cuisinière de la veille était là, à la fenêtre, installée confortablement sur un petit escabeau, ayant disposé devant elle un rouet couleur fraise, dont la roue tournait en bourdonnant, projetant des éclaboussures de lumière rouge sur les murs en rondins. La vieille attrapait entre ses longs ongles un faisceau de fibres dans un gros panier placé à côté d'elle, l'approchait du fuseau qui tournait devant son nez, et l'étirait en un fil d'une finesse extrême, presque invisible, mouillant régulièrement son index avec sa salive. Parfois, des filets argentés tombaient de la bouche entrouverte sur le tablier rayé, et il semblait qu'elle filait non de la laine, mais de la salive. La vieille travaillait sans chaussures : son pied nu, dépassant de sa jupe de laine bleue, appuyait avec force sur la pédale. Bach eut soudain l'impression qu'il y avait plus que les cinq doigts habituels sur le pied de la fileuse, mais elle était si preste qu'il n'arrivait pas à vérifier. Il la salua, mais la vieille ne dut pas l'entendre avec le bruit du rouet : sa tête, coiffée d'un minuscule bonnet blanc, ne se tourna même pas.

Bach n'osa pas regarder derrière le paravent, qui devait être là pour une raison précise ; posant ses livres sur la chaise, il attendit, regardant la large vitrine pendue au mur, et qui contenait une demi-douzaine de pipes du maître de maison : d'un jaune d'ambre – en bois de pommier –, rose sombre – en poirier et prunier –, gris foncé – en bois de hêtre. Chacune d'elles mesurait au moins une aune.

– T'es venu donner un cours, mais donne-le, bon sang ! cria une voix retentissante derrière lui.

Bach sursauta, se retourna : il aurait pu jurer que la voix fâchée venait de la vieille, mais cette dernière continuait à travailler, le regard fixé sur le fuseau qui tournait devant son nez.

– Pardon, je suis prêt, répondit-il en s'adressant tout de même à elle. Mais pour un cours, il ne suffit pas d'un enseignant. Il faut également l'élève. Où est-elle ?

– Je suis là, dit une voix à peine audible derrière le paravent, une voix si grêle qu'on aurait dit celle d'un enfant.

– Vous plaisantez, Fräulein ?

Bach s'approcha tout près du paravent et étudia minutieusement son cadre massif, sur lequel était tendue une toile écrue, fixée par des petits clous sur tout le tour.

– J'espère que vous comprenez que de telles espiègleries sont inacceptables dans une activité aussi sérieuse que l'enseignement. Sortez immédiatement, que nous puissions commencer la leçon.

– Je ne peux pas sortir, murmura la voix avec angoisse. C'est interdit.

– Dans ce cas, je me verrai dans l'obligation d'appeler votre père ici pour lui parler de vos farces. D'après ce que j'ai pu voir depuis le peu de temps que je le connais, c'est un homme décidé, qui ne tolère pas les atermoiements... Qu'est-ce que ça veut dire, « c'est interdit » ? Qui a interdit ?

Bach allait et venait devant le paravent, trois pas dans un sens, trois pas dans l'autre, se demandant s'il ne devait pas tout simplement l'écarter, mettant ainsi fin à ce jeu de cache-cache.

– Mon père. La voix prononça ce mot avec précaution, et même avec une certaine appréhension. Mon père m'a interdit.

– Écoutez... Bach approcha son visage du paravent, et il eut l'impression d'entendre, de l'autre côté, une respiration précipitée, à peine perceptible. Comment vous appelez-vous ?

– Klara.

– Écoutez-moi, Fräulein Klara. Vous êtes une grande fille, et vous comprenez sans doute que l'éducation est un processus complexe. Il est impossible d'étudier en se cachant derrière un paravent, ou en nageant dans la Volga, en faisant le poirier ou n'importe quelle autre extravagance ! Je ne peux tout de même pas apprendre le *haut allemand* à un paravent !

Bach posa ses mains sur le cadre, l'attrapa solidement et essaya de soulever le paravent pour le mettre au fond de la pièce, mais il n'y réussit pas : la construction était bien plus lourde qu'il ne l'aurait cru, elle ne fit que trembler légèrement sur sa base, tandis que Bach manquait de tomber.

Derrière le paravent, la jeune fille poussa un cri d'effroi ; le bourdonnement du rouet s'interrompit net. Honteux de sa propre maladresse, Bach se retourna, et se heurta au regard fixe de la vieille, dont les yeux déteints par l'âge, à demi dissimulés sous des cils gris, ressemblaient à des petits *Knödel* flottant dans une soupe au lait, et le dévisageaient avec indifférence, tandis que ses doigts continuaient à filer sans bruit – non plus le fil, mais le vide. Bach était de plus en plus mal à l'aise. Il enleva les mains du paravent, essuya ses paumes sur son veston, recula d'un pas. La vieille attrapa immédiatement, entre ses doigts, le fil qui lui avait échappé, et remit le pied sur la pédale, faisant démarrer la roue du rouet.

Bach s'appuya au dossier de la chaise, resta immobile pendant une minute, son regard allant plusieurs fois du visage blême, ridé comme une peau de lézard, de la vieille fileuse, à l'infortuné paravent. Un léger bruit retentit derrière la toile, celui d'une page qu'on tourne, ou un petit hoquet.

– Bon, je vois... Bach tapa sa paume sur le dossier ouvragé. Pouvez-vous donner une explication à une façon aussi étrange d'envisager les leçons ? Peut-être que vous avez une apparence hors du commun ? Un vice, une tare physique ? Sachez, mademoiselle, que je ne vous offenserai jamais en rappelant votre défaut. Il n'est pas seulement question de la miséricorde chrétienne dont doit faire preuve toute personne éduquée. Croyez-moi, je suis bien placé pour connaître ce genre de souffrance, et jamais – vous entendez, jamais ! – je ne m'autoriserai à faire souffrir quelqu'un.

Bach sentit soudain qu'il parlait trop sincèrement : dans l'incapacité de regarder Klara, il s'était mis à se parler à lui-même.

Aucun son ne s'élevait de derrière le paravent.

– Peut-être que vous êtes particulièrement, incroyablement timide ? Mais je vous promets de ne pas vous regarder du tout – pendant les cours, je regarde habituellement les manuels, les cahiers, mais pas les élèves. Si vous voulez, je peux passer tout notre entretien, du début à la fin, à regarder par la fenêtre – uniquement par la fenêtre !

Petit à petit, la colère gagnait Bach ; en l'absence d'un interlocuteur visible, il la laissa échapper.

– Croyez-moi, votre apparence n'a aucun intérêt pour moi, ni la couleur de vos yeux, de vos joues, de votre robe ou de vos souliers ! La seule chose qui m'importe, dans votre personne, est votre capacité à utiliser correctement le plus-que-parfait et à décliner les temps grammaticaux !

Il ne venait toujours aucun bruit de derrière le paravent.

Dans le silence, le bourdonnement du rouet devint si perçant que Bach eut soudain envie de jeter la chaise dessus.

– Fräulein Grimm, dit-il de sa voix la plus sévère, je suis votre enseignant, et j'exige que vous expliquiez pourquoi nos leçons doivent se passer dans des conditions aussi saugrenues.

De l'autre côté, il y eut un soupir effrayé.

– Mon père craint… énonça enfin Klara, mais elle se tut aussitôt, cherchant ses mots. Il craint que… en regardant un homme, je ne devienne le vaisseau du péché.

– En me regardant, moi ? Bach était si surpris, qu'il ne sut que répondre. Moi ?!

Il contempla ses doigts, tachés d'encre depuis la veille, quand il avait corrigé la lettre d'Udo Grimm, et il se sentit soudain envahi d'une gaieté si irrépressible qu'il commença par respirer plus vite, puis se mit à rire silencieusement, les dents serrées, comme s'il avait honte et retenait sa joie qui menaçait à chaque seconde de l'étouffer – et enfin, il rit à gorge déployée, la bouche grande ouverte.

– En me regardant ! s'exclama-t-il, tombant sur la chaise, sur le manuel d'allemand, essuyant des larmes de rire au coin de ses yeux. En me regardant, moi… le vaisseau du péché !

Ayant ri tout son saoul, jusqu'à en avoir des crampes dans le bas du ventre, Bach prit une grande inspiration, et comprit qu'il n'avait sans doute encore jamais autant ri, si sincèrement, de toute sa vie. Il se leva, rassembla ses livres, sortit de sa poche l'argent reçu la veille et le posa sur la chaise, puis, étonné de sa propre fermeté, il partit en quête d'Udo Grimm, se préparant à lui annoncer qu'il n'avait pas donné son accord pour une pareille expérience pédagogique.

Il le chercha dans la cour, s'arrêtant régulièrement pour demander aux journaliers où était leur maître. Mais les Kirghizes ne semblaient pas comprendre l'allemand, ou étaient trop effrayés, ou encore réellement muets : ils jetaient à Bach un regard morose de sous leurs paupières gonflées et, sans dire un mot, vaquaient à leurs occupations. Leurs visages indifférents restaient immobiles : leurs lèvres fines, gercées par le vent, ne se desserraient pas, et les rides de leurs fronts basanés ne tressaillaient même pas.

– Monsieur Grimm !

Bach, énervé par ces longues recherches inutiles, cria si fort qu'il fut effrayé lui-même par le volume de sa voix.

– Monsieur Grimm, je m'en vais ! Trouvez un autre maître d'école pour votre fille !

Seuls les moutons lui répondirent, de l'enclos, avec des bêlements fêlés. Bach, qui n'avait pas trouvé son guide parmi les journaliers, décida de revenir sur la rive et de l'attendre là-bas : il n'avait aucune envie de rester plus longtemps dans cette étrange ferme. Serrant son volume de Goethe sous le bras, il donna un coup de pied énervé à une bûche qui traînait à terre (elle se révéla lourde comme du plomb, et son pied lui fit longtemps mal), puis suivit le sentier qui menait à travers bois.

Il reconnaissait le chemin. De chaque côté, les buissons hérissés des fusains. Des chênes râblés, dont les branches s'enroulaient autour du tronc, semblaient s'étreindre eux-mêmes. Dans ces troncs, des cavités béaient comme des bouches ouvertes, d'où jaillissaient parfois des ombres rapides, écureuils ou martres, ou autres… Bach reconnaissait chaque détour du sentier, mais il avançait avec une lenteur surprenante : une demi-heure, ou peut-être une heure, avait déjà passé.

Il commença à sentir que quelque chose n'allait pas. Au début, il se réconfortait en se disant que, avec un guide, une route semble toujours plus courte et plus facile. Puis il admit qu'il s'était peut-être quand même un peu écarté du chemin : il n'y avait rien d'étonnant à se tromper, dans un lieu peu familier. En tous les cas, il devait dans les minutes qui suivaient arriver au bord de l'eau, puisqu'il en était séparé seulement par la bande étroite de la végétation du rivage.

Il accéléra le pas. Puis il fourra ses livres sous sa chemise et se mit à courir, trébuchant sur la terre grasse. Il continuait à reconnaître le chemin. Là, les broussailles d'herbes de la Saint-Jean. Ici, le tilleul immense, fendu du faîte aux racines. Et cette souche pourrie, à moitié cachée sous une énorme fourmilière, bon sang, il la reconnaissait aussi ! Il reconnaissait le bouleau sec, jusqu'à sa dernière branche tordue ! Avec cela : toujours pas de rive ! Et pas de soleil : un voile de nuages s'était déployé dans le ciel, impossible de déterminer où se trouvait l'astre, donc de déduire l'heure.

Sans ralentir sa course, il avait sorti sa montre de sa poche : elle était arrêtée. Pour la première fois depuis qu'il l'avait achetée. Il s'était immobilisé un instant, avait secoué le boîtier en laiton et l'avait porté à son oreille : le mécanisme restait muet. Il n'entendait que le gémissement des branches – lent, déchirant. Il regarda autour de lui. La forêt – non, il ne la reconnaissait plus ! C'était une forêt épaisse, jonchée de troncs gris, crevassés, qui s'amoncelaient dans le plus grand désordre.

Des ronces touffues pointaient leurs épines de tous les côtés, du houblon sec pendait aux branches des arbres. L'un des troncs tordus faisait penser à la vieille assise à son rouet. Bach détacha avec effort ses yeux de la souche à la silhouette de vieille, et repartit en courant. Il ne regardait plus autour de lui : il cachait son visage entre ses mains pour le protéger des branches qui le fouettaient, sentant, dans les profondeurs de son ventre, une nausée prête à lui monter à la gorge – lourde, d'un froid mordant.

Il courut à perdre haleine. Sa gorge le brûlait, cisaillée par chacune de ses respirations. Ses jambes affaiblies bougeaient avec effort, pataugeant péniblement dans l'argile mouillée. Soudain, la pointe d'un de ses pieds s'accrocha aux racines emmêlées qui dépassaient du sentier – et le corps de Bach, bouillant, au bord de l'asphyxie, fit un vol plané. Son front s'écrasa contre une surface froide et glissante ; quelque chose de grand, de dur comme du caillou, percuta sa poitrine et ses cuisses ; il eut l'impression que ses coudes et ses genoux s'arrachaient de son tronc.

– Aaah ! hurla le Schulmeister, cherchant à faire cesser la douleur lancinante qui déchiquetait son corps.

Il ouvrit les yeux : il était étendu à terre, le visage contre une pierre plate, dans un ravin tapissé de billots et de souches. La pierre était visqueuse, couverte de mousse verte et du sang qui lui coulait du nez. Il attrapa la tige d'une ronce, tira dessus – des épines s'enfoncèrent dans ses paumes. Il tenta de ramper, mais ses jambes lui faisaient mal comme si elles étaient cassées. La douleur était trop forte.

Sentant nettement les battements précipités de son cœur sous ses côtes, maudissant toute cette forêt et ce fossé, ces billots sur lesquels se traîner était une torture, Bach posa son front contre la pierre froide et moussue, reprenant son souffle. Il sentit soudain que la mousse devenait plus molle. Non, pas la mousse : c'était toute la surface pierreuse qui se fripait comme un oreiller sous le poids de sa tête, s'amollissait à chaque seconde ; la pierre était déjà douce comme un édredon de plumes, non plus mousseuse, mais veloutée au toucher. Bach voulut se soulever, tendit les mains, mais ses paumes ne purent se retenir à rien : elles passèrent à travers la terre couverte de feuilles pourries, à travers les souches vermoulues, comme si elles s'enfonçaient dans des sables mouvants. Il tenta de s'appuyer sur les billots, qui étaient si durs et qui lui avaient fait si mal avec leurs branches aiguës, mais ses jambes s'emmêlèrent dans quelque chose d'épais et de visqueux comme s'il voguait sur une mer de gelée spongieuse.

Il tourna la tête de tous les côtés, n'en croyant pas ses yeux : autour de lui, le monde fondait comme du lard gras sur une poêle. Les objets perdaient leurs contours et se dissolvaient, glissant sur les bords du ravin : les gros tronçons de bois, les rochers, les billots moussus, les faisceaux de racines, les feuilles pourrissantes. Les couleurs se mêlaient, fusionnaient les unes avec les autres : la noirceur de la terre et la rougeur des feuilles, le gris du bois et le vert de la mousse – tout coulait lentement vers le bas. Bach se débattit désespérément, chercha à trouver quelque chose de solide dans ces tas mouvants, mais il ne restait qu'une pâte molle faite de bois, de pierres et de souches. Il s'enfonçait dans ces abattis, s'enfonçait horriblement, inexorablement, comme une mouche se noie dans le miel, un papillon de nuit dans la cire fondue d'une bougie.

– Pitié, laissez-moi partir ! glapit-il, allongeant le cou et sentant que chaque mouvement l'enfonçait encore plus profondément ; à la fin, ayant oublié tous les mots, il se mit à gémir comme un animal.

Dans ses yeux, le ciel bas, percé par les branches des arbres, chancela. Lui aussi fondait, coulait le long des troncs, noyait le monde par en haut : des jets clairs glissaient le long des chênes et des érables, les teignant en blanc. Bach accrocha du regard ces blancheurs lointaines – à peine visibles, cachées par la claire-voie des dos bruns des arbres –, il s'y cramponna comme à un crochet, parce qu'il n'avait nulle part ailleurs où se retenir. Il tentait de les atteindre de toutes ses forces déclinantes, enfonçant coudes et genoux, ne désirant désespérément qu'une chose : sentir à nouveau des objets solides, la douleur d'un choc.

Il effleura soudain, de sa paume droite, quelque chose d'écailleux – pomme de pin ou écorce – qui disparut rapidement dans les profondeurs spongieuses. L'instant d'après, quelque chose vint griffer son cou : une racine ? Une branche de ronces ? Un objet le heurta au ventre... Bach se démenait comme un poisson pris dans un filet et, petit à petit, la réalité du monde réapparaissait dans la gelée environnante – lentement, comme l'herbe sèche apparaît sous un tas de neige en train de fondre, au printemps. Branches et souches, et à leur suite la terre et les pierres, retrouvaient leur ancienne solidité, leur dureté, leur tranchant. Bach attrapait quelque chose, s'appuyait sur autre chose, faisait travailler ses bras et ses jambes ; il rampait, rampait, se réjouissant de la douleur provoquée par chaque objet dur, chaque branche qui piquait ses cuisses ou chaque ronce qui griffait son front. Il tendait toujours son cou vers le haut, fixait toujours la blancheur salvatrice. Un rayon de soleil, perçant les nuages, le heurta au visage, brûlant ses yeux accoutumés à l'obscurité du ravin, mais Bach n'abaissa même pas les paupières – il craignait de perdre de vue la blancheur. Il rampait, rampait – et finit par se retrouver à côté d'un tronc de pommier blanchi à la chaux.

Il appuya sa joue contre l'écorce rugueuse semée de grumeaux de chaux et s'y frotta jusqu'à ce qu'il sente la craie crisser sous ses dents. Il s'assit alors, le dos contre le tronc du pommier, et reprit son souffle. Il aperçut d'autres pommiers autour de lui. Leurs troncs blanchis les faisaient ressembler à des chandelles sur fond de terre sombre. Le grand verger soigné s'étendait à perte de vue ; au-dessus de sa tête, les couronnes des arbres bougeaient au vent, couvertes de fleurs blanches et de toutes jeunes feuilles.

Bach se leva à contrecœur. Caressant les troncs blanchis de ses paumes griffées au sang, ayant déjà tout compris, il marcha lentement à travers le verger. Il arriva bientôt à la ferme – mais par l'arrière. Il traversa péniblement la cour sans que personne l'interpelle, et grimpa les marches du perron.

*

La roue rouge tournait toujours, la vieille filait son fil. Sans s'essuyer les pieds, Bach s'avança jusqu'au milieu de la pièce. Apercevant l'argent qu'il avait abandonné sur la chaise, il balaya les billets de la main – ils s'éparpillèrent lentement au sol. Il prit place sur la chaise.

– Vous êtes encore là, Klara ? demanda-t-il d'un ton las.

– Je suis là, dit la voix timide derrière le paravent.
– Laissez-moi partir.

Chaque mot causait un réel effort à Bach : sa langue et ses lèvres bougeaient difficilement, il devait tendre sa volonté pour couvrir le bourdonnement du rouet.

– J'entends bien à votre voix, Klara, que vous êtes bonne. Soyez miséricordieuse, ne vous chargez pas de ce péché. Vous avez une longue vie devant vous, il ne faut pas que vous ayez à la vivre avec ce poids sur votre conscience...

– Je ne comprends pas, dit-elle dans un murmure effrayé, à peine audible.

– Non, c'est moi qui ne comprends pas ! Bach, à sa grande surprise, haussa sa voix jusqu'au cri. Je ne comprends pas ce que tout cela signifie ! Toutes ces étrangetés dégoûtantes qui emplissent votre maison ! Ces Kirghizes muets aux yeux vides ! Cet argent qui apparaît tout seul dans mes poches, alors qu'on ne me l'a jamais donné ! Ces sentiers qui tournent en rond ! Ces arbres qui fondent ! Ces sorcières à rouet !

Bach jeta un œil inquiet vers la vieille, mais celle-ci continuait imperturbablement à filer son fil.

– Toute cette magie du diable, ces mauvais mystères. Des jeunes filles cachées derrière des paravents... Et si je le faisais tomber ? dit brusquement Bach avec une inspiration méchante. Si je le renversais du pied, votre fichu écran !

– Mon père vous tuera, dit simplement Klara.

– Seigneur tout-puissant !

Bach cacha son visage entre ses mains et resta longtemps assis dans cette position, écoutant tourner la roue du rouet. Il ne doutait pas un instant que Klara disait la vérité.

– Pourquoi moi ? dit-il enfin, relevant la tête – sa voix, rauque, semblait avoir perdu toute sa force depuis ces quelques instants de silence. J'ai trente-deux ans, je ne possède rien. On ne peut rien me prendre, je n'ai rien à donner. Choisissez quelqu'un d'autre, de plus jeune, plus beau, plus riche, à la fin. Je ne crois pas en Dieu, et mon âme ridicule ne vous servira à rien. Mais ne le dites pas au pasteur Haendel. Enfin, vous pouvez le lui dire, ça m'est égal... Donc, vous avez eu tort de me prendre pour vos petites expériences. Je ne sais pas comment vous le faites, et je comprends encore moins dans quel but. Je vous demande seulement de renoncer. Il est facile de me faire souffrir, mais cela ne vous apportera aucune joie particulière : je suis faible de corps, absolument démuni d'esprit. À quoi bon faire souffrir une souris malade ? Elle crèvera bien toute seule. Mieux vaut choisir comme victime une bête puissante, qui résistera longtemps, de toutes ses forces. C'est bien ce qu'il vous faut ? Moi – j'oublierai tout, je le jure. Et même si je n'oublie pas, je ne pourrai parler de vous à personne, je ne me parle qu'à moi-même. Je ne viendrai plus jamais sur cette rive, je ne regarderai même pas dans sa direction et, si vous le désirez, je n'irai même plus me promener au bord de la Volga…

– Je ne comprends toujours pas…

– Que voulez-vous ? Dites-moi, à la fin, ayez cette charité. Bon sang, que voulez-vous de moi ?!

– Je veux étudier. C'est tout…

– C'est tout ! répéta-t-il, contemplant ses mains tachées de sang, de boue et de chaux. Bon, très bien. Et si je vous donne une leçon, me promettez-vous de me laisser partir ce soir ?

– Mais est-ce que quelqu'un vous retient de force ?

Grimaçant de douleur, Bach frotta ses mains pour les débarrasser de la boue et de la poussière de chaux.

– Si je vous donne cette leçon, vous promettez d'appeler le Kirghize et de lui ordonner de toute autorité de me reconduire chez moi ?

– Bien sûr. Il a déjà reçu cet ordre.

– De votre père, comprit Bach tout seul. Lissant ses cheveux en désordre, il y trouva une branche égarée, la jeta à ses pieds. Il essuya son visage avec la manche de son veston. Bon, Fräulein, faites-moi le plaisir de commencer…

Et ils commencèrent. Avant tout, Bach décida de vérifier les connaissances de Klara Grimm – et il en vint à la conclusion qu'elles étaient absolument misérables. La jeune fille, malgré toute la douceur de sa voix et sa délicatesse évidente, était aussi ignorante qu'une sauvage d'Afrique. Pour toute géographie, elle ne connaissait vraiment l'existence que de deux pays, la Russie et l'Allemagne, et d'un fleuve : la Volga. De plus, la Volga, selon la vision de Klara, reliait les deux pays, ce qui permettait de se rendre de l'un à l'autre en bateau. Le reste du monde était, pour Klara, une nuée obscure qui entourait les terres connues – le maigre savoir de la jeune fille s'arrêtait aux rives de sa Volga natale. Elle n'avait qu'une notion très vague des profondeurs de la Terre et des ressources minières, tout comme des sphères célestes – dans le sens scientifique aussi bien que spirituel. Elle avait eu une éducation religieuse, mais elle connaissait mal son catéchisme (le pasteur Haendel aurait été horrifié de l'entendre raconter sa version candide des aventures d'Adam et Ève ou des tribulations de Noé). Elle appelait les étoiles et les constellations par leur nom paysan : la Grande Ourse était la Balance, Orion – le Râteau, et les Pléiades – la Poule couveuse. La question de la configuration de la Terre et de l'existence, dans le cosmos, d'autres planètes mit Klara dans la plus grande confusion : on n'avait jamais entendu parler d'astronomie dans la ferme de Grimm. Tout comme, d'ailleurs, de Goethe ou de Schiller.

L'étonnement de Bach face au manque criant d'instruction de la jeune fille grandissait à chaque question. Graduellement, il oublia ses récents déboires et se mit à chercher avec passion les minuscules particules de savoir dont était tout de même dotée Klara : il se sentit pareil à un chercheur d'or qui laverait des tonnes de sable dans l'espoir de trouver quelques pépites. Klara répondait volontiers, sans rien dissimuler, mais elle ne pouvait parler que de sa courte et simple vie qu'elle avait passée entièrement, du premier au dernier jour, dans la ferme de Grimm.

Ayant perdu sa mère dans sa prime enfance, privée d'affection maternelle, effrayée par un père sévère, et n'ayant pour confidente qu'une nounou à moitié sourde, Klara était devenue une créature touchante, excessivement timide et tendre. Un mot imprudent pouvait facilement la troubler, et tout souvenir triste la mettait en larmes ; alors, elle restait longtemps silencieuse derrière son paravent, reniflant et respirant par à-coups. Pour la première fois de sa vie, Bach se trouvait face à une personne encore plus vulnérable et sensible que lui. Généralement, en société, il rentrait en lui-même – comme une tortue rentre sa tête et ses pattes sous sa solide carapace – pour éviter d'être offensé par quelque maladroit. À présent, il se retrouvait contraint de jouer le rôle inverse : écouter attentivement les plus petites nuances dans l'intonation de Klara, pour détecter à temps les premiers signes de désarroi ou de tristesse ; réfléchir longuement à la question qu'il allait poser, puisant dans toutes ses ressources de tact et de douceur innée.

Privé de la possibilité d'observer son visage, il se concentrait sur sa voix – douce, grêle, souvent tremblante – qui, en quelques heures, lui en apprit plus sur son élève que Bach n'en savait sur les gens de son village. L'ardeur qu'il mettait à étudier l'âme de la jeune fille avait entièrement vaincu sa fatigue et sa peur : Bach ne remarqua même pas que les ombres, dans la pièce, avaient changé de direction, et son indignation face à l'ignorance crasse de Fräulein Grimm s'était depuis longtemps transformée en compassion.

À la fin de la leçon, glissant sous le paravent un volume de poésie pour vérifier ses capacités de lecture, il scruta le sol avec insistance : n'allait-il pas apercevoir une main fine ? Cela lui semblait, il ne savait trop pourquoi, important. Mais il ne vit rien : le livre se contenta de disparaître de l'autre côté, comme aspiré par un vent puissant. Quel dommage.

Klara lisait vraiment mal. Bach entendit d'abord longuement tourner les pages, puis un souffle un peu affolé, puis une lecture confuse, lente, des mots déchiffrés avec peine, comme le ferait un enfant qui apprend à lire. Elle n'avait guère lu plus d'une strophe, quand, devant la fenêtre, passa un visage sombre, et la silhouette du guide kirghize apparut sur le seuil.

– Vous viendrez demain, n'est-ce pas ? demanda Klara, poussant le livre de sous le paravent.

Bach ramassa le livre – il lui semblait que la reliure conservait encore la chaleur des doigts de la jeune fille. En se levant de sa chaise, il sentit que ses jambes lui faisaient mal. Et ce n'est qu'à ce moment qu'il comprit que, depuis plusieurs heures, il ne s'était pas souvenu une fois de ses errances dans la forêt, ni du perfide bourbier dans le ravin, ni du verger qui l'avait sauvé. Est-ce qu'il lui était vraiment arrivé quelque chose de ce genre aujourd'hui ? Et si oui – qu'était-ce exactement ?

Il comprit qu'il avait, au cours de la journée, crié de colère, ri à gorge déployée, eu peur, parlé franchement – plus qu'il ne l'avait fait de toute sa vie. Et encore : il n'avait pas bégayé une seule fois.

Il comprit qu'il voulait voir le visage de Klara.

– Au revoir, Fräulein Grimm, dit-il simplement, se dirigeant vers la porte.

Ses genoux et ses coudes lui faisaient mal, ses pommettes griffées par les ronces le brûlaient, mais il était devenu insensible à la douleur. Il était fatigué, incroyablement, insupportablement fatigué.

Dans son dos, on insista :

– Vous viendrez ?

N'osant rien promettre, il s'inclina devant la vieille au rouet pour prendre congé, et sortit de l'isba.

Suivant la silhouette allongée du Kirghize à travers le bois, Bach regardait autour de lui, saisi d'étonnement : comment avait-il pu s'égarer dans un lieu si simple et si évident ? Là se dressaient les chênes et les érables : rugueux au toucher, leurs troncs sentaient l'humidité printanière, l'écorce ridée était par endroits hérissée de feuilles vertes. Là s'étendait le sentier, sur lequel on voyait encore la trace de leurs pas du matin : rectiligne, il menait directement à la rive. Et la Volga – elle brillait déjà devant lui, à deux pas, entre les dos bruns des arbres. Comment le monde, si palpable et odorant, si réel, familier, avait-il pu perdre pour quelque temps sa solidité et se transformer en fondrière fuyante ? Ou n'était-ce que le fruit de son imagination ? La fatigue le submergeait, l'empêchant de penser.

– C'était vrai ? demanda-t-il, regardant le Kirghize dans les yeux quand celui-ci eut, d'un coup de pied, éloigné l'embarcation du rivage et pris les rames. Il n'espérait aucune réponse, il avait simplement posé cette question lancinante pour ne pas la garder à l'intérieur de lui. Tout ce qui m'est arrivé aujourd'hui – c'était vrai ?

L'esquif fendait l'eau, s'éloignant par à-coups de la rive. Les reflets des flots dansaient dans les prunelles noires du Kirghize, rétrécies en haut et en bas par ses paupières plissées. De grosses gouttes d'eau jaillissaient du plat des rames, atterrissaient sur ses bras et ses épaules nus, glissaient dans les creux entre ses muscles. Les tolets grinçaient avec régularité.

Bach se détourna. Il avait soudain eu envie de toucher encore une fois les pages qu'avait feuilletées, tout récemment, la main de Klara Grimm. Il ouvrit le livre – une odeur fraîche, inconnue, s'échappa des pages – et trouva le poème étudié. Au-dessus du titre, une main malhabile avait tracé, de travers et sans signes de ponctuation : « Ne m'abandonnez pas je vous en prie ».

# 3

Bach se rendait désormais tous les jours à la ferme, après avoir sonné la cloche de midi. Pas une fois, après la première leçon, son imagination ne lui avait joué de mauvais tour : la rive droite avait adopté le nouveau venu. À de nombreuses reprises, le Schulmeister avait exploré les environs pour retrouver le fameux bosquet avec la souche en forme de vieille au rouet et le ravin aux abattis d'arbres – en vain. Le fourré était épais, mais aisément franchissable, ses arbres étaient invariablement solides et rugueux, ses pierres lourdes, et ses sentiers sûrs. La ferme elle-même, avec ses habitants, se révéla, à la fréquenter, à peine un peu étrange.

Les journaliers kirghizes comprenaient vraiment mal l'allemand : entre eux, ils parlaient leur langue, saccadée et brusque. Bach apprit même quelques mots, s'étonnant qu'on puisse nommer si différemment les mêmes objets ou phénomènes dans chaque langue. Ainsi, par exemple, des choses très simples : le ciel et le soleil. Le *Himmel* allemand était léger comme un souffle de brise et lumineux comme un jour sans nuage – le *Sonne* y brillait joyeusement, faisant scintiller ses rayons d'or, répandant une lumière douce. Au contraire, le көк des Kirghizes était rond et trapu comme le couvercle d'un chaudron tatar qui se refermerait sur les hommes – essayez seulement d'en sortir – avec un кун[1] cramoisi fiché dedans tel un clou rougi au feu. Pouvait-on s'étonner, après, que le visage des gens qui parlaient dans cette langue âpre conservaient son empreinte austère ? Quoique, peut-être, les Kirghizes voyaient tout cela autrement, et que l'allemand compliqué gênait leur oreille habituée à des sons simples et tranchés.

La vieille Tilda, rendue presque sourde par la longueur de sa vie, mais qui avait conservé un œil vif et des mains habiles, passait plus volontiers son temps à filer et à tisser qu'à discuter. Le fil qui sortait de ses doigts calleux était incroyablement fin (les colons avaient raison de dire : « Plus les cheveux sont gris, plus le filage est fin ») et ses tissus étaient lisses comme de l'étoffe de fabrique. Tous les habits de la ferme, d'hiver et d'été, étaient tissés et cousus par elle, ainsi que les nappes d'apparat qui faisaient penser à des toiles d'araignée constellées de fleurs rouges et bleues, les draps, les taies d'oreiller, les couvre-lits en dentelle. Bach avait eu l'occasion d'observer attentivement les pieds nus de la vieille : chacun avait cinq doigts, pas un de plus.

Le maître de la ferme, le vorace Udo Grimm, se montrait rarement – il s'absentait régulièrement, parfois des semaines entières. Bach avait plusieurs fois observé le batelier kirghize conduire son maître sur son esquif, descendant le courant en direction de Saratov : Grimm préférait voyager sur l'eau, et ordonnait rarement de préparer la télègue ou de seller son cheval.

Le batelier kirghize s'appelait Kaysar, il pouvait parler, mais préférait se taire : de tout l'été, Bach ne l'entendit qu'une fois jurer entre ses dents, quand, un jour, au milieu de la Volga, sa rame heurta la longue carcasse d'un esturgeon qui dérivait, son ventre nacré gonflé et tourné vers le ciel – un signe de mauvais augure, qui, cela dit, n'eut aucune conséquence néfaste.

Le soir, quand il remontait la rive vers son village, Bach s'étonnait de n'avoir jamais vu auparavant l'esquif rapide de Kaysar se déplacer au pied des montagnes. Pourtant, il n'y avait rien d'étrange à cela : la Volga, dans cette région, était si large que même les plus grosses maisons de Gnadenthal, vues de la rive droite, ne semblaient plus qu'un tas de boutons

1. *Kök* et *Kün* en lettres latines.

colorés éparpillés sur la rive gauche, d'où dépassait l'épingle du clocher.

La ferme de Grimm vivait isolée du monde. Chaque départ et retour de son maître était un événement à partir duquel on faisait le compte du temps. À part Udo Grimm, aucun des habitants ne quittait la ferme : Klara n'était encore jamais sortie du domaine, et Tilda était trop vieille pour se souvenir de quand elle l'avait fait. Les Kirghizes (ils étaient cinq ou sept, Bach ne parvenait toujours pas à les distinguer, et donc à les compter précisément) semblaient parfaitement satisfaits de leur existence isolée au milieu des bois. Bach soupçonnait que certains d'entre eux, et peut-être même tous, avaient quelques lourds secrets, dans leur passé, qu'il leur était plus facile de cacher dans ce lieu éloigné, dissimulé au regard des autres. Quoi qu'il en soit, il ne remarqua pas une fois un journalier regarder avec mélancolie en direction des steppes natales, de l'autre côté du fleuve. De plus, l'un des Kirghizes était un véritable chasseur, qui partait chaque jour dans la forêt avec un fusil à double canon, tandis que Kaysar pêchait avec un savoir-faire exceptionnel, rapportant au dîner, les jours fastes, jusqu'à une dizaine de kilos de sandres et de carpes. Bach n'avait encore jamais rencontré de Kirghizes pêcheurs ou chasseurs ; les colons avaient toujours pensé que leur activité traditionnelle et la seule qu'ils pratiquaient était l'élevage de bétail. Pourtant, ils fournissaient en abondance la maisonnée de Grimm en gibier et en poisson. Tout le reste de l'approvisionnement venait de la ferme : on y élevait force bétail et volaille, le potager pourvoyait en légumes, et les pommes du verger suffisaient presque pour une année, jusqu'au printemps suivant.

Bach s'intégra rapidement à cette vie mesurée. Il se glissait dans la maison, petit et furtif, sans attirer l'attention des autres, et sans troubler personne par un regard indiscret ou une question oiseuse. Le plus souvent, un repas (chaud et au goût agréable) l'attendait à la cuisine, et dans le salon, derrière le paravent déjà familier, l'attendait son élève, en présence de la vieille au rouet, toujours aussi vigilante et silencieuse.

Ils commençaient par l'essentiel : le langage parlé. Klara devait raconter quelque chose, Bach l'écoutait et traduisait. Il refaçonnait les courtes expressions dialectales en phrases élégantes de *haut allemand*. L'élève répétait après son maître. Ils avançaient sans se presser, phrase après phrase, mot après mot, comme s'ils progressaient dans la neige profonde, la jeune femme mettant ses pas dans ceux du Schulmeister.

Au début, Klara n'avait aucune idée de ce qu'elle pouvait raconter : sa propre existence était pauvre en événements, et elle ne connaissait rien du reste du monde. Mais ils trouvèrent rapidement la solution : les contes. Toute son enfance, sa nounou Tilda avait distrait Klara en lui racontant des histoires un peu effrayantes : celles de moutons appartenant à des géants aveugles ; de souris qui avaient dévoré, pendant une grande famine, un méchant évêque ; de châteaux qui, au chant de psaumes, s'élevaient du fond des lacs et des rivières pour, à l'aube, s'enfoncer à nouveau dans les eaux ; de méchants nains qui forgeaient l'argent dans des grottes souterraines ; de pères qui coupaient les mains de leurs filles, et de filles qui obligeaient leurs mères à danser sur les braises brûlantes ; d'un cruel chasseur condamné, après sa mort, à courir à travers bois avec une meute de chiens derrière les fantômes de bêtes qu'il avait torturées – les traquant sans jamais les prendre... Klara connaissait de nombreuses légendes par cœur et les racontait volontiers.

Comme elles différaient des contes que Bach avait lus dans les livres ! Dits dans un dialecte sans prétention, privés de toutes les élégances et du lustre du *haut allemand*, n'ayant pas subi la censure des compilateurs, ces sujets prenaient la forme d'un récit terre à terre sur ce qui s'était passé dans la ferme voisine, ou d'un entrefilet de presse sur un crime crapuleux. Ces histoires avaient sans doute été apportées de la patrie allemande au temps de Catherine la Grande, et n'avaient pas beaucoup, voire pas du tout changé depuis, transmises avec soin de bouche à oreille par des générations de Tilda peu loquaces et sans la moindre imagination. Il n'y avait ni magie, ni beauté dans ces contes, mais la vie nue. Et Klara croyait à cette vie, tout comme elle croyait qu'en appliquant du chou fermenté contre son front, on se débarrassait d'un mal de tête, ou que l'abondance de bouse de taureau était signe d'une moisson fertile. Elle ne voyait pas de différence essentielle entre les aventures des héros de contes et les errances de Moïse, entre les épopées de chevaliers ensorcelés et la révolte du terrible

Emelka Pougatchev, entre la flammèche bleue de la peste qui parcourait le monde et le récent incendie de Saratov, dont on avait entendu parler même dans les coins les plus reculés de la Volga. Tous ces phénomènes pouvaient sans doute arriver un jour, et s'étaient probablement déjà produits auparavant dans le sombre brouillard sans limites qu'était le monde autour de la petite ferme de Grimm. Qui aurait osé prétendre le contraire ?

Après avoir parlé tout leur saoul, ils passaient à l'écriture : calligraphie, dictée, rédaction d'après les récits de l'instituteur. Bach aimait moins ces heures où, au lieu de la voix de Klara, il n'entendait que le grincement de sa plume, qu'il avait vite appris à distinguer du bourdonnement du rouet.

Mais après... après, c'était l'heure du troisième cours, le moment préféré de Bach, le point culminant de la journée : la lecture. Il transmettait à son élève le livre qu'il avait apporté – en le glissant sous le paravent, comme ils en avaient pris l'habitude. Et Klara lisait : de sa voix douce et enfantine, détachant lentement chaque syllabe. Dans sa bouche innocente, les ballades de Goethe et de Schiller prenaient des sonorités étranges : l'intonation angélique avec laquelle elle prononçait les poèmes d'amour les plus ardents leur donnait, étonnamment, un léger accent de vice, et la tendresse avec laquelle elle récitait les histoires les plus effrayantes ne faisait qu'amplifier leur signification terrible :

*... Le pè-re fré-mit... il pre-sse son che-val,*
*Il ti-ent dans ses bras... l'en-fant qui gé-mit ;*
*Il a-rri-ve à sa mai-son... a-vec pei-ne, a-vec an-goi-sse :*
*L'en-fant dans ses bras é-tait mo-rt*[1]*...*

Bach écoutait les vers qu'il connaissait depuis sa jeunesse, et un frisson parcourait son corps, tant la lecture de Klara se révélait soudain expressive. Il corrigeait sa prononciation, grommelant quelque docte niaiserie pour la forme, mais ne désirant, en réalité, qu'une chose : que Klara continue de lire. Et elle lisait : les ballades allemandes tragiques, nées des contes cruels et des légendes funèbres – les pêcheurs se noyaient dans les

1. *Le Roi des Aulnes* de Goethe (trad. Jacques Porchat).

flots, attirés par les voix doucereuses des filles de l'écume ; les rois étaient foudroyés par la mort dans des festins joyeux ; les fiancées mortes venaient partager la couche de leurs fiancés encore vivants, et buvaient leur sang…

Parfois encore, la voix étonnante de Klara avait l'effet contraire sur le poème : la désolation qui remplissait les vers fondait dans les intonations tendres, faisant place à l'espoir.

*Sur tous les som-mets est le re-pos ;*
*dans tous les feu-illa-ges tu sens un sou-ffle à pei-ne ;*
*les oi-se-lets se tai-sent… dans le bois ;*
*at-tends un peu, bien-tôt… tu re-po-se-ras au-ssi*[1] *!*

Bach écoutait le *Chant de nuit du voyageur* et, pour la première fois de sa vie, il croyait que ce n'était pas l'éternité glacée qui attendait le voyageur solitaire dans les montagnes escarpées, mais une nouvelle aube, et avec elle la lumière, la chaleur – que le soleil apparaîtrait derrière une montagne, et que le voyageur, reposé, se lèverait et continuerait sa route…

Bach aurait pu écouter Klara pendant des heures. De son côté, elle voulait l'écouter, lui, et, fatiguée de lire, elle lui demandait de raconter quelque chose d'« instructif » (géographie ou histoire) ou de « distrayant » (la chronique de Gnadenthal, qui lui semblait être le cœur d'une vie sociale bouillonnante). Bach cédait, mais, sentant que la leçon arrivait à sa fin, demandait déjà, après quelques minutes, d'une voix sévère : « Lis ! »

Très vite, la voix douce de Klara remplit la vie de Bach comme l'air emplit un vase vide. Il saluait cette voix le matin en se réveillant. Elle résonnait imperceptiblement à l'intérieur de Bach, couvrait les polyphonies du matin : le mugissement du bétail, le cri des coqs, les chants sonores des matrones de Gnadenthal, et même le bourdon de la cloche de l'école. Cette voix semblait parfois s'élever de derrière la fenêtre close, alors qu'il allait s'endormir, et Bach, tout en maudissant son imagination et sans le moindre espoir, s'élançait dans la rue, à demi nu, regardant de tous côtés avec agitation, puis se traînait dans sa chambre : dormir, dormir, pour que demain arrive plus vite.

1. *Chant de nuit du voyageur* de Goethe (trad. Jacques Porchat).

Les rêves de Bach, qui autrefois avaient ressemblé à des tableaux vivants, s'étaient changés en récits oraux : toutes les images se fondaient en une seule voix familière – Bach ne voyait plus, mais entendait en rêve. Il écoutait joyeusement – si la voix était calme et tendre, avec angoisse – si la voix tremblait d'émotion, et parfois... ô, parfois la voix était un peu plus basse que d'ordinaire, devenait rauque, prenait une intonation nouvelle, alanguie. Dans ces instants, Bach se levait brusquement de son lit, sous le coup d'une terreur incompréhensible, les tempes en sueur. Il restait éveillé jusqu'au matin.

Bach pensait souvent à ce qui se passerait si le paravent qui le séparait de Klara tombait brusquement – de lui-même, abattu par un brusque courant d'air, par exemple. Il s'imaginait – dans les moindres détails – entendre gémir sur ses gonds la porte d'entrée, un coup de vent ouvrant brusquement la fenêtre, faisant claquer les vantaux et trembler la vitre, et le paravent, avec un grincement bref – ses battants de toile gonflant comme des voiles –, tombant à terre dans un grand fracas. Que ferait-il alors, lui, Jakob Ivanovitch Bach ? Il fermerait les yeux, voilà ce qu'il ferait. Il mettrait ses mains sur eux, les couvrant bien, cacherait son visage dans ses genoux et resterait dans cette position tant que la vieille Tilda n'aurait pas remis la barrière en place, attendant qu'elle lui donne une tape sur l'épaule : Relève-toi, tu peux regarder. Bach ne voulait pas que le paravent tombe, il le redoutait. Il redoutait de voir le visage de Klara.

Non, au début il le désirait, follement. Il essaya longtemps de se représenter les traits de son visage – dans son lit, avant de s'endormir, il imaginait toutes les possibilités : la jeune fille pouvait être d'une grande beauté, d'aspect commun, ou carrément laide. Pour sa part, bien sûr, il aurait préféré un doux visage disgracieux, sans signes évidents de beauté : poupin, ou blême et desséché, le nez camus ou la peau grêlée, des sourcils trop blonds et presque invisibles, ou le teint sombre d'une gitane... Puis, soudain, il pensa avec horreur que Klara était défigurée : avec un trou à la place du nez, ou le front écrasé. Ou qu'elle était mutilée : le corps brûlé lors d'un incendie, privée d'un bras ou d'une jambe. Aveugle. Boiteuse, les jambes torses. Un bras pendant. Bossue. Naine. Ou, pire encore, d'une beauté sans défaut, aveuglante... De telles pensées étaient si douloureuses, si déchirantes, que Bach s'interdit de rêver à l'apparence de son élève : il se contenterait de sa voix envoûtante. Combien Udo Grimm avait fait preuve de sagesse, en élevant entre eux ce mur salvateur !

Et pourtant, une partie de Bach, la plus téméraire, désirait en savoir plus sur Klara, en dépit de l'interdiction qu'il avait eu le bon sens de se faire à lui-même. Il continuait, comme le premier jour, à guetter sous le paravent les doigts de Klara quand il lui passait un livre ou une feuille de dictée ; parfois, apercevant l'arrondi d'ongles roses, il se troublait profondément. D'autres fois, par ciel clair, le soleil couchant pénétrait dans la chambre, et on voyait apparaître, sur la toile du paravent, comme sur un écran, une tache grise indistincte : l'ombre de Klara. Plus rarement encore – et ces moments marquaient particulièrement Bach –, emportée par leur discussion ou par des réflexions, Klara se levait et marchait le long du paravent (trois pas dans un sens, trois pas dans l'autre), et les battants de toile en tremblaient légèrement ; Bach tournait la tête vers le bruit des pas et aspirait l'air profondément, silencieusement : il lui semblait que ses narines détectaient le parfum subtil du corps de la jeune fille. C'était mal, honteux ; il se blâmait et se promettait de cesser immédiatement, mais, malgré lui, il continuait.

Cela dit, Klara cherchait également à se rapprocher de lui. Toutes les pages du petit livre de Goethe furent bientôt couvertes de ses messages courts et naïfs ; elle les inscrivait au crayon dans les marges, de son écriture laborieuse, chaque fois qu'elle lui rendait le livre. En feuilletant l'ouvrage – leur instrument secret de correspondance – Bach pouvait suivre les progrès de Klara : les lettres devenaient progressivement moins tordues, les fautes d'orthographe disparaissaient peu à peu, tandis que la ponctuation se mettait en place.

*Cette nuit j'ai rêvé d'un brochet noir*

*J'ai les yeux bleus et vous ?*

*Comment les gens s'habillent-ils à Gnadenthal ?*

*Je ne sais pas nager*

*Vous aviez aussi peur des chiens quand vous étiez petit ?*

*Tilda fait semblant d'être sourde, mais elle entend tout.*

*Racontez-moi encore des histoires drôles sur le conseiller Dietrich.*

*J'ai rêvé d'un loup blanc.*

*Pourquoi votre voix est-elle triste ?*

*Je ne veux pas aller en Allemagne, je ne veux pas me marier.*

Au début, Bach ne savait pas s'il devait répondre aux messages secrets, et par là encourager une correspondance dangereuse : si Tilda remarquait quelque chose et le rapportait au maître de maison, les leçons prendraient sans doute immédiatement fin. Puis il se décida tout de même à répondre, mais de façon si dissimulée qu'un observateur extérieur n'avait résolument aucune chance de comprendre. Il glissait ses réponses aux questions de Klara dans les textes des dictées quotidiennes (*Écrivez la phrase suivante, Klara, concentrez-vous bien. « J'ai les yeux brun clair. » Réfléchissez avant d'écrire « brun clair ». Et souvenez-vous des règles de l'accord des adjectifs dont nous avons parlé hier...*). En racontant la vie des poètes et des généraux, il rajoutait des détails tirés de sa propre biographie (... *Peu de gens le savent, mais Goethe a toute sa vie eu peur des chiens, et il ne savait pas nager, alors même qu'il était né sur les bords d'une grande rivière qu'on appelle le Main. Comme vous le voyez, Klara, personne n'est parfait, même les grands génies...*). Il mettait ses mots dans la bouche de poètes, hommes politiques, philosophes ou monarques (... *Et la future tsarine Catherine, qui n'était pas encore l'impératrice de Russie qu'on appellerait la Grande, mais une jeune princesse allemande inconnue, se dit : « Amer, mais inévitable, est l'hymen »...*). Il était persuadé que Klara comprendrait, déchiffrerait tous ses codes, devinerait ses messages.

Désormais, tout ce que faisait Bach, toutes ses pensées étaient pour elle. Il se préparait à leur leçon à l'avance, la veille déjà : il choisissait des thèmes pour leur discussion, cherchait dans sa mémoire ce qui amuserait Klara ou la ferait hoqueter de peur. Il se mit à observer les villageois pour relever leurs traits marquants ou drôles, à se souvenir des histoires de la colonie. Et il trouvait tant à raconter ! Pour la première fois de sa vie, il remarqua que la face ridée du peintre Fromm ressemblait étonnamment au museau d'un *souslik*, que la silhouette de la grosse Emmy Böll, que personne n'appelait jamais autrement que « Emmy des Pastèques », ressemblait véritablement à une montagne de pastèques.

– À Gnadenthal, il y a une femme incroyablement corpulente, racontait Bach le lendemain, arpentant la pièce le long du paravent, les mains croisées derrière le dos, lançant des regards rusés vers les cloisons de toile : Emmy des Pastèques. Et on ne l'a pas surnommée ainsi à cause de ses joues, pourtant si rouges, même les jours gris, qu'on la voit à une lieue. Ni à cause de ses petits yeux noirs, qui brillent comme des graines de pastèque sur son visage. Non, la cause est ailleurs !

– De quoi s'agit-il ? demandait doucement Klara, et on l'entendait soupirer d'anticipation.

Bach ne répondait pas tout de suite – il révélait l'histoire lentement, comme il l'avait prévu.

– Que disent les femmes à Gnadenthal, et dans toute colonie qui se respecte, à Zurich, Bâle, Schoenchen, et même à Balzer, quand elles sèment un fruit ou un légume ?

– « Pousse, par la grâce de Dieu », répondait Klara, qui connaissait bien le travail au potager.

– Oui, ou parfois « Pousse sous les cieux, viens à notre table », acquiesçait Bach. Mais que dit Emmy ?

– Que dit-elle ?

Bach faisait une longue pause – il attendait que l'impatience de Klara soit à son comble, et qu'elle demande avec dépit :

– Mais alors ? Que dit-elle ?

– Quand elle jette les graines de pastèque dans la terre humide, cette éhontée murmure à chacune…

Bach baissait la voix et ralentissait son débit, comme s'il faisait un récit tragique :

– … « Deviens grosse comme mon fessier, nous aurons de quoi manger ! »

Un petit rire confus retentissait derrière le paravent.

– Et aux graines de melon, elle dit…

– Quoi ?

– … « Deviens gros comme mon téton, aussi sucré, aussi bon ! »

Derrière le paravent, Klara riait carrément.

– Le plus fort est qu'ils deviennent énormes ! La voix de Bach reprenait de la force, retentissait dans la pièce. Dans les autres potagers, les pastèques sont petites et aigres. Mais chez Emmy, elles sont si grandes qu'une personne ne suffit pas à les porter, comme si une force les gonflait, à l'intérieur !

Il écartait les bras, comme un acteur sur scène, en pleine inspiration.

Klara riait aux éclats.

– Quand, par une journée de juillet, Emmy s'affaire dans sa melonnière, entre les beaux fruits rayés, se penchant à terre et exposant au soleil brûlant son fameux fessier, sous le tissu tendu d'une jupe verte, on ne comprend pas toujours où est la pastèque, et où est la ménagère. Bach levait les sourcils d'un air confus, haussant les épaules. Les melons aussi ont poussé à l'envi : lourds, un peu arrondis d'un côté, avec une petite pointe crânement dressée. Tout honnête homme qui aperçoit ces melons-là rougit immédiatement…

Klara essayait de dire quelque chose – de protester contre ces détails piquants – mais le fou rire l'étouffait, l'empêchait de prononcer une parole. De son côté, Bach, électrisé, la tête renversée en arrière et les cheveux en bataille, continuait à mettre de l'huile sur le feu.

– On raconte qu'un étudiant sans diplôme de la famille Dürer, mû par un intérêt exclusivement scientifique, avait un jour espionné Emmy pendant qu'elle prenait un bain dans la Volga, dans le but de comparer la configuration de son corps et des fruits. Eh bien, il assura que la ressemblance était absolue : les pastèques et les melons d'Emmy étaient comme moulés dans les parties correspondantes de son corps !

Bach décrivait ces mêmes formes en faisant des gestes des mains dans l'air, oubliant que Klara ne le voyait pas. Derrière le paravent, la jeune fille gémissait d'épuisement après avoir tant ri.

– D'autres matrones ont essayé, rougissant de honte et se cachant soigneusement, de répéter les formules d'Emmy dans leurs potagers, mais il n'en est rien sorti de bon. Parfois, leur récolte a carrément pourri. Les femmes se sont attristées, puis elles ont abandonné. C'est bien vrai : Emmy des Pastèques est la seule en son genre ! Grâce soit rendue à la Providence qui l'a fait naître à Gnadenthal !

Bach attrapa la chaise sculptée sur laquelle il s'asseyait habituellement et la tapa avec un bruit expressif sur le sol, signifiant la fin du récit. Le bruit était si fort que l'impassible Tilda sursauta, et perdit le fil de la bobine qui tournait devant son nez.

– Dieu tout-puissant, murmura Klara après avoir ri à satiété, retrouvant peu à peu son souffle. Dans sa voix, si joyeuse l'instant d'avant, perçaient nettement des notes de souffrance. Est-ce qu'il me sera donné un jour d'aller dans ce merveilleux Gnadenthal ?!

En vérité, la présence de Klara avait un effet des plus étranges sur Bach. Même les orages, les puissants orages sur la Volga, avec leurs lambeaux de nuages bleutés couvrant l'horizon et leurs éclairs trouant le ciel, avaient perdu tout pouvoir sur lui. Le sang de Bach ne s'échauffait plus devant le déchaînement des éléments, mais en discutant doucement avec une jeune fille cachée derrière un paravent de tissu. Chaque jour était désormais pour lui comme un orage bienvenu, chaque mot de Klara, comme un coup de tonnerre longtemps attendu. Bach ne regardait plus qu'avec condescendance les tempêtes se déchaîner sur la steppe, les averses printanières se déverser violemment sur la Volga – il était déjà rempli d'électricité lui-même, comme la plus puissante des nuées flottant dans le ciel.

Ainsi passèrent les semaines, ainsi les mois.

En mai, quand les villageois, revenus des labours, plantaient melons, courges et pastèques dans les melonnières, et des pommes de terre dans les potagers, Bach et Klara lurent Goethe.

En juin, à la tonte des moutons et pendant qu'on faisait les foins (à la hâte, avant que le soleil de la steppe ait brûlé l'herbe), ils passèrent à Schiller.

En juillet, au moment de la moisson du seigle (pendant la nuit, parce que les graines tomberaient des épis sous la chaleur furieuse du jour) et de l'abattage des agneaux, dont la laine était plus douce que le duvet des stipes, et la viande plus tendre que la chair des baies, ils terminèrent Schiller et passèrent à Novalis.

En août, alors que les granges s'emplissaient de blé moulu et d'avoine, puis que toute la colonie se mettait à cuire du miel de pastèque (qu'on allait boire toute l'année, en le diluant dans une poignée de glace de la glacière et en y ajoutant quelques baies âpres de prunellier), ils se tournèrent vers Lessing.

En septembre, quand tout Gnadenthal récoltait la pomme de terre, le navet et le rutabaga, puis, avec les bœufs, défrichait la steppe sous une brume noire, avant de ramener le bétail des pâtures d'été et de réparer les maisons et les étables avec des briques en torchis durcies sous le soleil d'été, ils revinrent à Goethe.

Et quand il ne resta plus que quelques brèves journées avant octobre et avant le début de l'année scolaire, Klara écrivit, dans le livre déjà bien usé, juste au-dessus du fameux poème du *Chant de nuit du voyageur* : « Demain, nous partons pour l'Allemagne. »

Bach lut ce message alors qu'il était déjà monté dans la barque du silencieux Kaysar. Au début, il ne put le croire : la vie, si abondante, solide, ne pouvait pas disparaître en une heure et partir pour un autre pays. Il fallait bien s'occuper de tous ces moutons avec leurs agneaux, des dindes et des oies, des chevaux, des télègues, des kilos de pommes dans des cageots, des tonneaux de liqueur, des longs colliers de poissons séchés, des brassées de draps et de taies écrus, des étagères couvertes de vaisselle, des vitrines de pipes à tabac… Tous ces Kirghizes austères, Kaysar et son esquif, Tilda et son éternel rouet. Et – Klara.

Puis il se souvint brusquement qu'il avait cru voir des malles entassées dans l'arrière-cour, on les avait même chargées dans des télègues et fixées avec des courroies. Et les poules et les oies avaient cessé depuis quelque temps de leur courir dans les jambes, comme si elles avaient disparu de la ferme. Les troncs des pommiers dans le verger avaient déjà été entourés de sacs en toile, alors qu'on ne le faisait généralement qu'en hiver, quand la neige tombait…

– Attends ! cria-t-il à Kaysar. Lâche tes rames ! Tes maîtres partent vraiment demain ?

Se souvenant que le Kirghize ne comprenait pas l'allemand, il essaya de lui poser la question dans sa langue – à l'aide de la douzaine de mots qu'il avait appris pendant l'été –, mais en vain : il mugissait en cherchant les mots, agitant fébrilement les bras, montrant les montagnes de la rive, puis l'occident, la direction de Saratov ; il fit involontairement tomber dans la

Volga les feuilles de la dictée du jour, qui s'éparpillèrent sur l'eau, disparurent derrière la poupe. Kaysar le regarda d'un air absent, morose, comme il aurait regardé un poisson se débattant dans son agonie. Il ramait.

– Arrête la barque ! Bach agrippa les rames. Retournons à la ferme !

Kaysar s'immobilisa un instant, détacha les mains de Bach – qui sentit pour la première fois quelle force le Kirghize avait dans les bras – et se remit à ramer.

Manquant d'air, agité et débordé par ses pensées, Bach regardait la falaise blanchâtre s'éloigner de lui par à-coups – comme si quelqu'un repoussait l'embarcation avec indifférence, inexorablement. Le vent agitait la cime des arbres, levait de grandes vagues – sur les feuillages, déjà un peu jaunis çà et là, et sur l'eau lourde de septembre. Des centaines de vagues crêtées d'écume couraient sur la Volga, innombrables moutons sur une prairie immense. La barque tanguait, mais Kaysar la maîtrisait d'une main habile, tranchant les rouleaux de son étrave. Bach se tassa sur son banc, serrant le tome de Goethe contre sa poitrine, ne comprenant pas si c'était le vent ou ses pensées tristes qui lui donnaient froid, ne remarquant pas les jets d'écume qui l'atteignaient au visage et aux épaules…

*

Il ne dormit pas de la nuit. Il réfléchissait. Au matin, juste après la cloche de six heures, il courut chez le conseiller Dietrich, afin de lui demander une barque et un rameur. En guise de réponse, Dietrich tourna le Schulmeister vers la fenêtre et, sans dire un mot, écarta les rideaux. Derrière les vitres couvertes d'une bruine mauvaise, les éléments se déchaînaient : de lourds nuages, gonflés d'humidité froide, se traînaient au-dessus de la rivière, y trempant presque leurs lambeaux ; les vagues étaient hautes et drues. Il ne pouvait être question de sortir sur la Volga. Bach aurait voulu tout expliquer, raconter, soutirer une promesse, exiger enfin, mais il se contenta de grommeler quelque chose de suppliant, bafouilla, avala ses mots. Il sortit bredouille.

Il frappa à toutes les portes – seul, sans Dietrich. Il allait vers tous ceux qui avaient ne serait-ce que la plus vilaine barque : le tueur de cochons Hauf, le meunier Wagner, le fils replet de la veuve Koch, et le maigre mari d'Emmy des Pastèques, Böll-sans-moustaches (il y avait également un Böll-avec-moustaches, mais il était si méchant que personne n'aurait osé s'adresser à lui), puis chez beaucoup d'hommes encore. Il redisait les mêmes mots, serrant ses bras contre sa poitrine comme s'il voulait la presser contre sa colonne vertébrale, acquiesçait brièvement et regardait dans les yeux avec un sourire pitoyable. Tous refusaient : « Schulmeister, oubliez ces bêtises, et pensez à nos enfants. Si vous vous noyez, vous n'aurez plus qu'à apprendre à lire aux poissons de la Volga ! Hein ? »

Il se traîna jusqu'au débarcadère et s'assit au bord de l'eau, seul, ne sentant ni le vent ni la bruine de plus en plus forte. Il regardait les grosses vagues grises taper contre le quai et le couvrir d'une écume jaune sale. L'autre rive avait complètement disparu dans la pluie et l'obscurité.

Toutes les barques avaient déjà été traînées la veille sur la berge, elles gisaient sur le sable gris, leurs coques tournées vers le ciel. Quand les gouttes qui tombaient du ciel s'alourdirent, lui battirent les joues, Bach revint à lui, se glissa sous une barque à fond plat, aux flancs couverts d'algues. Il s'assit sur le sol, se mit en boule, la nuque contre le fond de la barque. Il écouta la pluie tomber sur le bois, passant sans fin les doigts dans le sable mouillé. Qu'aurait-il fait si quelqu'un avait osé l'emporter sur l'autre rive ? Qu'aurait-il dit à Udo Grimm, en levant les yeux vers sa grosse barbe et ses moustaches fournies ? Il ne le savait pas. Mais il n'avait pas la force de s'éloigner de la rive.

Le vent continua à tempêter pendant deux jours, et ces deux jours, Bach ne retourna à Gnadenthal que pour sonner la cloche. Il passait tout le reste de son temps sur la rive de la Volga, emmitouflé dans une vieille pelisse de mouton. En deux jours, ils avaient eu le temps de gagner Saratov, de prendre un train pour Moscou et de partir vers la lointaine Allemagne.

Au soir du troisième jour, quand les vagues devinrent plus basses, plus paresseuses, qu'elles cessèrent d'écumer follement, et que le soleil fit une apparition timide dans le ciel cotonneux, des pêcheurs s'approchèrent de Bach, toujours assis, tout recroquevillé, sous la barque, pour lui dire que, s'il le fallait, « ils conduiraient le Schulmeister de l'autre côté, s'il en avait tant besoin, mais seulement demain, quand la petite mère Volga se serait enfin calmée ». Bach leva vers eux des yeux éteints, ne dit pas un mot mais fit non de la tête. Les pêcheurs échangèrent un regard, haussèrent les épaules et repartirent.

Il resta encore longtemps assis à contempler le fleuve ; il vit, de l'autre côté, un ruban rose pâle apparaître sur l'horizon grisâtre : les contours des montagnes. Il se souvint qu'il n'avait pas dormi depuis longtemps. Que le lendemain était le premier jour d'octobre, le début de l'année scolaire. Il sortit de sous la barque et marcha vers la Schulhaus. À force de rester au bord de l'eau, il était transi jusqu'à la moelle, il avait la fièvre depuis de nombreuses heures, mais il n'avait pas de quoi chauffer sa chambre – les élèves n'apporteraient les bûches et le fumier séché que le lendemain.

S'approchant de l'école, il remarqua une silhouette immobile sur le perron – quelqu'un était assis sur les marches. Soudain, il eut chaud, mais le tremblement qui secouait son corps ne cessa pas, il augmenta.

Quand elle entendit marcher dans l'obscurité, la silhouette sursauta, comme si on la réveillait soudainement, et se leva.

Bach se figea à quelques pas du perron. Une goutte brûlante de sueur glissa le long de son dos. Dans l'obscurité, il ne voyait pas le visiteur nocturne – il entendait seulement sa respiration, légère, haletante, comme effrayée.

– On m'a dit que le Schulmeister Bach vivait ici, dit doucement la voix familière.

– Bonjour, Klara, répondit-il, ses lèvres sèches lui obéissant avec peine.

Il ouvrit la porte, et Klara entra dans la maison.

# 4

Cette nuit-là, il lui mentit, lui disant que les lampes à pétrole étaient vides. Il n'aurait pas pu les allumer, voir son visage – son cœur épuisé ne l'aurait pas supporté.

Sur son insistance, Klara se déshabilla et se coucha dans le lit, sous le seul édredon de la chambre. Pendant que Klara s'installait, Bach sortit dans la salle de classe, qu'il se mit à arpenter, s'imaginant vivement toutes les mésaventures de la jeune fille, toutes les difficultés de la journée. Elle lui avait raconté comment elle avait quitté son père : à la première gare après Saratov, elle s'était glissée hors du compartiment où elle était censée rester cloîtrée tout le trajet jusqu'à Moscou (Tilda s'était endormie, bercée par le roulement du train), était sortie du wagon sans que personne s'en aperçoive. Elle s'était éloignée à pas vifs, sans regarder en arrière et sans lever les yeux, jusqu'au moment où elle s'était retrouvée au milieu de nombreux étals de marchandises, de télègues, de chevaux et de gens qui parlaient une langue inconnue. Elle avait demandé le chemin de Gnadenthal, mais on avait longtemps refusé de la comprendre. Enfin, un paysan à la barbe rousse avait compris le nom de la colonie, et lui avait proposé de l'y conduire. Il ne l'avait pas trompée, il l'avait vraiment menée à bon port : ils avaient d'abord franchi la Volga sur un bac, puis suivi la rive gauche en télègue, jusqu'à Gnadenthal. En paiement de sa peine, il avait pris la bourse de voyage que Tilda avait eu soin de mettre à la ceinture de Klara (la jeune fille ignorait combien d'argent elle contenait, elle n'avait pas regardé à l'intérieur).

Ayant passé une bonne heure, et peut-être deux, à arpenter la classe, Bach s'aperçut qu'il ne ressentait plus la moindre fatigue, ni le moindre froid. Il enleva ses chaussures et se glissa dans la chambre en essayant de ne pas faire grincer les lattes du plancher. Il n'entendit pas la respiration de Klara. Effrayé à l'idée qu'elle avait disparu, ou qu'elle n'était jamais venue dans sa chambre obscure, qu'elle n'avait été qu'un fantôme né de sa fièvre, il courut jusqu'à la fenêtre, trébuchant, renversant des chaises, tira les rideaux… elle était là ! Elle était là, silhouette frêle sous l'édredon, les cheveux répandus sur l'oreiller, le visage indistinct dans la pénombre. Tressaillant au bruit, elle tourna le visage vers le mur, et se rendormit.

Bach ne referma pas les rideaux. Il prit délicatement une chaise, l'approcha du lit. Il s'assit. Les coudes sur les genoux, le menton entre les paumes, il se mit à contempler Klara. Il n'avait pas sommeil, ne s'apercevait pas de l'inconfort de sa pose tordue.

La nuit noire, sans lune, fit place à une aube sombre. Les traits de Klara se dessinèrent lentement dans l'air bleuté : la volute d'une petite oreille, le contour d'une joue, la pointe d'un sourcil. Ces traits incertains, encore noyés dans la pénombre, étaient plus bouleversants qu'un tableau précis : on pouvait dessiner n'importe quel portrait à partir d'eux. Bach aurait voulu prolonger ces minutes d'inachevé, d'inconnu, reporter indéfiniment le moment de la rencontre, et il se souvint avec un certain soulagement qu'il devait aller sonner la cloche de six heures.

Par chance, la cloche ne réveilla pas Klara, et Bach put rester encore quelque temps à son chevet. Étonnamment, sa simple proximité le réchauffait – il ouvrit même les pans de sa tunique. Il remarqua soudain que le tissu était complètement usé sur les bords, que les manches avaient encore une fois besoin d'être reprisées. Il examina sa chambre avec des yeux neufs : les murs, qu'on n'avait pas reblanchis depuis longtemps, étaient parcourus de fissures, le gros poêle arrondi occupait l'espace, une étagère de paille couverte de livres s'élevait dans un coin, son pied cassé remplacé par un caillou… Oui, il y avait de quoi avoir honte d'un tel logement, et il n'y manquerait pas, une autre fois, il aurait aussi honte de sa tunique usée, mais son cœur n'avait aucune place pour la confusion – il était entièrement absorbé par la rencontre imminente.

À huit heures, Klara n'était toujours pas réveillée, et il sortit faire sa classe sans avoir vu son visage. Il ne revint pas à sa chambre à la pause de midi ; il s'était trouvé des dizaines d'occupations en classe : chauffer les poêles, discuter avec ses élèves, réparer les manuels déchirés… Ses mains s'affairaient, ses lèvres prononcèrent des milliers de mots, mais ses oreilles n'étaient attentives qu'à ce qui se passait de l'autre côté du mur. Tout était silencieux.

Après l'école, ayant raccompagné le dernier élève et fermé la porte derrière lui, Bach voulait enfin regagner sa chambre, mais au lieu de cela, il obéit à l'impulsion de s'asseoir à un pupitre d'élève – au premier rang, celui des cancres. Il resta là, lissant avec force, de ses paumes moites, le tissu de son pantalon sur ses genoux, jusqu'à ce que la porte de son appartement s'ouvre : Klara venait à sa rencontre.

Elle était belle – d'une beauté aveuglante, plus belle qu'on ne saurait le dire. Ce ne pouvait tout de même pas être l'imagination de Bach qui lui donnait des traits aussi parfaits – et la douceur de sa peau, la soie de ses cheveux, le bleu de ses yeux, le foisonnement tendre des taches de rousseur piquetant ses joues. Il restait assis à son pupitre, le dos voûté, frappé de stupeur par cette beauté, ne sachant que dire. Elle s'approcha, s'assit à côté de lui. Elle le regardait, l'examinait attentivement : il se sentit soudain rougir de honte jusqu'à la racine des cheveux. Il avait honte, non de sa pauvre tunique et de son appartement négligé, mais de bien plus – de son visage aux traits incertains, inexpressifs, de ses cheveux rares, de son cou maigre, de ses yeux souvent implorants, qui faisaient penser à ceux d'un chien. Bach voulut cacher son visage rougissant, mais il se souvint de ses ongles sales, qu'il n'avait pas lavés depuis trois jours, et il enleva hâtivement ses mains.

– Qu'allons-nous faire ? demanda-t-il d'un ton désolé, se détournant.

– Ne suis-je pas désormais votre femme, monsieur le Schulmeister ?

Bach se tourna vivement vers elle, comme si on lui avait donné un coup dans le dos avec la règle de l'école.

« Ne vous moquez pas de moi, Klara !, aurait-il voulu crier. Mais regardez-moi, regardez-moi bien ! » Il aurait voulu sauter sur ses pieds, lui prendre la main et l'entraîner vers la fenêtre. « Regardez, et dites-moi sincèrement : se pourrait-il que vous vous destiniez un tel mari ?! »

Au lieu de quoi, il ouvrit et ferma la bouche comme un poisson tiré hors de l'eau. Il aurait sans doute dû tomber à genoux, ou embrasser sa main, ou faire un quelconque geste galant – mais il ne put qu'esquisser un sourire timide, puis grimacer, dire des mots sans suite d'une voix inaudible, hocher la tête, aller à reculons vers la porte. Quand son dos toucha la porte, il l'ouvrit sans se tourner et sortit chercher le pasteur Haendel.

*

Mais le pasteur Adam Haendel refusa d'unir les jeunes gens. La demoiselle qui était soudainement apparue dans la chambre du Schulmeister semblait si jeune qu'il avait des doutes quant à son aptitude à se marier : avait-elle vraiment dix-sept ans, comme elle l'affirmait ? Elle n'avait pas de document confirmant son âge – ni, d'ailleurs, aucune sorte de document. Surtout, elle ne pouvait produire le certificat de confirmation que reçoit tout habitant des colonies, et il n'y avait donc aucun moyen de vérifier la nature chrétienne de la jeune fille. Le pasteur eut une longue conversation avec Klara pour évaluer son catéchisme ; il sortit de l'examen blême, les lèvres pincées ; il recommanda d'aller quérir immédiatement ses parents et de leur remettre « l'enfant irresponsable ». Il ordonna à Klara de venir vivre dans sa maison, où elle resterait sous la surveillance de sa vieille épouse jusqu'à ce qu'on retrouve ses parents, ou des témoignages de son ancienne vie.

Bach, le visage et le cou rougis, bégayant terriblement et ne comprenant pas ce qui lui arrivait, s'opposa, pour la première fois de sa vie, à Haendel : il annonça que Klara resterait à la Schulhaus. Il proposa aux villageois de se rendre sur la rive droite avant que les eaux ne soient prises par les glaces, et de constater par eux-mêmes l'existence de la ferme de Klara, peut-être d'y trouver des traces d'Udo Grimm. Le conseiller Dietrich refusa : tout le monde savait bien qu'il était interdit de débarquer sur les terres des monastères, que les montagnes de la rive droite la rendaient inaccessible, qu'il n'y avait rien là-bas que des forêts sauvages. De plus, tout le monde savait bien que le Schulmeister Bach avait parfois des incohérences qui frisaient la folie, et il n'y avait aucune raison d'ajouter foi à ses affirmations bizarres.

La nouvelle d'une jeune Fräulein mystérieusement apparue à la nuit tombée à la Schulhaus et ayant si bien ensorcelé Bach que celui-ci avait même osé contredire le pasteur lui-même mit le vertueux village de Gnadenthal en émoi. On se souvint immédiatement de tous les travers du Schulmeister : ses promenades incohérentes du soir, sa tendance à la solitude, ses sorties folles sous l'orage. Tout ce qui, auparavant, était pardonné, oublié, revenait aux mémoires, et lui était porté à charge : « Il a toujours été étrange, mais là, il dépasse les bornes ! » L'idée qu'une jeune inconnue, qui avait l'âge d'être la fille de Bach, dormait nuit après nuit dans sa chambre échauffait les matrones de Gnadenthal : la colonie retentissait de discussions sur la Fräulein suspecte, sur le Schulmeister éhonté, qui avait trompé les honnêtes villageois pendant tant d'années avec ses airs ingénus.

Le jour suivant l'examen du pasteur Haendel, Bach emmena Klara en promenade pour lui montrer Gnadenthal et ses lieux favoris dans les environs. Son initiative se termina tristement : chaque villageois, à peine les avait-il aperçus, passait de l'autre côté de la rue, s'éloignant démonstrativement du couple scandaleux, puis s'arrêtait pour les regarder avec une curiosité dégoûtée mais avide, comme on regarde un lézard à deux têtes ou une écrevisse avec des pattes à la place des pinces. Les femmes s'agglutinaient en petits groupes, approchaient leur tête et, touchant la joue de leurs voisines avec le volant de leur bonnet, chuchotaient quelque chose, lançant des regards expressifs en direction du couple. Ils n'avaient pas dépassé dix maisons que Klara demandait à rentrer.

Depuis ce jour, elle refusa de sortir de l'école : elle passait des journées entières assise dans la chambre de Bach, écoutant les bruits de la rue. Quand elle entendait le fracas d'une télègue s'approchant ou le bourdonnement de voix inconnues, elle cachait son visage entre ses mains. Quand la télègue s'éloignait et que les gens étaient passés, elle se redressait. Ses joues avaient pâli, se creusaient, sa bouche se pinçait et devenait triste. Dans ses yeux, au contraire, une expression froide et indifférente était apparue, comme s'ils vivaient indépendamment de son corps et appartenaient à une autre personne, bien plus âgée et plus expérimentée que Klara.

Quand un idiot, pour rire, décida de regarder par la fenêtre pour mieux voir « la célèbre Fräulein », Bach cessa d'ouvrir les rideaux le matin. Quand quelqu'un y lança une boule de boue, il ferma les volets. Désormais, la chambre restait constamment dans la pénombre. Étonnamment, cela plaisait à Bach : l'obscurité lui rappelait sa première nuit passée aux côtés de Klara.

Au début, il avait tenté de la distraire en parlant – des livres lus, de personnalités historiques, des différentes règles de la versification. Mais il suffisait qu'il croise son regard triste et interrogateur, dans lequel il pouvait lire le désarroi et l'espoir, et une attente timide, pour que les sons restent coincés dans la gorge de Bach, que les mots s'emmêlent dans sa bouche, et les pensées dans sa tête. Il perdait le fil, marmonnait, se taisait. Les livres, les généraux et les monarques, et même les plus beaux poèmes étaient déplacés, importuns. Or, Bach ne savait pas parler d'autre chose. De plus, il était constamment poursuivi par la sensation que quelqu'un s'était caché de l'autre côté de la fenêtre, posant une oreille curieuse contre le volet, immobile, attendant. Ainsi, peu à peu, son bavardage cessa, faisant place à son mutisme habituel. Il se rassurait en se disant qu'il y avait beaucoup de livres dans la chambre : Klara pouvait se distraire en lisant – le matin, quand il disparaissait dans la salle de classe, et le soir, quand il rentrait dans son logement et s'asseyait, appuyant avec délices son dos contre le poêle, et regardant, avec une adoration silencieuse, la femme aimée.

Il était désolé de voir les espoirs de Klara déçus. Il était désolé, se sentait coupable et – immensément heureux. Heureux de pouvoir la voir, l'entendre, voire parfois – en l'aidant à enlever le chaudron du poêle, ou à prendre un livre sur l'étagère – la toucher du coude. Il lui était douloureux de voir Klara assise des heures sur le lit dans une pose de renoncement, les bras ballants, les yeux éteints, mais, en même temps, une partie de son âme se réjouissait de cette réclusion : ainsi, elle n'appartenait qu'à lui. Il lui était amer d'entendre les accusations des villageois, il se ratatinait et se fanait sous leurs regards réprobateurs, conscient de l'ambiguïté de sa conduite et gêné par elle ; mais il suffisait qu'il ouvre la porte, qu'il entre dans la chambre déjà imprégnée du parfum presque imperceptible des cheveux de Klara, qu'il entende le froissement de sa robe, qu'il voie son profil brouillé par la pénombre – et toutes ses réflexions sur sa culpabilité disparaissaient comme par enchantement, remplacées par un pur ravissement : à côté de Klara, il se sentait fort, tout-puissant, comme s'il avait été au cœur d'un orage, comme si son sang était empli de l'électricité brûlante du printemps. Il comprenait que Klara ne pouvait pas partager son enthousiasme. Il comprenait aussi que cette situation ne pouvait pas se prolonger, que quelque chose devait interrompre cet état absurde qui avait déjà trop duré.

Or les rumeurs gonflaient comme de la pâte à pain dans une huche. Étaient-elles répandues par une âme fielleuse, ou apparaissaient-elles toutes seules comme les poux qu'on trouve parfois même chez les chrétiens les plus vertueux ? On ne saurait le dire. C'étaient des rumeurs abondantes, diverses, agrémentées de détails si vraisemblables qu'on ne pouvait s'empêcher de les croire. On murmurait que la jeune fille ne s'appelait pas Klara, mais Kunigunda, qu'elle n'était autre que la fille cachée de Bach, qui avait d'abord fait mourir sa mère (une beauté), et voulait maintenant épouser sa propre enfant ; qu'elle était belle de la tête au nombril, mais couverte, du nombril aux pieds, de poils noirs et durs, semblables à des piquants de hérisson ; qu'elle ne s'appelait pas Kunigunda, mais Kakilia ; que, dans le bas de sa jambe droite, elle avait toujours un fouet de saule fraîchement coupé – personne ne savait pourquoi – ; qu'elle ne s'appelait pas du tout Kakilia, ni rien d'autre : jusqu'à cet automne, elle avait vécu sans nom, enchaînée à un puits au fond d'un lointain ravin.

Quant au Schulmeister, on disait de lui que, pendant ses promenades du soir, il se mettait à genoux devant le ruisseau du Soldat, y penchait son visage et y lapait l'eau avec avidité, comme un chien ; qu'il creusait avec ses mains la terre du cimetière des animaux au ravin des Trois Bœufs et qu'avec cette terre il maculait les murs de sa chambre ; qu'il comprenait le turc (cette particularité semblait excessivement suspecte) ;

qu'il avait gardé pendant des années une prisonnière dans une maison creusée dans la steppe, et qu'à présent il voulait l'épouser et émigrer au Brésil.

Puis, ayant fait sortir les enfants de l'isba et baissant la voix jusqu'à un murmure passionné, les villageois racontaient les débauches qui se déroulaient la nuit à la Schulhaus. À la fin de l'automne, ces rumeurs-là avaient atteint une telle effervescence et s'étaient parées de détails si éloquents que le pasteur Haendel, les ayant entendues involontairement, consacra trois dimanches de sermons au péché de médisance.

*

Emmy des Pastèques fut la première à refuser d'amener ses enfants à l'école. Trois jours plus tard, pas un élève ne vint en classe le matin. Une semaine après, les hommes, qui avaient fini de tuer le cochon et de préparer les saucisses pour l'hiver, avaient abattu une bonne partie de la volaille qui était à présent entassée, soigneusement plumée et éviscérée, dans les glacières des maisons, se retrouvèrent à la réunion du village, laquelle était généralement organisée dans l'école, et exigèrent du conseiller Dietrich un nouvel instituteur pour la Schulhaus de Gnadenthal.

C'était la fin novembre, il gelait, neigeait en abondance. Les routes étaient couvertes de neige, les rues désertes, de rares traîneaux partant encore de la colonie : les villages s'étaient figés dans l'attente de Noël. Chercher un nouveau Schulmeister à pareille époque de l'année était sans espoir – ce qui n'empêcha pas la discussion de s'enflammer. Soit le sujet lui-même fouettait les sangs des hommes, soit le fait de savoir que l'objet de la discussion était derrière le mur, dans le petit appartement – une jeune fille couverte de taches de rousseur, aux yeux innocents, dotée d'un profil camus – ; mais leurs voix étaient retentissantes, ce soir-là, et le conseiller dut taper trois fois la règle sur le pupitre pour appeler au calme.

– Mon aîné est mort à la guerre, le deuxième est prisonnier, et le cadet ne peut même pas aller normalement à l'école : ma femme a peur de le laisser à la Schulhaus ! Est-ce normal ?! criait Kohl, un villageois petit et maigre.

– Faut tous nous rassembler, et enlever la fille de l'école – par la force ! L'enfermer dans le sous-sol du pasteur et pas la nourrir pendant trois jours, pour qu'elle le prenne mieux ! rétorqua Böll-avec-moustaches, maussade. Quant au Schulmeister – lui faire faire le tour de Gnadenthal, pieds nus, la nuit ! Il reprendra ses esprits !

– Il faut les bannir tous les deux ! Les conduire sur la Volga gelée, avec leurs affaires, et qu'ils partent où ils veulent ! Que ce soit dans la colonie voisine, ou même au Brésil ! renchérit Gauss.

– Et où je vous trouverai un nouveau Schulmeister en plein hiver ? Je dois le sculpter dans la neige ?! intervint le conseiller Dietrich. Bach, tant qu'il vivait seul, faisait son travail. Qu'il continue de vivre seul. Et qu'il enseigne aux enfants ! Et c'est pas grave s'il a des bulles dans la cafetière. Un peu de merde, ça ne fait pas de mal !

Il fut décidé de demander au pasteur Haendel d'assurer l'enseignement à l'école jusqu'à Noël, et d'exiger une dernière fois du Schulmeister égaré qu'il reprenne ses esprits, revienne au sein de la communauté, remette volontairement la demoiselle Klara dans les mains de l'Église et reprenne ses activités dès janvier.

Bach était resté toute la discussion sans réagir, assis près du poêle de fer. Il écoutait les hommes, mais son regard était exclusivement occupé par les flammes du feu. Quand on lui demanda ce qu'il pouvait répondre à l'assemblée, il grimaça, haussa les épaules, et dit : « Je ne peux rien répondre. » Ils sortirent, le laissant seul.

Il revint dans l'appartement. Klara était debout devant le poêle, sa joue appuyée dessus. Bien sûr, elle avait tout entendu, le moindre mot – la paroi entre l'école et le logement était fine, en planches.

« Qu'allons-nous faire maintenant ? » aurait-il voulu lui demander, comme il l'avait fait quelques semaines plus tôt, mais il n'osa pas.

Essayant de ne pas faire de bruit, il jeta sa vieille pelisse de mouton sur le poêle où il dormait désormais[1] (il avait laissé

---

1. Le poêle russe traditionnel est grand, avec une plateforme au-dessus du foyer, sur laquelle on peut dormir.

son lit à Klara dès le premier jour), et se coucha, entourant ses jambes de ses bras. Il ne remarqua même pas comment il s'était endormi. Il fut réveillé par une sensation : Klara n'était plus dans la chambre.

– Klara !

Il s'assit, regarda autour de lui : la lampe à pétrole éclairait la chambre vide. Il voulut sauter du poêle, mais un mouvement maladroit le fit dégringoler, il se blessa au coude.

– Klara !

Il fit le tour du poêle : personne.

Dans la salle de classe : personne.

Il sortit sur le perron. Personne.

– Klara !

Le vent lui heurta la poitrine, ses aiguilles glacées lui griffèrent le front. Frissonnant, Bach rentra en courant dans l'appartement, regarda le clou à l'entrée – vide : Klara était sortie en emportant son unique veste – en drap, fourrée de coton léger. Il mit son manteau, enfonça un bonnet de fourrure sur la tête, enfila des bottes de feutre, prit l'édredon de plumes – pour y emmitoufler Klara – et sortit dans la nuit.

Sous la lune pâle et jaune, la neige prenait des teintes de beurre. La place du village était traversée en diagonale par l'ombre noire du clocher de l'église. Du perron de l'école, des traces partaient de tous côtés – nombreuses : la moitié du village était venue à la réunion. Bach s'immobilisa un instant, puis partit vers la Volga. Sans savoir pourquoi, il sentait que c'était la bonne direction.

Serrant contre lui le gros édredon de plumes qui lui cachait la route, avalant des flocons de neige piquante, trébuchant régulièrement sur les coins de l'édredon qui lui échappaient, Bach dépassa tant bien que mal les maisons sombres, déjà couvertes de neige, la place du marché avec les trois grands ormes et les étals qui s'alignaient dessous, le puits, les boutiques de bougies et de pétrole de lampe, puis arriva enfin sur la rive.

Il regarda autour de lui. La moitié du monde était un ciel noir moiré de vert, l'autre – l'étendue jaune du fleuve enneigé. Une ombre à peine perceptible errait sur la neige, s'enfonçant jusqu'à la taille : Klara.

Il suivit ses traces. Il la rattrapa rapidement : il était tout de même un peu plus fort qu'elle. L'ayant rattrapée, il lui couvrit les épaules avec l'édredon. Klara ne s'y opposa pas. Ils continuèrent ensemble. Il dit qu'il marcherait en premier – c'était plus facile de passer derrière que d'ouvrir un passage dans la neige. Klara ne s'y opposa pas.

Il avançait dans la neige visqueuse, sentant son corps et ses mains se réchauffer sous l'effort. Il ne lui avait pas demandé où ils allaient. Il savait : sur la rive droite – à la ferme, à la maison.

Quelque part sur la rive gauche, il laissait sa classe, encore pleine de l'haleine lourde des villageois énervés, et l'appartement non fermé, des bûches non consumées dans le poêle, un livre à la lecture inachevée dans sa reliure de carton, sa tunique non reprisée, une tache de boue couverte de givre sur la fenêtre, des restes de bouillie dans le chaudron, quelques cuillères de pétrole dans la lampe – et rien de plus.

# 5

La ferme de Grimm les attendait. Enfoncée dans la neige jusqu'aux fenêtres, la maison en rondins les regardait tristement de ses volets fermés, les pommiers tendaient leurs branches gelées, implorantes, au-dessus des congères. Bach et Klara allumèrent le poêle à la lumière des étoiles (il restait quelques bûches au bûcher), firent bouillir de la neige dans la théière, burent l'eau chaude et s'endormirent devant le feu, vaincus par la fatigue.

Bach fut réveillé par une lumière éblouissante : des rayons de soleil se répandaient dans toute la maison, de la chambre de Klara au salon et à la cuisine exiguë, avec l'énorme poêle au centre – Klara s'était levée, elle avait ouvert tous les volets. Et Bach et Klara commencèrent à vivre dans la maison, la réchauffant chambre après chambre, pouce après pouce.

Le bâtiment, si grand vu du dehors, se révélait bien moins vaste à l'intérieur, comme si tout l'espace était accaparé par les murs en rondins d'une largeur inusitée, chacun dépassant en épaisseur le chétif Bach et la frêle Klara. La seule pièce spacieuse était le salon, d'où partaient trois chambres à coucher : celles de Klara, de Grimm et de Tilda (les serviteurs kirghizes dormaient dans l'étable, où ils disposaient de leur propre poêle). Les fenêtres du salon, opaques sous la blancheur d'une couche de givre, étaient frangées de rideaux en cotonnade d'une même blancheur. Des chandeliers faisaient des taches sombres sur les appuis spacieux des fenêtres. Tous les coins de la pièce étaient occupés – par des supports en fonte pour les torches, des chaises aux dossiers sculptés, des fauteuils de paille. Un banc de bois, couvert d'une natte de chanvre, courait le long du poêle (on chauffait le poêle depuis la cuisine, mais son flanc large, aux carreaux roux faisant penser à des pains d'épice, donnait sur le salon). Les rondins sombres des murs étaient constellés de poches en tricot bariolées – pour les ciseaux, pour la bible – et ornés d'un tapis de soie portant, finement brodée, cette maxime : « Le travail est la gloire de la vie ». Le sol de terre était soigneusement balayé et couvert de sable, comme si le balai diligent de Tilda s'y était promené la veille encore.

La chambrette de Tilda était si étroite que seule une personne excessivement maigre et avare de mouvements pouvait l'habiter. Presque tout l'espace était occupé par un grand lit aux dossiers rabotés, monté sur des pieds robustes. En dessous se cachaient deux grands coffres, remplis de vieux habits soigneusement conservés et de toutes sortes de vieilleries ; pour les sortir au grand jour, il fallait se mettre à genoux, tirer de toutes ses forces sur les poignées de fer fixées aux flancs bombés des coffres – alors, seulement, les pensionnaires sortaient à contrecœur de sous le lit, grinçant et laissant de longs sillons sur le sol de terre. On ne pouvait ensuite ouvrir les coffres qu'en montant sur le lit, car ils emplissaient entièrement l'espace exigu de la chambre. Bach ne manquait jamais de s'étonner des réserves de la servante : sa malle aux trésors renfermait une telle abondance de costumes qu'il y en avait sans doute assez pour habiller tout Gnadenthal. Les sacs alternaient avec des couches d'armoise amère pour refouler les mites gloutonnes. À l'intérieur des coffres, il y avait des culottes courtes en toile, avec des lacets de cuir sous les genoux ; des gilets croisés en laine, pour hommes et pour femmes, aux boutons en os, en métal ou en verre ; des vestes en coton matelassé à col de velours ; des bas rayés dans les teintes les plus vives ; de fastueux bonnets en basin, rehaussés de liserés en dentelle et de très longs rubans ; des jupes à volants décorées de rubans colorés, en laine et en perse... Toutes ces choses avaient un aspect si archaïque qu'elles semblaient plus adaptées à un spectacle de Noël qu'à un usage quotidien : on se demandait si elles étaient réellement très vieilles, ou avaient simplement été faites à l'ancienne. Le lit de Tilda était orné d'un couvre-lit de dentelle noire finement crocheté ; d'innombrables oreillers, dans des taies brodées au point de croix, s'y entassaient en pyramide. L'escabeau sculpté et le rouet que Bach connaissait bien étaient rangés à l'entrée de la chambre, tandis que, pendus à des clous de cuivre, d'autres outils parsemaient les murs, pareils à des décorations de fête : fuseaux de dentellière, brassées d'aiguilles et de crochets, brosses pour la laine, peignes et bobines dans tous les formats imaginables. Chaque fois que Bach entrait dans la chambre de Tilda, il avait l'impression qu'elle avait encore rétréci d'un pouce, rapetissé d'une main.

La chambre de Klara, au contraire, était vaste et claire, dans des tons sobres, pure et sérieuse comme sa maîtresse. Le lit, fait sans le moindre pli, s'étendait au pied d'un mur ; contre le mur opposé, une commode contenait le linge ; entre eux, une natte de paille couvrait le sol : c'était tout l'ameublement. Au début, Bach n'osait pas entrer dans cette chambre. Par la suite, s'étant familiarisé avec la maison, ayant pris de l'assurance, il avait remarqué, sur les murs de rondins soigneusement poncés, quelque chose qui l'avait fait s'agenouiller et passer des heures à ramper dans la chambre, le nez contre le bois, d'un angle de la pièce à l'autre. Tous les murs étaient couverts d'inscriptions. De ses ongles tendres, Klara avait gratté, sur le bois noirci par le temps, des milliers de mots : Bach déchiffra des poèmes, des mots difficiles de leurs dictées, des questions que Klara avait écrites dans le volume de Goethe, et des phrases de leurs dialogues de l'été précédent, ainsi que son nom à lui, écrit et réécrit une bonne centaine de fois. Les mots, les lettres couvraient tous les rondins, partant du sol et montant presque jusqu'au plafond. Il y avait peu de fautes : Klara avait sans doute tenu ce « journal » anarchique durant tout l'été : il n'y avait pas de papier à la ferme, et Bach n'avait pas pensé à laisser des feuilles à son élève pour qu'elle s'exerce seule. Elle avait donc écrit sur les murs. Ces arabesques pâles n'étaient visibles que sous une bonne lumière et en s'approchant de tout près : il était peu probable que la mélancolique Tilda, ou à plus forte raison Udo Grimm, toujours accaparé par ses affaires, aient pu remarquer quelque chose.

Grimm avait vécu dans la chambre voisine. Sa chambre et celle de Klara étaient chauffées par un poêle commun, qu'on allumait du côté du père. Bach passait le moins de temps possible dans cette dernière pièce : il se contentait d'y jeter des bûches dans le feu, ou de prendre quelque chose dans la volumineuse armoire à habits. La chambre du maître de maison était sombre, oppressante : les tapis tatars noirs et verts recouvrant les murs, le lit à dais en tapisserie, le samovar massif, en cuivre rouge, sur l'appui de la fenêtre, faisaient monter en Bach un étrange sentiment de honte, comme si ce n'étaient pas des tapis et un samovar, mais Udo Grimm lui-même qui regardait le Schulmeister avec reproche et indignation. Pour cette raison, Bach préférait dormir sur le banc du salon, s'isolant modestement, la nuit, derrière le fameux paravent.

Tout, dans la maison, était resté exactement comme Bach s'en souvenait. Il n'y avait guère que la vitrine aux pipes et quelques photos dans des cadres noirs laqués qui avaient disparu des murs. La maison avait l'air habitée, comme si elle n'avait jamais été abandonnée. Klara avait expliqué qu'elle et Tilda n'avaient eu le droit d'emporter que le strict nécessaire et ce qu'elles considéraient de plus précieux ; la majorité des affaires, vêtements, vaisselle et meubles compris, étaient donc restés dans la maison. Avant leur départ, Grimm avait confié la ferme à un margoulin de Saratov qui avait promis de se rendre régulièrement sur place tant que Grimm ne serait pas installé en Allemagne, puis de vendre la ferme avec tous ses accessoires, outils et autres biens. Au début, Bach et Klara avaient attendu l'homme d'un jour à l'autre, mais il n'avait jamais montré le bout de son nez. L'hiver était passé, puis le printemps, l'été était arrivé, sans qu'ils reçoivent la moindre visite, de Saratov ou d'ailleurs. Avec le temps, ils avaient cessé de s'en inquiéter. Tout comme ils avaient cessé de redouter l'apparition d'Udo Grimm à la recherche de sa fille fugueuse. « Il a dû me maudire », fit remarquer, un jour, Klara.

Elle semblait avoir accepté calmement le retour à la ferme ; son visage conservait l'expression impassible qu'il avait prise à l'époque de son confinement de deux mois dans la Schulhaus. Bach se rassurait en se disant que c'était peut-être son expression habituelle. Mais la sensibilité et l'émotivité qui l'avaient tant touché, au début, dans sa voix, s'unissaient à un caractère décidé et une volonté inébranlable : pas une fois elle ne se plaignit, ne lui reprocha quoi que ce soit, alors même qu'il était prêt à toutes les accusations, les attendait, et aurait même voulu lui demander pardon en lui baisant les mains et en enfonçant son front coupable dans son tablier rayé hérité de la vieille Tilda. Mais Klara se taisait. Une fois seulement, elle laissa échapper : « Comme c'est dommage que je n'aie pas tout bien examiné, alors : la gare, le marché, les inconnus, l'homme à la barbe rousse… » Elle n'en reparla plus jamais.

D'ailleurs, ils ne parlaient plus beaucoup. Tout ce qui ne nécessitait pas de mots se faisait en silence : ils échangeaient un regard, un hochement de tête. À quoi bon, par exemple, dire que la pêche avait été bonne et qu'ils rapportaient deux gros ides mélanotes, si ces ides mélanotes étaient devant leurs yeux, dans le panier, leurs écailles lançant des éclats de lumière ? Ou qu'il fallait ramasser les pommes tombées pendant la nuit avant qu'elles ne soient mangées par les souris, si ces pommes faisaient des taches rouges si vives dans l'herbe verte qu'on les voyait du haut du perron ? Que le toit de la grange avait pourri ? Qu'il fallait rapiécer les pantalons de Bach, presque transparents aux genoux ? Qu'il était guéri de son refroidissement ? Qu'il avait encore rêvé – comme la veille, et comme tous les jours d'avant – de Klara, dans sa vieille robe de tricot, coiffée d'un bonnet blanc, et qu'il était heureux de ce rêve ? Toute leur vie était étalée devant eux, à portée de main, à portée de la voix de Klara. Une vie claire, matérielle, remplie de couleurs et d'odeurs. Cette parcimonie de paroles que, tacitement, Bach et Klara avaient adoptée, rendait cette vie plus tangible – et les mots y avaient plus de poids.

Étonnamment, les mots rendaient à présent un son différent. Les poèmes que Bach récitait encore parfois à Klara le soir, au bord de la falaise, regardant les vagues de la Volga s'écraser loin en bas, résonnaient si clairement, si puissamment, qu'ils semblaient écrits à l'encre noire dans le ciel flamboyant du couchant, brodés d'or et de pierreries sur une simple toile de lin. Alors que les textes des chansonnettes et les couplets comiques que chantait Klara, tous ses proverbes et dictons, ses ritournelles et ses bons mots populaires étaient aussi proches et familiers à la ferme que l'herbe qui poussait partout ou qu'une toile d'araignée, que l'odeur de l'eau et des cailloux ; ils convenaient à cette vie isolée, ils venaient d'elle, et c'est pourquoi Bach n'avait plus aucune envie de corriger les expressions de Klara. Il aimait toujours l'entendre, mais il l'écoutait désormais sans l'interrompre, il avait même appris à trouver, dans son dialecte, une beauté propre. Il demandait toujours à Klara de lui raconter des contes – et elle s'exécutait docilement, reprenant la même histoire pour la deuxième, dixième fois : des histoires de bûcherons et de pêcheurs, de ramoneurs et de jardiniers, de pommes d'or et de poissons d'argent qui parlaient… Parfois, il avait l'impression qu'elle décrivait la ferme et leur vie.

Et Bach était désormais tout à la fois bûcheron, pêcheur, ramoneur, jardinier. Il avait appris à abattre les arbres, à poser des collets pour attraper les lièvres, à préparer la poix pour en enduire le fond trop frêle de l'esquif, à raccommoder le toit avec de la paille, à combler les trous dans le sol avec de l'argile, à nettoyer le puits, à blanchir les troncs rugueux des pommiers à la chaux au début de l'année, et à les envelopper dans des sacs et des roseaux en hiver. Il avait appris tout ce dont il avait besoin pour cette vie. Parfois seul, souvent avec l'aide de Klara. Les mains de Bach restaient malhabiles, ses mouvements gauches, ses doigts faibles, mais chaque tâche accomplie le réjouissait, comme s'il n'avait pas été un adulte, mais un enfant qui réussissait, pour la première fois, à sculpter dans l'argile des maisonnettes pour ses soldats de bois, ou à leur fabriquer, en paille, des forteresses imprenables. Au commencement n'était pas le Verbe – n'était pas *dire*, mais *faire* – il le savait à présent.

Le veston crasseux et le vieux pantalon dans lesquels Bach était arrivé sur la rive droite s'étaient rapidement usés dans les travaux de la ferme. Klara lui avait ajusté plusieurs habits tirés des coffres inépuisables de Tilda : des chemises volumineuses en toile écrue avec des cols rabattus et des manches amples resserrées sur le poignet ; des pantalons larges sans boutons, retenus par un cordon. Par-dessus, Bach prit l'habitude d'enfiler, quel que soit le temps, une veste fourrée sans manches oubliée là par l'un des Kirghizes. Elle lui tenait toujours chaud, même par les vents les plus glacés ; il ne l'enlevait qu'en été, pendant les grandes chaleurs. Ces habits dépareillés, adaptés tant bien que mal à ses proportions malingres, plaisaient à

Bach, il y voyait un sens secret, profond : à présent, dans les travaux de la ferme, il était à la fois Udo Grimm et Kaysar, et tous les autres Kirghizes réunis. Il était le maître et l'ouvrier, le pêcheur et le poseur de collets. Il ne fut, par contre, jamais chasseur – ils ne trouvèrent pas de fusil à la ferme. C'était pour le mieux : Bach ne s'imaginait pas apprendre à tirer.

Ses mains étaient rapidement devenues calleuses, elles avaient légèrement augmenté de volume, s'étaient alourdies ; il cessa vite d'avoir honte de ses ongles cassés et de la terre qu'il n'arrivait plus à laver complètement de sa peau. Il portait désormais une barbe, rare et douce comme la queue d'un veau – il n'y avait pas de rasoir à la ferme. Sans doute que cette barbe ne l'embellissait pas, mais il ne pouvait pas s'en assurer : il ne voyait son reflet que dans les seaux d'eau – il n'y avait pas non plus de miroir à la ferme. Quand ses cheveux couvrirent ses oreilles et son cou, il les attacha sur sa nuque avec une ficelle pour qu'ils ne le gênent pas ; quand ils lui arrivèrent aux épaules, il fit une tresse, à la manière kirghize.

Il avait perdu sa montre de gousset (elle était tombée dans la Volga un jour qu'il pêchait) et, depuis, il ne mesurait plus le temps en minutes, mais à la rosée du matin et du soir, au cheminement des étoiles dans le ciel, aux phases de la lune, aux chutes de neige, à l'épaisseur de la glace sur le fleuve, à la floraison des pommiers et au vol des oiseaux sur la steppe. Le temps semblait s'écouler différemment à la ferme. Peut-être que dans d'autres lieux – à Saint-Pétersbourg, à Saratov, et même à Gnadenthal – il coulait aussi vite qu'auparavant. Mais à la ferme – au milieu de chênes centenaires, au pied des pommiers toujours fertiles, entre les murs épais de la maison, qui ne craignaient ni le vent ni les pluies –, le temps, s'il ne ralentissait pas, devenait presque imperceptible, manquait de disparaître, comme le courant le plus rapide peut disparaître dans une anse profonde, couverte de roseaux et de lentilles d'eau.

Bach se réveillait toujours avec la même régularité : il avait conservé son habitude de se lever un peu avant six heures. Ouvrant les yeux, il se souvenait parfois que, à ce moment, la cloche de l'école devait sonner ; mais cette pensée ne provoquait rien en lui, si ce n'est une légère indifférence. Il se couchait quand il était fatigué. Le corps de Bach était devenu sa montre, bien plus précise que la mécanique perdue dans les flots. Il avait remarqué qu'il dormait plus profondément, qu'il mangeait plus vite et plus volontiers, préférant parfois attraper un morceau appétissant avec les doigts, tant la nourriture lui semblait soudain bonne. C'était sans doute dû au fait que cette nourriture était préparée par Klara.

Klara était belle – toujours, par n'importe quel temps et à n'importe quelle heure. Le nez rougi par le froid et les cils couverts de givre. La peau de ses joues pelant sous le bronzage. Les lèvres gercées en automne, bordées de boutons de fièvre. Le front brûlant pendant une maladie. Les doigts crevassés par le travail, les mains calleuses. Avec les premières fines rides qui couraient, presque invisibles, sur son doux visage. Belle, belle. Comme les robes démodées de Tilda lui allaient bien ! Toutes ces jupes de laine, bleues, rouges et noires, qu'il fallait mettre l'une sur l'autre en hiver ; les chemises avec un enfilage de perles jaunes sur le cou ; les corsages plissés sur la taille, les boutons brillants sur la ceinture ; les tabliers de basin – rayés et tachetés – ou en mousseline, à grosses fleurs... Sa beauté rehaussait n'importe quel habit. Elle donnait du sens à n'importe quelle action. Si, un matin, elle s'était mise sur la tête, Bach l'aurait suivie immédiatement, et aurait passé toute la journée les pieds en l'air, heureux, sans se poser de question.

Klara s'occupait de leurs modestes possessions d'une main tranquille et ferme. Elle lavait et éviscérait le poisson pour la soupe, cueillait les premières herbes pour le thé, faisait sécher les bourgeons et les jeunes pousses pour soigner les refroidissements, allait dans les clairières éloignées récolter l'eau de bouleau (pour prendre des forces au printemps), et rapportait, des clairières proches, de l'argile pour renforcer les sols. Elle travaillait au potager et chaque matin, debout dans les plates-bandes, le visage tourné vers le soleil levant, elle priait pour une bonne récolte. Puis elle allait au verger, y refaisait sa prière – particulièrement pour les pommiers. Elle nourrissait Bach, le soignait, lui apprenait tout. Raccommodait les habits. Elle se mit à filer et tisser : pour le moment, les réserves d'habits étaient suffisantes, mais il fallait penser à l'avenir. Dans la grange, ils trouvèrent quelques ballots de laine non peignée, sans doute destinée à être vendue – et, par un soir sombre et froid, le rouet se remit à bourdonner, les éclats de feu se remirent à danser dans le salon. Klara travaillait pieds nus, comme une vraie filandière. En contemplant son pied rapide qui appuyait sur la pédale, Bach eut envie de se coucher sur le sol de terre, devant le rouet, et d'y rester, silencieux, immobile, se contentant d'écouter et de regarder.

Il avait souvent l'impulsion de se coucher aux pieds de Klara. Il n'osait rêver à plus – ni même le formuler dans sa tête, et il avait honte, chassait toutes ses pensées. Ce fut Klara qui vint soudain à lui, une nuit – cela se passa la première année, à l'orée du printemps. Elle aurait pu simplement l'appeler. Mais elle sortit de sa chambre, se rendit dans le salon où Bach dormait sur le banc de bois, trouva dans l'obscurité sa main déjà calleuse, et le tira à sa suite. À demi endormi, il ne comprit rien et lui permit de le conduire quelque part, de le coucher – et ce n'est qu'en sentant, à côté de lui, le corps tiède de Klara, qu'il comprit soudain tout, sursauta comme s'il s'était brûlé, se leva brusquement et courut à la fenêtre. Si elle avait dit ne serait-ce qu'un mot – il aurait sans doute crié en réponse, tant tout tressautait et tintait à l'intérieur de lui. Mais la chambre était sombre et silencieuse, Bach n'entendait que sa propre respiration bruyante. Après un moment, il revint au lit de Klara, et se coucha sous l'édredon de plumes familier... À dater de cette nuit, ils dormirent ensemble.

Pendant leurs brèves rencontres nocturnes, il ne pouvait se défaire de l'impression que Klara attendait toujours quelque chose, que ses yeux grands ouverts regardaient non vers le plafond, mais plus haut, à travers lui, vers le futur, et y voyaient des tableaux magnifiques et attirants, incompréhensibles pour Bach. La journée, il remarquait parfois que, occupée à couper des branches de pommier ou à peler des pommes de terre, elle s'interrompait brusquement, écoutant quelque chose à l'intérieur d'elle-même, et, oubliant son travail, elle partait sur la rive, où elle restait longtemps assise, regardant le fleuve ; elle en rentrait les joues rouges, les yeux brillants. Mais quand ses indispositions mensuelles revenaient inexorablement, elle pâlissait, son regard avait une expression triste et troublée.

Bach ne craignait rien tant que l'idée d'un enfant – en naissant, il aurait brisé leur existence calme –, mais il n'osait pas contredire Klara et tentait de lui donner ce à quoi elle aspirait si ardemment. Il essayait de toutes ses forces – et chaque fois, voyant ses yeux éteints, il comprenait avec mélancolie qu'il n'y avait pas eu de conception, que même ça, il ne parvenait pas à l'offrir à Klara. Il devint rapidement évident que leur union non consacrée était stérile.

Bach se demandait souvent ce qu'il pouvait offrir à Klara. Elle lui avait tout donné : la ferme paternelle avec une maison solide et un verger fertile, et tant de choses utiles pour vivre ; l'isolement auquel son cœur aspirait ; la capacité à travailler, et à sentir la vie. Enfin, Klara s'était donnée elle-même. En échange, elle avait reçu si peu : ni la joie d'avoir un mari beau et digne, ni une compagnie agréable dans la colonie, ni des bras forts à la ferme. Tous les récits qu'il lui avait faits sur le village béni de Gnadenthal et ses merveilleux habitants s'étaient transformés, sinon en mensonges, du moins en contes creux. Un appât qui avait servi à attraper la pauvre Klara. Et lui ? N'était-il qu'un hameçon, auquel elle avait cédé dans un accès de faim ? Il était tourmenté par la culpabilité. Il essayait désespérément d'imaginer ce qu'il pourrait apporter à Klara – ne serait-ce qu'un tout petit, un minuscule quelque chose – mais il ne trouvait pas.

Il aurait pu donner à Klara la dernière pomme en temps de famine – mais ils ne manquaient pas de nourriture à la ferme. Il aurait pu l'emmitoufler dans le dernier tissu chaud pendant les grands froids – mais les coffres de la maison étaient remplis d'habits et de draps. Il aurait pu travailler pour elle – il travaillait – sans s'épargner, de la dernière étoile du matin à la première du soir ; mais elle travaillait tout autant, souvent plus, et plus adroitement que lui. Bach ne pouvait rien donner à Klara du peu qu'il avait, pouvait ou savait. Le seul don – si dérisoire – qu'il pouvait lui faire était lui-même : un corps faible et un cœur débordant d'adoration muette et fidèle comme un chien.

Défendre Klara, la sauver d'un danger, voilà ce que Bach aurait vraiment voulu faire. Mais les ours et les loups ne sortaient pas du bois, et les villageois à la langue acérée étaient restés de l'autre côté de la Volga. À tout hasard, Bach fermait chaque soir les volets et verrouillait les portes, posait une grande fourche à l'entrée. Klara surveillait ses préparatifs avec des yeux tristes. Au fond de lui, Bach devinait qu'elle avait besoin d'autre chose : pas de s'enfermer et de se défendre du monde, mais de se fondre en lui ; que leur mariage soit sanctifié par l'Église, qu'ils fassent la paix avec la communauté des villageois, se rendent au culte du dimanche à Gnadenthal, puis, pourquoi pas, qu'ils aillent jusqu'à Pokrowsk, à la foire de Pâques. Mais il était incapable de lutter contre sa propre peur, et de laisser ne serait-ce qu'une fenêtre ouverte la nuit.

La peur de perdre la femme aimée était en lui depuis longtemps déjà. Bach ne parvenait même pas à se rappeler quand il avait détecté cette peur pour la première fois dans son organisme. Chaque fois, se représentant vivement la disparition de Klara, il sentait le froid couler dans sa chair : ses muscles et articulations semblaient se couvrir lentement de givre, s'engourdissaient, perdaient leur sensibilité. De toutes ses sensations, il n'en restait plus qu'une : le froid. Ce froid envahissait le corps chétif de Bach et le faisait trembler – dans sa veste de fourrure ou sous l'édredon bien chaud, le couvrait de sueur et lui donnait la chair de poule. Ce froid surgissait à l'improviste, aux moments les plus divers : quand il mettait en terre des plants de pommiers, débitait les planches usées de la palissade, pêchait la carpe dans la Volga ou vaporisait du sel sur le toit de chaume. Bach lâchait tout : plants, planches, chaume, et courait à la recherche de Klara. Haletant, le visage couvert de sueur, il la trouvait. Il se tenait devant elle, incapable de dire un mot, la regardait. Elle ne le grondait pas, se contentait de lui sourire. S'il n'y avait pas eu ce sourire plein de quiétude et de sagesse, le cœur de Bach aurait depuis longtemps été usé par la peur, comme le soulier le plus solide s'use d'avoir trop servi.

*

Une nuit, il se fit soudain la réflexion qu'il était devenu comme un nain avide tremblant pour son or. Comme Udo Grimm, qui avait essayé de séparer sa fille du monde avec un paravent. Cette pensée le garda longtemps éveillé. Et quand la respiration légère de Klara, sur l'oreiller voisin, devint lente et profonde, il se glissa hors de l'édredon, prit ses habits et sortit dans la nuit claire et glacée. Il décida de se rendre à Gnadenthal – seul, sans but ou intention définie. Une année avait passé depuis leur installation à la ferme, à l'écart de tous – le moment était venu de faire une incursion prudente dans le monde, de le toucher du bout des doigts : avait-il changé ? Pouvait-il y emmener Klara, ne fût-ce qu'un jour ?

Il mit longtemps à traverser la Volga, à la lumière d'un pâle croissant de lune, sous des étoiles tout aussi pâles – il avait l'impression que le fleuve était devenu plus large, même si, de toute évidence, c'était impossible. Il remarqua que la route des traîneaux d'hiver, qui passait généralement sur la glace de la Volga, était cette année particulièrement fréquentée, toute durcie – de nombreux convois l'avaient parcourue, dans les deux sens, vers l'amont et vers l'aval de la rivière.

Ses raquettes à neige semblaient avancer toutes seules sur les congères, et Bach regardait Gnadenthal se rapprocher. La colonie, pendue au ciel par la pointe noire du clocher, s'étendait tout entière devant lui, de la première à la dernière maison. Les bâtisses étaient sombres, plongées dans le sommeil. Les étables et les jardins dormaient tout autant ; seules des colonnes de fumée bleue sortaient des cheminées, penchaient légèrement et partaient quelque part sur la droite, comme le reflet oblique d'un miroir déformant. Ce tableau nocturne était bien celui de toujours, hormis qu'il y avait moins de cheminées fumantes que d'habitude : étonnamment, toutes les maisons ne chauffaient pas. Bach enleva ses raquettes, les cacha dans un tas de neige près du débarcadère et pénétra dans le village endormi.

Tout, ici, était comme il s'en souvenait depuis sa jeunesse : les palissades en bois dont pas une planche ne dépassait, les façades impeccablement blanchies à la chaux, les cadres pimpants autour des fenêtres et des portes. Seule la grande maison sur la rue principale – le « palais » du meunier Wagner, en briques peintes de Saratov (pas de vulgaires briques en torchis, mais des belles pièces de fabrique), au toit inhabituel, en tuiles – avait un aspect étrange : toutes les vitres des fenêtres étaient brisées, parsemées de béances noires en étoile. Bach s'approcha. La palissade du jardinet avait disparu ; on avait piétiné les aronies noires, arraché les branches du lierre, qui pendaient misérablement sur le mur. Une couche grise recouvrait la balustrade en fonte du perron – pas de la pourriture, comme il l'avait cru d'abord : du givre. Par la porte entrouverte, le vent avait déjà poussé une congère dans l'entrée.

Bach erra dans la maison vide, faisant craquer les éclats de verre sous ses pieds. Il était souvent venu ici, il se souvenait parfaitement des intérieurs, dont il ne restait presque rien : sur les murs nus, le papier peint gelé gondolait (c'était la seule maison de Gnadenthal avec du papier peint, et les villageois aimaient venir chez Wagner pour admirer les « peintures murales »), les lames du plancher étaient arrachées, tapis et meubles avaient disparu. L'harmonium, qu'un plaisantin avait renversé en arrière, ouvrait tout grand sa bouche édentée. Le sol était jonché de bouts de verre, photographies, éclats de vaisselle, plumes de volaille, et de débris de sculptures en plâtre, pour lesquelles le maître de maison nourrissait une passion particulière. Bach attrapa une photographie, enleva du bout des doigts la glace cassante qui la recouvrait, et reconnut la mère de Wagner. Il aperçut, dans le désordre général, une main en plâtre miraculeusement intacte – une élégante main de femme, au petit doigt coquettement écarté, de la taille d'une vraie main humaine. Il la ramassa, la posa sur l'appui de la fenêtre. Il regarda dans plusieurs poêles décorés de faïence bleue de Sviajsk, et trouva tous leurs foyers recouverts d'une épaisse couche de givre.

Il sortit dans la cour. Les portes des étables et des granges étaient béantes. Tout avait été emporté, tout, jusqu'au dernier clou : charrues, attelages, fers pour le marquage du bétail, racloirs, serpes, fléaux, battoirs à linge, lanternes, râpes et chaudrons pour le miel de pastèque, barattes, moulins à farine, hachoirs. Les arbres du verger étaient cassés, le poêle de pierre de la cuisine d'été démantelé, comme si un géant en colère avait tout saccagé…

Cette nuit-là, Bach compta encore cinq maisons démembrées à Gnadenthal – chacune d'elles était vide, silencieuse, couverte de givre, emprisonnée dans la glace. Bach les explorait furtivement, ombre silencieuse, scrutant les pièces mortes à la lumière blême de la lune. Quelle volonté hostile les avait vidées, laissant les maîtres de maison sans toit ? Est-ce que les criminels avaient été châtiés ? Où étaient les propriétaires ? Les biens et le bétail ? Et quelle était cette année cruelle, pendant laquelle la petite colonie de la Volga avait perdu ses maisons les plus florissantes, les plus riches ?

L'*Année des Maisons Ruinées*, ainsi la nomma Bach, se hâtant de rentrer pour arriver à la ferme à l'aube. Il ne dit bien évidemment rien à Klara – il ne voulait pas la préoccuper. Il se passait des choses étranges, dans le monde : il était dangereux d'y aller.

*

Comme il avait eu raison ! Six mois à peine s'étaient écoulés – la steppe commençait juste, sur la rive gauche, à prendre les tons chauds des tulipes et des coquelicots, et le ciel transparent, printanier, à s'ouvrir vers le firmament, jusqu'aux planètes et jusqu'aux étoiles les plus lointaines – quand cette même steppe fut traversée par des colonnes interminables de gens inconnus, tandis que dans le ciel passaient des processions d'oiseaux de fer. Parfois, les colonnes de gens se croisaient, produisant des nuages de fumée blanche et de poussière rouge ; puis elles se séparaient à nouveau, laissant derrière elles, sur la terre piétinée, des dépouilles d'hommes et de chevaux, des restes de télègues et d'armes incendiées. On n'entendait pas de sons, seul le crépitement des fusils arrivait jusqu'à la rive droite – bien après que les nuages de poudre s'étaient élevés du sol, se mêlant aux nuages du ciel. Les avions volaient bas, manquant de racler les champs labourés avec leurs ventres ronds, ou s'élevaient plus haut que les aigles ; plus rarement, ils tournaient une aile vers le sol et, criant d'une voix basse, mécanique, tombaient derrière l'horizon…

À l'automne, quand la steppe se fana, grisonna sous la pression combinée du soleil et des explosions qui l'avaient déchirée, que les forêts de la rive droite prirent des tons roux et cramoisis, des escadres sillonnèrent la Volga. Canots et canonnières, hérissés d'armes à feu, avançaient avec lassitude sur le fleuve, en bancs maussades de poissons métalliques. Certains d'entre eux étaient blessés – les flancs déchirés, la colonne vertébrale brisée. L'un d'eux resta longtemps sur le débarcadère de Gnadenthal, subissant mille réparations. Un autre coula juste en face du village, tout son corps épineux s'enfonça rapidement, sans un bruit, dans l'eau sombre.

Bach et Klara contemplaient ces tableaux depuis la falaise. Ils n'y comprenaient rien. Peut-être que c'était la guerre. Peut-être que les villageois avaient pu sauver ne serait-ce qu'un peu du blé semé. Mais peut-être que non : si tous les hommes avaient été envoyés au front, comme on les avait déjà envoyés, par le passé, en Galicie et en Pologne, où l'Empire russe se battait depuis plusieurs années contre l'Empire germanique. Peut-être que cette lointaine guerre avait passé la frontière, s'était répandue dans les steppes du Sud, par les vallées kalmoukes, et avait atteint la Volga ensommeillée… Chacune de ces suppositions était également effrayante. Klara priait longuement : pour que leur ferme, cachée des regards sur le sommet boisé, reste inaperçue. Elle se mit soudainement à croire que Dieu ne leur avait pas donné d'enfant pour lui épargner les horreurs de la guerre, mais que, à la fin de celle-ci, la conception aurait forcément lieu. Bach ne cherchait pas à l'en dissuader.

La guerre dura plus d'une année, année que Bach appela, en son for intérieur, *Année de la Folie* : dans les tableaux muets de mort des gens et des machines, il y avait quelque chose de fou, d'incompréhensible.

*

À la fin de l'automne suivant, les flux de gens devinrent plus rares, puis disparurent entièrement. En novembre, le fleuve fut pris dans les glaces sans être dérangé par les corps durs des vaisseaux de guerre : poissons et oiseaux de fer soit s'étaient mutuellement dévorés, soit étaient rentrés chez eux. La Volga enneigée, tout comme le ciel au-dessus d'elle, restait vide et calme. Même Noël fut tranquille : on ne voyait pas les troïkas décorées foncer sur la glace, remplies de garçons ivres et joyeux ; ni les convois plus mesurés de colons qui se rendaient dans les villages voisins, visitant leur famille. Lors d'une de ces nuits silencieuses, Bach décida de repasser encore une fois à Gnadenthal. Il n'en avait aucune envie, mais il se forçait à le faire – pour l'amour de Klara, qui était devenue si maigre et si pâle, à prier sans arrêt pour un enfant, qu'elle ressemblait plus à la Vierge des glaces qu'à une jeune femme. Peut-être que le monde en furie s'était un peu calmé et qu'il était prêt à donner à Klara ce qu'elle méritait : un mariage consacré et la joie d'être au milieu de ses semblables ? Peut-être qu'un séjour à Gnadenthal la distrairait de son désir d'enfant ?

La neige devait être particulièrement abondante et molle, ou Bach singulièrement affaibli – il mit encore plus de temps à traverser le fleuve que la fois précédente. La lune était pâle et brouillée comme un morceau de sucre caramélisé, le ciel – sombre et sans étoiles. Les maisonnettes de Gnadenthal, silhouettes noires sur l'horizon, faisaient penser à de petits monticules de marc de café. Il eut l'impression que le nombre de cheminées fumantes avait encore diminué.

Les maisons elles-mêmes étaient moins pimpantes, voire négligées : ici, le battant d'un portail pendait de travers, là, les cadres des fenêtres avaient été arrachés, la maçonnerie d'un mur de brique était ébréchée ; une fenêtre brisée, fermée par des planches et isolée par des chiffons, déparait la façade ; le mur lui-même était abîmé – la couche de chaux, parcourue de fissures, tombait par morceaux entiers. Les yeux de Bach, habitués à la lumière faible des torches et des bougies de la ferme, voyaient nettement. En s'approchant, il reconnut les ravages non du temps, mais de la guerre qui était passée par là : fenêtres, murs et palissades étaient entamés par des balles et des obus.

Il n'y avait pas de nouvelles maisons pillées, mais plusieurs autres étaient désertées : portes et volets cloués de planches, portails fermés, tas de neige sur les toits et contre le soubassement en pierre. Le « palais » de Wagner était déjà en ruine, transformé en squelette de brique – sans fenêtres, sans portes et sans tuiles sur son toit. Seules les fleurs de fonte qui encadraient le perron rappelaient le faste d'antan.

Bach avançait sur la rue principale de Gnadenthal, s'étonnant qu'elle soit devenue aussi large et dure cet hiver-là – comme si elle avait été descendue et remontée, à pied et en traîneau, non par quelques centaines de colons, mais par des milliers de gens et de bêtes. Arrivé à la place du marché, il remarqua que la rue était sale : la glace, sous ses pieds, avait pris une teinte sombre.

Il regarda autour de lui. Les petits étals bas en bois derrière lesquels, l'été, les matrones de Gnadenthal vendaient toutes sortes de victuailles, et où les enfants jouaient en hiver, avaient disparu. Entre les trois puissants ormes noirs, qui occupaient le centre de la place, de longues poutres épaisses de bois équarri étaient disposées à hauteur de bras levé, formant une sorte d'énorme triangle. Sur toute la longueur des poutres, on avait planté des clous de fer, au bout desquels pendaient encore ici et là des restes de cordes gelées. Une potence ?

Sous les poutres, la neige était noire, comme si on y avait déversé de pleins seaux d'encre. Plusieurs lourds billots, à la surface éraflée et couverts de la même glace noire, étaient abandonnés à proximité. Un gros couteau avait été oublié, fiché dans le tronc d'un des ormes. Il y avait aussi, sur la neige, les taches brunes de bouses de vache. Non, pas une potence : un abattoir.

Bach arpenta lentement la place, essayant de reconstituer la scène. On commençait visiblement par amener le bétail vers le puits pour l'asperger d'eau et lui laver la peau : une couche de glace avait poussé sur la cage du puits, comme une fourmilière sur une souche. La glace elle-même était piétinée par des centaines de sabots.

Puis on les conduisait vers les arbres, où on les tuait d'un coup de fusil dans l'oreille – les douilles noires gelaient dans la neige. Étrange qu'ils aient ainsi gaspillé des munitions. En temps normal, un coup de maillet au front suffisait à assommer même un taureau ; les secondes qui suivaient permettaient à tout abatteur de vaches expérimenté de trouver, sur le cou de la bête, l'artère carotide, et la trancher. Peut-être qu'ils avaient commencé ainsi, puis que quelque chose était arrivé : l'abatteur n'avait plus pu travailler (trop fatigué ?), ou le bétail s'était énervé, et il était devenu dangereux de s'approcher des taureaux. Ou encore, les bons abatteurs avaient carrément refusé de participer à cette affaire, et c'est pourquoi il avait fallu tuer le bétail comme un adversaire en temps de guerre, d'une balle dans la tête ?

Après les avoir abattues, on ouvrait la gorge des bêtes et on les pendait entre les ormes, sur les poutres, pour laisser le sang couler. Pourquoi n'avaient-ils pas mis un baquet ou un seau sous les carcasses, pour fabriquer plus tard du boudin ? Ou en avaient-ils mis, mais il n'y avait pas assez de bacs, et il avait fallu laisser couler le sang sur la neige ? Ou est-ce qu'ils étaient si pressés qu'ils n'avaient pas de temps pour le boudin ? Bach se pencha, détacha, à ses pieds, un morceau de glace : il était noir-brun, avec des veines cramoisies à la cassure. Cet étrange abattage avait eu lieu récemment : la neige n'avait pas encore recouvert la place.

Ensuite, les carcasses étaient mises à terre, on enlevait la peau – en témoignaient des tringles bricolées à la hâte. On les éviscérait, puis on les découpait sur les billots. Ils ne prenaient sans doute pas le temps de pendre encore une fois les carcasses pour les sécher. Tout montrait qu'ils étaient incroyablement pressés, qu'ils travaillaient sans soin : des restes de viscères, de sabots, de pelotes de queues gelées, de dents de vaches étaient éparpillés alentour. Bach ramassa une dent : jaune, solide, peu usée, c'était une dent de génisse ou d'un taurillon d'un an.

Les morceaux de viande étaient jetés sur des traîneaux, puis emportés sur la route de la Volga : le chemin était large, bien tassé, la glace y était dure comme la pierre, tachée de sang – on avait emporté immédiatement la viande, et elle avait sans doute gelé en chemin. Ils avaient pu suivre la route vers la gauche – vers Zoug, Bâle et Glaris, ou, ce qui était plus probable, vers la droite – en direction de Pokrowsk, c'est-à-dire à deux pas de Saratov. Sur le bas-côté, Bach aperçut quelques petits cadavres : visiblement des chiens qui avaient voulu se régaler des restes, et avaient été abattus.

Les questions se bousculaient dans sa tête. Bach s'efforçait de trouver une explication rationnelle, n'importe laquelle, mais il en était incapable : chaque supposition faisait naître de nouvelles questions, qui amenaient d'autres conjectures, encore plus fantastiques et incroyables.

Combien de bovins avaient été abattus ? Plusieurs centaines ? Un millier ? Il n'y avait jamais eu un aussi grand troupeau à Gnadenthal. Cela voulait dire qu'on avait amené du bétail des colonies voisines, beaucoup de bétail.

Qui avait eu besoin d'une telle quantité de viande ? Quel géant insatiable ? Et aurait-il le temps de dévorer toutes ces provisions avant la chaleur du printemps ?

Quelle folie suicidaire s'était emparée des colons pour qu'ils décident de vendre d'un coup tout leur gros bétail ? Ou est-ce que ce n'était pas volontaire, avaient-ils été contraints ? Mais qui pouvait contraindre un paysan à mener volontairement son bœuf préféré ou sa vache à une mort aussi cruelle ?

Pourquoi avaient-ils décidé d'abattre le bétail à Gnadenthal ? Peut-être que les bêtes n'avaient plus la force d'avancer. Ou qu'ils n'avaient rien pour les nourrir. D'où, de quelles contrées les avait-on rassemblées ? Et quels barbares avaient convoyé des troupeaux dans le froid, la neige et la glace – et en hiver, quand la plupart des vaches étaient portantes ? Et sans réserves de fourrage ?

Il n'y avait pas de réponses.

Entre les ormes, au centre du triangle de troncs, s'élevait une masse sombre. De loin, on aurait dit des viscères gelés. Bach s'approcha, s'accroupit devant la masse – et eut un sursaut si brusque qu'il en tomba à terre, avant de s'enfuir à quatre pattes. Une nausée aigre lui retourna l'estomac, remonta à ses dents et jaillit sur la neige.

Des fœtus de veaux. Pendant l'abattage, on les avait extraits du sein de leur mère et jetés sur un tas séparé – se demandant visiblement s'il fallait les considérer comme de la viande consommable et les charger sur les traîneaux, ou les laisser avec les abattis inutiles. Ils n'avaient pas eu le temps de se décider : dans le froid, les veaux avaient rapidement formé une boule dure de têtes difformes avec des fronts trop gros et des ébauches d'oreilles, de pattes aux genoux cagneux, aux sabots fendus, de fines arêtes de côtes sous la peau rose, parcourue de veines bleues, de grands yeux sombres et de bouches presque humaines. Le bloc était si compact qu'on n'aurait pas pu le casser, même avec une barre de fer. Ils l'avaient laissé dans la neige. Il attendrait le printemps pour fondre.

Bach se releva et marcha en toute hâte – loin de la place, de la rue, de Gnadenthal. Non, il ne pouvait pas emmener Klara dans ce monde. Et il ne devait plus y venir lui-même. Quant à l'année, Bach l'appela : *Année des Veaux Non Nés.*

Il revit une dernière fois ces veaux au moment de la crue de printemps : une vague rabattit sur le rivage des corps aux pattes courtes et aux minuscules pétales d'oreilles sur d'énormes têtes. Le courant n'avait pas pu les emporter de la rive opposée – ils devaient venir de la colonie voisine, en amont. Quand le dégel était venu, personne n'avait voulu perdre de temps à enterrer les abattis pris dans la glace : on les avait jetés dans le fleuve. Le lendemain, Bach était revenu pour les remettre dans le courant, mais, en arrivant à la rive, il ne les trouva plus : la Volga avait repris les veaux pendant la nuit.

*

Il resta une année sans faire d'incursion dans le monde : à quoi bon. Parfois, le soir, depuis la falaise, il regardait vers Gnadenthal. Il ne voyait pas la fumée sortir des cheminées : il ne savait pas si sa vue avait baissé ou s'il n'y avait réellement pas de fumée. Klara avait cessé de venir sur la rive. Et – d'espérer concevoir un enfant. Bach lui avait parlé de ses excursions nocturnes ; elle l'avait écouté, poussant un soupir à peine audible. Depuis, elle avait également cessé ses longues prières.

En quelques années, elle paraissait avoir rapetissé, diminué, comme si elle fondait. Ses poignets étaient devenus si fins qu'ils ressemblaient à des branches d'arbre, ses doigts – à des tiges de stipes. De dos, on pouvait la prendre pour un adolescent. Bach s'étonnait qu'une enveloppe si fragile puisse contenir un être si fort : infatigable travailleuse, d'un calme d'airain, acceptant avec courage son infertilité. Une seule fois, Bach vit – par hasard – l'impassible Klara perdre le contrôle d'elle-même. Elle était occupée à couper les branches des pommiers dans le verger. Bach était rentré plus tôt de la rive et allait dans sa direction entre les arbres, sans se cacher, mais un vent fort agitait les branches, et Klara ne l'entendit pas. Elle était en train de manier ses ciseaux, avec diligence et précision, quand, soudain, elle les laissa tomber à terre, appuya sa main contre le tronc, resta ainsi une minute et, de l'autre main serrée en poing, se mit à se frapper le ventre. Son visage restait impassible ; elle avait seulement fermé les yeux – de douleur ou de honte. Elle se frappa longtemps, avec rage. Tout ce temps, Bach était resté figé, stupide, caché derrière les arbres, sans savoir s'il devait courir vers elle ou s'enfuir au loin. Puis elle desserra les doigts, ramassa les ciseaux et reprit son travail. Il sortit du verger sans avoir fait connaître sa présence. Il n'assista plus jamais à une pareille scène. Mais, à l'été, il vit une fois Klara, ayant cueilli une pomme particulièrement grosse sur une branche, la caresser furtivement avant de la mettre dans le panier – comme si ce n'était pas un fruit, mais une petite tête d'enfant à la peau douce.

L'hiver suivant, pas un traîneau ne passa sur la Volga glacée. Le fleuve était vide, blanc, strié uniquement par les zigzags des traces de loups. Au-dessus, le ciel était du même blanc. Parfois, dans cette blancheur infinie, on voyait soudain apparaître un point foncé, ou deux : des voyageurs. Ils venaient de nulle part, avançaient lentement sur la Volga, semblant n'avoir aucun but ; parfois, deux personnes allaient à la rencontre l'une de l'autre, mais leurs routes ne se croisaient jamais : les gens paraissaient aveugles, et se côtoyaient sans se voir.

D'ordinaire, l'hiver, les colons préféraient rester à la maison, et s'ils devaient vraiment sortir, c'était à cheval ou en traîneau ; mais à présent, il ne se passait pas un jour sans que Bach observe, sur l'immense ruban du fleuve, un voyageur à pied. Au début, il ne comprenait pas quelle force pouvait chasser ces malheureux hors de leurs maisons chauffées, et les pousser à errer, mal habillés, des lieues entières dans la neige profonde. Puis il comprit : c'était la faim. Certains voyageurs étaient si maigres que les bras et les jambes qui dépassaient des haillons couvrant leur corps ressemblaient à des bâtons, et leurs visages étaient des masques de douleur. Certains avaient perdu la raison. D'autres, en arrivant à Gnadenthal, tombaient dans la neige et ne se relevaient plus. Lorsqu'il en voyait un, Bach chaussait ses raquettes, prenait une luge et une hache et traversait péniblement le fleuve. Il mettait deux heures pour atteindre son but. Lorsqu'il arrivait, le pauvre hère était déjà mort. Bach le hissait sur la luge, l'arrimait et l'amenait à un trou dans la glace. Il cassait à la hache la couche de glace qui s'était reformée sur l'eau, marmonnait une courte prière et jetait le corps déjà rigide dans la Volga. Il s'était d'abord demandé s'il pouvait, sans vraie foi dans son cœur, dire une prière pour les morts. Mais il avait décidé qu'il le fallait : ils auraient sans doute été heureux de cette prière, peu importe qui la prononçait. Il était d'autant plus gêné qu'il ne pouvait pas identifier la confession de chaque mort. Mais il avait décidé qu'une prière luthérienne récitée pour un catholique, un orthodoxe ou un mahométan était toujours mieux que pas de prière du tout. Il la récitait donc pour tous, même pour les Tatars ou les Kirghizes. Il ne pouvait pas nourrir les affamés, mais il pouvait les ensevelir pour que leurs corps ne soient pas dévorés par les loups. Il ne savait pas combien il en avait immergé. Il nomma cette année terrible l'*Année de la Faim.*

Il pensait qu'il ne pouvait rien y avoir de pire. Mais il se trompait : l'année suivante, les voyageurs adultes disparurent

– et des enfants apparurent sur la Volga glacée. Ils avaient de petits visages de vieillards ; des yeux sauvages, maussades ; des dents noires de scorbut ; des nuques galeuses ; des mains osseuses, aussi fines que des pattes d'oiseau. En un jour, Bach ensevelit trois enfants. Il décida de ne plus aller à la Volga – il n'avait pas la force d'observer, de la falaise, l'*Année des Enfants Morts*. Il rentra à la ferme, se coucha sous l'édredon de plumes, ferma les yeux et se mit à attendre le printemps.

# 6

Un grondement violent, brusque comme un coup de tonnerre. Bach rejeta l'édredon, s'assit sur le lit. Un orage au début d'avril, quand les neiges n'avaient pas encore fondu dans les champs ? Il secoua la tête, regarda autour de lui. Il baignait dans l'obscurité froide du matin. Une faible brume matinale pénétrait par les volets fermés. Avait-il rêvé ? À côté de lui, Klara, encore endormie, bougea.

Le grondement se répéta. Ou plutôt, le coup – exigeant et insistant – frappé à la porte d'entrée et sur les volets de la cuisine. Quelqu'un frappait si fort que le bruit pénétrait jusqu'à la chambre à coucher.

Klara se réveilla à son tour, poussa un cri à peine audible. Bach trouva sa main dans l'obscurité, la serra : Tais-toi ! Peut-être que les intrus s'échineraient un moment devant la porte, puis partiraient. Même s'il y avait peu d'espoir.

À l'extérieur, il y eut un coup sourd, puis un bruit de verre brisé – quelqu'un avait arraché le verrou des volets et cassé la vitre. Il l'avait habilement cassée, d'une main sûre, exercée.

– Hé, y a quelqu'un ?

La voix était audacieuse, avec une pointe d'insolence. Elle parlait russe, mais pas le russe lent et mélodieux des villages de la région : son débit était précipité, comme si l'homme se hâtait.

– Où veux-tu qu'ils soient… Tu vois bien toute cette fumée qui sort de la cheminée… dit une deuxième voix, calme et autoritaire.

La porte de la chambre à coucher était entrouverte – Bach entendait distinctement leur dialogue. Il connaissait à peine assez de russe pour les comprendre, mais le danger avait aiguisé ses sens : il comprenait, sentait l'essentiel, la menace contenue dans leurs paroles.

Le cadre de la fenêtre craqua sous les coups, les débris de verre tintèrent en tombant, puis crissèrent sous le poids d'un corps imposant : quelqu'un de grand et de lourd passait par la fenêtre, se coupa sur le verre et jura à mi-voix en des termes que Bach ne connaissait pas, mais il en saisit le sens.

S'efforçant d'éviter tout bruit, Bach glissa sur le sol, se mit à genoux et attira à lui Klara figée d'effroi. Quand elle fut à côté de lui, la respiration accélérée, haletant entre ses dents serrées, comme transie de froid, il lui courba la tête vers le sol de terre, la poussa dans le dos : Vite, sous le lit ! Elle comprit, se glissa vivement dans la fente poussiéreuse, tirant derrière elle le bout de sa chemise de nuit. À tâtons, Bach arracha à la tête de lit le reste des habits et les fourra à sa suite. Klara avait disparu – on n'entendait même plus sa respiration.

Pendant ce temps, l'homme dans la cuisine, à la voix audacieuse et au corps lourd, avait déjà sauté à terre ; les bris de verre s'écrasèrent sous ses bottes. Il déverrouilla et ouvrit tout grand la porte de la maison :

– *Entrez*[1], messieurs ! Ou comme on vous appelle maintenant…

– Ne fais pas l'imbécile ! La voix calme et autoritaire était déjà à l'intérieur. Le maître de maison va t'en organiser un, d'« entrez » : un coup de feu entre les deux yeux…

Bach ne savait pas quoi faire. Tout ce qu'il pouvait utiliser pour se défendre – couteaux, marteaux, poêles et autre vaisselle – était dans la cuisine. La fourche qu'il appuyait chaque soir contre la porte – aussi. Les serpes, pelles, hachoirs : dans la remise. Ils n'avaient pas de fusil. Et dans la chambre à coucher, il n'y avait rien du tout, à part le lit, la commode et deux chaises. Sur la pointe des pieds, Bach se glissa vers la

1. En français dans le texte.

fenêtre et trouva, devant le mur, un petit escabeau – celui où, à l'époque, Tilda aimait s'asseoir quand elle filait, et sur lequel, le soir, Klara s'asseyait pour délacer ses chaussures. Il prit l'escabeau par ses pieds sculptés, le souleva au-dessus de sa tête et s'immobilisa derrière la porte : il pourrait assommer le premier, l'audacieux. Il essaierait de l'atteindre à la tempe. Comme disait le tueur de cochons Hauf, « un taureau et un porc, tu les cognes au front, mais un homme, faut le taper à la tempe ». S'il avait de la chance, il l'assommerait. Mais ensuite ?

– Et si ce n'était pas un maître, mais une maîtresse de maison ? Une belle meunière, par exemple ?

La voix audacieuse se déplaçait rapidement dans le salon, d'un mur à l'autre. La porte du foyer du poêle claqua, la fente sous la porte prit une lumière jaune pâle – visiblement, ils avaient allumé une chandelle.

– Hein, messieurs ? Un bonnet de dentelle fine. De doux ongles propres, roses, brillants. Des fossettes sur les joues. Et elle sentirait... l'eau de lavande de l'épicerie Kontourine, à vingt roubles le flacon...

– Pfou, quelle cochonnerie ! Tu me fais grincer des dents. C'était à nouveau la voix autoritaire. Va fouiller la maison, moulin à paroles. Comment ton colonel te supportait... ? Et toi, le gamin, tu attends quoi ? Allez, examine l'entrée, le sous-sol, le grenier ! On prend : les provisions, les allumettes, les armes ! Exécution !

Cela voulait dire qu'il y en avait un troisième. Combien étaient-ils, ces intrus ?

Soudain, la porte s'ouvrit tout grand – on l'avait poussée du pied. Bach eut l'impression qu'on le frappait rudement au visage, mais ce n'était que la lumière terne. Il n'eut pas le temps d'esquisser un geste, pas même de respirer : il resta figé, retenant son souffle, brandissant l'escabeau à bout de bras.

Du salon, un homme faisait face à Bach – le visage couvert jusqu'aux pommettes par une barbe naissante, vêtu d'une tunique sale qui avait depuis longtemps perdu toute couleur, ses épaulettes, et tout autre signe de reconnaissance. Ses yeux – capricieux, à demi fermés, méchants – regardaient avec insolence de sous une chapka déchirée. C'est lui, l'audacieux, comprit Bach. Dans une main, l'homme tenait une chandelle allumée. Dans l'autre, un revolver.

*

Lâche l'escabeau, montra-t-il du bout de son revolver. Bach fit non de la tête : Je ne le lâcherai pas. Mais ses bras, qui tremblaient sous l'effort comme s'ils avaient porté une grosse table ou une commode, devinrent soudain si faibles qu'ils se plièrent aux coudes, et qu'ils posèrent tout seuls l'escabeau à terre – soigneusement, contre le mur où il était auparavant. L'homme fit un signe de tête approbateur.

Maintenant, assieds-toi dessus, indiqua-t-il à nouveau avec son revolver. Bach voulait rester debout, ses talons nus plantés dans le sol, mais ses jambes le trahirent sous le mouvement mesuré du canon noir du revolver, elles s'agitèrent d'un petit tremblement désagréable et, l'instant d'après, elles faisaient asseoir son corps raidi sur l'escabeau. Il comprit soudain qu'il était transi de froid, comme s'il ne se trouvait pas dans une chambre chauffée, mais quelque part au bord de la Volga. Il s'entoura de ses bras pour calmer son tremblement.

– Faites connaissance, messieurs ! cria l'audacieux, tenant toujours Bach en joue. Notre sympathique maître de maison ! Il a l'air un peu sauvage, mais n'en est pas moins d'un commerce agréable !

Ils étaient trois en tout, les intrus. Outre l'audacieux, il y avait un solide paysan : une large face kalmouke sous une barbe en éventail, des yeux bridés disparaissant sous des paupières gonflées, un nez étonnamment court qui faisait penser à un animal, chauve-souris ou chat sauvage. Et un garçon d'environ quatorze ans, au front bombé, aux yeux clairs, dont le cou à la pomme d'Adam saillante sortait d'une veste bien trop grande. Ils se groupèrent autour de Bach, braquant leurs yeux sur lui. Bach remarqua que le paysan avait sa fourche à la main et, sur le dos, un fusil.

– Un Teuton, dit le paysan d'une voix assurée, après avoir examiné Bach. Il aura forcément des réserves. Les Allemands sont économes.

– Ah, si on pouvait rester quelques jours chez lui, dit l'audacieux en regardant la chambre d'un air rêveur, en poussant du canon de son revolver une plume de l'édredon tombée au sol. Dormir un bon coup, manger de la bonne popote germanique. On peut pas passer notre temps à courir les bois comme des loups.

– Restes-y, accepta immédiatement le paysan. Mais c'est un commissaire rouge qui te réveillera, quand tu dormiras sous ton édredon de plumes, après ta popote, en te grattant le ventre. Moi et le garçon, on sera déjà à Volsk.

La tête tournée vers le mur, Bach faillit en loucher : ne voyait-on pas le bout de la chemise de nuit de Klara dépasser de sous le lit ? Non : la fente sous le lit était tout à fait noire. Il détourna hâtivement le regard, pour que les intrus ne remarquent rien, et le leva au plafond.

– J'ai dit : fouiller la maison ! Le paysan cria sur le garçon qui, faisant traîner ses souliers tout en enlevant de ses épaules une large besace en toile, se dépêcha de retourner à la cuisine. Toi, tu surveilles le maître de maison, ordonna-t-il à l'audacieux. Moi, je vais dans la cour jeter un œil au proverbial ordre allemand.

Il sortit, s'appuyant sur la fourche comme sur un bâton.

– Ouais, des fameux compagnons que la Providence m'a donnés, grommela l'audacieux dans sa barbe. Va comprendre s'il vaut mieux en finir avec eux, ou continuer la route ensemble…

De la cuisine, on entendait déplacer la vaisselle, le verre tintait, les couvercles des casseroles carillonnaient – le garçon fouillait méticuleusement.

L'audacieux, sans détourner de Bach le canon de son revolver, posa la chandelle sur la commode, et s'assit sur le lit. Il y resta un moment, caressant avec plaisir les draps souples de sa main sale.

– Attention, hein ! le menaça-t-il avec son revolver comme on menace les petits enfants du doigt, puis, avec un long gémissement traînant, il se coucha sur le dos, s'enfonçant dans le tas moelleux d'oreillers et de draps.

Le canon du revolver dépassait du monceau de tissus et des plis de l'édredon : l'audacieux tenait Bach en joue, et restait lui-même couché, le regardant avec des yeux hébétés.

Bach était toujours assis sur son escabeau, s'entourant de ses bras. Le tremblement de tout son corps n'avait pas cessé : ce n'étaient pas seulement ses bras et ses jambes, mais tout, à l'intérieur de lui, qui tremblait ; ses côtes, son ventre, son cœur, et tous ses viscères palpitaient, chaque organe séparément, comme des graines de prunellier dans un hochet d'enfant. Les intrus allaient bientôt partir. Ils prendraient la nourriture. Le sac de petits pois, les perches fumées, la farine de carotte, les pommes séchées… Qu'ils les prennent. Ils n'avaient plus d'allumettes depuis longtemps. Pas d'armes. À part la nourriture, ils ne trouveraient rien. Quand ils auraient pris la nourriture, ils partiraient, loin. Loin. Loin.

– Oui, vous savez dormir, dit l'audacieux, se levant avec regret du lit, laissant une trace dans les draps en bataille.

Il s'approcha de la commode, regarda avec indifférence la nappe crochetée qui la recouvrait, et sur laquelle était posé, depuis sept ans déjà, le tome de Goethe. Il tira le tiroir du haut : des chemises d'homme, des chaussettes de laine rayées, des gants finement tricotés. Il essaya les gants – trop petits. Il fouilla le fond, pour la forme, et ne trouva que quelques boutons en os.

Bach surveillait les mouvements lents, indifférents, de l'audacieux, et ne parvenait pas à se souvenir dans quel tiroir étaient rangés les habits de Klara. C'est le froid qui l'empêchait de se souvenir : son corps tremblait tellement qu'il craignait de tomber de l'escabeau.

L'audacieux tira le deuxième tiroir : des tas égaux de draps et de taies d'oreiller rayés finement de rubans brodés ; deux couvre-lits en patchwork ; une nappe à carreaux. Là non plus, il n'y avait rien.

Il allait attraper le troisième tiroir, mais à cet instant Bach s'écroula de l'escabeau et s'enfuit à quatre pattes de la chambre à coucher.

– Gamin ! hurla l'audacieux en courant à sa suite. Retiens-le !

Bach n'avait pas de plan – il voulait seulement faire sortir les intrus de la maison. Il se releva tout en courant, et voulut s'élancer vers la porte, mais quelque chose d'osseux et d'agile lui attrapa les genoux : le garçon. Ils tombèrent ensemble, roulèrent à terre corps mêlés. Le lourd corps de l'audacieux s'écrasa sur eux.

Quelque chose attrapa Bach, le frappa, le fit tournoyer et le traîna. Il se débattit, chercha à s'échapper vers la porte, résista. Il sentait une haleine inconnue de tous les côtés. Dans son corps, la fièvre remplaça le froid – d'un coup, comme si on l'avait lancé dans un poêle brûlant. Il eut chaud à la colonne vertébrale et à la nuque, son visage se couvrit de sueur. Son front heurta le mur, son épaule – le pied de la table. On entendit de la vaisselle tinter, des louches tomber bruyamment. Les débris de la vitre crissèrent – plusieurs vinrent s'enfoncer dans son dos. Au même moment, quelqu'un, contre lui, se fit mal et jura – l'étau qui retenait Bach se desserra, et il fila à quatre pattes jusqu'à la porte, posant les mains sur le verre brisé. Il poussa la porte du front, se retourna pour voir les deux autres : le suivaient-ils ? Il voulut franchir le seuil, mais sa tête heurta deux solides bottes boueuses.

Il leva les yeux : le paysan au visage kalmouk avait fini son examen de la cour, revenait à l'isba. Il avait gardé tout ce temps la fourche sur l'épaule. Avec cette même fourche, il poussa légèrement Bach dans le dos : Rentre. Et Bach rentra à quatre pattes, sentant ses paumes griffées au sang lui brûler. L'audacieux s'était visiblement aussi coupé : il agitait sa main en l'air avec impatience, grimaçant.

– Vous vous êtes pas entendus ? fit le paysan avec un petit rire, maintenant Bach au sol avec sa fourche, comme un brochet attrapé au harpon. Mais alors, et l'hospitalité teutonne ? La popote ?

L'audacieux ne répondit pas, lui lança un regard énervé et partit dans la chambre. On entendit ouvrir les tiroirs de la commode – il devait chercher quelque chose pour bander sa main.

– On aura de quoi la faire, la popote, dit le garçon, ouvrant fièrement la besace remplie à ras bord de provisions glanées dans la maison.

Le paysan fit un signe de tête approbateur.

Soudain, on n'entendit plus aucun bruit dans la chambre à coucher, puis, quelques instants plus tard, un rire s'éleva – un rire sonore, qui traversa toute la maison. L'audacieux apparut dans l'encadrement de la porte, rouge de rire, tenant dans sa main maladroitement bandée un objet blanc : un bonnet de femme.

– Messieurs, la belle meunière ! annonça-t-il d'une voix sonore.

Bach se débattit, mais les quatre pointes d'acier le maintenaient fermement au sol.

– C'est pas le moment de penser à des bêtises, il commence à faire jour – le paysan appuya si lourdement les pointes contre le dos de Bach, qu'il lui coupa la respiration. Qui sait qui peut encore venir ici pendant la journée. On attache le fermier, pour qu'il ne cause pas de nous trop tôt, et on se tire. Allez, le gosse, cherche une corde !

Le garçon fouilla dans la cuisine et le salon ; n'ayant pas trouvé de corde, il se mit à déchirer un drap.

– Et si elle causait trop vite ? L'audacieux ne cessait d'examiner le bonnet sous tous les angles, comme s'il n'avait jamais rien vu d'aussi intéressant, allant même jusqu'à le retourner. Si, dès qu'on a franchi le seuil, elle court au village sur ses jambes agiles – hop-hop-hop ? Et qu'elle parle de nous avec ses lèvres vermeilles – bla-bla-bla ?

Le paysan poussa un gros soupir. Il se tut un instant.

– Bon, cherche ta bonne femme, mais fais vite.

– Y a pas à chercher. L'audacieux lança le bonnet en l'air et l'attrapa avec les dents, comme un chiot bien dressé. Continuant la plaisanterie, il poussa un grognement, agita la tête à droite et à gauche – puis cracha le bonnet à terre. Elle est dans la chambre, sous le lit. C'est pour ça qu'l'Allemand voulait nous éloigner.

Bach appuya de toutes ses forces son visage contre le sol, sentant la féroce poussière de verre s'enfoncer dans son front, et ses yeux fermés par quelque chose d'épais et de noir. Des vagues de chaleur lui parcoururent le corps, du ventre à la gorge ; il gémit, se tortilla, oubliant la fourche dans son dos. Mais déjà, une lourde masse s'était abattue sur lui, l'étendant à terre comme une pâte à gâteau, expulsant l'air de ses poumons : le paysan s'était assis sur Bach, tandis que le gamin s'affairait autour d'eux, attachant ses bras derrière son dos, liant ses jambes. Avec toute cette agitation, il n'entendait pas ce qui se passait dans la chambre. On lui tordit les bras – si brutalement que ses omoplates se rejoignirent – et on lia ses coudes et ses genoux en un grand nœud. Puis on le laissa seul. Il parvint tant bien que mal à lever la tête : il faisait nuit, complètement nuit. La douleur traversait ses épaules écartées en arrière, mais il continua à allonger le cou, à se rouler sur le sol, et il finit par apercevoir, dans l'obscurité qui l'entourait, un triangle plus clair – un petit morceau de la chambre à coucher : le coin du lit, où pendait l'édredon, des jambes, une forêt entière de jambes – chaussées de bottes militaires mal entretenues, de longues bottes paysannes, de souliers troués. Quand, au milieu de ces jambes, il entraperçut quelque chose de clair et de familier – le bas de la chemise de Klara –, il poussa un cri. Un cri si perçant qu'il l'assourdit lui-même. Puis on le frappa au flanc ; le monde se mit à tournoyer, et on fourra dans sa bouche un morceau de tissu aux dentelles rugueuses – le bonnet. On l'avait utilisé comme bâillon. Un lourd nuage étouffant tomba au-dessus de lui et lui recouvrit le visage.

Il se débattit sous ce nuage, sans plus comprendre où était le haut et où était le bas, où étaient passés ses bras et ses jambes et s'il en avait toujours, et, enfin, où finissait cette obscurité étouffante – il se débattit si longtemps qu'il avait l'impression d'avoir frotté son front et ses joues jusqu'à les couvrir de cloques. Le nuage avait une odeur familière, et même intime. Il comprit soudain : ce n'était pas un nuage, mais l'édredon, son fidèle édredon de plumes de canard. Il s'était un peu réduit avec les années, mais restait chaud, gardait le souvenir de l'humidité de l'appartement dans la Schulhaus, des hivers glacials à la ferme, s'était peu à peu empreint de son odeur, et de celle de la femme qu'il aimait. Cette femme était merveilleuse, avait des mains fines et des cheveux soyeux, elle était de l'autre côté de l'édredon à l'extérieur. Il fallait absolument la rejoindre là-bas, la sauver. Mais Bach avait oublié de qui il devait la sauver. Il avait oublié le nom de cette femme. Et comment il s'était retrouvé sous l'édredon – ça aussi, il l'avait oublié…

*

Il faisait déjà jour quand il se dégagea. La lueur rose du matin se répandait par les fentes des volets fermés. Une fenêtre – à la cuisine – était brisée. La porte était fermée. Le sol – jonché de petits pois et de débris de verre. La fourche était soigneusement posée à côté de la porte, appuyée au chambranle.

Le visage de Bach était enflé, brûlant. Ses mains aussi, semblait-il – mais il ne sentait pas ses bras et ses jambes. Il se tortilla, rampant avec ses épaules et ses genoux engourdis, et glissa comme un ver jusqu'au poêle, sous lequel se trouvait une grande feuille de fer – pour les braises. Il frotta le nœud dans son dos sur l'angle de la feuille, le coupa. Ayant libéré ses bras, il s'assit, détacha ses jambes. Le sang revint par à-coups dans ses mains qui étaient déjà gonflées, bleuies, dans ses pieds, dans sa tête. La mémoire lui revint également par à-coups.

Tout d'abord, il vit apparaître devant ses yeux, de près, très nettement, des visages : l'audacieux, le gamin, le paysan aux yeux kalmouks. Puis comment ils étaient entrés dans la maison. Comment ils avaient pris possession de la cuisine. Comment ils avaient trouvé Bach.

Il se leva. S'appuyant contre le mur, il se traîna à travers le salon vers la chambre. Il resta longtemps sur le seuil – écoutant le silence à l'intérieur, n'osant pas entrer. Finalement, il poussa la porte entrouverte.

Elle était assise sur une chaise devant la fenêtre, le visage tourné vers la lumière – Bach ne voyait que la couronne de ses cheveux détachés, traversés de rayons de soleil. Le sol était couvert de draps, oreillers, taies déchirées, jupes, chemises, colliers cassés, tas de linge de la commode. Il avança sur ces habits et ces draps, écrasant sous ses pieds le tissu blanc et doux – vers elle.

Tout en avançant, il voulait désespérément l'appeler par son nom, car tous les autres mots étaient, en ce moment, superflus, et même impies. Mais son nom léger – pur et lumineux comme l'eau d'une rivière – avait disparu quelque part, s'était disloqué en plusieurs sons. Il s'accrocha à ces sons, mais ils s'échappèrent à leur tour et s'effacèrent dans l'air transparent du matin. Il se dit qu'il se souviendrait, qu'il se souviendrait forcément de son nom quand il verrait son visage. Il avança péniblement vers la fenêtre, évitant la brillance dorée comme s'il craignait d'être à jamais aveuglé. Enfin, il se mit dos à la lumière et regarda la femme. Elle était nue. Bach la voyait ainsi pour la première fois : faite de lait et de miel, de lumière douce et d'ombre veloutée. Ses mains fines étaient posées sur son ventre rond, le cachant et le protégeant. Ses yeux étaient fermés, les traits de son visage immobiles – elle dormait. Ses lèvres – souriaient.

Il aurait voulu fermer les yeux, se détourner pour ne pas voir ce sourire serein et plein de sagesse, crier pour réveiller cette femme, ou frapper de toutes ses forces ces lèvres souriantes, ou devenir lui-même aveugle – mais il était incapable de rien faire, sinon regarder, regarder... Tout était silencieux ; on entendait à peine la rumeur du vent – pas à l'extérieur, mais quelque part dans la tête de Bach – et elle devint plus forte, siffla, souffla et emporta avec elle le nom de la femme et tous les autres noms, et tous les mots, et même les sons...

*

Depuis ce jour, il ne parla plus. Les noms, les mots et les sons lui revinrent, mais ils étaient devenus légers et vides comme des coquilles de noix. Il aurait sans doute pu forcer un peu ses lèvres, bouger la langue vers le palais et dire à voix haute des mots dénués de sens : vo-let. Ou : bon-net. Ou : é-dre-don. Ou : Kla-ra. Il aurait pu, mais il n'était pas sûr de le vouloir. C'est pourquoi il préférait se taire. Klara ne s'en étonnait pas ou, si elle était surprise, n'en disait rien. Quand elle comprit que ses rares questions à Bach restaient sans réponse, elle cessa d'en poser. Si elle s'était indignée de son silence, qu'elle avait crié, l'avait frappé à la poitrine – peut-être qu'il n'aurait pas pu résister, qu'il aurait desserré les lèvres, bougé la langue. Mais Klara était sereine, comme si le mutisme de Bach ne la dérangeait absolument pas. Bien, qu'il en soit ainsi, avait-il compris.

Ils n'évoquèrent pas ce qui s'était passé. Ils avaient lavé tous les habits et le linge, non pas avec l'eau saumâtre du puits, mais dans le courant de la Volga : Bach, écartant de la rame les plaques de glace encore lourdes après l'hiver, avait sorti l'esquif en eau profonde, et Klara, penchée par-dessus bord, avait longuement frotté, rincé, sans se préoccuper du froid qui rougissait ses mains. Ils avaient réparé, reprisé tous les draps et les taies d'oreiller déchirés. Aéré et secoué l'édredon de plumes. Colmaté la vitre brisée avec des chiffons. Balayé la maison, mis du sable frais sur le sol. Rangé la fourche dans la remise.

Bach dormait à nouveau sur le banc devant le poêle. Klara ne s'y était pas opposée. S'il l'avait rejointe la nuit dans la chambre, elle ne s'y serait sans doute pas non plus opposée. Elle était devenue, non pas indifférente au monde qui l'entourait et à Bach, mais un peu distante : elle accueillait avec la même bienveillance le beau et le mauvais temps, les filets pleins et les filets vides.

Et encore Klara était devenue – tendre. Cette tendresse, qui était soudainement apparue dans sa voix, troublait particulièrement Bach – elle lui rappelait les premiers mois de leur rencontre, les cours « à l'aveugle » à travers le paravent. Quand Bach pensait aux raisons de cette tendresse, il avait envie de se lever et de partir de la maison pour ne plus jamais revenir : marcher, marcher rapidement dans la forêt, sur la route, la steppe, ne pas manger, ne pas dormir, s'enfuir, s'enfuir le plus loin possible. Quand il ne pensait pas, il avait envie de fermer ses paupières et d'écouter Klara, de l'écouter sans fin. D'ailleurs, où aurait-il pu partir ? Il n'avait nulle part où aller : Klara vivait ici, à la ferme. Mais une Klara nouvelle, inconnue.

Sa beauté, jusqu'alors fine et sobre, prit une force nouvelle : ses yeux étaient plus sombres et plus expressifs, ses lèvres plus charnues et plus rouges, elle avait perdu son éternelle pâleur, ses joues étaient désormais insolemment roses. À présent, personne ne l'aurait prise, de dos, pour un adolescent : chacun de ses mouvements trahissait la femme. Bach craignait cette nouvelle femme, belle, tendre et distante, il craignait qu'elle n'ait pris à jamais la place de l'ancienne Klara, si proche et si facile à comprendre. Et ce n'est qu'au plus fort de l'été qu'il comprit d'où venait cette femme : Klara attendait un enfant.

C'était en juillet. Bach était assis sur la rive, et Klara, fatiguée d'avoir longuement nagé dans la Volga, sortait de l'eau sur de grandes pierres. Elle lui sourit de son nouveau sourire, doux et serein, la tête un peu penchée sur le côté, tordant ses cheveux pour les essorer. Le soleil illuminait son corps moulé par sa chemise trempée, et Bach se rappela soudain l'une des sculptures en plâtre dans la maison du meunier Wagner. Il regardait les lignes suaves, arrondies, qui allaient des seins de la femme à son ventre rond et ses cuisses pleines, et sentit l'angoisse monter lentement : il avait enfin pris conscience de ce qui leur était arrivé ce jour, en avril, qu'ils avaient tenté d'oublier, d'envoyer au vent, de laver dans la Volga, et qui leur revenait maintenant, comme un objet jeté dans les flots revient sur la rive, déposé par la marée. Et Klara continuait de sourire, impassible comme une statue, indifférente au regard de Bach, ne se souciant pas de savoir s'il avait vu, et si oui, ce qu'il éprouvait. Elle souriait du sourire qu'elle avait eu alors, en ce matin terrible. Elle souriait, ayant compris, sachant depuis longtemps. Elle souriait du sourire qui, désormais, ne quittait plus ses lèvres…

*

L'accouchement devait avoir lieu vers la fin décembre. La veille de Noël, elle ressentit les premières douleurs, mais à l'aube elles cessèrent. À partir de là, elles vinrent chaque nuit, avec les premières étoiles, au lieu du sommeil – jusqu'à ce que l'année passe à janvier. Klara, blême, les lèvres gonflées, le ventre énorme, n'arrêtait pas de marcher dans la maison : de la cuisine au salon, puis dans sa chambre, puis dans celles, vides, de son père et de Tilda, pour revenir ensuite à la cuisine. Elle dormait peu, mangeait encore moins. Parfois, elle s'asseyait un instant sur une chaise, le lit – avec, devant elle, l'énormité de son ventre ; le dos creusé, sa tête échevelée jetée en arrière –, mais très vite, elle se relevait, reprenait sa marche monotone à travers les pièces, comme un prisonnier arpentant sa cellule. Le grattement des pieds sur le sol de terre, les lamentations des tempêtes de neige au-dehors : voilà ce que Bach retint de ces semaines.

L'hiver était neigeux : la neige entourait la maison jusqu'aux fenêtres, impossible de sortir. Et Klara n'aurait pas pu se promener dans le froid : son ventre n'entrait dans aucun manteau. Ainsi, ils restaient à l'intérieur. En décembre, Bach était encore un peu sorti – pour dégager la cour, faire tomber les tas blancs qui s'accumulaient sur le toit. Mais, en janvier, il se mit à craindre de laisser Klara longtemps seule, il ne la quittait plus – ainsi passèrent le premier jour de l'an, le deuxième, le troisième… L'attente, qui s'éternisait, les épuisait tous deux. Klara avait maintenant des cernes bleus sous les yeux, tandis que ses prunelles devenaient troubles de fatigue, perdaient leur couleur ; ses cheveux, d'ordinaire doux et brillants, séparés en deux tresses croisées sur la tête, avaient perdu tout éclat, s'échappaient de sa coiffure en mèches irrégulières sur les tempes et le front. Bach ne voyait pas son propre aspect, mais un soir, baissant les yeux, il remarqua que sa barbe rare s'était soudainement teintée de gris.

Depuis six mois, il avait si souvent pensé à Klara et au bébé qui grandissait en elle que, au moment où le bébé allait apparaître, il était déjà fatigué de penser et de sentir. Au début, il ne ressentait rien, si ce n'est de l'horreur : l'idée même qu'une semence étrangère, ayant pénétré d'une manière si terrible dans les entrailles de la femme aimée, y grandissait à présent, y vivait, se nourrissait de ses sucs, prenait des forces, – cette idée même accélérait sa respiration, trempait ses tempes et ses paumes d'une sueur visqueuse. Il passait ses nuits couché sur le banc, incapable de dormir, les mains croisées sur la poitrine, tendu à l'extrême, tentant de calmer le tremblement qui s'emparait de tout son corps. Il écoutait la respiration paisible de Klara dans la chambre d'à côté et son corps se couvrait d'une sueur froide. Il rêvait de tomber du banc et de briser définitivement, sur le sol de terre, sa stupide tête inutile.

Puis il passa par un stade de dégoût. Il s'imaginait le petit morceau de chair – grand comme un pois, puis comme une fève, puis comme un doigt – en train de mûrir à l'intérieur du ventre de Klara, de s'allonger et de grossir, de faire la grimace, de bouger ses embryons de bras et de jambes. Il ressemblait à un nain déformé. Au paysan aux pommettes kalmoukes et aux yeux bestiaux. À l'audacieux au visage porcin. Au gamin maigre, avec une face d'avorton et une pomme d'Adam proéminente. Aux fœtus de veaux que Bach avait vus à Gnadenthal. Ce sentiment de répulsion était irrépressible : Bach cessa même de regarder Klara ; rien que la vision de son ventre trop gros et de sa poitrine gonflée lui donnait la nausée. Il rêvait qu'elle se réveillait un jour et trouvait dans le lit un gros caillot sanguinolent : le fœtus né avant terme.

Quand Klara eut de la peine à marcher – commença à fatiguer rapidement, à s'essouffler en montant la pente depuis la Volga –, il fut soudain pris de pitié pour elle. Il la regarda un jour, en septembre, laver le linge dans la rivière, debout sur les rochers, les jupes relevées : ses jambes de héron, ses bras osseux, son cou maigre, aux os saillants – elle était toute en os, aiguë, amaigrie ; seul son ventre s'arrondissait, sphère élastique prenant toutes les forces, toute la beauté de son corps. Il eut honte de ses vilaines pensées, de ses imaginations odieuses. Qu'il naisse, se dit-il, qu'il naisse, cet enfant d'un autre, d'on ne sait qui. Klara en sera heureuse – et c'est bien. Qu'il naisse.

Quand l'hiver arriva, Bach était fatigué de ses réflexions et de ses sentiments, de ses doutes et des reproches qu'il se faisait. Il n'avait plus la moindre pensée, plus que l'angoisse de l'attente. Il attendait cet enfant, peut-être presque avec plus de force que Klara elle-même – sans même comprendre ce qu'il ressentait à ce stade, sans pouvoir se représenter ce qu'il ressentirait en voyant l'enfant, ne désirant qu'une chose : que cette souffrance de plusieurs mois se termine enfin.

Au sixième jour de la nouvelle année, Klara se réveilla dans des draps mouillés : le bébé s'apprêtait à venir au monde. Elle se remit à marcher dans la maison, plus vite. Parfois, elle s'interrompait, attrapait le dossier d'une chaise et respirait bruyamment, la tête tournée vers le plafond, découvrant ses dents jusqu'aux gencives. Bach avait l'impression qu'elle voulait crier.

À midi, elle décida de balayer le sol. On sait bien qu'on soigne « par un semblable » : la jaunisse avec le navet jaune, un mal de tête désagréable avec du fromage puant ; ainsi, si la mère travaille, l'enfant travaillera aussi bien, faisant son chemin vers le monde. Elle nettoya toute la maison, lava la vaisselle, frotta le samovar avec du sable. Au coucher du soleil, elle était fatiguée à en avoir des tremblements dans le dos.

Avec la nuit, les douleurs arrivèrent, les vraies – dépassant de mille fois les contractions légères, auxquelles elle avait eu le temps de s'habituer. Elle posa un couteau de cuisine devant le lit – Tilda lui avait appris qu'il calmait la douleur. Elle se tint debout – contre le montant du lit, la table, une chaise. Elle s'accroupit – se tenant au poêle, à la commode, au banc. Elle se coucha – sur le lit et le banc. Elle ne criait pas – elle craignait d'effrayer l'enfant ; elle se contentait de respirer bruyamment, les dents serrées. Crie, aurait voulu lui ordonner Bach – mais ses lèvres avaient perdu l'habitude de prononcer des mots après ses nombreux mois de silence, et ne lui obéissaient pas.

Au matin, elle était épuisée – étendue sur le lit, elle ne bougeait plus, avait même cessé de gémir. Sa tête était tirée en arrière, ses yeux fermés. Ce fut l'unique fois de sa vie que Bach la frappa : sur la joue, pour la réveiller. Elle revint à elle – et l'instant d'après, elle s'arqua de tout son corps, écarquillant les yeux et respirant par la bouche : l'enfant venait au monde.

Il tomba entre les mains de Bach : d'abord la tête, grande, brûlante, entourée d'un duvet visqueux, où pulsait la fontanelle ; puis les minuscules épaules, les petits bras rouges terminés par des poings fermés ; le ventre rond, d'où sortait la corde bleuâtre du cordon ombilical ; les pieds aux doigts aussi petits que des pois.

Une fille.

Bach la tenait dans ses mains – mouillée, glissante, gigotante –, il craignait de la laisser tomber et ne savait pas où la poser, ni comment. Il regarda Klara : elle gisait sur le lit, immobile, ses bras pendaient, inertes. Il posa le bébé sur le lit froissé. Il déchira quelques lambeaux de drap, en entoura le cordon ombilical. Il trouva à tâtons le couteau posé au sol, et coupa tant bien que mal le cordon, plissant les yeux devant le sang qui jaillissait. Le bébé ouvrit immédiatement sa petite bouche et cria, agitant ses petits membres tordus.

Klara sembla revenir à elle, tourna la tête en direction du cri, mais ne put ouvrir complètement les yeux. Bach emmaillota la nouveau-née dans une serviette sèche et la posa contre sa mère. Klara soupira de reconnaissance et appuya son visage mouillé de sueur contre la serviette. Bach les couvrit toutes les deux de l'édredon de plumes, et sortit dans le matin glacé.

Il marcha, hors de la maison, hors de la cour. Il ne s'arrêta qu'une fois arrivé dans la forêt, où il prit de grosses poignées de neige et se mit à frotter avec acharnement son visage, sa barbe, sa poitrine, ses mains – pour laver le sang qui avait jailli du cordon ombilical –, haletant d'émotion, ou d'un dégoût tardif. Une fois lavé, il sentit soudain une soif inouïe – et se mit à manger la neige, avalant à la hâte les morceaux glacés qui crissaient sous ses dents et ne sentant pas le froid dans sa gorge. Il entendait toujours résonner les pleurs du bébé dans ses oreilles. Il marcha pour s'éloigner encore de ces pleurs – vers les congères, la rivière – sans remarquer qu'il n'était vêtu que d'une chemise sous la veste kirghize sans manches.

Ses jambes le conduisirent toutes seules à la falaise. Elles descendirent le sentier. Marchèrent sur la Volga gelée, s'enfonçant jusqu'aux genoux dans la neige dure. Au milieu du fleuve, elles s'arrêtèrent, incapables de continuer à marcher ou de revenir en arrière. Peut-être qu'elles étaient simplement engourdies par le froid. Bach renversa la tête vers le ciel bleu-gris, ourlé de nuages pâles, et comprit avec soulagement qu'il n'entendait plus les pleurs : seul le vent sifflait à ses oreilles, et un tintement cristallin retentissait au loin. Des grelots ?

Ce son venait d'un passé lointain, quand des traîneaux décorés jaillissaient sur la Volga prise dans les glaces, emportant des colons ivres et joyeux – et pendant l'Avent plein d'attente heureuse, et la semaine de Noël, et aussi n'importe quel dimanche hivernal, quand leur prenait l'envie de ressentir l'enthousiasme et l'enivrement d'une course rapide. Le son se rapprochait, grandissait ; des voix excitées s'y mêlaient, des exclamations aiguës de femmes, des rires et des chansons. Un traîneau conduit par trois chevaux apparut dans le matin sombre : il filait en direction de Bach ; la neige jaillissait de sous ses patins.

Bach resta immobile, observant ce nuage bruyant de voix qui se dirigeait vers lui. Les gens du traîneau l'avaient déjà aperçu – ils sifflèrent, lui firent des signes de la main. En arrivant à sa hauteur, ils ralentirent légèrement – et un jeune gars aux joues rouges, aux dents blanches, en sauta, courut à Bach en s'enfonçant dans la neige, agitant sa chapka. Il le regardait avec un large sourire sincère, comme s'il voyait un ami cher ; il semblait sur le point de partir d'un rire heureux. En arrivant devant Bach, il voulut dire quelque chose, ouvrit la bouche, mais, submergé par sa propre joie, il se contenta de rire gaiement, d'enlacer Bach et de lui donner des tapes dans le dos – il exhalait une odeur de sueur jeune et saine, de tabac, de vodka et de pain de seigle –, puis il repartit à toutes jambes pour rattraper son traîneau.

– Réjouis-toi, l'homme ! lui cria-t-il, se retournant une dernière fois vers lui. Tu ne dois pas ignorer ça ! Désormais, nous sommes une république : la République soviétique des Allemands de la Volga !

Bach resta immobile dans la neige. Il regardait ces gens incompréhensibles, écoutait leurs paroles incompréhensibles, qui allaient s'amenuisant – le traîneau s'éloignait rapidement.

– Hourra ! crièrent-ils au loin, déjà à peine audibles. Vive la République ! Vive le 6 janvier 1924 ! Vive Vladimir Lénine – notre chef immortel, le grand guide de la révolution !...

# 7

Le guide de la révolution était en train de mourir. La lumière pâle du soleil de janvier tombait sur son visage immobile, cireux, aux pommettes hautes et aux yeux profondément enfoncés dans leurs orbites. Le soir venu, quand l'air s'épaississait et que des ombres bleues s'allongeaient sous les objets, les médecins autorisaient qu'on ouvre les lourds rideaux, et la chambre était à présent baignée des rayons fades du couchant.

Sa barbe roux pâle, devenue plus rare en un an et demi d'une maladie épuisante et hermétique aux soins, reposait sur les draps remontés jusqu'à son menton. Sa peau parcheminée se rassemblait en plis durs et épais – autour des pommettes, des yeux, des oreilles, sur les bosses de son crâne. Ses paupières fermées étaient ridées, presque sans cils. Sous les draps, on devinait à peine son corps plat, comme impalpable. Sa poitrine ne se soulevait pas – on entendait seulement, de temps en temps, une respiration rauque, fatiguée.

L'infirmière sommeillait, son uniforme blanc légèrement fripé après vingt-quatre heures de service, la tête reposant inconfortablement sur le dossier du grand fauteuil recouvert d'une housse en tissu, les jambes croisées frileusement, les pieds enfoncés dans des demi-bottes de feutre. On chauffait généreusement aux Monts : la chaudière à vapeur fonctionnait parfaitement, sans à-coups, depuis l'époque où elle avait été installée par l'ancien propriétaire du domaine, le général de brigade Rheinbot ; mais on avait prescrit de l'air frais au malade, c'est pourquoi, toutes les heures, l'infirmière, jetant un châle d'angora sur ses épaules, ouvrait les vasistas, laissant s'engouffrer des tourbillons froids hérissés de petites aiguilles glacées, et il faisait toujours frais dans la chambre.

Quelque part dans les profondeurs de la maison, le carillon sourd d'une horloge se mit à sonner. L'infirmière se réveilla. Il flottait dans l'air une odeur d'iode, de lait bouilli, de corps souffrant de cinquante-trois ans ; il était temps d'aérer la chambre. D'un pas prudent, attentive à ne pas faire grincer le parquet que personne n'astiquait plus depuis longtemps, la garde-malade s'approcha de la fenêtre. Avec effort, elle tira à elle l'épais cadre de bois. L'air piquant sentait la neige fraîche. Elle entendit le bruit d'un moteur, et bientôt, une automobile s'arrêta devant l'entrée principale. Une silhouette trapue en sortit et se hâta vers la maison, appuyant sa chapka épaisse contre ses oreilles.

L'infirmière s'éloigna vivement de la fenêtre. Elle se signa à la dérobée, jetant un regard inquiet, par-dessus son épaule, vers le malade qui dormait. Elle maintint l'imposte ouverte à l'aide d'un crochet en métal puis courut se rasseoir dans son fauteuil, faisant tomber son châle – il s'était accroché à une jardinière surmontée d'un hibiscus desséché –, mais elle n'osa pas revenir en arrière pour le reprendre. Elle se figea dans le fauteuil, le dos pressé contre le dossier dur, sentant, sous la housse, toutes les bosses du bois sculpté.

Elle savait que, sous peu, l'une des portes latérales s'entrouvrirait légèrement, comme toujours, d'une demi-main. Ce serait la porte de l'ancien cabinet de travail du maître de maison, qui servait désormais au personnel médical. L'infirmière, frissonnant d'embarras, se souvint qu'elle avait laissé son sac ouvert sur la table, avec ses habits de rechange et ses bas, et que l'uniforme de la veille, destiné à la blanchisserie, était posé sur l'ottomane – taché du bouillon de poule qu'elle avait vainement tenté de donner au malade. Personne ne savait pourquoi le visiteur du soir, à chacune de ses apparitions inopinées, aimait à rester justement dans cette pièce.

Il venait vers le coucher du soleil, parfois la nuit. Il parcourait trente kilomètres depuis Moscou – en automobile ordinaire pendant les beaux jours, ou dans une étrange voiture à chenilles s'il avait neigé – pour rester quelques minutes dans la pièce voisine, sans dire un mot, puis repartir. Sans avoir regardé le guide de la révolution, ni parlé avec les docteurs ou avec l'épouse, qui grisonnait à vue d'œil, accablée par l'attente de la fin. Pourquoi venait-il, que voulait-il ? « Seul le diable le sait ! » avait grommelé un jour la cuisinière, énervée, puis elle avait caché sa bouche derrière sa main, regardant autour d'elle d'un air effrayé, avant de murmurer une prière. Les autres habitants de la maison s'étaient tus : le visiteur donnait envie de baisser les yeux, serrer les lèvres, s'éloigner de son chemin, se cacher.

Ce jour-là encore, à peine avait-il franchi le seuil de la maison que des mains s'étaient avancées dans l'obscurité, débarrassant délicatement ses épaules de son lourd manteau usé aux coudes, récupérant sa chapka à poils longs, époussetant la neige de ses bottes de feutre. Les portes s'ouvrirent les unes après les autres, dans la pénombre des bottes aux semelles ferrées claquèrent avec respect sur le sol de marbre, un dos serviable passa discrètement en avant, montrant le chemin. Une tasse apparut de nulle part, avec une cuillère tintant contre son bord ; dans l'eau bouillante, les brins de thé gonflés tourbillonnaient avec les morceaux de sucre. La lumière s'éteignit dans l'ancien bureau (on savait, dans la maison, que le visiteur préférait l'obscurité), et au même instant les mains, dos et têtes emplis de déférence disparurent – le visiteur resta seul. De la paume, il poussa la porte qui ouvrait sur la chambre à coucher – la porte s'entrouvrit – et il vint appuyer son dos glacé contre le tuyau chaud du chauffage.

On n'entendait que la respiration rare du malade, rauque et étouffée, comme s'il avait une grosse meule de pierre sur la poitrine. Parfois, dans les profondeurs de son corps, quelque chose gargouillait et glougloutait, lui remontait à la gorge, menaçant de sortir en toux ou en glaires, puis redescendait. Le visiteur, debout, regardait la lueur du couchant disparaître par la fenêtre, et écoutait. C'est pour cela qu'il venait : pour écouter mourir le guide de la révolution.

Certains, au Politburo, estimaient que les Allemands étaient responsables de l'agonie du guide. Tous ces foerster, klemperer, nonne, borchardt, strümpell, bumke – autant de corbeaux gesticulants et croassants venus de Germanie au premier appel du grand malade. Il le disait pourtant lui-même : pour un Russe, les médecins allemands sont insupportables. Il le disait – mais il les avait appelés, accueillis, et leur payait des honoraires astronomiques, regardant dans leurs yeux avec espoir, acceptant toutes les opérations, avalant tous les médicaments... Il avait choisi de mourir entre des mains fiables, sous la tutelle des Teutons. Un an et demi d'évanouissements, de cauchemars nocturnes, de convulsions sévères, d'affaiblissement grandissant et – de diagnostics erronés. Les médecins n'étaient pas parvenus à déterminer la cause réelle de la maladie. Ces Esculape du Rhin, ces fils de chienne.

Le visiteur ferma à demi les yeux. La respiration rauque du guide se faisait plus ou moins forte, et dans ces fluctuations, on pouvait percevoir comme une mélodie élégiaque.

Non, les médecins n'étaient pas coupables. Ils étaient limités par leur propre savoir, erraient à l'intérieur de ce savoir comme des moutons dans un enclos ; ils avaient des œillères, une vision trop terre à terre, attachée au corps humain et condamnée à l'observer constamment, dans son ensemble ou ses parties, de l'extérieur ou de l'intérieur : à travers un pince-nez, une loupe, un microscope, un verre grossissant sur la table d'opération ; une vision habituée à fixer et à approfondir, mais pas à s'envoler. Pour comprendre ce qui se passait dans la chambre, il ne fallait pas des lunettes, mais un zeppelin ou, mieux encore, un aéroplane. Ce n'est qu'en s'élevant dans les hauteurs qu'on pouvait commencer à distinguer quelque chose : regarder cette propriété miraculeusement conservée à travers la guerre civile, avec ses colonnes néoclassiques, et cette chambre aux fenêtres en saillie, ces meubles dont les dorures artificielles étaient pudiquement cachées sous des housses poussiéreuses, ce lit imprégné de sueur, à la tête de bois sculpté, pour voir que ce n'était pas du tout le guide de la révolution qui mourait au milieu de toute cette magnificence bon marché. C'était *elle* qui gisait sous le drap blanc pareil à un linceul ; *elle* dont la respiration était rauque, qui gémissait, épuisée, trop faible même pour tourner son corps harassé sur l'autre flanc ; *elle* : l'idée d'une révolution mondiale.

Née du génie de Marx, elle avait agité l'Europe et bouleversé la Russie. Seuls des esprits limités peuvent supposer que les événements historiques naissent de telle ou telle personnalité. Ce sont les idées qui mettent l'Histoire en branle. Elles ne se contentent pas de s'emparer des masses et d'y acquérir le poids nécessaire ; elles prennent la forme, en chair et en os, de gens concrets, pas toujours appropriés. Et c'était une idée qui, en Russie, avait fait la révolution, après s'être personnifiée, au gré des circonstances, dans un petit homme à la santé vacillante, avec une capacité de travail et un talent oratoire hors du commun, et l'avoir emporté comme une comète à travers toutes les difficultés et les dangers : arrestations, exils, trahisons, attentats. S'il n'avait pas existé, le pays aurait eu un autre chef, plus ou moins grand que lui, aux cheveux plus ou moins foncés. Aujourd'hui, ceux qui étaient capables de voir le monde à hauteur d'aéroplane – les hommes d'Église, les poètes, les philosophes (or, à diverses périodes de sa vie, le visiteur considérait avoir été dans la première, la deuxième et la troisième catégorie[1]) – l'avaient bien compris : l'idée géniale ne se réaliserait pas. Et c'est pourquoi celui dans lequel elle vivait était en train de mourir. L'Histoire n'avait plus besoin de lui. Toutes ces fioles étroitement alignées sur la table de chevet laquée, les docteurs qui peuplaient la maison, l'infirmière effrayée qui s'enfonçait dans le fauteuil, supposant que le visiteur du soir ne la remarquait pas, n'étaient qu'un décor tape-à-l'œil, une mise en scène de la mort, une vaine tentative de soulager la conscience des compagnons de lutte et de la famille.

... L'infirmière regardait la neige légère qui rentrait par le vasistas ouvert, voletait mollement et se dissolvait dans la chaleur de la chambre. Sous les fenêtres, on entendait toujours l'automobile – le chauffeur laissait tourner le moteur en attendant son passager, qui ne restait habituellement pas

1. Staline a réellement été séminariste et a écrit des poèmes dans sa jeunesse (et s'est, bien sûr, piqué de philosophie – marxiste).

longtemps. Cette fois, pourtant, la visite se prolongeait. Il aurait déjà fallu fermer le vasistas, mais l'infirmière, peu désireuse de révéler sa présence au visiteur, restait immobile dans son fauteuil, sentant le froid du dehors envahir la chambre. Ses doigts, sur les accoudoirs, étaient déjà glacés, tout comme le bout de son nez. Son dos et ses épaules s'engourdissaient, un frisson naissait de l'intérieur de sa colonne vertébrale. Au sol, son châle d'angora disparaissait déjà sous une couche de flocons blancs.

... Pendant quelque temps, on continuera de penser que l'idée est vivante – on l'adorera, on suivra une lumière éteinte. Il sera possible, et même nécessaire de chanter ses louanges avec les masses, avec plus d'inspiration, plus d'émotion que les autres. En ce moment, quand l'immense État soviétique se remet à peine des douleurs de sa propre mise en place – les destructions, la guerre civile, la famine –, qu'il s'élève dans le monde comme la première île, la seule base de la révolution mondiale, et se maintient grâce à la foi dans cette idée, il ne faut pas brusquer les choses. Le colosse peut continuer de croire qu'il avance toujours vers le même but. Mais quelque part, à la périphérie de la conscience publique, une nouvelle idée doit poindre, prenant forme dans un autre visage et un autre corps humain – d'abord peu claire, puis de plus en plus nette, pour qu'à la fin une lumière remplace imperceptiblement l'autre. Pour le moment, il fallait faire semblant que le guide de la révolution était vivant. Et quand son corps cesserait de fonctionner, il faudrait que son image reste vivante dans la mémoire des gens et à travers les actes de ses apôtres. Il conviendrait de lancer une dizaine d'initiatives tout en sachant qu'elles étaient inutiles, et en dirigeant soigneusement, sans se faire remarquer, le pays sur de nouveaux rails qui le menaient dans une autre direction. Par exemple, avec les Allemands.

Le guide de la révolution aimait passionnément l'Allemagne, et estimait que sa transformation en République soviétique d'Allemagne était « un événement imminent ». Même les pourparlers de paix à Brest-Litovsk, on le sait, avaient été volontairement lents – dans l'attente de la révolution mondiale, qui devait d'un jour à l'autre se transférer de la Russie à l'Allemagne, puis inonder toute l'Europe. Elle ne s'était pas transférée. N'avait pas inondé. Et l'Allemagne impériale, au cours de ces négociations traînantes et pâteuses, y avait découvert de manière inattendue – et pour elle et pour la Russie soviétique – un nouveau point douloureux : la question des Allemands russes. Les colons allemands n'avaient jamais été un thème important entre les deux pays, quand soudain – hop ! –, comme un petit atout perdu dans une manche, cette carte à première vue négligeable était tombée sur la table de jeu. La partie allemande exigea un droit de libre ré-émigration pour les colons (avec la possibilité d'emporter leurs capitaux, bien sûr ; sinon, à quoi bon mener ce jeu ?). La partie russe s'étonna de cette tentative d'ingérence dans des affaires intérieures, perdit contenance, puis, à la fin, s'indigna. Les longues et absurdes danses politiques ne menèrent à rien : la Russie soviétique céda, on donna aux colons le droit de repartir pour leur patrie historique. Le thème des colons allemands devint une carte à part entière. Un atout dérisoire qui, d'un coup, s'était transformé en atout de première main.

Le guide de la révolution était persuadé que c'était un atout : il voyait ses Allemands comme un levier qui pouvait et devait être utilisé pour diriger la révolution socialiste dans la lointaine Allemagne. Des dizaines de Hans et Peter – des communistes dévoués des colonies de la Volga – furent secrètement envoyés sur les rives du Rhin et de la Spree, avec pour objectif de détruire le régime impérialiste de l'intérieur. Et pour lutter contre l'émigration des colons de la Volga, la décision fut prise de donner l'autonomie aux Allemands soviétiques. Ou plutôt, un semblant d'autonomie.

Le visiteur appuya son dos avec délices contre le tuyau brûlant du chauffage – la chaleur se répandait dans son corps. Il remarqua qu'il s'était mis à respirer plus lentement, plus profondément, comme pour suivre le rythme du guide agonisant. Ses pensées coulaient particulièrement bien au gré de la respiration rauque du mourant.

Il connaissait de l'intérieur l'histoire des colonies de la Volga : il avait été responsable des nationalités, quelqu'un au Politburo l'avait même surnommé, en riant, « le berger des peuples ». Il avait rencontré les délégations de la Volga venues « demander l'autonomie » ; il avait rapporté cette entrevue au guide de la révolution ; il avait rédigé le télégramme annonçant à Saratov que « le gouvernement accorde aux masses laborieuses allemandes l'autonomie sur des principes socialistes ». Il avait créé de ses mains la Commune allemande sur les rives de la Volga – une sorte de petite Allemagne domestiquée, soumise au gouvernement de Moscou. Dans une certaine mesure, on peut dire qu'il avait réalisé le rêve du guide de la révolution.

Quelques années plus tard, cependant, les plus clairvoyants avaient bien compris que les Hans et Peter envoyés dans le camp étranger étaient impuissants. L'exportation de la révolution restait un rêve (et avant tout le rêve de son guide, qui, à ce moment justement, ressentit les premiers signes de la maladie). L'« Allemagne de la Volga » prit alors un rôle plus modeste, bien que significatif : si elle ne pouvait pas devenir l'instrument de la construction du communisme, elle deviendrait sa vitrine de propagande destinée à l'Allemagne de Weimar. Et une décoration luxueuse était prévue pour cette vitrine : le statut de république autonome. Sa propre langue officielle, sa propre Constitution – n'était-ce pas trop généreux pour un petit peuple obscur, qui s'était détaché de son ancienne patrie, mais qui n'avait pas réussi à se mêler à la nouvelle, vivant toujours comme au XVIII^e^ siècle, ne sachant pas aligner trois mots de russe ?

Deux semaines plus tôt, le visiteur avait lui-même dirigé une séance à huis clos du Politburo au cours de laquelle ils avaient discuté puis accepté la réorganisation de la Commune allemande en république. Il avait lui-même signé le décret correspondant. Il l'avait signé à contrecœur : il ne comprenait toujours pas lui-même si la création de la République socialiste allemande était le résultat d'une inertie politique, une concession faite au guide mourant, en mémoire à son désir – ou un pas nécessaire. En d'autres termes, cet enfant était-il mort-né, ou avait-il des chances de survivre ? En tous les cas, il était le parrain de ce bébé non désiré. Son vrai père, lui, était couché dans la chambre, à côté ; son cœur usé émettait faiblement ses derniers battements…

L'infirmière immobilisée dans le fauteuil était prise de gros tremblements ; malgré les bottes de feutre, ses pieds s'engourdissaient de froid Elle sentait que son souffle faisait un nuage épais et blanc dans l'air, mais elle ne le voyait pas : la chambre était déjà plongée dans l'obscurité. Sans doute que les derniers soupirs rauques du mourant formaient aussi des nuages blancs…

La porte de l'ancien bureau était toujours entrouverte, et le visiteur se trouvait encore à l'intérieur. Derrière la fenêtre noire, le moteur de l'automobile bourdonnait patiemment.

# UNE FILLE

# 8

Quand le tintement des grelots eut disparu dans le lointain, que la poussière neigeuse soulevée par le traîneau se fut éparpillée dans l'air, Bach vit que les nuages épais surplombant la Volga s'étaient dispersés, ne laissant derrière eux que quelques lambeaux teintés d'orange. Les rayons aigus du soleil matinal traversèrent le ciel gris pâle, atteignirent les maisons de Gnadenthal étalées en taches sombres sur l'horizon. L'interminable tapis du fleuve enneigé, encore plongé dans une obscurité bleutée, se pailleta d'étincelles pourpres et jaunes.

Bach s'imagina comment Klara allait se réveiller – sa chemise trempée par la sueur et les eaux de l'accouchement, au milieu de la chambre déjà glacée, tremblant de fatigue et de froid : il n'avait pas pensé à ajouter des bûches dans le poêle avant de sortir. Il resta encore un moment immobile, écoutant le silence, regardant la lumière rose se répandre en scintillant sur les congères. Puis il fit demi-tour et repartit vers la maison, marchant sur son ombre violette qui s'étirait devant lui, couvrant la moitié du fleuve.

Il gravit tant bien que mal le sentier, s'accrochant aux rochers gelés et aux buissons blancs de givre, traversa le bois entre les chênes enneigés, se fraya un chemin à travers la cour, qui n'avait pas été dégagée depuis longtemps, jusqu'au perron

– et s'étonna de ne pas avoir froid. Ses mains étaient rouge vif, ses doigts lui obéissaient à peine, mais ne sentaient pas le froid, pas plus que sa tête nue, son cou découvert, sa poitrine visible dans l'ouverture de sa veste. Peut-être que son corps avait perdu sa sensibilité au froid comme ses lèvres avaient perdu leur capacité à prononcer des mots. Peut-être que ses sens allaient le trahir – progressivement, un à un – comme sa langue l'avait trahi. Et peut-être que c'était pour le mieux : à présent, il allait pouvoir vivre dans l'étable ou la remise, laissant toute la maison à la mère et à son bébé. Il n'aurait pas supporté de vivre avec elles sous un même toit – d'entendre les murmures tendres de Klara en réponse aux cris de l'enfant, le bruissement de sa robe quand elle sortirait son sein pour la nourrir. Il décida qu'il continuerait à s'occuper de la maison et du potager, à pêcher, à couper du bois, à trouver de quoi nourrir Klara – en un mot, qu'il vivrait comme par le passé, en s'efforçant de ne pas voir ni entendre la nouvelle habitante de la ferme, de ne pas remarquer sa présence. Pendant la première année, quand le bébé ne marcherait pas encore, ce serait facile. Pour la suite – Bach saurait-il surmonter sa douleur, ou devrait-il quitter la ferme ? Seul le temps le dirait.

Il décida de déménager immédiatement dans l'étable, dès qu'il aurait jeté quelques bûches dans le poêle, fait bouillir un seau de neige et préparé la bouillie du matin, avoine et farine de carotte : Klara aurait sans doute faim, et voudrait se laver pour enlever les traces de la pénible nuit. Il entra furtivement dans la maison, attentif à ne pas faire grincer la porte, ralluma le feu qui s'était endormi dans le poêle. Il posa un seau de neige et une théière d'eau potable sur la cuisinière. Il s'affaira à la table, préparant le petit-déjeuner. Il s'efforçait de travailler vite, sans faire de bruit – il ne voulait pas réveiller Klara.

La chambre était silencieuse, on entendait seulement un léger grincement – une poutre travaillée par le gel, ou un volet battant au vent. Il était en train de mélanger, dans une jatte creuse, la farine de carotte avec une cuillère en bois, quand il comprit soudain : ce n'était pas un volet, ni une poutre – c'était la nouveau-née qui gémissait plaintivement dans son demi-sommeil. Bach couvrit la jatte avec une assiette, l'assiette avec une serviette, pour que la bouillie prenne mieux. Il enleva de la cuisinière le seau d'eau bouillonnante, le mit sur la table (la poignée en fer devait être chaude, mais ses doigts ne sentaient rien). Il posa, à côté, la bassine de cuivre dans laquelle lui et Klara se lavaient habituellement, ainsi qu'un puisoir. Il prit, à un clou, une pelisse courte, cousue quelques années plus tôt à partir d'un vieux manteau d'Udo Grimm, et la mit sur ses épaules – pas pour la sensation de chaud dont, visiblement, il n'avait plus à se soucier, mais pour avoir sur soi quelque chose de familier. Il avait décidé de n'emporter à l'étable que le banc sur lequel il dormait. Soudain, il eut l'idée de prendre aussi le Goethe – le livre serait plus tranquille dans le silence de l'étable que dans la maison emplie des pleurs de l'enfant, des zézaiements tendres de la maman et de berceuses mélancoliques.

Tenant entre ses doigts les pans de la pelisse, qui restait un peu trop grande, pour éviter de les frotter contre le mur ou de faire tomber une chaise, s'efforçant de ne pas regarder vers le lit où Klara et le bébé dormaient, Bach entra dans la chambre. Une faible lumière matinale passait entre les volets fermés et se déversait dans la pièce. La respiration de Klara était inaudible, on ne percevait que le pépiement de la nouveau-née dans la pénombre – elle semblait s'être réveillée. Ces sons suffisaient à irriter les oreilles de Bach, à lui faire mal à la nuque (il se dit : Comme c'est dommage que le destin m'ait privé de parler, et non d'entendre !). Fronçant les sourcils, il fouilla la commode à la hâte, cherchant le livre ; il le fit involontairement tomber. En heurtant le sol, le volume eut un étrange bruit de ventouse. Bach se pencha, mit le livre à la lumière : la reliure était couverte de quelque chose de foncé et d'épais. Ses doigts aussi, à présent. Il baissa les yeux – habitués à la pénombre, ils distinguèrent, sous ses pieds, une flaque noire : elle s'étendait à travers toute la chambre, disparaissant sous le lit.

Bach posa le livre sur la commode ; tenant ses doigts tachés en l'air, il s'approcha de Klara endormie. Son visage pâle reposait à côté de la petite tête de la nouveau-née sur l'oreiller. Du bout des doigts, en s'efforçant de ne pas le salir, Bach souleva légèrement l'édredon, puis l'enleva complètement.

Au milieu du lit s'étendait une grande tache noire. Le bas de la chemise de nuit de Klara et ses jambes nues, maladroitement serrées contre son ventre, étaient tous souillés. Elle gisait repliée sur elle-même, le corps tordu, immobile, ses bras entourant ses genoux, le visage contre celui du bébé. Il y avait quelque chose d'étrange dans cette pose figée, de peu naturel, un mystère qu'il fallait élucider. Que voulait dire cette posture si peu confortable ? Ses mains agrippant les genoux ? Ses pieds comme tordus par un spasme ?... La réponse était là, tout près, mais les pleurs de la nouveau-née empêchaient Bach de se concentrer. Il prit le petit corps en sueur et le posa avec dépit sur le sol. Il ne ressentait aucun dégoût – toutes ses pensées étaient occupées par la recherche de la réponse. Penser lui était pénible, douloureux, comme si de gros rochers roulaient dans sa tête.

Il décida d'ouvrir les volets – il réfléchirait mieux à la lumière. Il sortit, fit le tour de la maison, s'enfonçant dans la neige. Il enleva avec soin la glace des vantaux, ouvrit les volets, les fixa consciencieusement sur les façades couvertes de givre. Ses paumes, en touchant la glace, le bois gelé et le métal, restaient toujours insensibles au froid. Il retourna à la chambre baignée de lumière. Sans enlever sa pelisse, il s'assit au bord du lit et regarda Klara.

Comme son sommeil était profond ! Elle était si pâle qu'elle semblait sculptée dans la neige. Moulée dans la porcelaine. Découpée dans du papier. Son visage paraissait plus petit, il y avait des cernes noirs autour de ses yeux fermés, et les taches de rousseur sur ses joues n'étaient plus dorées, mais couleur du sable de la Volga. Les traits qui allaient des ailes de son nez au menton s'étaient accusés, et les ombres sous ses pommettes étaient plus profondes, plus foncées. Seuls ses cheveux restaient inchangés – châtain clair, avec des reflets cuivrés. Qu'essaies-tu de me dire, Klara ?

Toujours en quête de la réponse, Bach parcourut la chambre du regard. Il y avait la commode, avec, posé dessus, le volume de Goethe. La chaise au dossier sculpté, noircie par les années. Le banc. Le sol de terre soigneusement balayé, on voyait çà et là encore les sillons faits par le balai usé. Sur le sol, la flaque noire lançait des reflets. À côté, le couteau qui avait servi à couper le cordon ombilical, sa lame tachée de sang séché. Un peu plus loin, la minuscule nouveau-née rouge et humide, tout en plis et en rides, agitait bras et jambes, ouvrait la bouche – elle devait être en train de crier. Le lit était en désordre, l'édredon écarté. Sur les draps, cette tache, rouge foncé à la lumière. Par-dessus – Klara, immobile, dans ses habits maculés...

L'eau, se souvint-il. Il avait préparé de l'eau à la cuisine. Il fallait laver Klara avant que l'eau ne refroidisse. Il apporta le seau, la bassine, le puisoir. Introduisit les mains dans l'eau – et ne sut dire si elle était froide ou chaude. Pardonne-moi, demanda-t-il en pensée à Klara. Je vais te laver avec cette eau, quelle qu'elle soit. J'espère que tu n'auras pas froid.

Il apporta une éponge, sortit une serviette propre de la commode. Versa de l'eau dans la bassine, éclaboussant au passage la manche de sa pelisse, mais il ne l'enleva pas. Il monta sur le lit pour enlever la chemise de nuit de Klara, mais ses mains n'arrivaient pas à défaire les nœuds, et il la déchira, jetant au loin les lambeaux de tissu, les rubans et les dentelles. Il installa son corps nu dans la bassine et se mit à le laver.

Klara n'obéissait pas : sa tête renversée menaçait de heurter le sol, ou ses longues jambes de sortir de la bassine et de tremper dans la flaque noire. Patiente un peu, lui demandait Bach en lavant ses pieds, ses chevilles, ses genoux, ses hanches étroites, son ventre tombant, ses seins ronds et durs comme la pierre, ses clavicules délicates, son cou si fin, son visage aux traits tirés. Quand le corps léger et rigide de Klara fut d'une blancheur de neige, sans la moindre tache sombre, il le serra contre sa poitrine, se releva et se figea au milieu de la chambre, ne sachant pas où le poser : les draps du lit étaient encore sales.

Enfin, il trouva : dans la glacière. Là-bas, tout était propre. Il l'y apporta, l'étendit dans un coffre de bois peu profond, rempli d'un mélange de glace pilée et de neige. Patiente un peu, demanda-t-il à nouveau. Dès que j'aurai lavé la maison, je te reprendrai. J'espère que tu n'auras pas froid.

Il revint à la chambre. S'assit sur la chaise. Dans sa tête, les idées tourbillonnaient lourdement ; parmi elles, il y avait la réponse au mystère de Klara ; cette réponse était étonnamment simple, mais elle ne parvenait pas à émerger – elle s'échappait sans cesse, comme le parfum d'une fleur déjà fanée, ou une mélodie entendue dans l'enfance.

Il versa du sable sur le sol pour enlever la flaque sombre, l'eau tombée de la bassine, les débris de la chemise de Klara, et toute cette saleté visqueuse brusquement apparue, mais ses mains tremblaient, refusaient de lui obéir – il faillit faire tomber le seau de sable ; ses jambes étaient lourdes, comme s'il avait chaussé des bottes de fonte, il titubait, trébuchait. Il heurta soudain quelque chose – le corps du bébé. Il était toujours couché par terre, continuait de remuer ses petits membres. Le trou de sa bouche laissait échapper des bulles de salive – à ce qu'il semblait, le bébé hurlait.

Qu'allait-il faire de cette créature étrangère et inutile ? La laisser au sol ? La porter à la glacière, contre le flanc de sa mère ? Il n'avait pas la force d'y réfléchir. Il allait simplement remettre le petit corps sur le lit, pour qu'il ne le dérange pas dans son nettoyage, et il le prit dans ses bras – quand soudain, il sentit qu'il était brûlant. Ses petits bras ressemblant à des pattes de grenouille, ses minuscules côtes tremblantes, son petit ventre rond, sa grosse tête avec son visage violet, déformé par l'énervement, brillant de salive et de larmes – tout cela brûlait d'une chaleur si dense et si intense qu'il semblait être, non pas un bébé, mais un concentré de feu. Les doigts et les paumes de Bach qui, l'instant d'avant, ne faisaient pas la différence entre la glace et le métal chauffé retrouvèrent leur sensibilité, comme si les gros gants ou la croûte qui les recouvraient avaient éclaté. Brûlé par la peau du bébé chauffée à blanc, il pressa avidement le petit être contre son ventre, le prit dans ses bras, l'entoura de tout son corps, sentant une douce chaleur se répandre à l'intérieur de lui. Le bébé s'énervait, bougeait de tous les côtés, gémissant et ronflant. Craignant de le faire tomber, Bach le cacha sous sa chemise – il prit place contre sa poitrine, s'étendit le long de ses côtes, continuant à se débattre et à sangloter convulsivement, mais se calmant peu à peu. La chaleur dégagée par le bébé gagna bientôt tout le corps de Bach – son dos, ses épaules, sa tête semblaient noyés dans une eau bouillant à gros bouillons. Se détendant soudain sous toute cette chaleur agréable, Bach permit à ses jambes affaiblies de fléchir – il s'assit sur le lit, se coucha sur le flanc, fermant les paupières. Il appuya ses mains contre son visage et s'aperçut avec étonnement qu'elles étaient mouillées : il était visiblement en train de pleurer.

Il pleurait à la place du bébé qui s'était calmé contre sa poitrine. Il pleurait comme un enfant, pour des vétilles : parce que les draps du lit étaient tachés, et qu'il ne pourrait pas les récupérer ; que la chemise de Klara était déchirée en petits morceaux – impossible de la recoudre. Que Klara était très loin désormais, il ne pouvait plus l'appeler. Elle était couchée, plus froide et plus blanche que la neige, dans un coffre en bois où ils conservaient les oiseaux abattus, les poissons morts. Ses yeux étaient fermés, ses cils – couverts de givre. Il pleurait parce que Klara était morte.

Voilà ce qu'elle avait tenté de lui dire, et qu'il s'était efforcé de comprendre toute la matinée. La clé du mystère était simple, elle tenait en un mot court. Comprenant qu'il avait trouvé la bonne réponse, Bach sursauta et ouvrit les yeux. Ses larmes séchèrent immédiatement, et la chaleur qui l'avait envahi se changea en une tristesse incandescente qui le dévorait de l'intérieur.

# 9

Bach nettoya la maison – avec autant de soin que Klara l'avait fait la veille. Il brûla dans le poêle les draps souillés de sang et les lambeaux de la chemise de nuit. Remit des draps propres sur le lit, les couvrit avec délicatesse de l'édredon de plumes, lissant les plis. Il mangea docilement la bouillie d'avoine, sans en distinguer le goût ni l'odeur. Il ferma tous les volets. Il nettoya la cour, débita deux billots qui étaient tombés et les rangea dans le bûcher. Il ferma les portes de la remise et de la grange. Il se lava avec les restes d'eau tiède et mit un maillot de corps propre. Il posa ses autres habits – la pelisse, la veste kirghize, les pantalons et la chemise – en un petit tas net sur le lit. Il peigna soigneusement ses cheveux mouillés et sa barbe.

Tout ce temps, le bébé dormit paisiblement, la respiration un peu lourde, sur le banc devant le poêle, emmailloté dans un tissu et entouré d'oreillers. Ce n'est qu'au moment où Bach jeta l'eau de la théière dans le four du poêle, éteignant le feu, et que les braises se changèrent en cendre en grésillant longuement, que le bébé se mit à geindre et à bouger. Bach remit hâtivement la théière sur la cuisinière froide, prit une chaise et sortit, veillant à fermer la porte d'entrée derrière lui.

Le soleil était au couchant : son disque pourpre flottait juste au-dessus de la forêt noire, la nuit bleutée inondait le ciel. Le froid brûla le front et les joues de Bach amollies par l'eau tiède, la peau encore humide de sa tête. Bach apporta la chaise dans la glacière. La porte ne se fermait pas de l'intérieur : il la coinça avec une bûche. Il s'assit au chevet de la caisse remplie de glace et de neige, les coudes contre les genoux, le menton entre les mains. Il contempla Klara.

D'épaisses ténèbres emplissaient la pièce, mais Bach distinguait les traits aimés aussi bien que s'ils avaient été illuminés par une bonne centaine de cierges, ou une dizaine de lampes à pétrole. Il admirait la blancheur et la douceur de la peau de Klara, où se devinaient de rares et très fines rides ; la longueur de ses cils qui parvenaient heureusement à cacher les cernes sous ses yeux ; la finesse des lignes de sa bouche et la pâleur délicate de ses lèvres ; et même ses petites rides, il les admirait, car il se souvenait de l'apparition de chacune d'elles, et de sa cause. Le silence de Klara apaisait la tristesse de Bach. Il se dit que c'était exactement ce qu'il avait désiré toutes ces années. D'être ainsi assis, à contempler la femme aimée – sans fin. Qu'elle soit entièrement à lui. Ce moment était venu. Il est vrai que, dès que Bach bougeait légèrement – secouant son dos glacé ou remuant son épaule engourdie –, sa tristesse, qui s'était endormie au fond de lui, se réveillait, montait par vagues douloureuses dans sa tête et sa poitrine ; mais, s'il restait longtemps immobile, ne sentant plus son propre corps, son cœur s'apaisait. Toutes ses affaires terrestres étaient achevées, il en avait fini avec les pensées, les sentiments. Il pouvait à présent contempler le tableau le plus important de sa vie, sans être dérangé par le mouvement des astres (dont les rayons ne pénétraient pas à travers les rondins de la glacière), ni par le passage des saisons (les murs épais et la porte protégeaient des éléments), ni par toute autre agitation terrestre.

Bach sentit avec soulagement ses membres se figer, devenir incapables de bouger. Déjà, il ne pouvait plus remuer les pieds ni les orteils, ni plier les genoux, ni redresser son dos ou son cou ; ses yeux ne savaient plus cligner ou se plisser : peut-être qu'ils étaient fermés depuis longtemps, mais Bach ne pouvait le comprendre. Et il n'avait pas besoin de comprendre : dans le ciel charbonneux, la lune brillait d'une lumière aveuglante, illuminant si bien le monde qu'un homme aux yeux ouverts, ou dormant, ou même un aveugle, en voyait tous les détails. Cette lumière blanche et froide pénétrait dans la glacière, non par des fentes comme la lumière le fait habituellement, mais par un autre moyen – avec l'air glacé, le bruissement léger de la neige soulevée par le vent et tourbillonnant dans la cour, ou encore avec l'odeur de flocons fraîchement tombés – et elle inonda rapidement la pièce. Sans même tourner la tête, Bach vit, dans cette lumière, tout l'espace de la glacière, du premier au dernier rondin : les murs couverts de givre, d'où pendaient des lambeaux d'écorce ; le coffre de planches massives, rempli de glace pilée parfois épaisse et d'un blanc trouble, parfois fine et transparente ; le corps de la femme étendue sur la glace – pâle, avec le dessin capricieux de ses veines bleues. Il se vit, lui, dans la glacière – tordu sur la chaise, le visage fripé, des petits glaçons pendant dans ses cheveux rares et sa barbe poivre et sel. Il vit aussi toute la construction de la glacière, non seulement à l'intérieur, mais de l'extérieur : la petite isba trapue en rondins, enfoncée dans la neige jusqu'au toit, sa porte basse en doubles planches, émergeant à peine des congères. Il vit la cour, la ferme, et la forêt qui l'entourait. Les montagnes de la rive droite, hérissées d'arbres neigeux. Le désert blanc de la Volga, lisse comme une feuille de papier. Le désert blanc de la steppe, rugueux d'herbes gelées, piquant à hauteur de buissons.

Le monde était immobile et sublime, s'ouvrait docilement aux regards, comme les pages d'un livre feuilleté par une main impatiente. Avec un très léger effort de volonté, Bach s'éleva au-dessus des rives et les observa d'en haut – de si haut que les horizons s'arrondirent, se courbant vers le bas, et que la Volga se transforma en un long serpent avançant sur la terre par petites ondulations. Il redescendit – et son regard s'approcha tout près de la surface neigeuse, observant le jeu de la lumière sur les facettes du gel, examinant la construction de chacun des cristaux, remarquant leur variété et leur géométrie irréprochable.

Il n'y avait pas d'ombres dans ce monde où les rayons de lune étincelants pénétraient dans le plus petit recoin : inondés d'une même lumière, les choses et les êtres n'y avaient pas de face sombre ni de défauts secrets. Il n'y avait pas non plus de place pour les mouvements dans cet espace resplendissant : la neige ne tourbillonnait plus au sol, soulevée par le souffle du vent, les herbes qui dépassaient n'ondulaient plus. La lune était immobile dans le ciel d'encre, elle ne changeait pas de position avec les heures, comme si elle avait été clouée à sa place par une main inflexible. Dans la steppe, non loin de la rive, deux petits corps s'étaient figés en l'air : une chouette grise, qui avait déployé ses ailes et avancé ses pattes, ses serres prêtes à saisir leur proie ; sa queue repliée touchait presque la neige, ses yeux jaunes regardaient en avant – là où, sur la couche brillante de neige dure, courait un minuscule mulot, dont le corps s'était immobilisé en plein saut, ses pattes nues, roses, aux doigts écartés, tendues dans un mouvement désespéré, ses oreilles rondes plaquées contre sa tête, ses yeux écarquillés d'horreur. Tous deux étaient suspendus en l'air quand le regard de Bach avait franchi la glacière, et ils restèrent ainsi figés tout le temps qu'il passa à observer ce monde étrange.

Si Bach l'avait voulu, il aurait pu voir beaucoup plus : Gnadenthal et les autres colonies, les villages lointains de la rive droite, Saratov et ses belles églises, Kazan et ses minarets colorés, et l'impériale Pétersbourg, et même la Grande Mer allemande, sur les rives de laquelle s'étendait l'Empire germanique, la lointaine patrie de ses ancêtres. Mais, dans son cœur fatigué, il n'y avait pas de place pour l'avidité et la curiosité : il ne voulait aller nulle part, seulement retourner dans la glacière où l'attendait la femme merveilleuse qu'il venait de quitter. Il sentit un léger pincement au cœur : c'était le regret de ne pas pouvoir raconter ce qu'il avait vu, ni même tenter de l'écrire – ni pour Klara ni pour personne d'autre. Mais Bach repoussa cette idée et redescendit dans la petite isba couverte de givre.

Il n'avait pas envie de revenir sur la chaise poussée contre le coffre de bois. Il aurait préféré devenir l'un des morceaux de glace près de la tête de Klara. Il le devint – d'un effort de sa volonté, il pénétra dans la glace et s'y immobilisa, sentant, près de lui, le corps froid et rigide de Klara, devenant lui-même peu à peu froid et rigide. Il pensa encore que le monde entraperçu était aussi magnifiquement immobile parce qu'il était lui aussi composé d'un immense morceau de glace ; ces images figées – la ferme de Grimm, les forêts sur la rive droite de la Volga, les steppes sur la rive gauche, la Volga elle-même, et la chouette chassant le mulot –, tout avait été pétrifié en un instant par la puissance du froid, et recouvert du cristal glacé le plus pur, comme une fourmi peut être enfermée dans un morceau d'ambre transparent.

Les mélodies à peine audibles de ce monde engourdi – le crépitement des glaçons entre les rondins de l'isba, le grincement des troncs des chênes dans la forêt – disparaissaient peu à peu, se transformaient en silence. L'ouïe de Bach se dissolvait dans ce merveilleux silence, tout comme ses sensations et ses pensées venaient de se dissoudre dans la glace. Seul un son lointain – le cri d'un loup ou l'appel d'un oiseau – retentissait obstinément, le dérangeait. Et il n'y avait pas moyen de s'isoler de cette voix importune. Au plus profond de Bach, quelque chose remua faiblement, puis encore et encore – le dépit. Il fit appel à sa volonté pour dompter l'irritation qui le gagnait, mais il échoua : la voix était de plus en plus claire, excitait son dépit, le provoquait, l'augmentait. Bach se retrouva à nouveau assis sur la chaise – transi de froid, les bras et les jambes glacés. La voix continuait de crier, toujours plus fort – comme si elle se moquait de lui. Les autres sons, réveillés par la voix entêtée, retentirent à nouveau, s'engouffrèrent dans ses oreilles : la neige tourna-tourbillonna sur le sol gelé, le vent gémit et tapa contre le toit, les branches des pommiers prises dans la glace tintèrent et carillonnèrent. Bach aurait voulu déchirer des morceaux de sa chemise et les fourrer dans ses oreilles pour ne plus entendre cet orchestre, mais ses mains engourdies refusaient de lui obéir. Il se boucha les oreilles avec les paumes, mais la voix était déjà installée dans sa tête, quelque part sous son crâne. Enfin, Bach comprit : c'était la nouveau-née qui hurlait dans la maison, l'appelant. Comment pouvait-il l'entendre – à travers la porte d'entrée doublée de peau de mouton pour l'hiver, à travers les murs de rondins et la vaste cour où la neige tournoyait en rafales ? Mais il l'entendait, chaque minute un peu mieux : comme si on avait ouvert tout grand la porte de la maison et volontairement sorti l'enfant dans la cour, près de la glacière.

Quand le cri aigu du bébé trémula dans ses tempes, Bach, avec un grognement contrarié, se leva et, clopinant sur ses jambes engourdies, rentra dans la maison. Pardonne-moi de te quitter, dit-il, en pensée, à Klara. Je reviens bientôt, je te le promets.

Le bébé, qui s'était libéré du tas de tissus et de serviettes, hurlait sur le banc, le corps arqué ; il ouvrait et fermait la bouche avec avidité, tournant son visage de tous les côtés, tentant de déceler une source d'odeur ou de chaleur ; soudain, il eut un sursaut brusque, et sa tête, pareille à une courge ronde, se suspendit dangereusement au-dessus du sol. Bach ne sut pas lui-même comme cela se passa – mais l'instant d'après, il était déjà à genoux, attrapant, de ses mains si peu obéissantes, le petit corps brûlant qui tombait de son tas de linge. Et de nouveau, il se brûla, comme s'il avait attrapé des braises ardentes. Le bébé, sentant la chaleur près de lui, cria encore plus fort, aspirant l'air, mettant avidement ses petites lèvres en avant, tentant d'attraper avec la bouche la main de Bach ou le pan de sa chemise.

Bach, fâché contre son corps qui s'était porté au secours de la nouveau-née, et contre la nouveau-née elle-même – si insupportablement chaude, bruyante, exigeante, insolente, qui l'empêchait de rester auprès de Klara –, errait à travers la maison, tenant dans ses bras le bébé hurlant, trébuchant contre les objets et ne comprenant pas comment arrêter ce cri insupportable, qui lui perçait la tête. Il jeta le bébé sur le lit, lui lança des oreillers, le recouvrit avec l'édredon – mais ses mains écartèrent toutes seules les oreillers et sortirent le bébé à l'air. Il le mit sous sa chemise, contre sa poitrine – mais le petit ne voulait plus s'endormir. Enfin, il devina : il prit la théière froide sur la cuisinière, mit le bec dans la bouche ouverte du bébé, l'inclina avec précaution pour faire sortir les restes d'eau. Le bébé se calma immédiatement et se mit à avaler avec avidité, pompant énergiquement avec ses joues et gémissant à chaque gorgée. Il but toute l'eau, renversa ses yeux en arrière, eut un soupir saccadé, se détendit. Il s'endormit.

Le laisser dormir dans la maison ? Il ne manquerait pas de se réveiller – d'ici une heure ou deux – et le gênerait à nouveau. Le couvrir d'oreillers, maintenant qu'il dormait ? Le mettre dans la commode ou dans un coffre, l'emmailloter bien serré, mettre des habits par-dessus – des pelisses, des vestes ouatinées, des jupes en laine et des châles ? Non, Bach n'aurait pas pu. Et la voix du bébé était si perçante que ces mesures seraient sans doute insuffisantes. Que faire de ton enfant, Klara ?... Il n'y avait qu'une solution : l'amener à Gnadenthal et l'abandonner aux portes de la Kirche. Puis rentrer tranquillement, dans le silence, s'asseoir à côté de l'aimée – pour toujours.

Bach soupira. Grimaçant de dépit, il mit ses pantalons, sa chemise, la veste kirghize, la pelisse et un bonnet de feutre bordé de fourrure. Il empaqueta le bébé endormi dans des draps puis dans l'édredon de plumes, serra le tout pour qu'il soit plus aisé de le porter. Il sortit dans la cour et, sous la lueur douce d'une lune couleur de beurre frais, qui ne ressemblait en rien à la lumière forte du monde figé dans les glaces, il se mit en route pour sa colonie natale.

*

Il marcha longtemps, douloureusement longtemps, soulevant avec peine ses jambes alourdies et essayant d'ignorer les courbatures de son dos, comme s'il ne traversait pas la Volga, mais toute la grande steppe. Quand son corps était-il devenu si vieux ? En une année, attendant la progéniture de Klara ? Depuis les dernières vingt-quatre heures ? Après les deux heures passées à voler au-dessus de la Volga, observant tout depuis en haut, se déplaçant par un simple effort de pensée des cieux à la terre et inversement ? Depuis combien d'années n'était-il pas retourné à Gnadenthal ? Quatre ? Voire cinq ? Devait-il compter la visite nocturne au village, quand il avait découvert, sur la place du marché, les traces de l'abattage du malheureux troupeau ? Ou l'année d'avant, quand il avait parcouru les rues en comptant les maisons détruites ? Bach avait passé pas moins de sept ans loin de Gnadenthal – sept ans sans fréquenter le monde, sans savoir de quoi il vivait et comment il vivait. Et cette fois encore, il n'allait pas mettre fin à sa réclusion – Bach voulait faire le plus vite possible : poser l'enfant sur les marches de la Kirche et s'en aller, sans rien regarder autour de lui, sans s'intéresser aux nouveautés et aux changements. Si même l'étrange monde glacé n'avait pas pu l'attirer avec ses beautés figées, le monde réel en serait encore moins capable.

Gnadenthal avait l'air pauvre, presque miséreux. Bach avançait lentement sur la rue principale, tenant sous son bras le cocon contenant le bébé endormi, s'arrêtant régulièrement pour reprendre son souffle. Il ne levait pas son regard au-dessus des tas de neige, mais la désolation qui s'était emparée du village était si frappante qu'il était impossible de ne pas la remarquer. Des deux côtés de la rue, à l'emplacement des maisons, des trous béaient : il ne restait que les soubassements en pierre et des débris de clôtures. De nombreuses maisons avaient été abandonnées par leurs propriétaires : aveuglées par des planches clouées sur leurs fenêtres, courbant l'échine sous leurs toits que personne ne nettoyait, les corniches disparaissant sous les couches de glace ; les barques abandonnées près des portails étaient fendues, leur fond desséché, elles semblaient n'avoir pas été utilisées depuis plusieurs années. Il restait sans doute moins de maisons habitées que de maisons abandonnées : l'odeur douce et familière de la fumée de fumier séché, qui d'ordinaire envahissait toute la colonie en hiver, était étouffée, diluée dans les effluves rances des maisons abandonnées. La route était à peine praticable, comme si, de tout l'hiver, elle avait vu passer moins d'une dizaine de traîneaux ; sur les bas-côtés seulement, le long des clôtures, on voyait de petits sentiers à demi effacés, tracés par des piétons.

Se rassurant à l'idée qu'un colon au moins viendrait forcément à l'église, Bach passa sur la place du marché aux trois ormes (chacun d'eux était, bizarrement, orné d'un tissu rouge), devant le puits, les boutiques de pétrole de lampe et de chandelles. Arrivé devant la Kirche, il s'immobilisa : ses marches disparaissaient sous un tas de neige, un cadenas blanchi par le gel verrouillait sa porte. Ce tableau était si inhabituel que Bach en oublia sa promesse de ne pas regarder le monde autour de lui, de se contenter de passer, ombre aveugle et indifférente.

Il fit le tour de la Kirche : les fenêtres en ogive béaient, leurs vitres brisées. L'une d'elles était recouverte d'un tissu, toujours du même rouge, avec cette étrange inscription : « En avant, vers l'aube[1] ! » ; le tissu s'était durci avec le froid, et il se mouvait au vent comme une planche de bois, heurtant l'appui de la fenêtre avec un son sourd et dur.

La maison du pasteur, en revanche, avait l'air habitée : on avait nettoyé la neige du perron, une main soigneuse avait brisé les glaçons qui pendaient du toit. Le pasteur Adam Haendel

---

1. Tiré de la chanson « La jeune garde » (« En avant, vers l'aube, camarades de combat / à la mitraille et la baïonnette, nous forcerons un chemin »).

vivait visiblement toujours à Gnadenthal. Mais quelle force incroyable avait pu contraindre les colons à fermer l'église, alors que le pasteur était toujours là ? Une église fermée, c'était comme de l'eau sèche ou de la neige brûlante. Bach ne savait pas que ça existait. Tu vois, s'adressa-t-il en pensée à Klara, j'avais raison de te protéger du monde, toutes ces années. Enfin, tout cela ne nous concerne plus.

Il décida d'abandonner l'enfant là, sur le perron du pasteur. Il posa le cocon sur les marches nettoyées, écarta légèrement le bout de l'édredon pour que le bébé n'étouffe pas. Il regarda, dans le ciel noir, la constellation des Pléiades descendue bas sur l'horizon : le matin approchait – il fallait rentrer.

Soudain, il se demanda : Duquel est-ce l'enfant ? Duquel des trois intrus ? Le paysan aux pommettes kalmoukes ? Le militaire aux yeux impudents ? L'adolescent pâle au front boutonneux et à la pomme d'Adam proéminente ? De qui était l'enfant que tu as portée neuf mois, Klara ? Cette pensée était haïssable et douloureuse ; à un autre moment, Bach se serait interdit de s'y arrêter pour ne pas raviver sa souffrance, mais à ce moment précis, cette question ne provoquait rien en lui, si ce n'est de l'indifférence. De plus, avant de s'enfermer à jamais dans la glacière, il devait connaître la réponse – non pas pour se tourmenter, mais uniquement pour établir la vérité. À quoi bon se cacher la vérité, si elle était devant lui, à portée de main, respirant bruyamment dans son sommeil, faisant jaillir de petits nuages de vapeur de ses narines minuscules ? Bach avança ses mains tremblantes de fatigue, écarta le bout de l'édredon et, pour la première fois, il regarda attentivement la nouveau-née.

La petite fille ressemblait à sa mère, d'une ressemblance étonnante. Quel que fût le père, il n'était inscrit nulle part sur son visage : pas dans la moindre ligne, couleur ou forme. Dans la petite figure ridée, grosse comme le poing, on reconnaissait si clairement l'ébauche de tous les traits de Klara que le souffle manqua à Bach ; il enleva son chapeau, se mit à genoux devant le perron et approcha son visage de celui du bébé, s'étonnant d'avoir laissé échapper une ressemblance aussi extraordinaire. Une peau incroyablement délicate recouvrait un front bombé si familier, sur lequel des sourcils bien connus, à peine esquissés encore, prenaient une expression de tristesse ; en dessous, les yeux et des longs cils eux aussi familiers se cachaient dans des plis ; le nez, pas plus long que le bout d'un petit doigt, était déjà retroussé, et on y devinait de légères rides dorées – prémices de taches de rousseur. Bach reconnaissait le visage de Klara dans chacun de ces traits, comme il aurait reconnu sans s'y tromper, dans un bouton de fleur des steppes, la future tulipe ou le futur pavot.

Il comprit soudain que le bébé n'était plus sur les marches, mais dans ses bras. Qu'il était, lui-même, toujours à genoux, tenant le cocon – incapable, aussi bien de se lever et de l'emporter, que de l'abandonner sur le perron. Un bruit se fit entendre dans la maison – une porte claquait, ou un objet était tombé – et une lumière faible éclaira la fenêtre : quelqu'un avait dû se réveiller au son de ses pas dans la rue, apercevoir sa silhouette s'agitant devant l'entrée. Bach se leva à la hâte et s'éloigna, faisant crisser la neige et pressant l'enfant endormie contre sa poitrine.

*

Il n'aurait pas pu imaginer pire bêtise. Ni pire trahison envers Klara, qui l'attendait à la ferme. Ni plus grande souffrance pour lui. Bach marchait avec difficulté, suivant le sentier à peine marqué au milieu des tas de neige sur le bas-côté – quand soudain, il sentit avec étonnement que les maisons et les arbres passaient plus vite devant lui, et que lui-même, essoufflé, trempé de sueur, courait déjà avec vigueur, évitant miraculeusement de trébucher et de faire tomber à terre son gros paquet, qui exhalait sa chaleur même à travers l'édredon épais.

Quel caprice le prenait soudain ? Était-ce un coup de folie, ou une vraie maladie de son cerveau née de son chagrin ? Et qu'allait-il faire à présent, lui, vieux et fatigué, de cette enfant qui ne lui était rien ?

Se fâchant contre lui-même, il aurait voulu laisser le bébé sur un autre perron – celui du conseiller Dietrich, ou du peintre Fromm ; il apercevait de maigres filets de fumée sortant de leurs cheminées. Mais, encore une fois, il ne put s'y résoudre. Quelque chose l'en empêchait, comme s'il était envoûté. Il décida de rentrer à la ferme, et de comparer attentivement les deux visages : celui de la mère et celui de la fille. Il trouverait forcément des différences, et sa propre folie deviendrait évidente – l'envoûtement cesserait. Et le lendemain, il ramènerait l'enfant à Gnadenthal.

Pardonne-moi, s'adressa-t-il en pensée à Klara. Tu vois bien qu'il m'est arrivé quelque chose. Tu vas devoir attendre encore – mais juste un jour.

Quand il traversa la place du marché, le bébé poussa un petit cri et gémit dans son sommeil, claquant des lèvres et arrondissant sa bouche. Il veut manger, comprit Bach. Les bébés ont souvent faim. Et l'eau de la théière n'y suffirait pas cette fois. Il fallait de la nourriture. Du lait frais. Mais il était inutile d'aller de porte en porte, de réveiller les colons et de leur expliquer à grand renfort de gémissements et de gestes : ils le chasseraient, les yeux pleins de sommeil et de hargne. Il ne pouvait que voler du lait – s'introduire dans une étable et traire un animal dans une jatte ou une cruche, ce qu'il trouverait sur place…

Bach suivait avec angoisse le cours de ses pensées, tout en traversant à pas furtifs la colonie endormie – tel un loup, un voleur dans la nuit.

Les demeures les plus opulentes, dans lesquelles on aurait à coup sûr trouvé des vaches aux pis alourdis, des chèvres ayant mis bas, aux mamelles roses pendant jusqu'au sol, et des juments aux poulains perchés sur leurs pattes grêles, étaient toutes détruites depuis belle lurette. Il devait donc tenter sa chance chez les propriétaires de moindre abondance – par exemple, chez les Brecht, si pieux : on savait qu'ils ne fermaient jamais leur portail ni leur porte la nuit, s'en remettant à la volonté divine. En sept ans, leur maison avait perdu toute sa fraîcheur, mais elle exhalait encore une fumée maigre – elle vivait toujours. D'une main, Bach raffermit sa prise sur le bébé qui piaillait d'impatience, de l'autre il poussa prudemment le portail : il était ouvert, comme toujours. Quelque chose, à Gnadenthal, restait inchangé.

Klara, je suis effrayé par mes propres actions.

Il entra. Mais dans la cour, tout était vide, inerte : pas de vaches endormies soupirant dans l'étable, pas de bœufs et de chameaux piaffant. Il n'y avait pas d'animaux – pas un seul. Tout comme il n'y en avait pas dans la cour du tisserand Diesel, de la riche veuve Koch, et même du tueur de cochons Hauf – tous visités par Bach pendant la nuit.

Klara, qu'est-ce que ton bébé me fait faire ?

Chez certains, il entrait par un trou dans la clôture, chez d'autres, par le jardinet couvert de neige. Et toutes les cours étaient vides comme si on les avait passées au peigne fin : pas une bouse de vache, ni une crotte odorante de mouton, ni une trace de sabot de bélier dans la neige. Bach errait dans Gnadenthal plongé dans la nuit, oubliant sa fatigue, serrant toujours plus fort contre sa poitrine le bébé glapissant de colère, le berçant de plus en plus désespérément. S'il se réveillait et pleurait à pleine voix – il devrait fuir à toute vitesse de la colonie. Sans lait...

Klara, est-ce que je deviens fou ?

Soudain, il sentit une odeur – âcre, un peu doucereuse – : de laine de chèvre et de chaleur animale. Il ferma les yeux, renifla, cherchant d'où venait l'odeur – elle sortait de la cour de ce grand escogriffe de Böll-avec-moustaches, dont on disait au village : s'il aime quelqu'un en ce bas monde, c'est sa pipe de noisetier qui dépasse toujours de ses moustaches mal peignées.

Patiente un peu, dit Bach en pensée, implorant le bébé. Je crois qu'on a de la chance.

Et le bébé patienta – il dormit sagement encore une demi-heure. Pendant ce temps, Bach le poussa dans la fente sous le portail, passant lui-même par-dessus, grimpant sur les croisillons mal cloués ; il entra dans la cour intérieure séparée par une haie, ouvrit le battant de la porte conduisant à l'étable – et se retrouva soudain au milieu d'un troupeau de chèvres d'une cinquantaine de têtes, voire plus. Les chèvres étaient à l'étroit dans l'étable, se heurtant presque des cornes. Elles dormaient d'un sommeil léger : à l'entrée de Bach, elles s'agitèrent, se poussèrent de leurs flancs maigres, tapèrent des sabots sur le sol, frottèrent leurs cornes contre le mur. Comment est-ce que le Böll-avec-moustaches, l'éternel sans-le-sou, s'était retrouvé avec un tel troupeau ?

Bach posa avec précaution le bébé sur le seuil de l'étable. Il avança sa main sur la droite, touchant le mur à tâtons – c'était généralement là, près du chambranle, qu'on pendait les ustensiles. Il ne trouva que des clous vides. Drôle de propriétaire : il avait réuni tout un troupeau, mais oublié d'y adjoindre les racleurs, peignes et seaux indispensables. Il sortit dans la cour, remarqua, devant le mur, un tas de vieilleries, en sortit un couvercle d'écrémeuse en fer, cabossé mais intact – il tiendrait lieu de jatte. Il revint aux chèvres. Il ne ferma pas la porte ; il s'accroupit, et se mit, à la lumière pâle de la lune, à chercher, dans le nuage mouvant de pattes maigres et de laine, des mamelles rondes et lourdes. Les trouva. Il s'approcha de la chèvre ; il tapota ses flancs maigres pour la tranquilliser, posa la jatte improvisée entre ses sabots. Il réchauffa ses doigts en soufflant dessus, les mouilla à la salive pour les rendre plus doux. Il caressa les pis aux veines apparentes, les tétines écartées, dures comme la pierre. Il ferma le poing, faisant sortir le lait : l'étroit jet atteignit la jatte en fer-blanc avec un bruit sourd, comme un coup de fusil. La chèvre n'avait pas été traite depuis longtemps, elle attendit donc docilement et patiemment que Bach ait fini de s'agiter devant ses mamelles gonflées. Il remarqua que sa laine n'était pas peignée et pendait en gros nœuds, que des excroissances difformes ornaient ses sabots mal soignés – Böll s'occupait mal de ses bêtes, même s'il avait acquis un troupeau important.

Bach avait jeté à terre les premières gouttes de la traite (les colons disaient : « abreuver le sol »), mais gardé le reste. La jatte était presque pleine : cela faisait plus d'un litre de lait gras et odorant – presque chaud, de la vapeur s'en élevait dans le froid. Il prit l'enfant sous son bras et porta avec précaution la jatte non fermée, faisant attention à ne pas renverser le liquide, et il sortit de l'étable, de la cour, de Gnadenthal.

Au milieu de la Volga, dans l'heure sombre qui précédait l'aube, quand la lune était déjà cachée derrière les nuages et que le soleil ne se montrait pas encore, le bébé se réveilla finalement, hurlant de faim. Il était incapable de boire à la jatte. Bach dut s'asseoir dans la neige, appuyer le bébé contre son ventre et, le protégeant du vent avec sa tunique, tremper le bout de sa chemise dans le lait et l'introduire dans la petite bouche ouverte avec avidité. Quand le bébé eut bu tout son saoul, il s'endormit. Bach aussi s'endormit – dès que, perclus de fatigue, il eut atteint la maison, mis des bûches dans le poêle et grimpé dans le lit refroidi, sous l'édredon de plumes qui avait déjà pris l'odeur du petit corps chaud (au début, il avait pensé dormir dans la glacière, mais il avait eu peur que l'enfant ne se remette à crier s'il la laissait seule dans la maison). Il avait posé le bébé de l'autre côté du lit, l'entourant d'oreillers pour qu'il ne tombe pas.

Quand les premiers rayons du soleil se glissèrent entre les fentes des volets fermés et rampèrent sur le sol fraîchement balayé de la chambre, ils étaient tous deux profondément endormis – Bach et la petite fille. Il demeurait, comme à son habitude, allongé sur le dos, les jambes tendues, les bras croisés sur la poitrine. La fillette était invisible : elle avait depuis longtemps roulé par-dessus tous les oreillers, tombant dans les plis de l'édredon et les franchissant pour toucher de son visage, de son ventre et de ses jambes le corps de l'homme dont la chemise et les mains sentaient la seule chose importante pour elle : le lait frais.

# 10

Il était plus de midi quand Bach se réveilla et trouva, contre son flanc, le petit corps tiède. Il eut l'impression de le redécouvrir entièrement : chacun de ses membres était si minuscule et si délicat que Bach se figea, troublé. Il ne savait pas comment écarter de lui ces petits bras et ces petites jambes, toute cette douceur friable qui se serrait contre lui. Il avait peur de toucher la petite, de griffer sans le vouloir sa peau si fine, de briser ses petits os cassants. Pourquoi n'avait-il pas ressenti cette peur auparavant ? Pourquoi, la veille, avait-il facilement porté l'enfant, comme on empoigne un fagot, la mettant sous le bras, la poussant sous le portail, la laissant sur le seuil de l'étable ?

Pour la première fois de sa vie, Bach voyait à ses côtés une créature incomparablement plus faible et plus désarmée que lui. Il posa sa main près du corps de l'enfant : elle était large, avec des doigts solides et des ongles noircis par la terre, une paume dure et ridée, la peau du dos fripée et poreuse. Cette main, habituée à couper les bûches gelées et la glace dure comme la pierre de la Volga, pouvait entièrement recouvrir la tête du bébé et, d'un mouvement des doigts, l'écraser en morceaux ; elle pouvait attraper son petit cou et, rien qu'en serrant un peu, arrêter toute arrivée d'air à l'intérieur. La main de Bach – malhabile, souvent impuissante dans la lutte contre l'eau du fleuve qui ne voulait pas lui offrir le moindre poisson, contre la neige qui menaçait de recouvrir la ferme jusqu'au toit, contre les vents follets du printemps, capables de déraciner les arbres du verger –, cette main, à côté du bébé, devenait toute-puissante : elle pouvait prolonger cette vie timide, ou la lui ôter. Le corps de Bach, maigre et léger, souvent malade et déjà marqué çà et là de taches de vieillesse, était, à côté du bébé, le corps d'un géant, terrible et omnipotent.

Il regardait l'enfant, incapable de détourner les yeux. Les quatre membres minuscules qui l'enserraient dans une étreinte avide, dont chacun n'était pas plus long et plus épais que son index – se pouvait-il que dans quelques années ils s'allongent, s'entourent de chair, se transforment en bras et en jambes ? La carcasse veloutée, à l'intérieur de laquelle on ne voyait ni côtes ni muscles, ni même la chaîne des vertèbres sur le dos – se pouvait-il qu'elle se redresse, se renforce, devienne puissante ? Et la petite face ridée qui ballottait sur son épaule – se pouvait-il qu'elle se défroisse, se déploie, devienne un visage lisse ?

Échauffé par ces pensées confuses et effrayé d'avoir soudain pris conscience de sa propre puissance, Bach se libéra de l'étreinte minuscule et gagna la glacière – pour y mettre de l'ordre dans son esprit, rafraîchir sa tête.

La chaise était toujours à sa place, au chevet de la caisse. Et Klara était étendue à la même place, inchangée. Son visage était paisible, sa peau blanche et lisse. Ses longs bras fins et ses longues jambes fines reposaient si symétriquement qu'elle faisait penser, non à une statue, mais à une poupée de porcelaine façonnée par un artisan génial. Des cheveux, qui s'étaient échappés de sa coiffure serrée pendant l'accouchement, entouraient son front comme un nimbe doré. Bach avait pensé prendre un peigne pour démêler ces mèches rebelles, mais il avait remarqué qu'elles s'étaient déjà couvertes d'une fine couche de givre à leur racine, et qu'elles avaient blanchi – il décida de ne pas déranger cette beauté, de ne rien toucher. Les sourcils et les longs cils de Klara étaient aussi couverts de givre, et même ses tout petits poils, qu'on ne voyait qu'à la lumière, sur les tempes, à la racine du nez et au-dessus de la lèvre supérieure – à cause de cela, son visage d'une blancheur de neige brillait doucement à la lumière du soleil.

Pardonne-moi, lui dit Bach en pensée. Je ne peux pas rester avec toi pour le moment. Donne-moi encore un peu de temps. Tu vois bien que ton enfant a un drôle d'effet sur moi.

Il eut l'impression que la glace, dans le coffre, n'était pas suffisamment transparente – il descendit à la Volga pour en casser une provision ; pour Klara, il choisissait les plus gros et les plus beaux morceaux, les regardant au soleil et jugeant d'un air critique la réfraction de la lumière, le dessin des arabesques, la pureté de l'éclat. Entretemps, il nourrit le bébé qui s'était réveillé, coupant le lait avec de l'eau bouillie et le versant dans la bouche du nourrisson à l'aide d'une petite cuillère d'étain.

Il entoura Klara de glace fraîche, ajouta de la neige, qu'il avait ramassée non par terre, où sa pureté aurait pu être abîmée, sans qu'on le voie à l'œil nu, par le passage d'un mulot ou d'un autre animal, mais en haut des branches d'arbres.

Découvrant, sur le corps du bébé, une éruption de petits boutons, il le lava, pour la première fois, dans la bassine de cuivre – craignant de le faire tomber, craignant de plonger sa tête dans l'eau, de le mettre dans une eau trop froide ou trop chaude. Il le rinça avec une décoction d'herbes de sainte Claire et de camomille que Klara avait récoltées en été, puis il se lava lui-même (il avait l'habitude de se laver après Klara, dans la même eau qu'elle – il devinait, dans ce rituel qu'ils avaient depuis longtemps, une signification agréable et importante).

Il se décida finalement à peigner les cheveux de Klara, les tressa en deux tresses égales, qu'il enroula autour de ses tempes – comme une couronne. S'ils avaient été au printemps, il lui aurait tressé une couronne de lin bleu et de coquelicots écarlates, de tulipes rouge feu et d'anémones pourpres ; en attendant, il décora sa coiffure de rubans en dentelle tirés des profondeurs du coffre de Tilda.

Il nettoya le tas de draps salis par le bébé pendant ses premiers jours de vie. Il les lavait à l'eau saumâtre du puits, mais les rinçait à l'eau de la Volga, dans un trou dans la glace, comme le faisait toujours Klara. Il pendit le linge mouillé devant la maison. La vue de ces rectangles blancs ondulant fièrement dans la cour rappelait tant Klara que Bach faillit les enlever, et dut se forcer à se calmer : pendre le linge ailleurs et par là déroger aux habitudes de leur vie aurait été encore plus insupportable.

Il para le cou de Klara d'un collier jaune de corail artificiel, mit à ses oreilles des boucles de verre, à ses poignets, des bracelets de cuivre tatars qu'il avait trouvés, encore une fois, dans l'inépuisable coffre de Tilda. Il pensa habiller Klara d'une belle robe, mais son corps nu était déjà magnifique.

Il déchira de vieux draps et de vieilles serviettes pour faire des langes au bébé. Il l'emmaillotait dans des chemises de nuit au coucher, le couvrait avec un châle chaud aux longues franges et une jupe de laine brodée de fils colorés. Il craignait que les habits ne prennent l'odeur du bébé et ne perdent l'arôme du corps de Klara, mais il n'en fut rien : la petite fille avait l'odeur de sa mère. Cette odeur était particulièrement forte sur sa tête, sur le petit losange mou de la fontanelle où l'os du crâne ne s'était pas encore formé, et qui battait d'une pulsation rapide, palpitante ; et dans les plis derrière ses oreilles. Quand il eut découvert cette particularité, Bach commença à poser son visage sur la petite tête de l'enfant, aspirant son odeur par les narines – bien des fois dans la journée ; la nuit, il dormait le visage contre la nuque ou la tempe de la nouveau-née.

Il apprit à bercer le bébé : un soir, alors que celui-ci n'arrivait pas à s'endormir, Bach dut le bercer longuement, déambulant dans toute la maison, les coudes écartés. Au petit matin, quand il posa le nourrisson endormi sur le lit, il se surprit à fredonner une mélodie toute simple – l'une des berceuses que Klara chantait pendant sa grossesse.

Il eut peur – quand, quelques jours plus tard, le bout de cordon ombilical, qui ressemblait à une petite branche, tomba soudainement du nombril du bébé, laissant une profonde fossette un peu sanglante. La blessure, cependant, ne faisait pas souffrir l'enfant, et elle cicatrisa rapidement.

Il eut à nouveau peur – quand il aperçut, un matin, les larges traces de loups dans la cour : les bêtes étaient venues à la ferme pendant la nuit, avaient erré devant la maison, mais n'avaient pas pu entrer dans la glacière fermée, et étaient reparties bredouilles…

Bach travaillait du matin au soir sans s'arrêter. Il était déchiré entre les deux femmes : l'adulte et le bébé. Dès qu'il s'attardait dans la glacière, des pleurs insistants l'appelaient à la maison. Dès qu'il passait plusieurs heures à la maison, un sentiment de culpabilité envers Klara délaissée le poussait à la glacière. En quelques jours, il semblait avoir maigri, même si c'était peu probable : ses bras et ses jambes n'étaient constitués que de nerfs et d'os couverts de peau. Un matin, il eut l'impression qu'il était tombé malade : son visage et son cou étaient en feu, tout son corps lui faisait mal, son dos était courbaturé ; cependant, le cri insistant du bébé le fit lever du lit, chassa la douleur qui engourdissait ses muscles, et la fraîcheur de la glacière refroidit son front brûlant. Impossible de tomber malade : à midi, Bach avait déjà oublié son état du matin. Tout ce temps, il n'osa pas emmener la fillette à la glacière pour la confronter à Klara – leur ressemblance était évidente.

Une semaine passa, et le lait volé arrivait à sa fin – Bach repartit la nuit pour Gnadenthal, où il put traire une chèvre. Il se demanda s'il ne devait pas emporter l'animal avec lui. Mais cela signifiait son intention de continuer à nourrir le bébé (plusieurs semaines, peut-être des mois), et donc de remettre à plus tard son isolement avec Klara, dans la glacière. Bach ne pouvait s'y résoudre. Tout comme il ne pouvait se résoudre à emmener l'enfant à Gnadenthal, à la laisser sur un perron. Il était déchiré entre les deux femmes, comme s'il était à nouveau à genoux au milieu de la Volga gelée, incapable de faire un pas en avant, ni de rebrousser chemin.

La troisième fois, il se fit prendre. Une lourde main s'abattit sur son épaule tandis qu'il extrayait les dernières gouttes des mamelles souples de la chèvre, l'attrapa par le col et le fit tomber à terre. La forêt de pattes de chèvres s'agita autour de lui, le troupeau s'écarta et bêla, la jatte tinta, renversée par des sabots. Bach souleva sa tête du fatras de sciure et de merde de chèvre, s'efforçant de distinguer son agresseur, mais il aperçut seulement une silhouette sombre au-dessus des flots mouvants de dos laineux et de cornes tremblotantes. Il voulut se lever – un nouveau coup à la poitrine le renvoya à terre. La silhouette se rapprocha, agita les bras – et quelque chose d'épais, de rugueux, sentant le grain stocké et le foin gelé, entoura Bach de tous les côtés : on lui avait enfoncé un sac sur la tête ; on lui tira les mains derrière le dos pour les lier. On le poussa sur le ventre : Maintenant, lève-toi. On l'emmena quelque part à travers Gnadenthal endormi.

Ils ne marchèrent pas longtemps. Un portail claqua, une porte d'entrée grinça paresseusement, il fut assailli par la chaleur et une odeur de pétrole de lampe : ils étaient entrés dans une maison.

– J'ai attrapé le voleur, dit une voix près de lui. Il avait rempli une demi-jatte de lait, ce fils de chienne.

C'était la voix de Böll-avec-moustaches, l'escogriffe morose que les mamans de Gnadenthal montraient pour menacer les enfants désobéissants. C'était lui qui était tombé sur Bach, dans l'étable.

Le tissu râpeux glissa sur ses joues, une lumière orange lui fit mal aux yeux – on avait enlevé le sac. Bach cligna ses paupières, aveuglé, se tortillant et rentrant la tête dans les épaules, quand il découvrit soudain, devant lui, un visage inconnu qui l'examinait attentivement.

Ce visage était si proche qu'on aurait dit qu'il ne voulait pas scruter Bach, mais écouter sa respiration ou sentir son odeur. Il se tenait immobile – attentif, sévère –, éclairé d'un côté par la lumière tremblotante de la lampe à pétrole, tandis que l'autre était plongé dans la pénombre. Ses traits étaient la perfection même. Des yeux sombres et brillants, frangés de longs cils ; des lèvres rouges, des joues d'un rose tendre – c'était un doux et délicat visage d'icône. Le visage d'une toute jeune fille à la peau veloutée, aux traits suaves ; son regard, en revanche, était si mûr et si triste qu'il aurait pu appartenir à un vieillard. Pétrifié par ce regard, Bach retint son souffle, n'osant pas détourner les yeux.

– C'est ça, votre mauvais esprit ? demanda la demoiselle d'une voix rauque.

Le mouvement de ses lèvres tordit son visage, le rendant méconnaissable : la peau fine se couvrit de rides – sur les joues, autour de la bouche, à la racine du nez –, comme si la glace s'était fendue sur la Volga, et que le fleuve lisse comme un miroir s'était soudain couvert de montagnes de glaçons hérissés. La jeune fille leva sa main vers sa bouche, et frotta pensivement du doigt ses lèvres entrouvertes. Ses doigts sales aux ongles carrés formaient un contraste si révoltant avec son doux visage aux lèvres pulpeuses que Bach eut un haut-le-cœur. Il baissa les yeux et découvrit avec stupeur que la demoiselle portait une chemise russe traditionnelle, bleue, sous une douillette tricotée, des pantalons de toile et des bottes de feutre. Son corps était comme tordu dans une danse échevelée : l'épaule droite était tournée vers le bas et un peu en arrière, la gauche vers le haut et en avant. Les bras étaient longs, avec des articulations massives, saillantes, tandis que les jambes étaient courtes, légèrement fléchies aux genoux, comme si elles allaient se plier pour danser. Ce n'était pas du tout une demoiselle, mais un homme large et trapu, déformé par une maladie, et pourvu, par un bizarre caprice du destin, d'un visage pur de jeune fille.

– Gardez vos histoires d'esprit pour les vieilles folles ! Parce que vous l'avez chanté sur tous les tons : c'est un esprit qui trait les chèvres, un esprit qui vole les poules...

L'homme eut un petit rire moqueur et s'approcha de la table, où une lampe à pétrole éclairait des tas de papiers.

Sa démarche souple rappelait une danse – tous les muscles de son corps se mettaient en branle, du cou musclé et des épaules puissantes aux pieds légèrement en dedans, comme si ce n'était pas un corps qui avançait, mais une boule souple de muscles, d'os et de poils qui roulait sur le sol. Sur le dos, à côté des vertèbres, s'élevait une grosse proéminence – une bosse. L'ombre allongée du bossu se mit à sautiller sur le mur blanchi à la chaux, sa nuque touchant le plafond.

– S'il y a des vols dans notre kolkhoze, le voleur est un homme ! Sale et minable – de corps et d'esprit. Comme celui-ci ! Il fit un signe méprisant en direction de Bach, comme si c'était un objet inutile trouvé sur le bas-côté – un pot émoussé ou un bout de corde pourrie. Tu as compris, Böll ?

Le bossu parlait un *haut allemand* étonnamment pur, avec des intonations froides et égales comme Bach n'en avait jamais entendu, même chez les Allemands de la ville.

Sans tourner la tête, Bach dirigea prudemment son regard vers Böll. Celui-ci était, comme toujours, maussade. Ses moustaches en bataille, qui faisaient déjà, à l'époque, penser à un tas de foin mouillé, retombaient désormais complètement, masquaient l'ouverture de la bouche, ses yeux disparaissaient tout à fait sous des sourcils toujours plus fournis, et seul son nez, pareil à un gros bec, dépassait de son visage plat et triste.

– Qu'est-ce qu'on va faire avec cet épouvantail ?

Böll bâilla, ouvrant une bouche large et montrant sa mâchoire édentée.

Le bossu plissa ses magnifiques lèvres avec aversion, comme s'il avait vu, dans la bouche de Böll, quelque chose d'odieux. Sans répondre, il abaissa son regard vers les tas de feuilles qui submergeaient son bureau, son visage retrouva un instant son immobilité et, avec elle, sa beauté ; il semblait bien que, en entrant, Böll avait interrompu ses réflexions, que le bossu voulait reprendre – des pensées touchant quelque chose de bien plus important que d'attraper un voleur malchanceux. Il avança la main vers ses papiers et bougea pensivement les doigts, se demandant quel document prendre. Son ombre, sur le mur blanc, bougea également des doigts énormes.

– Une demi-jatte de lait – comme c'est petit, petit... grommela-t-il pour lui-même. Et tout le reste, ici, est de la même eau : une demi-jatte, une gorgée, un pet. Tout se fait en douce, à voix basse. À peine, une pincée, un poil. Vous passez votre temps à remuer de la boue dans un dé à coudre. Une demi-jatte... Pourquoi pas une jatte entière ?

Sans avoir choisi de document, il tapa avec dépit du plat de la main sur la table et lança un regard accusateur vers Bach.

– Pourquoi n'as-tu pas volé une chèvre, un cheval, un tracteur, pourquoi t'es-tu contenté de purger une chèvre d'un peu de lait ? Tu peux m'expliquer ? Si tu dois voler – vas-y carrément ! Ramasse le bien public avec tes pinces graisseuses. Nous, on te prendra au garrot – et hop ! au tribunal populaire ! et tout nu dans le fleuve gelé ! Ou – si ta conscience ne te le permet pas – ne vole pas du tout. Entre au kolkhoze, et profite de la vie. Mais maintenant, qu'est-ce que je vais bien pouvoir faire de toi pour un verre de lait ? Te consigner à la cave jusqu'à demain ? Te donner des coups de règle sur les doigts ? Te menacer de l'index et te laisser repartir ? Pourquoi ne dis-tu rien ?!

Bach regardait le sol – qui n'avait pas été balayé depuis longtemps, était jonché de bouts de papier, de cosses de graines de tournesol, de coquilles de noix et autres débris – et se demandait si le bébé dormait encore, à la ferme. La fillette se réveillait généralement vers le matin, mais tout pouvait arriver. L'idée que l'enfant allait hurler à s'en fendre les tympans dans la maison vide était désagréable comme une écharde enfoncée sous un ongle.

– J'peux lui donner des beignes. Böll frotta sa joue mal rasée. Des belles : on s'y connaît à Gnadenthal.

– Des beignes ! Le bossu haussa vivement les épaules, comme s'il voulait tordre son corps difforme dans l'autre sens. L'un a volé deux gorgées de lait, l'autre lui donne deux gnons – et c'est là toute votre conscience politique ! On s'y connaît à Gnadenthal !

– Vous avez tort, camarade secrétaire du Parti. Après mes beignes, il en aura pour un mois à ramper sur les genoux.

– J'ai pas besoin qu'il rampe ! Ulcéré, le bossu s'éloigna de la table et se mit à déambuler dans la pièce ; son ombre gigantesque tournoya dans l'isba, accrochant le plafond, s'étalant en hauteur, puis en largeur. Il faut que ce chapardeur à la petite semaine coupe ses mèches galeuses et vienne demain s'inscrire au kolkhoze. Et qu'il fasse paître ces chèvres, qu'il les surveille. Et qu'il chasse tout individu qui essaierait de voler ne serait-ce qu'une goutte du lait de la communauté ! C'est ça, ce qu'il faut !

– Ça n'arrivera jamais. Böll avança sa mâchoire inférieure d'un air morose, soulevant ses moustaches, son menton touchant presque le bout de son nez. Les grenouilles ne grimpent pas aux arbres. Les gens ne poussent pas plus haut que la cathédrale de Cologne. Et les voleurs ne deviennent pas bergers.

– La voilà ! s'écria le bossu comme si on l'avait piqué, levant ses mains vers le plafond bas, touchant presque des doigts sa propre ombre, qui avait elle aussi brusquement levé les bras. La voilà, la sagesse pourrie des temps anciens !

Il courut à Böll, haletant de colère, montrant ses dents pointues. Son visage arrivait à la poitrine de Böll, mais ses magnifiques yeux sombres le regardaient avec une telle sévérité hautaine qu'ils semblaient le tancer depuis un trône surélevé.

– Qu'est-ce que tu as dit – à propos de la cathédrale ? dit-il rapidement, avec hargne. Est-ce que tu as compris ce que tu venais de dire ? Tu as compris pourquoi tu as dit ça ? Pourquoi tu as comparé un homme avec la cathédrale de Cologne, et pas celle de Rouen, ou, par exemple, Saint-Pierre ?

– Tout le monde dit ça, répondit Böll, s'assombrissant encore. On l'a toujours dit. Si quelqu'un est petit – c'est que sa mère a *trop fréquenté les nains*. Si c'est une perche – il est *grand comme la cathédrale de Cologne*. Et même un imbécile comprendrait qu'on ne peut pas pousser plus haut que cette cathédrale.

– Mais tu l'as vue, cette cathédrale ? Tu sais quelle est sa hauteur ? Combien elle a de tours ? Leur forme, leur couleur ?

Böll se taisait, et l'étonnement se répandait lentement sur son visage peu expressif.

– Est-ce que tu te figures au moins sur quelle terre est la ville de Cologne ? Au bord de quel fleuve ? À quelle distance de ton Gnadenthal elle se trouve ? Le bossu lançait ses questions comme des coups de fouet. Es-tu certain que cette cathédrale que tu aimes tant existe toujours ? Peut-être qu'elle a été détruite par des barbares il y a longtemps déjà ?

À chaque question, les sourcils épais de Böll tressautaient d'étonnement (pendant un instant, on put voir ses petits yeux clairs) et son dos se voûtait un peu plus, au point que le grand Böll parut bientôt à peine plus haut que le secrétaire du Parti bas sur pattes.

– Alors pourquoi répètes-tu comme un mainate ce qu'on t'a fourré dans la tête dans ton enfance ? Le voilà, notre adversaire principal : les mots qu'on vous a fourrés dans la tête, les idées qu'on vous a fourrées dans la tête ! Des milliers de mots couverts de poussière et de toiles d'araignée. Des milliers d'idées si vieilles qu'elles ont déjà commencé à se décomposer sous la boîte crânienne… Sens-tu, Böll ? Le bossu baissa brusquement la voix, et murmura : Est-ce que tu ne sens pas cette odeur ?

Böll gonfla docilement ses narines épaisses, secouant la tête avec méfiance. Le bossu attrapa sa joue de ses doigts tordus, l'approcha de lui et lui chuchota d'un ton brûlant, comme s'il révélait un terrible secret :

– C'est la putréfaction. Les vieilles idées pourrissent dans ta tête.

Effrayé, Böll eut un sursaut, il voulut reculer, mais les doigts du bossu le tenaient bien, ses lèvres bougèrent tout à côté de son oreille.

– Ta tête est une écurie d'Augias, Böll. Tout comme la tête des autres habitants de Gnadenthal. De tous les autres. Il faut nettoyer vos crânes, racler la saleté, les laver au savon. Et nous les laverons, je te le promets. Et alors, tu comprendras qu'un voleur peut devenir berger. Il le peut !

Enfin, Böll réussit à se dégager – il se redressa, effrayé, agitant la tête. Le bossu reprit son souffle, comme si son sermon improvisé l'avait épuisé. Il regarda Bach, qui restait figé au fond de la pièce.

– Laisse-le partir, Böll, dit-il d'un ton fatigué. Détache-le et laisse-le partir. Tu vois qu'il est au bout du rouleau. Et je t'interdis de le frapper ! Je te surveillerai par la fenêtre… Quant à toi, dit-il à Bach, rentre chez toi. Si tu te refais pincer – je te mettrai dans une cage sur la place du marché, avec l'inscription « Déprédateur de biens collectifs socialistes ». La prochaine fois, tu n'auras droit à aucune clémence.

Quels discours étranges tenait ce bossu au visage angélique ? Quels étaient ces mots qu'il utilisait ? Ce n'était pas le délire d'un fou, on devinait un sens dans ses paroles, une logique ; plus encore, il semblait que tous ces mots et toutes ces expressions étranges étaient compréhensibles même pour cet idiot de Böll, en tout cas ils ne l'étonnaient pas. Visiblement, le monde, en sept ans, avait considérablement changé. Où, dans ce monde nouveau, trouver une demi-jatte de lait ?

– Mais je voulais vous demander… Böll se tut, confus, poussa un gros soupir, rassemblant ses forces, puis se décida : Admettons qu'il ne faut pas parler de la cathédrale de Cologne. De laquelle faut-il parler, alors ? Si un type devient long comme un haricot – comment le décrire, pour que les autres comprennent ?

Le bossu, qui était déjà prêt à revenir à ses papiers, releva les yeux. Son visage s'éclaira soudain de joie, ses yeux s'écarquillèrent, son regard devint lumineux.

– Ah, quel beau thème ! murmura-t-il avec enthousiasme. Le remplacement des formes folkloriques… Il attrapa un crayon, l'emprisonna entre ses doigts tordus comme dans une patte d'oiseau, et se mit à griffonner quelque chose dans ses papiers. Oui, Böll, mille fois oui !

Il grommela encore quelque chose d'incompréhensible et de haché, écrivant et s'approuvant lui-même, souriant nerveusement comme s'il était sur le point de faire une découverte et craignait de ne pas réussir à inscrire sur la feuille l'idée importante qui lui était venue. Enfin, il jeta le crayon sur la table et éclata de rire. Son visage aux traits mobiles changeait très rapidement d'expression – passant de la sévérité hautaine à la colère, de la colère à la joie la plus sincère, comme s'il était un petit enfant n'ayant pas encore appris à dissimuler ses sentiments. La beauté naturelle de ce visage apparaissait et disparaissait tout aussi rapidement : tantôt elle éclatait de toute sa splendeur, tantôt elle se cachait derrière le masque déformant des rides et des muscles tendus.

– Bravo, Böll ! cria-t-il d'une voix forte (même la flamme de la lampe à pétrole en trembla, et les ombres sur les murs se déplacèrent triomphalement). Ce n'est pas pour rien que la communauté t'a confié le troupeau de chèvres. Tu penses bien, en vrai Soviétique !

– Alors, que doit-on dire ? lui rappela prudemment Böll. Pour parler des escogriffes et des échalas ?

– Dis : *grand comme la tour du Kremlin à Moscou* !

– Mais je n'y ai pas été, à Moscou. Et j'ai jamais vu la tour du Kremlin.

– Cette fois, ce n'est pas grave ! Tu peux me croire, Böll. Cette tour est plus belle que toutes les églises du monde prises ensemble : elle est de brique rouge, ses fenêtres sont en cristal, sa flèche – d'émeraude, et sur la flèche brillent des arabesques dorées. Ta cathédrale de Cologne, noircie par l'âge, avec toutes ses tours dentelées et ses croix en ruine, elle entrerait facilement sous son toit pointu... Dis, est-ce que tu pourrais m'écrire encore quelques expressions locales ? Des proverbes, des comptines, des récits comiques ? Tout ce que vous utilisez à Gnadenthal ?

– Moi, j'suis déjà pas fort en paroles, répondit Böll, confus. Alors, écrire...

– Bon, admit facilement le bossu. On décrira votre folklore à l'aide d'autres ressources, plus adaptées, intellectuelles... Bonne nuit, camarade.

Böll détacha les bras de Bach, le poussa vers la sortie ; son visage exprimait un mécontentement évident : il avait escompté se venger du voleur. Quant à Bach – ne comprenant pas lui-même ce qu'il faisait –, il échappa à la lourde main de Böll, courut à la table, attrapa le crayon et, sur la première feuille qu'il trouva, se mit à griffonner hâtivement les proverbes et dictons de Gnadenthal qui lui venaient à l'esprit.

*Tomber dans la Volga – disparaître sans laisser de traces.*

*Amener de l'eau à la Volga – se consacrer à une occupation inutile.*

– Arrière ! cria le bossu d'un ton menaçant à Böll, lequel avait couru derrière le voleur et voulait l'attraper. Regarde-moi ça !

*Il a traversé la Volga dans une bassine – de quelqu'un qui se vante.*

*Celui-là, il ira jusqu'à la Caspienne – à propos d'une personne audacieuse et entêtée.*

De la mine grinçante du crayon jaillissaient les petits vers tordus des lettres qui s'agençaient en longues phrases. Comme cela faisait longtemps que Bach n'avait plus écrit ! Au début, ses doigts lui obéissaient à peine, les lignes étaient capricieuses et biscornues ; mais sa main retrouva bientôt sa fermeté d'antan, les lettres devinrent plus fines, plus régulières.

*Il en passera de l'eau dans la Volga – quand on parle de ce qui n'arrivera pas de sitôt.*

*Quand l'eau de la Volga coulera dans l'autre sens – en parlant de ce qui n'arrivera jamais.*

*Toutes les rivières vont à la Volga.*

*Toutes les rivières vont au Rhin (plus rare).*

– Absolument magnifique, marmonna le bossu, tout excité, en regardant par-dessus l'épaule de Bach. La Volga, c'est remarquable, c'est même parfaitement juste. Le Rhin, par contre, il faudra l'expulser du discours, le Rhin n'a rien à faire dans la Russie soviétique...

Bach écrivait, écrivait, sentant avec étonnement sa main durcie par les travaux s'emplir d'une force et d'une joie depuis longtemps oubliées. Il n'y avait plus de place sur la feuille, il en prit une autre ; elle avait, semble-t-il, quelque chose d'écrit dessus, mais Bach, sans y porter la moindre attention, alignait ligne sur ligne au-dessus, entre et au travers des phrases tracées par un autre – de plus en plus vite.

*Le coin à chameaux (plaisant, en parlant de la steppe).*

*Un peu de merde n'a jamais fait de mal (aussi plaisant).*

La mine se fendit puis se cassa, mais un autre crayon apparut immédiatement. Bach le prit – semble-t-il, des mains du bossu – et continua à écrire. Les phrases arrivaient les unes après les autres sur la feuille. Les feuilles se succédaient. Les mots jaillissaient de Bach – pour la première fois depuis de longues années –, non pas prononcés à haute voix, mais écrits sur le papier, sortis de lui, et compris par les autres. Il écrivait vite, avec avidité – comme un animal assoiffé boit de l'eau, comme un homme qui a manqué de se noyer aspire l'air. Si quelque chose s'était passé à ce moment – que la maison avait pris feu, ou que le toit s'était effondré –, Bach n'aurait pas levé la tête, ni même un sourcil ; il serait resté devant la table, penché inconfortablement, écrivant des lettres noires sur un fond blanc, les groupant en mots, et les mots – en phrases. L'un après l'autre, l'une après l'autre.

*Bagarreur comme un de Seelmann.*

*Pingre comme un Souabe.*

*Naïf comme un Gnadenthalois.*

– Seelmann, c'est où ? demanda le bossu à Böll dans un murmure.

– Plus bas sur la Volga, après Pokrowsk.

– Bon, alors on peut garder. Le Souabe, il faudra l'enlever.

Quand la mine fut tout à fait épuisée, Bach s'arrêta. Il avait la tête légère, il respirait librement, comme s'il n'était pas dans une isba au plafond bas saturée d'odeurs de corps masculins et de pétrole de lampe, mais sur la falaise de la Volga, caressé par des vents frais. Sa main était remplie d'une telle force qu'elle aurait pu, d'un mouvement des doigts, casser le crayon ou, par exemple, saisir le bossu au col – celui-ci était en train d'étudier avec intérêt les feuilles remplies par Bach – et le soulever en l'air.

– Un voleur avec une écriture calligraphique, conclut le bossu avec satisfaction en levant ses yeux réjouis. Ça prend une tournure intéressante.

– Je l'ai reconnu. Böll prit la lampe à pétrole sur la table et l'approcha du visage de Bach. Au début j'ai pas compris, à cause de la barbe. Mais maintenant je vois : c'est notre ancien Schulmeister, il s'appelle Bach. Il a disparu il y a longtemps. On disait qu'il était parti au Brésil, qu'il avait épousé sa propre fille. On disait aussi qu'il était devenu riche : qu'il mangeait dans des assiettes en or, dormait dans des draps de soie. Et finalement – regardez-le : il s'est laissé pousser une barbe russe et se fait une tresse kirghize. Il est miséreux et chipe du lait pendant la nuit. Alors à quoi ça sert, d'être éduqué ?

En entendant prononcer son nom, qu'il n'avait pas entendu depuis plusieurs années, Bach sursauta. La lampe levée vers son visage lui fit venir une vague de chaleur.

– Vous êtes le Schulmeister Bach ? Le bossu plissa les yeux et approcha son visage de Bach – qui eut encore plus chaud.

Bach serra le crayon dans sa main et, appuyant de toutes ses forces sur la feuille, il écrivit tant bien que mal, avec la mine usée : *J'ai besoin de lait.*

– Pourquoi ? Le bossu fouilla Bach du regard avec une curiosité affichée (Bach avait l'impression qu'une douzaine d'escargots lui passaient sur le visage, chatouillant sa peau en la touchant avec leurs minuscules cornes). Vous avez des enfants ? Votre femme est malade ? Où vivez-vous ? Vous ne pouvez pas parler, ou vous ne voulez pas ? Est-ce que vous connaissez d'autres proverbes ? Des chansons ? Des histoires drôles ?

Pour toute réponse, Bach tapa du crayon le message qu'il venait d'écrire : *J'ai besoin de lait.* La mine ronde déchira la feuille fragile, fit un trou.

– Donne-lui du lait, Böll, ordonna le bossu sans quitter Bach des yeux. Un petit fond de jatte, pas plus. S'il en veut encore – qu'il revienne demain. Et qu'il m'écrive encore quelque chose d'intéressant.

– Vous allez l'habituer, camarade Hoffmann. Après, y aura plus moyen de s'en débarrasser.

– J'y veillerai, dit le bossu en souriant, et son regard devint rêveur, caressant. Je veillerai à l'habituer.

# 11

Oh, comme Gnadenthal avait changé ! Comme les gens qui l'habitaient avaient changé ! Le sceau du délabrement et d'années de malheurs avait marqué les façades des maisons, les rues et les visages. La géométrie harmonieuse qui avait jadis régné au village avait disparu : la rectitude des rues était gâchée par des ruines, les toits se tordaient, les volets, les portes et les portails penchaient désespérément. Les maisons s'étaient ridées de mille fissures, les visages – fissurés de mille rides. Les cours abandonnées béaient comme un ulcère sur la peau. Les tas de détritus noircis faisaient penser à des tumeurs violettes. Les cerisaies négligées – à des cheveux emmêlés de vieillards. Les champs à l'abandon – à des crânes chauves. Il semblait que les couleurs et les teintes avaient quitté cette région crépusculaire : les façades assombries, les cadres des fenêtres et des portes, les arbres secs, et même la terre, les visages blêmes des habitants, leurs moustaches et leurs sourcils gris – tout était devenu du même gris, couleur de la Volga par temps maussade. Seuls les drapeaux, les étoiles et les étendards rouges, tous généreusement dispersés dans le paysage local, brillaient d'une couleur vive, aussi insolente et saugrenue que du carmin sur les lèvres d'une vieille à l'agonie.

Chaque jour, trottant furtivement dans les rues du village pour recevoir sa ration de lait pour le bébé, Bach observait ces changements, et son cœur s'emplissait de tristesse et de perplexité. Au début, il allait trouver le bossu Hoffmann pendant la nuit ou tôt le matin, quand les planètes et les étoiles pâlissaient et se fondaient dans le ciel. Hoffmann était toujours debout, toujours occupé à réfléchir, et semblait ne jamais avoir besoin de dormir ; pourtant, il lui ordonna bientôt de ne venir qu'une fois le soleil levé, et Bach dut se montrer dans le village pendant la journée.

De nombreux villageois avaient déjà entendu dire que le Schulmeister était de retour, et son apparition dans les rues de Gnadenthal ne provoquait pas l'étonnement. Mais quelle était sa surprise, à lui ! Sa mémoire têtue avait gardé le souvenir de sa colonie aussi soigneusement que Tilda conservait ses bonnets de dentelle et ses corsages de velours. À présent, observant les objets courants et les visages familiers à la lumière claire du soleil, il avait l'impression d'avoir sorti des profondeurs étouffantes d'un coffre ces merveilleux bonnets, corsages, pèlerines, chapeaux, tuniques – et d'avoir découvert qu'ils s'étaient tous transformés en vieilles fripes et défroques mangées aux mites.

Quels étaient ces visages de vieillards qui regardaient Bach par le trou des fenêtres – ses contemporains de Gnadenthal, ou leurs pères et grands-pères ? Il était poursuivi par l'impression que, en sept ans, les habitants de la colonie avaient vieilli deux fois plus vite que lui ; et les traits de leurs parents transparaissaient désormais si fortement sur les visages de ses concitoyens qu'il avait l'impression, bizarrement, d'être revenu au temps de son enfance. Qui le regardait par la fenêtre – le peintre Anton Fromm, que son visage ridé, ses lèvres protubérantes et ses dents de lapin faisaient définitivement ressembler à un rongeur, ou son père, le bon pasteur, à qui Gnadenthal devait son église de pierre grise ? Qui regardait d'une autre fenêtre – le maigre ouvrier agricole Kohl ou son grand-père, célèbre sur toute la rive gauche pour ses plantations de moutarde indienne et de tabac brun ? Qui guignait par la troisième fenêtre – Emmy des Pastèques, qui avait perdu ses formes magnifiques et se traînait, amaigrie, des cernes flasques sous les yeux, ou sa carne de grand-mère, dont le village se souvenait qu'elle était incroyablement colérique et qu'il lui arrivait de jeter, au vu de tous, l'embauchoir de sa botte sur son propre époux ? Qui regardait Bach de tous les côtés – en silence, sans le saluer, sans lui adresser la parole ? Qui peuplait Gnadenthal – des vivants, ou les photos jaunies de leurs aïeux ? Bach ne voyait aucun visage jeune ou enfantin – sans doute qu'il n'y en avait plus dans la colonie ; ce n'était pas un hasard si la Schulhaus avait l'air abandonnée et son perron était resté tout l'hiver sous une couche de neige…

Bien plus tard, Bach – en lisant les journaux et en observant les habitants de la colonie, en écoutant les longs discours de Hoffmann, qui éprouvait de la sympathie pour lui – avait pu se faire une image de ce qui s'était passé dans le monde pendant les années qu'il avait vécu à l'écart. Ayant compris – il frémit : toutes les scènes horribles qu'ils avaient contemplées, avec Klara, du haut de la falaise, tous les tableaux étranges et effrayants aperçus pendant ses visites nocturnes n'étaient que la surface, l'écho affaibli des changements immenses survenus dans le *vaste monde*. Ces changements étaient si extraordinaires que Bach avait de la peine à trouver une comparaison qui les résumerait. On ne pouvait parler d'un tremblement de terre ou d'un ouragan : après le passage des intempéries, le monde, dévasté par les éléments en furie, n'en gardait pas moins ses composantes principales – le ciel, le soleil, la terre ferme. Or, à présent, à Gnadenthal, il n'y avait plus ni le premier, ni le deuxième, ni le troisième : le nouveau pouvoir installé à Pétersbourg avait supprimé le ciel, déclaré que le soleil n'existait pas, et remplacé la terre ferme par de l'air. Les gens se débattaient dans cet air, ouvrant leur bouche effarée, n'osant pas protester, ne pouvant pas approuver. La foi, l'école et la communauté – les trois piliers immuables de la vie de la colonie – avaient été confisquées aux habitants de Gnadenthal, tout comme on avait confisqué sa maison et ses bêtes au meunier Wagner. On avait fermé l'église, le pasteur Haendel et sa femme avaient failli être exilés dans le Nord (les paroissiens, armés de fourches et de crocs, les avaient défendus – avec succès) ; l'instituteur avait été chassé de l'école, on avait promis d'en envoyer un nouveau, mais il n'était jamais venu ; le conseil du village avait été déclaré reliquat du passé et remplacé par les *soviets* qui devaient prendre la tête de la nouvelle société, et par le *kolkhoze*, considéré comme les bras et les jambes du Gnadenthal renouvelé.

Quelques colons avaient décidé de fuir cette vie incompréhensible : les plus débrouillards et les plus audacieux allèrent jusqu'en Amérique, les plus opiniâtres et les plus malins regagnèrent la patrie de leurs ancêtres ; mais la plupart des fuyards, après de longs mois d'errance sur la frontière polonaise, après avoir été ballottés d'un camp de réfugiés à l'autre en Biélorussie, en Ukraine et en Allemagne, revinrent à Gnadenthal – comme on le sait, toutes les rivières vont à la Volga.

Et ce nouveau Gnadenthal avait commencé sa nouvelle vie, qu'on devait désormais appeler *soviétique* : la colonie à peu près en ruine, ses habitants à peu près désespérés, son bétail à peu près affamé. Les visages des gens étaient consumés par la misère et par le chagrin de la perte des enfants, dont les tombes – dans les sables de la Caspienne, les collines de Galicie, les forêts de Polésie, les steppes mongoles et les monts de l'Amour – dessinaient la vaste géographie de leurs errances ; les étables étaient vides – bœufs, chevaux et chameaux appartenaient maintenant tous au kolkhoze – et les granges regorgeaient d'objets devenus inutiles, qui se couvraient lentement de rouille : estampilles en fer pour marquer le bétail, attelages de chevaux, racloirs et peignes, barattes à beurre, écrémeuses.

Au cœur de ce nouveau Gnadenthal, l'infatigable bossu Hoffmann s'échinait jour et nuit sur sa table couverte de documents. À quoi pouvaient bien lui servir les proverbes et dictons ? Quelle lubie le guidait quand, à peine apercevait-il la silhouette maigre du Schulmeister sur le seuil, il venait avec avidité lui prendre des mains la feuille remplie de phrases, parcourait des yeux les lignes hardies et, souriant joyeusement, indiquait à Bach l'appui de la fenêtre, où l'attendait la jatte de lait quotidienne, ainsi qu'une feuille vierge – pour la prochaine portion d'expressions populaires ?

La première semaine, Bach avait écrit près de deux cents proverbes et dictons – il avait passé cinq soirées dans l'inspiration, courbé sur sa table à la lueur d'une torche, inscrivant avec ivresse, sur le mauvais papier, les phrases qu'il connaissait depuis son enfance. Grâce à elles, le bébé avait reçu cinq verres de lait. Bach trouvait étrange, presque honteux, de vendre à ce bossu excentrique des phrases un peu grossières que tout le monde à la ronde connaissait aussi bien que lui. N'importe quelle personne attentive pouvait facilement cueillir ces expressions naïves et rustiques sur les lèvres des habitants de Gnadenthal pendant les travaux communs ou en passant quelques jours à n'importe quelle fête du village. Mais Hoffmann payait – du lait de chèvre bien gras pour chacune des feuilles remplies. Il payait pour du vent. Pour le plaisir qu'éprouvait Bach à écrire, oubliant, le temps qu'il passait sur la feuille, sa propre vie et les deux femmes confiées à sa charge.

*

Le soir du sixième jour, ayant bercé le bébé, et s'étant assis à la table comme il en avait déjà pris l'habitude, Bach, savourant d'avance le moment, posa le crayon fourni par Hoffmann sur une feuille de même origine – et découvrit soudain que sa réserve de dictons et proverbes était épuisée. Il eut beau creuser sa mémoire, errer en pensées dans Gnadenthal et ses environs, se représentant ses concitoyens bavards, il n'avait rien de nouveau à écrire. Il s'effraya à l'idée que sa tâche était déjà terminée : le bossu, ayant rassasié sa soif de folklore local, cesserait de fournir du lait pour le bébé et des feuilles pour Bach.

Or, ces feuilles – de taille irrégulière, bosselées çà et là par des fibres grossières, ailleurs friables comme de la ouate – étaient soudain devenues indispensables à Bach ! Il se souvenait avec tristesse de ses lointaines années d'enseignement, quand les cahiers s'entassaient sur son étagère, certains vides, d'autres à moitié remplis, tandis que le papier – de base (pour l'usage quotidien), ligné (pour les exercices d'écriture), blanchi (pour les copies d'examen), cartonné (pour couvrir les livres) – était rangé en tas sur la table et dans l'armoire. Comme il avait été stupide et dépensier, n'écrivant pas quand il le pouvait, perdant son temps à de longues promenades, à manger, et à un sommeil inutile ! À présent, il était prêt à écrire tout ce qu'on voulait : noms de famille, petits noms d'animaux, prières, toponymes et noms d'oiseaux ou de poissons, voire les nombres de un à mille – et sur n'importe quelle feuille – pourvu qu'il pût faire avancer la mine sur la surface rugueuse, assistant à la naissance des lettres, pourvu qu'il pût faire jaillir les mots qui grondaient en lui… Tapotant, du bout de son crayon, le pli qui s'était formé entre ses sourcils, Bach soupira et, l'air résolu, commença à écrire sur la feuille – non des proverbes gravés dans sa mémoire par d'incessantes répétitions, mais de longues phrases nées de ses propres pensées.

*Pour chacun des douze mois de l'année, les habitants de Gnadenthal utilisent, en plus du nom latin, un deuxième nom, plus ancien. Ainsi, le premier mois de l'hiver, qu'on appelle janvier dans les livres et les journaux, est désigné comme le « mois de glace » à Gnadenthal. Février, au village, est le « mois de la récolte des bois de cerf » – un souvenir d'avant l'émigration en Russie : les paysans germaniques considéraient comme une grande chance de trouver, dans la forêt, les bois perdus par un cerf ou un chevreuil. Mars, à Gnadenthal, est simplement le « mois du printemps », avril – le « mois de l'herbe », et mai – le « temps des pâtures ». Les noms populaires des trois mois d'été reflètent le cycle agraire : mois « du labour », « de la fenaison », « de la moisson ». Septembre est le « mois du bois de chauffe », octobre – le « mois du vin », novembre – le « mois venteux ». Décembre, pour les colons, est entièrement dédié à la préparation de Noël, ce qui se reflète dans son nom : « mois de Jésus ».*

Ayant fini d'écrire, Bach fit tomber le crayon sur la table et regarda longtemps, avec étonnement, les lignes qu'il venait de tracer… Le lendemain, Hoffmann laissa échapper un sifflement en parcourant le texte du regard : Eh bien, ce Schulmeister ! En plus du verre de lait convenu, il donna à Bach, ce jour-là, non pas une, mais deux feuilles de papier.

Et Bach se mit à écrire. Les mots qui, pendant de longues années, lui avaient semblé inutiles, étaient restés enfermés quelque part dans le tréfonds de sa mémoire, scellés par ses lèvres muettes, se réveillèrent soudain dans sa tête – tous à la fois. Ils remuèrent, s'agitèrent. Ils aspiraient à sortir, si impétueusement et furieusement que la mine se cassait souvent sous la pression de sa main impatiente, et son écriture ronde de maître d'école devenait plus fine et plus allongée, les lettres se déformaient, se terminaient en longues queues, s'élançaient sur la feuille en pointillé, en travers et vers le haut, comme un vol d'hirondelles. Parfois, sentant que son crayon n'arrivait pas à suivre sa pensée, Bach haletait d'angoisse, mais il avait tort de s'inquiéter : les pensées, comme les mots qui les composaient, disparaissaient parfois quelque part, mais revenaient toujours l'instant d'après, comme si elles se soumettaient à

Bach, comme si elles désiraient être écrites et se hâtaient avec lui ; puis elles revenaient encore, plusieurs fois, la nuit – comme le souvenir d'un texte déjà prêt.

Bach voulait décrire tout ce dont il se souvenait. Or, ses souvenirs étaient étonnamment nombreux. Sa mémoire complaisante s'ouvrait comme le coffre sans fond de Tilda, la mine docile courait sur le papier – et toutes les tuniques mangées aux mites, les chapeaux vétustes, les jupes et les corsages déchirés, toutes les vieilleries poussiéreuses conservées dans le coffre redevenaient des habits neufs et magnifiques : la soie chatoyait à nouveau à la lumière, le velours ondulait, les petites billes des perles étincelaient sur les liserés de satin.

Bach décrivait Gnadenthal avec passion, se demandant chaque jour douloureusement quel souvenir il devrait évoquer. Non, il ne décrivait pas : il recréait la colonie détruite, rassemblant ses souvenirs comme des cailloux épars ; il immortalisait l'image qui, sans doute, avait déjà pâli dans la mémoire des autres habitants, pour rebâtir le village sur les ruines de l'ancien et merveilleux Gnadenthal, ne serait-ce que sur le papier. Bach n'écrivait pas : il construisait.

*… Le Gnadenthalois, cœur simple, aime les couleurs vives et pures. Les cadres des fenêtres, des portes, les appuis des fenêtres, les caissons des horloges, les étagères de la cuisine – tout, dans sa maison, est peint en bleu, en jaune, en rouge et en vert, orné de fleurs et de motifs primitifs. La décoration du lit conjugal fait l'objet des plus grands soins – c'est l'attribut principal du foyer et la fierté des maîtres de maison, qu'on surnomme traditionnellement la « couche céleste » (doit-on y voir une allusion au bonheur conjugal, ou ce nom rappelle-t-il simplement que le lit est pourvu d'un baldaquin qui évoque réellement la voûte céleste ? Nous l'ignorons). Dans son aspiration naïve à la beauté, le Gnadenthalois décore tout ce qui l'entoure : il orne de rubans colorés le haut de son chapeau persan et le col du manteau de fourrure de sa femme ; il peint l'attelage de son cheval, la niche du chien et le nichoir dans la cour ; même ses bottes en feutre sont brodées de fil rouge. Quant aux robes de fête des jeunes filles, elles sont plus vives et bigarrées qu'un arc-en-ciel…*

L'histoire de la fondation de Gnadenthal prit neuf soirs à Bach – et coûta neuf verres de lait à Hoffmann. La description de l'origine des toponymes, du vallon aux Moustiques au lac du Pasteur, en passant par la tombe au Diable – cinq verres. Les textes des chansons et couplets comiques de Gnadenthal – quatre verres. Les particularités du langage local – trois. Le système et la méthode de l'enseignement scolaire, l'histoire de la Schulhaus, le nom de tous les maîtres d'école – un verre. Les techniques de salaison des pastèques pour l'hiver – deux. La technologie de la préparation de la brique en torchis et de son utilisation pour la construction des maisons – aussi deux. Les plaisanteries sur les Gnadenthalois et les histoires familiales – dix verres. L'énumération des signes annonciateurs s'avéra étonnamment longue et rapporta douze verres, sachant que la majeure partie de la liste était dédiée aux prédictions concernant la pluie et la neige. Le plus long récit concernait les superstitions : treize verres de lait.

Au début, il « lisait » ses œuvres à Klara – il s'asseyait à son chevet et suivait les lignes des yeux, prononçant les mots dans sa tête. De temps en temps, il levait de la feuille un regard inquiet : Est-ce que cela te plaît, Klara ? Mais le visage de la jeune femme restait si immobile et indifférent que Bach, confus, désolé, interrompait net sa lecture. Peut-être que Klara avait besoin du son de sa voix ? Ou qu'elle souffrait d'entendre ces récits de préparation de saucisses et du miel de pastèque, de baignades nocturnes dans la Volga et de danses nuptiales des demoiselles de Gnadenthal – toute cette vie bruyante, chaude, odorante, qui naissait chaque soir sous sa plume ? Ou était-elle simplement déçue par sa lâcheté – son impossibilité à choisir définitivement entre elle et le reste du monde ? Toujours est-il que Bach renonça bientôt à emporter ses notes dans la glacière. À présent, il les « lisait » – au bébé.

C'était bien sûr absurde, stupide et incongru. La petite fille ne savait pas un mot, ses yeux minuscules étaient aussi vagues que ceux des autres nouveau-nés, et son visage ne prenait un air concentré que lorsqu'elle buvait son lait. Pourtant, il suffisait que Bach la pose sur son bras droit et, serrant dans la main gauche le texte à peine achevé, se mette à déambuler dans la chambre, pour que la petite bouille infantile prenne une expression mûre et sérieuse : la fillette semblait écouter les mots qui résonnaient dans la tête de Bach. C'était, bien sûr, tout à fait impossible ; elle était sans doute simplement consciente de la présence de quelqu'un près d'elle.

Et pourtant, elle fronçait ses petits sourcils quand Bach lui « racontait » comment les bergers nomades avaient coupé la langue du premier pasteur de Gnadenthal. Elle dilatait ses narines quand il lui « relatait » la préparation du *café blanc*, à base de lait et de blé grillé. Elle claquait des lèvres. Elle faisait des petites bulles. Bougeait les joues. Fronçait le front. Plissait les yeux. Grognait et soupirait. Et à la fin du mois de février, quand Bach lui conta quelques histoires drôles qu'il venait d'écrire (de celles que les femmes de Gnadenthal racontaient lors des veillées, à la tombée de la nuit, échauffées par le punch au cognac et le *Doppel-Kümmel* bien râpeux), la fillette plissa les yeux d'un air malin et, pendant un instant, étira les lèvres : elle avait fait son premier sourire. Il se demanda : s'il recommençait à parler, la petite allait-elle répéter les sons après lui ? Non seulement faire des grimaces, mais copier ses intonations et répéter sa prononciation ?...

Ils étaient maintenant deux complices, réfugiés dans la tiédeur de la maison, loin des regards réprobateurs de Klara. La culpabilité que Bach éprouvait envers Klara le faisait de plus en plus souffrir. Un jour, il comprit : il n'avait jamais pris le bébé dans la glacière, ne l'avait pas montré à sa mère. Et il oubliait souvent, lui-même, d'y passer, trop occupé par ses textes. Le lendemain, à peine réveillé, il courut chez Klara – s'excuser ; après quoi il passa la journée dans une humeur maussade, se faisant des reproches ; seuls le crayon et la page blanche l'aidèrent à échapper à sa mauvaise conscience.

*... Privés des soins de la médecine moderne, dont les représentants les plus proches habitent le lointain Pokrowsk, les Gnadenthalois ont l'habitude de lutter contre les maladies avec leurs propres moyens. Lesdits moyens peuvent difficilement être qualifiés de progressistes, mais, en l'absence d'autres possibilités, les villageois guérissent grâce à eux depuis plus d'un siècle et demi.*

*Un organe malade a besoin d'un médicament qui lui ressemble le plus possible : pour une maladie de cœur, on utilise des feuilles de bouleau, pour la vessie – des feuilles de persil, pour l'anémie – les feuilles rouges du trèfle, pour les pertes blanches des femmes – de la coquille d'œuf pilée (les œufs doivent impérativement être blancs) bouillie dans du lait avec des fleurs blanches de lis.*

*Les Gnadenthalois font confiance à un médicament seulement s'il a très mauvais goût, parce que son amertume doit chasser la maladie ; en guise de médecine, ils utilisent la térébenthine, le sel, l'huile de moteur : ils arrivent à de bons résultats avec les cafards, les grenouilles, la graisse de hérisson et de chien. Sur un gonflement, on met du savon (pour « laver » l'enflure). Une blessure qui saigne est couverte de moisissure et d'étoupe (pour étouffer le sang), de toile d'araignée (pour refermer les bords), de fumier de cheval (pour les renforcer) ; dans les cas particulièrement graves, on la badigeonne de colle. On soigne un trachome avec de la salive, un mal de dents avec du lard gras ou un morceau d'oignon amer qu'on met dans l'oreille. On applique des bouses de vache sur un furoncle, du crottin de mouton sur des brûlures. Et le meilleur moyen de soigner un panaris est de mettre le doigt enflé sous la queue d'une poule endormie…*

Que faisait-il de ces notes, ce drôle de bonhomme venu d'ailleurs, ce Hoffmann qui parlait un *haut allemand* magnifiquement pur ? Les apprenait-il par cœur pour mieux comprendre l'âme des colons qui lui étaient confiés ? Les assemblait-il pour faire un livre qu'il publierait sous son nom ? En vérité, Bach ne s'en souciait guère. Il abandonnait sans le moindre regret ses notes aux mains tordues du bossu. Il lui semblait que, une fois écrits sur le papier, les détails de la vie disparue de Gnadenthal sortaient du néant et devenaient imperméables au temps : ils ne pouvaient déjà plus être oubliés ou perdus. En voyant la joie évidente avec laquelle Hoffmann recevait chaque nouvelle feuille, Bach finissait par se convaincre que ses notes avaient réellement une valeur.

Bientôt, Hoffmann ne se contenta plus d'attendre les textes, lisant tout avec le même intérêt : la tradition ancienne, lors de la fête des moissons, d'élire à Gnadenthal la Reine du Blé, dont on ornait les cheveux des plus beaux épis et qu'on promenait sur les épaules d'hommes vigoureux dans tout le village ; la recette de la soupe locale, dans laquelle « les *Knödel* et les morceaux de pommes de terre doivent flotter dans l'huile, aussi nombreux que les glaces de mars sur la Volga » ; l'histoire de l'édification de l'église – une copie de la cathédrale du Gnadenthal saxon, sur les bords de l'Elbe. Bientôt, Hoffmann commença à poser des questions, exigeant que Bach y réponde sur le papier. « Ne m'écris rien sur les églises et les messes !

criait-il, tourbillonnant avec excitation dans la pièce, agitant le dernier texte. Au diable la religion, elle est oubliée, enterrée depuis belle lurette ! Dans un an, personne à Gnadenthal ne se souviendra du nom du dernier pasteur, et dans dix ans ils auront oublié jusqu'à Jésus ! Raconte-moi les vivants : écris sur les gens, leur caractère ! À quoi croient-ils ? De quoi ont-ils peur ? Qu'attendent-ils ? Pourquoi vivent-ils ? Je veux que tu m'expliques l'essence même du Gnadenthalois ! Que tu m'exposes toutes ses entrailles ! Tu as compris, Bach ? » Bach se taisait. Mais, le lendemain, il apportait sa réponse – un nouveau texte.

C'est ainsi qu'ils se parlaient : le bossu bavard, dont la langue envoyait des questions aussi vite que l'hirondelle bat des ailes, et l'ermite muet à la barbe grise, traversant la toile enneigée de la Volga, d'une rive à l'autre et retour, pareil à la navette d'un métier à tisser qui ne ferait qu'un seul mouvement par jour.

*… Les Gnadenthalois, comme les autres habitants de la Volga, ont depuis leur enfance le « sens du grand fleuve » : où qu'ils se trouvent – dans une forêt ou dans la steppe –, leur organisme peut sans se tromper indiquer de quel côté est le fleuve, et trouver les yeux fermés le chemin de la Volga. Les scientifiques ne sont pas parvenus à déterminer si ce sens est contenu dans un organe ou dans une zone du cerveau en particulier (plusieurs tentatives ont été faites par des expéditions des universités de Kazan, Saratov et Saint-Pétersbourg). Cette boussole intérieure agit très simplement : il suffit d'écouter à l'intérieur de soi et d'avancer dans la direction indiquée, comme on suivrait l'appel de la voix aimée…*

La portion quotidienne de mots ne cessait d'augmenter. Bach n'en avait plus assez de deux feuilles par jour : ses pensées couraient si vite, si abondamment, qu'il leur fallait de l'espace et non les limites étroites des pages. Puis – il n'en eut pas assez de trois feuilles. Ni de quatre, ni de cinq.

Il en allait de même pour Hoffmann ; sa curiosité s'était aiguisée comme la faim est stimulée par quelques miettes de nourriture, les questions jaillissaient de ses lèvres, se chassant mutuellement ; mais sa prudence naturelle l'empêchait de faire confiance à Bach – de lui donner, par exemple, un tas entier de feuilles – : Hoffmann avait peur que, le lendemain, le Schulmeister ne vienne pas, emporté par son travail d'écriture.

Le bébé, de son côté, grandissait et avait besoin de plus de lait. Quand il rentrait de Gnadenthal, Bach trouvait souvent, sur les joues roses de la fillette, les traces de larmes séchées. Avec le temps, pourtant, ces traces disparurent : la fillette devait s'être résignée, habituée à ses longues heures de solitude. Elle ne s'en réjouissait que plus quand son père nourricier faisait son apparition.

*… Le jeu préféré des enfants de Gnadenthal est « l'assaut des hommes des steppes » : les joues tachées de boue, surmontées de sourcils mongols dessinés à la suie, les jeunes « Kirghizes » courent dans les rues, poussant des cris et attrapant au lasso tous les cochons et toutes les chèvres qui croisent leur chemin ; lancés à leur poursuite, les « défenseurs » du village leur administrent une correction méritée. On ne trouvera pas une personne à la colonie qui n'ait joué, dans son enfance, à ce jeu bruyant et instructif.*

*Les vrais Kirghizes-Kaïssaks ont cessé d'importuner les colons depuis plus d'un siècle ; cela fait longtemps qu'ils sont devenus des voisins paisibles et complaisants, pour lesquels un morceau de pain de seigle est le meilleur cadeau, et qui, à l'automne, ne manquent jamais de mener leurs caravanes de chameaux à la foire de Pokrowsk. Mais le souvenir de leurs méfaits reste vivant – dans les jeux, et dans de nombreuses expressions et histoires familiales. Dans les cœurs des Gnadenthalois vit, encouragé par les jeux d'enfance, le goût de l'exploit – de défendre le foyer familial contre les ennemis et les envahisseurs : non pour les honneurs et la gloire, mais pour exprimer leur amour muet de la patrie…*

Un matin, alors qu'il apportait ses pages couvertes de mots à l'administration du village, Bach remarqua, sur l'appui de la fenêtre, à côté du lait pour le bébé et d'une feuille vierge, un peu de pain et deux œufs pour lui – le paiement des mots augmentait proportionnellement à leur quantité. Dès ce jour, il se mit à écrire des journées entières, sans perdre de temps à chasser ou pêcher.

Cela dit, il ne se nourrissait plus désormais, semblait-il, de poisson bouilli et de grains de blé écrasés ; les feuilles de papier étaient ce qui lui donnait vraiment des forces. C'étaient elles, et non les biscuits de Hoffmann, qui renforçaient ses bras et ses jambes – ses douleurs au dos cessèrent avec les longues traversées de la rivière. Ces traversées devinrent une habitude. Parfois, perdu dans ses pensées, il ne s'apercevait même pas qu'il marchait – comme s'il ne devait pas franchir la Volga, mais prendre le pont aux Patates pour traverser le ruisseau du Soldat. Parfois, il se demandait qui était le plus dépendant : le bébé de son lait, ou lui de ces pages grises et froissées ? Il ne connaissait pas la réponse.

Depuis plusieurs mois, il avait appris à ne pas penser à lui-même. Il n'était plus Bach, un homme fatigué, avec un corps malade et une âme dolente, ayant perdu la femme qu'il aimait et, avec elle, le sens de son existence. Il n'était plus qu'une source de lait, de chaleur et d'habits secs pour un bébé avide de vivre, une source de textes sur Gnadenthal pour Hoffmann, avide de lire. Il n'était plus question d'articulations ou de cœur douloureux – il n'y avait plus que la bouche du bébé grande ouverte, attendant la cuillère, les yeux du bossu grands ouverts, attendant de nouveaux récits. Bach s'était oublié lui-même, comme s'il n'avait jamais vécu. Il se souvenait parfois de sa propre existence quand son estomac vide commençait à gronder, quand ses yeux se fermaient tout seuls de fatigue, incapables de suivre le mouvement du crayon sur la feuille – alors, il devait se nourrir, se coucher. Les pleurs du bébé étaient la seule chose qui pouvait arracher Bach à son écriture ; et penser à de nouveaux textes – la seule chose qui pouvait le distraire de ses pensées toujours tournées vers la fillette.

Étonnamment, le renoncement à soi lui donnait des forces, rendait sa vie plus riche, plus colorée. Bach aurait-il jamais pu s'imaginer qu'un jour il écrirait aussi bien ? Qu'il serait l'auteur d'une chronique de Gnadenthal ? Qu'il courrait sur la Volga tel un chasseur ou un pêcheur expérimenté ? Dans cette nouvelle vie, si remplie de soins pour le bébé et de nouvelles idées, il n'y avait pas de place pour Bach lui-même. Pas plus qu'il n'y en avait pour la pauvre Klara.

*... Des enfants de la steppe, qui connaissent toutes ses nuances de couleurs et d'odeurs, qui vivent selon ses lois et selon ses rythmes – tels sont les habitants de Gnadenthal. Naïfs, travailleurs, bons et humbles*

*– tels sont-ils. Soumis aux caprices de forces supérieures, dépendant entièrement de la miséricorde du soleil, de la terre et du grand fleuve, ils ont éliminé de leur cœur les moindres velléités de révolte et d'initiative. Indécrottables fatalistes, pieux et superstitieux, les habitants de Gnadenthal sont fermés à toute nouveauté, à tout progrès et à toute forme d'expérimentation – ils labourent la steppe avec la même charrue que leur grand-père, puis attendent la moisson dans la résignation ; ainsi va leur vie. Ils ne lisent pas de livres, mais déchiffrent facilement les signes de la nature : ils ne connaissent pas moins de cinquante signes annonciateurs de pluie. Et, si l'on y réfléchit, les Kirghizes aux yeux bridés et aux chapeaux de feutre sont bien plus proches des Gnadenthalois que les habitants de la lointaine Allemagne qui parlent la même langue qu'eux…*

Passant des simples descriptions aux généralisations et aux réflexions (c'était au début du printemps), Bach découvrit qu'il ne savait plus dormir. La nuit, son corps était étendu, immobile, dans le lit, ses yeux fermés, mais des images rapides et floues défilaient sous ses paupières – et un flot ininterrompu de pensées circulait dans sa tête. De temps en temps, Bach se levait à l'appel du bébé, lui donnait du lait, puis retombait sans forces sur le lit – mais même ces actions ne pouvaient interrompre le travail débordant de sa pensée.

Les différents caractères des colons, le monde de l'enfance et celui de la vieillesse chez les Allemands de la Volga, les rituels de la naissance et de la mort, les origines des traditions locales, les relations avec les voisins russes et kirghizes – Bach traitait tant de sujets que, parfois, il s'en étonnait lui-même : d'où lui venaient toutes ces idées ? Qui donc lui soufflait à l'oreille le thème de ses prochains écrits ?

Un jour, réfléchissant à la préférence que marquaient les colons pour certains prénoms, Bach se dit : Quel nom conviendrait à la fillette ? Il y avait pléthore de Maria et Katharina dans les colonies, un peu moins d'Eva, Elisabeth, Susanne et Sophia. Mais pas un de ces noms ne semblait lui aller. Soudain, il se dit : Anna – voilà son nom. Le nom qui ouvrait la liste de tous les noms. Un nom pur et lumineux comme l'eau d'une rivière. Oui, ce ne pouvait être que ça : Anna. Ou, plus tendrement : Anntche.

Comprenant qu'il venait de baptiser le bébé – il eut peur, se morigéna. Il décida qu'il appellerait la petite, comme par le passé, « l'enfant », sans la nommer.

*... Trois mythes essentiels ont déterminé la vie des colons allemands depuis l'époque de Catherine la Grande. Le premier – « le mythe de la terre promise russe » – est né des efforts des agents engagés par l'État russe pour attirer des étrangers. Épuisés par la guerre de Sept Ans, par la famine et la ruine qui dévastaient l'Europe, les paysans allemands étaient ravis de croire à l'existence de terres vastes et fertiles qui les attendaient dans la lointaine Russie. Attirés par des rêves de bonheur, ils prirent la route, emportant avec eux de grandes espérances et un grand courage. Les steppes russes se révélèrent réellement infinies, mais elles signifiaient, pour leurs habitants, non l'abondance et la joie, mais un labeur épuisant et une lutte farouche pour la survie.*

*Le deuxième mythe qui s'empara des esprits des colons allemands s'appelait « mythe de la terre promise américaine ». À la fin du XIX^e^ siècle, de nombreux cœurs sentaient leurs battements s'accélérer en entendant ces mots si doux : Brésil, États-Unis, Canada ; quant aux colons allemands, qui avaient grandi avec l'histoire de l'émigration audacieuse de leurs ancêtres, ils entendirent, dans ces mots, l'appel du destin. Dans leurs cœurs naïfs, vivaient les mêmes grandes espérances – du bonheur qui devait forcément les attendre là-bas, au-delà des océans. « Le pays où coulent des ruisseaux de miel et de lait à volonté, où les vaches apportent, posées sur leurs cornes, de belles brioches beurrées », voilà ce que chantaient des milliers d'Allemands russes en s'embarquant sur des bateaux en partance pour ce continent. « Ô, Amérique, pays de fous ! chantaient bon nombre d'entre eux un ou deux ans plus tard, en rebroussant chemin. Je suis prêt à sacrifier un doigt de ma main pour rentrer au pays... » Le pays, c'étaient les steppes de la Volga.*

*Le troisième mythe qui a changé la vie de nombreux colons a été le « mythe de la terre promise allemande ». Fatigués de leur vie austère dans la steppe, n'ayant pas trouvé le bonheur de l'autre côté de l'océan, les Allemands russes tournèrent leur regard vers leur patrie historique. Leur âme, élevée dans la recherche constante du bonheur – mais un bonheur toujours lointain, inatteignable –, aspirait à nouveau au voyage. Et des gens firent ce voyage, dans une nouvelle poursuite de la fantomatique dame Fortune. Ils ne trouvèrent pourtant pas tous leur place en Allemagne : après plus de cent ans d'absence, les Allemands russes, sans s'en apercevoir, étaient devenus différents des Allemands d'Allemagne.*

*Aujourd'hui, comme dix et cent ans plus tôt, deux principes opposés se côtoient étonnamment bien dans le cœur du colon : tout d'abord, la volonté de s'ancrer, l'amour des traditions et un incorrigible fatalisme qui le poussent à travailler son champ pendant des décennies, sans se plaindre du destin et en se soumettant facilement à tous ses tours ; puis, soudain, l'appel d'un bonheur lointain l'oblige à tourner la tête et, dédaignant les fruits de son labeur, à partir errer sur la planète, mû par un désir hérité de ses grands-pères et arrière-grands-pères. N'est-il pas temps pour nous, les Allemands russes, de comprendre que le bonheur lointain n'existe pas ? N'est-il pas temps que nos cœurs enfantins grandissent et cessent de croire aux contes que nous murmure le monde inconstant ?*

Bach posa son crayon. La torche à demi consumée éclairait les pages éparpillées sur la table ; les lignes tremblotaient dans la lumière vacillante, semblant remuer légèrement sur la feuille ; tout le reste était plongé dans une épaisse obscurité. Quelque part, là-bas, dans les ténèbres nocturnes derrière Bach, la fillette sans nom bougeait dans son sommeil, un vent humide et printanier effleurait les fenêtres ; des gouttes de pluie frappaient au carreau.

Il relut son texte. L'avait-il écrit lui-même – ou est-ce que quelqu'un avait guidé sa main, lui dictant ces mots qui faisaient mouche, les tressant en phrases élégantes et précises ? Il n'avait plus rien à ajouter à ces paroles. Il avait l'impression que, dans ces dernières lignes, il avait posé sur le papier les dernières bribes de tout ce qui s'était accumulé en lui pendant ses années d'isolement et de silence. Trois mois d'écriture ininterrompue – des centaines et des centaines de feuilles émaillées de minuscules et de majuscules : tout ce que Bach savait de sa colonie natale et de ses habitants, ce qu'il devinait, ce dont il ne savait que penser et ce sur quoi il avait changé d'opinion, tout cela était maintenant gravé en mots, transmis au bossu épris de lecture. Dans ces notes, Gnadenthal était coloré, bruyant, rempli de gens joyeux, habillés de couleurs vives, de sonneries de cloches, de chants des femmes, de cris d'enfants, de meuglements du bétail et de criaillements de la volaille, de clapotements des rames sur la Volga, de chatoiement des voiles et de poudroiement des vagues, d'odeurs de gaufres chaudes et de miel de pastèque – le Gnadenthal d'avant, le vrai Gnadenthal. Il n'avait rien d'autre à dire. Sa tête était vide – absolument vide, elle sonnait creux. Bach croisa les mains sur la table, posa prudemment dessus sa tête vide et extraordinairement légère, cacha son visage dans la page tout juste achevée, et s'endormit profondément...

*

– Des cœurs enfantins... grommela Hoffmann le lendemain matin, parcourant le texte des yeux. Comme c'est juste... Tu es un philosophe, Bach ! Le philosophe muet de l'autre rive !

Comme toujours quand il était excité, Hoffmann ne parvenait pas à se contenir – il arpentait l'isba, tenant les feuillets à bout de bras, les ordonnant et les relisant.

– Ah, comme tu as raison, si parfaitement raison ! Tu n'as pas bu le lait du kolkhoze en vain... Et ce n'est pas un hasard, si tu fais penser à Aristote... Tous ces mois à Gnadenthal, j'étais poursuivi par la sensation que les gens, ici, sont différents. Mais je ne pouvais pas formuler en quoi consiste leur différence. Et tu l'as fait pour moi... Des cœurs enfantins, aspirant à un bonheur inatteignable – oui, Bach, mille fois oui ! Impossible de l'exprimer mieux... Tu es notre Platon de la Volga ! Notre Hérodote mal peigné !

Bach était déjà habitué aux discours confus de Hoffmann. L'humeur du bossu changeait d'un jour à l'autre : parfois, il était maussade comme un nuage à neige, parfois sec et furieux, parfois inspiré, enjoué ; mais, quelle que soit son humeur, la langue de Hoffmann travaillait avec la même rapidité, tout comme sa pensée. Parfois, il était difficile à suivre – dans ces moments, Bach restait immobile, le regard au sol, attendant patiemment que la pensée pétulante de son interlocuteur cesse de pirouetter et revienne à ses sources. Pourtant, en dépit de toute sa faconde, Hoffmann ne se répandait jamais en bavardages inutiles – les flots de paroles qu'il laissait échapper n'étaient jamais dépourvus de sens, même s'ils étaient à demi noyés sous une abondance d'exclamations, d'interjections, d'épithètes et de métaphores.

– Tu as touché du doigt la vérité, camarade barbu ! Tu as mis au jour l'âme de cette créature farouche – l'Allemand de la Volga. Tu l'as ouverte comme une boîte de conserve : il n'y a plus qu'à prendre une cuillère et manger, se remplir la panse, gratter le fond…

Parfois, Bach avait l'impression que, pour Hoffmann, leurs discussions (il aurait plutôt fallu dire : leurs monologues) n'étaient pas moins importantes que les notes de Bach. Pendant ses crises d'éloquence, le bossu semblait polir sa pensée en la frottant contre le silencieux Bach : il exprimait, écoutait, pesait le pour et le contre, se contredisait, partait dans une envolée et reprécisait… Bien sûr, il aurait pu exercer ses réflexions avec quelqu'un d'autre – le maussade Böll, ou Gauss, toujours servile, par exemple. Mais Hoffmann avait choisi Bach – peut-être parce que le Schulmeister silencieux ne pouvait répliquer ou l'interrompre par des remarques stupides, ou peut-être parce que, à des dizaines de kilomètres à la ronde, il n'aurait pas pu trouver une autre personne capable de comprendre la différence entre Aristote et Hérodote (et même ayant déjà entendu parler d'eux), raison pour laquelle il était incomparablement plus agréable d'inonder Bach de ses pensées.

– Mais comment atteindre ces âmes de nourrissons ? Comment mettre en branle ces intelligences immatures et paresseuses ? Éliminer l'infantilisme séculaire ? Hoffmann s'immobilisa au milieu de l'isba, son visage grimaça comme sous l'effet d'une douleur aiguë, puis s'épanouit dans un grand sourire de joie. Non, Bach, il ne faut pas lutter contre elles, mais les élever ! Les chouchouter ! Les choyer !

Il courut à Bach, la respiration brusque et brûlante, découvrant les dents jusqu'aux gencives, ses sourcils tressautant légèrement.

– Tu as des enfants ? Car je ne sais rien de toi, vieux hibou… Enfin, peu importe ! Si tu avais des enfants, Bach, est-ce que tu te contenterais de les battre ? De leur faire tâter du tisonnier ou de leur lancer des bottes à la tête ? Non, Bach, tu serais parfois tendre avec eux. Tu les emmènerais à la foire du dimanche et tu leur achèterais des biscuits décorés de roses en crème au beurre. Tu leur confectionnerais des bateaux de bois et des sifflets en argile. Les yeux de Hoffmann, humides et écarquillés, étaient si proches, que Bach distingua, pour la première fois, leur couleur : vert foncé, avec des reflets bleus. Tu caresserais leurs têtes blondes, tu les embrasserais pour leur dire bonne nuit, et encore…

Hoffmann s'interrompit, frappé par une idée soudaine, puis tapa des mains et eut un rire joyeux, comme s'il avait trouvé la réponse à une question qui le tourmentait. Il courut à la table et s'assit sur les feuilles entassées dessus, balançant ses jambes courtes ; il lançait à Bach un regard malin, voire facétieux.

– Pourquoi ne m'as-tu pas écrit de contes, Bach ?

Bach baissa les yeux. Il n'avait effectivement pas écrit de contes – c'était sans doute la seule partie de la vie de Gnadenthal qu'il n'avait pas décrite. Cela le faisait trop penser à Klara, de qui il avait entendu tant de contes merveilleux.

– Or, ils sont la clé de ces cœurs enfantins. Enfantins parce qu'ils ne peuvent pas cesser de croire aux contes de fées. Le regard de Hoffmann s'assombrit et s'éleva au-dessus de la tête de Bach, traversa le plafond, passa le grenier couvert de vieilleries, le toit en fer-blanc, et se perdit quelque part dans les hauteurs célestes. Pourquoi ne pas en profiter – dans leur intérêt ? Pourquoi ne pas leur parler dans la langue qu'ils comprennent ?

Dehors, quelqu'un poussa un cri joyeux et entraînant, on entendit un sifflement sonore et modulé – celui que font les garçons, le soir, pour appeler les filles à la promenade.

– Écris-moi un conte, Bach, ordonna Hoffmann d'une voix basse et sévère, sans quitter des yeux les hauteurs qu'il était seul à voir. Au moins un, pour commencer. Choisis le meilleur que tu connais, et ne te contente pas d'écrire ce que tu as entendu dans ton enfance, mais creuse-le, cherche les significations, complète-le, à la fin. Ce n'est pas un conte de grand-mère tout poussiéreux qu'il nous faut, mais un conte neuf, parlant, cristallin…

Bach fit non de la tête – Je ne peux pas et je ne veux pas ! – mais les pensées de Hoffmann continuaient sur leur lancée, sans accepter le moindre obstacle, et son visage était illuminé par l'exaltation et la passion.

– Voilà comment nous allons chambouler l'âme des Gnadenthalois – des vieux et des jeunes, et même des tout jeunes ! Voilà comment nous allons leur faire comprendre nos notions – non par des phrases compliquées, mais par des mots simples et naïfs ! Les contes et les légendes – c'est la base ! La base de l'âme, ses fondements qui sont posés dans l'enfance, sur lesquels repose toute l'essence humaine. Voilà par quoi il fallait commencer ! Pas par l'écume – ces petits proverbes, ces stupides chansonnettes et blagues d'ivrognes, ces racontars – mais par le fondamental. Remplacer les ressources des contes – avec soin, sans qu'on le remarque... Oui, Bach, mille fois oui ! Le regard de Hoffmann quitta les hauteurs célestes pour revenir à l'isba. Et qui d'autre que toi pourrait le faire ! Tu l'as, ce fichu don d'écrire ! Tu assembles tes mots comme on fait de la dentelle. Tu es un poète !

Estomaqué par cette affirmation inattendue – et elle était faite avec une telle simplicité, comme s'il s'agissait d'une chose depuis longtemps avérée, qui ne faisait aucun doute –, Bach se figea, n'osant plus bouger.

– Prends ça – pour l'inspiration. Hoffmann sauta au sol, disparut sous la table et en sortit un tas de journaux. Regarde ce que tes notes ethnographiques ont donné. Avec un petit rire un peu embarrassé, il les fourra dans la besace de Bach, où se trouvaient déjà une bouteille de lait et une page blanche. Tu liras à la maison. Mon style est malhabile, désolé, je ne sais pas faire mieux.

Dehors, les cris devinrent plus forts ; quelqu'un courut devant l'isba, suivi d'une personne, puis d'une autre – il semblait qu'une foule entière, grossissant et se multipliant, courait dans la rue.

– Si je savais écrire, je ne te demanderais pas de le faire. Hoffmann soupira profondément, son merveilleux visage s'assombrit un instant, une ride de tristesse trembla sur l'aile de son nez, puis disparut à nouveau. Je n'ai aucun talent pour l'écriture, on ne m'a pas donné ça à la naissance. Ma langue parle pour dix – il tira sa langue charnue, épaisse à la base, dont le bout aigu était tourné vers le haut – mais ma main semble appartenir à quelqu'un d'autre. Dès que j'ai aligné trois mots, j'ai honte en me relisant : mon écriture est de la camelote, le style – encore pire. Comme si je n'avais pas écrit ça moi-même. Tu ne me croiras pas, mais même le crayon ne veut pas tenir entre mes doigts, il menace toujours de s'échapper. Hoffmann regarda avec amertume sa main large aux doigts noueux et tordus, puis releva les yeux. Donc, à toi d'y arriver,

Bach, tu dois travailler pour nous deux. À partir d'aujourd'hui, je ne te donnerai plus de lait pour autre chose. Je ne veux plus de recettes de cuisine, ni de proverbes, ni d'histoires drôles. Tu es d'accord, Bach ?

Bach était toujours immobile, les yeux au sol. Dans le silence qui régnait soudain, il entendit les mots qui montaient de la rue : « La débâcle ! La glace craque sur la Volga ! » Il courut à la porte, la heurta avec la poitrine et jaillit hors de l'isba. Un vent frais, printanier, lui souffla au visage – sentant l'eau de la rivière, le poisson, les algues. Bach dévala le perron et, glissant sur la neige molle, courut au rivage.

*

La Volga était parcourue de fissures noires et béantes. Elles avançaient en large et en travers, zigzags paresseux sur la surface enneigée, parfois s'écartaient, laissant apparaître l'eau sombre, d'autres fois se resserraient, soulevant de petits monticules de glace hérissée. Le fleuve, tentant de prendre sa respiration, ballottait lentement la chape de glace qui l'emprisonnait. Plusieurs femmes, parties laver du linge dans un trou dans la Volga, se dépêchaient de regagner la rive, avançant maladroitement sur la neige friable dans leurs épaisses pelisses de mouton retourné, tirant derrière elles des luges couvertes de linge mouillé ; les villageois sifflaient joyeusement de la rive, les encourageant avec de grands gestes de la main. Quand la dernière lavandière – rouge et haletante après sa course – atteignit la rive et tomba à genoux, épuisée, à côté de sa luge, Bach posa sa botte de feutre sur la neige de la berge et commença sa traversée de la Volga.

On lui cria quelque chose, mais il ne se retourna pas, et bientôt les cris effrayés furent balayés par une brise légère. Il marchait vite, mais ne courait pas – il économisait son souffle. Il suait – à cause de sa marche rapide, ou du soleil éclatant qui perçait les nuages épars. La neige mouillée s'écrasait docilement sous ses pieds, collait à ses semelles, mais ne crissait pas, comme si ce n'était plus de la neige, mais du coton. Il n'y avait pas de bruits sur le fleuve, on n'entendait qu'une seule chose dans ce silence : le craquement de la glace.

La glace pilée enflait, formait des sortes de cloques çà et là sur le fleuve. Bach s'efforçait de ne pas regarder ces amas brillants, encore lointains, mais ne cessant d'augmenter derrière lui ; il entendait partout leur grésillement. Il résistait à la tentation de partir en courant : il savait que la rive droite était trop loin, il n'y arriverait pas. Il marchait donc, marchait seulement, s'obligeant à étouffer le froid sordide qui montait en lui depuis son ventre : la peur. Il n'avait pas peur pour lui – mais pour Klara, qui resterait étendue dans son lit étroit sans pouvoir être enterrée selon le rite des humains, et qui commencerait à fondre lentement avec l'arrivée de l'été. Il avait peur pour le bébé, seul dans la grande maison vide.

Quelque chose bruissa tout près de lui. La glace, sous ses pieds, eut un soubresaut et se fendit, dénudant des entrailles granuleuses ; des centaines d'étincelles bleues brillèrent sur la tranche. L'eau entra par la fissure ouverte – lourde, d'un noir teinté d'émeraude. Bach n'eut pas le temps d'avoir peur : il sauta par-dessus la brèche et continua son chemin, laissant derrière lui le frémissement de la glace, le clapotement de l'eau et le gargouillement des débris de glace tombant dedans. Constatant que les montagnes s'étaient rapprochées, il comprit : il avait franchi le milieu du fleuve.

Le soleil commençait à brûler, aveuglait – les congères étincelaient et fondaient sous ses rayons. Bach s'arrêta un instant, reprit son souffle, enleva son chapeau mouillé de sueur. Il plissa les yeux, les ferma brièvement et, quand il les rouvrit, les montagnes bleues de la rive droite n'étaient plus calmes et immobiles, elles s'éloignaient en se balançant. Il regarda derrière son épaule : le tapis neigeux abîmé était déjà tout morcelé, il se tordait, se couvrait de protubérances, glissait sur la gauche le long des rives ; des blocs de glace hérissés, de plus en plus nombreux, couraient sur la surface, étincelaient au soleil, puis s'écroulaient dans l'eau. Bach rangea son bonnet de feutre sous sa chemise et, plissant ses yeux aveuglés par la lumière flamboyante, se mit à courir.

Par endroits, la neige s'assombrissait sous ses bottes de feutre et laissait l'eau sourdre, mais il n'avait pas le temps d'éviter la neige fondue – il avançait en pataugeant, faisant jaillir des gouttes de bouillie neigeuse et sentant que le feutre, sous ses pieds, s'imbibait d'humidité et s'alourdissait. Des fissures sombres apparaissaient sur sa gauche et sur sa droite. Des bruissements et des gémissements, des soupirs lents s'élevaient partout – derrière son dos, sur les côtés, devant lui ; le grésillement de la glace devint bientôt si fort que Bach cessa d'entendre sa propre respiration. La plaque de neige sous ses pieds commença à tressauter de façon à peine perceptible, puis fit une grosse saccade et se mit à dériver impétueusement. Bach courut de toutes ses forces – perpendiculairement au mouvement du bloc glacé, au courant de la Volga – vers la rive déjà proche, bordée de tas de glace hérissés et mouvants, d'une blancheur parfaite.

Il y eut un bruit de fêlure, puis un fracas – et un énorme morceau de glace aux bords tranchants, aussi grand que Bach lui-même, surgit de sous ses pieds, étincela ; Bach eut à peine le temps de sauter sur une autre plaque de glace que le bloc s'effondra comme une masse en entraînant tout ce qui l'entourait. Bach ne le vit même pas : il détalait comme un lièvre, plus vite, toujours vers la rive. Les pans de sa pelisse s'étaient ouverts, la besace tressautait sur son dos, la bouteille de lait venait taper contre ses vertèbres. Devant ses yeux, tout bougeait, étincelait, s'enflammait. Des gouttes – de glace dure, d'eau molle – le heurtaient au visage. Ses pieds glissèrent, s'enfoncèrent dans quelque chose de malléable et d'un froid cuisant, mais touchèrent immédiatement le fond. Bach tomba à quatre pattes et rampa, écartant avec la poitrine la chose froide et malléable, égratignant son cou et ses joues contre des débris coupants et glacés. Grimpant sur des rochers, il tomba face contre terre et resta longtemps couché, sentant les battements désordonnés de son cœur sous ses côtes, dans sa gorge, dans ses tempes.

Des pensées pulsaient dans sa tête, désordonnées, décousues, comme si cette course folle les avait toutes mélangées.

Il se disait qu'il allait falloir tout de même enterrer Klara.

Il se disait qu'il n'écrirait jamais de conte.

Que, s'il en faisait à sa guise – il ensevelirait Klara dans la Volga : mieux vaut être mangé par des poissons que par des vers.

Que la bouteille de lait, dans la besace, n'avait pas dû se casser : elle était enveloppée dans le paquet de journaux.

Que Klara n'aurait sans doute pas voulu reposer dans l'eau – il allait falloir lui creuser une tombe dans la terre.

Qu'il n'avait pas lu de journaux depuis sept ans.

Qu'Anntche allait bientôt se réveiller, et qu'il devait se dépêcher.

Ayant repris son souffle, Bach détacha avec peine son visage brûlant du rocher, se souleva sur les coudes et se tourna vers la Volga : les blocs de glace, devenus plus fins et plus transparents, filaient sur le fleuve en troupeau discipliné : la puissante eau verte les emportait vers la Caspienne.

# 12

Bach enterra Klara à la lisière du verger, là où, entre les pommiers, poussaient des framboisiers et des mûriers sauvages. Il lui fallut toute une journée pour creuser sa tombe : la terre était encore gelée, s'émiettait à peine sous les coups de pelle, mais il la creusait patiemment, sculptant son dernier lit – apaisé par l'idée que, quelque temps encore, Klara serait dans le froid auquel elle était si bien habituée. Il l'habilla de ses plus beaux habits : une jupe bleue de laine légère, à ramages rouges, un tablier de coton avec une broderie à fleurs sur les bords, une blouse de lin aux manches bouffantes, au col de dentelle. Il lui tressa les cheveux, y attacha des rubans – depuis quelques mois, ses cheveux étaient devenus rebelles et raides, et Bach eut toutes les peines à les torsader et les arranger en couronne sur ses tempes et sa nuque. Il s'efforçait de ne pas regarder le visage de Klara – il avait peur d'y lire des reproches ou sa réprobation.

En guise de cercueil, il étendit Klara sur une planche arrachée au mur de la grange. Il pensa d'abord la couvrir avec l'édredon de plumes, mais il réfléchit qu'Anntche en aurait plus besoin ; de plus, Klara ne désirait sans doute pas être dans du chaud – il se contenta donc du couvre-lit en dentelle de fil noir né des mains habiles de Tilda.

Quand Klara fut étendue dans sa tombe – si belle, immobile sous le voile de dentelle noire –, Bach se décida tout de même à lui lancer un long regard, mais son visage avait une expression distante, indifférente : elle ne voulait rien lui dire, au moment des adieux. Il s'assit à côté d'elle. Il aurait voulu trouver les mots justes – mais il ne trouva pas de mots : en quelques mois d'écriture frénétique et de soins à Anntche, il avait désappris à parler à la femme aimée. Il fronça les sourcils, et commença à ramasser, avec les mains, la terre qu'il jeta dans la fosse.

Il ne mit pas de croix sur la tombe, mais traîna un gros rocher gris des rives de la Volga. Il n'écrivit rien dessus : à part lui, qui pourrait se souvenir de la morte ? et Bach lui-même n'avait pas besoin d'un nom sur la pierre tombale.

Puis il alla à la glacière, prit toute la glace sur laquelle Klara avait dormi, l'apporta sur la berge et la fit glisser doucement dans la Volga. Il aurait pu simplement la jeter sous les pommiers, mais il lui semblait plus juste de la rendre au fleuve.

Et ce n'est qu'après tout cela, le soir venu, dans la pénombre bleu nuit, que Bach prit dans ses bras Anntche à demi endormie et l'emmena au verger – pour la première fois, depuis la mort de Klara, il lui apportait sa fille. Il se posta devant la pierre tombale, serrant l'enfant toute tiède de sommeil contre sa poitrine.

Regarde, Anntche, lui dit-il en pensée, ta mère est enterrée ici. Elle s'appelait Klara. Klara est morte.

Anntche, sans même ouvrir les yeux, fronça son petit nez, poussa un petit gémissement et cacha son visage sous l'aisselle de Bach…

*

Depuis quelques jours, il vivait sans prendre le crayon en main – celui-ci dépassait tristement de la fente entre deux rondins du mur, près de la fenêtre, où Bach l'avait fiché pour ne pas le perdre dans la grande maison et pour le protéger des souris aux dents pointues. Le soir, quand la pièce était éclairée à la lumière tremblotante de la torche, l'ombre allongée du crayon, en forme de point d'exclamation, papillotait sur la fenêtre et dansait sur les murs. Elle appelait Bach. Le cœur de Bach répondait à cet appel, battait plus rapidement ; sa main droite répondait aussi, devenait plus chaude, ses doigts bougeaient ; il avait horriblement envie d'écrire, mais il se détournait de l'ombre provocante, s'efforçant de ne pas la remarquer. Il aurait pu ranger le crayon plus loin – le cacher derrière le chambranle ou au fond du coffre – ; il ne le faisait pas.

Il n'avait toujours pas bien compris pourquoi l'infatigable Hoffmann avait besoin de contes. Il avait seulement saisi que les notes sur la vie quotidienne avaient perdu leur valeur. Désormais, Hoffmann attendait de lui qu'il invente. Mais existait-il un conte qui ne lui aurait pas rappelé Klara, qui n'aurait pas submergé son cœur d'une douleur brûlante ? Bach n'en connaissait pas. Toute histoire, ses héros et ses circonstances invoquaient invariablement dans sa mémoire l'image de la femme aimée – enveloppée dans la toile d'araignée noire, avec une expression d'indifférence sur le visage, étendue, immobile, sous les pommiers, et traversée par leurs racines tordues.

Il tentait de se persuader : était-il si difficile de fixer le crayon entre ses doigts, de serrer les dents, contenant la douleur, et de tracer quelques dizaines de lignes sur la page – sans réfléchir à leur sens, sans rechercher les belles phrases ou la régularité des lettres ? Satisfaire l'obstiné Hoffmann, le contenter, l'apaiser – avec n'importe quel sujet. Il se souvenait de tant de contes qu'il aurait pu acheter tout un tonneau de lait avec eux, tout un puits ou toute la Volga – Bach se souvenait de tout ce que lui avait raconté Klara. Mais il restait maussade, détournait les regards du crayon dépassant du mur. Il n'écrivait pas.

Le jour où la débâcle avait commencé sur la Volga, et où la rive droite s'était trouvée complètement isolée de la gauche pour aussi longtemps que le fleuve charrierait les gros blocs de glace, Bach avait compté : les réserves de lait à la ferme devaient suffire pour une semaine.

Il avait constitué ces réserves tout au long de l'hiver, par petites touches minutieuses : sur chaque portion rapportée, il prélevait une petite partie qu'il versait dans une tasse ou un verre – il y avait bien assez de vaisselle à la ferme – et la congelait dans la glacière ; à la fin de l'hiver, les tasses de lait gelé s'alignaient en rangs serrés dans le coffre voisin de celui de Klara – attendant leur heure. Au début, Bach décongela trois tasses par jour, puis quatre : Anntche avait un excellent appétit. La glacière se vidait rapidement, et bientôt Bach ne put plus penser qu'à une chose : comment allait-il nourrir le bébé quand la dernière portion de lait serait bue ?

Un soir, il se décida : il mâcha soigneusement un morceau de pain sec, le cracha dans une cuillère et le donna à la fillette. Celle-ci leva le menton, fit la grimace, promenant la nourriture inconnue dans sa bouche – puis éclata en sanglots, crachant la bouillie qu'elle ne voulait pas avaler. Il la calma tant bien que mal, la berçant sur ses genoux. Il mit une autre cuillère – pleine d'avoine écrasée et bouillie – devant le visage encore mouillé de larmes du bébé. Confiante, Anntche ouvrit la bouche – mais, trompée une deuxième fois, se mit à pousser des cris si assourdissants que Bach en eut longtemps la tête sonnante et carillonnante. Il dut marcher dans le salon, faisant sauter le bébé hurlant dans ses bras et l'apaisant en lui adressant en pensée les mots les plus tendres, puis lui accorder, pour racheter l'affront, une portion accrue de lait.

Quand elle eut enfin mangé la nourriture coutumière et se fut calmée, Anntche remarqua l'ombre dansante devant la fenêtre, et tendit ses petites mains vers elle. Bach attrapa immédiatement le crayon, le cacha dans la poche de son gilet tricoté : Non, Anntche. Je ne peux pas. Pas maintenant.

Déambulant dans l'isba, berçant le bébé rassasié, il n'arrêtait pas de penser à ce qui était dans sa poche. Le crayon court, pas plus long que son petit doigt, lui semblait long et lourd comme un gros clou. Quand la respiration de la petite devint lente et profonde, et que son corps se détendit, apaisé par le sommeil, il la coucha dans le lit, fermant la porte de la chambre. Il sortit de sa poche l'objet qui le tourmentait, l'enfonça de toutes ses forces dans la fente – comme s'il fichait un couteau dans le mur – et, mettant sa pelisse sur ses épaules, sortit à la hâte de l'isba…

Le crépuscule se répandait dans l'air printanier, léger et transparent. Debout sur la falaise, Bach voyait clairement, au loin, l'éparpillement des maisons de Gnadenthal. En contrebas se mouvait la masse de la Volga, gonflée par l'eau des fontes, toujours parcourue de blocs de glace, mais ces derniers étaient déjà petits, friables – ils allaient bientôt disparaître à leur tour, et les premiers bateaux sortiraient sur le fleuve. Derrière Bach, au fond de la forêt, à l'abri des murs en rondins, la petite Anntche dormait sur un lit d'adulte. Dans la glacière, les deux dernières tasses de lait l'attendaient. Demain, il faudrait descendre l'esquif usé sur le fleuve et aller à la colonie – acheter à Hoffmann, avec de nouveaux mots et de nouvelles lettres, une nouvelle ration de lait. Il avait assez fui le crayon et sa propre douleur. Il était temps d'écrire – n'importe lequel parmi les milliers de contes qu'il avait entendus de la bouche de Klara.

Bach se tenait sur la falaise, emmitouflé dans sa pelisse, écoutant le clapotement tranquille des vagues sur les rochers. Dans sa tête, les pensées clapotaient tout aussi doucement et régulièrement.

Et s'il écrivait un conte sur Klara ? S'il la faisait revivre sur le papier, comme il avait récemment fait revivre le Gnadenthal d'avant ? Qu'il la sortait de sous la terre, arrachait le linceul noir qui cachait son visage, et lui offrait un nouveau destin, plus joyeux, plus heureux ? S'il prenait un conte et y insufflait la vie de Klara ? Qu'il prêtait à l'héroïne les traits de Klara, sa voix, son caractère – et qu'il donnait une autre fin à son histoire que la réclusion à vie dans la ferme solitaire et une mort prématurée et absurde ?

Quelque chose de grand et de chaud remua dans sa poitrine, sa main droite était douloureuse du pressentiment du crayon entre les doigts – mais, par un effort de volonté, Bach s'obligea à rester immobile et à continuer ses réflexions.

Parmi les centaines de contes narrés par Klara, le « Conte de la Demoiselle prisonnière » était celui qui convenait le mieux à son destin. Enfermée par son propre père dans une tour inaccessible, la Demoiselle avait passé sept ans prisonnière sur les ordres de son cruel parent, avec pour seule compagnie sa vieille nourrice, et quand elle était sortie de sa geôle, elle avait découvert que le monde autour d'elle avait été complètement bouleversé : le palais de son père était en ruine, tous les serviteurs et les habitants du royaume avaient péri dans des guerres, champs et forêts avaient été dévastés par l'ennemi et n'étaient plus que déserts arides. Ayant perdu son passé, la Demoiselle avait été contrainte à errer, jusqu'à ce qu'elle arrive dans la contrée d'un riche prince qui, captivé par sa beauté, la prit bientôt pour femme.

Klara avait souvent répété ce conte, sentant probablement des échos avec son propre destin. Chaque fois, en l'entendant, Bach avait le cœur serré par un sentiment de culpabilité : contrairement à la Demoiselle prisonnière, Klara n'avait pas pu quitter sa tour – la ferme de Grimm – où elle avait d'abord été enfermée par son père, puis – par les circonstances insurmontables du *vaste monde.* Elle était restée en prison jusqu'à sa mort, avec pour seule compagnie Bach le mutique qui, s'il avait joué un rôle dans sa vie, représentait sans doute plus la servante-nourrice que le prince charmant. Ne pouvait-il pas changer ce sujet – faire sortir la prisonnière Klara de sa réclusion ? Ne serait-ce pas un hommage à la femme aimée ? Une façon de racheter ne serait-ce qu'une infime partie de sa faute envers elle ?

Quelque part au loin – peut-être en aval, peut-être sur la rive gauche – un faucon brusquement réveillé poussa un cri éperdu. Un chat-huant lui répondit des profondeurs de la forêt avec un gémissement, une plainte languissante. Bach ferma sa pelisse et regagna la maison d'un pas rapide.

*Il était une fois une contrée où les prés semblaient d'émeraude, où les champs de blé brillaient comme l'or, une contrée d'abondance peuplée de bons bergers et de laboureurs paisibles, dont les poètes et les peintres ne cessaient de chanter la beauté. Au cœur de cette contrée, sur une haute falaise surplombant une vaste rivière, s'élevait le palais du roi. Et dans ce palais, vivait un roi très puissant. Il était gros comme un tonneau de harengs, chauve comme un pain rond, sa barbe rappelait une poignée de chou fermenté. Ce roi avait une fille aux yeux bleus comme l'eau de la rivière, aux joues douces comme les ailes d'un papillon. Elle n'avait jamais connu sa mère et avait grandi sous la surveillance d'une unique servante – une vieille maigre et sévère, qui passait ses journées à filer sans fin, et si parfois elle ouvrait la bouche, il n'en sortait que des méchancetés...*

Il avait suffi à Bach de prendre le crayon et de déployer la feuille grise sur la table constellée de gouttes de lait, pour que les mots jaillissent d'eux-mêmes sur le papier : sa main, retenue d'écrire pendant une semaine, avait de la peine à suivre le rythme. Les images du passé – la large face d'Udo Grimm, le visage ridé de Tilda – apparaissaient si vivement à Bach qu'il aurait pu les décrire dans les moindres détails. Il se souvint soudain que les mèches de la barbe de Grimm étaient de nuances différentes, comme les feuilles d'automne diffèrent les unes des autres dans la forêt, et que le dessin fantasque des rides sur le front de Tilda rappelait les sillons arrondis avec lesquels les colons consciencieux marquaient la limite de leurs champs.

*… Un jour, le roi voulut marier sa fille à un prince du royaume voisin. Mais la jeune princesse avait, depuis longtemps déjà, donné son cœur à un pauvre Schulmeister qui travaillait dans l'école du village. « Je ne peux ni ne veux prendre d'autre époux que mon cher maître d'école ! » s'écria-t-elle, regardant courageusement son terrible père dans les yeux. Celui-ci, furieux, ordonna d'enfermer sa fille indocile dans la grande tour du château – une tour si inaccessible que même les oiseaux arrivaient rarement à sa flèche aiguë. On porta dans cette tour des provisions de nourriture et d'eau qui devaient suffire pour sept ans. Puis on y conduisit la princesse et sa servante. Et elles furent emmurées dans la tour – coupées de la terre et du ciel. Elles restèrent ainsi dans la pénombre de leur prison, ignorant s'il faisait jour ou s'il faisait nuit. Le pauvre Schulmeister venait souvent à la limite du palais et criait le nom de sa bien-aimée, mais il fut bientôt capturé par les serviteurs du palais et, sur ordre du cruel souverain, on l'expulsa du royaume. La Demoiselle enfermée l'ignorait – pas un son ne parvenait à sa tour, elle n'entendait rien de ce qui se passait en bas, dans le monde peuplé de gens et autres créatures terrestres. Que restait-il à la pauvre Demoiselle, si ce n'est de verser des larmes et se lamenter ? Elle vécut ainsi dans la pénombre et le silence de sa réclusion, n'entendant que le bruit du rouet de sa servante. Le temps passait… Et bientôt, les prisonnières s'aperçurent que leurs provisions de nourriture pour sept ans arrivaient à leur fin…*

Quand il avait écrit des textes parlant de la réalité, Bach avait eu l'impression qu'il puisait en lui-même – les connaissances, les pensées et les phrases, – et s'en trouvait peu à peu vidé ; à présent, en inventant ce qui n'avait jamais eu lieu, il avait au contraire la sensation de se remplir : les éléments venaient à lui d'on ne sait où, le sujet, les héros, les images vives pleines de détails, et les mots nécessaires. Et plus il écrivait, plus il se sentait à l'étroit dans sa tête, plus la mine du crayon courait vite sur la page. Et plus nette lui apparaissait l'image de Klara : non pas immobile, le linceul noir sur le visage, mais vivante, les yeux brillants d'émotion, promenant son regard dans l'espace exigu de la tour, dans l'attente de sa libération.

*... Elles croyaient que le moment de leur libération de cette terrible prison était déjà proche, mais aucun bruit ne leur parvenait de l'extérieur. Elles n'entendirent aucun coup de marteau, pas la plus petite pierre du mur ne tomba : c'était comme si le roi, son père, avait oublié jusqu'à l'existence de sa fille. Quand il ne leur resta plus que très peu de nourriture et qu'une mort atroce les attendait, la Demoiselle prisonnière dit : « Nous n'avons plus le choix : nous devons essayer de percer nous-mêmes le mur de notre prison. » Elle prit la quenouille pointue du rouet de sa servante et commença à gratter et à fouiller la chaux qui consolidait les pierres. Quand elle était trop fatiguée, sa servante – déjà bien vieille, mais qui ne voulait pas mourir en prison – la remplaçait. Bientôt, elles purent enlever une pierre de l'ouvrage, puis deux, puis trois. Après sept jours et sept nuits de travail acharné, le trou percé fut si grand qu'elles purent descendre par l'escalier abrupt qui reliait le haut de la tour à sa base. Arrivées en bas, les prisonnières ouvrirent enfin la porte et sortirent de la tour...*

Il était arrivé, le moment tant attendu : Klara – décoiffée, un peu haletante d'avoir tant travaillé, sa robe tachée de chaux – sortait de sa prison, respirait l'air froid de la liberté et regardait autour d'elle. Tilda, à demi morte, la suivait, traînant avec elle son éternel rouet.

*... Le ciel était toujours aussi bleu que sept ans plus tôt, mais tout le reste, autour d'elle, avait tellement changé que la Demoiselle n'en crut pas ses yeux : le palais de son père était en ruine, la ville et les villages environnants avaient été brûlés, les champs – à des lieues à la ronde – étaient tous en friche. Retenant sa respiration, la Demoiselle marchait dans les salles dévastées de son château jadis si beau : les parquets étaient cassés, foulés par les sabots impitoyables des chevaux ; la vaisselle d'or et les meubles avaient été volés ; les portraits de famille, arrachés des murs, jonchaient le sol, couverts de givre ; et il ne restait que des débris des belles statues de marbre – la Demoiselle marchait sur les éclats blancs de bras et de jambes, de visages et de chevelures, qui s'émiettaient sous son pas léger, se transformant en poussière...*

Qui Bach était-il en train de décrire – la pauvre Klara, ou lui-même, errant par une nuit bleutée d'hiver dans les ruines du palais du meunier Wagner ?

*... Elle ne rencontra pas âme qui vive : les ennemis avaient massacré tous les habitants, et chassé le roi. Le bétail avait été abattu jusqu'au dernier taureau et jusqu'au dernier mouton, et seuls des tas de viscères sanglants fumaient dans tout le pays, et des corbeaux volaient au-dessus d'eux en nuées noires... La Demoiselle et sa servante durent errer de pays en pays, demandant la charité ; mais nulle part elles ne purent trouver un abri, elles ne rencontrèrent personne qui leur aurait donné ne serait-ce qu'un morceau de pain, et bientôt la misère qui les tourmentait devint si grande qu'elles finirent par arracher des orties pour se nourrir. À la fin, épuisée par le besoin, la Demoiselle s'écria : « Se pourrait-il qu'ayant passé sept ans en réclusion, étant sortie toute seule de ma prison, je ne sois pas capable de gagner ma pitance ? J'en ai assez de souffrir et de demander la charité ! Je vais travailler ! »...*

Comme elle allait bien à Klara, cette juste indignation ! Comme ses joues brûlantes rougissaient ! Comme ses yeux brillaient ! Bach admira son visage en colère – en colère pour la première fois depuis qu'il la connaissait, peut-être pour la première fois de sa vie.

*... Or il faut dire qu'elles étaient arrivées dans un pays lointain, où les habitants avaient d'énormes vergers de pommiers. La Demoiselle alla travailler dans l'un de ces vergers. À l'automne, elle creusa de grands trous et y planta de jeunes arbres, nourrissant la terre de cendre et de fumier ; avant le début du gel, elle badigeonna les troncs de chaux mêlée de lait gras, les entoura de paille et de roseaux ; l'hiver arrivé, elle les entoura de neige ; au printemps, elle tailla les branches, retourna et arrosa la terre. La Demoiselle avait beaucoup de travail – mais chaque jour, elle avait un toit pour dormir et un bon repas pour elle et sa servante. Après un an d'efforts, les arbres de la Demoiselle portèrent des fruits comme on n'en avait jamais vu : les pommes étaient grandes comme des têtes d'enfant, rouges comme des pétales de coquelicot. Elle prenait doucement ces fruits dans ses mains et les arrachait aux branches pour les mettre dans des paniers ; ces paniers emplirent tout le verger et toute la maison du domaine. Et le propriétaire du verger l'envoya vendre ses pommes au marché de la ville. La*

*Demoiselle chargea ses paniers sur une charrette, s'assit par-dessus et partit pour la ville…*

Bach frissonna sous le vent froid qui soufflait sur Klara emportant son chargement. Il contempla la steppe infinie qui s'étendait alentour. Quand un caillou tombait sous les roues et que le chariot faisait un cahot qui secouait les paniers – Bach grimaçait de dépit, craignant que les flancs fragiles des pommes ne s'abîment sous le choc. Bientôt, les murs de la ville apparurent, et les sabots du cheval trottèrent sur une route pavée.

*… Dès que la Demoiselle arriva sur la place du marché, la moitié de la ville accourut pour regarder ses pommes extraordinaires : tout le monde admirait les fruits de son travail, s'émerveillant et poussant des cris d'enthousiasme. Et qui vit-elle dans cette foule bruyante ? Son Schulmeister bien-aimé – depuis sept ans déjà, il travaillait dans l'école de ce pays, se consolant, par un travail acharné, du chagrin d'avoir perdu sa promise. « Ô, belle jardinière, tu ressembles tant à la femme que j'aime, que je suis près de croire qu'elle est devant moi ! » s'écria le maître d'école stupéfait. La Demoiselle lui répondit : « Je suis ton aimée, celle qui, par amour pour toi, fut emprisonnée pendant sept ans dans un cachot obscur, celle qui a souffert de la faim et de la soif et qui a vécu si longtemps dans la misère et la détresse. Mais aujourd'hui enfin le soleil brille de nouveau pour moi. Et rien ni personne ne pourra plus nous séparer… »*

Quelque chose coulait sur ses joues (de la sueur ? des larmes ?), mais Bach n'essuya pas ces gouttes. Klara – infiniment belle, dans sa jupe de laine de tous les jours et son tablier rayé, son visage bronzé encadré de boucles dorées s'échappant de ses tresses – tendait vers lui ses mains brunes de jus de pomme et souriait. Bach s'approcha d'elle, sentant l'arôme épais et doux des pommes qui s'échappait des innombrables paniers débordant du chariot, prit les mains de Klara, rendues rugueuses par le travail, et les porta à ses lèvres. Derrière lui, la foule soupira, doucement et avec enthousiasme. Les cloches de la Kirche sonnèrent.

*… « Attendez ! » dit une voix forte. La Demoiselle se retourna au son de cette voix et aperçut un homme richement vêtu qui se frayait un*

*chemin à travers la foule. Elle reconnut son père. Après des années d'errance, il était arrivé à la cour du souverain local, y avait été favorablement reçu, choyé ; à présent, il s'apprêtait à reprendre ses terres à ses ennemis. « Ô, ma chère fille ! s'écria l'ancien roi. Comme je suis heureux de t'avoir retrouvée ! Laisse-moi m'occuper de toi, à partir de ce jour tu ne connaîtras plus ni malheurs ni privations ! – Non, père, lui répondit la Demoiselle d'un air résolu. Désormais, je sais m'occuper de moi toute seule. – Permets-moi au moins de te trouver un mari digne de toi. Le souverain local serait heureux de s'allier avec ma famille. En échange, tu vivras à l'abri du besoin jusqu'à la fin de tes jours. – Non, père ! protesta à nouveau la Demoiselle. Je ne veux rien recevoir de toi. Et je vais vivre de mon travail, avec mon cher maître d'école. Il instruira les enfants, et moi, je soignerai les vergers. » Ainsi dit la Demoiselle – et ainsi en fut-il. Quant au père, rongé par le chagrin et le remords, il tomba à terre et mourut.*

– Mais où ?! cria Hoffmann le lendemain matin, agitant avec enthousiasme les feuilles couvertes d'écriture. Où prends-tu tout ça ?! Tous ces bras et ces jambes de marbre qui tombent en poussière sous les pieds… ces portraits couverts de givre… ces tas de viscères fumants… ces barbes qui ressemblent à une poignée de chou fermenté, ces pommes grandes comme des têtes d'enfant… Tous ces détails, où tu les prends ?! J'en avais les entrailles retournées. Parce que tout ça… j'ai eu l'impression de le voir de mes propres yeux, salaud ! Espèce de Shakespeare mal peigné ! De Schiller ébouriffé ! Qu'est-ce qui se passe là-dedans – dans ta tête hirsute et muette, hein ? Quels démons s'y dissimulent ? Courant à Bach, Hoffmann, selon son habitude, approcha tout près de lui son visage à la beauté parfaite, gonflant les narines, battant des cils. Tu t'es bien débrouillé, c'est vrai ! Je le reconnais. On a un conte avec une morale sur le travail, des instructions sur la manière de s'occuper d'un verger : la révolution culturelle et la question agricole – tout ça dans un seul petit texte. Et tu l'as bien emballé : on n'a pas envie de le lire, mais de le déclamer comme un poème ! De le chanter comme un hymne ! D'une pierre – trois coups ! Avec les feuilles déjà bien froissées, Hoffmann frappa la poitrine de Bach d'un air approbateur et eut un petit rire ; puis il prit une expression plus sérieuse, tendit un doigt vers le col de pelisse de Bach et tapota dessus avec insistance :

Écris, Bach. Écris encore. C'est indispensable. Sinon, ils vont te déchiqueter, tes démons…

*

… Bach marchait dans le village printanier, emportant dans sa besace sa bouteille de lait réglementaire et s'étonnant de tous les changements survenus à Gnadenthal en une semaine. Était-ce l'arrivée du printemps qui embellissait la colonie – les arbres noyés de verdure dans les jardins, les vitres des fenêtres et les visages des gens lavés par les pluies, les premières fleurs apparaissant sur les rues encore inondées par les eaux printanières – ou l'effet des textes passionnés de Bach ? On entendait partout des coups de marteau rapides et sonores, comme si une douzaine de pics épeiches consciencieux s'étaient mis en branle simultanément : les villageois rafistolaient les toits, les palissades, les clôtures, les barques et les cuisines d'été. Dans les cours, tapis et paillassons gémissaient sous les battoirs, et le linge étendu claquait comme des voiles. Sur la place du marché, la chaîne du puits n'arrêtait pas de grincer – les maîtresses de maison remplissaient des seaux entiers, comme si elles avaient décidé de laver en une fois toutes les maisons et les cours de la saleté de l'hiver. À un bout du village, on entendait le blatèrement lugubre d'un chameau mécontent, tandis qu'à l'autre bout un chiot jappait, échauffé par l'air d'avril.

Pataugeant dans des flaques profondes, Bach éparpillait le ciel bleu tacheté de nuages blancs qui se reflétait dans l'eau, écoutant toute cette vie bruyante – sans savoir si elle s'était simplement réveillée de l'engourdissement de l'hiver, ou si elle avait été tirée du néant par son crayon. Il se dit qu'il pourrait aussi parler de Klara dans le prochain conte – il y avait bien assez d'histoires évoquant des jeunes filles résolues qui finissaient par s'unir à leur amoureux timide. Tout comme on trouvait souvent des géants barbus et gloutons. Ou des vieilles méchantes et maigres, qui aimaient filer et faire des ennuis aux gens – sorcières, magiciennes ou ermites…

Soudain, dans un tonnerre de ferraille et de moteur, quelque chose de grand, d'énorme, tourna dans la rue : un tracteur. Il était suivi par une poignée de gamins efflanqués glapissant et hululant (où s'étaient-ils cachés tout l'hiver ?). Le conducteur du tracteur, le visage taché de cambouis jusqu'aux yeux, se retournait régulièrement d'un air énervé et leur criait quelque chose, mais le vacarme du tracteur couvrait sa voix – et les enfants continuaient de sautiller après l'engin, hurlant de jubilation chaque fois que les gros pneus, en passant dans les flaques, leur envoyaient un jet d'eau boueuse. C'était le premier tracteur à Gnadenthal : un américain, un vieux Fordson usé que Hoffmann avait réussi à grand-peine à réquisitionner à Pokrowsk, pour les semailles. Il allait aux champs : travailler.

À sa rencontre, sur la steppe encore fumante du printemps, s'avançait une file de chariots couverts de valises, ballots, paniers, sacs, baluchons. Des gens marchaient à côté des chariots : les Mann toujours pleins d'entrain, les Lang avares, les pieux Wenders, les Grass travailleurs – les familles qui avaient quitté la colonie y revenaient, après avoir passé des mois à errer sur les voies ferrées, dans les cales de bateau et les camps de réfugiés aux frontières.

En tout, au printemps 1924, onze familles rentrèrent à Gnadenthal. Bach appela cette année : *Année des Retours.*

# 13

Le petit visage d'Anntche avait vite perdu son aspect chiffonné, ses yeux s'étaient dégagés des plis et des renflements, ses joues étaient devenues rondes et souples, sa peau blanche et pure. Le duvet qui couvrait sa tête avait poussé en longues boucles, ses bras avaient grandi et forci : quand Bach la nourrissait, elle s'accrochait à ses manches et à sa barbe, attrapait la cuillère. Bach avait tenté de l'emmailloter étroitement pour l'empêcher d'agiter les bras et de renverser le lait, mais la fillette ne voulait pas vivre une minute en captivité – elle avait crié si longtemps et si furieusement que les ailes de son nez et ses lèvres en étaient devenues blanches, et que sa voix s'était fêlée ; il avait cédé, et cessé de l'emmailloter – et à présent, chaque fois qu'elle avait mangé, Anntche commençait par soupirer d'aise, puis tapotait la cuillère d'étain de ses doigts écartés et regardait Bach avec des yeux satisfaits, faisant des bulles de lait avec sa bouche.

Les premiers trois mois de son existence, quand le monde, devant la maison, était hivernal, muet, et que dans la chambre le silence n'était rompu que par le grincement du crayon de Bach, Anntche avait dormi longuement et profondément. Mais il avait suffi que la pluie se mette à tambouriner légèrement sur le toit et que les bruants lancent leurs premiers trilles sur les branches des érables, pour qu'elle s'éveille brusquement, perdant sa somnolence de nouveau-née. Sa voix s'éleva de plus en plus souvent et de plus en plus fort à la ferme, faisant part de ses désirs et exigeant qu'on les réalise immédiatement : la fillette était aussi volontaire et entêtée qu'une princesse de conte de fées.

Elle aimait que les volets soient ouverts et laissent entrer la lumière du soleil – elle suivait attentivement les reflets et le jeu des ombres sur le plafond de planches ; elle aimait aussi quand l'une des fenêtres était ouverte aux bruits de la forêt, nombreux et sonores au printemps ; elle ne voulait s'endormir nulle part ailleurs que dans les bras de Bach. Toute résistance de sa part était vaincue par des cris, menaçants ou plaintifs, selon la situation ; d'ailleurs, Bach capitulait facilement : il ne supportait pas de l'entendre pleurer. Il n'avait pas remarqué quand cette fillette – dépourvue de dents et presque sans cheveux, pas plus grosse ni plus lourde qu'un lapin – avait commencé à diriger sa vie, comme l'avait fait Klara avant elle. Il n'avait pas remarqué quand il avait commencé à se soumettre – il obéissait volontiers, même avec joie : les volets étaient repoussés, une fenêtre entrouverte dès le matin, et il endormait le bébé en le serrant contre sa poitrine, marchant à travers la maison, lui récitant doucement, avec des sons inarticulés, des poèmes ou des chansons.

Plus elle grandissait, plus Anntche voulait de choses. Bientôt, elle refusa de se contenter de ses jouets (un peigne de Klara, un petit pilon pour écraser les herbes et la cuillère en étain), elle voulait jouer avec les mains de Bach, vivantes, remuantes : elle touchait ses doigts rêches, les tripotait, tirait dessus, puis en choisissait un, le mettait dans sa bouche et le mâchonnait longuement entre ses gencives glissantes.

Anntche voulait encore regarder Bach. Il suffisait qu'il entre dans la maison pour que la fillette se retourne sur le ventre, levant la tête vers le plafond et chantonnant d'un air impérieux, l'appelant à elle, jusqu'à ce que Bach s'approche et la prenne dans ses bras ; puis elle cherchait son regard et s'immobilisait, entrouvrant la bouche et battant de temps en temps ses cils recourbés. Et son visage délicat bougeait un peu, comme si elle apprenait à prendre diverses expressions : concentrée, tendre, triste, espiègle, pensive. Il ne comprit pas immédiatement qu'Anntche trouvait ces expressions sur son visage à lui :

quand il avait le front plissé, un petit pli apparaissait entre les sourcils de la fillette ; s'il pinçait les lèvres, elle grimaçait, et le sourire de Bach faisait se relever joyeusement les coins de sa petite bouche. La minuscule créature dépourvue de parole lisait Bach et le reflétait comme un miroir.

Anntche répétait également tous les sons qu'elle entendait. Au début, Bach ne comprenait pas pourquoi sa voix avait tant de nuances, d'où, dans le cri perçant d'un bébé, venaient toutes ces intonations – tantôt mélodieuses et insouciantes, tantôt pensives et mélancoliques, tantôt irascibles et même hargneuses. Un jour, il comprit. Il était en train de nettoyer les cadres des fenêtres des débris qui s'y étaient accumulés pendant l'hiver : avec un ciseau obtus, il détachait du bois sculpté les aiguilles de mélèze pourries, les restes de graines et de branches. La fenêtre était ouverte, et depuis l'extérieur, il surprit involontairement la discussion d'Anntche avec le monde : dans la forêt, une gorge-bleue s'égosillait, avec des stridulations enthousiastes – et Anntche stridula à son tour, sifflant et criant ; une grue craqueta dans le ciel – et Anntche soupira et chantonna tristement ; une mésange nonnette mécontente zinzinula d'une voix rauque dans les buissons – et Anntche grinça, souffla d'un air fâché. Elle répétait les voix des oiseaux aussi bien qu'un merle des Indes, apprenant les tonalités douces et tendres auprès des alouettes et des rouges-gorges, les tonalités téméraires et colériques – chez les grives, angoissées et implorantes – chez les pendulines, insistantes – chez les pics noirs et les piverts. Elle trouvait toute seule dans le monde ce que Bach ne pouvait lui donner.

Il ne pouvait pas lui apprendre à parler. Et si j'essayais de desserrer les lèvres, de remuer ma langue engourdie ? se dit-il. Il essaya : il allongea la mâchoire, agita le menton. Il alla au fond du jardin pour ne pas effrayer Anntche, et mugit longuement devant les arbres, essayant d'arracher à sa gorge les sons oubliés. Mais ses lèvres qui s'étaient jadis refermées avec amertume – d'elles-mêmes, ou suite à un désir inconscient – restaient muettes, et sa langue, inerte. Il ne pouvait toujours pas parler.

Bach continuait à « lire » à Anntche tout ce qui sortait de son crayon. Anntche écoutait toujours attentivement, sans détacher son regard du visage de Bach. Il pressait sa petite tête contre sa poitrine, posait les lèvres sur sa tempe tiède, soupirait convulsivement : il aurait voulu croire qu'elle le comprenait.

Ça te plaît ? demandait-il en pensée.

Elle lui répondait par un sourire.

*

Elle grandissait vite, et Bach lui céda bientôt le lit de Klara. Une nouvelle fois, il retourna s'installer dans le salon, sur son banc poli par les nuits. Il ne voulut pas prendre la chambre d'Udo Grimm – il avait l'habitude du banc. Il ne voulut pas non plus mettre la petite dans l'étroite chambrette de Tilda – dans ce royaume de coffres, couvertures en dentelle, peignes, navettes et quenouilles. L'idée que la fillette allait grandir dans la chambre de Klara, dormir dans le même lit et dans les mêmes draps, et, plus tard, qu'elle mettrait les habits de Klara et se coifferait avec son peigne – cette idée lui réchauffait le cœur. Mais il était inquiet de savoir Anntche seule dans la chambre pendant la nuit, et parfois, quand le vent soufflait fort, de ne plus distinguer sa respiration. Il se levait plusieurs fois par nuit, entrait furtivement dans la chambre, cherchait à tâtons, entre les plis de l'édredon de plumes, le petit corps de la fillette ; quand il l'avait trouvé, il soupirait de soulagement, cachait son visage contre la petite nuque humide de sueur, respirant son odeur familière avant de repartir pour son banc.

Bach avait désormais de nombreuses sources d'inquiétude – les questions bourdonnaient dans sa tête comme des abeilles dans une ruche. Les roues rougies d'Anntche étaient-elles signe de maladie, ou de santé florissante ? Et la poudre blanche qui apparaissait sur ses cils quand elle dormait ? (Il n'y avait pas de térébenthine ni de sels d'Epsom à la ferme, et Bach faisait ce qu'il pouvait : il frottait les joues brûlantes avec de la glace, lavait ses yeux avec sa salive.) La fillette n'allait-elle pas tomber du lit pendant qu'il était occupé à chercher du bois ou à pêcher ? (Il l'installait au milieu d'oreillers, et mettait des habits au sol, qui absorberaient le choc.) Ne risquait-elle pas de se griffer le front avec ses jouets – le lourd pilon à herbes et le manche du vieux hachoir ? (Il voulut les lui enlever, mais Anntche ne le permit pas, il fallut lui rendre ces objets auxquels elle s'était attachée.) Est-ce qu'il pouvait la nourrir d'autre chose que du lait de chèvre qu'elle appréciait tant ? (Quand Anntche eut sa première dent, il commença à lui donner du pain mâché ; quand elle en eut deux – de la chair de pomme écrasée ; et quand les dents se mirent à sortir les unes après les autres, aussi rapidement que des champignons après une pluie d'été – du poisson bouilli dans trois eaux, des fraises des bois et des feuilles d'ortie échaudées.)

La plus grande inquiétude était à venir. À la fin de l'été, les bras et le dos de la fillette devinrent plus forts, ses jambes s'allongèrent, son ventre cessa d'être rond comme une pastèque et se cacha sous ses côtes – Anntche apprit à marcher à quatre pattes. Elle filait désormais dans toutes les directions avec des cris de joie : sous la table, où elle trouvait souvent des feuilles de papier égarées – les brouillons des contes de Bach (elle pouvait les froisser bruyamment, puis les déchirer en morceaux et les mâcher avec appétit) ; sous le lit bas de Klara, où le sable faisait de petits tas, avec les traces de pattes de souris (elle pouvait passer inlassablement ce sable entre les doigts, puis refaire des tas – qu'elle écrasait en tapant dessus de toutes ses forces avec la paume, en regardant le sable gicler) ; sous le haut lit de Tilda, dans les fentes poussiéreuses entre les vieux coffres (la poussière et les toiles d'araignée n'avaient pas bon goût, mais étaient douces au toucher) ; derrière le poêle, où elle trouvait une suie merveilleusement graisseuse, et des bouts de bois rendus collants par la résine, et des morceaux de chaux nourrissants (au début, Anntche avait léché la chaux sur le sol, puis elle avait appris à la ronger sur le flanc du poêle).

Il n'y avait aucun moyen de retenir Anntche dans le lit : ayant un jour découvert la joie du mouvement, elle ne voulait plus rester sagement couchée, inactive. À peine s'était-elle réveillée qu'elle exigeait d'être déposée sur le sol, et qu'elle partait explorer les espaces sous les lits et derrière les poêles. Si elle se réveillait quand Bach n'était pas à la maison, elle roulait hardiment du lit sur les pelisses et les édredons étendus à terre, puis rampait à ses petites affaires : l'esprit d'exploration était plus fort que la peur.

Bach avait parfois l'impression qu'elle ne connaissait pas la peur. Elle n'avait pas peur de l'obscurité : si la torche s'éteignait brusquement, Anntche ne s'en préoccupait pas le moins du monde. Parfois, la nuit, Bach se réveillait en entendant un froissement : si la fillette n'avait pas sommeil, elle continuait ses explorations dans le noir. Elle n'avait pas peur du feu dans le poêle : elle allait si près du foyer, et regardait avec une telle curiosité, qu'on avait l'impression qu'elle était sur le point d'y fourrer la tête. (Bach fermait désormais solidement la porte du poêle, et en barricadait l'accès avec une caisse et des cailloux, pour qu'en son absence la fillette ne puisse pas essayer de toucher le feu.) Le mauvais temps n'effrayait pas Anntche : quand l'orage grondait, elle tendait obstinément ses mains vers la vitre – Bach la prenait dans ses bras, mettait ses jambes encore flageolantes sur l'appui de la fenêtre, et elle collait son visage contre le verre, observant le mur de pluie qui avançait rapidement et les lueurs des éclairs ; même le tonnerre ne la faisait pas sursauter.

Bach espérait que, avec le temps, cette intrépidité ferait place à une prudence naturelle, propre à l'homme et à toutes les autres créatures. Mais le temps passait, et la témérité d'Anntche ne faisait qu'augmenter. Un jour, il décida de lui donner une leçon : il poussa sur le côté la caisse qui empêchait d'accéder au poêle, s'assit dessus et observa. Anntche rampa vers le foyer et prit la poignée de fer dans sa main : elle la retira immédiatement, poussant des cris de frayeur et agitant ses doigts brûlés. Après avoir pleuré un moment, cependant, elle s'approcha à nouveau du poêle : ses yeux, où les larmes n'avaient pas encore séché, brillaient d'une obstination si farouche, d'une telle résolution à vaincre la porte perfide, que Bach prit peur – il attrapa la fillette et l'emmena dans la chambre. Depuis, il ne déplaça plus la caisse de devant le poêle, et il veillait à verrouiller la porte d'entrée de l'isba avec une barre : si elle réussissait à sortir, la fillette, avec sa témérité, s'attirerait forcément de multiples malheurs.

Mais est-ce qu'une porte en bois doublée d'une pelisse trouée était capable de contenir les bruits et les odeurs du *vaste monde* ? Quand tous les coins des pièces eurent été reniflés, tous les recoins sous les lits explorés de long en large, et que tous les clous des coffres eurent été léchés plusieurs fois, Anntche reporta son attention sur la porte. Elle commença par passer beaucoup de temps couchée sur le seuil, enfonçant son nez dans la fente au bas de la porte, faisant entrer dans ses narines toutes les odeurs filtrant de l'extérieur – d'herbe, de foin, de terre humide, de bois mouillé (et Bach faillit plusieurs fois marcher sur la fillette en entrant dans la maison). Au début de l'automne, elle exigea qu'il la laisse sortir.

Bach l'avait déjà portée dans la cour et le verger, l'avait parfois prise avec lui pour une promenade dans la forêt. Mais Anntche, qui avait découvert les joies de la liberté, ne voulait plus simplement l'accompagner – elle voulait étudier elle-même le *vaste monde*, en se déplaçant sur ses quatre pattes, en sentant avec ses propres mains et en goûtant avec sa propre langue. Dès que la porte s'ouvrait – la fillette filait comme un serpent du perron à l'herbe, essayant de gagner l'arrière-cour, ou la forêt, ou le verger. Bach se hâtait de la suivre.

Ce qui l'attendait dans l'arrière-cour, c'était la hache brillante et tranchante, aiguisée sur une pierre plate ; la serpe aiguë, que Bach utilisait pour couper l'herbe dans la cour ; le lourd hachoir de fer qui arrachait les mauvaises herbes ; les éclats pointus de rochers ramassés pour renforcer le soubassement. Dans la forêt, elle serait la proie de bourdons et frelons énervés par la chaleur de septembre ; de gros serpents anthracite ; de souches pourries remplies de fourmis agressives longues de presque un centimètre, aux piqûres brûlantes ; de ravins aux pentes abruptes et de ruisseaux dont l'eau glacée paralysait les mâchoires. Dans le verger, les lourdes pommes étaient déjà rouges – elles pouvaient tomber à tout moment, blessant celui ou celle qui passerait dessous...

Bach surveillait Anntche sans relâche, remarquant tout nouveau danger et l'éloignant. Épuisé, il soulevait la fillette tachée de terre et l'emportait à l'intérieur – elle piaillait de colère, tapant des jambes, le mordait, ne voulait pas interrompre sa promenade. Une fois qu'elle se retrouvait entre quatre murs, elle pleurait longtemps, puis elle montait sur les genoux de Bach, poussait des soupirs déchirants, l'entourait de ses petites mains et s'endormait, le visage caché dans le cou ridé de Bach ou sa barbe emmêlée. Seuls les pluies d'octobre et le froid qui les accompagnait mirent un terme à ces promenades harassantes et dangereuses.

À cause de cette porte fermée, Anntche découvrit qu'elle pouvait se tenir debout : un jour, elle tapa longuement contre le seuil en criant, exigeant qu'on la laisse sortir ; puis, fâchée, elle attrapa le chambranle et se leva d'un coup sur ses jambes un peu tordues, tremblant sous l'effort. Elle resta un moment ainsi, tanguant légèrement et observant l'espace de la cuisine depuis cette hauteur nouvelle pour elle ; puis elle eut un cri d'enthousiasme et fit deux pas incertains – vers Bach, qui s'affairait près du poêle, remuant la soupe. Il abandonna sa cuillère dans le chaudron, poussa un cri et courut à elle – juste à temps pour l'attraper. Depuis lors, elle s'exerça à marcher, plongeant chaque fois Bach dans l'angoisse – elle l'obligeait à courir vers elle pour l'empêcher de tomber. Ce petit jeu l'éreintait, il en avait le dos courbaturé, il se fit plusieurs bosses sur les genoux, manqua de se tordre la cheville un jour – mais la petite refusait de rester tranquillement à la même place, ne serait-ce qu'une heure.

Quand la neige étendit son manteau épais sur la steppe et les bois, que la Volga se couvrit des taches des premières glaces, Anntche marcha. À Noël, elle courait déjà à toute vitesse, heurtant le sol de ses petites bottes que Bach lui avait cousues. Et Bach courait derrière elle à travers l'isba – le dos courbé, s'appuyant sur ses jambes fléchies et écartant les bras comme une caille effrayée : son inquiétude pour Anntche avait fait place à une véritable angoisse. Autant elle était hardie, autant il était peureux : il imaginait sans cesse qu'Anntche allait trébucher sur le seuil et s'ouvrir la tête contre le chambranle ; tomber dans sa course et se meurtrir le visage ; se tuer en heurtant le coin de la table en chêne avec sa tempe. Il se l'imaginait si vivement que la nuit il sautait au bas de son banc, allumait la torche et inspectait le chambranle, la table, cherchant des traces de sang. Il n'en trouvait pas.

Quand il devait s'absenter pour pêcher, ou pour aller trouver Hoffmann à Gnadenthal, laissant la fillette seule dans l'isba, il ne pouvait se débarrasser de la scène qui hantait son imagination : dans sa curiosité, Anntche attrapait des mains la caisse remplie de pierres devant le poêle, la poussait de côté, attrapait la porte brûlante, criait de douleur mais la tirait à elle – une flamme jaune s'échappait de la gueule entrouverte du foyer… Il arriva plusieurs fois que, tourmenté par de pareilles visions, il fasse demi-tour au milieu de la Volga et rentre : il s'engouffrait dans l'isba tout suant, haletant d'avoir marché à toute vitesse. La caisse était à sa place ; Anntche dormait paisiblement.

Il se lassait de sa propre peur. Elle était comme un clou enfoncé dans ses viscères, comme une aiguille glacée trouant son ventre. Il craignait qu'Anntche ne se pique avec la quenouille. Qu'elle ne se crève un œil avec le crayon tombé de la table. Qu'elle ne se pince le doigt dans la porte. Qu'elle n'avale de travers et ne s'étouffe. Qu'elle ne tombe malade et ne se consume de fièvre… Des visions, toutes plus affreuses les unes que les autres, défilaient dans la tête de Bach, lui coupant le souffle. Plus que tout, il craignait que, s'approchant un matin du lit d'Anntche, il ne le trouve vide : Anntche aurait disparu.

Le seul remède à sa peur était le contact physique. Il suffisait qu'il touche avec le peigne la tête duveteuse d'Anntche ou qu'il la gratte derrière son oreille rose, pour que la peur s'amenuise, s'enfuie quelque part au plus profond de sa moelle épinière ; le moyen le plus efficace était de prendre la fillette dans ses bras. C'est pourquoi, chaque matin, Bach peignait longuement les cheveux d'Anntche, et chaque soir il la berçait comme une nouveau-née en lui chantant, bouche fermée, des mélodies tendres. La fillette grandissait, il devenait de plus en plus difficile de la tenir dans les bras, mais Bach ne semblait pas le remarquer : quand Anntche s'était endormie, il marchait encore longtemps dans la maison en la portant. Puis il la couchait doucement dans son lit, l'entourait de tous les côtés avec l'édredon de plumes, comme s'il pouvait remplacer son étreinte. Il s'asseyait au bord du lit et regardait l'enfant endormie.

Dans ces heures nocturnes, son esprit produisait des images qu'il ne comprenait pas et qu'il n'aurait pu expliquer : dans l'une, il serrait la fillette si fort contre lui que la peau qui séparait leurs organismes éclatait – et leurs corps se réunissaient en un seul, comme deux morceaux de métal fusionnent dans le feu – ; dans l'autre, il se transformait en pommier aux larges branches, portant des milliers de pommes – et Anntche cueillait ces fruits l'un après l'autre et les mangeait ; dans une autre encore, il la léchait, comme un animal son petit, de ses minuscules ongles des pieds à sa nuque. Parfois, Bach s'imaginait qu'il était un loup, un vieux loup gris ; délicatement, il prenait Anntche endormie entre ses dents et l'emmenait hors de l'isba ; il la portait à travers le domaine, à travers le bois, le long de la Volga, marchant à grandes enjambées sur les feuilles, les pierres et le sable. Où l'emmenait-il ? Bach n'aurait pu le dire.

Les vents se promenaient sur les toits : lourds en hiver, chargés de neige et de grumeaux glacés, bondissants au printemps, gorgés d'humidité et d'électricité céleste, ralentis en été, secs, traînant avec eux poussière et graines de stipes. Bach les écoutait – et chaque soir, il se posait la question : était-ce sa faute si Anntche était toujours muette ? Grandissant dans le mutisme de Bach, elle ne parlait pas. Elle eut un an, puis deux ; elle prononçait un nombre infini de sons – sifflait, chantonnait, mugissait, hurlait, claquait la langue et craquetait, faisait un bruit de succion avec les lèvres, s'ébrouait, gémissait, gloussait –, répétait à l'envi tout ce que lui avaient appris le vent, la forêt et la rivière, les oiseaux et les insectes ; elle imitait souverainement le trille mélodieux du rossignol et le cri de l'écureuil, le bruissement des vagues de la Volga, le craquement de la croûte de glace sur les congères de février. Mais elle ne parlait pas.

Cela dit, elle n'avait pas besoin de parler : Bach et elle se comprenaient sans prononcer le moindre mot. En deux ans, ils avaient développé leur propre langue, bien plus tendre que le discours grossier des hommes. Cette langue n'était pas faite de mots, mais de regards, d'effleurements, du jeu subtil des muscles sur le visage, du rythme de la respiration et du mouvement du corps.

Ils écoutaient mutuellement leur respiration, même s'ils étaient dans des pièces différentes ; il suffisait que l'un aspire l'air un peu plus profondément ou plus lentement que d'habitude, pour que l'autre lève immédiatement les yeux : ne s'était-il pas passé quelque chose ? Ils lisaient les sentiments de l'autre dans ses mouvements : un pas un peu plus pensif, un geste un peu plus impatient, une tête levée plus brusquement, une orientation différente des épaules ou du dos – tout avait son importance, tout révélait quelque chose. Chacun savait, sans regarder l'autre, quelle expression avait son visage : ils n'avaient même pas besoin de se regarder, à plus forte raison de parler.

Par exemple, Anntche marchait à côté de Bach dans la forêt, pour récolter l'eau de bouleau, et regardait autour d'elle en jubilant (Le printemps ! Du soleil ! On est bien !), lui – fronçait légèrement les sourcils, avait une petite toux sévère, pinçait les lèvres (Cette fois – interdiction de t'éloigner !)... Ou Bach, assis devant sa lampe à chandelle, confectionnait une petite veste à partir d'une ancienne jupe en laine ; il levait presque subrepticement les sourcils (Viens essayer ta nouvelle veste !) – et Anntche abandonnait immédiatement ses jouets, s'approchait de lui... Ou Anntche, dans l'eau jusqu'à la taille, aidait Bach à rincer le linge dans la Volga ; elle regardait la rive gauche, presque invisible dans la brume de juillet, et une idée espiègle naissait dans ses yeux (Et si je me jetais à l'eau pour nager – là-bas ?) ; se reprenant, elle cachait son regard à Bach – mais celui-ci avait déjà tout compris, et tapait de toutes ses forces les draps mouillés dans les vagues (N'y pense même pas !)... Toute leur vie était un dialogue constant entre eux, une discussion ininterrompue, profonde, dans le langage de la respiration et des mouvements. Chacun d'eux était comme une grande oreille, prête à écouter et à comprendre l'autre.

C'était la première fois que Bach ressentait aussi profondément les humeurs d'une autre personne. Aussi bien que lui-même. Voire mieux. C'est pourquoi il avait encore plus peur : il comprenait qu'il n'était plus jeune, que les forces l'abandonneraient un jour. Et alors – que deviendrait Anntche ? Ne l'accuserait-elle pas de l'avoir laissée sans langue – seule et désarmée dans le *vaste monde* ? Cela dit, il ne pouvait pas l'aider à parler. Il ne pouvait pas, vraiment. Et ce n'était pas sa faute. Pas sa faute. Pas sa faute...

*

Chaque journée de Bach était divisée en deux parties : le jour appartenait à Anntche, la nuit – aux contes. Il savait ce qu'il écrirait dès le matin, et parfois depuis la nuit précédente, quand une nouvelle histoire avait fait surface dans sa mémoire, demandant à être mise par écrit. Il restait longtemps immobile, se souvenant de l'histoire telle que Klara l'avait racontée dans sa langue naïve – simple et profonde comme un pot d'argile. Puis il prenait le crayon et recréait l'histoire – y ajoutant des images, des caractères, l'emplissant d'odeurs et de sons, de sentiments et de passions : le pot devenait une coupe d'argent, une cruche d'or ou un vase richement décoré.

La palette de Bach était simple : d'un côté – la trame folklorique, de l'autre – les gens qu'il avait connus. Udo Grimm devenait un ogre avide, un roi glouton ou un seigneur vantard ; la vieille Tilda – une méchante sorcière ou une fileuse acariâtre ; la jeune Klara – une reine magnifique ou une belle-fille au cœur plein de bonté ; le loup solitaire Böll-avec-moustaches – un cordonnier, savetier, bûcheron, postillon, toujours méchant et pas très malin ; ce filou de Gauss – un rusé berger ; Emmy des Pastèques – une épouse criarde. Hoffmann servait de modèle pour les bossus et les nains, les lutins mauvais, et aussi les diables et les esprits de la montagne. Les brigands, les scélérats et les traîtres entraient dans trois catégories : soit des types insolents et délurés, à la barbe de trois jours teintée de roux, aux yeux fuyants et carnassiers, soit des adolescents à la pomme d'Adam saillante et au visage d'avorton, soit des paysans aux pommettes kalmoukes et à la barbe noire en éventail. Et Bach lui-même ? Un serviteur honnête et dévoué qui risquait sa vie pour ses maîtres ou sa bien-aimée – voilà comment il apparaissait dans ses histoires.

Il vivait ces histoires comme il aurait vécu plusieurs vies – l'une après l'autre, oubliant les soucis du jour. Son cœur, épuisé par ses craintes constantes pour la fillette, cessait d'avoir peur la nuit venue : il ne redoutait ni les rois, ni les diables, ni les scélérats. S'il n'avait pas eu ces nuits, son cœur aurait été usé par la peur, comme même le soulier le plus solide s'use d'avoir trop servi. Le jour donnait à Bach la vie réelle, et avec elle, la douleur et la peur ; la nuit lui donnait des forces pour la journée suivante.

Il se levait de sa table au petit matin, défait par les longues heures d'insomnie et les aventures qu'il avait vécues ; parfois, il ne parvenait même pas à se lever, tant son corps souffrait des blessures reçues dans des batailles ou d'épuisants voyages à travers les mondes souterrains et terrestres. Sa poitrine lui faisait mal, elle était encore enserrée par les cercles de fer qu'il s'était fait fabriquer, tant il se désespérait de la disparition de son maître ; ses pieds étaient encore pris dans une cuirasse d'acier et bougeaient à peine ; son front était encore chaud du baiser de reconnaissance de la princesse délivrée… Bach posait le crayon, dont la mine s'était usée en une nuit, éteignait la chandelle et marchait péniblement, dans les premières lueurs de l'aube, vers le seau rempli d'eau. Il puisait tasse après tasse, versait en lui l'eau fraîche de la Volga, incapable d'étancher sa soif – comme s'il souffrait d'une forte gueule de bois. Puis il se couchait sur son banc et s'enfonçait dans un profond sommeil sans rêves – pendant deux heures, jusqu'à ce qu'Anntche, réveillée, ne grimpe à côté de lui et ne commence à mâcher avec ses dents le bout de sa barbe ou d'un de ses doigts.

Le visage de la petite fille était la première chose que Bach voyait le matin, en ouvrant les yeux. Ce visage ne cessait de grandir, exprimait de plus en plus l'intelligence, ses yeux n'étaient plus vagues, et ses traits changeaient.

Tout bébé, Anntche ressemblait à Klara comme une jeune pomme à son équivalent mûr. À un an, elle était déjà moins ressemblante, et à deux ans, elle ne lui ressemblait plus du tout. Bach cherchait avec frayeur, sur les traits changeants de l'enfant, le reflet des visages qu'il aurait voulu oublier – des misérables qui avaient fait irruption à la ferme ce terrible matin d'avril – ; il les cherchait – mais ne les trouvait pas. Anntche ne ressemblait pas non plus à son grand-père, le vigoureux Udo Grimm. Peut-être, se disait Bach, que la petite avait hérité des traits de la mère de Klara ?

Un jour, frappé par une étrange idée, il se réveilla avant l'aube. Il resta assis sur le banc, tourmentant sa maigre barbe, troublé par l'absurdité de ses suppositions. Puis il se leva, prit des ciseaux et, attrapant sa barbe à sa racine, la coupa comme il aurait coupé une poignée d'herbes à la serpe. Il sortit dans la cour et, dans la pénombre du petit matin, il aiguisa longuement un couteau de cuisine, puis rasa les derniers poils qui lui restaient sur le visage. Quand le soleil étincela entre les arbres, il s'approcha du tonneau d'eau de pluie et regarda dedans.

Sur la surface sombre de l'eau, un visage austère, presque inconnu, regardait Bach : en douze ans de vie à la ferme, ses traits étaient devenus plus rudes et plus secs, ses yeux – plus foncés et plus sévères, de longues rides entouraient ses joues et barraient son front. Bach avait de la peine à se reconnaître dans ce reflet peu familier. Mais une chose était évidente : la petite Anntche ressemblait à ce reflet.

# LE DERNIER ÉLÈVE

# 14

On ne savait vraiment qu'une chose sur Hoffmann : qu'il venait d'Allemagne. Il affirmait qu'il était né dans les mines de charbon de Rheinbaben, dans les champs noirs du bassin de la Ruhr. Il affirmait aussi qu'il se souvenait du moment de sa naissance. Que soi-disant sa mère, qui travaillait au tri du charbon et avait caché sa grossesse jusqu'au dernier moment, avait dû aller ce jour-là déblayer un éboulement à l'entrée d'une galerie. Perchée sur un haut remblai, elle avait enfoncé son pic si furieusement dans la roche dure que le petit Hoffmann, déjà coincé dans le ventre serré par des bandes de tissu, ne l'avait pas supporté – il était sorti, tombant face contre pierre. Les gros éclats de roche pointus déplacés par sa mère étaient tombés à sa suite, chacun plus grand que lui. Hoffmann assurait qu'il se souvenait parfaitement de son corps se libérant des entrailles maternelles : il s'était retourné à son aise, avait eu le temps d'apercevoir un coin de ciel bleu – mais la lumière s'était aussitôt éteinte, et il s'était retrouvé à nouveau pressé et heurté de tous les côtés, non plus par des parois douces et souples, mais par quelque chose de lourd et de dur. Quand sa mère eut écarté l'éboulis à mains nues et ramené son fils en le tirant par le cordon ombilical, il était noir comme l'anthracite, le cou et les flancs tordus.

Hormis l'épisode de sa mise au monde, Hoffmann ne racontait rien sur sa vie. Aux questions : qui était-il, où vivait-il ? Quel était son métier ? Qui aimait-il ? Était-il marié ? Avait-il des enfants ? Et de manière générale, que s'était-il passé dans sa vie entre son premier souffle et son arrivée à Gnadenthal, sur la Volga ? Il répondait toujours : Il n'y a rien eu. Et il le disait avec un sourire si sincère qu'on était obligé de le croire.

Bien sûr, il s'était passé des choses là-bas, dans ces années brumeuses d'avant la Volga. Il y avait eu l'odeur du charbon, lourde, étouffante. Il y avait eu le casque de fer-blanc, un casque d'adulte beaucoup trop grand, qui lui tombait sans cesse sur les yeux. La flasque d'huile à la taille et, entre les dents, une pipe de noisetier, trouvée là-bas, dans la mine, avec un bec tout rongé, qui provoquait toujours les mêmes plaisanteries : « Eh, petit, c'est une pipe ou une tétine, dans ta bouche ? » Il y avait eu les murs irréguliers au fond du puits, sur lesquels dansaient des ronds de lumière orangée – les reflets des lampes à huile fixées sur les casques. Le cheval aux yeux doux, au poil sombre – on ignorait si sa couleur était naturelle ou due au travail sous la terre – ; le pauvre tirait les wagonnets sur les rails, et soufflait par les naseaux, avec une douceur reconnaissante, son souffle tiède contre le visage de ceux qui caressaient ses flancs maigres. La tombe de sa mère, où il pouvait venir les dimanches et rester longuement accroupi, grattant du doigt la terre argileuse. Il y avait eu des feuilles imprimées sur un mauvais papier, qu'on mettait en hâte dans les mains de tous ceux qui sortaient du territoire de la mine, entouré d'une grande palissade ; c'est sur ces papiers que des hommes plus âgés lui avaient appris à lire ; ils lui indiquaient comment vivre.

Il y avait eu la route sur laquelle il était sorti avant l'aube, et qu'il avait suivie longtemps ; d'abord à travers la brume épaisse du matin, puis à la lumière du soleil, puis dans la pénombre vespérale (il avait jeté sa pipe dans la brume, mais conservé les feuilles, il les emportait dans sa poche, sur sa poitrine). Il y avait eu une rue de la ville, toujours glissante à cause de la bruine ; elle débouchait d'un côté sur un marché sentant le poisson, de l'autre sur les murs de la vieille université. Il y avait eu un coin dans un grenier perdu entre des milliers d'escaliers, de gouttières, de nids de pigeons, de draps séchant sous les fenêtres, entre l'odeur de la fumée des cheminées et le fracas des trains qui passaient constamment près des murs, à portée de main. Il y avait eu les réunions nocturnes, les disputes menant aux cris, les cris aux chansons. Des livres, des dizaines, des centaines de livres, les salles spacieuses et les interminables corridors de la bibliothèque publique. Et – comme un éclair chaud dans le froid de la chambre non chauffée – deux mots qui l'appelaient : Russie soviétique…

Tout cela avait eu lieu, bien sûr. Mais ces souvenirs étaient recouverts d'une couche si épaisse de poussière de charbon, de saleté des rues et de fiente de pigeon, qu'ils semblaient morts et enterrés, ou même n'avoir jamais existé. S'il avait pu choisir, Hoffmann aurait indiqué, comme commencement de sa vie, le moment où il avait vu, par la fenêtre du train, les champs immenses à l'approche de Minsk – un océan de vert, de rouge et de bleu –, et où son cœur avait tressailli devant ce tableau, dans lequel il lisait une promesse.

*

Cinq semaines plus tard, il descendait d'une chaloupe et posait le pied sur les planches branlantes du débarcadère de Gnadenthal.

Il n'avait appris l'existence de Gnadenthal que quelques heures auparavant, en lisant le nom sur son ordre de mission. Si la main toute-puissante de la direction du Parti à Pokrowsk avait inscrit un autre village dans son ordre, la lampe à pétrole qui ne s'éteignait jamais aurait veillé tout au long des nuits au soviet d'Urbach ou de Straub, d'Unterdorf ou de Kukkus. Mais l'heureux élu fut Gnadenthal.

Ayant débarqué sur le front qui lui était confié, Hoffmann avait immédiatement fait la revue des forces déployées dans la colonie et ses environs. Peter Dietrich l'accompagnait (l'ancien conseiller était désormais « président élu à la majorité des voix du soviet de Gnadenthal ») ; celui-ci avait observé, avec une hostilité jalouse, le nouveau chef envoyé par le Parti tapoter amoureusement les flancs des moulins à vent immobiles sur le mont du Moulin, racler du bout de sa botte les rondins descellés du pont aux Patates, secouer les troncs penchés des ormes au ravin des Trois Bœufs, tremper un doigt dans le ruisseau du Soldat à demi gelé. Le bossu touchait tout ce qu'il trouvait sur son chemin – il palpait, triturait, grattait et enfonçait ses ongles, comme s'il marquait son territoire – ; de plus, chaque nouveau signe de dégradation provoquait chez lui un sourire d'enthousiasme : des ruines au lieu de maisons – magnifique ! Les moulins sont immobilisés depuis trois ans – remarquable ! Le débarcadère est à moitié détruit – de mieux en mieux ! Il semblait que Hoffmann aurait préféré trouver Gnadenthal entièrement détruit : que les maisons soient sans vitres aux fenêtres, avec des trous dans les murs, que les deux derniers maigres chameaux du village ne soient pas seulement vieux, mais aussi aveugles, et la nuque du président du soviet Dietrich aurait pu être beaucoup moins grasse. Plus la vie de la colonie était pauvre, triste et insupportable avant l'arrivée de Hoffmann, plus il mettrait de cœur à l'ouvrage.

Hoffmann voulait changer le monde. Non, pas tout ce monde immense et inconnaissable qui s'étendait des deux côtés de la Volga, avec ses mines de charbon insondables qui dévoraient les gens et ses villes pluvieuses aux rues couvertes d'écailles puantes, mais juste le monde minuscule, barré d'un côté par le fleuve, et de l'autre – par le bord des gros champs courtauds du kolkhoze. Un petit monde consistant en quelques hectares de terre, deux douzaines de colons terrifiés, une cinquantaine de chèvres émaciées et deux chameaux grisonnants. Hoffmann voulait changer Gnadenthal.

Il regardait les rues noyées de boue, les maisons décrépites – et voyait les dizaines de bâtiments solides qui allaient bientôt s'élever à leur place ; dans ces bâtiments, il voyait des centaines de villageois énergiques et bien nourris ; et dans les cours – des moutons au pelage traînant jusqu'au sol, des vaches grasses et des chameaux aux cols épais sur de longs cous. À la place des champs rongés par une camelote de mauvaises herbes, il voyait des océans dorés de blé brillant au soleil et des vergers illimités de pommiers. Il voyait les ailes des moulins tourner rapidement, des chevaux courir dans la steppe, et des poissons argentés se débattre dans de lourds filets…

*Ouvrir la Schulhaus ! Enlever le portrait de l'empereur (ce charognard) de derrière le poêle ! Le brûler – en public ! (Nota bene : organiser un meeting ! Nota bene 2 : et invit. un photo-correspondant de*

*Pokrowsk !) Le remplacer par un portrait du Guide de la révolution (confier d'abord le cadre au peintre Fromm, qu'il le peigne en couleurs plus vives). Fournir un maître pour l'école – absol. dès l'automne ! Rumeur : vérifier si le pasteur Haendel a organisé une école secrète dans sa maison. Si la rum. se confirme – expulser ce salaud de Haendel et sa famille ! Et transformer le presbytère en Maison du kolkhozien…*

Pendant des nuits entières, Hoffmann griffonnait sur le papier, plissant les yeux à la lumière faible de la lampe à pétrole et entrouvrant la bouche dans l'effort. Ce n'était pas par fausse modestie qu'il s'était plaint à Bach de ne pas savoir écrire. La nature, qui lui avait déjà fait une mauvaise farce – en lui donnant un doux visage de jeune fille sur un corps déformé –, n'avait pas voulu en rester là et en avait ajouté une deuxième : la main de Hoffmann n'obéissait pas à sa langue éloquente. Sur le court chemin menant de sa tête au crayon serré entre ses doigts, sa pensée perdait toute sa superbe ; son langage fleuri se ridait, se recroquevillait, s'écaillait – et tombait sur le papier en rogatons d'idées tronquées. Des phrases pâles et anémiques remplissaient la feuille : les verbes s'entassaient, les adjectifs se trémoussaient, jamais à leur place, les points d'exclamation s'entrechoquaient – ce n'était pas un texte cohérent, mais le compte rendu d'une réunion de bègues, rédigé par un secrétaire tout aussi bègue. Hoffmann avait honte de cette cacophonie criante de mots, mais il ne connaissait pas d'autre moyen de noter sa pensée remuante et de la garder en mémoire. C'est pourquoi il écrivait : lentement, suant, les doigts tendus à l'extrême, il extirpait tant bien que mal les mots de son esprit et gribouillait ligne après ligne, page après page – dessinant le tableau de la vie future à Gnadenthal, pour, dès les premiers rayons du soleil, courir mettre en pratique le plan dressé pendant la nuit. Il écrivait comme un forçat casse des pierres. Il savait : chaque phrase allait se traduire dans la vie – chaque pierre irait contribuer à l'édifice. Hoffmann n'écrivait pas : il construisait.

*… La maison abandonnée des Wenders : restaur. – samedi de travail volontaire ! On y mettra : le jardin d'enfants du kolkhoze ! (Nota bene : à faire avant les semailles ! Nota bene 2 : faire le recensement*

*de tous les enfants en âge préscolaire à Gnadenthal – conf. la tâche aux pionniers !) Lits d'enfants : à commander au menuis. Schroeder ! Et au peintre Fromm : des panneaux d'agitprop – à portée des esprits incultes (saura-t-il ? Ce scélérat a l'air de tout critiq.)...*

Dans son cœur ardent, Hoffmann se sentait assez de force pour se saisir de Gnadenthal, appuyer de tout son corps contre les chaînes du passé, les briser – et emporter le village dans une nouvelle vie.

En attendant, l'ancienne vie de la colonie était pleine de choses si bizarres, si moyenâgeuses, qu'au début Hoffmann fut décontenancé : il n'avait rien vu de pareil dans son village minier ni dans les taudis de la ville. Par exemple, dans la maison des Brecht, une famille nombreuse, on poussait régulièrement la table du salon derrière le poêle, et toute la famille s'asseyait, en cercle, sur le sol ; au centre, on mettait un chaudron avec des « *Knödel* de la steppe », et tous mangeaient cette soupe, accroupis, toujours avec des cuillères en bois et toujours l'un après l'autre. La tradition du repas de *Knödel* de la steppe assis sur le sol – par respect pour la steppe et pour la récolte qu'elle offrait – se retrouvait dans presque chaque famille à Gnadenthal, mais les Brecht préparaient ce repas plus souvent que les autres : une fois par semaine, obligatoirement le mercredi. Dans une autre maison (Hoffmann avait été témoin de la scène), les petits enfants étaient régulièrement mis, nus, dans des sacs de farine, puis on nettoyait la poussière de farine qui leur collait au corps avec des racloirs utilisés pour les animaux – en prévention de la scarlatine. Une femme osseuse et maussade, la veuve Koch, se spécialisait dans les prédictions (se basant sur la position des étoiles, les rêves, la forme des nuages, les peaux d'oignon et les coquilles d'œuf) et les formules magiques (contre les verrues, la chute des cheveux, les flatulences et la stérilité). Un petit homme du nom de Gauss avait un commerce de cafards – le meilleur remède contre l'hydropisie (il n'y avait pas de cafards à Gnadenthal, il fallait donc les importer des villages russes de la région, les spécimens les plus prisés venant de Tambov et de Kalouga).

Même les visages des colons – ces visages paysans tannés par le vent – semblaient sortis du fond des siècles et faisaient penser à des portraits du Moyen Âge qui auraient pris vie.

Nulle part Hoffmann n'avait vu de tels faciès – si ce n'est sur les toiles écaillées des anciens maîtres.

La bobine du maigre Kolia, dont toute la surface plissée tremblait de colère ou se trémoussait de rire, était jaune de tabac, et si froncée par les rides qu'il devenait chaque année plus difficile d'y distinguer les yeux ou le nez ; avec cela, son nez et son menton se rejoignaient, et ses sourcils broussailleux remontaient sur le front et s'emmêlaient avec ses cheveux. Pris de face, le visage du pasteur Haendel était incroyablement long – on aurait pu le diviser en deux, et en faire deux visages complets – ; son nez, par sa taille et ses proportions, faisait penser à un gros goujon, et ses dents épaisses et solides semblaient appartenir à un cheval ; cette dernière ressemblance était renforcée par la voix du pasteur – sonore et perçante comme un hennissement. La tronche du tueur de cochons Hauf était impeccablement ronde et tout aussi impeccablement rouge. Quant à la gueule de ce lèche-bottes de Gauss, elle formait un triangle idéal – avec son petit menton et ses arcades sourcilières saillantes en guise d'angles…

À quelle époque vivait Gnadenthal ? Comment avait-il fait pour rester sur le bas-côté de la modernité ?

L'ermite muet à la barbe grise, l'ancien Schulmeister, apparu brusquement de nulle part dans l'isba exiguë du soviet, avait aidé, avec ses notes désordonnées sur la vie quotidienne de Gnadenthal, à prendre conscience de la profondeur de l'ignorance des villageois. À présent, Hoffmann avait compris dans quelle langue il fallait parler à la veuve Koch, à ce fayot de Gauss et à ce lourdaud de Dietrich.

*

Et ces notes furent bientôt recherchées : après les avoir étudiées soigneusement, Hoffmann sélectionnait les plus intéressantes, les copiait de son horrible écriture irrégulière et, les dotant des bonnes conclusions idéologiques, les mettait dans une enveloppe. Quand il était à Pokrowsk (où il se rendait chaque mardi au comité du Parti), il faisait un crochet par l'imprimerie et glissait l'enveloppe dans la boîte aux lettres portant l'inscription, écrite un peu de travers : « Journal *Wolga Kurier* » ; auparavant, il regardait de tous les côtés – personne ne le voyait ? Il signait avec modestie : le correspondant rural Hobach.

Comme la rédaction du *Wolga Kurier* aimait ce mystérieux correspondant rural ! Comme elle attendait ses nouvelles, rédigées d'une main de travailleur peu habile à l'écriture ! Comme elle s'enthousiasmait de ses connaissances larges et profondes sur la vie des colons avant la révolution, et de son style poétique ! Et tout cela – avec des synthèses idéologiquement correctes !

Dans l'article « Des noms populaires des mois de l'année », Hobach proposait d'en introduire deux nouveaux dans la conscience des Allemands soviétiques : le *mois de la révolution* au lieu du *mois du vin*, et le *mois de l'hiver* au lieu du *mois de Jésus*. Dans le gros article consacré aux « Couplets humoristiques », il appelait à ôter toutes les rimes ayant un contexte visiblement religieux et faisant la propagande de la soumission et de la résignation (il citait une foison de couplets datés). L'étude « Superstitions » en faisait la liste détaillée, tout en les soumettant à une légitime critique… Les articles du correspondant rural Hobach pouvaient être envoyés à l'impression sans modifier une ligne. Et on les y envoyait : chaque vendredi, le *Wolga Kurier* paraissait avec un nouvel article de sa signature.

« Cher correspondant rural Hobach ! » écrivit un jour le rédacteur en chef Wundt au chroniqueur assidu, dans la rubrique « Courrier des lecteurs ». « Notre rédaction a décidé de vous récompenser par un abonnement mensuel, ainsi que par une lettre de remerciements adressée à votre lieu de travail. Nous vous prions de nous envoyer vos coordonnées. » Mais cet appel resta sans réponse – les lettres du correspondant rural continuaient à arriver sans l'adresse de l'expéditeur.

Après quelques mois de correspondance régulière, Hobach commença à écrire des contes – si singuliers qu'ils durent ouvrir une nouvelle rubrique dans le journal : « Notre nouveau folklore ». Ces contes frappaient par leur originalité et leur fraîcheur : la partie principale du texte était écrite sur un ton lyrique, avec force détails et trouvailles, tandis que le final – toujours inattendu, mais invariablement idéologique – tenait en quelques phrases courtes, assenées avec une franchise et une fermeté toutes prolétaro-paysannes. On avait l'impression que ces contes étaient écrits par deux auteurs, et dans cette dualité volontaire se révélait leur profondeur : ils étaient la dialectique incarnée, le symbole du nouveau monde rural de la République soviétique allemande.

Le rédacteur Fichte tenta d'obtenir, pour cette nouvelle rubrique, un emplacement en première page, entre les articles sur la situation internationale, mais il n'eut pas gain de cause, et resta en froid pendant un jour et demi avec le rédacteur en chef Wundt. Bientôt, pourtant, d'un commun accord, ils décidèrent qu'il fallait demander, à Moscou, de publier ces contes si pleins de verve dans un livre. Ils scellèrent leur réconciliation en buvant un quart de Stinkus puant.

Le *Wolga Kurier* était livré régulièrement au soviet de Gnadenthal. Hoffmann affichait un exemplaire sur la place du marché (il le collait au tronc du plus gros orme), transmettait le deuxième à l'isba-bibliothèque qu'il avait récemment fait ouvrir dans la maison abandonnée du forgeron Benz, et gardait le troisième exemplaire pour lui. Les Gnadenthalois avaient une certaine méfiance envers la presse, mais ils ne la rejetaient pas entièrement – ils lisaient quelques bribes. Hoffmann remarquait régulièrement des villageois assemblés devant l'orme, et s'approchait pour comprendre – que lisent-ils ? qu'est-ce qui les intéresse ? – mais, dès qu'il apparaissait, la foule se dispersait et, quelques minutes plus tard, les villageois semblaient s'être dissous dans l'air : ils considéraient le nouveau chef de la colonie avec angoisse et méfiance. Comment aurait-il pu en être autrement ?

– Et il doit tout renifler avec son nez ! Comme si ce n'était pas un homme, mais une bête ! se plaignait le peintre Anton Fromm à ses concitoyens réunis sur le perron du président du soviet Dietrich pour échanger les nouvelles. Je lui dis : Camarade Hoffmann, mais pourquoi renifles-tu ma peinture ? Et il me répond : Je veux tout savoir de toi, jusqu'aux plus petits détails, tu es si intéressant. Et moi : Tu veux peut-être que je te donne mes bottes de feutre à renifler, à la fin de l'hiver, elles sont particulièrement odorantes. Et il se marre, le diable l'emporte. Je me suis détourné pour rincer mes pinceaux, et il a plongé un doigt dans ma boîte de peinture – hop ! – et mis ce doigt dans sa bouche ! Il claque des lèvres comme s'il avait goûté du miel, et ne fait même pas la grimace...

– Un Allemand d'Allemagne, avec ça ! dit Böll-sans-moustaches, amaigri par les années, en opinant de la chapka. On l'a fait venir d'Allemagne, mais il est aussi fou que s'il avait grandi près d'ici. Est-ce qu'on avait besoin d'un fou étranger ?

– Un peu de merde ne fait jamais de mal, conclut Dietrich avec philosophie.

Il n'y avait rien à ajouter à cela – et les villageois rentrèrent chez eux, hochant la tête d'un air préoccupé et tirant sur leurs pipes qu'ils avaient appris, en l'absence de tabac, à bourrer avec un mélange de millepertuis, thym, sauge et réglisse.

Ils ne savaient pas que, dans le vaste cœur de Hoffmann, vivait déjà un petit bout de chaque Gnadenthalois : qu'il sentait déjà, comme si c'était lui, le corps de chaque colon, ses biens, sa maison, et jusqu'à ses derniers sabots de bois usés dans la boue d'automne. Hoffmann souffrit quand le grand Dürer eut mal à l'oreille gauche, quand le cheval alezan du tueur de cochons Hauf succomba, encore jeune, à la morve, quand maman Kohl laissa éclater sa peine en public, à la mort de son fils emporté par une consomption – comme si le mal à l'oreille, l'animal mort et le cœur brisé par le chagrin lui appartenaient. Ce n'est qu'ainsi – en sentant les autres comme faisant partie de lui, en pénétrant à l'intérieur d'eux et en devenant eux – qu'il pourrait les arracher aux ténèbres et à l'ignorance, à ce tas malpropre de charbon où ils avaient vivoté jusqu'alors.

## 15

Ce qu'il écrivait se réalisait.

Bach commença à s'en douter au printemps de 1926, quand il apporta au soviet « L'histoire du jeune tambour » – le centième conte écrit pour Hoffmann. Il en tenait lui-même la comptabilité rudimentaire, en grattant, avec l'ongle, le titre des histoires sur les murs en rondins de la chambre de Klara – là où il y avait encore de la place. Il aurait pu les comptabiliser sur le papier – par bonheur, il n'en manquait pas depuis quelque temps –, mais il trouvait plus touchant de les insérer, de sa main, dans le journal tenu par sa bien-aimée. C'est pourquoi les rondins près du plafond, ceux que la frêle Klara ne pouvait atteindre, étaient couverts d'inscriptions pâles : « Les trois fileuses », « Les sept frères », « Les douze chasseurs », « Les bêtes de pierre », « La jeune fille sans mains », « Le grand rouillé », « L'eau de la vie », « Le poisson de verre », « Un cœur de porc »...

Cent contes. Cent nuits de la vie de Bach. Cent histoires transformées, sous le crayon fougueux de Hoffmann, en récits de la lutte du peuple laborieux contre les oppresseurs, les parasites et autres ennemis de classe. Cent publications dans le *Wolga Kurier* sous la signature du correspondant rural Hobach – ce modeste travailleur de la plume, ce héros mystérieux du front folklorique de la République allemande de la Volga.

Bach avait compris depuis longtemps quels contes Hoffmann attendait de lui. Les histoires à caractère religieux – avec la Vierge Marie, les Apôtres et les saints – étaient rigoureusement prohibées ; les récits mystiques – avec des magiciens, des voyantes, des objets magiques, des licornes et des chevaliers morts – n'étaient pas particulièrement souhaités ; en revanche, les contes faisant intervenir des gens simples – tisserands, cordonniers, pêcheurs, paysans, jeunes et vieux soldats – étaient toujours bienvenus. Étonnamment, il fallait des sorcières, des diables, des diablotins et des géants de toutes sortes et de toutes tailles, des ogres et des brigands : si Hoffmann ne trouvait aucun attrait à la magie « mystique », il appréciait les « représentants des superstitions populaires ». « Tous tes mages avec des boules de cristal et tes enchanteurs avec des baguettes magiques – ce sont des héros du passé, tu peux me croire, avait-il expliqué à Bach. On les laisse aux gens du passé : aux lycéennes à particule et aux officiers bien nés, aux dames de la haute. Le peuple, lui, comprendra ce qui parle de lui – ou de ce qu'il a peur de rencontrer dans sa grange ou dans le bois d'à côté. » La présence, dans les contes, de représentants des classes dirigeantes – rois, barons, seigneurs – était également bienvenue, car elle permettait de donner à n'importe quelle histoire une fin idéologiquement juste. Les histoires d'animaux convenaient aussi – histoires de moutons peureux, d'abeilles travailleuses, d'alouettes insouciantes –, mais Bach les écrivait moins volontiers : il n'arrivait pas à s'imaginer en lièvre ou en phoque.

– Un tambour, c'est parfait ! grommela Hoffmann ce matin-là, assis sur l'appui de la fenêtre, et parcourant des yeux l'histoire que Bach lui avait apportée.

Depuis quelque temps, l'excitation ne le faisait plus déambuler dans l'isba, il avait appris à maîtriser ses débordements d'énergie. Son visage, autrefois lisse comme celui d'une toute jeune fille, avait pris des rondeurs de femme, et les rides qui apparaissaient dès qu'il s'animait n'étaient plus aussi effrayantes.

– Le symbole du réveil, de l'appel à la lutte – non d'une seule personne, mais des masses… Hoffmann tenait les feuilles couvertes de phrases juste devant ses yeux, et hochait la tête à petits coups, au rythme de ses pensées, comme s'il picorait, d'un bec invisible, les mots et les lettres. Mais pourquoi est-ce que ce symbole, dans ton conte, perd son temps en bêtises ? Pourquoi est-ce qu'il erre dans des Montagnes de verre et des Forêts de fer à la recherche de sa promise, le diable l'emporte, au lieu de lutter pour le bonheur de son village ? Hein, Bach ? Qu'est-ce que ça te coûtait, de le lancer dans une quête sociale, plutôt qu'amoureuse ? D'inventer les mêmes aventures non pour un fiancé transi portant un tambour, mais pour un combattant doté d'une solide conscience de classe ? Tout ça, c'est plein d'esprit petit-bourgeois et boutiquier. Je vais encore passer la moitié de la nuit à corriger...

En deux ans de collaboration – à réécrire les longs textes bavards de Bach –, Hoffmann avait peu à peu cessé d'avoir peur du crayon. Si son écriture n'était toujours pas parfaite, elle se révélait plus liée, et son style nettement plus coulant. Parfois, Bach appelait Hoffmann, en lui-même, son « dernier élève ». Quel autre nom donner à un homme qui, année après année, recopiait avec zèle ses pensées, phrases, tournures et même sa ponctuation ?

– Bach, tu es aussi obstiné que l'âne de ton propre conte. Tu sais très bien ce qu'il faudrait faire. Mais tu continues à écrire ce qui te plaît. Tu me sabotes le travail...

Bien sûr que Bach savait. Il lisait avec attention la rubrique « Notre nouveau folklore » dans chaque nouvelle édition du *Wolga Kurier*, et voyait ce que Hoffmann avait corrigé dans ses textes. Sa rédaction était si rudimentaire que n'importe quel cancre de la Schulhaus aurait pu la faire. Bach ne passait pas ses nuits à écrire pour répéter, d'histoire en histoire, des fins heureuses où d'anciens propriétaires terriens (monarques, comtes ou géants maîtres du pays) étaient renversés par une foule de paysans en colère, tandis que des pauvres naïfs et égarés (cordonniers, mineurs, bûcherons) revenaient dans le giron d'un juste labeur collectif. Il voulait vivre ses histoires, et Hoffmann se débrouillait bien tout seul pour bricoler les fins.

– Bon, je n'ai pas le temps maintenant. Je m'occuperai de ton tambour plus tard. Hoffmann sortit de sa poche un bout de feuille froissée, et y griffonna quelques phrases. Je te l'échange contre deux pastèques. Pour un conte prêt à l'usage, je t'en aurais donné cinq, mais pour ce produit semi-fini, deux, c'est déjà beaucoup.

Depuis quelque temps, il ne payait plus les contes en nourriture, mais en reçus : à la fin du mois, Bach les échangeait contre des melons ou des concombres, des pommes de terre et des betteraves qui poussaient dans les champs communautaires. Le président du soviet Dietrich avait bien essayé de demander pour quels services l'ancien Schulmeister recevait cette production. « Pour son aide sur le front de la propagande », lui avait répondu Hoffmann d'un ton sévère. Depuis, il n'avait plus posé de questions.

Quelque part au-dehors, on entendit un roulement sonore, comme si quelqu'un avait versé des petits cailloux ou des pois secs dans un seau en fer. Un tambour ? Bach se pencha vers la fenêtre, tentant d'apercevoir ce qui se passait, mais le lilas qui avait poussé le long de la clôture l'empêchait de voir la rue.

– Tu sais, Bach, j'ai parfois l'impression que tu sais parler. Hoffmann, aussi souple qu'un chat, sauta de l'appui de la fenêtre. Mais que tu ne veux pas. Pas avec moi. Et que, dès que tu rentres dans ton terrier, tu ouvres tes lèvres, et tu bavardes avec les tiens : bla-bla-bla-bla… C'est vrai, Bach ? Peut-être que je devrais te rendre visite sur la rive droite ? Qu'on y causerait tout notre saoul ?

Bach essaya d'attraper le reçu, mais Hoffmann ne le lâchait pas – ils étaient face à face, poitrine contre poitrine, chacun pareillement agrippé au petit carré de papier.

– Peut-être que tu ne vis pas du tout sur l'autre rive, mais quelque part au fond de la Volga, avec les poissons ? Peut-être que tu es un poisson ? Qu'une fois par semaine tu te changes en homme, et que le reste du temps tu es sous l'eau, agitant tes nageoires et te moquant de nous ? Peut-être que ton corps n'est pas couvert de poils, mais d'écailles ? Et que dans ton dos, en fait d'omoplates, tu as des branchies ? Hoffmann écarta d'un doigt le col de Bach, comme s'il espérait voir, en dessous, sa peau écailleuse. J'aimerais bien savoir : pourquoi viens-tu ? Pourquoi m'apportes-tu des contes depuis deux ans ? Pas pour les concombres du kolkhoze, j'en suis sûr. La respiration de Hoffmann était toute proche – chaude et humide contre sa joue. Non, c'est autre chose. Ce sont tes démons qui ne te laissent pas en paix ? Est-ce que tu le sais seulement toi-même ?

Bach le savait. Anntche n'avait plus besoin de lait depuis longtemps, et il aurait pu se passer d'apporter ses textes à

Hoffmann, se contenter de les ranger dans la commode ou au fond du coffre. Mais chaque fois, en observant les Gnadenthalois qui s'attroupaient sur la place du marché devant l'édition du vendredi du *Wolga Kurier*, Bach ressentait une émotion insurmontable, comme si là-bas, sur l'arbre, il y avait non pas une feuille sentant l'encre fraîche, mais lui-même – nu, avec un bonnet d'âne en papier sur la tête. Il s'approchait, écoutait les discussions – la gorge sèche, les joues brûlantes, les mains glacées et insensibles. « Alors, qu'est-ce qu'il y a ? demandait généralement quelqu'un avec impatience. Cette fois, ça parle d'un architecte et d'un château englouti sous les flots, répondait, du fond de la foule, quelqu'un qui était juste devant les ormes. – Allez, dépêche-toi, lis ! » le pressaient les autres. Et la voix inconnue lisait – lentement, butant sur les phrases compliquées et prononçant scrupuleusement les syllabes des mots longs – le conte de Bach, à peine retouché sur la fin par la plume de Hoffmann. La foule se taisait. Bach écoutait, et sentait comme les gens écoutaient ses mots ; comme les hommes, les femmes et les enfants – ses anciens élèves et les parents de ses anciens élèves – se figeaient, tout à ce qu'ils entendaient, leurs visages immobiles. Quand les dernières phrases étaient lues, les gens restaient encore un moment à leur place, sans mot dire. « Un talent pareil, ça vient du ciel », soupirait une femme. Puis tous se séparaient, toujours sans dire un mot, sans avoir même jeté un œil sur les autres titres et articles. Bach partait à son tour – les joues brûlantes, la nuque mouillée, sans oser lever les yeux. Cela dit, personne ne prêtait plus depuis longtemps la moindre attention à l'ancien Schulmeister… C'était pour ces minutes de silence général que Bach venait à Gnadenthal.

– Bon, Schiller ébouriffé, tiens ça. Hoffmann lâcha finalement le reçu. Je n'ai pas de temps à perdre avec toi. Je vais à Pokrowsk, prendre un projecteur itinérant – pour que tous les travailleurs des champs puissent aller au cinéma. Oui !

Le tambour continuait de battre dans la rue – tout près d'eux. Il ne se contentait pas de battre – « il avait un roulement plein d'entrain, comme s'il appelait tous et toutes à se lever et à ouvrir grand les yeux face au soleil levant » –, exactement comme Bach l'avait décrit dans les feuilles que

Hoffmann venait de fourrer sous sa chemise. Bach mit le reçu dans sa poche et sortit du soviet sans prendre congé.

Il ne trouva pas le tambour – le battement joyeux retentissait dans la rue voisine. Bach se hâta, suivant le bruit qui s'éloignait – il dépassa la place du marché, l'église décorée de bannières rouges, les boutiques de pétrole de lampe et de bougies qui avaient rouvert, les maisons reblanchies à la chaux, avec les encadrements des portes et des fenêtres décorés de couleurs vives –, le roulement du tambour l'entraîna, devenant de plus en plus faible et se dissolvant dans l'air, dans une rue transversale, puis dans des ruelles, de plus en plus loin... Bientôt, Bach se retrouva à la limite des champs kolkhoziens et regarda autour de lui d'un air égaré : il n'y avait personne alentour ; seule une faible stridulation s'élevait de tous les côtés – non pas le battement d'un tambour, mais le chant des sauterelles. Le mystérieux tambour avait disparu ou cessé de jouer. Cette coïncidence – entendre le son d'un tambour justement le jour où il avait écrit « L'histoire du jeune tambour » – était amusante. Bach resta un moment immobile, contemplant les étendues verdoyantes (cette année, Gnadenthal avait labouré et ensemencé tous les champs des environs, jusqu'au dernier), puis reprit la direction de la Volga.

Une colonne avançait à sa rencontre : des petits tracteurs rouge feu, aux pneus dentelés, remorquaient de gros rondins dans un bruit affairé de ferraille. C'étaient sans doute les fameux joujoux mécaniques dont avait parlé le *Wolga Kurier* – les premiers tracteurs soviétiques, élaborés et produits dans la République allemande de la Volga. Bach fit un pas à l'intérieur du champ et attendit que la colonne ait passé. Il admira les mouvements puissants et précis des conducteurs, qui avaient su dompter ces poneys de fer, puis il remarqua, sur les flancs anguleux de chaque machine, des lettres noires formant le mot : « Nain ». « Le Nain », c'était le titre du conte qu'il avait apporté à Hoffmann la semaine d'avant.

*

Depuis ce jour, elles eurent lieu régulièrement – les coïncidences. Incroyables, inexplicables. Des coïncidences dont il ne pouvait pas parler, et s'il l'avait pu, il n'aurait sans doute pas osé, de peur d'être accusé de folie. Ces coïncidences étaient si flagrantes qu'il ne pouvait pas non plus les nier.

Bach écrivit un conte parlant de douze chasseurs qui se transformaient en jeunes filles – et, quelque temps plus tard, il croisa dans un champ des faucheurs qui, à première vue, semblaient être des travailleurs habituels ; mais quand il s'approcha, il vit bien, à la légèreté des mouvements et aux formes des corps, que les blouses d'hommes en basin et les pantalons de drap cachaient les rondeurs de corps féminins, et que ces corps étaient au nombre de douze, exactement. « Alors, Schulmeister, vous êtes venu donner un coup de main ? » le héla joyeusement l'une des kolkhoziennes, son sourire étincelant sous la visière de sa casquette. « Ou est-ce que vous ne savez tenir qu'une baguette ou une règle ? »

Il écrivit un conte sur un forgeron aquatique qui forgeait des charrues et des fers à cheval plongé dans l'eau jusqu'à la taille – et, quelques jours plus tard, la famille du forgeron Benz – qu'on considérait définitivement disparue dans les hautes herbes des prairies américaines ou les jungles amazoniennes – revenait à Gnadenthal après des années d'errance. Or les Benz n'arrivèrent pas à pied, par la steppe, comme les autres candidats au retour, mais par voie fluviale, sur une péniche de passage.

Il écrivit l'histoire de deux gros esturgeons qui rendaient chaque année visite à deux ermites – et les pêcheurs locaux trouvèrent soudain, dans leurs nasses, des poissons aux dimensions inusitées : des têtes aussi grandes que celle d'un cheval, des écailles aussi larges qu'une main d'enfant.

Il écrivit sur des nains cachant leur or juste en dessous des champs de blé, une partie de l'or jaillissant de sous la terre sous la forme de blé et de seigle – et les épis s'élevèrent sur la glèbe de Gnadenthal, plus nombreux et plus dorés que jamais, annonçant une moisson inégalée. Bach avait voulu voir si des nains n'étaient pas réellement apparus dans les champs du village, et il avait débarqué une nuit sur la rive gauche avec une pelle et une torche, mais il avait été chassé par une patrouille de pionniers, qui gardait efficacement les champs contre les voleurs et les saboteurs.

Non, au début, il ne voulait pas le croire. Il était impossible que son crayon – si court, au bout rongé lors des veilles nocturnes – soit doté d'une telle puissance. Bien sûr, Bach avait déjà remarqué que la vie à Gnadenthal avait en partie repris comme auparavant : les maisons, réparées et soigneusement blanchies à la chaux, avaient l'air plus pimpantes ; les champs et les potagers bien entretenus avaient verdi comme dans le passé, et les visages des habitants avaient retrouvé des rondeurs et des couleurs (même les formes d'Emmy des Pastèques, après avoir fondu, avaient recouvré force et élasticité, promettant une bonne récolte dans la melonnière). La colonie retentissait à nouveau de chansons (bien sûr, parmi elles, il y en avait beaucoup de nouvelles – révolutionnaires) et de joyeux cris d'enfants (même si les enfants ne criaient plus « Hé ho, les Kirghizes arrivent ! », mais « Pionniers, toujours prêts ! » et « Vive la révolution !... ») ; les troupeaux de chèvres et de moutons gambadaient à nouveau dans la steppe (même s'ils étaient, désormais, *troupeaux kolkhoziens*), on entendait à nouveau des chamelles blatérer et des juments hennir (non plus dans les cours des colons, mais dans les enclos des *fermes d'élevage*), oies et canards battaient des ailes dans l'*exploitation collective de volailles*. Ce n'est pas sans raison que des visiteurs étrangers n'avaient cessé de séjourner à Gnadenthal pendant toute l'année écoulée – délégations de travailleurs, d'enseignants et d'activistes communistes venues d'Allemagne – pour admirer les succès de la colonie florissante ; ce n'est pas sans raison que des flots d'émigrants allemands avaient débarqué – artisans et paysans, ouvriers d'usine et mineurs, ingénieurs, et même acteurs, quittaient le Vieux Monde pour la jeune et puissante Russie soviétique, résolus à s'y installer et y trouver une nouvelle patrie. C'est pourquoi cette année 1925 avait été nommée, dans la tête de Bach : *Année des Visiteurs*. Pourtant, Bach n'avait pas osé mettre tous ces changements sur le compte de son crayon au bout arrondi. Mais à présent, regardant ce qui se passait à Gnadenthal, il se posait la question, confus : se pouvait-il que tout cela soit le résultat de son travail ? De toutes ses nuits de veille à la lueur de la lampe à chandelle ?

Ayant décidé de vérifier son idée folle, Bach se rendit à la réunion du village (qu'il était convenu d'appeler désormais *assemblée kolkhozienne*), pour voir tous ses concitoyens réunis et écouter leurs discussions : que pensaient-ils eux-mêmes, les Gnadenthalois, de leur nouvelle vie ?

La première chose qu'il aperçut fut le mystérieux tambour, celui qui avait récemment échappé à son regard. Posté au bas de la tribune, il était jeune et fin de corps, grand et droit ; une cravate cramoisie flamboyait sur sa poitrine (Bach apprit par la suite que les enfants portant cette cravate se nommaient *pionniers*) ; les baguettes, au bout des longs bras du jeune tambour, battaient à toute vitesse et semblaient presque invisibles, et le roulement de l'instrument frémissait au point de ressembler à un gémissement. Au son du tambour, d'autres pionniers le rejoignirent, encore plus jeunes et plus élancés que lui ; formant un demi-cercle régulier, ils entourèrent la tribune sur laquelle étaient montés les intervenants émus. Et ces pionniers étaient au nombre de sept, comme dans le récent conte de Bach qui parlait de sept frères ayant quitté la maison paternelle.

On commença par donner des diplômes d'honneur à une équipe artisanale de trois vieilles fileuses : l'une avait la lèvre inférieure longue comme une semelle, tombant jusqu'à son menton, à force d'humidifier la filasse avec sa salive ; la deuxième – un pied aussi large qu'un pain rond à force de taper sur la pédale du rouet ; la troisième – un doigt gros comme une carotte mûre à force de passer les fils. Ces valeureuses travailleuses soviétiques avaient été très précisément décrites dans un conte de Bach.

Puis on écouta le compte rendu d'un activiste de Pokrowsk qui, en quelques années, avait fait une carrière fulgurante de simple tailleur à vice-président du comité du Parti (et, dans ce petit bonhomme rusé, Bach reconnut immédiatement le vaillant tailleur d'un autre conte).

Vers la fin, l'assemblée critiqua vertement un travailleur négligent de l'exploitation de volailles, par la faute duquel le kolkhoze avait perdu plusieurs oies ; les intervenants appelaient le niais, en face, « Hans le bêta ».

Il ne pouvait plus y avoir aucun doute : ce qu'il écrivait se réalisait. Ce que Bach griffonnait au crayon sur un mauvais papier fibreux avait lieu à Gnadenthal. Parfois, l'histoire se réalisait telle quelle dans la réalité, parfois elle se reflétait indirectement, mais quelque chose avait forcément lieu, inexorablement. Et la vie ne cessait d'apporter de nouvelles preuves.

Il suffisait que Bach écrive une légende sur des cerises enchantées, préservées des vers et de la sécheresse par une formule magique, et les cerisaies de Gnadenthal croulaient sous l'abondance de fruits lourds, chaque cerise poussant aussi grosse qu'une pomme.

Il suffisait qu'il écrive au sujet d'un plant de haricots qui poussait jusqu'au ciel, et les potagers de Gnadenthal enflaient d'une végétation folle : pois chiches et concombres persans, sésame, raves, colza et lin, lentilles, tournesols et feuilles de pommes de terre, tout surgissait de terre avec une puissance étonnante, menaçant de s'élever à hauteur d'arbre, ou, en effet, de monter jusqu'aux nuages.

Il suffisait qu'il écrive sur des pauvres trouvant un trésor de pierres précieuses caché par des brigands pour que les melonnières gonflent sous l'abondance des récoltes : les immenses pastèques vert émeraude éclataient sous la chaleur, révélant leurs entrailles couleur de rubis ; les melons, qui s'entassaient les uns sur les autres, brillaient au soleil d'un éclat aveuglant et faisaient penser à la fois à des topazes géantes et à d'énormes pépites d'or brut...

Cette année étonnante, 1926, ne pouvait être appelée que : *Année des Récoltes Inouïes*. Et Bach lui donna ce nom.

Oh, quelle année ce fut ! La terre était d'une fertilité généreuse, jamais vue. Cette fertilité s'étendait aux brebis, juments, vaches et chèvres. Aux femmes. Les coquilles des œufs se fendillaient, laissant sortir d'innombrables poussins et canetons. Dans les champs, les graines éclataient bruyamment, des pousses vertes en jaillissaient. Le lait gonflait les mamelles – des femmes, des chamelles et des truies – et se répandait sur le sol, l'engraissait. La terre se couvrait de pousses et nourrissait les mères, remplissant à nouveau seins et pis de lait gras.

Ce lait blanc coulait à flots dans les écrémeuses, se transformait en montagnes de beurre et en rivières de crème. Les blancs troupeaux de moutons ruisselaient dans les prés en direction de l'abattoir du kolkhoze – pour devenir viande et laine. Poules, oies et dindes blanches se promenaient en flux ininterrompu dans les cours des exploitations de volailles. Les blouses blanches des éducatrices des crèches et des infirmières étincelaient, tout comme les sourires des éleveurs des fermes et des conducteurs de tracteur, des agronomes et des trayeuses, et de tous les colons. Et leurs mains laborieuses – des centaines et des centaines de mains – agitaient faux et serpes, enfonçaient pelles et brandissaient haches, s'élevaient vers le ciel en votant lors des assemblées : oui ! oui ! oui ! Et le vent bruissait dans les champs de blé : oui ! Et les pluies tintaient sur l'herbe souple : oui ! Et la Volga approuvait, répétant, à chaque clapotis des vagues sur la rive : oui ! oui ! oui !...

Personne – ni le bavard Hoffmann, ni le replet Dietrich, ni aucun des villageois – ne se doutait des vraies raisons de cette fertilité. Et personne ne savait ce que cet été brûlant avait coûté à Bach. Dès qu'il avait compris que ce qu'il écrivait pouvait avoir une influence sur la réalité, il s'était mis au travail avec une fougue redoublée, écrivant parfois jusqu'à deux contes par nuit. Il cherchait dans sa mémoire les descriptions de richesse, de fruits mûrs, de moissons, et les répandait sur le papier : les géants faisaient paître des troupeaux immenses de moutons, portaient sur leurs épaules des granges remplies de grains, faisaient moudre des montagnes de farine ; les diables construisaient en une nuit des ponts et des digues, obligeaient les charrues à labourer sans chevaux et révélaient aux paysans les secrets de la moisson à venir ; les arbres se couvraient de fruits qui apportaient l'immortalité...

Quand, en juin, le soleil brilla trop fort, Bach écrivit des histoires de titans, hercules et faucheurs infatigables, et les Gnadenthalois parvinrent à terminer les foins avant que la chaleur ne dessèche la steppe. Quand, en juillet, la terre resta trop longtemps sèche, et commença à se couvrir de fines fissures, Bach écrivit des histoires d'averses, de rivières et de royaumes sous les eaux, et bientôt, la pluie tomba. Quand, en août, cette même pluie noya les champs et menaça de ruiner la moisson, Bach fit des descriptions de feu et d'or, et les averses cessèrent, et le soleil se remit à briller sur la colonie.

Bach ne laissait rien au hasard. Il savait que chaque phrase, chaque comparaison, chaque épisode allait se réaliser. C'est pourquoi il écrivait avec soin, choisissant minutieusement ses mots et cherchant les adjectifs les plus expressifs, les métaphores les plus parlantes. Dans ses contes, les épis de blé ne se contentaient pas de « jaunir », ils « étaient d'or pur – un or si abondant et généreux que même l'homme le plus fort de la terre n'aurait pu l'emporter » ; les pommes n'étaient pas simplement « rouges », mais « flamboyaient, s'emplissant d'un jus au goût de miel qui jaillissait si on les perçait » ; les carpes et sterlets n'étaient pas « pêchés », mais « entraient dans les filets par bancs entiers, comme si la Volga n'était pas un fleuve, mais tout un océan » ; les poules ne « pondaient » pas, mais « avaient autant d'œufs que les poissons » ; les poussins ne « perçaient » pas leur coquille mais « sautaient de ces œufs innombrables par centaines et milliers » ; la pomme de terre ne « poussait » pas, mais « s'élevait en buissons luxuriants » ; les tournesols « étaient aussi gros que des roues de chariot » ; et même le rustique maïs de la Volga, au goût un peu farineux, ne « mûrissait » pas, mais « brillait d'un jaune aveuglant, illuminant les champs alentour, comme si chaque grain contenait une puissante ampoule électrique ».

Bach n'épargnait pas le papier. Il n'épargnait ni son temps ni ses forces. Il ne s'épargnait pas. Il s'épuisa tant, cet été-là, qu'il avait l'impression d'avoir labouré lui-même chaque pouce des terres de Gnadenthal, chaque coin de potager, d'avoir fait paître lui-même tous les troupeaux et tiré lui-même tous les filets de la Volga. Il venait tous les jours à Gnadenthal : dès qu'il avait achevé son nouveau texte, il traversait la Volga pour vérifier l'état des blés et des seigles, des tournesols et des maïs, se convaincre que l'herbe fauchée était assez grasse, se renseigner sur l'abondance des naissances dans la ferme d'élevage, estimer la ponte des poules et le résultat des pêches.

Hoffmann, surpris par cette énergie inattendue, se contentait d'en rire un peu et lui délivrait des reçus : de concombres et de raves, de pois et de betteraves, de choux et d'avoine. Bach n'était absolument pas touché par ce rire : le naïf Hoffmann ne comprenait pas de qui il se moquait. Mais l'essentiel n'était pas la gloire. Bach lisait les titres du *Wolga Kurier* et sentait la chaleur se répandre dans sa poitrine, tandis qu'un sentiment fort et touchant lui serrait la gorge : toutes ces moissons abondantes, ces portées nombreuses, tous les succès des travailleurs du jeune kolkhoze de Gnadenthal, toute cette vie neuve et riche était sortie de la plume de Bach, non pour Hoffmann et les Gnadenthalois, mais pour la seule Anntche – elle allait devoir vivre dans cette nouvelle vie quand Bach aurait disparu. Ce monde, créé par ses soins – fertile, rassasié et donc bon –, était l'héritage qu'il voulait laisser à Anntche.

*

De son côté, Hoffmann semblait croire que les changements à Gnadenthal étaient le fruit de son travail. Il courait dans toute la colonie et ses environs avec un visage si inspiré qu'il semblait penser que seuls les ordres qu'il criait et ses mouvements de bras ordonnaient cette glorieuse vie. Parfois, Bach le comparait à une fourmi prise de folie, obsédée par l'idée de construire : en deux ans, Hoffmann avait supervisé l'édification, la réparation et la modification selon les besoins de la vie socialiste d'un nombre incroyable de bâtiments.

L'isba-bibliothèque. Le club (avec des sections : politique, militaire, agraire et même culturelle, où l'on trouvait un astrolabe, une longue-vue et un vieux gramophone avec une douzaine de disques – héritage du meunier Wagner tombé dans l'oubli). L'école, le jardin d'enfants, la crèche (partout : agitprop, portraits des guides de la nation, panneaux rouges et noirs avec les résultats des moissons). L'hôtel pour les nombreux visiteurs (avec des chambres séparées pour les invités de rang particulièrement élevé et les délégations étrangères). Un foyer pour loger les étrangers venus s'installer à Gnadenthal (il n'y en avait pas moins de deux dizaines). Une infirmerie. La direction du kolkhoze. La station de tracteurs (à l'intérieur : le vieux « Fordson » et cinq jeunes « Nains »). La ferme d'élevage, l'exploitation de volailles, les entrepôts. Les écuries et porcheries communes. La Maison du kolkhozien, la Maison du pêcheur. Trois roulottes pour les faucheurs et les moissonneurs. Deux pour les éleveurs de volailles ambulants.

Seule, sans doute, la Kirche de pierre n'avait pas encore reçu de nouvelle fonction utile. Dürer, le jeune activiste à la tête des pionniers de Gnadenthal, avait proposé d'en faire un hangar ou une écurie, mais l'âme sensible de Hoffmann résistait à cette idée au fond juste, quoiqu'un peu barbare. Non, Hoffmann avait imaginé une autre fonction pour le majestueux bâtiment de l'église : « Un foyer d'enfants ! cria-t-il avec excitation à Bach lors d'un accès de confidence, décrivant des cercles dans la pièce du soviet. Et il sera immense, cent lits ! On l'appellera : Foyer d'enfants de la Troisième Internationale ! On réunira tous les enfants abandonnés de la Volga – et on les enverra chez nous ! » Mais ce rêve n'était pas destiné à se réaliser : la Kirche n'avait pas de chauffage et gelait complètement en hiver. Et le comité régional lui interdit d'aménager le bâtiment pour abriter le foyer d'enfants : il y en avait déjà un à Pokrowsk.

Hoffmann prenait part à tous les chantiers, à toutes les réparations. Il criait contre chaque maçon (« Comment est-ce que tu mets les briques, traître ?! Pose-les mieux, plus droit, aligne ! »), contre chaque menuisier (« Que ta gueule devienne aussi tordue que ce chambranle ! Qu'est-ce que ça veut dire, "les poules ne verront pas la différence" ?! Peut-être que les poules s'en fichent, mais je ne te laisserai pas insulter, avec ton travail de cochon, les regards des éleveuses de volailles ! »). Il criait contre le peintre Fromm (« Pourquoi, sur l'agitprop, les cravates de tes pionniers sont-elles orange comme des carottes desséchées ? Elles doivent flamboyer – d'un rouge éblouissant ! »). Il criait contre le président du soviet Dietrich (« Qu'elle aille au diable, votre foire du dimanche ! On doit ouvrir des crèches, pas vendre du persil ! Ordonne à toutes les femmes de participer au dimanche de travail volontaire ! Si je vois quelqu'un vendre sa camelote sur la place du marché – je réquisitionnerai tout pour les repas des pionniers ! »).

Petit à petit, les Gnadenthalois s'étaient habitués aux bizarreries du représentant du Parti : « Il est un peu fêlé, mais il fait plus de bien que de mal. » Seul Bach savait : à quoi auraient servi tous ces nouveaux rondins, ces toits, ces murs de torchis – sans moisson abondante et sans la joie de ceux qui récoltaient cette moisson, sans leur foi et leur désir ? Ils n'auraient servi à rien ; ils auraient été aussi vides qu'ils l'étaient un ou deux ans auparavant. C'est pourquoi ce que Hoffmann construisait était mort. Et Bach y insufflait – la vie.

*

Parfois, Bach avait l'impression que Hoffmann devinait le caractère secondaire de son rôle, sinon pourquoi aurait-il attendu les nouveaux contes avec une telle impatience ? Il les critiquait, se plaignait du peu de contenu idéologique, menaçait de tout écrire lui-même – mais chaque fois, il arrachait avec avidité les feuillets des mains de Bach, parcourait hâtivement le texte des yeux, comme s'il le dévorait. Par la suite, quand le conte paraissait dans le journal, il le découpait avec soin et le collait dans un grand livre comptable qui n'avait cessé de grossir en deux ans (sur les premières pages jaunissaient les feuillets manuscrits des premières notes ethnographiques de Bach, puis venaient les coupures de la rubrique « Notre nouveau folklore »).

Sur l'ordre de Hoffmann, ces contes du grand livre étaient lus à haute voix – « pour les loisirs culturels des travailleurs ruraux » – lors des assemblées hebdomadaires dans l'isba-bibliothèque, avant les soirées dansantes de la jeunesse, les nuits de fenaison et de moisson. Les contes étaient aussi lus – « pour l'éducation des nouvelles générations » – dans le jardin d'enfants et l'école ; ils servaient de base pour les dictées et les rédactions, étaient joués à l'école et dans les spectacles de pionniers au club local. Les contes formaient aussi la base de l'agitprop : le peintre Fromm dessinait consciencieusement les histoires qu'il préférait (« Un communiste tue le dernier diable sur la terre russe », « Les nains rejoignent les rangs des pionniers », « Les géants aident les kolkhoziens à faire la moisson », « Les pionniers jugent la sorcière de la forêt ») sur les coffres, les étagères à vaisselle, les cadres pour les portraits des chefs communistes, les panneaux muraux, commodes, nichoirs, caisses à chaussures – et les commandes des colonies environnantes pleuvaient sur lui, il en avait pour six mois à l'avance.

Les contes de Bach étaient même lus dans la crèche de Gnadenthal. On l'avait récemment ouverte dans l'ancien « palais » du meunier Wagner, pour permettre aux villageoises de participer aux travaux des champs. La maison avait été rénovée par toute la colonie réunie lors des dimanches de travail volontaire (les mauvaises langues disaient que Hoffmann avait choisi le dimanche dans un autre but : pour empêcher les Gnadenthalois de participer aux services religieux clandestins que, selon la rumeur, le pasteur Haendel organisait chez lui ou chez des paroissiens sympathisants, voire dans le cimetière). Quoi qu'il en soit, le « palais » naguère détruit était à nouveau somptueux, avec ses briques peintes en jaune et ses tuiles rousses, ses fleurs en fonte brillant sur le perron comme si elles étaient d'argent. Les pièces étaient à nouveau ornées de sculptures en plâtre – cette fois, il ne s'agissait plus de demoiselles dénudées et de jeunes hommes dans des poses alanguies, mais de petits enfants avec des cravates de pionniers au cou (on avait récemment commencé à les produire dans la fabrique de vaisselle de Marxstadt, la colonie voisine).

Le chef des pionniers Dürer estimait qu'un bâtiment aussi luxueux devait abriter une institution bien plus sérieuse qu'une crèche – une bibliothèque, un musée ou, à la rigueur, le club. Mais Hoffmann s'était obstiné : « Que peut-il y avoir de plus sérieux que l'éducation des enfants soviétiques ? D'autant plus que ces enfants seront chaque année plus nombreux à Gnadenthal ! Nous sommes prêts à leur sacrifier notre vie, pas seulement une simple maison ! » Ce jour-là, deux dizaines de lits d'enfants réalisés par les menuisiers locaux et décorés par Fromm furent portés dans le « palais » ; on accrocha aux murs des panneaux de bois, réalisés par le même Fromm sur les motifs des contes, ainsi que de nombreux portraits photographiques d'adultes importants, de Karl Marx et Friedrich Engels à Karl Liebknecht et Rosa Luxemburg ; Hoffmann passa personnellement dans toutes les maisons de Gnadenthal, appelant à offrir aux petits une enfance heureuse à la crèche.

Deux dizaines d'angelots blonds et sales, d'un à trois ans, se retrouvaient désormais chaque matin devant le perron de fonte et agitaient leurs mains dodues pour dire au revoir à leur mère partant pour les champs. Bach assistait régulièrement à cette scène en se dirigeant vers le soviet, vers Hoffmann. Plus tard, quand il revenait à la Volga, il passait à nouveau devant la maison de Wagner – et il voyait les enfants jouer avec leurs nounous ou écouter des contes. Ses contes.

Des bambins aux joues rondes, ayant réussi à naître, contre toute attente, dans les années les plus faméliques et les plus troublées de la République allemande – des petits Lentche, Amaltche, Hänselche et Gretche –, étaient assis sur de minuscules bancs autour du perron et écoutaient les mots sortis quelques nuits auparavant du crayon de Bach. Certains d'entre eux ne savaient pas parler, mais tous savaient écouter. Une vieille nounou en blouse blanche (la veuve Koch, qui était déjà trop vieille pour travailler dans les champs) leur faisait la lecture d'un ton expressif, élevant parfois sa voix rauque, puis l'abaissant jusqu'au murmure, levant les sourcils, menaçant du doigt – et les têtes des enfants bougeaient au rythme de ses paroles, mimiques et gestes. Parfois, Bach avait l'impression de voir, au milieu de ces petites nuques bouclées, la nuque claire d'Anntche.

Bien sûr, sa place était là – au milieu des enfants. Non dans la ferme sombre, où elle courait, seule, dans la maison poussiéreuse, attendant Bach et écoutant le moindre bruissement derrière la porte soigneusement verrouillée, mais là – au milieu des babils d'enfants, des jeux, des disputes et des réconciliations, des grognements débonnaires des nounous ; au milieu des jouets, des murs clairs, des tableaux aux couleurs vives et des photographies. Sa place était au milieu des gens. Sa place était là où elle pouvait entendre ses contes.

Quand il le comprit pour la première fois, Bach resta deux semaines sans se montrer à Gnadenthal. Seul un sentiment de devoir l'obligea à revenir au soviet : sans ses contes, les Gnadenthalois ne pourraient sans doute pas mener à bien la récolte et la moisson inouïes. Il passa devant la maison de Wagner d'un pas rapide, s'efforçant de ne pas regarder les enfants devant le perron, et chassant de son esprit ses pensées frondeuses ; mais la vie de la crèche était bruyante et agitée : cris, pleurs, exclamations, hurlements, chansons, poèmes, comptines révolutionnaires – il était impossible d'ignorer tout cela. Tout comme il était impossible d'imaginer laisser la petite Anntche entre les mains osseuses de la veuve Koch – ne serait-ce que quelques instants, sans même parler de minutes et d'heures.

Il décida de se démontrer que la vie de la crèche était peu indiquée, et même mauvaise pour un enfant – et se mit à surveiller de près la maison de Wagner. Mais il ne put trouver aucune preuve : les enfants étaient bien nourris, s'amusaient ensemble, les jeux éducatifs étaient bien conçus. La veuve Koch et ses collègues étaient sévères, mais pas plus qu'il le fallait : elles ne tapaient pas avec une règle sur les doigts des enfants, ne les mettaient pas au coin à genoux sur des pois secs (d'ailleurs, il n'y avait pas de règles à la crèche, et les petits pois servaient uniquement à la soupe).

Il se dit soudain qu'il pourrait apprendre tout seul à parler à Anntche. Une nuit, il s'introduisit dans la section du club dédiée à la culture et y vola le gramophone et des disques (les uns étaient des enregistrements de poèmes de Goethe dits par des artistes du théâtre dramatique de Berlin, les autres des chansons gaillardes plus adaptées aux cabarets). Anntche écoutait volontiers poèmes et chansons, chantonnant les mélodies, et admirait plus volontiers encore les jeux de lumière sur les disques vernis tournoyant, ou faisait des bêtises : elle mettait des fourmis (qu'on trouvait en abondance sous la table de la cuisine) sur le bord du disque, et les regardait courir dessus, affolées, ayant perdu tout sens de l'orientation. L'expérience pédagogique se révéla un échec. Bach avait eu l'intention de remettre les objets volés à leur place, mais Hoffmann avait déjà rapporté un nouveau gramophone de Saratov.

Et Bach ne put s'empêcher de rôder à nouveau vers la crèche – et d'y observer les enfants. Au début de l'hiver, il comprit qu'il connaissait déjà le visage de chaque enfant. À Noël – qu'il savait leurs noms. Au début du printemps – que les enfants qui étaient venus à la crèche sans savoir parler parlaient déjà tous.

Avec l'arrivée de l'été, de nouveaux petits vinrent à la crèche, leur maman partant travailler aux champs. Quand il le constata, Bach resta deux jours sans manger : il ne pouvait avaler le moindre morceau de pain, la moindre cuillère de brouet, tant ses pensées le submergeaient. Il ne put pas non plus écrire ces deux jours. Il resta dans la cour, regardant Anntche, trois ans, jouer sans parler à côté de lui. Il s'assit devant la pierre tombale de Klara. S'assit à la table éclairée par la lumière jaune de la lampe, traçant, à la place de mots, des arabesques dépourvues de sens.

Au matin du troisième jour, il avait pris sa décision. Incapable d'attendre qu'Anntche se réveille, il la secoua doucement, la serrant contre lui. Il assit la fillette encore tout ensommeillée sur une chaise, peigna soigneusement ses cheveux emmêlés, les tressa – et, pour la première fois, il les coiffa en couronne, comme le faisait Klara. Puis il la prit dans ses bras et l'emmena à la Volga. Anntche avait commencé par résister – elle aurait voulu marcher toute seule –, mais il interrompit toute velléité de caprice par un rugissement sévère.

Il porta la fillette à la barque et l'assit sur le banc. Il poussa le rocher du pied, prit les rames. Il rama de toutes ses forces : tirant à lui les lourdes poignées des rames – Tire ! tire encore ! – et sentant ses entrailles se glacer – sans savoir si c'était à cause de la fraîcheur matinale qui s'étendait sur la rivière, ou de la peur. Il ne regardait pas Anntche – il craignait de sentir sa résolution fléchir.

Elle ne le regardait pas non plus. Ses yeux grands ouverts erraient sur l'eau lisse, sur la rive droite qui s'éloignait, la gauche qui se rapprochait. Elle n'avait encore jamais été dans la barque – elle tanguait pour la première fois sur les vagues, ressentait pour la première fois sous elle le courant et la puissance du grand fleuve. L'eau ondulait près d'elle – épaisse et verte, translucide. Plus bas, dans les profondeurs, elle entrevoyait des ombres furtives : des algues ? des rochers ? les dos de poissons ?

Anntche posa sa poitrine contre le bord de la barque et plongea sa main dans l'eau – des jets lourds et tièdes battirent contre sa paume, glissèrent entre ses doigts pour la saluer. Sa gorge se serra d'enthousiasme. Elle enfonça encore un peu son bras dans l'eau – jusqu'aux poignets, jusqu'aux coudes. Puis elle fit un profond soupir, sourit, ferma les paupières – et, incapable de surmonter la joie qui montait dans tout son corps, elle poussa des pieds contre le fond de l'esquif et bascula dans la Volga.

# 16

Le train spécial avait disparu – comme s'il n'avait jamais existé. En cette courte nuit de juillet 1927, il avait traversé, sur des voies vidées de tout autre convoi, plus de huit cents kilomètres – de la gare de Touapsé à la frontière de la province de Voronège – avant de disparaître.

La locomotive de contrôle continuait à filer sur les rails, ouvrant le chemin avec quelques kilomètres d'avance. Les soldats des compagnies de garde éparpillés le long des rails à l'approche des gares la suivaient d'un regard ensommeillé, puis, tournant leurs têtes rasées, tendant le cou, ils attendaient le convoi principal : deux puissantes locomotives accrochées l'une à l'autre, tirant deux ou trois wagons plombés parfaitement semblables, et dans l'un d'eux était caché – quelqu'un ou quelque chose de particulièrement précieux pour le gouvernement et, de manière plus générale, pour le pays. Mais le convoi n'arrivait pas. Inquiets, les chefs de gare – d'abord celui de Bodeïevo, puis de Davydovka, d'Anochkino – tournaient fiévreusement le cadran du téléphone, criaient d'un air effrayé dans le combiné : « Il n'y en a pas, de train spécial ! », puis passaient leurs doigts sur leur nuque humide de sueur et lâchaient un chapelet de jurons.

Un détachement de l'OGPOU se rendit d'urgence à la gare de jonction de Liski – la dernière où l'on avait vu le convoi passer. Les collaborateurs de la police d'État, ayant exclu toute explication mystique, tirèrent la seule conclusion possible : pour une raison inconnue, le train spécial avait cessé de suivre la locomotive et était parti vers l'est, dans la direction de Penza. Des informations contradictoires leur parvenaient. La gare de Talovaïa n'avait rien à signaler, alors qu'un garde-voie nommé Goriounine jurait que le matin même, à la gare de Tchigla située non loin de Talovaïa, il avait tout juste eu le temps de sauter des rails sur le bas-côté pour laisser passer un convoi arrivé d'on ne sait où : deux locomotives attachées ensemble, à la file, fonçaient à toute vitesse, exhalant une fumée qui n'était pas blanche, mais noire ; les wagons sans fenêtres brillaient au soleil d'un éclat si vif qu'on ne pouvait pas voir dans quel métal ils étaient faits ; les roues ne touchaient pas la voie. C'était écrit dans le rapport, en toutes lettres : « Il volait au-dessus des rails. » Comme preuve, Goriounine avançait les écorchures reçues en tombant dans le fossé.

À la mi-journée, quand les troupes de l'OGPOU de toutes les gares en direction de Penza étaient déjà en branle-bas de combat, un télégramme parvint au Kremlin : « Arrêter ce remue-ménage. Arrive bientôt. » La signature était la *sienne* – celle du passager qui voyageait dans l'un des wagons plombés. Le convoi s'éloignait visiblement vers l'est : il fut signalé à Balachov, dans la province de Saratov. Après quoi, on ne le vit plus nulle part.

*

... *Il* était dans la cabine du conducteur et fumait, soufflant la fumée par la fenêtre ouverte. La fumée se mêlait aux volutes de vapeur venant de l'avant de la locomotive. Des deux côtés du convoi lancé sur les rails, des champs verts s'étendaient jusqu'à l'horizon, un peu plissés au loin par des collines allongées. Un vent chaud décoiffait les cheveux. *Il* n'aurait pas pu lui-même expliquer son caprice : quand le train était entré dans les forêts douillettes de la province de Voronège, si semblables aux forêts environnant Moscou, et distantes de moins d'une demi-journée de la capitale, *il* avait soudain senti qu'il fallait prendre plus de temps – pour formuler une idée importante, ou pour arriver à une décision. S'*il* ne pouvait pas échapper au temps, rien ne l'empêchait de fuir l'espace habituel. Et *il* avait fui : ordonnant, par téléphone, au conducteur de s'arrêter au premier embranchement, et de changer de voie manuellement, pour se séparer le plus rapidement possible de la locomotive à l'avant-garde. Le chef de la sécurité avait tenté de protester – en vain.

Quand ils s'arrêtèrent une nouvelle fois à une borne-fontaine pour refaire leurs réserves d'eau, *il* monta dans la locomotive de tête. Pas un seul des officiers d'escorte ne fut autorisé à monter dans la cabine ; de plus, tout le personnel « superflu » dut en sortir : l'ingénieur-instructeur, le second conducteur et le deuxième chauffeur de locomotive. Le convoi reprit son allure, avec : dans la première locomotive – un conducteur, un chauffeur et *lui*, le futur guide des peuples. Tous les autres suivaient – dans les wagons.

*Il* se nommait lui-même « futur guide des peuples » – de temps en temps, comme pour l'essayer. Mais sans prendre plaisir à cette expression : elle était trop incertaine, pour tout dire aléatoire, et avait des relents de doute ou de promesse non tenue. Mais il n'y avait rien à faire : *il* n'était pas encore devenu guide à part entière. Après la mort du vieux guide, trois ans auparavant, il restait de nombreux prétendants au rôle d'héritier, et ils en étaient toujours à se pousser des coudes pour diriger le pays, ne voulant pas céder la place, ne sachant pas se mettre d'accord. Ils se battaient furieusement, chacun tentant de prouver aux autres et au peuple qu'il était le plus profondément dévoué aux idées du défunt guide, que lui seul avait le droit d'interpréter ses mots correctement et d'être son héritier au pouvoir. Les armes de bataille des anciens apôtres étaient des citations des œuvres du guide de la révolution, ses articles et ses lettres qui avaient pris, petit à petit, le statut d'écritures saintes.

*Il* savait faire la guerre – non pas se battre à visage découvert, dominé par la fougue et la bêtise, comme le faisaient les plus furieux, mais tisser tranquillement sa toile, prévoir toutes les réactions et attendre pour, au bon moment, porter un coup bref et fatal. Dans l'immédiat, *il* avait dû partir pour Moscou en interrompant ses vacances – sans avoir pu s'abreuver assez longuement du soleil de ses montagnes natales, arrêtant prématurément ses bains d'eau sulfurée à Sotchi, qui faisaient tant de bien à son rhumatisme et à sa tuberculose mal soignée rapportée de son exil à Touroukhansk[1] – pour se jeter dans une nouvelle mêlée avec ses compagnons de lutte, lesquels avaient visiblement repris du poil de la bête en son absence. Il lui manquait quelque chose pour s'assurer une victoire définitive. Une compréhension essentielle et ultime ? Un sursaut intérieur qui l'extirperait de son orbite habituelle et le propulserait au-dessus des autres ? Un hasard heureux, une rime élégante du destin ? Peut-être qu'*il* n'avait simplement pas encore la bonne envergure.

L'amplitude de l'esprit, la capacité à survoler le monde en pensée, largement et librement, ne lui semblaient pas être des qualités. À une époque, *il* avait eu l'impression de pouvoir regarder le monde du haut d'un aéroplane, mais avec le temps, de telles envolées ne lui avaient plus paru nécessaires – elles étaient synonymes d'une distance avec la terre ferme, d'une perte de contact avec elle. Les philosophes et poètes qui volaient dans les hautes sphères ne devenaient que très rarement dirigeants, et les authentiques dirigeants, à leur tour, se révélaient le plus souvent très mauvais poètes. C'est pourquoi, désormais, *il* se contentait de rire devant le reproche de raisonner « au ras des pâquerettes » et avait choisi, comme arme principale, la limitation : construire le socialisme dans un pays isolé exigeait d'élever des frontières solides, infranchissables pour les ennemis du dehors. Sa capacité à tracer une ligne de séparation nette – entre les opinions, les gens, les groupes sociaux – lui semblait l'un de ses talents principaux. Mais ce talent, justement, le retenait maintenant comme une ancre et le gênait. Il l'empêchait de ressentir comme un tout la meute bigarrée et excitée de ses compagnons de lutte, de ces courants de gauche et de ces oppositions nouvelles, et, en se séparant de ce tout, de s'envoler au-dessus d'eux pour remporter la victoire.

– Est-ce qu'on doit prendre à droite, vers Saratov, ou à gauche, direction Penza ? lui demanda prosaïquement le conducteur de la locomotive, quand une nouvelle bifurcation apparut à l'horizon.

1. Sous le tsar Nicolas II, Staline avait été exilé de 1913 à 1917 en Sibérie, au bord de l'Énisseï.

– À droite, dit-*il* avec un petit rire. Les autres, je ne sais pas ; mais nous, on prend à droite.

– Seulement, il n'y a pas de pont sur la Volga, là-bas. On peut aller jusqu'à Saratov, mais après – Dieu sait comment continuer.

– Eh bien, on va regarder ce que ton dieu saura nous trouver.

Il n'y avait vraiment pas de pont à Saratov. Mais il y avait un service de bacs. Le chef de gare, ahuri par cette incursion gouvernementale imprévue et hébété par la touffeur vespérale, dirigea personnellement le transport du train sur la Volga.

Le train descendit sur une voie soutenue par des palées jusqu'au bord de l'eau ; on le hissa sur l'immense pont du transbordeur. Ils n'eurent même pas besoin de séparer les wagons du train spécial : il entrait entièrement sur la plate-forme. Quand le bac s'enfonça légèrement dans l'eau sous le poids des deux locomotives et des trois wagons plombés, et que les wagons s'immobilisèrent, fermement pressés contre les rails par des cales en fonte, le chef de gare, d'une voix rendue rauque par l'émotion, voulut commander : « Départ ! », mais sa gorge se serra, il toussa, et dut se contenter d'arracher sa casquette de drap et de l'agiter désespérément pour faire signe au capitaine. Le bac démarra.

*Il* descendit sans se presser de la cabine de la locomotive, déambula sur le pont exhalant la chaleur, passa devant les ingénieurs et chauffeurs du train venus admirer le fleuve, devant le chef de la sécurité, dont le visage déjà maussade à son ordinaire devenait de plus en plus lugubre à mesure qu'ils s'éloignaient de Moscou – et monta sur la passerelle de commandement. De là, on voyait mieux ce qui se passait.

Le bac traversait lentement la Volga. Le soleil coulait sur l'arc de la voûte céleste, s'enfonçant dans des nuages rouges et orangés étalés au loin, derrière des collines violet foncé. Le crépuscule se répandait sur le fleuve, le recouvrait d'une couche épaisse comme du pétrole. Le bac ne semblait pas avancer sur l'eau, mais sur de la lave en fusion. *Il* regardait le large fleuve paresseux – que les Russes considèrent comme le plus important du pays, mais son cœur rapide n'était absolument pas touché par cette beauté endormie – et méditait sur la question de savoir qui était le plus heureux dans sa profession :

le conducteur du train ou le capitaine du bac. L'un appartenait à jamais à des rails posés par quelqu'un d'autre ; chaque minute, chaque nouveau kilomètre lui offrait un nouveau spectacle, mais il ne pouvait pas s'éloigner du trajet prédéterminé – pas d'un coude, ni à droite ni à gauche, sans même parler de changer d'axe. L'autre manœuvrait tant et mieux son vaisseau ; s'il le désirait, il pouvait même improviser et, par exemple, décrire un rond ou un huit sur l'eau lisse ; mais, d'une manière ou d'une autre, il était condamné lui aussi à circuler entre deux points donnés, à toujours voir le même paysage et à revenir constamment à son point de départ... Sans doute que les deux étaient malheureux. Quant à lui, *il* ne s'identifiait ni aux conducteurs de train, ni aux capitaines de navigation traversière (comme on appelait, par plaisanterie, les capitaines des bacs sur la Volga). S'*il* avait eu trente ans de moins, ces réflexions auraient pu se traduire par un assez bon poème.

Ils atteignirent l'autre rive à la nuit tombée. Le ciel était sans lune, sans étoiles. Devant eux, dans l'ombre épaisse et étouffante, s'étendait une énorme plaine vide, vaste et infinie. « La voici, l'Asie... » remarqua le conducteur d'un ton docte, même si les manuels plaçaient l'Asie quelque sept cents kilomètres plus bas, au bord de la Caspienne. Cela dit, la steppe devant eux était si large que quelques centaines de kilomètres n'y changeaient pas grand-chose.

Le conducteur du train, craignant de suivre un trajet inconnu dans ces ténèbres d'encre, demanda qu'on attende l'aube. *Il* accepta. Ce fut une nuit d'insomnie : ne pouvant cesser de réfléchir, *il* se tournait et se retournait, agité, sur le matelas trop mou, s'enroulant dans le drap comme dans un cocon et s'y emmêlant ; au petit matin, fatigué de toutes ces pensées, *il* attendit le lever du soleil avec impatience. Une fois debout, ayant surmonté la fatigue de ses muscles et la lourdeur dans sa tête – conséquences de l'insomnie –, *il* tira les rideaux, regarda par la fenêtre – et oublia immédiatement ses maux de tête et son corps douloureux.

Un troupeau de petits chevaux de la steppe, surmontant sa timidité, s'approchait avec prudence du train immobile. Ils étaient trapus – à peine plus haut que des moutons, couverts d'un pelage épais et rêche, et tendaient avec curiosité leurs museaux busqués vers les wagons, aspirant l'air par leurs grands naseaux humides. Soudain, soit qu'ils aient remarqué un mouvement à la fenêtre, soit qu'autre chose les ait effrayés, ils firent tous demi-tour et partirent au galop dans la steppe, frappant rapidement le sol de leurs pattes courtes, leurs gros flancs se trémoussant comiquement.

Quand la poussière qu'ils avaient soulevée fut retombée, *il* remarqua, sur un poteau indicateur, un panneau, avec écrit, en lettres noires soigneusement composées : « Willkommen in Pokrowsk ! »

– La voici, hein, l'Asie ! dit-*il* avec un petit rire.

*Il* sortit du compartiment et aperçut, par la fenêtre du couloir, à une courte distance, le Pokrowsk en question. Une poignée de petites maisons s'étendaient au milieu de la steppe immense, comme un îlot flottant sur l'eau. Venant de cette direction, courant sur les rails et trébuchant légèrement sur une jambe, un homme court sur pattes avançait vers eux, jurant si fort qu'on l'entendait dans le wagon. Il parlait un russe énergique et rapide, où pointait clairement un accent étranger.

– Quelle mouche t'a piqué ? cria-t-il au train spécial, haletant d'avoir couru et agitant de toutes ses forces quelque chose de blanc, visiblement un drapeau de signalisation. Bon sang, t'as perdu la boule, pour imaginer passer la nuit sur la voie ?! Et d'où diable est-ce que tu sors ? Le train de l'Oural sera là dans une heure ! Tire-toi de cette voie, opportuniste !

Le petit bonhomme laissa échapper encore quelques jurons, puis continua à maugréer dans une autre langue, une langue abrupte et chuintante, mais il n'eut pas le temps de terminer son discours ou d'arriver au train : sa poitrine heurta des revolvers pointés par les gardes, qui semblaient surgis de nulle part. Il eut un petit cri de femme, ses jambes fatiguées par la course fléchirent, et il manqua de tomber sur les rails. Puis, poussé par les canons des revolvers appuyés sur sa poitrine, il leva les mains en l'air et se mit à reculer d'un air effrayé, les talons de ses bottes délabrées heurtant les traverses.

– Mais le train de l'Oural ! balbutia-t-il, hébété, jetant des regards par-dessus les képis à bandeau groseille et cherchant à mieux voir le mystérieux convoi. Il vous chiffonnera l'arrière-train et – ça sera ma faute…

Il remarqua soudain le passager qui était descendu du wagon pour se dégourdir les jambes. Le visage du bonhomme se figea, tandis que ses yeux s'écarquillaient de plus en plus, jusqu'à devenir parfaitement ronds. On lui fourra le canon d'un revolver sous les côtes : Allez, bouge… Il détourna immédiatement le regard, eut un profond soupir, fit de petits hochements rapides de la tête : « Pourquoi ne m'avez-vous pas dit tout de suite, camarades, chers, estimés… » – et bougea les jambes avec plus d'entrain, puis exécuta un demi-tour et trotta sur les traverses en direction de la ville avec autant d'ardeur que les petits chevaux poilus quand ils s'étaient enfuis vers la steppe.

Le train spécial, lui aussi, ne pouvait suivre qu'un chemin – celui menant à Pokrowsk : les rails l'y conduisaient, inexorablement ; il n'y avait ni bifurcation ni contournement possible.

*

Le convoi s'approcha prudemment de la ville, à petite vapeur, espérant encore échapper à l'attention des citadins et détaler au loin. Mais quand les wagons longèrent les premières maisons, il devint évident qu'ils ne pourraient pas passer inaperçus : le petit bonhomme avait visiblement claironné partout leur arrivée. Des gens couraient sur les ruelles droites, comme tracées au cordeau, qui conduisaient à la gare : des paysans courtauds, en blouse longue, tiraient une bannière pourpre qu'ils venaient sans doute de décrocher d'un toit ou d'un portail ; une volée de gamins aux pieds nus les dépassèrent, suivis à leur tour par une avalanche de petits chiens bondissants ; quelques musiciens, tenant leurs instruments sous le bras, trottinaient à la file indienne, tout en essayant de fixer, à l'aide de pinces à linge, des partitions froissées sur leurs trompettes et leurs cors. Des vieilles maigres, enveloppées dans d'épais châles bleus malgré la chaleur, suivaient la foule mouvante du regard – elles seules restaient immobiles au milieu de tout ce tohu-bohu, le dos serré contre les palissades, et, de temps en temps, elles posaient les doigts sur leur visage osseux en faisant de larges signes de croix.

Arrivés devant la gare, les flots humains se disciplinaient : les simples curieux s'entassaient sur les bords de la voie ; au centre, sous l'horloge circulaire au cadre en fonte dentelée, on voyait les taches noires des vestons et tuniques des édiles ; à côté d'eux, un petit orchestre piétinait en désordre dans le rutilement des cuivres ; les instruments s'éclaircissaient la gorge en émettant des sons perçants, tandis que de nouveaux trombonistes et violonistes accouraient pour prendre leur place.

En approchant le quai, le convoi spécial ralentit. Puis s'arrêta.

– Qui a donné l'ordre de freiner ?! aboya le chef de la sécurité dans le combiné du téléphone. En avant !

– Je ne peux pas. La voix du conducteur était confuse, et même effrayée. Plus loin, les rails ne sont pas les bons.

– Comment ça, « pas les bons » ?

– Ils sont plus étroits. Jusqu'à la ville, tout était comme d'habitude, mais maintenant je vois : ils ont l'air plus étroits. Je dois vérifier – les mesurer…

– Tu as perdu la tête, ou les yeux ? Tu as bu ? Comment est-ce que des rails pourraient soudain devenir plus étroits ? Les trains se transbahutent ici depuis le siècle dernier ! Le tronçon va jusqu'à l'Oural !

– Moi aussi, c'est pas d'hier que je travaille sur les rails ! Trente ans que je pilonne la terre avec mes locos ! J'ai l'œil – je vois pas seulement les rails, je repérerais un crampon tordu sur une traverse ! Je répète qu'on va dérailler si on continue ! Si tu veux, tu peux conduire à ma place, pour voir le résultat ! Mais je descends avant ! J'ai des enfants, et des obligations d'État à rembourser, pour huit cents roubles, pas moins !

– C'est bon, dit-*il*, observant, de derrière les rideaux, la foule réunie sur le quai. Qu'il vérifie ses rails. Sortons, montrons-nous aux gens, puisqu'on est là.

Dès que la porte du wagon s'ouvrit, l'orchestre se mit à jouer un air de bravoure, plein d'entrain. Une brassée de fleurs des champs ondula, puis s'avança à la rencontre des visiteurs, avec, au-dessus, le visage blême et effrayé du chef du comité d'accueil. Derrière lui, surplombant la foule, on déploya un tissu rouge orné d'une inscription dans une langue inconnue.

– Bienvenue dans la capitale de la République socialiste soviétique des Allemands de la Volga ! cria le chef du comité d'accueil avec feu, essayant vainement de couvrir de sa voix la musique qui tonitruait à côté de lui.

Son visage émacié était constitué exclusivement de rides verticales, traversées, vers le haut, par des sourcils épais, et au milieu, par de larges moustaches à poil dur, couleur de tille mouillée. Une sueur abondante ruisselait de sous son chapeau usé enfoncé sur son front, glissait par les sillons les plus profonds – à la racine du nez, le long de ses joues creuses et de son nez triste – et disparaissait dans le col de sa chemise de drap, par-dessus laquelle il avait enfilé, et boutonné entièrement, une tunique sombre. Ils apprirent bientôt qu'il s'agissait de Becker, le président du comité du Parti à Pokrowsk. Son corps était petit, son cou maigre, et ses côtes semblaient inexistantes : ses habits pendaient sur ses épaules étroites comme sur des cintres. D'autres silhouettes tout aussi chétives remuaient derrière son dos, également en tunique, mais sans chapeau – coiffées de simples casquettes.

*Il* prit les fleurs, salua d'un signe de tête (parler avec un accompagnement musical aussi bruyant n'aurait eu aucun sens), serra les mains tendues – toutes étonnamment fluettes, on aurait dit des mains d'enfants. *Il* regarda autour de lui. Tout était bizarrement réduit : le petit bâtiment confortable de la gare, de briques lilliputiennes, qui faisait penser à un jouet ; les réverbères minuscules ; les chiens errants pas plus gros que des chats, les chats – pas plus grands que des écureuils. Et surtout – les gens ! *Il* était lui-même de taille médiocre, mais ici, *il* s'élevait au-dessus des autres : de toute la foule se pressant dans la gare, il n'y avait personne qui le dépassât, et *il* les regardait tous de haut, comme s'ils avaient été des enfants ; son regard portait facilement au-dessus de toutes les têtes, et voyait ce qui se passait dans les derniers rangs ; la main tendue, sans même se mettre sur la pointe des pieds, *il* aurait pu tourner les aiguilles de l'horloge de la gare. Les habitants, ici, n'étaient pas des nains ; leur taille restait dans les limites de la normale : encore quelques centimètres de moins, et l'on aurait pu les traiter de demi-portions, mais en l'occurrence ils ressemblaient simplement à une réunion de personnes d'assez petite taille, assemblées au même endroit par le caprice d'on ne sait qui, ou par plaisanterie.

Les musiciens jouèrent la fin de leur marche. Le chef d'orchestre tourna la tête vers les édiles et se figea, attendant qu'on lui indique s'il fallait jouer autre chose. Becker se figea aussi, ne comprenant pas si le visiteur était venu à Pokrowsk dans un but précis, ou s'*il* était simplement sorti sur le quai pour saluer la foule avant de repartir.

– Le diable si je comprends ! articula, dans le silence général, la voix plaintive du conducteur du train. Depuis quelques minutes, il avait sauté sur les rails pour les étudier soigneusement (les observer, les palper et mesurer, avec son équerre à coulisse, l'épaisseur de chaque rail et leur écartement), puis était remonté sur le quai et, la mine coupable, s'était avancé à travers la foule vers ses passagers. C'était une fausse impression ! Je me suis trompé ! Ce sont des rails parfaitement ordinaires ! Vus d'en haut, ils ont l'air étroits. Mais quand on s'approche – on constate qu'ils sont normaux. C'était un mirage, un vrai sortilège. Je me suis trompé ! Trente ans que je suis dans les chemins de fer – et c'est la première fois que ça m'arrive ! On peut repartir, on peut repartir tout de suite !

Le chef de la sécurité soupira avec soulagement, jeta un regard lourd, plein de sous-entendus, au conducteur.

– Pourquoi repartir déjà ? *Il* sourit, donnant le bouquet au chef de la sécurité. Les camarades nous ont si bien accueillis. Nous n'allons pas les offenser : restons un peu. Moi, par exemple, je n'étais jamais venu en République allemande. Et vous ?

L'officier hocha négativement la tête, confus. *Il* claqua la langue d'un air de reproche – Vous voyez bien ! – et, conduit par un Becker tout aussi confus, marcha vers la gare, la traversa – direction la ville. Le chef de la sécurité, jurant dans sa barbe, donna hâtivement des ordres pour garder le train, et se dépêcha de le suivre, serrant avec aversion les fleurs odorantes dans son poing.

Becker, tout remué, fit asseoir son visiteur dans l'automobile et, à mi-voix et en allemand, adressa des reproches au chauffeur, essuyant, avec sa manche, la poussière sur les garde-boue et les poignées des portes de la vieille Ford. *Il* s'assit tant bien que mal sur le siège arrière, s'étonnant que la voiture soit aussi compacte : ses jambes étaient trop longues et trouvaient à peine leur place dans cet espace rabougri ; cela lui arrivait sans doute pour la première fois de sa vie. En même temps, le chef de la sécurité, qui avait pris place à côté de lui, et les officiers d'escorte, installés sur les marchepieds, ne semblaient pas éprouver le moindre inconfort ; ils n'étaient pas étonnés par l'amoindrissement des objets et des êtres, par la compression évidente du monde autour d'eux. Ils regardaient calmement, et même avec indifférence, la place exiguë devant la gare, plantée d'arbres chétifs ; les nombreux chevaux de petite taille attelés à des voitures basses ; les minuscules moineaux qui jaillissaient de sous les roues et complétaient le tableau de leur piaillement étouffé, à peine audible.

– Monsieur désire ?... Becker ne finit pas sa phrase, embarrassé d'utiliser des expressions aussi ancien régime, et tenta de se corriger. Que puis-je faire pour votre service ? Il s'étouffa, toussa, et trouva enfin la formule : Qu'allons-nous visiter ?

– Et qu'y a-t-il à visiter dans la capitale de la République allemande ?

Il y avait beaucoup de choses. Les usines de lard et de concassage d'os (la délégation étudia soigneusement les locaux de production et la chambre froide avec les carcasses congelées – qui semblaient ne pas être des vaches et des porcs adultes, mais des veaux et des porcelets nouveau-nés). Le village meunier (tournant régulièrement, les ailes des moulins en bois ressemblaient plutôt à des ventilateurs). Le square de la ville, fait de petites allées confortables et orné d'un phare décoratif (en passant devant, *il* remarqua que le phare avait exactement sa taille).

Tout, ici, était étrange, avait quelque chose d'artificiel, les objets et les constructions faisaient penser à des jouets : en entrant dans un bâtiment, *il* devait se pencher pour ne pas heurter le plafond du front ; dans la rue, il pouvait regarder par les fenêtres du premier étage et y voir la vie qui s'y déroulait. En examinant la petite bâtisse trapue de l'hôpital local, *il* heurta involontairement du coude une palissade en bois : celle-ci chancela, émit un craquement et s'effondra à terre, éparpillant ses planches.

– Merci ! réagit immédiatement Becker d'une voix aiguë. Nous voulions depuis longtemps remplacer cette palissade par une clôture en fonte, sans jamais trouver le temps ! Et vous l'avez trouvé ! Vous avez toute notre reconnaissance prolétaire !

À Pokrowsk, *il* trouva beaucoup de choses exactement à sa hauteur : les poteaux électriques, les maisons, les arbres, et même la tour de guet des pompiers. Cette sensation d'avoir la même taille que les objets l'entourant était à la fois angoissante et prometteuse : elle contenait visiblement une signification cachée, une réponse à une question inconsciente, mais importante. *Il* s'appliquait à comprendre cette signification – et ne comprenait pas : tous les panneaux et toutes les enseignes étaient en allemand. *Il* tentait de contenir son dépit grandissant – mais n'y parvenait pas.

Tout l'horripilait, la propreté et l'ordre inhabituels – et par là suspects : les trottoirs si bien balayés qu'on avait l'impression que les balayeurs y trouvaient le sens de leur vie ; les vitres des fenêtres lavées à en devenir parfaitement transparentes ; jusqu'aux pigeons perchés sur les fils électriques, qui semblaient avoir appris à ne pas lâcher leur fiente n'importe où, mais uniquement sur les potagers. Les citadins l'exaspéraient, avec leur petite taille et leurs visages qui n'avaient que deux expressions : soit de sincère bonhomie, soit de zèle intense. Becker l'agaçait, avec sa maigreur maladive, son agitation excessive – sa façon d'essuyer sans cesse son visage avec son mouchoir (ce mouchoir fut bientôt trempé, tout comme sa blouse en lin et son veston, et même son chapeau, coiffé en l'honneur de cet événement important ; mais Becker ne pouvait pas se décider à déboutonner son col qui lui écrasait la gorge, encore moins à enlever son chapeau). Le repas l'excéda – une bouillie de maïs agrémentée d'une timide pincée de porc ; en plus, les portions, minuscules, semblaient destinées à des enfants, et *il* dut prendre quatre assiettes pour se rassasier. Les journaux locaux – en allemand et en russe – le crispaient, ils étaient imprimés sur des pages si absurdement ramassées et dans des caractères si compacts que, malgré tous ses efforts, *il* ne put déchiffrer le moindre mot. Tout ce monde – ridiculement petit et traîtreusement fragile – l'horripilait. Tout cela était – étranger.

– Hum, et est-ce que vous avez quelque chose de… ne put-*il* s'empêcher de demander, à la fin de l'après-midi. Quelque chose d'imposant ? De grandiose ? De réel ?

– Bien sûr ! approuva hâtivement Becker. Puis il réfléchit un instant, essuyant de grosses gouttes de sueur sur ses moustaches et tâchant de comprendre la question ; enfin, son visage s'éclaira. Juste à côté, à Marxstadt ! Notre propre usine de tracteurs – là où est né le premier tracteur soviétique. Comment ai-je pu oublier de vous le proposer ! Merci ! Avec toute notre reconnaissance prolétaire !

*

Ils furent à Marxstadt en une heure. Dans le parc municipal, une foule d'ouvriers décontenancés les attendaient, hâtivement coiffés, une raie sur le côté, le front et le cou encore humides d'avoir été débarbouillés. Ils n'étaient pas là par hasard : on avait décidé de marquer la visite d'un des dirigeants de l'État par un meeting extraordinaire, dont le clou serait le déboulonnement public de la statue de Catherine II, qui s'élevait toujours au centre de Marxstadt. La présence d'une royale personne dans la capitale régionale d'une république soviétique était une erreur évidente de l'administration locale. On avait décidé d'y remédier immédiatement, et que ladite personne (des kilos et des kilos de précieux bronze !) serait fondue et commencerait une nouvelle vie : elle serait remodelée, devant le visiteur haut placé, en pièces détachées pour les tracteurs.

Quand la voiture passa devant cette foule mal alignée, qu'*il* salua avec des gestes indolents de la main, *il* détailla les visages des ouvriers : sillonnés de rides précoces, tannés par le soleil, les yeux clairs, naïfs et purs, ressortant sur la peau sombre. Ces prolétaires ressemblaient plus à des adolescents faméliques, vieillis prématurément, qu'à des adultes. Cette impression fut renforcée quand *il* sortit de la voiture : la population de Marxstadt était encore plus petite que celle de Pokrowsk – les habitants lui arrivaient à peine à l'épaule. Cela dit, quelques paysans qui s'étaient retrouvés par hasard au meeting, et qui venaient visiblement des campagnes alentour, étaient de taille encore plus ramassée, et la chèvre que l'un d'eux tenait au bout d'une corde avait la dimension d'une grosse courgette.

*Il* jeta un regard au chef de la sécurité – celui-ci avait l'air fatigué et un peu lassé, mais ne semblait absolument pas préoccupé par le rétrécissement de l'espace et la réduction des choses et des êtres. Sentant son angoisse monter devant cet amoindrissement croissant du monde qui l'entourait, et qu'*il* était le seul à remarquer, n'écoutant pas les discours inspirés qui montaient de la tribune, *il* regarda d'un air désemparé par-dessus les têtes nues, les casquettes, les fichus – et ses yeux croisèrent ceux de Catherine.

La Grande lui souriait d'un air entendu – elle lui souriait comme à un égal. Coulée dans le bronze, vêtue d'une tunique antique, des lauriers couronnant son front, elle siégeait fièrement sur un banc de la Rome latine, tenant avec grâce un imposant rouleau (comme ils l'expliquèrent ensuite, c'était le manifeste qui, cent cinquante ans plus tôt, avait invité les Allemands à s'installer en Russie). La statue n'était pas immense – l'impératrice avait sans doute une taille humaine – mais, entourée de ces habitants minuscules, elle avait l'air imposante. Catherine continua de sourire quand on enroula une corde sur son cou nu, et quand le minuscule tracteur (dont les petites roues dentelées tournaient vite, le tuyau crachotait, et la boîte de vitesses portant l'inscription « Nain » en lettres blanches tressautait sur le flanc) se mit à la tirer de son piédestal. Le tracteur ne suffit pas à renverser la monarque – tous durent s'y mettre : les ouvriers attrapèrent la corde, tirant de toutes leurs forces sous les ordres de Becker, qui suait de plus en plus sous l'émotion. Enfin, elle céda. Le visage souriant de Catherine décrivit un arc de cercle dans les airs, puis tomba dans la poussière.

S'emparant du corps de l'impératrice déchue, les ouvriers mirent celle-ci sur leur épaule et, telles des fourmis tractant un fétu de paille, la portèrent à l'usine. Les autres suivirent.

À Pokrowsk, *il* avait supposé que l'épidémie de nanisme n'avait touché que la population allemande, mais, en voyant Mamine, le constructeur en chef de l'usine de tracteurs de Marxstadt, *il* dut conclure que tous les habitants de la République allemande en étaient atteints, sans que l'origine y joue le moindre rôle.

Mamine était malingre et passionné. Sa passion était les tracteurs. Ils étaient devenus son destin. Mamine avait commencé à en construire dans sa lointaine jeunesse d'avant la révolution, et il était évident que la trajectoire de sa vie avait été tracée d'une main ferme, jusqu'à son terme, par un puissant dieu du tracteur. La précédente invention de Mamine – un « Gnome » bricolé de manière artisanale – n'avait jamais été produite par l'État, mais la suivante, le « Nain », avait reçu, de bon droit, l'appellation de « premier tracteur soviétique ».

Submergé par la timidité, Mamine accompagnait la délégation dans les ateliers de l'usine, si gêné que sa voix, d'ordinaire déjà faible, se réduisait parfois à un balbutiement inaudible ; avec modestie – mais rougissant de plaisir – il montra le processus d'assemblage des tracteurs ; à ce moment, il ressemblait à un poète ingénu lisant pour la première fois ses œuvres en public. Il y avait quelque chose d'étonnant dans la façon dont ses yeux s'adoucissaient et son visage s'illuminait dès qu'il se détournait des gens pour faire face aux machines.

*Il* regardait les squelettes chétifs des futurs « Nains », frissonnant intérieurement : étaient-ce là les chevaux métalliques qui devaient remplacer la charrue de bois, comme l'écrivaient les jeunes chantres de la révolution soviétique ? On ne pouvait pas parler de chevaux, ni même de poulains, non – il n'y avait là qu'une caricature, une parodie acerbe de l'industrie mécanique en Russie soviétique ! *Il* sentit soudain qu'il ne pouvait pas rester une seconde de plus au milieu de ces nains, dans ce monde affreusement étroit, qui ne cessait de rétrécir et menaçait de l'étouffer. *Il* fit demi-tour et sortit, trébuchant sur des tas de tuyaux, renversant des cartons, faisant tomber des boîtes d'écrous, butant sur des caisses et des bidons. *Il* passa devant les tracteurs-pygmées à demi assemblés ; devant les ouvriers qui portaient la tête sciée de Catherine à la fonderie ; devant Becker, qui tentait vainement de rattraper le visiteur pour le regarder dans les yeux – dehors ! à l'air !

Une fois sorti, *il* aperçut, dans le ciel, un avion ventru avec un cordage rouge accroché aux ailes (l'apparition d'une banderole volante devait probablement être le point d'orgue du séjour du visiteur important). Soudain, *il* eut une idée : voilà où il fallait s'enfuir de ce piège – dans les airs ! Et *il* ordonna immédiatement à Becker, qui continuait à s'agiter autour de lui : Au terrain d'aviation !...

Une demi-heure plus tard, le chef de la sécurité regardait, la mine maussade, le patron grimper maladroitement, en levant haut les jambes, sur l'aile d'un vieux Sopwith, puis s'installer aussi confortablement que possible dans la cabine, derrière le pilote. Après quoi il suivit des yeux l'avion qui, remuant les ailerons et tressautant, prit de la vitesse et s'arracha au sol. S'éleva dans les airs.

Quand le bruit du moteur se fut éloigné, le chef de la sécurité cracha au sol avec dégoût (il n'avait déjà plus la force de jurer), ouvrit le col de sa tunique, enleva son képi, s'assit par terre et s'allongea entre les tiges de stipes.

– Mais enlevez votre foutu veston, à la fin ! dit-il doucement, d'un ton haineux, à Becker. Vous allez crever avec cette chaleur.

Becker, respirant bruyamment et reniflant, s'installa lentement sur une motte de terre ; il rapprocha ses genoux aigus de son menton, entoura ses jambes de ses mains.

– Enlevez au moins votre chapeau, drôle que vous êtes.

Becker ne répondit rien. Son visage, tourné vers les hauteurs, était triste et austère, ses yeux suivaient l'avion qui s'éloignait.

*

*Il* n'avait encore jamais volé dans le ciel. *Il* se sentit soulagé dès les premières secondes après le décollage. Le tressautement du fuselage et le grondement de l'hélice ne l'incommodaient pas. Au contraire, là, dans les airs, *il* respirait mieux, avait les idées plus claires. *Il* regardait le paysage s'étendant sous le ventre de l'avion – les champs jaunes ridés par les longues ombres du couchant, les veinules des routes blanches, l'immensité paresseuse de la Volga – et *il* se demandait pourquoi un tel espace à perte de vue, une telle masse d'eau avaient été offerts à un peuple si mesquin et si agité. Était-ce normal ? Était-ce juste ?

Dans le corps large et sombre de la Volga, *il* distingua soudain une étrange lueur, un mouvement inconnu, plus rapide que le flux lent du fleuve. Se soulevant dans la cabine, affûtant son regard, *il* tenta, à travers le vent qui lui frappait le visage, de mieux voir. Et soudain, *il* aperçut – non pas un grand fleuve paisible, mais un nombre incalculable de flots qui se croisaient, aux colorations et aux densités si diverses que la tête lui tourna. Les flux s'enroulaient comme sur une immense corde – gris, verts, bruns, ocre – et couraient dans la steppe, tenant difficilement dans le lit ample de la Volga. *Il* comprit : ce n'était plus un unique fleuve qui coulait au-dessous de lui, mais des dizaines, des centaines de rivières soviétiques qui s'étaient rejointes, qui s'efforçaient, ensemble, d'atteindre un but inconnu. On distinguait, dans l'entremêlement des flots, les fils d'or de la Koura et de l'Aragvi, de l'Ingouri et de la Khobi ; les cheveux blancs de la Katoun et de la Karavchin, de l'Irtych ; les rubans bleus, serpentant, de l'Énisseï et de la Lena, et, ceux, noirs, de l'Argoun et de la Kolyma. Ces courants colorés coulaient à des vitesses diverses, certains plus vite, d'autres plus lentement – certains avançaient à peine. Ils scintillaient, écumaient, formaient des remous çà et là, se poussaient. La masse souple, vivante, de l'eau, s'élevait au-dessus des rives, faisait une bosse, tressautant dangereusement dans les virages, répandant son écume et menaçant de se déverser sur la terre. Retenant son souffle, *il* regardait cette danse incroyable des eaux, cette symphonie de centaines de rivières soviétiques, sentant que, pour la première fois depuis de longues années, sa poitrine se glaçait d'enthousiasme, comme avant, dans sa lointaine jeunesse – quand il entendait les vers de Roustaveli ou d'Eristavi.

L'avion décrivit un demi-cercle harmonieux au-dessus de la Volga et repartit en direction du terrain d'aviation. Avec peine, *il* détacha ses yeux de l'eau et parcourut du regard l'espace qui s'étendait à perte de vue. Mais son regard avait déjà changé : ses yeux voyaient bien plus que ce qui était devant lui.

Grâce à ce nouveau regard, *il* aperçut soudain vraiment son pays, comme pour la première fois : dans sa totalité, dans toute la plénitude de ses significations et la beauté de ses teintes, il l'embrassa d'une vision intérieure, entièrement, d'une extrémité à l'autre. Son pays était étendu devant lui comme une femme superbe – depuis longtemps l'objet de son amour passionné, mais qui se serait déshabillée devant lui pour la première fois. Comme un poème déjà inventé, mais attendant d'être mis par écrit, rempli de rimes simples et géniales. Sous le bourdonnement monotone du moteur, *il* regardait la steppe brune desséchée par le soleil, avec les rares taches des saules le long des affluents à demi taris de la Volga, et *il* voyait le moutonnement des buttes autour de Moscou, les interminables collines boisées de l'Oural, puis la taïga, la végétation rare et basse de la toundra. *Il* regardait les petites maisons allemandes éparpillées sur les rives de la Volga, les silhouettes minuscules des gens – et voyait les peuples de la terre soviétique. Dans le vent qui soufflait sur son visage, il sentait tout ensemble la rigidité des glaces éternelles du Taïmyr, la caresse satinée des sables de l'Azov, le toucher visqueux de la résine de Carélie, le goût doux et aqueux de la mûre arctique. *Il* savait comment le tigre avance sa patte en marchant dans la taïga, près du fleuve Amour ; comment l'esturgeon se débat sur le pont du bateau, quand apparaît, au-dessus de sa tête, la rame destinée à lui porter le coup fatal ; comment le nénuphar déploie ses pétales dans un lac de montagne à l'extrémité du Turkestan. *Il* sentait son pays avec précision, et dans sa totalité, comme on sent son propre corps – chaque poignée de terre, chaque brassée d'eau et chaque créature s'affairant sur cette terre et cette eau.

Étouffant de joie, *il* leva son visage au ciel et cria quelque chose d'incompréhensible, de triomphal. Le vent heurta sa bouche, souffla dans sa gorge et pénétra plus avant, emplissant toutes les cavités et tous les organes. Son corps se transforma en une enveloppe pour le vent et, dans sa tête, des dizaines de rimes éclatèrent en une fontaine multicolore. Chacune de ces rimes était la seule possible, et se grava à jamais dans sa mémoire.

Les glaces de l'Arctique rimaient avec le brise-glace, énorme et puissant ; de sa proue d'acier, où brillaient les armoiries dorées de l'État soviétique, le brise-glace écrasait les neiges et la banquise, les chiffonnait comme des feuilles de papier, laissant derrière lui une eau lisse, miroitante. L'eau rimait avec électricité, tombait des cieux en torrents interminables ; ces torrents d'eau se transformaient en lumière scintillante qui bondissait sur terre et se répandait en larges ruisseaux à travers tout le pays, tandis que des gouttes d'écume lumineuse s'envolaient au ciel, devenant des étoiles, plus grosses et plus brillantes que les vraies. La terre rimait avec tracteur – pas des « Nains » chétifs, mais des tracteurs puissants, grands comme des isbas paysannes ; ces tracteurs tiraient des charrues aussi grosses que des arbres et pénétraient dans le sol à profondeur d'homme ; avec les mottes de terre noire, des trésors surgissaient des entrailles de la terre – le charbon gras, le nickel étincelant, le cuivre et l'or, le cobalt et le molybdène. Ce n'était pas du seigle et du sarrasin, mais des arbres gigantesques qui poussaient dans les champs en quelques minutes – arbres de fonte, de zinc, de titane, d'aluminium – ; entre eux coulaient des rivières de mercure précieux, de cuivre et d'acier fondu – les métaux ne pouvaient rimer qu'avec d'autres métaux.

Devant l'abondance et la beauté de ces rimes, son front se couvrit d'une légère sueur. Les strophes retentissaient, s'articulaient en un chant du futur clair et inspiré ; quel dommage qu'il n'existât pas sur terre de voix capable de l'interpréter aussi bien qu'il s'élevait en ce moment dans son cœur. *Il* portait ce chant en lui, attentif et reconnaissant, sans craindre de l'oublier parce que, à présent qu'il était né, il faisait partie intégrante de son être. *Il* savait à présent tant de choses, plus que n'importe qui d'autre sur terre. *Il* savait quoi faire...

*Il* comprit soudain toute l'étendue de sa fatigue : *il* avait passé trois jours presque sans dormir. Dès que l'avion, tremblant et tressautant, eut atterri, il ordonna au chef de la sécurité : Prendre la direction de Moscou – sans retard !

Le chef de la sécurité sursauta, son visage s'illumina de joie, tout son être s'anima et il retrouva son autorité. Il libéra le patron de ses hôtes – Becker étonné, Mamine attristé, et les autres –, il le fit asseoir dans la voiture, l'amena au train, l'accompagna dans le wagon. Les télégrammes s'envolèrent pour la capitale : Nous partons ! Nous serons là au matin ! Libérer toutes les voies ! Les officiers d'escorte, les chauffeurs et les conducteurs coururent à leur poste ; on retourna les locomotives dans la direction opposée ; le convoi spécial poussa un profond soupir et démarra immédiatement, prenant rapidement de la vitesse, comme s'il voulait accélérer pour sauter par-dessus la Volga qui apparaissait devant lui.

Quand le convoi monta sur le bac, la petite Ford déjà familière apparut dans des nuages de poussière, et Becker sauta à terre. Il courut aux wagons plombés, se mit à frapper sur les portes astiquées et à tendre obstinément un sac en papier froissé vers les fenêtres : un « souvenir de la part des masses laborieuses ». Il fallut céder : le chef de la sécurité prit le cadeau par la fenêtre ouverte du compartiment et l'agita à son oreille ; ne trouvant rien de dangereux au toucher ni à l'oreille, il l'apporta au patron. Ils le déballèrent. C'étaient des moyeux. Des moyeux de bronze tout ce qu'il y a de plus ordinaires, fondus le jour même à l'usine, à partir du monument déboulonné. Ils étaient emballés dans une feuille fraîchement imprimée – l'encre n'avait pas eu le temps de sécher et tachait. Le texte impressionnait par sa densité et sa franchise : « 5 000 moyeux utiles – à partir d'une impératrice inutile ! » Ce slogan était suivi d'une brève explication : les moyeux allaient être utilisés pour la production des « Nains » ; on prévoyait que la quantité obtenue suffirait à équiper plusieurs centaines de tracteurs.

Le chef de la sécurité, déjà éreinté par les deux jours interminables de situation extraordinaire, s'apprêtait à quitter le patron, quand celui-ci lui demanda soudainement :

– Qu'est-ce que tu préfères, toi – les nains ou les géants ?

Le chef de la sécurité perdit contenance : une telle question n'avait jamais effleuré sa tête honnête, au front saillant. Grommelant quelque chose de peu mélodieux, il attendit que le patron lui fasse signe, d'un mouvement du menton, qu'il pouvait partir, et se glissa avec soulagement hors du compartiment.

Le guide des peuples fit tourner dans ses mains les lourds cylindres aux reflets rougeoyants. Puis il ouvrit la fenêtre et les jeta un à un dans l'obscurité. Il ne vit pas les moyeux s'enfoncer, avec un petit clapotement, dans les eaux de la Volga – il se coucha sans même se déshabiller sur le lit du compartiment et sombra dans le sommeil.

Il rêva de statues. Elles étaient coulées dans le meilleur bronze, leurs corps étaient aussi hauts que des maisons de plusieurs étages, et leurs jambes puissantes comme des mélèzes centenaires. À la place des visages, il y avait des ovales lisses, un peu saillants, qui faisaient penser à des œufs sans la moindre fissure. C'étaient les héros du futur, l'Histoire ne connaissait pas encore leurs noms. Ces géants sans visage – une ou deux douzaines – marchaient dans les steppes de la Volga, enjambant les petites rivières et les petits villages, écartant de leurs bras le brouillard épais qui recouvrait le monde. Sur l'épaule d'un d'entre eux – homme ou femme – il y avait : *lui*, le nouveau guide du pays. *Il* se tenait fermement à une boucle de bronze qui tombait, rigide, sur l'oreille du titan, et plissait les yeux à l'air qui lui heurtait le visage à chaque pas de son immense compagnon. Autour de lui, *il* ne voyait qu'une mer infinie de brouillard, d'où dépassaient les torses métalliques des géants ; parfois, à travers les lambeaux de nuages, il pouvait apercevoir la terre : loin, loin en bas. La terre semblait bouger, fuyant sous les pieds lourds de plusieurs tonnes : des troupeaux de chevaux sauvages des steppes tentaient d'échapper à la mort, mais périssaient les uns après les autres sous les bottes des géants. On n'entendait pas leurs hennissements désespérés ni le craquement des os – le brouillard cotonneux étouffait les bruits. En regardant plus attentivement, le guide des peuples comprit : ce n'étaient pas les chevaux qu'écrasaient les lourdes bottes, mais les « Nains » agiles qui s'échappaient de tous côtés, comme des cafards…

Il sourit, d'un sourire d'enfant heureux et vulnérable, se tourna de l'autre côté, tira la couverture sur son épaule refroidie.

Le convoi spécial filait dans la nuit (et le garde-voie Goriounine avait raison : il filait sans toucher les rails). Dans le compartiment voisin, le chef de la sécurité se tournait et se retournait, irrité par l'insomnie, poursuivi par cette question : qui devait-il préférer – les géants ou les nains ? Puis par cette autre – avait-on le droit de donner la préférence ni aux uns ni aux autres, mais aux gens de taille normale ? À Pokrowsk, dans sa mansarde sous les toits, ayant tiré tous les rideaux, le président du comité du Parti Becker s'était enfin déshabillé et s'était versé deux seaux d'eau froide sur le corps ; il était assis, nu, et buvait du Stinkus pur. Dans un atelier vide de l'usine, le constructeur Mamine pleurait, submergé par un sentiment amer et inexplicable. Avec une tendresse maladroite, il étreignait les flancs des petits tracteurs à demi montés, passait ses doigts calleux sur les roues, les châssis et les poulies. Il les couvrait de ses mains comme une poule protège ses petits avec ses ailes. Son cœur se serrait, pressentant un malheur : le regard perçant du visiteur haut placé promettait un changement rapide et irrémédiable. Mamine frottait son front contre le métal rugueux, qui tiédissait sous son souffle et ses larmes, lui parlait dans un murmure passionné et confus. Il les aurait volontiers emportés avec lui, ses pauvres enfants mécaniques – dans les bois, dans les steppes kirghizes, au fond de la Volga – mais, hélas, une telle évasion était impossible. Il ne restait plus qu'à leur répéter encore et encore, dans un murmure, combien il les aimait, les caresser et les bercer pour les rassurer, ou se rassurer lui-même…

Son cœur de père ne l'avait pas trompé : peu de temps après, le gouvernement, à Moscou, décida d'interrompre la production des « Nains » de Mamine. Le pays voulait d'autres tracteurs. Quelques années plus tard, à l'Exposition agricole pansoviétique, un Mamine grisonnant et desséché par un ulcère verrait ces « autres » : des géants aux chenilles de tank, avec des corps puissants et lisses. Lui, Mamine, serait envoyé à Tcheliabinsk, à l'institut de mécanisation. Désormais orphelins, privés de soins, les petits tracteurs s'éparpilleraient dans le *vaste monde* ; quelques-uns seraient vite rattrapés, leur métal fondu ; d'autres travailleraient encore un peu dans les champs, mais deviendraient vite inutilisables – soit par manque d'entretien, soit de tristesse ; les autres disparaîtraient dans les profondeurs de la République allemande, et nous ignorons tout de leur destin.

# 17

Bach plongea immédiatement dans l'eau, sans même réfléchir. Et il ne comprit pas lui-même comment sa tête s'était retrouvée dans une étendue froide, ondoyante, bulleuse. Il avait poussé des pieds, s'était penché – un léger vent était passé sur son visage, le ciel de l'aube avait tangué au-dessus de sa tête. Avant même que ses yeux aient vu, ses oreilles entendu, le corps de Bach s'était jeté dans la bonne direction, ses mains avaient attrapé Anntche qui se débattait dans l'eau, et l'avaient dirigée vers l'esquif. La petite s'escrima en vain contre le flanc de la barque, ses mains glissaient. Bach plongea à nouveau sous l'eau, et poussa Anntche – de sa tête, son dos, ses épaules – pour qu'elle puisse attraper le bord. Puis il s'accrocha à son tour, monta en faisant tanguer l'embarcation, manquant de la retourner. Il prit Anntche à bout de bras, la serra contre lui, l'entoura de tout son corps.

Ils étaient assis au fond de l'esquif, dégoulinants, serrés l'un contre l'autre, attendant que le monde autour cesse de tanguer, et que la respiration d'Anntche devienne moins haletante. Enfin, Bach regarda le visage de la fillette : il n'y avait aucune peur, pas le moindre repentir dans ses yeux enfantins – Anntche regardait la Volga avec calme, et même avec un certain dédain, comme si elle ne s'y était pas débattue désespérément l'instant d'avant, mais avait nagé avec aisance, ou marché sur les eaux miroitantes. Bach s'assit sur le banc, prit les rames : Rentrons à la maison, Anntche…

Le soir venu, il ne put pourtant pas s'empêcher d'aller à Gnadenthal : pour vérifier les champs de maïs. La semaine d'avant, il avait écrit le conte de la belle aux cheveux d'or, et il pensait que cette histoire aurait une influence positive sur le mûrissement du maïs, dont les fils rappelaient particulièrement de longs cheveux clairs. Et il ne s'était pas trompé : pendant la semaine où Bach n'était pas venu dans les champs du kolkhoze, les grains blêmes, dans les épis, étaient devenus d'un jaune éclatant, comme si chacun d'eux contenait vraiment une merveilleuse jeune fille qui laissait voir ses boucles d'or. Bach errait sur le bord du champ, caressant les tiges vertes, quand, au loin, retentit un cri : quelqu'un gémissait d'une voix étouffée et plaintive, comme de douleur. Une femme ? Un enfant ? Bach courut droit au bruit – en traversant les plantations.

Sur la route qui séparait le champ de maïs du champ de blé, il vit des gens : ils s'agitaient autour du vieux Fordson, poussant des exclamations agitées.

Un peu plus loin, un groupe d'enfants – des pionniers, comme on pouvait le voir à leurs cravates rouges – se tenaient immobiles, avec une expression confuse et effrayée sur leurs visages. Bach n'était pas encore arrivé sur les lieux de l'accident, que deux hommes s'éloignèrent du Fordson : croisant les bras et posant dessus une troisième silhouette, petite, ils marchaient hâtivement en direction de Gnadenthal. Quelques instants plus tard, ils arrivèrent à la hauteur de Bach – qui dut faire un pas en arrière dans le maïs pour leur laisser le passage.

La petite silhouette était aussi un pionnier – seulement sa cravate n'était plus autour de son cou, mais serrée autour de sa main droite qu'il tenait, tordue, contre sa poitrine. Sur la main, les doigts étaient absents ou blessés – Bach ne le comprit pas précisément, il n'eut que le temps de voir le tissu rouge vif, d'où un sang rouge vif coulait abondamment. Le sang coulait sur le ventre du garçon, sur ses jambes, et gouttait sur le sol. Le blessé avait déjà cessé de crier, ses paupières étaient baissées, sa tête appuyée sur l'épaule de l'un des hommes – elle ballottait à droite et à gauche, comme privée de vie. Le visage du garçon était blême à en paraître bleuté, mais Bach le reconnut : le jeune tambour.

– Le voilà, le résultat de leur contrôle pionnier ! dit une voix aigre devant le Fordson. Ils avaient qu'à pas mettre leur nez morveux partout ! Si tu sais agiter des baguettes – vas-y, tape le tambour ! Mais tu n'as rien à faire sur un tracteur ! Le mécanicien n'a pas besoin de toi !

– C'est vrai ! renchérit une deuxième voix. Qu'est-ce que ça veut dire, des fils qui veulent contrôler leurs pères ?! Ils vérifient la profondeur du labour. Ils vérifient la densité des semailles. Ils vérifient qui va aux champs et quand, qui s'assied pour se reposer, et même qui va faire sa commission dans les buissons ! Un bon coup de ceinture sur le dos – c'est tout le contrôle qu'il leur faut, à ces pionniers !

Bach tourna le dos aux voix et partit à Gnadenthal, suivant les gouttes de sang que le garçon avait semées sur la route : la terre de juillet était si dure que les gouttes ne pénétraient pas dedans, mais prenaient la poussière, et formaient de gros pois noirs à la surface. Tout en marchant, Bach pensait au fait que, dans « L'histoire du jeune tambour », le héros se blessait aussi à la main : pour ouvrir la porte qui menait à la Montagne de verre, il utilisait son petit doigt à la place de la clé – et devait laisser son petit doigt dans le perfide trou de serrure.

*

Il dormit mal cette nuit-là : l'étrange coïncidence ne le laissait pas en paix. Le lendemain, il arriva de bon matin à Gnadenthal, pour prendre des nouvelles du garçon. Il s'avéra qu'on avait transporté le blessé à Pokrowsk, et qu'il y était resté à l'hôpital ; on lui avait amputé tous les doigts de sa main droite, et il ne jouerait sans doute plus jamais du tambour. Dans sa douleur, le père du garçon, le maigre Gauss, s'était saoulé comme un cochon et, la nuit, avait jeté le tambour dans la Volga. Puis – soit par excès d'alcool, soit par excès de douleur paternelle – il était tombé sur la rive, incapable de bouger les jambes. On l'avait trouvé au matin, couché sur le sable, pleurant de frayeur : il ne sentait plus ses jambes. Ni ses pieds, ni ses tibias, ni ses genoux ne réagissaient plus – ni aux coups, ni aux piqûres d'aiguille ou de poinçon. Ses cuisses avaient toujours leur sensibilité, mais il ne pouvait plus marcher, ni tenir sur ses jambes.

Le lendemain, il cessa de sentir ses cuisses, son ventre et ses reins. Le pauvre passa la journée à sangloter – on l'entendit dans toute la colonie, suppliant le bon Dieu de le garder en vie, et se repentant d'avoir adhéré au kolkhoze. Hoffmann demanda à la femme de Gauss de mieux fermer les fenêtres pour qu'on n'entende plus ces cris antisoviétiques, mais le pasteur Haendel, qui était venu au chevet du malade pour accomplir son devoir spirituel, annula cet ordre : la chaleur était insupportable, et il aurait été inhumain d'augmenter les souffrances du pécheur repentant, peut-être au seuil de la mort.

Dans tout Gnadenthal, seul Bach devinait les vraies raisons de l'événement : il semblait que le pauvre Gauss avait été victime non d'une maladie ou du chagrin, mais d'un conte, un bref conte parlant d'un paysan puni pour son avarice : au début, il était pétrifié jusqu'aux genoux, puis jusqu'à la taille, puis était entièrement changé en pierre, ne conservant que deux traits humains : la possibilité de voir et de respirer. C'était l'un des premiers contes de Bach – il l'avait écrit il y a si longtemps qu'il l'avait complètement oublié. Maintenant, il s'en souvenait. Toute sa vie, Gauss avait été plutôt avare, il fallait le reconnaître ; et voilà que le conte l'avait rattrapé, et puni. Pourtant, il y avait d'authentiques grigous dans la colonie, dont l'avidité et la ladrerie auraient bien plus mérité un châtiment aussi cruel, mais il s'était abattu sur Gauss, et justement au moment où son fils était cloué sur un lit d'hôpital, la main mutilée.

Au troisième jour, il était entièrement paralysé, des doigts de pieds à la racine des cheveux : il ne pouvait plus parler, ni crier, ni sangloter, il gisait dans son lit – un masque immobile à la place du visage –, battant des cils de temps en temps ; dans ses yeux éteints, on lisait une souffrance inexprimable.

Dès que la nouvelle eut fait le tour de la colonie, les curieux s'amassèrent devant la maison de Gauss. Personne ne se décidait à entrer ou à parler avec sa femme, mais les Gnadenthalois étaient très désireux de voir de leurs propres yeux leur concitoyen brisé par la maladie ; en conséquence, ils entraient dans l'arrière-cour – doucement, pour ne pas abîmer le jasmin qui y poussait – et approchaient leur visage de la vitre. Le soir venu, la vitre était couverte de petites taches fantaisistes laissées par les fronts, les nez et les joues des curieux.

Bach alla aussi voir le malheureux. Les derniers jours, il s'était remémoré chaque phrase, chaque mot du conte inventé des années plus tôt – et à présent, approchant son visage de la vitre sale, il s'attendait avec frayeur à voir devant lui la description qu'il avait inventée un jour. Il la vit en effet : « Ce n'était déjà plus un homme qui gisait dans le lit, mais un grand rocher en forme d'homme ; quand on appelait le rocher par son nom, des larmes coulaient de ses yeux. »

Simple hasard, simple hasard, se répétait Bach en marchant vers la Volga. Il n'y croyait plus lui-même, mais continuait de le répéter, de tenter de se convaincre, hochant la tête, niant ses pensées funestes. Ce n'est qu'une coïncidence, une coïncidence…

Sur la place du marché, il remarqua un grand nombre d'enfants : tous les écoliers de Gnadenthal semblaient s'être rassemblés devant la Schulhaus, des petits première année aux adolescents longilignes. Beaucoup d'entre eux avaient la cravate rouge des pionniers à leur cou. La foule d'enfants était bruyante, rieuse, des centaines de voix retentissaient, bourdonnant autant qu'un essaim d'abeilles. Soudain, une mélodie claire couvrit tous les bruits et s'éleva au-dessus de la foule, emplissant la place, toutes les ruelles et tout Gnadenthal : l'activiste Dürer, sur le perron de l'école, appuyait ses lèvres contre un clairon en cuivre et en tirait cette mélodie – habilement, avec un sentiment sincère, comme s'il n'était pas le chef des pionniers et des komsomols, mais un musicien. Les enfants, obéissant au chant du clairon, cessèrent immédiatement leur remue-ménage ; leurs visages devinrent sérieux, semblables les uns aux autres ; leurs regards s'attachèrent sur l'instrument brillant. Tous les bruits se turent : les voix des enfants, les cris des mouettes sur la Volga, le blatèrement lointain des chameaux, et même le bruissement des feuilles des ormes. Seul le clairon retentissait dans le silence – comme un appel, une promesse. Dürer descendit le perron et, sans regarder autour de lui, avança lentement sur la rue, en direction de la steppe. Les enfants, s'alignant sur deux colonnes, le suivirent.

– Où est-ce qu'ils vont ? demanda, en bâillant, une femme devant le puits.

– Vont faire un camp dans la steppe, répondit une deuxième. Un camp de pionniers, le diable les emporte. La journée – y beugleront des chansons, et le soir – y garderont les champs.

Bach regarda la file d'enfants en train de franchir le portail – et il sentit ses os et ses muscles se glacer, à lui faire mal. Lui seul – lui seul dans tout Gnadenthal – savait que les enfants ne reviendraient pas : Dürer les emmenait à sa suite, comme le joueur de flûte de Hamelin, pour disparaître à jamais avec eux dans les steppes de la Volga. Bach courut vers les femmes, mugissant plaintivement en leur montrant la procession en train de s'éloigner.

– Vous avez raison, Schulmeister, lui répondirent-elles amicalement. Ils feraient mieux de rester à la maison et d'aider leurs mères ! Le dragon emporte cette nouvelle vie avec ses nouvelles règles !

Il secoua la tête, leur prenant la main et gémissant d'un ton suppliant : Il faut les arrêter ! Ne les laissez pas partir ! Allez les chercher ! Il regardait chacune dans les yeux, faisant la grimace : les enfants vont disparaître ! À jamais ! On ne les reverra plus ! Mais les femmes se fâchèrent : « Schulmeister, vous êtes devenu tout à fait bizarre ! C'en est trop ! Il se jette sur les gens ! », et mettant leurs palanches avec les seaux pleins sur leurs épaules, elles rentrèrent chez elles.

Bach voulut courir après les enfants, mais il ne les voyait déjà plus, ni même la poussière qu'ils soulevaient. Quelque part au loin, il entendit encore le son du clairon – étouffé, à peine audible –, et peut-être que c'était le cri d'une crécerelle effrayée. Il était tard : les enfants étaient partis « pour ne plus jamais revenir dans les bras de leurs pères et mères », comme l'avait écrit Bach un jour.

Pouvant à peine bouger les jambes, il se traîna sur la rive. Il s'effondra dans l'esquif, battit des rames dans l'eau. Sa tête était près d'éclater sous la pression des idées qui s'y entrechoquaient. Se pouvait-il que son crayon, qui semblait ne causer que *mûrissement*, *abondance* et *moisson*, fût capable de susciter d'autres événements, bien moins radieux ? Et pourquoi avaient-ils lieu justement maintenant – par ce chaud été de 1927, quand les champs croulaient à nouveau sous les blés durs, les melonnières débordaient de melons et de pastèques, et les branches des vergers ployaient sous le poids des pommes et des poires mûrissant ? Pourquoi fallait-il que les histoires tristes se réalisent ? Était-ce un châtiment, ou le cours des choses tel qu'il était prévu dès le début ? Et un châtiment pour quoi ? Un châtiment destiné à tous les Gnadenthalois ou à Bach seul ? Que devait-il faire, malheureux conteur, de cette soudaine prise de conscience ? Et que faire avec ces histoires où chaque fin heureuse était précédée par des maladies, des guerres, des morts, la peur ?... Ces questions tourmentaient Bach, toutes plus douloureuses les unes que les autres. Il n'avait de réponse pour aucune. La seule chose qui le rassurait était qu'il n'avait pas eu le temps d'amener sa Anntche dans ce *vaste monde* pris de folie.

*

De retour à la ferme, Bach fit ce qu'il n'osait pas faire depuis quelques jours : il entra dans la chambre de Klara et, montant sur une chaise poussée contre le mur, relut tout ce qu'il avait noté depuis plusieurs années : tous les contes qu'il avait écrits. « Les nains bleus », « L'enfant désobéissant » et « Le cercueil de verre ». « L'os chantant », « Le Rouillé » et « Le pays des ours ». « Le poêle de fer », « La sorcière dans la forêt » et « L'exode des géants »... Combien chacun d'eux contenait de moments dangereux et tragiques, d'épisodes effrayants et de scènes sanglantes ! Et ils avaient beau être racontés dans un *haut allemand* élégant, leur essence cruelle n'en était pas pour autant atténuée : de pauvres marâtres repentantes dansaient sur des braises ardentes ; des tonneaux tapissés de clous roulaient sur une falaise, emportant des pères suppliant qu'on leur pardonne ; des têtes tombaient des épaules – têtes d'enfants, d'adultes, de bêtes – ; on coupait bras, jambes, oreilles, langues ; nains et géants partaient au loin, chassés par l'homme ; des sorcières brûlaient dans les poêles, grimaçant de douleur et d'une mauvaise conscience trop tardive... Les contes se terminaient, certes, par le triomphe des misérables et des opprimés, mais comme ils se montraient cruellement durs envers les perdants et les vaincus, à quel prix les héros obtenaient-ils leur victoire ! Pourquoi Bach ne l'avait-il jamais remarqué avant ?

Quand il s'arracha à ses réflexions, il faisait déjà nuit dehors. Comprenant soudain qu'il n'avait toujours pas nourri Anntche, il courut à la recherche de la fillette : elle n'était nulle part, ni dans le salon, ni dans la cuisine, ni dans les chambres.

Anntche !

Il sortit en courant. Elle n'était ni dans la cour, ni derrière la maison – ni dans les granges, ni dans l'étable, ni dans le poulailler, ni dans la glacière.

Anntche !

Il courut sur le sentier menant à la Volga, mugissant de toutes ses forces et répétant son nom dans sa tête. Il sauta de rocher en rocher, regardant les ronds qui s'élargissaient dans l'eau. À bout de souffle, le visage brûlant et humide, il parvint enfin devant l'esquif caché entre les pierres.

Elle était là, sa petite Anntche. Les mains sagement croisées sur les genoux, le dos droit, elle était assise exactement au centre du banc de l'esquif. Ses yeux regardaient droit devant : le courant de la Volga, ou peut-être les lumières à peine distinctes des maisons de Gnadenthal. En entendant ses pas, elle se tourna vers Bach – une expression impassible, et même de léger reproche, sur son visage, comme si elle lui en voulait de son retard – puis se remit à contempler la rivière : elle voulait de nouveau voguer sur les flots.

Pour la première fois, Bach eut envie de la frapper. Honteux d'un tel désir, il se mit à genoux à côté de l'esquif, appuya son visage contre le bord. Soudain, il sentit une petite main qui touchait sa nuque – prudemment, comme pour lui demander quelque chose ou pour l'inviter. Non, hocha-t-il la tête sans lever son visage. Non, inutile d'essayer de me convaincre. Mais les doigts légers caressaient ses cheveux, tendrement, imperceptiblement. Non, s'obstina-t-il. Ne demande même pas, pas maintenant, non… Puis, maudissant sa mollesse, il se leva, poussa l'esquif sur le fleuve et s'assit entre les rames.

Ils voguaient dans la nuit : la Volga était comme une mer d'encre. L'encre clapotait contre la coque, l'encre noyait l'horizon – on ne comprenait pas où s'arrêtait le fleuve, où commençait la steppe, où s'arrêtait la steppe et où commençait le ciel. Les étoiles se reflétaient sur les flots d'encre, les feux de Gnadenthal y tremblotaient, et personne n'aurait pu dire, à cette heure, quelles lumières venaient des maisons, et quelles lumières venaient du ciel.

Anntche était assise à la proue de la barque, ses deux mains pendaient à l'extérieur, et elle regardait dans la nuit, fascinée. Elle semblait avoir cessé de respirer. Bach retenait son souffle. Là, dans cet espace d'eau noire et d'air noir, les détails des contes apparaissaient clairement à Bach, comme dans la lumière bleue du cinématographe : la baignoire remplie d'eau bouillante pour le bain de la méchante reine ; la cuirasse chauffée à blanc pour le seigneur avare ; le poêle de fer pour y brûler la perfide marâtre ; les mains d'argent pour remplacer celles qui avaient été coupées ; les chevaux pétrifiés dans leurs stalles ; les morts pendus aux arbres, dont le foie était mangé par les corbeaux…

Quelque chose appuyait sur sa nuque, pesait d'un poids énorme sur ses épaules : la peur. La peur était comme la meule d'un moulin, comme un lourd pavé. Elle faisait ployer sa colonne vertébrale, rapprochait ses épaules de sa poitrine, tordant ses omoplates. Il avait peur pour les champs de Gnadenthal et pour les basses-cours bruyantes, pour les granges pleines et pour les potagers fertiles, pour les porcs, les chevaux et les vaches, pour tous les gens aux visages joyeux des assemblées du kolkhoze. Sa peur était si lourde qu'elle menaçait de couler l'esquif au milieu de la Volga.

À ce moment, il lui vint soudain à l'esprit un nom qui s'appliquait bien à cette étrange année : l'*Année des Mauvais Pressentiments.*

Épuisé, Bach rama vers la rive, mais il était finalement heureux de cette promenade imprévue : il ne parviendrait sans doute pas à dormir.

*

Ce qu'il avait écrit se réalisait.

En août, les Gnadenthalois qui n'étaient pas encore entrés au kolkhoze se virent confisquer leur bétail et leurs outils, ainsi que les « Nains », qui tous rejoignirent le « troupeau » collectif. Pendant deux jours, la colonie fut en ébullition – les villageois bouillaient d'indignation. Au troisième matin, quand Hoffmann entra dans le bâtiment du parc de machines et de tracteurs, il resta figé de stupeur : de tout le parc, il ne restait, dans le hangar, que le vieux Fordson ; quant aux

« Nains », ceux du kolkhoze et ceux qu'on venait tout juste de collectiviser, ils s'étaient envolés dans la nature. Hoffmann cria, menaça les saboteurs du tribunal populaire ; il courut de maison en maison, inspectant les étables et les granges des citoyens suspects ; soumit les dékoulakisés à l'interrogatoire ; enfin, il fit venir de Pokrowsk un détachement de police et exigea une enquête – en vain. Les petits tracteurs avaient disparu, comme engloutis dans les eaux de la Volga. Seul Bach savait que les « Nains » s'étaient volontairement exilés, attristés par la méchanceté des colons – répétant le sujet du conte où les nains quittaient le pays des hommes. Il avait même trouvé des traces des roues dentelées : loin dans la steppe, là où finissaient les champs kolkhoziens et privés ; il ne les avait montrées à personne ; quelques jours plus tard, les traces avaient aussi disparu, effacées par la pluie.

En septembre, il devint évident que l'« affaire des Nains » était dans une impasse, et il fut question d'expulser les dékoulakisés – les principaux suspects – de Gnadenthal. La moitié de la colonie prit leur défense, tandis que l'autre moitié insistait pour qu'on chasse les saboteurs. Cette dispute continua jusqu'au jour où, un matin, on découvrit que leurs maisons étaient vides – les koulaks avaient disparu, comme les « Nains ». On murmurait que, pendant la nuit, on les avait mis sur des chariots et on les avait emmenés – personne ne savait exactement si c'était dans les toundras de la Kolyma ou dans les steppes de la Kalmoukie. Bach, lui, savait : ils avaient été emmenés, non pas au Nord, ni au Sud, mais à l'Est : dans le pays des Ours, qu'il avait décrit dans un conte. Bach était le seul à savoir quelles mésaventures les attendaient.

En octobre, le bétail enlevé aux koulaks, souffrant de la disparition de ses maîtres, et en dépit d'une nourriture abondante et de soins appropriés, se mit à dépérir : les bœufs et les vaches des koulaks refusaient de manger et de boire, restant des jours entiers immobiles devant leurs mangeoires pleines, mugissant autant que leurs forces le permettaient, pour mourir brusquement quelques jours plus tard. Le mugissement, dans l'étable collective, était tel que Bach l'entendait de la rive droite. Hoffmann s'agitait comme un petit diable dans la ferme à bétail : il tentait de nourrir de force les bêtes obstinées, frappait les animaux sur leurs flancs maigres, les sortait dans la cour, les lavait à l'eau tiède, rapportait des morceaux de sel des sols salins des steppes et appuyait ces délices inutiles contre les museaux tristes. Appelé de Pokrowsk, le vétérinaire fut incapable d'expliquer ces morts étranges ; il haussa les épaules, perplexe, et inscrivit, comme diagnostic, le premier mot qui lui vint à l'esprit : « morve », mais il ne put prescrire aucun remède. Bach, lui, savait : on ne pouvait pas sauver les animaux, ils mourraient tous, jusqu'au dernier. Bien plus tard, quand les colons auraient oublié toute l'histoire, ils entendraient à nouveau ce mugissement funèbre : dans les hurlements des tempêtes de neige et le fracas du tonnerre. Désormais, à Gnadenthal, les tempêtes hivernales, les orages de printemps, les coups de tonnerre estivaux mugiraient de la même voix que le bétail agonisant, rappelant les innocents exilés et perdus.

En novembre, les écuries collectives furent touchées par une vraie épidémie de morve et, en une semaine, tout le troupeau du kolkhoze fut décimé. Bach vit comment on transportait les cadavres de chevaux au cimetière des animaux : les museaux des chameaux attelés et les visages des porteurs étaient enroulés dans des chiffons noirs, tandis que, des chariots, dépassaient de tous côtés les pattes roides des cadavres – comme si on s'apprêtait à enterrer, non des animaux morts, mais des chevaux pétrifiés.

En décembre, il devint clair que des enfants avaient également attrapé la morve : les pionniers qui s'occupaient des chevaux. Le mois de Noël se transforma, pour Gnadenthal, en mois de deuil : régulièrement, des processions funèbres sortaient du village en direction de la steppe, du cimetière. On enterrait les morts dans des cercueils fermés, pour ne pas effrayer les autres villageois avec les visages des enfants déformés par la maladie. La veille de Noël, Bach compta les morts, et, sans surprise, arriva à sept.

Bach voyait avec désespoir disparaître tous les résultats de ses peines – lentement, inexorablement. La vie de la colonie, devenue florissante sous les efforts de son crayon, se figeait, se fanait, perdait ses couleurs et ses odeurs, comme une fleur terrassée par le froid.

La terre autour de Gnadenthal devint subitement pauvre, décolorée, sous l'effet du sel ou d'autres minéraux (impossible de le comprendre précisément : le sol blanchi avait perdu, dans le même temps, sa fertilité et son goût). Pommiers et poiriers avaient beau fleurir, ils ne portaient pas de fruits, et perdaient leurs feuilles à l'automne sans avoir rien produit. Dans la basse-cour, poules et oies pondaient des œufs « vides » : ils n'avaient pas de jaune, rien que du blanc d'un gris translucide. Brebis, juments, vaches et chamelles mettaient bas avec plus de peine qu'elles ne l'avaient jamais fait, souffrant pendant plusieurs jours, emplissant la colonie de leurs mugissements désespérés, mais tous leurs petits étaient mort-nés ; si, parfois, un veau ou un agneau parvenait à naître vivant, il avait toujours un défaut : il était albinos, avait la tête gonflée par un œdème, ou même trois yeux. Les femmes cessèrent d'avoir des bébés : les fœtus mouraient dans leur sein, et les ventres des mères, qui avaient commencé par grandir, rapetissaient à nouveau.

Les rues de Gnadenthal étaient désormais toujours blanches : couvertes, en hiver, de neige, au printemps, de pétales de cerisiers infertiles, en été, de duvet de stipe, en automne, de poussière des steppes. Il n'y avait personne pour balayer ces rues : les hommes luttaient contre l'infertilité du sol dans les champs, et les femmes, dans les maisons, pleuraient leurs enfants non nés.

*

Bach était-il coupable de ce qui arrivait ? Comment pouvait-il s'opposer à toutes les choses sombres, cruelles, sanglantes qui étaient sorties de sa plume ? Comment pouvait-il protéger les Gnadenthalois des histoires abominables qu'il avait lui-même inventées ? Il ne connaissait qu'un moyen : écrire des histoires pleines de bonté.

Au début, il s'était efforcé de se souvenir d'histoires où il n'y aurait aucun personnage négatif, aucun événement triste ; mais il n'en avait trouvé aucune : il s'avérait que n'importe quel conte faisait obligatoirement intervenir des forces mauvaises, séditieuses – plus encore, ces forces étaient le moteur du conte. Dans tout conte, même celui qui partait d'une innocente poule et d'un coq bêta, on retrouvait les défauts et les faiblesses humaines, des crimes avaient lieu, on n'échappait ni à la ruine ni aux catastrophes. Les contes étaient empreints de mort.

Bach avait passé en revue tous les contes connus – méticuleusement, un par un, comme triant des lentilles pour la soupe – et avait découvert avec surprise l'importance que prenait la mort dans chacun d'eux : enfants assassinés, guerres, épidémies de peste, maladies, trahisons et crimes étaient partout monnaie courante, alors que la récompense pour les souffrances endurées n'avait lieu qu'une fois, à la fin.

Bach pouvait-il encore décrire des combats et des batailles – si ces batailles étaient susceptibles de se dérouler le lendemain à Gnadenthal ? Pouvait-il raconter le châtiment de la sorcière ou du seigneur avare, et par là risquer de provoquer la mort d'un villageois ? Pouvait-il, à présent, permettre, ne serait-ce que sur le papier, à des enfants de perdre leurs parents, à une jeune fille amoureuse de devenir muette, et à une poule de s'étouffer avec un grain ?

Alors, Bach commença à écrire *autre chose.* Il continuait d'appeler ses textes des contes, mais ce n'étaient plus des contes, c'étaient des lambeaux d'histoires, des morceaux décousus de descriptions, des pensées confuses et convulsives. D'une main ferme, Bach éliminait de ses histoires tout élément *sombre, mauvais, impropre* – et ne laissait que les moments *heureux* et *joyeux.*

*... Il embrassa la jeune fille sauvée, la mit sur son cheval et l'emmena dans son pays où régnaient le calme et la prospérité, la santé et le bien-être, la raison et la justice...*

Pendant ce temps, en janvier 1928, un télégramme signé par le guide des peuples arriva au comité régional du Parti de la République allemande : activer le stockage du blé. À la réunion du village, Hoffmann annonça des prélèvements supplémentaires pour la « partie aisée et koulake de la paysannerie ».

*... Dès lors, ils vécurent dans le bien-être et l'abondance. Chaque matin, ils trouvaient un nouveau thaler d'or sous leur oreiller, et chaque jour la chèvre donnait un seau de miel doux et parfumé, et chaque soir leur poule pondait des œufs d'argent...*

En mars, l'article 107 du Code pénal commença à être largement appliqué dans toute la République allemande : on confisquait les surplus aux personnes qui avaient des réserves superflues de blé. À Gnadenthal, la confiscation toucha trois familles. Une semaine plus tard, une première tentative d'assassinat visa Hoffmann, alors qu'il escortait les chariots de blé confisqué à Pokrowsk : un inconnu lui tira deux fois dans le dos depuis les buissons, le manquant à deux fois, avant de disparaître.

*... Et il y eut tant de blé dans tout le pays qu'ils commencèrent à le vendre à d'autres États. Ils mangeaient le blé eux-mêmes à satiété, ils l'utilisaient pour nourrir leur volaille et leurs bêtes, et il en restait encore...*

En avril, le bureau du comité régional du Parti reconnut que les stockages de blé étaient « nettement insuffisants » et fit intervenir le commissariat à la justice et les organes de la Guépéou. Un détachement de la Guépéou vint à Gnadenthal pour faire des réquisitions supplémentaires. Lors d'un affrontement avec les villageois, un Gnadenthalois fut tué, deux autres arrêtés. Depuis cet incident, des renforts de la Guépéou se rendirent régulièrement au soviet du village : une, voire deux fois par mois.

*... Leurs chevaux galopaient vers le château, où une noce joyeuse se préparait pour les jeunes fiancés : des gens vêtus de beaux habits, des mets délicieux, et un nombre incalculable de boissons enivrantes...*

En mai, Hoffmann annonça la création, à Gnadenthal, d'une cellule de la Ligue des militants athées. En l'absence de volontaires, il en prit lui-même la tête. Deux jours plus tard, un deuxième attentat fut perpétré contre lui : à nouveau, sans succès.

*... Parce que la vérité prend toujours le dessus sur le mensonge, le blanc triomphe toujours du noir, et la vie – de la mort...*

– Qu'est-ce que c'est ?! Qu'est-ce que tu m'apportes ?! criait Hoffmann avec emportement, en jetant à terre les feuilles écrites par Bach. Tu appelles ça des contes ?! Ce sont des minauderies doucereuses, pas des contes ! Ici, c'est la guerre ! Une guerre pour les gens, pour la moisson, pour la survie ! J'ai besoin de marches militaires, chaque mot doit être un coup de baïonnette, un coup de fusil. Et toi, tu te répands en mignardises. Il est où, le sujet, dans tes mignardises ? Et les héros ? Et les ennemis ? Et les batailles mortelles – le diable les emporte ? Le triomphe des justes ? Le châtiment des coupables ? La morale ? Ou au moins une signification quelconque – où sont-ils ?! Où ?! Où ?!

*… là où finissent les ténèbres et l'obscurité, où l'espace et le temps se fondent en un tout – dans ce royaume, les pauvres orphelins trouvèrent joie et quiétude, et y restèrent jusqu'à la fin des temps…*

En août, le comité régional du Parti constata que le plan de stockage de blé de la République était rempli à seulement 73 %. Les dirigeants locaux – et parmi eux le secrétaire du Parti Hoffmann et le président du soviet Dietrich – reçurent un blâme sévère.

*… Quand ils apparurent aux regards du Soleil et de la Lune, les astres leur dirent : Rentrez chez vous, et vous y vivrez sans connaître le besoin jusqu'à votre vieillesse, vous aurez du blé et des pommes à n'en plus finir, et nous allons vous aider, nous emplirons d'argent blanc les fleurs des pommiers et d'or sombre – les épis de blé…*

En septembre, la République allemande fit une récolte record de céréales : plus de cinq cent soixante-dix mille tonnes. Ayant lu un article à ce sujet dans le *Wolga Kurier*, Bach se rendit secrètement à Gnadenthal la nuit suivante, arracha de l'orme la feuille avec le bulletin récapitulatif des récoltes, l'emporta à la ferme et la cacha dans le livre de poèmes de Goethe. Le lendemain, Hoffmann annonça à Bach qu'il n'avait plus besoin de ses services : la qualité des contes avait tellement baissé qu'il n'y avait plus aucune raison de les acheter. Il le lui dit ainsi, carrément. La rubrique « Notre nouveau folklore » n'en continua pas moins de figurer dans les numéros du vendredi du *Wolga Kurier* : Hoffmann avait encore une bonne réserve d'histoires de Bach, puis il se mit à en écrire lui-même.

*… Depuis ce temps, le pauvre poète ne ressentit plus que la joie dans son cœur. Sa bourse était toujours garnie de pièces. Et chaque jour, un pain bien doré l'attendait dans le poêle, cuit par sa femme bien-aimée…*

Entre septembre et décembre, les collaborateurs de la Guépéou découvrirent douze cas de recel de blé – un chiffre dépassant de beaucoup la statistique des colonies voisines. Bach donna ce nom à l'année écoulée : *Année du Blé Caché.*

*… Et les citrouilles, cette année-là, furent si bonnes qu'on pouvait les manger à la place du miel et du sucre – au petit-déjeuner, au déjeuner et au dîner. Elles étaient si grandes qu'une famille entière aurait pu y élire domicile, comme dans une maison, et il y aurait eu assez de place pour tout le monde…*

En janvier 1929, une nouvelle campagne de stockage de blé commença – et cinq Gnadenthalois furent jugés pénalement, avec confiscation de leurs biens ; six autres se virent imposer une taxation individuelle décuplée. Une semaine plus tard, quatre familles abattirent leurs bêtes, abandonnèrent leur maison et quittèrent la colonie.

*… La route les mena dans un pays merveilleux, où les gens vivaient tous d'un travail honnête. Ses habitants étaient si travailleurs, la terre si fertile, que les champs dorés couraient jusqu'à l'horizon et que la moisson durait toute l'année…*

En mai, trois activistes du contrôle pionnier furent tués près de Gnadenthal : des écoliers, qui gardaient les semis kolkhoziens pendant la nuit, furent trouvés morts, avec des traces de blessures par balles. Deux d'entre eux avaient dix ans, le troisième – neuf. On soupçonnait le père de l'un des pionniers, mais il fut impossible de le prouver : l'homme disparut soudainement. Un mois plus tard, les familles des trois enfants morts quittèrent la colonie, sans qu'on sache où elles étaient parties.

*… pour donner naissance à des enfants – sans fin. Pour s'aimer – jusqu'au dernier souffle. Pour, chaque soir, rester assis devant la fenêtre ouverte, contemplant l'or des champs infinis… l'or des champs infinis… l'or des champs…*

En juin, une nouvelle campagne se déroula sur toute la République : une campagne de détection des fermes koulakes. Hoffmann ne parvint pas à mettre en application ce plan imposé par la hiérarchie : il aurait dû trouver pas moins de 2,5 % de koulaks dans la population globale, mais les colons quittèrent Gnadenthal en masse. Pour son incapacité à mettre le plan en œuvre, Hoffmann reçut un deuxième blâme sévère au comité régional du Parti, à Pokrowsk, et sur le chemin du retour, il fut la cible d'un nouvel attentat – déjà le troisième, qui échoua à nouveau.

*... les champs brillent d'une lumière dorée... dans les vergers, les pommes prennent une couleur cramoisie, qu'on y enfonce l'ongle – le jus jaillira !... et les gens sont heureux... les bêtes sont heureuses... heureux, les nains et les géants... tout le monde est heureux... les champs brillent d'une lumière dorée... dorée... dorée...*

En août, le Haut Conseil de l'Agriculture de RSFSR distribua une circulaire qui ordonnait d'augmenter la production de viande, de beurre, d'œufs et autres produits, et en septembre commença la collectivisation de tous les biens paysans. L'exode de la population de Gnadenthal, qui était déjà massif, augmenta encore, donnant son nom à toute l'année 1929 : *Année de la Fuite.*

# 18

La fumée montait haut dans le ciel de Gnadenthal, venait buter contre les nuages.

Bach vit cette fumée dès qu'il arriva à la falaise pour y lire son *conte* du matin. Depuis une année, il n'utilisait plus de crayon, mais écrivait dans sa tête. À l'aube, debout sur la falaise, regardant, de l'autre côté de la Volga, les maisons lointaines de Gnadenthal, il récitait muettement ses œuvres – répétant avec fermeté, avec obstination, les quelques phrases qui lui étaient venues à l'esprit pendant la nuit : sur des terres fertiles, des mariages tant attendus, des familles nombreuses et des noces fastueuses... Tout comme Klara avait, en son temps, récité ses prières du matin pour leur verger et leur potager, il récitait aujourd'hui des prières pour les champs kolkhoziens de sa colonie. Ces incantations confuses et passionnées avaient bien peu de chances de se réaliser, mais Bach continuait de les inventer – il ne connaissait pas d'autre moyen d'aider Gnadenthal.

La fumée était épaisse et noire, comme une fourrure d'astrakan pendue au ciel. Bach sauta dans sa barque et enfonça les rames dans les vagues : Par là ! La Volga automnale – grise, bouclée – ballottait négligemment l'esquif, indifférente. Le ciel était pareil : gris et bouclé. Des mouettes criaient, planant au-dessus de l'eau, puis plongeaient et émergeaient rapidement, leur proie tressautant dans leur bec. Bach croyait entendre aussi des gens crier – non pas un ou deux villageois, mais toute une foule : les voix lui parvenaient de la rive en même temps que l'odeur âcre de brûlé.

Bach agitait ses rames dans la masse mouvante du fleuve, se retournant régulièrement vers le village qui se rapprochait. Sa mémoire perfide lui rappelait déjà tous ses contes parlant d'incendies, accidentels ou volontaires, de pluies de feu. Allait-il voir des maisons carbonisées, des gens brûlés ? Des moutons à la laine flambée, des volailles étouffées par la fumée ? De malheureux sinistrés qui, en un instant, auraient perdu leur toit et tous leurs biens ? Son cœur fatigué allait-il se serrer, pour la millième fois, sous le poids de sa culpabilité dans ce qui arrivait ? Il ferait mieux de ne plus aller à la colonie, de se couper de sa vie, de rester de l'autre côté de la Volga ; de cesser d'écrire des contes, de ne plus aller sur la falaise, et d'éviter de regarder vers la rive gauche ; de se contenter de rester à la ferme, sans jamais s'en éloigner, et d'élever Anntche, qui avait déjà cinq ans. Mais Bach ne pouvait se retenir : il ne pouvait s'empêcher de se rendre à Gnadenthal, de marcher hâtivement dans ses rues, de jeter un œil au *Wolga Kurier*, de courir les environs. Il ne cessait d'espérer que tout reprenne sa place. Que l'abondance, la fertilité reviennent. Non, elles ne revenaient pas.

Il enroula son amarre aux rondins complètement pourris du débarcadère et grimpa sur la jetée (depuis quelque temps, il laissait là son esquif : la rive était couverte de squelettes de barques abandonnées, et il n'avait aucune envie de voir la sienne, intacte, parmi elles). Il piétina les planches ébréchées, sauta sur le sable et courut vers la fumée, vers les cris.

La rue principale était remplie de bruits de portes et de fenêtres claquées, de cadenas et de verrous ouverts, de cris de femmes. Des poules hébétées couraient dans les jambes des passants, des chiens aboyaient leur inquiétude. Tout aussi hébétés, des gens se précipitaient de maison en maison – les yeux fous, les visages blêmes et absents. Un seau de fer-blanc abandonné roulait à toute vitesse sur la rue, rebondissant avec fracas dans les ornières ; il manqua de heurter Bach, et continua sa course en direction de la Volga, comme s'il était vivant et fuyait quelque chose d'effrayant. Des effluves de caoutchouc carbonisé et de fer chauffé montaient à intervalles réguliers, une cendre brûlante heurta le visage de Bach. Il déboucha sur la place du marché et s'immobilisa, brusquement plongé dans un mur épais de fumée sombre.

Au centre de la place, s'élevait une tulipe incandescente : les trois ormes étaient en feu. Ils brûlaient non pas séparément, mais d'une même flamme : le tas de détritus jeté au centre ressemblait au cœur de la fleur, et chaque tronc, à un pétale. Le puissant trèfle tremblait imperceptiblement dans l'air immobile, envoyant au ciel des bouffées de fumée noire et des gerbes d'étincelles. Des gens maculés de suie s'approchaient à tour de rôle, jetaient dans le feu de nouvelles planches, meubles, feuilles, habits… Le feu crépitait si fort que les voix disparaissaient presque dans ce fracas.

– … Tous les panneaux et les tableaux d'honneur ! criait le forgeron Benz du perron de la Kirche – il criait, bizarrement, non à la foule assemblée autour de lui, mais à travers les portes fermées de l'église. Les panneaux des moissons ! Panneaux rouges et panneaux noirs ! Panneaux de propagande ! Tout ce fouillis nouveau – au feu ! Que les communistes brûlent comme ces panneaux – en enfer !

– En en-fer ! reprit immédiatement la foule, en agitant en l'air des fourches et des serpes.

– Les livres de l'isba-bibliothèque ! Les affiches de l'école et du coin d'agitprop ! Les journaux et les revues ! continuait de hurler Benz. Les portraits de tous ces fils et filles de chiennes, à qui on se demande pourquoi Dieu a donné des noms allemands !

Des rouleaux de papier, des tas de livres atterrirent dans le feu, suivis par de lourds cadres peints avec des photographies, l'un après l'autre : de Karl Marx à Karl Liebknecht.

– Tu entends ? Les tiens sont déjà tous au feu, ils n'attendent plus que toi ! Benz frappa de toute la force de sa lourde main de forgeron contre la porte de la Kirche, mais les battants doublés de fer ne tremblèrent même pas.

Quelqu'un s'était enfermé dans l'église – fuyant la foule enragée, comprit Bach.

– Tes habits, traître ! Des pantalons froissés, un maillot, des chaussettes russes et des caleçons tombèrent dans les flammes. Tes affaires ! Une valise en contreplaqué fit un vol plané vers le feu, s'ouvrit et éparpilla ses entrailles au sol : des chiffons, des cuillères, de la vaisselle. Tes papiers ! Des cahiers, des liasses de feuilles annotées, des paquets de crayons, des documents de comptabilité s'envolèrent vers le feu, ainsi que le volumineux grand livre où, pendant des années, Hoffmann avait collé les contes de Bach. Ouvre, n'en rajoute pas à la colère des gens ! Plus tu restes enfermé, plus tu brûleras longtemps dans le feu !

– Il ne faut pas le brûler, mais le noyer, comme une chienne malade ! cria quelqu'un dans la foule. Sans oublier de lui remplir la panse de cailloux, pour qu'il nage mieux ! Le feu, c'est pour les saints martyrs, pas pour les communistes !

– Qu'on le donne en nourriture aux cochons ! protestaient d'autres villageois. Le troupeau du kolkhoze est grand – il mangera jusqu'à ses os ! Qu'il soit utile à son cher kolkhoze, ce bâtard !

– Non, il faut faire comme les Kirghizes : l'attacher à la queue d'une jument et la lâcher dans la steppe !

– C'est trop d'honneur ! Il faut lui tordre la tête sur un coffre – c'est bien assez pour lui !

Bach marchait au milieu des villageois, examinant leurs visages déformés par la colère. Dans l'éclat du feu, ces visages se ressemblaient tous : des sourcils froncés, des yeux fixes, des bouches ouvertes… Hommes, femmes, vieux, jeunes – tous avaient le même visage. Et leurs voix étaient également semblables : basses, rauques, comme des croassements de corbeaux.

– Faut mettre de l'essence sous la porte, et allumer – il sortira tout de suite !

– Faut casser la porte avec un rondin !

La silhouette maigre du pasteur Haendel apparut subitement – se jeta contre la porte de la Kirche, bras écartés, la défendant contre la violence :

– Je ne vous laisserai pas blasphémer ! Défendez le temple de la foi, mais sans détruire la maison de Dieu !

Un peu à l'écart de la foule, le président du soviet du village Dietrich était assis sur le sol, le dos contre le puits. Ses habits étaient maculés de boue, sa veste ouatinée déchirée aux épaules. Il ne cessait d'essuyer ses joues sales du dos de la main, mais il n'effaçait pas les taches noires, ne faisait que les étaler sur son visage. Bach s'approcha de lui, remplit un seau au puits, et le posa à côté de Dietrich, pour qu'il puisse se laver. Mais Dietrich, au lieu de mouiller son visage, s'empara du seau et le renversa sur sa tête – comme si ce n'était pas un jour gris de novembre, mais un chaud après-midi de juillet. Il resta assis quelques secondes, les yeux clos, une expression de soulagement sur le visage, puis se leva péniblement, tout ruisselant d'eau, et s'éloigna d'un pas incertain.

Bach le rattrapa et marcha à ses côtés, mugissant d'un air interrogatif – Dietrich se contenta de hocher la tête, répétant : « L'idiot, mais quel idiot... » Bach l'attrapa par sa manche mouillée, l'agita avec impatience – Dietrich se dégagea et leva la main, indiquant quelque chose en l'air. Bach leva la tête et, saisi d'étonnement, oublia immédiatement Dietrich et son étrange comportement. Il n'y avait plus de croix sur la Kirche de Gnadenthal. Le clocher s'élevait toujours vers le ciel, mais sa pointe était brisée – avait un air abandonné et en désordre. Une corde pendait sur le clocher (le vandale avait dû monter par là), son extrémité passait par une fenêtre de la Kirche. En cherchant du regard, Bach trouva la croix : elle avait été relevée avec sollicitude par les paroissiens, soigneusement appuyée contre la clôture de l'église.

– Oui ! s'écria joyeusement la foule, saluant deux gaillards qui portaient une échelle en bois. Enfin ! Il était temps !

Ils posèrent l'échelle contre le mur, et l'un des gaillards y grimpa immédiatement – en direction de la fenêtre en ogive, dont les vitraux brisés étaient, depuis dix ans, couverts d'une banderole portant une inscription pâlie par les années : « En avant, vers l'aube ! » Déchiré, le tissu tomba à terre ; le gaillard passa sa tête hirsute par l'ouverture de la fenêtre – au même moment, un coup retentit, et le garçon, reculant brusquement, battit des bras en l'air et tomba au sol.

– Il est armé, le salaud ! hurlèrent les voix. Chien, on t'abattra avec ton arme ! Non : on t'enfoncera une fourche dans le ventre, pour que tu souffres plus longtemps ! On te pendra par les pieds, que les corbeaux te mangent les yeux et le foie !

On emmena le garçon gémissant, et la foule, écartant le pasteur Haendel de l'entrée, se mit à tambouriner contre la porte de l'église.

– Ouvre ! Il est temps de payer ! Pour les réserves de blé ! Pour les fonds de semences ! Pour les impôts ! Pour les kolkhozes ! Pour les athées et les koulaks ! Ouvre !

« Ouuuh ! » criaient les ormes, levant au ciel leurs branches enflammées.

Bach se boucha les oreilles et, sans pouvoir détourner le regard du fouillis de silhouettes humaines éclairées par le feu, commença à reculer.

– On l'a attrapé ! hurla quelqu'un dans une ruelle proche. Les autres ont détalé dans la steppe, mais lui, on l'a eu !

Quelques villageois traînaient un homme à terre, le tenant par les cheveux ; l'homme se débattait mollement, essayait de se libérer.

– On l'a attrapé, l'activiste !

– Par ici ! geignit la foule impatiente. Ici !

Ils jetèrent l'homme devant l'escalier de l'église. Son corps roula sur lui-même et s'immobilisa après avoir heurté la première marche. Des dizaines de mains s'approchèrent, mais elles n'eurent pas le temps de s'emparer de lui : déjà, des dizaines de pieds – dans des souliers, bottes, sabots de bois – avaient commencé à le frapper, et l'homme se tordit, tressauta, dansa sur le sol.

– Attendez ! cria le forgeron Benz de sa voix de basse, écartant la foule et se frayant un chemin vers l'homme. Il nous le faut vivant. Écartez-vous !

« Ouuuuh ! » répondirent les ormes en lançant une pluie d'étincelles sur la place.

Benz arriva au corps étendu, le prit par les jambes et le traîna en haut de l'escalier. La tête de l'homme rebondit contre les marches, et le visage du prisonnier apparut un instant : c'était le chef des pionniers, Dürer.

– Nous avons attrapé ton sale complice ! cria Benz à la porte close. Si tu n'ouvres pas, on le brûlera à ta place ! Ouvre !

– Ouvre ! répéta la foule.

– Toi, donne de la voix ! dit Benz à Dürer. Crie bien fort, qu'on t'entende de la Kirche !

Mais Dürer restait muet – peut-être qu'il avait perdu conscience, ou qu'il faisait preuve de fermeté d'esprit.

– Làààà ! hurla la foule, se passant de main en main un lourd seau rempli à ras bord. Ça l'aidera !

Benz prit le seau tendu et renversa son contenu sur Dürer. La foule recula – une odeur âcre se répandit sur la place : de l'essence.

Dürer se mit à pleurnicher comme un enfant. Il tenta de se retourner et de s'accroupir, mais ses bras et ses jambes blessés glissaient sur la pierre mouillée, ployaient, ne lui obéissaient pas : il se tordait, impuissant, devant la Kirche, son visage, sa poitrine et ses épaules heurtaient les marches, et il regardait avec horreur les étincelles qui volaient dans l'air.

– Parle ! exigeait la foule. Qu'on t'entende !

Dürer essaya de crier, mais ne parvint à faire sortir de sa gorge qu'un vague sifflement rauque. Il ouvrit la bouche et découvrit les dents dans une tentative désespérée, faisant un tel effort avec sa gorge que les veines qui la parcouraient se gonflèrent – en vain. Pas un son ne sortit de ses lèvres contractées.

– Au feu ! rugit la foule. Dürer – au feu !

« Ouuuh ! » gémirent les ormes avec impatience, tendant leurs branches en flammes vers les gens.

– Non ! s'écria une voix forte et perçante de l'autre côté de la place. On ne vous laissera pas faire !

Trois garçons de dix-douze ans couraient en direction de la Kirche : leurs visages étaient plus pâles que le drap dans lequel étaient cousues leurs chemises, leurs cravates – plus rouges que le feu. Les pionniers pénétrèrent dans la foule, se frayèrent un passage comme les ruisseaux passent entre des racines d'arbre. Ils entourèrent Dürer tout tremblant, l'enfermèrent derrière leurs bras maigres.

– Dégagez ! gronda la foule, agitant des douzaines de poings, agitant furieusement des douzaines de têtes.

– Pas question ! Les voix des enfants étaient hautes et pures. Partez, vous ! Ou alors, il faudra nous brûler avec !

– Vous allez contre vos pères ?! beugla la foule, se hérissant de fourches et de serpes.

– Oui !

– Ooh ! ragea la foule, étouffant d'indignation. Elle se précipita sur le perron, masquant le corps meurtri de Dürer et les chemises blanches, les cravates rouges. La masse humaine, sombre, s'agitait au pied de l'église, se lamentait et glapissait des mots indistincts.

Les gémissements et hurlements enflaient, se fondaient en un seul chœur avec le mugissement des ormes, quand un coup sonore retentit sur la place. Une explosion ? Un fusil ? Non. C'étaient les portes de la Kirche, qu'on avait ouvertes avec fracas.

La foule s'immobilisa, les poings levés et les serpes brandies ; les cris et les pleurs s'interrompirent. Tous les yeux convergèrent vers l'ouverture sombre de la porte, où l'on distingua progressivement, à travers la fumée et la poussière, une silhouette claire.

– Me voici, dit Hoffmann à voix basse. Prenez-moi.

Il tenait, dans une main, ses habits roulés en boule, dans l'autre, ses bottes. Sortant sur le perron, il jeta à terre ses pantalons et sa chemise, puis ses chaussures. La foule recula devant eux, comme devant les guenilles d'un pestiféré. Hoffmann resta seul sur le perron, nu.

Immobile, calme et fatigué, il toisait la foule du haut des trois marches en pierre, éclairé par la lumière grise du jour et par la lueur du feu. Sa nudité révélait ce qui se devinait seulement derrière ses habits : le corps de Hoffmann était cousu sur un autre patron que les organismes humains habituels. Ses membres étaient biscornus : ses bras pendaient jusqu'aux genoux, le droit plus long que le gauche ; ses jambes torses faisaient penser à des pattes animales. Ses os et ses muscles formaient d'étranges nœuds sous sa peau, dessinant des bosses et des creux dans les endroits les plus inattendus. Ses tétons n'étaient pas à la même hauteur sur sa poitrine : l'un pointait au bas de son cou, l'autre – presque sous son bras. Son nombril saillant pendait sur un côté. Ses testicules, couverts d'un poil épais, étaient pendants, comme ceux d'un vieil animal.

– J'ai posé le revolver sur le lutrin, dit Hoffmann. Il est chargé – ne vous blessez pas.

Il fit un pas en avant.

La foule s'écarta devant lui.

Hoffmann descendit les marches et traversa la place entre les villageois qui reculaient sur les côtés. Il marchait lentement sur ses jambes cagneuses. Sa colonne vertébrale fortement tordue se tassait puis se détendait, ses os dansaient, ses muscles enflaient comme s'ils accomplissaient un dur labeur. La foule aux cent yeux regardait ces mouvements, fascinée, et se taisait.

Hoffmann quittait Gnadenthal, il marchait vers la steppe.

Il avait presque atteint l'extrémité de la place, quand une personne ne voulut pas reculer, et se tint sur son chemin. Une femme, grande et forte de corps : Emmy des Pastèques. Sa grosse poitrine en avant, elle attendait.

Manquant de heurter le grand corps de femme, Hoffmann s'arrêta. Il resta quelques instants immobile, étudiant l'obstacle. Il regarda Emmy dans les yeux – celle-ci le fixait ironiquement, sans ciller. Il tenta de la contourner, mais la foule était déjà sortie de son hypnose : elle reforma ses rangs, à droite et à gauche de la femme. Personne n'osait toucher Hoffmann, mais tous se tenaient, les mentons en avant, l'air obstiné, et les fourches et les serpes serrées fermement dans les mains.

Emmy des Pastèques eut un petit rire et fit un pas en avant – elle toucha Hoffmann du bout de ses seins. Il baissa les yeux, fit demi-tour et marcha lentement dans le sens inverse.

La foule le suivit.

Les villageois avançaient en silence, épaule contre épaule, sans accélérer ni ralentir le pas, sans remarquer, à leurs pieds, les corps – de Dürer et des enfants – qui gisaient sur le sol, inertes. Ils avançaient, comme s'ils ratissaient la place avec un filet – emprisonnant leur unique proie dans leurs rets. On ne comprenait même pas si Hoffmann les guidait, ou s'ils le poussaient – en bas de la rue, vers la Volga.

Bach se serra contre le puits pour laisser passer la procession.

Il hésita, ne comprenant pas s'il devait rester sur la place, avec les enfants, ou courir derrière la foule, pour tenter de sauver le malheureux. Le bruit des pas de la foule nombreuse s'éloigna. Les ormes crépitaient, achevant de se consumer.

Bach aurait voulu crier, d'une voix forte et rageuse, pour couvrir ce vacarme incessant – pour réveiller les pionniers de leur sommeil de plomb, pour réveiller les villageois ensorcelés. Il gémit, prit un bâton brûlé et tapa dans le seau vide du puits comme dans une cloche. Mais les coups du bois contre le fer-blanc ne rendaient qu'un son sourd, à peine audible sous le vrombissement du feu. Bach jeta le seau et courut au fleuve.

La foule – toujours aussi silencieuse, sévère – s'était arrêtée sur le sable, juste au bord de l'eau, s'alignant le long de la rive. Bach s'agita, tentant d'apercevoir quelque chose derrière le mur épais de dos et de nuques ; il s'engouffra dans un espace étroit entre des épaules, se tortilla, se glissa – et bientôt, on le poussa en avant ; il se retrouva au premier rang, de l'eau jusqu'à la cheville. Et alors, il vit.

Hoffmann s'avançait dans la Volga. Il marchait avec peine, comme s'il ne progressait pas dans l'eau, mais dans une poix épaisse. Avant de faire un nouveau pas en avant, il tournait vers la rive son magnifique visage déformé par l'amertume et le désespoir – et la foule, en réponse, agitait très légèrement les fourches et les serpes serrées dans ses mains. L'eau recouvrait déjà les genoux tordus de Hoffmann, ses cuisses. Elle se rapprochait de son dos…

Mugissant, Bach tenta de se lancer en avant – d'arrêter Hoffmann, le sauver ! – mais des mains l'attrapèrent immédiatement par le col et par les cheveux. Bach se débattit, chercha à se libérer – en vain. Les mains, fermes et indifférentes, le tenaient, tandis que Hoffmann avançait dans l'eau jusqu'à la poitrine, jusqu'au cou. Le bossu regarda une dernière fois en arrière, puis s'enfonça entièrement dans la Volga. Sa tête disparut rapidement dans les flots et ne ressortit plus, ne laissant ni remous derrière elle, ni bulles à la surface.

La foule resta encore longtemps sur la rive, fouillant le fleuve du regard – on ne voyait plus Hoffmann. Enfin, les mains qui tenaient Bach s'ouvrirent – il tomba dans l'eau, où il resta assis, couvert d'écume jaune et léché par les vagues, gémissant de douleur.

Pourquoi Hoffmann s'était-il attaqué à l'église ? Voulait-il simplement libérer le paysage d'une croix idéologiquement malsaine ? Ou avait-il tout de même décidé de transformer la Kirche en foyer d'enfants : de jeter les vases qui prenaient la poussière, d'installer le chauffage et d'organiser des chambres et des salles de classe ? Dans tous les cas, son désir avait été le dernier – et ne s'était pas réalisé.

Bach n'aurait pas pu dire combien de temps il était resté sur la berge. Il n'aurait pas pu non plus dire ce qu'il pleurait – cet étrange Hoffmann, les enfants morts. Peut-être qu'il pleurait tous les Gnadenthalois. Tous ceux qui avaient quitté la colonie. Ceux qui étaient restés. La terre appauvrie. Les ormes brûlés. La si belle *Année des Récoltes Inouïes*, qui avait définitivement disparu dans la Volga, tout comme le dernier élève de Bach.

Il n'y avait plus personne depuis longtemps sur la rive, on voyait seulement, sur le sable gris, les traces sombres de nombreuses bottes et chaussures. Bach se leva, clopina jusqu'au débarcadère. Il se traîna sur les planches ébréchées jusqu'à son esquif. Poussant d'une rame contre le quai, il s'en éloigna, puis, évitant de regarder en direction de la colonie et de la fumée qui s'élevait au-dessus d'elle, il rama en direction de la rive droite – de la maison.

Il savait qu'il ne reviendrait plus à Gnadenthal.

Qu'il n'écrirait plus de contes.

Qu'il ne laisserait pas Anntche aller parmi les gens – jamais.

# UN FILS

# 19

Bach passa la nuit suivante assis sans bouger, serrant Anntche endormie dans ses bras. Ses épaules s'engourdissaient sous le poids de la fillette, mais il était incapable de la lâcher, de la poser sur le lit. Il ne pensait qu'à une chose : existe-t-il au monde un lieu où Bach, le vieux loup grisonnant, pourrait emmener sa fillette, la tenant entre ses dents – et la cacher loin de la foule enragée de Gnadenthal ? Existe-t-il un tel lieu ? Un tel lieu ?... Quand il entendit, au-dehors, les oies cacarder en s'envolant, il comprit que le matin était venu. Il comprit aussi : oui, un tel lieu existait. Un pays qu'il ne pouvait pas appeler sa terre natale, mais qui n'était pas non plus une terre étrangère : l'Allemagne.

Ils avaient été nombreux à quitter Gnadenthal dans ce but – et nombreux à revenir bredouilles. Mais, parmi tous ceux-là, il y en avait bien quelques-uns qui avaient su se glisser par-dessus la frontière, passer telles des ombres entre les mondes, et arriver en Allemagne, se cacher dans un coin, dans un terrier. Et ils vivaient quelque part là-bas – sur les rives du Rhin et de l'Oder, de l'Elbe et de la Weser –, le meunier Wagner, les Planck et tous leurs enfants, les Schmidt si près de leurs sous. Sans doute que, là-bas, Udo Grimm habitait avec la vieille Tilda, s'il ne l'avait pas chassée dans sa rage, en apprenant la fuite de la jeune Klara. Se pouvait-il que, là-bas, il y ait une place pour le modeste Bach et la petite Anntche ?

Il sortit dans le verger – on ne distinguait presque pas les pommiers dans l'air épais du petit jour. Il déambula lentement entre les troncs, caressant chaque arbre, lui disant adieu. Sous sa paume, l'écorce était rugueuse et mouillée : une humidité froide recouvrait le bois. Il demandait la même chose à tous les arbres : de prendre soin de Klara. Il arriva à Klara elle-même quand l'aube pâle de novembre se répandait dans le ciel bleu-gris. Il se tint un long moment devant la pierre tombale, la tête penchée, écoutant, haut dans les cieux, les rares cris d'oiseaux : trompées par la chaleur de l'automne, les oies étaient restées tard, cette année. Il effleura la pierre de ses doigts : Pardonne-moi, Klara, d'emmener notre Anntche dans le *vaste monde*. Je crois qu'il n'y a pas d'autre solution.

Il se hâta de faire ses préparatifs. D'abord, il fallait ranger la cour : mettre les bûches dans le bûcher ; rouler le billot pour la coupe du bois dans la remise, y ranger aussi les outils éparpillés dans la cour et la table de la cuisine d'été ; enlever quelques chiffons pendant sur la corde à linge, faire une pelote avec la corde et la cacher dans l'entrée de l'isba ; vider les tonneaux d'eau de pluie avec des seaux qu'il versait dans le verger ; prendre tout le bric-à-brac stocké sous les auvents – caisses, chariots, boîtes, brouettes – et le porter à la grange. Fermer avec une barre l'enclos à bétail, la basse-cour, la glacière. Fermer avec un cadenas la remise, l'étable, le poulailler…

Il travaillait vite, silencieusement. Les objets lui obéissaient : ils reposaient, dociles, dans sa main, sans tomber, sans faire de bruit. Une fois seulement, quand il prit les pommes dans la haute corbeille d'osier, qui lui arrivait à la poitrine, pour les disposer dans une besace de voyage, la corbeille se renversa soudain avec un long grincement traînant, éparpillant les gros fruits sur le sol de terre de la grange, où ils se mêlèrent à la paille. Bach hocha la tête d'un air déconfit : les pommes, après avoir heurté le sol, allaient brunir et ne tiendraient pas jusqu'à l'hiver. Mais à quoi bon s'attrister : toutes ces corbeilles remplies à ras bord de pommes roses, vertes et blanches, et les colliers de poissons séchés pendus au mur, et les innombrables bouquets d'herbes récoltées pendant l'été – tout cela allait rester à la ferme, n'appartiendrait plus à personne, ne nourrirait et ne guérirait personne. Bach ramassa les fruits et les remit dans la corbeille, les couvrant de paille. Sortant de la grange, il la ferma aussi avec un cadenas.

En ayant fini avec la cour, il revint à la maison. Il ouvrit, sur la table, un grand drap épais, y jeta leurs affaires – les siennes, et celles d'Anntche : des habits, des chaussures, deux bols en bois et des cuillères. Il noua le gros baluchon. Voilà tout ce qu'il prendrait dans leur nouvelle vie. Il aurait bien voulu y ajouter le volume de Goethe, mais son bagage était bien assez lourd sans lui.

Il n'avait pas d'argent pour la route ; il n'avait aucune idée de la somme nécessaire, ni d'ailleurs de la monnaie qui avait désormais cours. Il décida de prendre quelques dentelles des réserves de Tilda, et de les vendre quand l'occasion se présenterait. Il fouilla longuement les coffres, cherchant les cols et les serviettes les plus raffinés. Quand il leva les yeux des profondeurs des coffres, il aperçut Anntche qui se tenait dans l'encadrement de la porte, encore tout ensommeillée.

Prépare-toi, lui dit-il en pensée. Nous allons à Moscou, chercher des passeports allemands.

*

Ils sortirent bientôt de la maison : Bach, blême et résolu, vêtu d'une touloupe et d'un haut chapeau de feutre kirghize, portant sur une épaule sa besace avec les provisions, sur l'autre – le lourd baluchon avec leurs affaires ; Anntche, rouge, mal réveillée, enveloppée dans un châle de laine par-dessus une veste ouatinée cousue dans une vieille couverture.

Après avoir verrouillé la porte, Bach se hissa sur un seau de fer-blanc retourné et trouva à tâtons, sous le toit, une fente entre les rondins – il y glissa le lourd trousseau de clés. Il cacha le seau sous le perron. Il se retourna une dernière fois vers la maison (ses fenêtres, sous les planches clouées, semblaient plisser les yeux, et la paille, sur le toit, était déjà un peu hirsute), vers la cour vide, le verger nu (il remarqua, sur l'un des pommiers, une petite pomme d'une nuance jaune-vert qui balançait, solitaire, au bout d'une branche). Il prit Anntche par la main, et partit d'un pas rapide en direction de la Volga.

Anntche n'était pas moins émue que Bach – mais joyeusement, comme si elle anticipait des aventures amusantes. Elle marchait rapidement, tentant de suivre les foulées amples de Bach, haletant en rythme. Ses yeux regardaient avec avidité vers l'avant, des mèches de cheveux échappées de son châle dansaient sur son front. S'il l'avait laissée faire, elle aurait sans doute couru devant Bach, poussant des cris d'excitation et attrapant l'air par sa bouche ouverte.

Quand elle monta dans la barque, elle se dirigea vers la proue, prête à faire comme à son habitude – tendre les mains vers le fleuve pour attraper les gouttes d'eau battantes –, mais Bach la prévint d'un son bref et impérieux : Tiens-toi tranquille. Il jeta le baluchon au fond, le montra du regard : Tu dois le tenir. Anntche comprit, s'assit sur le banc et posa docilement ses menottes sur le baluchon. Bach sauta dans l'esquif, poussa de la rame contre le rocher – la rive tangua, s'éloigna.

Il aurait voulu jeter un dernier regard à la falaise, au sentier qui serpentait vers le sommet, au rocher irrégulier qui se détachait sur fond de ciel gris, mais il n'en eut pas le loisir : les vagues étaient hautes et fortes sur la Volga, l'esquif ballottait désespérément, tantôt s'élevant, menaçant de renverser son chargement et ses passagers dans l'eau, tantôt retombant dans une gerbe d'embruns. À chaque montée, Anntche avait le souffle coupé d'enthousiasme, à chaque retombée, elle laissait échapper un soupir de joie. Ils avançaient ainsi sur les vagues : montant, descendant… montant, descendant…

Avec ses rames, Bach fendait l'eau lourde de novembre, jetant des regards vers la rive droite – il attendait le moment où les montagnes qui grimpaient le long de la Volga diminueraient, s'aplaniraient, jusqu'à disparaître entièrement : alors, il verrait les maisons de la ville russe de Saratov. Bach n'y était jamais allé, mais il se souvenait des nombreuses fois où Kaysar y avait conduit son maître – ce qui voulait dire que le trajet n'était pas trop difficile. Il s'efforçait de ne pas s'éloigner de la rive, mais, après une heure de voyage, il comprit que l'esquif était dans le chenal de navigation : le courant était plus fort que les bras de Bach. Heureusement, la Volga était déserte : la navigation avait été fermée en octobre.

Soudain – entre le clapotement des vagues et le sifflement du vent – le bruit d'une sirène déferla sur eux, submergeant tout :

deux signaux courts et un long. Bach se retourna, effrayé : un bateau – large et trapu – avançait sa proue aplatie ; il brimbalait sur les flots, prêt à écraser la petite embarcation. Mais d'où venait-il ? Bach appuya de toutes ses forces sur les rames, manquant de les arracher aux tolets : il planta sa rame gauche dans l'eau, et rama frénétiquement de la droite pour rapprocher la barque de la rive – à contre-courant, et contre le vent qui s'était brusquement levé. L'esquif tressauta, rebondit sur les vagues. Anntche sauta du banc au fond de la barque sur le baluchon trempé, attrapa le bord de ses petites mains, tout en continuant de regarder, avec des yeux fascinés, la masse qui s'avançait. Et la sirène retentit à nouveau, étourdissante : deux coups brefs, un coup long. Le bateau se rapprochait encore, encore. Il était tout près. Bach avait l'impression qu'il aurait pu le toucher avec sa rame : ses flancs rebondis, couverts d'une peinture noire, tremblaient, parcourus de grosses tranches d'écume, et des cerceaux écarlates tressautaient en rythme sur le bastingage – les bouées de sauvetage. Un marin se pencha du pont supérieur et, agitant son bras avec colère, hurla à Bach, figé dans son esquif :

– Qu'est-ce que tu fous ici, rameur à la petite semaine ! Le visage du marin était rouge, sous l'effet du vent ou de la fureur. Et en plus, avec un enfant, bougre d'imbécile !

Le bateau passa devant eux, et l'esquif continua encore longtemps à tanguer dans les remous. Bach lâcha les rames, souffla frénétiquement, essuya son visage et sa nuque couverts de sueur. Il leva les yeux vers Anntche – la fillette regardait le bateau s'éloigner, la bouche ouverte, comme si elle essayait de répéter les mots prononcés par le marin. Enfin, elle se tourna vers Bach – et laissa échapper un mugissement étonné : deux sons courts, un long…

*

Ils cachèrent la barque dans une saulaie près de Saratov : ils la tirèrent ensemble vers la rive, la posèrent entre de vieux saules et la couvrirent de branches. Ils partirent sur le sentier qui longeait le rivage, et qui semblait mener à la ville.

Bach tenait Anntche par la main – si fort qu'elle gémissait parfois de douleur, mais sans se dégager : tout ce qui l'entourait la frappait si vivement qu'elle semblait avoir oublié jusqu'à l'existence de Bach à ses côtés, jusqu'à son propre corps. Chaque détour du sentier promettait et offrait des choses encore jamais vues, jamais entendues. Là, une femme descendait au fleuve : sa tête était cachée par un foulard brun (comme chez Anntche), sa veste ouatinée fermée par une ficelle (comme chez Bach), et dans sa main elle tenait une longe, et à cette longe était attachée une bête puissante qui agitait sa crinière, avançait paresseusement sur ses sabots, puis levait la tête, dénudait de grosses dents, criait d'une voix traînante, haute et sauvage... Là – une isba était perchée sur une hauteur (comme la maison d'Anntche et Bach), et d'autres isbas s'étendaient derrière elle ; devant l'une d'elles, il y avait un grand poteau, et une corde noire allait du poteau à la maison ; en bas, un homme piétinait, levait un bâton – et soudain, des étincelles blanches, une flamme et des crépitements s'élevèrent de la corde... Là – des gens étaient attroupés autour d'une masse de fer avec des roues, juraient, agitaient les bras ; et la masse gémissait d'une voix de basse, tremblotait de partout...

Tout ce qu'elle voyait pour la première fois s'imprimait dans sa mémoire en une guirlande de photographies colorées, étonnamment nettes. Tout ce qu'elle entendait pour la première fois restait gravé dans ses souvenirs comme des sillons sur les disques du gramophone. Le monde – immense, incroyable – était trop grand pour ses yeux et ses oreilles, il était aveuglant, assourdissant. Il submergeait Anntche, menaçant de briser en morceaux son petit cœur bouleversé et sa tête brûlante d'impressions. On ne pouvait pas lutter avec lui, il fallait se soumettre – et se fondre entièrement en lui. Et Anntche se fondait en lui : elle fermait de temps en temps les paupières, retenait son souffle et suivait docilement, conduite par Bach, toute aux délices de se sentir une parcelle de ce monde de sons et d'images : le clapotement des roues du navire sur le fleuve, les jurons du marin, le hennissement du cheval, le crépitement de l'électricité, le vrombissement de la batteuse ; elle ne pouvait pas connaître tous ces mots et tous ces noms – mais qu'importaient les mots ! Le monde était éblouissant sans eux. Ayant repris son souffle – elle écarquillait à nouveau les yeux.

Bach remarqua l'agitation d'Anntche : ses joues rondes avaient perdu leur rougeur habituelle, ses yeux brillaient fiévreusement, ses lèvres tremblaient ; parfois, son regard se voilait, son visage se figeait, et elle semblait sombrer dans un sommeil bref, tout en continuant à avancer docilement. Il voulut la prendre dans ses bras pour la tranquilliser, mais elle protesta, cria, se débattit. Ils continuèrent donc à marcher côte à côte.

Ils passèrent quelques tertres couverts de maisons en bois ; se perdirent entre les palissades, les ruisseaux traversés par des ponts de planches et les minuscules églises ; débouchèrent enfin à la lisière de la ville de pierre.

Les pavés gris des rues étaient la partie la plus bruyante du paysage local : tout ce qui les touchait se mettait immédiatement à claquer, tinter et résonner, les roues des chariots, les sabots des chevaux ou les talons cloutés des passants. Les claquements et le fracas des pavés qui emplissaient la ville étaient repris par la clameur des vendeurs (« J'achète du vieux ! Des fripes, des ceintures – des casseroles ! », « Les nouvelles du matin ! La gazette de Saratov ! », « Rissoles-rissoles-rissoles ! Rissoles aux tripes ! »).

Bach sortit une corde de sa besace, enroula solidement une extrémité sous les bras d'Anntche, et attacha l'autre bout à sa ceinture ; la fillette ne résista pas, elle n'avait sans doute même pas remarqué ses gestes. Si Bach lui-même avait disparu à ce moment-là, elle ne s'en serait probablement pas aperçue. Des brillances de verre et d'acier, de fer-blanc et de cuivre se reflétaient dans ses pupilles. Elle absorbait tout cet éclat métallique et tout le scintillement des couleurs ; absorbait les odeurs de la rue – la sueur des chevaux et des gens, les pierres humides et la poussière, le fer et les enduits, le tabac bon marché, la vodka, la mangeaille.

Elle absorbait les bruits :

« Tuuuu… » tintaient les cloches des trams.

« Ouuu… » chantaient les gouttières de fer-blanc dans le vent.

La rue que Bach et Anntche devaient descendre jusqu'à la gare était large et puissante – elle ressemblait plus à un affluent de la Volga qu'à une simple rue. Les maisons blanches, jaunes, roses, à un ou deux étages formaient ses hautes rives ; sur son fond pavé couraient des flots interminables de gens.

Entre eux filaient de gros poissons mécaniques, tramways et automobiles ; des chariots à quatre et deux roues avançaient lentement, pareils à des écrevisses ; les arbres nus d'automne balançaient au vent comme des algues ; les poteaux électriques et les réverbères étaient des tiges tordues. Plus Bach et Anntche avançaient, moins ils rencontraient d'arbres et de terre, plus ils trouvaient de pierre, fonte et béton.

« Hééé... » gémissait plaintivement une sirène d'usine.

« Frrr... » grésillait l'asphalte brûlant en s'aplatissant sous le rouleau de fonte, en s'étalant sur la chaussée.

Des centaines de visages – blêmes à la lumière du soleil, gris sous la fumée de l'asphalte – couraient dans la ville, comme entraînés dans un rapide, tourbillonnaient devant les pharmacies et les boulangeries, étaient précipités dans les tramways et les autobus, ou en étaient éjectés.

Ayant vomi une foule humaine avant d'en absorber une autre, les autobus ronflaient joyeusement, faisaient cliqueter leurs portes de fer et tourner leurs roues, puis disparaissaient au loin, lançant des étincelles sur l'asphalte, y laissant les traces grasses de leurs pneus. D'autres traces les recouvraient bientôt, traces d'automobiles, de vélocipèdes. Le long de la chaussée, sur les trottoirs, couraient d'innombrables empreintes de semelles en caoutchouc. Les sabots des chevaux, les roues de bois des chariots, les pieds nus des gamins des rues ne laissaient pas de traces sur l'asphalte : seulement le caoutchouc et la gomme-laque, le néoprène et autres polymères, le fer.

« Chchch... » chuintaient les pneus.

« Grrr... » grinçaient les roues des vélos.

Anntche écoutait avec avidité – tous les craquements et les bruissements, les cliquètements et les claquements, les soupirs et les froufrous ; elle aurait voulu toucher les corps de bronze des réverbères, les pierres rugueuses des maisons, les flancs lisses et vernis des voitures garées sur le bas-côté, les grilles dentelées des égouts, et chaque pavé équarri sous ses pieds – mais la corde enroulée sous ses bras l'entraînait chaque fois en avant.

Bach sentait que, avec tout ce charivari, sa tête commençait aussi à tinter et tourbillonner. Il aurait bien voulu prendre Anntche dans ses bras et courir à travers la foule du trottoir, à travers la sarabande de calèches agiles et de chariots tranquilles, pour arriver plus vite à la gare. Il regardait la fillette avec préoccupation : sa bouche était ouverte comme si elle allait crier, son regard enthousiaste passait des visages des passants aux chiens, aux chevaux, aux vitrines, aux enseignes, aux affiches brinquebalant au vent, aux banderoles ondulantes et à l'aéroplane flottant dans le ciel... Non, comprit Bach, il ne pourrait pas la prendre dans ses bras.

Devant la gare, le bazar était encore plus bruyant. Marchands et clients criaient, vantant leurs produits, jurant, avançant et reculant, se frottant les dos et les manches. Les marchandises – comestibles, vieilles, très vieilles, neuves, en or, en lambeaux, raccommodées, volées, rachetées, échangées – étaient éparpillées au sol, disposées sur des étals et des caisses, dépassaient de corbeilles et de ballots, de poches, étaient posées dans des paumes ouvertes, flottaient dans l'air, au-dessus de la foule, tendues à bout de bras par des vendeurs entreprenants.

Assourdi par le criaillement des voix, Bach se fraya un passage entre un vieillard maigre coiffé d'une chapka en fourrure de chien (il faisait griller des brochettes sur un petit gril mangé par la rouille ; des gouttes de graisse épaisse tombaient des brochettes fumées, grésillaient plaintivement et envoyaient une fumée âcre) et une femme maussade au visage hâlé, presque noir, assise à côté d'une montagne de pastèques, ses genoux aigus tournés vers la foule, qui chantait une antienne monotone en tatar – ou peut-être priait-elle. Bach sortit les dentelles de Tilda de sous sa veste, les tendit maladroitement devant lui – vers la masse dodelinante de têtes, de regards curieux et de mains agiles qui passaient devant lui. Anntche, attachée à sa ceinture, s'installa à ses pieds : elle s'assit sur le baluchon, s'agrippa au pantalon de Bach, continuant de suivre des yeux le bouillonnement humain et ne cessant pas un instant de bouger les lèvres. Bach resta longtemps dans cette position, peu à peu gagné par le froid – seul le petit corps chaud d'Anntche, pressé contre ses genoux, le réchauffait. Il ne vendit rien.

Au soir, quand la foule se fit moins nombreuse, moins vive, que le tohu-bohu se calma devant la gare, on entendit enfin les voix des locomotives : quelque part au loin, derrière le large bâtiment de la gare avec ses moulures, s'élevaient, de temps à autre, des coups de sifflet impérieux. Quand elle les entendait, Anntche levait la tête et étirait ses lèvres – elle sifflait doucement en réponse : deux courts, un long.

Le vieux aux brochettes, qui avait déjà secoué les charbons refroidis de son gril, le mit sur son dos et quitta lentement le bazar. La vendeuse de pastèques amena un gros chariot à deux roues, hissa sa marchandise dessus et s'éloigna en tirant son fardeau. Clients et curieux se faisaient de plus en plus rares. Ils étaient peu à peu remplacés par des silhouettes d'hommes aux vestons usés apparaissant furtivement entre les étals vides, le regard carnassier et fuyant, et des volées de gamins agiles vêtus de haillons. L'un de ces garçons, en passant devant Bach, jeta un coup d'œil à Anntche et s'arrêta net, souriant d'un sourire large et mauvais (un éclat doré s'échappa de sa bouche édentée) : « Mes hommages, mademoiselle. » La fillette lui tendit sa main rougie de froid, mugissant une réponse. L'enfant des rues s'esclaffa bruyamment, agitant sa cigarette pendue à sa lèvre inférieure. Bach fourra ses serviettes invendues dans sa poche, attrapa fermement Anntche par sa main toujours tendue, et l'emmena chercher le guichet de la gare. Et si la caissière était une femme bienveillante, amatrice de dentelles ? se dit-il.

*

Derrière les lourdes portes de la gare, l'air était aigre et tiède ; sous le haut plafond, où pendaient les squelettes de lustres éteints, des centaines de personnes remuaient dans la pénombre : appuyées contre le mur, assises sur des ballots et des valises, couchées sur le sol. Bach et Anntche traversèrent la salle en enjambant des baluchons et des sacs, une palanche avec deux ballots accrochés à ses extrémités, des caisses de concombres, de petits melons jaunes, une corbeille où caquetait une volaille, des bras et des jambes de gens endormis. Bach marchait vite – il tirait le cou en avant, cherchant le guichet. Anntche, au contraire, avançait à contrecœur, rêvant de toucher du doigt un paysan en cafetan de drap qui ronflait bruyamment, de s'accroupir devant la boîte en carton avec des parois trouées : quelque chose remuait et miaulait à l'intérieur. Bach la tirait impatiemment à lui – Anntche tournait la tête pour regarder derrière elle, trébuchait et manqua plusieurs fois de tomber ; elle n'arrêtait pas de chantonner doucement, submergée par l'abondance d'impressions, mais son bourdonnement se perdait dans le ronronnement des voix.

La queue n'était pas longue devant les caisses, et bientôt, la poitrine de Bach heurta le lourd comptoir en bois. Il regarda avec espoir vers le guichet à demi voilé par une vitre trouble. Ayant distingué, de l'autre côté, un visage rebondi, féminin, avec, au milieu, une tache de rouge à lèvres vif, et au-dessus, un béret d'uniforme aplati, il fourra sous la vitre son poing suant d'émotion qui serrait les serviettes de dentelle. Le visage sursauta d'étonnement – et le béret se mit à trembler légèrement, la tache rouge remua :

– Qu'est-ce que c'est que cette plaisanterie, citoyen ? Qu'est-ce que tu veux me fourguer ? Remballe ça tout de suite ! On n'est pas au bazar, ici ! C'est une institution publique ! Tu veux que j'appelle la police ?!

Bach fourra les serviettes froissées dans sa chemise et, entraînant une Anntche tout effrayée, trotta furtivement loin du guichet – derrière une colonne, pour échapper à la bruyante caissière et aux yeux curieux qui le fixaient. Il avait, semble-t-il, fait tomber l'une des serviettes, mais il n'osa pas revenir en arrière : dans le coin opposé de la salle, il avait remarqué une haute silhouette en tunique bleue, coiffée d'un képi à bandeau groseille. Bach s'éloigna encore, et encore : longeant les hautes fenêtres arrondies, qui ne laissaient plus passer qu'une pénombre vespérale, les bancs remplis de gens venus accueillir des voyageurs, les chariots, les tables du buffet, les porteurs, les vendeuses de victuailles – là où personne n'avait entendu les exclamations de la guichetière.

Enfin, il aperçut un petit coin libre devant une fenêtre, dans un angle ; il s'y fraya un passage, fit tomber son baluchon au sol, installa Anntche dessus, détacha la corde qui les reliait. Il s'assit à côté et tendit ses jambes en avant – pour la première fois de la journée. La fatigue le submergea – le recouvrit comme un édredon. Il décida qu'ils dormiraient ici, et qu'au matin ils essaieraient de prendre un train pour Moscou sans billet – peut-être que la contrôleuse du wagon serait, elle, une femme bienveillante, amatrice de dentelles ?

Quelque chose gronda dans son ventre – bien sûr, la faim : ils n'avaient pas mangé depuis le matin. Il ouvrit la besace et en sortit deux pommes : une, plus petite et abîmée, pour lui, et l'autre, plus grande et plus rouge, pour Anntche. Ce n'est qu'alors qu'il remarqua une étrange expression sur le visage de la fillette.

Elle était blême d'émotion depuis longtemps déjà, mais à présent elle était aussi blanche qu'un linge. Elle n'avait pas seulement perdu ses couleurs ; on ne distinguait plus ses joues, ses lèvres et son nez, comme s'ils étaient cachés sous une couche de craie blanche, et seuls ses yeux écarquillés brillaient d'excitation. Anntche était assise, immobile, ses petits poings fermés pressés contre sa gorge, et son regard courait sur les gens, les objets, sans pouvoir s'arrêter, ses cils et ses paupières tressautaient, sa bouche entrouverte faisait une fente sombre, puis se refermait. Bach toucha du bout des doigts ce visage pâle, déformé par la tension. Anntche le regarda sans le voir, fronça les sourcils, grimaça des lèvres, comme si elle allait pleurer – et soudain, ouvrant largement la bouche, elle hurla d'une voix de basse :

– Aaah !...

Les femmes se signèrent, poussèrent des petits cris d'étonnement. Sur le banc voisin, un bébé, effrayé, se mit à pleurer. Des dizaines de visages – surpris, méfiants, fâchés d'être réveillés – se tournèrent vers Bach. Il se leva brusquement, pressant la fillette hurlante contre son ventre, la prit dans ses bras – mais il était impossible d'arrêter ce cri : Anntche hurla furieusement, de toutes ses forces, faisant jaillir d'elle toutes les émotions de cette folle journée – tant qu'elle eut assez d'air dans les poumons. Puis elle inspira profondément, et recommença :

– Aaah !...

Bach tourbillonna dans le coin étroit, tentant de bercer la fillette – et éparpillant ses pommes, trébuchant sur son baluchon, rencontrant partout des regards soupçonneux. Enfin, il hissa tant bien que mal le baluchon sur son épaule, pendit la besace à son cou et, prenant dans ses bras Anntche qui hurlait toujours, courut à la porte la plus proche.

Déjà, une haute silhouette s'avançait vers lui – la même, en tunique bleue et surmontée d'un képi groseille –, mais Bach courait plus vite, arriva le premier à la porte, sortit précipitamment et s'enfuit de toutes ses forces, sans regarder en arrière.

Il n'entendit pas de bruits de poursuite ; la tête d'Anntche était sur son épaule, son cri retentissait dans ses oreilles, couvrant tous les autres sons :

– Aaah !...

Ses souliers frappèrent d'abord l'asphalte, puis des marches en pierre, puis rebondirent sur une terre molle semée de petits cailloux. Une ou deux fois, Bach regarda en arrière – le poursuivait-on ? – mais il ne put rien distinguer dans les ténèbres. Il trébucha sur quelque chose de dur et d'allongé, manqua de tomber en avant, mais réussit tant bien que mal à franchir l'obstacle et à rester sur ses pieds – et bientôt, il comprit qu'il courait sur des rails.

Il courut longtemps – sautant sur d'interminables traverses, entre d'innombrables rails qui tournaient dans tous les sens, se rejoignant puis se séparant en mèches comme les cheveux décoiffés d'un géant d'acier. Dans son dos, il entendait la respiration des locomotives, le cliquètement des corps métalliques des trains – il fallait faire des sauts, des détours pour leur échapper.

Soudain, il n'y eut plus de bruit : Anntche s'était tue. Craignant de rompre le silence tant attendu, Bach continuait d'avancer : il serrait contre lui la fillette et marchait, marchait toujours, écoutant la respiration haletante de l'enfant. Un peu plus tard, cette respiration se fit plus profonde, plus régulière : Anntche s'était endormie.

Aux étoiles apparues dans le ciel, Bach comprit qu'il avançait dans la bonne direction, vers le nord. La Volga n'était pas loin, à main droite – il sentait clairement sa présence. Là-bas étaient aussi les villages des faubourgs, et la saulaie qui abritait l'esquif. Bach attendit que s'allument, entre les maisons, les taches troubles des réverbères, et quitta les rails, marchant en direction de la rive.

Non, l'âme délicate d'Anntche n'était pas faite pour le bruit des villes folles et des villages peuplés, mais pour la vie isolée. Bach ne l'avait pas protégée en vain toutes ces années, il n'avait pas protégé en vain la ferme de l'invasion du *vaste monde*. Comme il avait eu raison ! Sa conscience était maintenant apaisée : il avait tenté d'emporter la fillette dans le monde, mais son incursion risquée avait failli se terminer par un malheur.

Cela voulait bien dire que leur destin était de vivre seuls à la ferme. Et ce n'était pas sa faute. Pas sa faute. Pas sa faute…

Bach avançait dans les rues sombres, mal éclairées, des villages, laissant dans son dos Saratov endormi. Des cailloux bruissaient sous ses pieds, le vent soufflait au-dessus de sa tête. De loin en loin, quelqu'un gémissait quelque part, d'une voix haute et rauque – un renard glapissait dans la steppe, ou une chouette hululait. Il ne sentait pas la fatigue. Au contraire, l'idée même que, à chaque instant, il emmenait Anntche un peu plus loin du *vaste monde* si féroce le tranquillisait. Il regrettait que le chemin vers la ferme se mesure en dizaines de kilomètres, que la barque les attende dans la saulaie et qu'il soit indispensable de la récupérer – il aurait voulu marcher toute la nuit, tenant Anntche dans les bras, jusqu'aux murs de leur chère ferme.

# 20

Ils trouvèrent l'esquif au matin, quand, derrière l'épaisse brume, apparut un soleil froid et revêche. Le trajet du retour fut difficile : pendant la nuit, le fleuve s'était couvert de petites plaques de glace – certaines translucides, d'autres troubles, rehaussées de neige – et ramer à contre-courant dans cette bouillie glacée n'avait rien d'aisé.

Anntche était agitée, des sons indistincts sortaient de sa bouche. Pourtant, elle n'était pas dominée par la peur, mais par une excitation continue, qu'elle n'arrivait plus à refréner : elle ne cessait de regarder derrière elle, comme si elle s'attendait à revoir la foule de la veille, le désirait même. Bach avait l'impression que dans les voix simples de la nature Anntche continuait à entendre le bourdonnement des rues de Saratov, que dans les alignements de troncs elle voyait les centaines de personnes du bazar bruyant, que dans les champs qui s'étendaient jusqu'à l'horizon elle voyait les places de la ville, et dans les mouettes planant au-dessus de la Volga, des aéroplanes argentés. Se pouvait-il qu'en un seul, un unique jour passé dans le *vaste monde*, Anntche ait eu le temps de tomber sous ses charmes dangereux ?

Bach conduisait Anntche à la maison, comprenant toujours moins ce qui lui avait pris, la nuit où il avait eu l'idée d'entraîner la fillette loin de la ferme. Il se tranquillisait : si furieux qu'aient été les Gnadenthalois, ils avaient dû se calmer en quelques jours. Les villageois avaient souvent vu Bach s'amarrer au quai, ils savaient qu'il venait de la rive opposée – mais, depuis plusieurs années, il n'y avait pas eu d'intrus à la ferme. Elle semblait comme éloignée du courant de la vie ordinaire, ou encore – ensorcelée : elle restait hors d'atteinte des gens, elle n'avait été touchée ni par la guerre, alors, ni par la famine qui avait duré deux ans, ni par les changements qui avaient eu lieu dans tout le pays. Peut-être qu'elle résisterait encore ?

Quand, le soir venu, Bach et Anntche, fatigués, tirèrent l'esquif sur la rive, montèrent le sentier et, traversant la forêt, arrivèrent devant la maison fermée, tout était resté comme quelques jours plus tôt. Comme quelques années plus tôt. Comme quelques décennies plus tôt. Les branches des pommiers s'agitaient toujours frileusement au vent. Les rondins de la maison et des granges étaient toujours noircis par les pluies. Les vieux chênes s'élevaient toujours autour du mur puissant. Les forêts exhalaient toujours un parfum de feuilles pourrissantes, et la Volga – d'eau glacée.

Seules deux bûches n'étaient pas bien rangées dans le bûcher, mais gisaient devant le mur. Et le verrou de la porte de la grange était tiré, la porte – négligemment ouverte. La cheminée, semblait-il, laissait échapper quelques traces de fumée… Bach siffla entre ses dents pour mettre Anntche en garde. La fillette, qui venait de poser un pied sur le perron, se figea, attentive. Bach, d'une main, attrapa leurs affaires, de l'autre prit Anntche, et l'entraîna dans la grange : Reste ici ! Il regarda autour de lui, cherchant la fourche ou une hache. Oh, la corbeille qu'il avait renversée la veille était à nouveau sur le sol. Et les pommes aussi, éparpillées de tous les côtés, tachées de terre, tapées par endroits. Doucement, en essayant de ne pas faire de bruit, Bach prit une fourche et fit le tour de la maison.

Les volets étaient toujours soigneusement fermés. Mais la fenêtre de la cuisine, où des planches remplaçaient toujours la vitre brisée, avait été forcée : deux planches étaient arrachées, et le trou avait été calfeutré par un oreiller. Visiblement, les intrus n'avaient pas trouvé la clé du cadenas, et avaient pénétré dans la maison par la cuisine, comme l'avaient fait, quelques années plus tôt, les scélérats qui avaient détruit la vie de Klara et de Bach. La terre, sous la fenêtre de la cuisine, avait été foulée, salie, et on voyait des traces noires sur le soubassement en pierre.

Des Gnadenthalois ? Ils ne seraient pas entrés par la fenêtre : ils auraient brisé le cadenas, tout simplement. Qui, alors ?

Bach et Anntche pouvaient se cacher dans la grange et attendre que les intrus se montrent. Mais le temps était humide, Bach et la petite étaient fatigués et avaient faim. Faire le guet – jusqu'à la nuit ? jusqu'au matin ? –, il n'en avait pas la force. Parcourant la cour d'un œil attentif, Bach monta sur le perron, sortit la clé de sa cachette et ouvrit le cadenas. Tenant toujours la fourche dans sa main droite, il tira doucement la porte de la main gauche, et fit un pas à l'intérieur.

Même dans la pénombre, à peine dissipée par une lumière pâle qui se glissait par les fentes des volets, on remarquait que tout était horriblement en désordre. La vaisselle s'entassait sur la table – bols, tasses, deux casseroles avec des restes de nourriture. Il n'y avait plus de vaisselle sur les étagères : une main éhontée avait tout fait tomber, et cafetières, louches, marmites, hachoirs à viande, écrase-patate, écumoires, moules à pain d'épice jonchaient le sol de la cuisine. Dans le four du poêle, des braises brillaient faiblement, achevant de se consumer. Un tas de bûches était posé devant le poêle, et l'on avait jeté par-dessus des journaux froissés, les œuvres du correspondant rural Hobach – le papier avait visiblement servi à faire démarrer le feu.

Bach passa dans le salon. À l'entrée, il faillit glisser sur quelque chose de visqueux ; il se pencha, mit l'objet à la lumière : un trognon de pomme. Il y en avait beaucoup, de ces trognons – certains encore pâles, d'autre déjà brunis. Sur le banc de Bach, poussé contre le poêle, quelqu'un s'était couché (ou plutôt, avait fait son nid) : une montagne de couvertures, de manteaux de fourrure, d'oreillers, de châles et de jupes, au cœur de laquelle on devinait une sorte de terrier, qui pouvait contenir un petit corps humain. Sur les flancs du poêle, on lisait des caractères dessinés par une main malhabile, au charbon, sur les carreaux jaunes. Bach s'approcha : ce n'étaient pas des lettres, mais des lignes désordonnées, qui faisaient penser aux vagues de la Volga un jour de gros temps.

Du genou, Bach poussa précautionneusement la porte menant à l'ancienne chambre de Grimm. Elle était vide. Les tapis avaient été arrachés des murs – utilisés pour la construction du nid – ; les autres objets étaient à leur place. Mais le samovar, qui était resté pendant de nombreuses années solitaire sur l'appui de la fenêtre, avait un aspect bizarre. Bach s'approcha, et comprit bientôt pourquoi : on l'avait coiffé de la chapka de Grimm. Avec ses longs poils, elle transformait le flanc rond de cuivre en visage rougeaud, le robinet en nez busqué, et des yeux avaient été dessinés au charbon. Les intrus aimaient plaisanter.

Les chambres de Klara et de Tilda étaient également vides, comme la minuscule soupente et le sous-sol, la glacière, l'étable et le poulailler – Bach examina tout, passa partout. Et partout, il trouva des traces d'une invasion grossière. Les envahisseurs, eux, n'étaient nulle part.

Il conduisit Anntche dans la maison. Lui ordonna de balayer la saleté et de remettre les objets à leur place, tandis qu'il reclouait solidement les planches sur la fenêtre. Il ne lésina pas sur les clous, les enfonçant rageusement dans les planches avec le dos de la hache, comme si la petite fenêtre de la cuisine était la seule voie possible pour laisser entrer les forces mauvaises dans l'isba. Ensuite, il alla chercher dans la grange les réserves pour l'hiver : les pommes fraîches dans des corbeilles, les pommes marinées dans des tonneaux, les pommes séchées dans des sacs, les pépins de pomme dans des cornets en papier, le miel de pomme dans des pots – il mit toutes ces réserves dans la chambre de Grimm, où il devenait difficile d'entrer. Il apporta également tous les outils gros et lourds, qui auraient pu servir à forcer les volets ou la porte d'entrée – haches, serpes, pelles, pioches et chaînes. Bien sûr, les intrus pouvaient avoir leurs propres couteaux, et même des fusils, mais Bach n'avait aucune envie de leur laisser ses propres outils. Il rentra aussi des bûches, qu'il entassa jusqu'au plafond, assez pour tenir deux semaines ou plus. Il ferma la porte d'entrée de l'intérieur avec une barre, et coinça la poignée avec le manche d'une pelle, pour qu'il soit plus difficile de la forcer de l'extérieur.

Il tentait de chasser les souvenirs de ce terrible matin d'avril, six ans plus tôt. Pendant toutes ces années, Bach n'avait pas oublié un seul instant, un seul détail de ce qui s'était passé, mais les visages de ces charognards, leurs voix, leurs silhouettes, les mots qu'ils avaient prononcés semblaient comme voilés sous quelque chose (le châle noir ?) ou enveloppés dans quelque chose (l'édredon de plumes ?) ; la douleur était moins forte, elle s'était figée quelque part tout au fond de lui. Maintenant, le voile était levé – et la douleur montait à nouveau à l'intérieur de Bach, avec toute sa force originelle.

Il se rappela l'odeur de l'audacieux aux yeux fuyants – un mélange de sueur, de tabac bon marché et de poisson salé. Que l'adolescent passait souvent, nerveusement, sa langue sur ses lèvres, comme si celles-ci étaient toujours sèches. Que le Kalmouk barbu avait un tic à la paupière gauche, et il plissait son œil pour calmer son tremblement. Il se rappela le sourire de Klara, ce matin-là. Il se souvint qu'Anntche n'était pas sa fille.

Soudain, un rire s'éleva dans la chambre de Grimm. Il eut l'impression que c'était l'audacieux qui riait, qu'il allait apparaître dans l'encadrement de la porte, tenant, entre ses dents, le bonnet de Klara, et s'amusant à gronder comme un chien. Bach attrapa la fourche et se précipita dans la chambre : Anntche était assise sur l'appui de la fenêtre, et riait à gorge déployée en regardant la tête de samovar coiffée de la chapka de Grimm.

Bach alla à Anntche, la prit dans ses bras. Il resta immobile jusqu'à ce qu'elle se fût calmée. Le vent grondait derrière les volets, les premières étoiles brillèrent au-dessus du toit ; des bûches humides crépitaient doucement dans le poêle, et un parfum sucré de pommes tièdes remplissait peu à peu la maison. Bach restait immobile, tenant son Anntche dans ses bras. Il était prêt à se défendre…

*

Ils ne vinrent pas cette nuit. Bach resta couché sur son banc, les yeux ouverts, jusqu'au petit matin, écoutant tous les bruits et les bruissements, à l'extérieur. Il croyait entendre, dans le gémissement du vent, des voix étouffées et des coups sur le bois, il croyait voir, derrière les volets, des ombres avancer rapidement – et, chaque fois, il attrapait à tâtons la fourche posée contre son lit, se levait et marchait longuement dans l'isba, essayant de deviner derrière quelle fenêtre se cachaient les ennemis. Au matin, il n'en pouvait plus. Il s'assit sur le sol, sous la fenêtre de la cuisine, posa la fourche entre ses genoux, s'appuya contre le mur – et sombra enfin dans un profond sommeil.

Le jour venu, il décida de sortir. La fourche sur l'épaule, il parcourut la cour, le verger, toutes les bâtisses – ne trouva personne. Il se dit que les intrus étaient peut-être partis depuis longtemps : ils avaient dormi dans la maison, puis s'en étaient allés brigander plus loin. Sans doute qu'une nouvelle nuit de garde suffirait et, le lendemain, il pourrait rapporter les pommes dans la fraîcheur de la grange, et ils reprendraient leur vie habituelle.

Le cœur soulagé, Bach termina son inspection. Déjà, le petit visage d'Anntche, qui s'ennuyait à l'intérieur, se montrait dans l'encadrement de la porte, et Bach s'apprêtait à lui faire un signe l'autorisant à sortir de la maison, quand il remarqua soudain, sur les planches condamnant la vitre de la cuisine, une grosse tache de boue : quelqu'un, plein de colère, y avait lancé de la terre humide. Le même genre de taches maculait la porte d'entrée. Bach les toucha du doigt : la boue était déjà dure, sèche. On avait dû la lancer pendant la nuit.

Il émit un petit sifflement sévère pour Anntche : Rentre vite ! Il courut sur le perron, claqua la porte derrière lui. Il n'avait pas inventé les voix et les coups : pendant la nuit, les inconnus étaient revenus à la ferme, mais n'avaient pas pu rentrer à l'intérieur. Une chose le rassurait, le fait qu'ils n'avaient pas essayé de forcer la porte : soit ils n'avaient pas d'armes, soit ils étaient peu nombreux et craignaient d'affronter les propriétaires. Une autre chose l'inquiétait : pendant qu'il inspectait la cour, ils avaient très bien pu, cachés non loin dans la forêt, apercevoir le chétif Bach et la petite Anntche.

Il passa toute la journée dans l'attente : collant son visage contre la fenêtre de la cuisine et contre les autres fenêtres, il regardait, par les fentes, ce qui se passait à l'extérieur. Les fentes étaient étroites, il ne voyait que des petits morceaux de cour, de verger, de forêt. Il observait ces petits morceaux – le flanc d'un vieux chêne à la lisière du pré, le coin de l'établi sous l'auvent de planches, un détour du sentier qui menait à la glacière – et attendait.

Il passa encore une nuit sans sommeil. À midi, il n'y tint plus : il décida de faire le tour de la cour. Il se dit que les malfaiteurs ne pouvaient pas indéfiniment espionner des gens faibles dans une maison isolée. S'ils avaient eu un fusil, ils auraient déjà pris depuis longtemps tout ce qu'ils voulaient : les victuailles, les habits ; ils auraient aisément chassé les propriétaires de la maison. Si rien de cela ne s'était passé pendant les deux premiers jours, cela voulait dire qu'ils avaient renoncé. Il retira le manche de la pelle de la poignée de la porte, enleva la barre, ouvrit la porte avec précaution. Une odeur de pourriture flottait dans l'air : un poisson mort était posé sur le seuil, un de ceux qui flottent longuement sur la Volga, avant d'être rejetés sur la rive, déjà à demi décomposés.

Bach mugit, outré : les scélérats ! Il ramassa le cadavre pourri avec sa pelle, le lança aussi loin que possible, en direction de la forêt – il le récupérerait plus tard et l'enterrerait. En attendant, il devait régler leur compte aux petites crapules qui, depuis deux jours déjà, se jouaient de lui non dans un but précis, mais pour le plaisir.

Il descendit le perron d'un pas décidé, regarda autour de lui. La maison était constellée de taches d'argile. Les cadres des fenêtres, les murs, les volets – tout était couvert de mottes grises, comme si on avait mitraillé la ferme de boue avec une arme à grande portée. Mugissant d'indignation, Bach inspecta la cour, trouvant partout des traces de nouvelles sottises : les portes de la grange et de la remise étaient grandes ouvertes, les caisses et les boîtes d'outils renversées, la chaîne du puits pendait, tirée jusqu'au bord, et il n'y avait plus de seau à son extrémité. Furetant parmi les bâtisses de la ferme à la recherche des plaisantins, Bach découvrit bientôt le seau – sur le toit de l'étable : quelqu'un était monté tout en haut sur une échelle et avait posé le seau sur le faîte (quant à l'échelle, comme Bach le découvrit plus tard, elle avait été descendue dans le puits). La cour était en proie au chaos – une pagaille drôle et méchante.

Le poêle de l'étable était chaud, entouré de foin et de branches de pin : les facétieux visiteurs avaient dormi là. Bach troua le foin, éparpilla les branches avec sa fourche – ne trouva rien. Mugissant des jurons, il rejeta les branches, rassembla le foin dans un coin. Il prit les bûches que les visiteurs effrontés avaient rapportées du bûcher, les déplaça dans la maison. Il craignait de voir le bûcher également sens dessus dessous, mais il était intact : les intrus n'avaient fait que prendre une partie des bûches et les poser dans l'arrière-cour – verticalement, comme des quilles. Bach les renversa du pied, puis les rangea à leur place, dans le bûcher. Non, ce n'étaient pas des brigands. C'était la main de petites fripouilles, de sales gredins doublés de froussards.

Il rangea la cour et les bâtiments, remit le seau sur la chaîne, rapporta les outils à leur place. Puis il alla chercher dans la remise les instruments de pêche, séchés et rangés pour l'hiver – une nasse et deux filets, l'un à mailles larges, l'autre à mailles resserrées. Il prit, dans le grenier, un écheveau de cordes, ferma la porte à clé et, ayant interdit à Anntche de sortir de la maison, il se coucha. Au début, il ne trouvait pas le sommeil, taraudé par sa colère contre les saboteurs nocturnes. Mais bientôt, la fatigue le submergea – et il sombra dans un sommeil profond, sans rêves.

Il se leva au coucher du soleil, commença à préparer le piège. Il sortit des réserves de Tilda une jolie douillette ornée de rubans écarlates, fourra une bûche dedans, et suspendit la bûche à une corde sous le toit du perron : de loin, on avait l'impression que la veste pendait à l'entrée de la maison – qu'elle séchait, ou qu'on l'aérait parce qu'elle était restée trop longtemps dans un coffre. Dans la cuisine, il agrandit la fente de la fenêtre pour mieux entendre les bruits du dehors, et s'assit à proximité, sur un tabouret. À côté de lui, il posa les filets, appuya la fourche contre le mur, ainsi que la pelle et la pioche. Il glissa l'écheveau de cordes sous sa chemise. Anntche, qui avait reçu l'ordre de se coucher, ne parvint pas à surmonter sa curiosité – elle glissa le nez dans la cuisine, surveillant les préparatifs avec perplexité. Il poussa un court rugissement sévère : Au lit, plus vite !

Il savait qu'il devrait attendre longtemps : les polissons nocturnes apparaissaient après le coucher du soleil, voire plus tard. Il espérait qu'ils ne pourraient pas ignorer l'appât, qu'ils s'approcheraient pour tâter la douillette ou la voler, et là, il les recevrait : il en attraperait un, le rosserait d'importance en guise d'avertissement, puis le laisserait partir – pour qu'il passe le message aux autres. Les coups de poing étaient le meilleur moyen de parler aux lâches.

Assis sur son tabouret, il regardait les rubans blêmes de lumière qui passaient par les fentes des volets – le couchant entrait à peine dans la maison. Il écoutait les bruits de la soirée automnale : le sifflement du vent, les soupirs isolés de chats-huants dans la forêt. Soudain, il sentit – d'une façon aiguë, qui lui chauffait la poitrine – combien il était heureux d'être rentré à la maison, à ce bois, à ce verger où dormait Klara, à cette éternelle Volga sous la falaise. Il entendait la respiration tranquille d'Anntche. Il se dit : Voilà un instant de vraie vie – être assis sur le seuil, et protéger le sommeil de son enfant. Et le sommeil de Klara sous les pommiers, et ces mêmes pommiers, et toute cette ferme, qui était depuis si longtemps devenue sa maison, qui le protégeait du *vaste monde* inhumain et fou. Ici, à l'intérieur de la vieille maison aux volets fermés, dans une douce pénombre, dans la chaleur du poêle, avec l'odeur des pommes et la respiration de sa chère fille, il était bien. Cette maison était un navire, qui voguait dans la clairière, dans la forêt et le jardin, sur la Volga, dans le monde, et Bach n'avait plus l'intention de descendre de ce navire. Il n'avait plus besoin des rives. Et il allait voguer dans ce navire tant qu'il en aurait la force, emportant Anntche avec lui – la protégeant de tous les brigands qui oseraient monter à bord. Et si Anntche, pendant leur navigation, n'apprenait jamais à parler – tant pis, c'était ainsi.

*

Un craquement se fit entendre derrière la fenêtre – un renard avait dû passer. Un nouveau craquement. Non, ce n'était pas un renard : quelque chose de grand se faufilait prudemment dans la cour. Bach se leva de son tabouret, s'efforçant de respirer le plus doucement possible, trouva à tâtons le filet sur le sol. Une semelle bruissa contre la pierre : l'étranger montait sur le perron. Prenant le filet dans ses mains et comptant jusqu'à cinq, Bach inspira l'air à pleins poumons et poussa de toutes ses forces la porte non verrouillée. Elle s'ouvrit avec fracas, renversa quelqu'un, une silhouette sombre tomba des marches avec un gémissement étouffé. Bach écarta les bras et sauta sur la silhouette, tomba dessus, déploya le filet et ferma les bras : quelqu'un se débattait sous lui, quelqu'un de petit, d'osseux et d'agile, sifflant de rage, se trémoussant, tentant de se libérer. Mais le filet de chanvre était résistant, et Bach avait déjà sorti les cordes de sous sa chemise, et, maintenant du genou sa prise tressautante, la garrotta solidement.

– Lâche-moi, salaud ! hurla le prisonnier d'une voix haute et furieuse, en russe. Chien d'Allemand ! Sale rat ! Lâche-moi, je te dis ! Ou je brûle ta bicoque ! Je vais t'arracher les yeux, te couper le nez, te déchirer les entrailles ! À toi, et à ta petite blondine ! Lâche-moi !

Dans l'obscurité, Bach ne distinguait pas le visage de son prisonnier. Il sentait juste se débattre sous ses mains et ses genoux un corps brûlant et vif, fort. Il s'assit à califourchon sur ce corps brûlant et enroula la corde encore et encore autour de lui, jusqu'à ce qu'elle finisse.

– À l'aide, camarades ! hurlait la voix de toutes ses forces. On m'étripe ! Alerte !

Une tache de lumière tremblotante apparut dans l'encadrement de la porte : Anntche, réveillée par les cris, sortit sur le seuil, une lampe à bougie à la main. Bach voulut mugir pour l'envoyer à l'intérieur de la maison, mais les hurlements du prisonnier étaient si aigus qu'on n'entendait rien d'autre, et Bach n'osait pas se lever : l'intrus se débattait désespérément, menaçant de s'échapper.

– Par ici ! Vite ! hurlait la voix. Camarades, je suis là ! Ils essaient de m'assassiner, ces bandits, ces sangsues ! Bandes de Basmatchis ! Troupeaux de koulaks ! Ils boivent le sang des prolétaires, ces maudits !

Anntche s'approcha des silhouettes à terre, s'accroupit. Elle approcha la lampe de l'origine des cris.

Dans la lumière trouble, Bach aperçut des mèches dures de cheveux noirs, qui ressemblaient aux piquants d'un drôle de hérisson. Entre les piquants, des yeux, noirs aussi, brillaient – étroits et longs, comme peints à l'encre de Chine sur un visage plat, noir de saleté ; quelque part derrière ces piquants, se cachaient une grande bouche et des pommettes larges, un nez épaté et des narines épaisses. La prise de Bach était un petit Kirghize, de huit ou dix ans, vêtu de haillons et émettant un nombre étonnant de jurons russes raffinés.

Comprenant que ses cris n'avaient alerté que la fille du propriétaire, le garçon, gémissant de dépit, reprit sa litanie :

– De toute façon, je vous échapperai, connards ! Que la faim vous ronge ! Que la foudre ravage votre ferme ! Que les pommiers périssent ! Vous tomberez dans la Volga et servirez de nourriture aux poissons !

Il se tut soudain : Anntche avait tendu la main vers son visage, écarté les mèches emmêlées et touché ses lèvres du bout des doigts.

– Lâche-moi ou je te bouffe le pouce, menaça le garçon.

Anntche éclata de rire, et toucha de nouveau ses lèvres mobiles.

– Ouu, répondit-elle joyeusement et tendrement. Ouuu...

Bach ne savait pas quoi faire de son prisonnier. Une pluie fine tombait sans arrêt, et il traîna le corps emmêlé dans le filet dans la maison, le posa devant le poêle – au chaud. Le garçon continuait de jurer, mais moins vigoureusement ; il jetait des coups d'œil méfiants, ne sachant pas à quoi s'attendre. Anntche voulut s'installer à côté, sur le banc, mais Bach, d'un cri impérieux, l'envoya au lit.

Les traits du petit Kirghize rappelaient à Bach le visage de Kaysar, le rameur maussade qui avait mené le Schulmeister à la ferme : les mêmes paupières tombantes, les mêmes traits noirs des sourcils – plus larges que la ligne étroite des yeux, se relevant vers les tempes –, la même sévérité mongole dans les regards. Le garçon se distinguait de Kaysar par sa jeunesse, par son tempérament volcanique et par sa loquacité : il jurait avec une inventivité surprenante, convoquant ou imaginant toutes sortes de malédictions, sans jamais se répéter.

Bien sûr, le captif devait être puni – il fallait lui fouetter le dos avec une corde mouillée avant de le chasser, pour lui apprendre à jouer des tours. Mais ses yeux avaient un air si rageur, si buté, sa bouche, après chaque bordée de jurons, se serrait si résolument, que Bach comprenait : cela ne servirait à rien, le dos du garçon était habitué aux coups, comme ses jambes – aux longues marches et au froid. Le laisser partir sans le punir ? Il mettrait encore plus de désordre – pour se venger. Le conduire à Pokrowsk et le laisser au foyer d'enfants ? Il s'enfuirait à la première occasion. Bach ne pouvait rien faire de ce visiteur effronté – il ne se soumettrait pas à une volonté étrangère.

Et il détacha le garçon – se mit à genoux, dégagea les cordes et les filets. Au début, le prisonnier, ne croyant pas à ses bonnes intentions, voulait le mordre ; puis il se tint immobile, attendant sa libération – et, dès qu'il put bouger, fila à quatre pattes à l'autre bout de la cuisine.

– Tu as eu peur, l'Allemand ? Il se serra contre le mur, s'y frotta comme un animal, et s'accroupit légèrement sur ses jambes fléchies, prêt à faire un saut de côté. Tu fais bien !

Sans se presser, Bach rassembla les filets éparpillés sur le sol. Il enroula les cordes, pendit les filets sur les appuis de fenêtre, pour qu'ils sèchent. Il prit le balai et poussa dans les coins la terre qu'ils avaient ramenée de l'extérieur. Ajouta des bûches dans le poêle.

Le garçon continuait de le surveiller, se déplaçant constamment le long des murs et s'efforçant d'être toujours à l'angle opposé de Bach.

– J'veux manger, finit-il par dire d'une voix forte, mais pas très assurée, comme si son culot habituel lui faisait soudain défaut. Tes réserves croulent sous la boustifaille. J'suis bien placé pour le savoir.

En guise de réponse, Bach alla à la porte d'entrée et l'ouvrit toute grande. Une averse s'abattait dans la cour, l'eau coulait à gros ruisseaux sur le perron, inondant le seuil. Il regarda le garçon d'un air expressif : Tu veux y aller ?

– Des clous ! répondit celui-ci immédiatement. T'as qu'à y aller toi. J'suis pas mal, ici.

Bach apporta deux vieilles couvertures qu'il jeta sur le banc. Il indiqua du doigt : Tu dormiras ici, et il partit dans la chambre de Grimm. Il se fraya tant bien que mal un chemin entre les corbeilles et les tonneaux de pommes, se coucha sur le lit de Grimm – pour la première fois de sa vie.

Le lit était haut, le matelas bourré d'herbes sèches – rebondi comme un matelas de duvet – ; les tapis, sur les murs, adoucissaient et étouffaient les bruits du dehors. Pourquoi n'avait-il pas dormi ici plus tôt, dans le confort de la chambre du maître de maison ? Pourquoi s'était-il obstinément, pendant de longues années, couché sur le banc dur ?

Il laissa la porte ouverte pour pouvoir entendre ce qui se passait dans la cuisine. Le garçon fouilla encore un moment les étagères – il cherchait de quoi se rassasier – et, ne trouvant pas de nourriture, il revint à son banc. Il se tourna et se retourna longtemps, cherchant la bonne position, puis ne fit plus de bruit.

Bach était couché, ne trouvant pas le sommeil, respirant le parfum épais et doux des pommes mûres qui remplissait la maison. Il eut envie, comme de coutume, de regarder Anntche en train de dormir, d'écouter sa respiration. Il se leva, traversa silencieusement les pièces, poussa la porte de la chambre de la fillette.

Le lit d'Anntche était vide. Les draps avaient été rejetés, l'oreiller froissé faisait une tache pâle. Effrayé, Bach tâta le lit encore tiède, gardant l'empreinte du corps d'Anntche : il n'y avait personne. Il regarda sous le lit, y passa la main – personne. Il se précipita dans le salon : elle était là, Anntche, assise au bout du banc, aux pieds du visiteur endormi, enveloppée dans son châle posé sur sa chemise de nuit, les genoux sous le menton. Elle regardait le visage du garçon – il était étonnamment vulnérable, dans son sommeil…

La pluie tomba trois jours sans s'arrêter, une pluie traînante de novembre, qui enlevait aux forêts et aux champs les ultimes traces de l'automne : les dernières feuilles jaunes sur les arbres, les derniers lambeaux de toile d'araignée et la dernière poussière. Elle lava aussi les taches d'argile sur les murs de la maison – rinçant les rondins et les planches, les battant jusqu'à ce qu'ils soient parfaitement propres.

Bach ne pouvait pas chasser le garçon sous la pluie. Bientôt, les grosses gouttes blanchirent et s'arrondirent, devinrent plus légères, plus duveteuses – il neigeait.

Cette neige, lourde et abondante, s'étendit sur le toit de paille et sur les bâtisses de la cour, enveloppa les pommiers et les érables, les trembles et les chênes, recouvrit la rive droite et la rive gauche, les rochers et la steppe. La neige tombait dans la Volga, se fondant dans les flots au début, y déposant une bouillie trouble, puis elle se transforma en saindoux glacé et forma des crêpes dures à la surface, et enfin forma une croûte brillante sur l'eau. Et la neige tomba sans s'arrêter – trois jours.

Bach ne pouvait pas non plus chasser le garçon sous la neige. Au septième jour, quand le temps s'éclaircit, il sortit le matin sur le perron noyé sous une congère, et comprit que la neige n'allait pas fondre, qu'elle resterait jusqu'au printemps – tout comme le petit maraudeur.

# 21

Le maraudeur s'appelait Vasska, il savait merveilleusement bien jurer et semer le chaos.

Tout ce que touchaient les mains sales de Vasska cassait, tombait à terre, se brisait et se déchirait ou, au moins, se salissait. S'il traversait une pièce, il finissait forcément par renverser une chaise ou un chandelier ; s'il galopait dans la cour – par accrocher un angle du bûcher et faire dégringoler des bûches ; s'il fourrageait dans le verger – par déséquilibrer l'échelle posée contre un tronc, laquelle cassait plusieurs branches dans sa chute, ou éraflait l'écorce. Il semblait faire tout cela sans le vouloir : ses bras et ses jambes osseux, dans lesquels il n'y avait pas un gramme de graisse ou de chair, bougeaient tout seuls, sans obéir à la tête hirsute de Vasska, menant leur propre existence.

Ses doigts trouvaient d'eux-mêmes un morceau de charbon pour dessiner sur le mur, ou gravaient avec un couteau des arabesques sur la table de la cuisine, ses ongles grattaient de leur propre chef la chaux qui faisait des grumeaux sur le flanc du poêle. Cela dit, il aurait eu tort de se plaindre de ses bras ou ses jambes indociles : dans les minutes de danger, quand la courte intelligence de Vasska se raidissait de peur, incapable de générer la moindre pensée pratique, ses membres agissaient avec la même indépendance – ils se mettaient en branle, ramaient, s'agrippaient, rampaient, battaient – et avaient ainsi plus d'une fois sauvé la vie de leur propriétaire.

De la même façon, la grande bouche du garçon (qu'il appelait, sans le moindre respect, sa *gobeuse*) vivait sa propre vie, ne sachant pas ou ne désirant pas se soumettre à la raison : au moindre signe d'excitation de son propriétaire, cette bouche s'ouvrait grand et laissait échapper un flot de jurons ; et peu importait si Vasska était joyeux, fâché ou effrayé – les jurons étaient toujours impeccables, de premier choix. Il jurait majoritairement en russe, mais il pouvait le faire aussi en kirghize, en tatar, en bachkir, il connaissait des injures tchouvaches, mordves et oudmourtes, tchérémisses et kalmoukes : les mots et les langues se collaient à lui comme des chardons à ses pantalons. Souvent, les lèvres de Vasska mélangeaient toutes les expressions qu'il connaissait – donnant naissance à des malédictions si entremêlées qu'elles stupéfiaient non seulement ses interlocuteurs, mais Vasska lui-même. Ces invectives polyglottes ne s'adressaient pas à l'esprit de leur victime, mais exclusivement à leur cœur – et arrivaient toujours au but.

L'intelligence malingre de Vasska tentait parfois de maîtriser son corps effronté et sa bouche non moins effrontée, mais ces tentatives étaient faibles et ne rencontraient jamais le moindre succès. Ce qui était peut-être pour le mieux : Vasska avait déjà huit ou dix ans (il ne savait pas son âge exact), et il était toujours vivant. Nombre de ses compagnons, avec qui il avait partagé des jours ou des mois de vagabondage, avaient depuis longtemps disparu – dans des rigoles sur le bas-côté, couverts de boue froide, dans des hôpitaux sentant le phénol, dans les dortoirs et les abris de la ville.

Vasska, lui, était vivant. Ses mains agiles attrapaient tout ce dont il avait besoin pour vivre : du pain sur les étals des marchés, des pastèques et des melons dans les melonnières, une poule égarée, des habits abandonnés sur la rive par des nageurs. Ses jambes rapides lui permettaient de fuir les gens méchants, les maladies, les bagarres et les disputes, les questions indiscrètes, les vendeuses en colère et les policiers qui soufflaient dans leur sifflet de fer. Si les jambes de Vasska le trahissaient, et qu'il était rattrapé, il ouvrait immédiatement la bouche : son don d'invective en effrayait certains, amusait les autres, et les disposait à l'indulgence envers le petit voleur.

Il avait choisi lui-même son nom. À d'autres époques, il avait eu d'autres noms. Dans sa mémoire émergeaient parfois des voix, et chacune l'appelait, dans sa langue, à sa façon : une douce voix de femme, en kirghize – Baysar, une voix masculine, brisée par la toux, en bachkir – Salavat, une voix rauque d'enfant fumeur, en russe – Basmatch ou Traîne-savates. Il ne savait plus à qui appartenaient ces voix. Et il ne savait pas lequel de ces prénoms était vraiment le sien. C'est pourquoi il s'en était choisi un nouveau, sonore, insouciant, où il entendait un écho de tous les précédents : Vasska.

Autrefois, Vasska avait eu une mère. Peut-être que c'était justement sa voix douce qui résonnait parfois dans sa tête, mais il n'en était pas sûr. Sa mère avait un poitrail dur, saillant comme un flanc de cheval, et des seins flasques qui sentaient le lait aigre. Il ne pouvait pas se représenter son visage, ni le lieu de sa naissance : était-il venu au monde dans une yourte kirghize ou kalmouke, dans une isba bachkire ou tatare ? Il ne le savait pas.

À différentes époques de sa vie, il s'était retrouvé dans la steppe jaune, courant derrière les boules vagabondes du panicaut ; dans les marais bleus du delta de la Volga, de l'eau jusqu'à la taille, récoltant les rhizomes de roseau ; sommeillant sur le sable blanc, à l'ombre de pins rouges. Autour de lui, les gens changeaient, tout comme les arbres, les falaises et les herbes, mais une chose restait constante : si loin que les errances de Vasska l'aient mené, dès qu'il perdait ses forces ou son entrain, ses jambes l'emmenaient d'elles-mêmes à une rivière – certaines larges et paresseuses comme une mer, d'autres sinueuses et rapides, ou encore ruisselant dans la plaine, se divisant en une quantité innombrable de bras et de lacs. Ces rivières étaient généreuses : elles lui offraient des poissons, des escargots, des écrevisses et de petites tortues d'eau. Elles s'appelaient Etel, Boulga, Sou, et parfois, simplement, « la Grande Eau ». Par la suite, il comprit que ces noms différents désignaient la même rivière. C'était elle qu'il avait suivie toute sa courte vie, sans se soucier de son chemin : il ne savait pas se perdre, tout comme il ne savait pas s'éloigner longtemps de la Volga.

Il avait trouvé par hasard la maison isolée dans les bois, sur la rive droite. Il s'était dit : Le voilà, le rêve du vagabond, le conte devenu réalité. Un toit solide pour protéger de la neige et du froid, des granges pleines de nourriture, un bûcher abondant. Il n'y avait ni propriétaires, ni gardes, ni policiers à des kilomètres à la ronde. Vasska, profite, passe l'hiver tranquillement. Mais non. Les maîtres de maison avaient fait leur apparition, s'étaient enfermés dans l'isba chaude, y avaient rapatrié les réserves de nourriture, ces koulaks teutons. Après, ils avaient encore attrapé Vasska – dans un filet, comme un stupide goujon. Il avait voulu leur échapper pendant la nuit, mais l'averse l'en avait empêché. Puis la neige. Et après, il n'avait plus eu envie de fuir.

Un vagabond expérimenté repère un abri pour l'hiver à l'avance, pour ne pas se transformer en morceau de glace pendant les premières nuits froides : certains partent au Sud, au Turkestan, plus près de la fertile Tachkent, ou de Samarcande la généreuse ; d'autres s'installent dans un foyer d'enfants, ou une ferme, chez une famille bienveillante et bien nourrie. Vasska ne supportait pas d'être privé de sa liberté : ni de subir le règlement du foyer d'enfants, ni de devoir travailler pour une famille d'accueil. C'est pourquoi, à l'arrivée de l'automne, il descendait généralement le fleuve, passant par Astrakhan – où la Volga se répand dans la steppe, se divise en milliers de bras, devient peu à peu maritime –, jusqu'aux rives blanches de la Caspienne. Les hivers y étaient désagréables – mouillés, boueux –, mais les brigades de pêcheurs le plus souvent débonnaires et avinées. Il n'aidait pas les pêcheurs, il se contentait de s'installer près d'eux. Chez les uns, il vidait les restes de soupe de poisson d'un seau, chez les autres, les viscères des prises, et parfois, il distrayait les travailleurs fatigués avec ses jurons incomparables, et recevait, en récompense, une tambouille telle qu'il pouvait bâfrer jusqu'au hoquet, et telle qu'il en restait encore. Ainsi, il passait l'hiver.

Mais cet automne-là, Vasska était resté trop longtemps à la ferme allemande, il avait manqué l'occasion. Une fois la neige installée, il n'avait aucune envie de partir au Sud : il serait trop difficile de marcher, et trop facile de mourir de froid. Il n'avait plus qu'à hiverner à la ferme.

Et pourquoi pas ? Il y avait de la place et de la boustifaille. Les poêles chauffaient à l'aise, le toit ne fuyait pas – ne restait plus qu'à passer ses journées couché sur le banc, à rêvasser, à attendre le printemps. Le propriétaire était un vieux aux cheveux gris, au visage noirci et aux mains noueuses – tout à fait calme, ne donnant pas de coups.

Au début, oui, le vieux était fâché : quand il avait attrapé l'intrus et que, l'ayant ficelé et emprisonné dans ses filets, il l'avait traîné dans la maison, Vasska avait bien vu comment ses lèvres tremblaient de rage. De tout son être, de toute sa petite âme crispée, Vasska sentait : il allait se faire battre. Mais au lieu de le rouer de coups, allez comprendre pourquoi, le vieux l'avait détaché, et l'avait même laissé dormir sur le banc. Il n'aimait pas la bagarre, ça se voyait : un faible.

À l'intérieur du vieux vivait la peur – Vasska s'en était aperçu plus tard. À l'intérieur de chaque personne vit une chose principale qui constitue l'essence de son être et guide toutes ses actions. Si on enlevait cette chose, la personne n'était plus elle-même, il ne restait qu'un corps vide, comme une prune sans son noyau. Certains étaient animés par la haine, d'autres – par la mélancolie, d'autres – par le désir charnel. Le vieux était animé par la peur. Cette peur le faisait sortir plusieurs fois par jour sur la rive. Il n'allait pas sur la falaise à découvert, là d'où on voyait bien la Volga, mais se cachait, comme un voleur, derrière des arbres, surveillant, de sa cachette, le fleuve couvert de glace, scrutant les contours flous de la rive gauche, comme s'il s'attendait à voir quelque chose, tout en le redoutant. Puis il rentrait hâtivement, restait longtemps assis à la cuisine, aiguisant les serpes et les couteaux déjà coupants sur une pierre plate, faisant briller la lame d'un éclat aveuglant. À l'intérieur de l'isba, dans l'entrée, la fourche, la faux et une pelle étaient appuyées contre le chambranle. Sur l'appui de la fenêtre, il avait posé sa hache.

Le vieux ne craignait pas pour lui, mais pour la fillette. Cette peur était si grande que Vasska avait parfois l'impression de voir ses contours dans la pénombre de la chambre : un câble épais, comme celui d'un bateau, qui sortait du ventre tombant du vieil Allemand et disparaissait dans les profondeurs du corps anguleux de la petite. Ce câble était toujours tendu – peu importe à quelle distance le père était de la fille. Si Vasska se retrouvait par hasard entre eux deux, il s'écartait aussi vite que possible – craignant de heurter le câble. Si les habitants de la maison avaient pu parler, la peur du vieillard aurait peut-être perdu de sa vigueur, se serait émoussée dans les discussions. Mais tous deux étaient muets, et dans le silence constant de cette étrange maison, le câble ne cessait de s'épaissir, de se tendre – semblant parfois sur le point de se mettre à tinter.

À l'intérieur de la fillette, il y avait l'avidité. Vasska avait vu toutes sortes de gens : avides de nourriture, d'argent, de sang. Mais la fille du propriétaire avait une autre sorte de passion : elle était avide de nouveauté. Elle n'était pas simplement curieuse, pas juste intéressée par comment était fait le monde : elle avait un désir passionné d'entendre, de voir et de sentir ce qu'elle n'avait pas encore entendu, vu et connu. Cette avidité était familière à tous les enfants des rues : c'est elle qui s'éveillait dans les cœurs des gamins à chaque printemps, les faisant fuir les repas des foyers d'enfants pour rejoindre la liberté et la faim. Mais c'était la première fois que Vasska était en présence d'une avidité aussi insatiable : dans les yeux bleus de la fillette, il croyait voir le noir d'un puits sans fond qui aspirait le monde avec enthousiasme, sans jamais pouvoir être comblé.

Quant à ce qui était à l'intérieur de Vasska – il n'aurait pas pu le dire. Peut-être la faim. Peut-être la paresse. Et peut-être qu'il n'y avait rien du tout, le vide. Il n'arrivait pas à penser à lui-même – il était plus facile de comprendre les autres, et plus utile.

En ce qui concerne les habitants de la maison (il ne connaissait pas leurs noms, c'est pourquoi il les appelait, simplement, le Vieux et la Fille), il avait tout compris très vite : ceux-là ne risquaient pas de l'étouffer pendant la nuit, de le brimer, de l'envoyer tout nu sous la neige pour la bonne farce. Ils étaient même capables de le nourrir. Et s'ils ne le nourrissaient pas, il avait des mains : il prendrait lui-même ce dont il avait besoin. Il avait fermement décidé qu'il ne partirait pas de là. Et même s'ils le chassaient : il s'accrocherait comme une tique à cette maison, à ces réserves pleines de pommes et à ces remises bourrées de poisson séché, à ce banc devant le poêle chaud. Il s'y agripperait de toutes ses forces, jusqu'au printemps.

*

Le Vieux devinait-il les intentions de Vasska, ou avait-il simplement un tempérament vachard, mais dès le premier jour, ce fut une lutte entre eux : le choc de deux caractères. Et c'était une affaire importante : le premier qui ferait céder l'autre serait le chef – pour longtemps, peut-être pour toute la vie.

Avec les pêcheurs de la Caspienne, les choses étaient claires : il fallait savoir courber l'échine, agiter la queue et gronder de temps en temps, on était sûr d'hériter d'un peu de restes. Les pêcheurs étaient nombreux, Vasska ne se souvenait même pas de leurs visages, et à quoi bon : un jour, il trouvait refuge chez les uns, le lendemain, chez d'autres. Et si quelqu'un devenait hargneux, usait de la force contre lui, Vasska pouvait le mordre, et l'injurier – si bien qu'il s'en souviendrait longtemps. Parce que c'était lui, le chef : il décidait lui-même quand il venait dans l'isba des pêcheurs pour chercher sa pitance, et quand il partait.

Ici, à la ferme, il devait se conduire différemment – se montrer, dès le début, décidé et inflexible – pour que le Vieux ne soit pas tenté de le mener à la baguette. Vasska n'aurait pas pu le dire avec des mots, mais il sentait, dans son cœur expérimenté, qu'il ne devait jamais céder. Bien sûr, il ne devait pas non plus se montrer excessivement effronté, pour ne pas fâcher le maître de maison au-delà d'une certaine limite – il fallait trouver un juste milieu, une frontière fragile entre la soumission et l'insolence. C'est sur cette frontière que leurs fronts se heurtaient – celui du petit Kirghize sale, sous des mèches de cheveux inextricables, et celui du Vieux.

Dès le premier matin, à peine Vasska avait-il eu le temps de se réveiller et de se souvenir comment il avait été honteusement capturé dans un filet, que le Vieux lui mit sous le nez un chiffon mouillé et un seau d'eau, montra du doigt les carreaux du poêle maculés de charbon : Lave !

– Lave toi-même, protesta prudemment Vasska. Comment je pouvais savoir que tu allais rentrer ? T'avais qu'à pas abandonner ton domaine – personne n'y serait entré !

La Fille était déjà accourue : elle sautillait autour de lui, marmonnant quelque chose à sa manière. Elle allait tout laver elle-même – quand le Vieux lui lança un mugissement fâché, lui arracha le chiffon et le repassa à Vasska.

Alors Vasska prit le chiffon et le lança contre la fenêtre. Ce n'était pas intentionnel : ses mains avaient agi d'elles-mêmes, avant qu'il ait eu le temps d'y penser. Le chiffon s'écrasa contre la vitre avec un bruit de succion, dessinant une grosse tache – et resta collé à elle. À l'extérieur, de grosses gouttes de pluie coulaient sur le carreau, et à l'intérieur, l'eau ruisselait du chiffon : quel beau tableau ! La Fille éclata de rire, retira le chiffon de la fenêtre et le rejeta dessus : plof ! plof !

Le Vieux, lui, ne rit pas. Il toisa Vasska d'un regard lourd, et emmena la Fille avec lui à la cuisine, pour le petit-déjeuner. Il n'invita pas Vasska à les suivre.

Ils mangèrent, semble-t-il, du grain écrasé cuit dans l'eau bouillante. Vasska s'agitait sur son banc, sentant l'odeur des céréales – à peine perceptible, un peu aigre – et attendant que le maître de maison sorte dans la cour : là, il ne se retiendrait plus, il retournerait toute la maison s'il le fallait, mais il trouverait à manger.

Or il continuait de pleuvoir sans arrêt, et le Vieux n'avait aucune intention de sortir : il s'affaira d'abord dans la cuisine, faisant tinter la vaisselle, puis dans sa chambre. Vasska respirait avec mélancolie l'odeur de pommes mûres qui emplissait toute la maison : son ventre vide était douloureux, et tressautait sous ses côtes comme un oiseau captif.

La Fille du propriétaire – le ventre repu, le regard plein d'avidité – sortit un petit escabeau de bois ouvragé, s'assit dessus et se mit à contempler Vasska comme s'il était une bête curieuse, en écarquillant ses grands yeux.

– Range tes mirettes dans tes orbites, ou elles vont tomber ! lui grommela Vasska. Mais elle ne se vexa pas, se contenta de rire avec enthousiasme, bêtement.

Le seau était toujours devant le banc. Posé dessus, le chiffon gouttait, et l'eau tombait lentement sur le sol de terre – ploc ! ploc ! –, mesurant le temps comme le tic-tac d'une horloge.

Enfin, le Vieux mit un vieil habit sur ses épaules et, tenant une bassine vide au-dessus de sa tête, sortit sous la pluie battante – aux toilettes. Vasska se précipita immédiatement dans la cuisine, la fouilla comme un loup : que pouvait-il trouver à se mettre dans l'estomac ? La Fille était déjà en train de tournicoter autour de lui, lui glissant hâtivement dans la main une petite quantité de quelque chose – une poignée de grains, ou peut-être de pois – : Vite, mange ! Vasska enfourna la poignée dans sa bouche sans la regarder, l'écrasa avec les dents, s'étouffa, toussa. Il n'avait pas eu le temps de l'avaler, que la porte d'entrée claquait déjà : le maître de maison était de retour.

Vasska ne savait toujours pas ce qu'il avait mâché – du blé ou du maïs séché. Il avait seulement senti que cette petite portion n'avait pas calmé, mais définitivement ravivé sa faim, qui tourmentait tous ses viscères, gonflait son ventre.

– Monstre ! Scolopendre ! Crapule de koulak ! hurla la bouche de Vasska au Vieux, crachant de la salive et des restes de grains mal mâché. Sangsue, teigne ! Tu manges, et tu me laisses le ventre creux ?! Je t'apprendrai à exploiter des enfants ! Je vais me plaindre au comité du Parti ! Sois réglo, file-moi la boustifaille !

Le Vieux le regarda d'un air indifférent – il n'avait visiblement rien compris – et se remit à vaquer à ses affaires. La Fille piailla avec ravissement, fixant les lèvres de Vasska, et haletant un peu : Parle encore ! encore ! Vexé, il se coucha sur le banc et leur tourna le dos – pour endormir sa faim, et sommeiller lui-même, si on ne le nourrissait pas.

Il ne parvint pas à s'assoupir : l'eau qui gouttait du seau l'en empêchait. Il resta ainsi à languir sur son banc jusqu'au soir, se tournant et se retournant sous sa couverture, écoutant le Vieux s'agiter sans fin et sentant le regard tendre de la Fille sur sa nuque.

Au dîner, il y eut de la soupe aux pois cassés. Comprenant à l'odeur que la soupe n'était pas maigre, mais avec du poisson séché, Vasska entra dans une fureur terrible : ses jambes firent lever son corps du banc, ses mains attrapèrent des charbons, avec le tisonnier, dans le foyer du poêle, et, sans même attendre qu'ils soient complètement refroidis, coururent sur le flanc du poêle. Vasska n'avait pas encore eu le temps de revenir à lui, que le poêle était recouvert d'arabesques noires – entièrement, du sol au plafond. Avec un « oh ! » de surprise, Vasska se tourna vers le Vieux, dont le visage s'allongea – lentement, comme si on le tirait par la barbe.

Le Vieux regarda longuement les carreaux striés de noir, puis attrapa Vasska par le col et le traîna hors de la maison. Le garçon n'eut pas le temps de dire ouf, que la porte d'entrée se refermait, le laissant seul dans une obscurité mouillée, bruissante de pluie.

– Ouvre ! cria-t-il en couvrant la porte de coups de poing, puis de coups de pied. Je vais geler ! Mourir de froid !

Il frappa longtemps contre la porte. Il fut bientôt trempé jusqu'au moindre recoin de son corps : le toit du perron le protégeait de l'eau tombant d'en haut, mais des coups de vent courbaient la pluie qui fouettait le corps sans défense de Vasska.

La porte s'entrouvrit – un tout petit peu, d'à peine quelques doigts. Vasska s'enfonça dans la fente, y mit son épaule, força son chemin dans la maison sèche et chaude. Il fila à son banc, s'y agrippa de tous ses doigts glacés. Mais personne n'avait l'intention de le jeter dehors : la lampe à chandelle était déjà éteinte, le Vieux et la Fille se préparaient à dormir, et partirent bientôt chacun dans sa chambre.

Quand le silence se fit dans la maison, Vasska se déshabilla entièrement, lança ses habits mouillés sur le poêle pour les faire sécher. Il s'assit, enveloppé dans sa couverture, écoutant l'averse ruisseler sans fin à l'extérieur. Puis il trouva à tâtons, à côté du banc, le seau, en sortit le chiffon humide et commença à le frotter sur les carreaux rugueux…

*

À partir de ce jour, les jeux semblèrent faits. S'il renversait une chaise ou la pelle posée contre le chambranle – le Vieux lui intimait de les relever. S'il faisait tomber le seau – il fallait le mettre à sa place, et essuyer l'eau répandue sur le sol. S'il salissait les marches du perron – il fallait les laver. Vasska soufflait, grinçait des dents, grommelait des jurons, mais – relevait, mettait à sa place, essuyait, lavait. Un soir, il se lava même lui-même : il s'assit dans une bassine d'eau tiède et, sous le regard inquisiteur du Vieux, gratta la saleté sur son corps (elle tomba d'abord en gros grumeaux noirs, puis en petites boulettes grises, puis en minuscules boulettes blanches ; enfin, elle disparut complètement). Bon, ce n'était pas un travail trop épuisant. Il laissait le Vieux croire qu'il avait gagné contre le vagabond. Mais Vasska aurait sa revanche.

Quand les pluies firent place à la neige, le Vieux ouvrit tout grand les portes de sa chambre et commença à en sortir de la nourriture – dans des corbeilles, des caisses et des sacs – pour la remettre dans les granges. Voilà où il avait caché ses réserves, ce koulak barbu ! Voilà pourquoi toute la maison embaumait les pommes – si fort, d'une odeur si sucrée que Vasska salivait dans son sommeil ! La Fille courut l'aider. Vasska aussi. Il portait les cornets avec les semences, en glissant furtivement une poignée dans sa poche. Déplaçait la caisse de pommes, en mettait subrepticement une sous sa chemise, il irait la cacher sous son banc, après. Il fit une bonne récolte : il aurait désormais de quoi se consoler si le Vieux essayait à nouveau de le travailler par la faim. Mais où cacher tout son butin ?

Il aurait sans doute trouvé où dans la forêt, mais il craignait de s'éloigner longtemps, ça pourrait provoquer des soupçons. Il dut se résigner à les disperser dans la cour. Vasska était un receleur expérimenté, et il trouva bientôt un gros trou entre les pierres du soubassement (pour le gardon séché enveloppé dans un chiffon), et un petit creux invisible sous le toit de la remise (pour les pommes), un trou dans un vieux pommier (pour une poignée de noisettes dans un cornet de papier journal), et une planche disjointe dans la glacière… Il rangea tout, mit tout dans des trous et des fissures, combla ses cachettes avec des pierres, les cacha sous des branches. Mais il restait préoccupé : ce n'étaient pas des cachettes sûres – elles étaient vulnérables à l'humidité, au froid, aux rats et aux écureuils. Il n'avait cependant pas le choix : il n'osait pas cacher ses réserves dans la maison.

En plus, la Fille pot de colle n'arrêtait pas de courir autour de lui : dès qu'il disparaissait à un angle – elle le suivait, s'il s'introduisait dans la remise – elle entrait derrière lui. Elle s'était tant attachée à lui qu'il n'arrivait plus à la détacher. Il dut cacher ses larcins devant elle. À tout hasard, il lui montra le poing, menaçant : Si tu me dénonces – je te règle ton compte ! Pour toute réponse, elle rit joyeusement, lui montrant, à son tour, son petit poing. En clair : une parfaite andouille.

Toute la journée, le Vieux avait toisé Vasska d'un regard insistant. Pendant qu'il triait les pommes, les mettant sous de la paille fraîche – il le regardait ; pendant qu'il suspendait le poisson, enroulant chaque carcasse dans un chiffon – il le regardait. Et Vasska lui répondait par un regard maussade, plein d'indépendance. Ils travaillèrent ainsi toute la journée, jusqu'au soir. À côté de réserves aussi abondantes, Vasska aurait pu travailler plus longtemps. Malheureusement, le soir venu, toutes les pommes étaient rangées dans la fraîcheur du sous-sol ; le grain, les pois et le maïs remués, triés et reversés dans des pots de fer-blanc ; les chapelets de poissons pendus au-dessus du poêle ; les bottes d'herbes – dans la remise et le grenier.

Au dîner, ils mangèrent une bouillie d'avoine avec des herbes et une pincée de sel. Pour compléter, le Vieux mit des noisettes sur la table – une poignée pour chacun. Mais la Fille – cette nouille ! –, quand elle vit les noisettes, sourit immédiatement à Vasska, gloussa, puis sortit de table et fila dehors. Le Vieux, inquiet, mugit d'un air interrogateur : Où vas-tu ? Vasska, qui avait déjà tout compris, sentit le froid envahir ses entrailles, il aurait voulu s'enfuir discrètement avant que la traîtresse ne revienne. Mais où s'enfuir – pas dehors, pas sous la neige ? La Fille rentra, de la neige plein les cheveux, et les réserves de Vasska dans la main. Elle posa sur la table le cornet de papier journal mouillé, d'où s'échappèrent les petites boules des noisettes – déjà touchées par l'humidité, salies par le bois pourri du pommier. Elle sourit à Vasska, ayant l'air de demander : J'ai bien fait ?

Et, comme la veille, le visage du Vieux s'allongea : ses joues tombèrent, sa barbe poussa en avant.

– Et alors, tu vas me battre maintenant ?! commença la bouche de Vasska, sans attendre que le Vieux reprenne ses esprits. Quant à Vasska, il se leva brusquement, renversa sa chaise, qu'il poussa encore d'un coup de pied, pour faire plus de bruit. Vas-y, tape un plus faible, un sans-défense ! Cogne un orphelin sans protection, sans abri !

Le Vieux – ses sourcils froncés et ses yeux noirs de colère – s'avança vers lui. Et Vasska sentit à nouveau que le Vieux voulait le frapper – de toutes ses forces, de tout son cœur –, pas une, pas deux fois, mais plus. Et Vasska était prêt à ça, parce qu'il comprenait qu'il l'avait bien mérité. Tu n'as pas su cacher ta camelote – prépare-toi à payer pour ta maladresse.

– Mais je me laisserai pas faire ! continuait la bouche de Vasska. C'est ta faute, d'abord ! T'avais qu'à pas me laisser péter de faim, et je t'aurais rien calotté ! Capitaliste, judas allemand ! Tu crois, simplement parce que tu vis à l'écart des hommes, que tu peux tout te permettre ?!

La Fille, mugissant de désarroi, se précipita de nouveau dehors. Vasska eut un petit cri de dépit – elle allait le livrer pieds et poings liés, dans les grandes largeurs ! –, mais il ne pouvait pas courir après elle : il devait échapper au Vieux. Il sauta dans un coin, dans l'autre, courut vers le poêle. Le Vieux avançait derrière lui.

– Ouu ! cria la Fille, haletante, en entrant dans la pièce. Ouuuu !

Elle jeta sur la table tous les paquets de Vasska, avec la nourriture dérobée : sales, mouillés, tachés de terre et de paille – et courut à Vasska : elle l'entoura de ses bras, le défendant, et gémit d'un ton implorant, se tournant vers le Vieux. Celui-ci attrapa Vasska par le col.

Vasska ferma les yeux, se tassa – mais il n'y eut pas de coup. La main ferme le traîna par le col jusqu'à la cuisine, le fit à nouveau asseoir à la table. Vasska entrouvrit les yeux : le Vieux sortit toutes les réserves apportées par la Fille, les posa sur la table et les rassembla en un tas, qu'il poussa vers Vasska

– Mange !

Vasska se figea d'étonnement, battant des cils. Le Vieux mit dans sa paume un peu de pois volés, mélangés avec des pépins de pomme et de la sciure, et les lui poussa contre la bouche, rugissant impérieusement : Mange, on te dit !

Et Vasska se mit à manger. Il mâchait hâtivement, toujours stupéfait, ne croyant pas encore qu'il ne serait pas rossé : il mangeait les grains d'avoine et de blé, les grains de maïs, la farine de carotte, la farine de betterave, la fane de betterave séchée et les pommes séchées, le poisson séché et les baies aussi séchées – tout ensemble, avec la paille, les bouts de papier journal et les brindilles. Quelque chose crissa dans sa bouche – du sable ? de la terre ? – comme s'il écrasait du verre sous ses dents. Mais Vasska mâchait obstinément et avalait, avalait, faisant descendre avec peine les boules de nourriture dans son œsophage. La nourriture était sèche, lui râpait la gorge, mais il ne demanda pas d'eau – il était trop fier. Alors, le Vieux, tu piges ? Tu pensais me faire peur – avec si peu ? C'est ça, ta punition ? Mais qu'on m'en donne tous les jours, des punitions pareilles, et même de préférence deux fois par jour...

Il mangea tout ce qu'il avait volé – d'un coup. Il se leva de table, fier, le regard triomphant. Il se coucha sur son banc, tandis que le Vieux et la Fille achevaient leur repas.

Il commença à avoir mal au ventre plus tard, quand toutes les lumières avaient été éteintes, et que le Vieux et la Fille étaient déjà partis chacun dans sa chambre. Au début, il eut soif, comme si un désert entier s'était installé dans ses intestins, exigeant de l'eau – pas une tasse ou deux, mais tout un puits ou toute la Volga. S'efforçant de ne pas faire de bruit, Vasska glissa de son banc et se faufila dans la cuisine. À tâtons, il trouva le seau, y mit sa tête – et commença à avaler toute l'eau froide, à quatre pattes. Il vida un tiers du seau, peut-être la moitié. Se sentit mieux. Quand il revint à son banc, l'eau gargouillait à l'intérieur de lui comme dans un tonneau – il avait l'impression qu'on l'entendait dans toute l'isba.

Il n'eut pas le temps de s'endormir : une douleur aiguë lui déchira les entrailles. Elle se répandit dans tout son corps, de l'aine à la poitrine. Au début, Vasska n'eut même pas peur, il s'étonna : comment une aussi grande douleur pouvait-elle entrer dans un aussi petit organisme ? Et la douleur ne cessait de grandir, de faire des allers-retours, comme un pendule : montant dans le ventre, descendant dans les intestins, montant, descendant... Ayant fait connaissance avec les entrailles simples du garçon, elle changea de direction, commença à tanguer dans son ventre d'un côté à l'autre, obligeant Vasska à se tenir les flancs, à rouler sur son banc. À la fin, la douleur perdit toute mesure et s'enfonça sous ses côtes sans aucun ordre ni direction, déchiquetant la pauvre panse de Vasska en milliers de petites particules.

Il gémit, semble-t-il – d'abord entre ses dents, puis dans l'oreiller fourré d'herbes. Il semble qu'il frotta ses joues contre la couverture, pour essuyer la sueur rebutante de son visage. Il semble qu'il serra entre ses doigts son ventre gonflé et dur comme une pierre, essayant de trouver sa douleur, mais celle-ci ne se laissait pas attraper – elle s'échappait au fond de son corps, se frottait contre sa colonne vertébrale, s'agrippait à ses côtes dorsales, tirait ses omoplates... Vasska était, semble-t-il, en train de mourir.

Le corps tordu, il tomba du banc et resta allongé un moment sur le sol, incapable de remuer. Puis il se retourna tant bien que mal sur le ventre et rampa en avant, s'accrochant au sol froid par les épaules, ou peut-être par les coudes. Il avançait au hasard, par petits à-coups, sans comprendre où il allait. Il savait qu'il fallait crever loin des gens, seul. Il franchit quelques obstacles, se heurtant à des chaises et les contournant, râpant ses joues contre le sol de terre. Enfin, son front rencontra le bois froid de la porte d'entrée. Du visage, il écarta la vieille peau de mouton posée sur le seuil, et mit son nez contre la fente par laquelle passait un vent glacé de liberté.

Vasska n'arriverait pas à se glisser dans cette fente. Ni à ouvrir la porte : il était trop affaibli après avoir rampé. Il resta ainsi étendu, respirant l'odeur de la neige et sentant à l'intérieur de lui une douleur insensée, jusqu'à ce que des mains solides le prennent par le col et le traînent à travers la cuisine – comme quelques heures plus tôt, au dîner.

Il n'avait pas la force de résister. Les mains faisaient ce qu'elles voulaient du corps accablé de Vasska : elles le manipulaient comme une poupée, tournant son visage vers le bas ; appuyaient sur son estomac, d'un geste ample et brusque, comme si elles voulaient le couper en deux ; des doigts rigides s'enfonçaient dans sa bouche, jusqu'à sa gorge. Vasska aurait voulu serrer la mâchoire et mordre ces doigts, mais il n'en eut pas le temps : la douleur qui était dans son ventre tressauta, remonta en jet aigre dans sa gorge et jaillit à l'extérieur de Vasska…

*

Le lendemain matin, il n'avait aucune envie de manger, et il resta affalé sur son banc la moitié de la journée, caché sous sa couverture, le nez fourré contre les carreaux tièdes du poêle. Devant le banc, sur le petit escabeau de bois sculpté, la Fille attendait, le regardant fixement (il ne voyait pas la scène, mais il la sentait, même à travers l'épaisseur de la couverture piquée). Le maître de maison était également assis au salon, s'affairait à quelque chose, respirant fort, concentré sur sa tâche.

Quand, vers le milieu de la journée, Vasska pointa le nez hors de son abri, le Vieux lui fit un signe : Viens par là ! À contrecœur, Vasska sortit à la lumière.

Le Vieux souleva de ses genoux quelque chose de clair, de volumineux, ce qui l'avait occupé toute la matinée. Il le posa sur les épaules osseuses de Vasska : une pelisse courte. Une pelisse de femme – ornée d'un ruban rouge sur le col, trop large aux épaules et si grande qu'elle aurait pu contenir trois Vasska, mais – avec des manches et des bords roulottés, une ceinture de chanvre à la taille, et des accrocs soigneusement raccommodés dans le dos. Une vraie pelisse.

Vasska n'avait jamais possédé de pelisse. Il observa attentivement les manches (le cuir était poreux, gras sur les plis), caressa la fourrure un peu rare sur les revers, palpa la ceinture de chanvre, la serra plus fort. Puis il s'éloigna de quelques pas du Vieux, et dit d'un ton menaçant :

– Je te la rendrai pas.

Le Vieux eut un petit rire et sortit encore des chaussures – grandes, hautes, doublées de fourrure. Vasska les enfila aussi. Il s'assit sur son banc, cachant les mains dans les plis de sa pelisse, et répéta, d'un air toujours maussade :

– Les chaussures, je les garde aussi.

Le Vieux se leva de sa chaise, enfila sa pelisse et sortit. Vasska, après avoir réfléchi un instant, le suivit. Et la Fille courut après lui, toujours aussi collante.

Pour la première fois de sa vie, Vasska était dans la neige jusqu'aux chevilles, et il n'avait pas froid. Il donna un coup de pied dans la neige : Alors, tu piges ? Tu ne peux plus rien me faire ! Je n'aurai pas froid comme les hivers d'avant ! Il se mit de la neige sur les épaules, sur les bras – et ni ses épaules ni ses bras n'avaient froid. La pelisse le réchauffait. Ah mais ! Vasska éclata de rire et sauta – retombant dos dans la neige. Dans un tel équipement, il ne risquait pas d'avoir froid ! La Fille éclata de rire à son tour et sauta dans la neige à côté de lui. C'était drôle !

Mais le Vieux ne riait pas. Il tendit une pelle à Vasska, une pelle en bois, avec un large racloir carré : Dégage la cour ! De la main, il montrait comment faire un chemin entre les tas de neige : du perron aux toilettes, à la grange et aux remises.

– T'as qu'à travailler toi-même ! se rebiffa immédiatement Vasska. Tu pensais m'acheter, hein ? T'assurer un travailleur gratuit contre une pelisse courte et ultravieille ? Oublie ! C'est fini, ici, l'esclavage ! Tu ne le savais pas ?

Le Vieux lui lança un regard sévère, enfonça la pelle dans une congère et rentra à l'intérieur de la maison.

– J'm'en fiche ! hurla Vasska après lui. Habillé comme je suis, je peux aller où je veux ! Dans le village d'à côté, jusqu'à la Caspienne si j'ai envie !

Il cracha contre la porte fermée de la maison – cracha de loin, mais tomba pile au milieu – et s'éloigna en direction de la forêt.

La neige lui arrivait aux chevilles, parfois aux genoux. Vasska faisait crisser ses chaussures sur les congères, tirait sur les branches basses des arbres, d'où tombaient des brassées de neige grumeleuse. Le ciel, d'un bleu intense, le regardait à travers les branches et leur couche blanche. Sur les troncs, des taches jaunes et violettes s'agitaient – des mésanges et des becs-croisés. Peut-être que c'était pour le mieux, de se tirer aussi loin que possible de la ferme, avant que le Vieux lui enlève sa pelisse et ses chaussures ?

Quand la ferme et la clairière disparurent derrière les chênes et les érables, que le ciel haut et bleu devint gris et bas, Vasska remarqua que la Fille le suivait.

– Hé, rentre chez toi ! lui cria-t-il. Dégage, pot de colle !

Mais elle se contenta de sourire de son sourire idiot, piaillant comme à son habitude : « Ouu-ouu ! »

Vasska lui lança de la neige pour la chasser.

Elle lui en lança aussi.

Il lui jeta un bâton.

Elle lui jeta un bâton.

Et elle riait à gorge déployée – le jeu lui plaisait. Elle criait de joie : Encore !

Bon, se dit Vasska. Si cette nigaude se perdait, ce ne serait pas sa faute, mais celle du Vieux. Il n'avait qu'à mieux surveiller sa fille folle et muette. Il se remit en marche, sans regarder derrière lui.

Il avançait, écoutant crisser la neige derrière lui, sous les pas légers de la Fille. Les jambes de Vasska avançaient toutes seules entre les chênes et les bouleaux, dans les ravins et les trouées, le long de la Volga, invisible d'en haut – suivant son cours. Ses mains avaient trouvé d'elles-mêmes une longue canne-bâton, pour passer plus aisément dans les congères. Il se retourna deux fois à la dérobée : la Fille continuait à le suivre, elle avait même trouvé une petite branche et l'enfonçait avec zèle dans le sol tout en marchant, pour répéter les mouvements de Vasska.

La neige se mit à tomber – d'abord rare et légère, puis de plus en plus dense et lourde.

– Rentre à la ferme, singe blond ! dit Vasska, n'y tenant plus. File vers ton père !

Il courut à la Fille, la prit par les épaules, la fit pivoter dans l'autre sens.

– Trotte à la maison, pendant qu'on voit encore les traces ! Du bâton, il indiqua les traces de pas – les petites, de la Fille, et les grandes, laissées par les nouvelles chaussures de Vasska. Tu as compris ?

La Fille, reniflant de son nez rougi (elle avait déjà froid, la frileuse !), pointa à son tour sa branche à l'endroit précis, dans la neige, que le bâton de Vasska venait d'indiquer. Elle le regardait avec espoir : avait-elle fait juste ?

– Oh, misère de misère ! s'énerva Vasska. Mais quelle nigaude : non seulement elle ne parle pas, mais elle ne pense pas non plus !

La neige tombait abondamment, s'amassait sur les arbres. Emportée par le vent, elle volait de branche en branche, descendait sur les troncs, recouvrant tout d'une blancheur égale. Même l'air était devenu épais et blanc : on distinguait encore les troncs et les buissons les plus proches, mais au-delà – rien.

Vasska pouvait échapper à la Fille : ses jambes étaient plus rapides et plus résistantes. Il pouvait se cacher : disparaître derrière une souche ou un billot couverts de neige, puis s'éloigner furtivement, se cachant derrière les troncs. Il pouvait la frapper – pas pour lui faire mal, pas trop fort, juste pour lui faire peur, qu'elle s'enfuie elle-même.

– Hé ! dit-il en agitant avec fureur le bâton en direction de la Fille. Le diable t'emporte, muette !

Il lança le bâton au loin – celui-ci vola en sifflant entre des buissons enneigés et tomba sur un arbre déraciné – et fit demi-tour en direction de la ferme. Il entendit un petit claquement derrière lui – la Fille avait lancé sa branche sur le même arbre – et le crissement hâtif de ses pas légers.

Le retour fut long : ils progressaient avec peine dans la tempête de neige. Vasska faillit plusieurs fois être fouetté par des branches surgies brusquement, et regretta d'avoir jeté sa canne. Ce n'était pas qu'il avait peur : il avait foi en ses jambes – elles l'avaient sorti de pétrins plus sérieux. Parfois, il se retournait pour regarder la Fille : le suivait-elle toujours ? Elle clopinait avec application derrière lui, serrant ses bras croisés contre sa poitrine. Bientôt, il sentit qu'on tirait légèrement sur sa ceinture, dans son dos : la Fille s'était agrippée à la pelisse de Vasska, c'était plus facile de marcher en étant remorquée.

Quand la tempête devint si féroce que Vasska dut prendre la Fille par la main (sinon elle se serait détachée, serait restée en arrière, aurait roulé par terre, puis aurait été balayée par la tempête – et après ça, il pouvait toujours la chercher entre les congères !), une silhouette sombre se dessina sous la bouillie de neige bouillonnante : le Vieux. Il les saisit tous deux par le col et les traîna à sa suite – tout juste s'ils ne tombaient pas. Le Vieux marchait vite, comme s'il n'avançait pas dans une forêt tourbillonnante de neige, mais par un sentier plat sous le ciel clair. Vasska avalait la neige qui volait dans sa bouche et se demandait si on lui prendrait sa pelisse.

Les murs de la grange et de la remise apparurent brièvement dans le rideau de neige, une porte claqua, et Vasska s'écroula sur le sol de terre, devant le poêle exhalant une chaleur brûlante. La Fille s'abattit à côté de lui. Le Vieux lui enleva sa fourrure courte et ses bottes de feutre couvertes de gel, déroula son châle agglutiné de neige, la serra contre lui, l'entourant de ses bras et enfouissant son visage contre la tête de la fillette.

– Maintenant, tu me laisseras tranquille, lui dit Vasska d'une voix importante, se relevant et secouant des grumeaux glacés sur son col. J'ai sauvé ta gamine à moitié folle de la tempête de neige. Sans moi, elle serait quelque part dans la gueule d'un loup en ce moment, ses petits os craqueraient...

Le Vieux releva la tête, le regarda d'un air fatigué – et pour la première fois, Vasska eut l'impression que l'Allemand avait tout compris, jusqu'au dernier mot.

Voilà l'accroche, comprit Vasska. L'hameçon auquel on peut attraper le Vieux, et le balader par le bout du nez – la nigaude souriante aux jambes fines comme des tiges de roseau, aux cheveux légers et clairs comme les cheveux d'ange sur la steppe.

Il resta toute la journée du lendemain sur son banc. À la fin, il n'en pouvait plus d'être couché, ses bras et ses jambes demandaient à bouger, mais il ne se levait pas, se tournant et se retournant avec obstination dans ses couvertures et ses oreillers, tâtonnant régulièrement pour trouver sa pelisse pliée sous sa tête (le Vieux avait voulu la mettre à l'entrée, avec les manteaux pendus sur des branches, mais Vasska avait refusé ; il aurait volontiers dormi dans cette pelisse pour être sûr de l'avoir sur lui, mais il faisait trop chaud dans l'isba).

La Fille tournicotait autour de lui, et Vasska, de temps en temps, l'amusait : il faisait des grimaces terribles, ou grognait comme un cochon, et parfois tirait sa langue et se léchait la poitrine (il fallait une langue exceptionnellement longue pour le faire, et Vasska n'avait encore jamais rencontré de loustic capable de répéter son tour). La Fille haletait de ravissement et lançait des cris perçants. Le Vieux ne regardait pas les enfants, il était occupé à ses affaires ; mais chaque fois que la Fille éclatait de rire, il s'adoucissait, et quelque chose ressemblant à un sourire apparaissait sous sa barbe grise.

– Ah mais ! dit Vasska d'un ton sentencieux, au coucher du soleil. Tu as compris, maintenant ? J'ai un travail plus important que de nettoyer la neige dans la cour : j'amuse ta gamine. Occupe-toi toi-même de la neige, je n'ai pas le temps. Et nourris-moi mieux. Les rires, ils valent leur pesant d'or.

Le Vieux se taisait, détournant le regard.

Vasska l'avait vaincu.

*

Le soir, quand la lampe à chandelle éclaira faiblement la maison, et que les ombres allongées se mirent à danser sur les murs de rondins, le Vieux prit une lourde caisse, sur la commode, et la posa sur la table. Il en sortit un drôle d'objet qui ressemblait à une grosse cloche tordue, le fixa sur la base de la caisse. La Fille, qui comprenait déjà ce qui allait se passer, courut à la table, posa sur le bord ses mains osseuses, et sur ses mains – son menton. Elle regardait intensément, attendait.

Le Vieux continuait à s'affairer, ahanant, soulevant le couvercle et cherchant à l'intérieur, manipulant des petits objets sur la table, soufflant dessus et les mettant dans la boîte. Vasska était intrigué, mais il ne voulait pas avoir l'air de faiblir, et restait obstinément couché. Finalement, le Vieux sortit une vieille enveloppe de la commode et avec soin, la tenant entre deux doigts, en sortit une espèce de crêpe noire. Il la posa sur la caisse, tourna une poignée, et fit tomber contre la crêpe un bout pointu, se terminant par une aiguille, qui dépassait du côté de la caisse.

L'aiguille tressauta une fois, le tuyau émit un petit bruit, puis un soupir. Et après, une voix basse, masculine, se répandit dans la pièce, libre et abondante comme l'eau de la Volga pendant une crue.

D'où venait cette voix ? De la surface lisse de la crêpe papillotant dans la pénombre ? De la gueule large du tuyau ? Du bout de l'aiguille dansant sur la crêpe ?

Vasska était perdu. Il aurait dû avoir peur, s'éloigner d'un saut de cette machine incongrue, ou lancer dessus une chaussure pour interrompre le sortilège – mais il en était incapable :

il restait assis, comme ensorcelé, regardant de tous ses yeux l'ouverture tremblotante de la cloche. Le miracle de cette voix née de nulle part – des tressauts du tuyau de fer-blanc verdi par les années, dont les bords étaient déjà usés par l'âge, de l'aiguille d'acier se promenant sur la galette noire qu'on aurait pu briser d'un coup de talon –, ce miracle frappa Vasska, l'atteignit en pleine tête.

Il descendit du banc, s'approcha lentement de l'appareil. La voix se déversait sur la table, se répandait par vagues dans la chambre, sur le sol, sur le corps soudain en sueur de Vasska, et à travers lui, remplissant son ventre, ses membres et sa tête de quelque chose d'important et de fort. Les mots lui étaient inconnus – c'était étrange et épuisant. Vasska comprenait un peu de toutes les langues de la Volga, et saisissait facilement, dans n'importe quel discours, au moins une bribe de sens. Mais là, il n'y avait aucun sens – il n'y avait qu'une voix, une intonation, et des sons fondus dans un flot ininterrompu. Vasska était debout devant ce flot comme devant une rivière inconnue, à la fois désireux et incapable d'y pénétrer.

Quand l'aiguille, après avoir traversé toute la crêpe, s'approcha du milieu et s'y figea, crépitant doucement et amoncelant sur sa pointe des flocons de poussière, la Fille ricana et lança un copeau sur la crêpe – le copeau s'envola immédiatement, balayé de la surface par un courant d'air. Vasska lui tapa sur la main : Ne joue pas avec ça !

Ce soir-là, ils écoutèrent encore d'autres voix : des voix d'hommes, de femmes, et les deux à la fois. Ils écoutèrent des poèmes, des chansons – joyeuses et hardies, languissantes et lentes, de toutes sortes. Puis le Vieux enleva le tuyau de la boîte et le rangea dans la commode. Chacun regagna son lit – c'était l'heure de dormir.

Vasska se coucha sur le banc, étreignit la pelisse qui sentait légèrement le mouton, écoutant les mots et les voix inconnus – ils résonnaient avec netteté dans sa tête, comme si l'étrange boîte avait continué de faire tourner les crêpes. Il aurait voulu chantonner avec ces voix. Il avait envie de courir, voler, nager – il ne savait où : derrière les voix, ou seul. Il aurait voulu s'emparer de la boîte et fuir hors de l'isba, l'emportant au loin, là où personne n'aurait pu la lui voler – mais, privé des mains habiles du Vieux, le miracle avait peu de chances de se répéter.

Le lendemain, dès le matin, Vasska rôdait devant la commode, il toucha plusieurs fois la merveilleuse boîte à la dérobée : elle était froide. Le Vieux s'affairait dans la cuisine, jetant parfois un regard bref à Vasska. Après le petit-déjeuner, Vasska enfila sa pelisse, enfonça sur sa tête son bonnet en feutre.

– Bon, dit-il au Vieux d'un air sévère, je vais la déblayer, ta cour. Mais ce soir, tu me joueras de ton engin. Et je ne veux pas de blagues ou de tes ruses capitalistes ! Tu me joueras de toutes les crêpes, jusqu'à la dernière. Je t'aurai prévenu !

Et il sortit travailler.

*

L'hiver fut neigeux, et Vasska se retrouva presque tous les matins à travailler de la pelle dans la cour. Après, il coupait du bois, alimentait le poêle, enlevait la glace des rondins du puits. Les jours ensoleillés, il enlevait la neige des toits et allait dans la forêt ramasser du petit bois pour démarrer le poêle ; au début, il les portait en fagots, sur son dos, puis quand il eut rafistolé la luge avec le Vieux, il les mit sur la luge. Ils réparèrent toutes les chaussures de la ferme : celles de la Fille, quelques sandales de cuir, des souliers de diverses tailles, des bottes (de cuir, avec de la fourrure, de la laine à l'intérieur ou de la laine à l'extérieur), quelques vieilles bottes de feutre. Ils cousirent une nouvelle pelisse pour la Fille, dont l'ancienne était usée. Ils tissèrent des nattes de paille pour remplacer les vieilles. Ils vérifièrent encore une fois les réserves de nourriture : remuèrent et séchèrent les grains, rangèrent encore une fois les pommes, inspectèrent les pommes de terre et les choux, les oignons et les navets, remirent du sable humide sur les carottes.

Ils disposèrent, dans le potager, des planches et des panneaux pour récolter la neige. Ils écrasèrent des graines de tournesol avec des racines d'étrangle-loup, les éparpillèrent aux quatre coins des plates-bandes d'ail et d'oignons – pour les protéger des souris et des rats. Ils inspectèrent tous les pommiers : les troncs ne gelaient-ils pas ? L'enveloppe de sacs était-elle suffisamment épaisse ? Quand elle était trop fine, ils rajoutaient une couche d'écorce de bouleau récoltée dans la forêt ; ils tassaient de la neige autour des arbres.

Il y avait toujours du travail. À peine avait-on cassé de la glace fraîche de la Volga pour la glacière qu'une neige abondante se mettait à tomber : il fallait courir au verger, secouer les branches (pas trop fort, mais correctement et avec amour : chaque branche devait être secouée avec un bâton fourchu, saluée, et encore fallait-il enlever la neige collée, pour qu'elle ne casse pas). À peine avait-on nettoyé la cheminée et balayé la cendre qui servirait d'engrais au potager que le froid se faisait plus perçant : il fallait courir à la rive, enlever les lignes dormantes, pour que la glace ne les brise pas et que les prises ne soient pas entraînées au loin. À peine s'était-on levé, avait-on mangé, fait des grimaces à la Fille que c'était déjà le soir, le moment de la boîte bizarre. Ils vivaient ainsi : du matin au soir, d'une tâche à l'autre.

Vasska apprit par cœur les poèmes et les chansons des crêpes noires. Il n'y avait pas beaucoup de disques à la ferme – pas plus que de doigts sur les deux mains – et, chaque soir, ils les écoutaient tous. Pour une raison inconnue, le Vieux les mettait toujours dans le même ordre, sans jamais s'en éloigner – d'abord les poèmes, puis les chansons joyeuses, puis les mélancoliques – et Vasska se mit peu à peu à prendre plaisir à cette invariabilité. Écoutant jour après jour les mêmes couplets, sans pouvoir les comprendre ou même les diviser en phrases et en mots, il n'en remarqua pas moins petit à petit qu'il les avait entièrement retenus : il les avalait comme un serpent ou un oiseau avide avale une grosse proie. Cet abracadabra fascinant de mots naissait de nulle part – de l'air, de l'aiguille sautant sur une crêpe poussiéreuse – et n'était rien ; il ne valait rien, et n'avait aucune utilité : on ne pouvait pas l'utiliser pour jurer, pour effrayer les autres, les amadouer ou les amuser. Il était – *autre.* Une *autre* vie, inconnue à Vasska, régie par d'*autres* forces et d'*autres* lois, vivait dans ces sons incompréhensibles. L'intelligence étroite et courte de Vasska se tendait, essayait d'émettre des pensées et de comprendre sa passion soudaine pour la drôle de boîte, mais elle échouait immanquablement. Ces tentatives étaient douloureuses, et Vasska aurait voulu les abandonner, mais il en était incapable – il passait souvent des matinées entières à se tourner et se retourner sur son banc, fâché contre lui-même, contre l'engin, et contre le Vieux.

D'ailleurs, il n'oubliait pas de se montrer sévère avec le Vieux : il s'efforçait de dissimuler sa passion, ne lui cirait pas les bottes et avait soin de ne pas trop travailler. La Fille était sa tâche principale. À cause d'elle, on lui pardonnait bien d'autres choses : souvent, Vasska remplaçait ses travaux physiques par une chansonnette ou des histoires qui amusaient la Fille, et s'il jouait avec elle, il était pour un temps sûr de ne recevoir aucun nouvel ordre. Il était plus agréable de faire travailler sa langue que de creuser avec une pelle ou couper à la hache, c'est pourquoi, vers le milieu de l'hiver, Vasska se mit même à ressentir une certaine sympathie pour la pauvre demeurée. D'autant plus, comme le sentait Vasska, qu'elle n'était pas seulement une monnaie permettant d'acheter au Vieux une demi-journée de vie insoucieuse et un bon repas. La Fille représentait plus – elle était la clé du cœur du Vieux, et même un morceau de ce cœur. C'est pourquoi, chaque fois qu'il sentait son pouvoir sur elle, Vasska fondait de satisfaction – comme si ce n'était pas elle, mais le Vieux lui-même qui riait devant ses espiègleries ou répétait docilement une grimace amusante.

Les premiers jours, Vasska lui avait montré tous ses tours d'adresse et de magie (et il en connaissait plus que la moyenne) : comment faire des nœuds avec ses doigts, faire saillir ses omoplates, marcher sur les mains, avancer sur le dos, retourner les paupières et mettre le blanc des yeux en avant, pour qu'on ait l'impression de deux boules de billard enfoncées dans les orbites. Comment mettre un couteau en équilibre sur le bout du nez, faire du chant de gorge sans ouvrir les lèvres, se tenir sur un talon, se gratter la nuque avec les doigts de pied, boire dans une soucoupe par les narines et baver en abondance. Il lui avait montré tout ce qu'il savait, sans rien cacher. La Fille l'avait d'abord regardé avec admiration, puis elle s'était mise à répéter ses tours. Et elle y arrivait ! Cette petite brindille qui n'avait que la peau sur les os, dont les yeux, d'application, sortaient presque des orbites, pouvait tout faire : claquer la langue, se tenir sur la tête, tournoyer sur ses talons, cracher à travers toute la pièce, et jouer un air en tapotant un couteau sur la table.

C'était amusant d'observer comme la Fille apprenait vite, comme ses manières d'être et ses tics à lui se retrouvaient sur elle. Il y avait là un mystère joyeux, un plaisir inconnu et aigu. Les garçons qu'il avait rencontrés dans son ancienne vie avaient parfois repris l'un de ses tours ou l'une de ses fredaines, mais ils continuaient immanquablement en montrant ce qu'ils savaient faire, eux – pour faire comprendre qu'ils n'étaient pas nés de la dernière pluie. La Fille, elle, ne voulait que répéter ses gestes – sans se poser de questions, avec un enthousiasme et un zèle constants. Elle était de l'argile sous ses doigts, docile, toujours disposée, avide de changer.

Bientôt, Vasska lui proposa un nouveau passe-temps : les jeux. Ils jouèrent à la corde, aux « deux couteaux », à « tape et cours » et aux crachats. Au début, ça n'allait pas : la Fille ne comprenait pas les explications ; dès qu'ils commençaient à jouer, elle répétait docilement les mouvements de Vasska, sans s'occuper des règles, sans tenter de gagner et sans comprendre pourquoi Vasska n'était pas content. Ils trouvèrent la solution en inventant leurs propres jeux, des jeux où il n'y avait pas de compétition ni d'ordre dans les actions, juste de l'amusement pur : ils sautaient du toit de la glacière dans l'énorme tas de neige de l'arrière-cour, se traînaient mutuellement sur les luges, couraient à la lisière du bois en soulevant des jets de neige, faisaient tomber des glaçons des branches et criaient de tout leur saoul, repris par l'écho de la forêt.

Là aussi, Vasska sentait son pouvoir : il n'avait qu'à ordonner, et la Fille était prête à tomber dans le tas de neige du matin à midi comme une folle, ou encore – à courir en rond, étouffant de rire, autour de la maison, ou encore – à grimper dans un arbre pour lui rapporter un bâton pris entre les branches. Elle ne comprenait pas les mots, mais saisissait immédiatement les intonations et les expressions du visage ; elle avait très envie de voir un sourire sur le visage de Vasska, et pour quelques mots approbateurs, un hochement de la tête encourageant, elle était prête à travailler sans fin. Vasska avait plaisir à commander la fille du Vieux, mais il ne se permettait pas trop : il sentait que le maître de maison aurait pu en prendre ombrage. Parfois, pourtant, il n'y résistait pas : quand ils partaient tous deux chercher du petit bois dans la forêt, il se vautrait dans la luge, et obligeait la Fille à la tirer en hennissant comme un cheval, et quand ils restaient seuls dans l'isba – à courir à quatre pattes en tirant la langue et en gémissant comme un chiot.

Hennir, gémir, piailler, hurler, hululer et pousser de petits cris en imitant les animaux et les oiseaux – tout cela, la Fille le faisait mieux que Vasska. Elle avait immédiatement appris à imiter ses diverses façons de siffler (la bouche en cul-de-poule, les lèvres tordues, à travers une dent manquante, les mâchoires serrées, avec deux ou trois doigts), à claquer la langue, des dents, à faire des bruits de gorge. Puis elle avait commencé à s'approprier ses mots.

Le maître de maison l'avait remarqué avant Vasska. Dans les yeux du Vieux qui regardaient la Fille, Vasska remarqua une nouvelle lueur, mélancolique – comme chez un chien blessé. Il comprit plus tard que ce regard apparaissait quand il discutait avec la Fille (ou plutôt, Vasska discutait, et elle, assise à côté de lui, fixant comme toujours sa bouche, babillait à mi-voix). Vasska la considéra plus attentivement : c'était bien ça – ses lèvres n'arrêtaient pas de bouger, et son cou fragile était si tendu que des veines saillaient. Est-ce qu'elle voulait parler ? Eh bien, en voilà du nouveau ! La Fille n'était donc pas muette ? Et pas demeurée non plus ?

Lui apprendre à parler, c'était encore plus drôle que de jouer aux « deux couteaux » ou aux crachats. Vasska prit sa tâche très au sérieux : il se mit à parler plus lentement à la Fille, bougeant bien les lèvres et prononçant distinctement les mots, les répétant plusieurs fois, s'aidant parfois de gestes – pour souligner ; parfois, assis sur son banc, il se contentait de montrer du doigt les objets qui l'entouraient, répétant plusieurs fois le mot.

« La tronche ! disait-il en prononçant chaque syllabe, touchant son visage, puis celui de la Fille. Ou la bobine. La fiole. »

« Les paluches... Toi aussi, tu as des paluches. »

« Les allumettes ! » – et il agitait ses jambes.

« Le croupion ! » – et il se donnait une tape sur ses fesses maigres.

« Le bide ! Le clapet ! Les mirettes ! »

Vasska s'interdisait de mélanger le russe avec des mots kirghizes et autres, pour ne pas semer la confusion dans l'esprit de son élève ; si d'aventure il avait mélangé les langues, il se corrigeait immédiatement. Il s'interdisait d'accélérer son débit quand il racontait des histoires ou chantait des chansonnettes. Il s'interdisait de passer trop vite d'un sujet à l'autre : s'ils avaient commencé, le matin, à s'occuper d'un thème – la vaisselle, les habits ou les outils –, ils répétaient toute la journée :

« Galetouse ! Trique à gueule ! Abreuvoir ! »

Il était étonnant de voir comme les mots de Vasska s'ancraient dans la Fille – pas encore sous forme de discours, mais elle comprenait, pour la première fois, le rapport entre les sons et les objets. Vasska la servait abondamment en mots – il n'était pas pingre.

« Racloir à soupe ! »

« Pique à viande ! »

« Coupeuse ! »

La Fille saisissait rapidement – elle était dégourdie. Elle n'arrivait toujours pas à parler : parfois seulement, les sons sortant de sa bouche ressemblaient à des syllabes ; mais chaque jour, ces sons devenaient plus divers et plus abondants.

« Grouille-toi ! »

« Bouge-toi, feignasse ! »

« Largue le bois, à la bouffe ! »

Bientôt, Vasska apprit le nom de la Fille. Au début, il se contentait de lui donner des surnoms – « l'idiote », « moineau », « yeux de mouche ». Quand il devint clair qu'elle allait commencer à parler, il lui choisit un nom. Il chercha longtemps, se remémorant tous les noms qu'il avait entendus dans les foyers d'enfants et lors de ses errances, les essayant sur le minois maigre de la fillette. Les ennuyeux *Novembrine* et *Trayeuse* ne lui allaient pas du tout, ni les vindicatifs *Armée, Barricade, Vilioura* et *Boudiona* (franchement, c'était bon pour des vaches !), ni le compliqué *Dzerjinalda.* Enfin, il trouva : *Aviation.* Mais il n'eut pas le temps de baptiser son élève : dès qu'il entendit que Vasska l'appelait encore et encore par le même nom, le Vieux le prit par le col et le secoua. Il ne lui faisait pas mal, mais il mugissait avec excitation, indiquant sa fille – et Vasska finit par comprendre ce qu'il voulait. Il dut à nouveau énoncer tous les prénoms féminins qu'il connaissait, jusqu'au moment où le Vieux hocha la tête, satisfait, et le lâcha. Anna : c'était le nom de la blondinette. Vasska s'étonna (il avait presque deviné son nom !), puis accepta. Anna, pourquoi pas. Ou plutôt, à la russe : Anka.

« Essuie tes clignots, brailleuse ! »

« Hé, fais pas ta baltringue ! »

« Magne ton train, le rabouin t'emporte ! »

Parfois, Vasska en avait assez : il avait envie de passer à des jeux plus simples, d'occuper ses mains et ses jambes. Il abandonnait ses leçons – pour une demi-journée, un jour – pour faire le fou dans la neige ou courir à la Volga poser une ligne dormante, puis reprenait ses cours. Car ils représentaient son pouvoir sur la Fille, son pouvoir adulte et définitif – et, partant, son pouvoir sur le Vieux et sur toute la ferme.

Au début, le Vieux s'était opposé aux leçons : il mugissait son indignation à Vasska, enfermait la Fille dans sa chambre (elle tapait sur la porte, exigeant qu'on la libère, hurlait comme un marcassin pris dans un piège). Une fois, le Vieux avait même voulu chasser Vasska : il lui avait préparé une besace de provisions, lui avait mis sa pelisse, ajoutant par-dessus un châle chaud, et lui avait indiqué la porte : Pars.

– Ben voyons ! avait protesté Vasska. Pas question, je vais rester pour toujours avec vous. Je suis très bien ici.

Le Vieux s'obstinait, indiquait la sortie du doigt (mais ce doigt tremblait comme une turlutte au bout d'une ligne). Enfermée dans sa chambre, la Fille tapait désespérément sur la porte, gémissant, sentant le danger.

– Qu'est-ce que tu crois, démon ?! s'énerva Vasska. Tu veux que ta fille reste muette à jamais ? Avec moi, elle va parler d'un jour à l'autre, tandis qu'avec toi, langue-coupée, ça n'arrivera jamais !

Le Vieux eut un sursaut, comme si Vasska l'avait frappé au visage.

– Ils ont raison de vouloir t'attraper, ceux que tu surveilles chaque matin de la falaise ! ajouta Vasska, sortant la grosse artillerie. Ils savent que tu es mauvais ! Si tu me chasses, j'irai dans tous les villages alentour pour parler de tes activités contre-révolutionnaires ! J'irai dans toutes les maisons ! Et personne ne pourra plus rien ignorer ! Et tes amis viendront te faire une petite visite !

Le Vieux hocha sa tête hirsute, sa lèvre inférieure trembla – et il le laissa tranquille.

Depuis, il restait à l'écart pendant leurs leçons, s'occupait de la maison, mais dans son regard Vasska voyait grandir sa mélancolie de chien blessé.

Ils passèrent ainsi l'hiver. La journée, Vasska tourmentait le cœur du Vieux – il apprenait à parler à la Fille. Le soir, le Vieux tarabustait Vasska – il jouait de son orgue de Barbarie, qui introduisait des pensées incompréhensibles dans la pauvre tête de Vasska. Seule la Fille était toujours contente : avec Vasska comme avec son père.

Petit à petit, le Vieux se résigna à voir Vasska dans le rôle de l'enseignant. À la fin de l'hiver, la Fille alignait les syllabes si vite et si habilement que tous deux – Vasska et le Vieux – s'attendaient à entendre son premier mot d'un jour à l'autre. Dans le regard du Vieux tourné vers sa fille, Vasska lisait parfois de l'impatience et de l'espoir. Il ricanait à part lui : Et qui voulait me chasser dans la neige ?

*

Puis vint le printemps.

Le soleil, dans le ciel, n'était déjà plus le soleil mais le Luisard – le dieu des vagabonds : il appelait Vasska. Et la Volga, qui avait repris son cours et entraînait dans ses flots des glaçons brisés, des maisons, ponts et bateaux emportés par la crue, n'était plus un fleuve, mais une route : elle l'appelait. Et le vent n'envoyait plus de neige au visage, mais le poussait dans le dos de ses mains chaudes et fortes. Et les arbres n'emmêlaient plus leurs branches, mais montraient le chemin : hors de la ferme, dans la forêt.

Non, décida Vasska. Je n'irai nulle part.

Les oiseaux volaient au-dessus du fleuve, criant et riant. Les nuages les suivaient, se taisant, regardant en bas. Les poissons descendaient le cours d'eau, l'herbe fraîche se répandait dans la steppe, tandis que la neige en partait – fondait et ruisselait dans la Volga.

Vasska se fâcha et quitta la falaise, rentra dormir. Il s'écroula sur son banc.

L'oreiller, sous sa tête, sentait la résine des pins en amont du fleuve. La couverture – les grémilles fraîchement pêchées et grillées au feu de bois. Les carreaux du poêle – le sable d'Astrakhan. Par la fenêtre montaient des bouffées, non de neige mouillée et fade, mais de Caspienne salée.

Vasska ouvrit les yeux. Il s'assit dans l'obscurité. Il vit : de son corps sortaient des cordes – translucides, presque invisibles dans la nuit –, des cordes solides ressemblant aux câbles de bateaux, qui allaient dans toutes les directions. Les plus épaisses menaient aux chambres du Vieux et de la Fille, les plus fines – à la drôle de boîte sur la commode et à d'autres objets de la maison. Au milieu de ces cordes, Vasska était comme une mouche dans une toile d'araignée.

« Ah, c'est comme ça ! se fâcha Vasska. C'est comme ça que le Vieux pense gagner – en douce ! Il m'emmêle dans des cordes pour m'attacher à la ferme ! Il m'ensorcelle avec des crêpes parlantes, il me nourrit avec des bons repas, m'amadoue avec des cadeaux – pour que je reste coincé ici jusqu'à ma mort ! »

Il sauta de son banc, coupa toutes les cordes et franchit la porte – disparut dans le lointain.

# 22

– Va ! Va ! Va ! cria, au matin, Anntche, errant dans la cour.

Bach entendit ces cris dans un demi-sommeil, se réveillant lentement. Il sauta du lit. Courut dehors en chemise, enfilant juste sa veste à manches courtes.

Anntche était en chemise de nuit légère, ses cheveux épars faisant une nuée autour de sa tête, la bouche ouverte. Elle courait de bâtisse en bâtisse, ouvrant grand les portes, se précipitant à l'intérieur et jaillissant à l'extérieur, faisant tomber corbeilles, seaux, caisses, outils pendus aux murs.

– Va ! Va ! Va !

Elle courut partout – et se précipita au verger. Elle faisait une tache blanche entre les troncs bruns et les branches alourdies de gros bourgeons.

Bach suivait sa fille tout en enlevant sa veste – pour la protéger du vent printanier, de la respiration glacée de la dernière neige dans les creux. Anntche, arrivée à la limite du verger, s'arrêta un instant, regarda autour d'elle d'un air perdu – et s'élança dans la forêt.

« Va ! Va ! Va ! » crièrent les corbeaux effrayés en quittant les arbres pour s'envoler dans le ciel.

« Va ! Va ! Va ! » répondit tristement l'écho en ruisselant le long des troncs, en tremblant sur les branches.

Bach courut après elle. Les rayons du soleil passaient entre les branches, l'eau giclait sous ses jambes, les bouleaux, érables et trembles sifflaient sur son chemin. Il remuait la boue avec ses pieds, glissant sur les feuilles pourries et trébuchant sur le bois mort. Les corps durs des arbres le frappaient aux épaules, les branches lui griffaient le visage, laissant des traces rouges sur ses joues et son front – il ne remarquait pas ces frôlements douloureux. Il était incapable de rattraper Anntche, mais il ne se laissait pas semer. Son corps se précipitait derrière la fillette comme s'il avait été attaché à elle : une force le poussait en avant, le jetait contre des souches, le tirait dans des flaques et dans les ruisseaux courant entre les racines, lui faisait franchir les fossés, l'obligeait à passer ravins et ornières.

« Va ! Va ! Va ! »

Ils coururent longtemps : quand les chemises de nuit furent noires de boue, les visages – assombris par l'effort et mouillés de sueur, quand les jambes épuisées ne purent plus faire un pas, que les gorges pouvaient à peine respirer, alors seulement, les mouvements d'Anntche perdirent leur rapidité, sa course ralentit, ses genoux fléchirent, et elle tomba dans les bras de Bach.

Il aurait voulu s'écrouler de fatigue : au sol, dans une flaque, dans un ravin, n'importe où, pouvoir simplement fermer les paupières et s'oublier quelques minutes dans l'immobilité – mais Anntche, épuisée, reposait contre sa poitrine. Sous l'étoffe fine des chemises qui séparaient leurs corps, il sentait les battements désordonnés du cœur de la fillette. Surmontant la douleur dans ses genoux et aspirant l'air bouche ouverte, Bach se traîna lentement entre les arbres, Anntche dans ses bras – ils rentraient à la maison.

Plus il avançait, plus son pas devenait assuré et plus le corps de la fillette serré contre sa poitrine lui semblait léger – comme si le corps d'Anntche exhalait une énergie jeune et pure qui se transmettait de peau à peau, pénétrait dans l'organisme épuisé de Bach. Étonnamment, les jambes de Bach, son dos, son cou et ses bras – des épaules au bout de ses doigts –, tout se remplit d'une force souple et joyeuse, devint élastique, voulut bouger. Soudain, fouler les feuilles pourrissantes, glisser sur l'argile et briser de son soulier les branches dociles devint une pure jouissance. Et aussi : lever ses yeux vers le soleil printanier. Et remarquer les nuances de l'écorce sur les arbres : rousse sur les pins, grise sur les chênes, violette et bleue sur les branches de framboisiers et de ronces. Et aspirer l'air, l'air qui était frais, sentant la neige fondue et la terre humide. Tout devint plaisir : en tout, il découvrait une signification intime et juste. La vie respirait partout.

Bach serrait la fillette contre sa poitrine – si petite, ne pesant presque rien – et sentait, en même temps, tant de choses différentes et importantes, comme il ne l'avait jamais fait auparavant : l'élan de la sève des racines aux troncs et aux branches, le tremblement des jeunes feuilles sous l'enveloppe des bourgeons, la terre se réchauffant sur les buttes, et le grouillement confus des graines, des tubercules et des spores à l'intérieur. Tout ce remue-ménage invisible à l'œil nu – ces vibrations, cette respiration, ce frémissement – trouvait un écho en lui, l'émouvait, comme si tout cela n'arrivait pas à l'extérieur de lui mais à l'intérieur. Dans ses narines, il découvrait soudain une abondance de parfums : l'odeur humide de l'eau, l'odeur épicée des premières herbes dans les clairières, l'odeur sucrée des souches pourries, l'odeur âcre d'une fourmilière en train de dégeler. Un nombre incroyable de sons s'entrechoquaient dans ses oreilles, sa peau sentait la caresse du vent dans chaque pli, chaque pore… Ce n'était pas l'euphorie des orages que Bach avait connue, pas cet embrasement aveugle et fou des sens à la limite d'une crise de démence, mais le déploiement de ses sens dans toute leur plénitude et leur beauté, leur vie lente et pleine de sagesse.

Qu'est-ce qui avait aiguillonné à ce point sa sensibilité ? Le printemps ? Sa préoccupation pour Anntche, son soulagement ? Bach l'ignorait. Plus tard, quand il allongea la fillette endormie sur son lit et sortit dans la cour, il comprit : la cause de ce jaillissement incroyable de ses sens était la proximité d'Anntche. Autrefois, le contact avec elle le sauvait de la peur, maintenant, il lui donnait une sensation nouvelle, inconnue, de la réalité : la capacité à être touché par la beauté du monde et à distinguer la vie même dans ses manifestations les plus infimes.

Quant à Vasska le vagabond, il avait vraiment disparu. Tout comme il était arrivé à la ferme par son seul désir obstiné, sorti de nulle part, il s'était à présent évanoui dans la nature. Il était parti pieds nus, laissant sous le banc les bottes de fourrure qu'il avait reçues, et sur le banc – la pelisse courte cousue à sa taille, sans un au revoir et sans rien emporter. Bach avait vérifié les provisions devenues plus maigres après l'hiver, les affaires dans la commode et dans la petite chambre de Tilda, le contenu des coffres sous le lit et des caisses à la cuisine – il ne manquait rien. Sauf Vasska lui-même.

Anntche pleurait son départ, et c'était son premier chagrin adulte. Chaque matin, elle se réveillait, et revivait encore une fois la douleur d'être séparée de son unique ami. Cette tristesse ne cessait d'augmenter à chaque heure de chaque nouveau jour, et elle submergea bientôt la chambre de la petite, le salon, la maison, la cour, le verger couvert de pétales de pommier. Incapable de surmonter ce chagrin immense, Anntche supportait tant qu'elle le pouvait ; quand elle était au bout de ses forces, elle s'enfuyait de la ferme : parfois le soir, parfois à midi, et, les jours les plus difficiles – dès le matin, dès son réveil. Elle s'enfuyait dans la forêt, appelant son ami disparu et espérant, sinon le trouver, du moins arriver dans des lieux où sa tristesse n'avait pas encore pénétré. Ses efforts étaient vains : sa tristesse était partout, et Vasska n'était nulle part.

*

Leur été passa dans ces fuites quotidiennes. Bach n'aurait pu dire s'il avait fait autre chose – s'il avait taillé les pommiers, semé les carottes et la menthe dans le potager, pêché ou récolté les noisettes, mangé ou rêvé, pensé à quelque chose – ou s'il n'avait fait que chercher la fillette éplorée.

Sa seule consolation était les minutes où ils rentraient à la maison – s'il n'y avait pas eu ces minutes, le cœur de Bach aurait été usé par la peur, comme même le soulier le plus solide s'use d'avoir trop servi. Bach portait Anntche dans ses bras à travers la forêt – d'abord printanière, translucide et sonore, puis estivale, colorée et bruyante, puis automnale, silencieuse – et, chaque fois, sa poitrine se gonflait d'un sentiment léger et délicat. Le corps fragile de la fillette, amaigri par la mélancolie, remplissait Bach d'une tendresse inexplicable pour le monde et aiguisait ses sens jusqu'à une finesse inouïe : il était prêt à pleurer de reconnaissance pour cette forêt généreuse, pour l'immuable Volga, pour les steppes qui s'étendaient derrière elle, pour toute la vie grouillante qui s'agitait autour, pour Anntche, qui lui offrait ces accès de joie brève et intense.

À la fin de l'été, il s'aperçut qu'il rentrait à la ferme non en ligne droite, mais en faisant des détours – il passait par les clairières et les sentiers les plus éloignés, décrivant de grands cercles dans le verger, prolongeant les minutes de solitude avec Anntche. Qu'il écoutait avec angoisse les bruits de la forêt, craignant d'entendre les pas de Vasska. Que dans les jours où Anntche prenait du temps à fuir, il se sentait prêt à la pousser dans le dos : Cours, cours ! Crie, pleure, sois triste – et tombe dans mes bras ! Et moi, je te consolerai ! Je te porterai à travers les buissons et les clairières – je te porterai longtemps, avec soin, avec amour !

Il y avait quelque chose de mauvais, et même de vicieux dans ces pensées. Conscient de cela, Bach enferma Anntche dans sa chambre – il verrouilla la porte, mit un coffre avec des cailloux devant : c'en était fini des fuites. Ça suffit – nous avons assez couru. Il s'assit sur le coffre, s'appuya contre la porte. Contre son dos, il sentait les coups portés par les faibles poings, de l'autre côté. Il s'endormit ainsi, devant la porte, d'un sommeil lourd et tranquille, ne craignant pas, pour la première fois de tout l'été, qu'Anntche s'enfuie pendant son sommeil.

Elle s'enfuit tout de même : par la fenêtre. Elle brisa la vitre avec son petit escabeau et se glissa à l'extérieur, se blessant aux débris de verre restés sur la fenêtre et laissant dessus quelques fils arrachés à sa jupe. Bach se réveilla en entendant le fracas, mais le temps qu'il déplace le lourd coffre et déverrouille la porte, qu'il regarde d'un air ahuri la vitre cassée – Anntche avait disparu dans la forêt.

Elle n'avait pas tardé, la punition pour ses mauvaises pensées. Il était là, son éternel cauchemar : la disparition d'Anntche.

Poussant des mugissements sonores, Bach se précipita hors de la ferme. Dans quelle direction ? Il ne le savait pas lui-même.

Il tombait, semble-t-il, dans des ravins, se mouillait dans des ruisseaux, rampant pour les traverser. Il passait, semble-t-il, de l'autre côté en s'accrochant aux racines des arbres et aux buissons poussant sur la pente. Il piétinait des fourmilières, faisait tomber avec ses épaules des nids d'oiseaux, écrasait les ronces et les framboisiers, cassait des buissons de nerpruns et de jeunes pousses de bouleaux – pas par méchanceté, mais par incapacité à se détourner de son chemin et à contourner les obstacles. Il n'arrêtait pas de mugir, de mugir, appelant : Anntche !

Sa gorge fut bientôt fatiguée de crier, sa voix devint rauque – ses mugissements étouffés ne pouvaient plus couvrir le crissement des cailloux sous ses chaussures et le bruit des branches cassées. Voilà quand il aurait eu besoin d'elle – de sa voix. Il avait besoin de pouvoir crier – un cri fort, perçant.

Peut-être qu'Anntche était elle aussi perdue dans les sous-bois, voulant mais ne pouvant appeler au secours ? Peut-être qu'ils étaient tout proches l'un de l'autre : qu'ils erraient sur les mêmes sentiers, rampaient dans les mêmes ravins, s'accrochaient aux mêmes arbres et trébuchaient sur les mêmes souches, débouchaient sur les mêmes traces, voulant mais ne pouvant pas se trouver – deux muets perdus dans la forêt ?

Quand le crépuscule répandit sa lumière bleue – la nuit approchait –, il découvrit qu'il était sur la falaise : ses jambes l'avaient mené d'elles-mêmes à la Volga. Il rentra à la ferme, prit un seau de fer-blanc, un pilon et, tapant le pilon contre le fer-blanc, retourna dans la forêt.

La forêt répondit à Bach : quelque part dans le lointain, des chouettes sifflèrent tristement, les chats-huants gémirent, les butors lancèrent des cris de basse.

Anntche ne répondait pas.

Oui, c'était sa punition. Pour son désir lâche de protéger Anntche du monde. De la priver de la parole, d'un compagnon et ami de son âge – pour rester seul avec elle, pour qu'elle lui appartienne entièrement, à lui seul.

Au matin, ses jambes le ramenèrent à la Volga. Comprenant qu'il se tenait à nouveau sur la falaise, Bach baissa les bras et cessa de frapper sur le seau. Mais ses oreilles, au cours de cette longue nuit, s'étaient si bien habituées au tintement du bois contre le fer-blanc, qu'il continuait d'entendre ce son. Il jeta le seau et le pilon à terre – cela n'aida pas. Désireux de se débarrasser de cette hallucination, il donna un coup de pied dans les objets et les envoya dans la Volga. Ses yeux virent bien le seau rouler, se cabosser en rebondissant sur des cailloux, et tomber dans l'eau ; le pilon tourbillonna en descendant le sentier et plongea dans l'écume de la rive. Mais le tintement résonnait toujours dans sa tête. Il leva ses mains vers son visage pour les mettre sur ses oreilles – et, dans la lumière timide de l'aube, il remarqua que ses paumes étaient hachurées de griffures profondes, tachetées de boue mêlée d'aiguilles de pin et d'herbe sèche. Ses avant-bras, ses épaules et sa poitrine étaient tout aussi sales : ses habits étaient en lambeaux, à travers lesquels on voyait des morceaux non de corps, mais de chair enflée sous les bleus et les plaies – comme une blessure continue. Ses jambes étaient noires d'argile, ses pieds nus : il avait dû laisser ses chaussures dans le ravin. Cela n'avait d'ailleurs pas la moindre importance.

Il fit demi-tour et revint à la ferme. Il comprit qu'il boitait fort : une jambe fléchissait obstinément, incapable de marcher droit, s'effondrant à chaque pas. Cela non plus n'avait pas la moindre importance.

Il clopina longtemps – le soleil avait eu le temps de se montrer au-dessus de la forêt, de répandre des éclats jaunes et roses sur les objets. Bach arriva au perron, mais ne voulut pas monter : sans Anntche, il n'avait rien à faire à la maison. Il boitilla autour du bâtiment, jusqu'à la vitre cassée. Le pilon continuait, dans sa tête, de tinter contre le fer-blanc, mais ce bruit était déjà familier – il ne le gênait presque pas.

Marchant sur les éclats de verre éparpillés sans même les remarquer, il s'approcha de la fenêtre, regarda à l'intérieur, et la vit : Anntche était endormie sur son lit, habillée, chaussée – elle était étendue sur la couverture et sur les oreillers, en travers du matelas, ses chaussures sales pendant un peu en dehors. Un rayon de soleil rampa lentement sur son visage serein. Anntche fronça légèrement les sourcils, eut un soupir endormi, et se détourna de la lumière en roulant sur l'autre flanc.

Bach comprit qu'il entendait la respiration tranquille d'Anntche – et le tintement cessa dans sa tête. Il devrait sans doute chauffer de l'eau et nettoyer la boue, panser ses blessures, sortir des habits propres de la commode et enlever ses haillons. Mais il n'avait pas la force de s'éloigner de la fenêtre, et il se donna l'autorisation de rester encore un peu – de regarder l'enfant endormie. Tant que le soleil ne serait pas sorti de derrière les arbres. Ne se serait pas élevé dans le ciel. N'aurait pas atteint son zénith. Il restait à la fenêtre, regardant la lumière jouer avec les douces boucles répandues sur l'oreiller, la courbe de la joue et la petite main posée sous elle prendre des teintes rosées.

Non, personne ne pouvait arrêter cette fillette : depuis sa naissance, elle rampait, courait où elle voulait. L'instinct de liberté qui était en elle l'appelait, elle se soumettait à lui, oubliant Bach, sa ferme, tout ce qui restait derrière elle. À présent, regardant Anntche immobile, Bach comprenait clairement : dans quelques années, elle allait partir. Elle sauterait par la porte, par la fenêtre, se glisserait par n'importe quelle fente, mais partirait, partirait obligatoirement. Peut-être sans même lui dire au revoir.

Soudain, il eut chaud – peut-être d'être resté trop longtemps au soleil. Sa poitrine, son cou lui brûlaient – et sa tête, de la nuque au front, jusqu'au bout du nez et jusqu'au bout de son oreille enflée. Cette chaleur était insupportable, et Bach aurait voulu courir à la Volga et sauter de la falaise. Mais il était trop faible pour se traîner jusqu'à la rivière. Tout comme il n'avait pas la force de sortir le lourd seau d'eau du puits. Passant sa langue sur ses lèvres desséchées, il arracha de sa poitrine les guenilles qui avaient été sa chemise – mais rien n'aidait : son corps le brûlait, comme chauffé à blanc.

Se tenant au mur, il boita jusqu'à l'unique endroit où il pourrait rafraîchir cette fièvre soudaine : la glacière. Il se coucha sur les morceaux de glace qui sentaient la vase, et qui avaient déjà beaucoup fondu pendant l'été, il pressa avec reconnaissance son visage contre quelque chose de froid, de malléable – peut-être une carcasse de poisson – et se figea, se délectant de la fraîcheur si désirée…

*

Depuis ce jour, Bach cessa de suivre Anntche partout, et ne tenta plus de la retenir. Elle s'enfuyait quand elle le voulait et où elle le voulait – au fond des bois, le long de la Volga, en suivant le courant ou en le remontant –, mais elle rentrait toujours avant le coucher du soleil. Sa nostalgie du garçon semblait s'adoucir et s'estomper dans le mouvement, et elle commençait à prendre plaisir à ses escapades quotidiennes : elle revenait de la forêt les joues rouges, les yeux rêveurs.

Pendant ses absences, Bach ne parvenait pas à s'occuper – les pensées n'avançaient pas dans sa tête, tout lui tombait des mains – et il allait dans la glacière : il se mettait en chemise, se couchait sur la glace, et y restait, immobile ; pendant que son corps luttait contre le froid, sa tête se reposait des pensées qui le tourmentaient. Ses habits sentaient le poisson, des écailles s'amassaient dans ses poches, mais il ne remarquait même pas ces détails.

Le soir, quand elle rentrait de ses errances, Anntche montait sur les genoux de Bach, lui souriait d'un air coupable, se serrait contre sa poitrine. Il n'y avait pourtant pas de remords dans ses yeux, mais une joie fatiguée, un apaisement. Bach se levait en tenant la fillette dans ses bras et sortait avec elle dans le verger, errait entre les pommiers – elle ne protestait pas, le laissait faire. Il acceptait avec reconnaissance leur courte étreinte. Il vivait de ces brèves minutes.

Par un tel soir, après avoir fait trois fois le tour du verger et être resté tout son saoul devant la pierre de Klara, dans la pénombre du crépuscule, il ramenait Anntche, déjà à demi endormie, à la maison – quand il s'aperçut soudain que la porte d'entrée était entrouverte, et qu'il y avait de la lumière à la fenêtre. Il aurait sans doute dû s'effrayer, mais le cœur de Bach avait connu tant d'angoisses ces derniers temps, avait tant souffert, était si fatigué, qu'il n'avait plus de forces pour d'autres peurs. Tenant Anntche dans ses bras, il gravit le perron et pénétra dans la maison.

La lampe à chandelle brûlait sur l'appui de la fenêtre. Quelqu'un s'affairait à genoux au milieu de la cuisine – balayait sous la table.

– C'est sale, ici, dit Vasska d'un ton sévère en se relevant. Vous avez négligé la maison, depuis mon départ.

En un été, il avait forci, même s'il n'avait pas grandi. Sa voix était devenue plus basse, plus assourdie ; son visage était tanné par le vent, hâlé par le soleil ; ses cheveux, plus longs, étaient tressés derrière sa nuque, et le garçon avait l'air tout à fait adulte.

Anntche eut un sursaut, sauta des bras de Bach. Elle courut à Vasska, mais n'osa pas se jeter à son cou – elle se figea à un demi-pas de lui.

– Va-ssia ! dit-elle distinctement. Va-ssia !

– Ben oui, pas Dieu le Père, confirma celui-ci en rassemblant les détritus dans la pelle à balayures.

– Va-ssia, répéta Anntche. Vassia. Vassia. Vassia…

# 23

Et ils recommencèrent à vivre ensemble – tous les trois.

Vasska ne repartit plus – il resta à la ferme, sans demander la permission et sans jamais expliquer son absence de plusieurs mois, comme s'il était le maître du domaine. Il dormait sur le banc, devant le poêle. Il ne demanda ni nourriture, ni habits propres, ni oreiller ou couverture, et quand il les reçut des mains de Bach, il les prit sans remercier, comme si c'était normal. Plus tard, Bach découvrit dans l'armoire de la cuisine quelques plaques de chocolat à demi fondues, enveloppées dans un morceau de soie déchirée. Sur la commode, il trouva un tas de disques inconnus, dans des enveloppes sales, certains aux bords abîmés, aux sillons rayés. Tous étaient des enregistrements de poèmes et chansons en allemand.

Vasska lui-même avait changé en un été. Il avait une nouvelle cicatrice sur le visage (petite et blanche, elle brillait sur son front hâlé, juste entre ses sourcils noirs, comme dessinée à la craie) et l'aile de son nez épaté était maintenant tordue, sans doute qu'on l'avait cassé dans une bagarre. Son corps était plus fort et sa charpente plus large, ses mouvements plus précis, son visage moins expressif. Il semblait s'être concentré, avoir grandi – et, à travers la légèreté du garçon, on devinait déjà un air de sérieux et de solidité. Il faisait partie de ces adolescents qui prennent rapidement des traits adultes, mais auxquels la silhouette trapue ne permet pas de donner un âge : de dos, on aurait facilement pu le prendre pour un gamin, alors que son sévère visage mongol pouvait appartenir à un jeune homme. À côté de Vasska, Anntche, qui avait grandi pendant l'été, avait l'air gauche et gardait toute sa vulnérabilité enfantine, alors qu'elle était déjà un peu plus grande que lui.

Bach ne savait pas comment réagir à ce retour inopiné. Ni comment se comporter avec cet étrange garçon. Vasska semblait être aussi primitif, aussi rudimentaire qu'un hameçon de fer, un seau d'eau ou une grosse pierre grise de la Volga : si on lui donnait de la nourriture, il mangeait – si on ne lui en donnait pas, il la prenait lui-même ; si on lui confiait un travail, il faisait tout pour l'éviter – si on le punissait pour sa paresse, il s'exécutait ; s'il était mal, il hurlait, et s'il allait bien, il se couchait sur le banc et dormait d'un sommeil de plomb, on aurait pu tirer un coup de canon sans le réveiller. Mais il y avait encore quelque chose en lui, un recoin secret de son âme, invisible, soigneusement protégé des regards – quelque chose que Vasska lui-même semblait craindre, dont il avait honte. Ces ébauches à peine perceptibles d'humanité, qui transparaissaient parfois à travers ses manières de brute, réconciliaient Bach avec le garçon.

Quand Vasska, bougeant lentement ses lèvres gercées, montrait pour la centième fois du doigt un objet en prononçant son nom – fort, pour qu'Anntche comprenne chaque syllabe –, Bach était prêt à l'embrasser dans un élan de reconnaissance. Quand, la minute d'après, le même Vasska s'amusait à grogner comme un cochon en se grattant le ventre avec ses paluches, et qu'Anntche grognait et se grattait après lui, Bach se retenait difficilement de les mettre tous les deux à la porte.

Quand, le soir – dès que le gramophone était posé sur la table et que les disques, déjà bien usés, étaient pris dans la commode –, Vasska gardait les yeux collés sur l'aiguille tremblotante et écoutait avec avidité les strophes de Goethe et de Schiller, Bach sentait son cœur fondre. Mais il suffisait qu'il regarde vers Anntche, qui ne voyait que les jeux de lumière sur les disques en train de tourner, pour être pris d'une envie de briser tous les disques, avec le gramophone, et de chasser l'insolent capable de ressentir la grandeur de la poésie allemande sans même comprendre le sens des mots – quand sa propre fille ne ressentait rien.

Quand Anntche s'amusait des espiègleries de Vasska et le regardait avec des yeux heureux, humides de rire, Bach souriait d'attendrissement. Mais quand le matin, à peine réveillée, elle courait non à Bach, mais au banc devant le poêle, attendant que Vasska se réveille, Bach avait la nostalgie des jours anciens, quand ils vivaient seuls tous les deux.

*

La lutte qui avait commencé dès la première apparition du garçon à la ferme continuait désormais, avec une force redoublée, depuis son retour. Cette lutte allait durer des années, mais son issue était déjà connue : l'aîné était voué à l'échec, et le cadet triompherait. L'objet de cette lutte était Anntche.

Vasska avait tout de son côté : la jeunesse, la joie, sa bouche toujours prête à prononcer toutes sortes de bêtises ; pour tout dire, Anntche était déjà de son côté. Bach n'avait personne de son côté, il n'avait que lui, solitaire.

La partie la plus sage de son cœur avait déjà admis la future défaite, l'avait même acceptée. Mais l'autre partie – non ! L'autre partie avait l'intention de lutter désespérément et, à défaut de victoire finale, de faire au moins durer la bataille aussi longtemps que possible : sa durée déterminerait le temps que Bach pourrait encore vivre avec Anntche.

Le premier coup fut porté – inconsciemment – par Vasska. À son retour, beaucoup de choses qui étaient encore latentes, mais avaient mûri à l'intérieur d'Anntche, se réveillèrent soudain et s'épanouirent : en quelques jours, elle sembla entièrement transformée. Son regard s'emplit de la joie d'avoir retrouvé son ami si attendu, mais aussi d'une insolence nouvelle, mêlée d'intrépidité et d'une impétuosité bouillonnante ; sur son visage, en plus du contentement, de nouvelles expressions apparurent – de ruse et d'espièglerie, de crânerie insouciante et garçonne, parfois même de bouffonnerie. Les mouvements de ses bras devinrent plus amples et plus brusques, ses épaules se redressèrent, mais semblèrent aussi plus libres dans leurs articulations. Même sa tête acquit un port différent, plus indépendant : elle la mettait en arrière et regardait autour d'elle avec défi, comme si elle observait le monde non pas à hauteur de son petit corps d'enfant, mais du haut d'une taille adulte. Anntche ne copiait pas consciemment la démarche et les gestes de Vasska, elle n'essayait pas de répéter ses mouvements : Vasska était déjà en elle, d'une façon aussi naturelle qu'irréversible.

Une semaine après son retour, elle se souvint du jeu avec les couteaux de cuisine, et jeta le couteau vers l'arbre – il atterrit exactement au centre de la cible dessinée à la boue (alors que Vasska lui-même manquait souvent son but). Deux semaines après son retour, elle crachait si bien qu'elle avait déjà égalé son maître. À la troisième semaine, Bach remarqua que, lors d'une petite bagarre amicale, Anntche avait vaincu Vasska – elle s'était assise sur lui, et ne le laissait pas se relever, riant aux éclats et lui enfonçant le visage dans la terre, jusqu'au moment où Vasska, se mettant vraiment en colère, hurla de toutes ses forces.

Dans un sens, Bach était plutôt content : sa force et son adresse, son avidité à apprendre de nouvelles choses et sa détermination furieuse à les maîtriser, son aspiration constante à la victoire – autant de qualités dont Bach avait toujours été privé, qu'il n'aurait jamais pu lui apprendre – s'étaient épanouies en elle, comme une graine égarée germe forcément au printemps. Mais il était effrayé par la rapidité de cette métamorphose : comme il était grand, le pouvoir du petit vagabond sale aux yeux bridés sur son Anntche ! Et comme l'influence de Bach lui-même était négligeable !

Il devait pourtant retenir, ralentir cette transformation rapide. Il décida d'utiliser le moyen qui l'avait déjà aidé à maîtriser le garçon : le travail. Un labeur épuisant, qui engourdirait leurs membres et leur laisserait la tête vide, c'était un remède sûr contre de nombreux ennuis. Y compris pour les empêcher de grandir trop vite.

Il y avait toujours une infinité de travail à la ferme, et Bach commença à confier aux enfants des tâches qu'il avait considérées jusque-là comme réservées aux adultes : il leur apprit à couper du bois, à tendre des collets pour piéger des oiseaux, à couvrir l'esquif de résine, à réparer le toit de chaume, à blanchir les troncs rugueux des pommiers à la chaux au début de l'année, à les entourer de chiffons et de roseaux avec l'arrivée de l'hiver.

Il se dit que, si sa bouche muette ne pouvait leur apprendre la vie, ils l'apprendraient du verger et de la forêt. Les fleurs de pommier rappelleraient à Anntche la douceur et la sensibilité, le bois dur des chênes et des érables – la force d'âme, la résine collante – la fidélité, la paille légère – la simplicité et l'humilité, l'argile – la souplesse, et les saisons – les autres lois de la vie.

Les enfants travaillaient avec zèle. Même le turbulent Vasska n'était pas en reste, comme si ses mois d'absence lui avaient appris l'obéissance. Cela dit, on ne peut pas dissimuler son caractère dans le travail – il transparaît toujours. Et le caractère de Vasska transparaissait : il se manifestait dans toutes ses tâches, ruinant toutes les intentions de Bach. La façon dont Vasska exécutait ses leçons de travail introduisait, dans la vie mesurée de la ferme, un mélange de malice et d'impétuosité, un grain de folie.

Vasska ne refusait pas de balayer le sol : mais il enfilait d'abord une robe d'Anntche et bougeait le balai avec une méticulosité exagérée, jouant à la ménagère empotée. Il nettoyait les rondins du puits – chantant à tue-tête dans un terrible mélange de russe, de kirghize et d'autres langues inconnues à Bach les chansons mélancoliques qu'il avait entendues çà et là (Bach fut ému de reconnaître, dans l'une de ces mélodies impitoyablement fragmentaires, l'air de Méphistophélès dans *Faust*). Il badigeonnait de chaux les troncs des fruitiers – prenant le pinceau non dans la main, mais dans la bouche. Il rapportait du bois de la forêt – marchant à reculons. Il ramassait les pommes en se mettant régulièrement sur les mains et en tapant dans l'air de ses pieds nus. Tout le travail était fait proprement, entièrement, et pas plus lentement que d'habitude. Bach ne pouvait rien dire.

La petite Anntche regardait, et répétait. Très vite, elle ne se contenta plus de répéter, mais inventa elle-même des jeux, mêlant le travail d'espiègleries et de frasques. Elle avait soudain compris qu'on pouvait regarder le monde la tête en bas : cela rendait l'espace plus intéressant. Qu'on pouvait utiliser les objets autrement que selon leur destination première : les chaussures étaient très décoratives sur les mains et les branches des pommiers ; le bonnet de dentelle trouvé au fond du tiroir de la commode – sur une courge du potager ; les écailles de carpe irisées enjolivaient les appuis si ennuyeux des fenêtres, et les draps, en cas de besoin, remplaçaient facilement une robe ou un filet de pêche.

Bach observait avec crainte le chaos faire son apparition dans la vie immuable de la ferme – un chaos d'apparence aussi inoffensif et attendrissant qu'un chiot avec des dents de lait. Mais les chiots avaient tendance à grandir et se changer en chiens méchants. Qui sait si cette volonté de voir du divertissement et du jeu partout n'allait pas jouer un vilain tour à Anntche ?

Il fallait trouver d'urgence une arme contre ce chaos – avant qu'il n'emplisse la ferme, n'imprègne les murs de la maison et des annexes, ne s'impose comme une mauvaise herbe indéracinable dans le verger et le potager. Et Bach trouva une arme : les vieux tissus des coffres sans fond de Tilda, que personne n'avait touchés depuis des années, et qui avaient été considérablement abîmés par le temps et les mites. Quoi de mieux, pour lutter contre le désordre et l'anarchie, qu'un travail méticuleux de reconstruction d'une histoire vétuste ?

Il ordonna aux enfants de trier et de raccommoder le contenu des deux coffres. Il se disait que si sa bouche muette ne pouvait leur apprendre la vie, les objets le pourraient. Les courts pantalons de drap, s'arrêtant aux genoux ; les gilets de laine, d'hommes et de femmes, avec des boutons de couleur ; les douillettes à col de velours, ornées de rubans ; les bas rayés ; les bonnets bouffants en basin ; les jupes superposées l'une sur l'autre… Tout était gâté par les mites et couvert de poussière – tout avait besoin d'être méticuleusement raccommodé, soigneusement lavé et séché. La tâche ne prendrait pas une semaine, ni deux – non, cette leçon allait sans doute durer des mois.

À la grande surprise de Bach, son arme subtile fonctionna – mais pas avec Anntche (à laquelle tous ces efforts étaient destinés) : avec Vasska.

La vue des coffres ouverts le contraignit à s'interrompre au milieu d'un mot ; quand il vit sortir l'un après l'autre des profondeurs poussiéreuses les habits à demi détruits de laine et de soie, le visage figé, la bouche entrouverte, il approcha sans le regarder l'escabeau de bois ouvragé, s'assit au bord du coffre et y resta jusque tard dans la nuit.

Anntche, qu'une leçon de travail aussi vaste laissait perplexe, resta une heure ou deux devant les trésors de Tilda, triant les chiffons, puis, fatiguée, commença à pleurnicher, tira Vasska par la manche, exigeant des mouvements ou un jeu. Il ne répondit pas. L'expression de son visage était exactement la même que Bach lui voyait quand il mettait l'aiguille sur un disque : un mélange d'incompréhension, d'émerveillement et d'émotion mal contenue.

Quels ressorts cachés mettaient en branle l'âme du petit Kirghize ? Quels rouages tournaient dans les tréfonds du cœur de l'orphelin ?

Toujours est-il que, depuis ce jour, Vasska devint plus calme, et plus sérieux. Si, pour Anntche, le rangement des coffres était une obligation désagréable, pour lui, c'était un plaisir quotidien, autant que d'écouter le gramophone. À la même période, pour la première fois, il s'adressa à Bach pour lui demander quelque chose : il resta longtemps face à lui, grommelant et indiquant du menton la chambre de Tilda. Finalement, Bach comprit : Vasska lui demandait la permission de dormir dans la chambrette de Tilda. Bach hocha la tête : il était d'accord.

S'il avait su ce qui allait suivre, il n'aurait rien autorisé, il l'aurait jeté hors de la ferme.

Elle recommença à s'enfuir, Anntche. Désormais en compagnie de Vasska. Un jour, elle perdit patience face au travail routinier et au silence de son ami qui restait fasciné par les tissus. Elle se leva brusquement et disparut derrière la porte, le visage pâle et vexé. Sentant le ressentiment qui flottait dans l'air, Vasska courut après elle. Bach n'eut pas le temps de faire un geste qu'ils avaient tous deux disparu dans la forêt. Ils revinrent au soir – souriants, satisfaits. Depuis, la même chose se répéta : fuite, attente, fuite…

Selon son habitude, Bach endurait leur absence dans la glacière ; mais même le froid de la glace ne l'aidait plus à surmonter sa nouvelle angoisse : que l'âme nomade de Vasska ait soudain envie de liberté et s'envole loin de la ferme, et que la confiante Anntche s'envole derrière lui. Quand les fugitifs rentraient à la maison – excités, haletants de leur course, joyeux –, Bach sentait un soulagement qui ressemblait à de la douleur, et une étrange reconnaissance, tout aussi douloureuse, envers Vasska : parce qu'il était rentré à la maison, entraînant Anntche avec lui, et parce qu'elle n'était plus seule dans la forêt.

Oui, Bach dépendait désormais de ce garçon – de ce petit vagabond sans famille, qu'il avait attrapé un jour avec un filet de pêche, qu'il avait traîné dans sa maison, à qui il avait donné un abri, à manger, pendant tout un hiver.

Oui, à présent ils étaient deux contre Bach – deux enfants, unis par leur jeunesse et soudés par leur vie isolée.

Qu'avait-il à leur opposer ? Quelle arme pouvait-il utiliser ?

Il prit l'habitude de les mener sur la falaise, le soir, pour admirer les couchers de soleil. Il se disait : Et si la beauté éternelle de la Volga touchait leurs cœurs, les emplissait de tranquillité ? Il n'avait pas grand espoir, mais, en l'absence d'autres amis, il se tournait vers le fleuve, lui demandant d'être son allié. Le fleuve répondit : il répandit de tels crépuscules sur son eau calme, dessina de telles arabesques avec ses vagues, que Bach, depuis la falaise, avait les yeux qui lui piquaient de ravissement. Les enfants, eux, ne partageaient pas son enthousiasme : ils étaient beaucoup plus absorbés par les lumières du lointain Gnadenthal. Remarquant cet intérêt dangereux, Bach comprit et mit fin aux promenades du soir.

Il n'y avait pas d'autre arme dans l'arsenal de Bach. Vasska, lui, en avait. Son allié le plus menaçant, le plus perfide, était sa langue.

*

Anntche s'était mise à parler dès le retour de Vasska – par phrases entières, rapidement, s'étouffant d'émotion. Quand Vasska était réveillé, elle s'adressait à lui : elle lui racontait quelque chose avec excitation, lui posait des questions et exigeait des réponses, répétait ce qu'il disait ou n'était pas d'accord. Quand il dormait, elle pouvait s'adresser à un lézard sur un mur, un oiseau sur une branche, aux pommiers du verger ou à l'herbe sous le perron, au poisson gelé de la glacière. Elle marmonnait souvent la même chose sur plusieurs tons, essayant des intonations et des timbres. Il semblait qu'elle n'accordait pas grande importance à qui ou de quoi elle parlait – l'essentiel était d'utiliser sa langue et de bouger les lèvres, de faire naître des sons, de les transformer en mots, et d'aligner les mots en phrases. Souvent – avant de s'endormir, ou se trouvant seule à la maison –, elle se parlait à elle-même, et même ces exercices que personne n'entendait lui faisaient plaisir.

Avec Bach, en revanche, elle ne parlait pas. Était-ce dû au fait que le silence qui les unissait n'était pas un poids ni un obstacle, mais, au contraire, une forme d'entente, et que tout mot prononcé aurait gêné ce lien, ou encore au fait qu'elle avait peur de vexer Bach, ou au fait qu'elle n'était pas sûre qu'il l'aurait comprise ?

En effet, il ne la comprenait pas. Il contemplait volontiers ses lèvres et son visage mobiles, illuminés par la joie quand elle parlait. Il pouvait écouter sa voix sans fin quand elle grommelait quelque chose d'un air sentencieux au bûcher ou aux rondins du puits (il écoutait, caché derrière l'angle de la maison ou de la remise, comme un écolier curieux ; dès qu'il entendait des pas – il filait à la maison). Mais il ne comprenait pas un traître mot.

Une langue étrangère prenait racine dans sa fille – comme il avait vu grandir en elle les traits d'un enfant étranger, l'orphelin Vasska.

Quelle était cette langue ? Quand le petit vagabond aux yeux bridés avait fait son apparition à la ferme, Bach avait supposé qu'il vagissait ses interminables jurons en russe. Mais le vocabulaire et les phrases de Vasska étaient si différents des quelques centaines de mots de russe littéraire que Bach connaissait qu'il tendait à croire qu'ils appartenaient à une langue inconnue. Dépoter, chocotter, catouiller, chouraver, alpaguer, baratter, cramper, vacharder – quels étaient ces étranges verbes ? Et attiger la cabane, dévider son peloton, attrimer les robaux ? Arnague, flotte, cador, callot, ballot, naviot – quels noms absurdes ! Et suppôt de l'impérialisme, gens du passé, ci-devant ? Le grisbi – c'était quoi ? Un charlot – c'était qui ? Et un claque-fric ? Un menchevik ? Un chicard ? Un cossard ? Un biribi ? Un Basmatchi ?... Arrogant, ça désignait qui ? Et gauchiste, trotskiste, SR-droitiste ? Attentiste, immobiliste, opportuniste ?...

Au début, Bach résistait à cette langue inconnue. La nuit, se tournant et se retournant dans le très large lit d'Udo Grimm, il s'imaginait qu'il allait chasser le vagabond : il le mettrait à la porte, après avoir rempli la besace de nourriture, et il ne bougerait pas tant que les pas de Vasska ne se seraient pas tus à jamais dans la forêt. Au matin, il ne trouvait jamais la volonté de réaliser son projet…

Quand il devint évident que la fillette allait parler, Bach s'effraya tout à fait. Mais il fut également heureux comme il l'avait rarement été dans sa vie. Le poids de la culpabilité qu'il portait en lui depuis toutes ces années – par sa faute, Anntche ne parlait pas, vivait seule et isolée – devenait chaque jour moins écrasant.

Et ce n'est qu'au moment où Anntche parla que Bach comprit : aucun retour en arrière n'était possible. Une langue inconnue était devenue la langue maternelle d'Anntche, et Vasska était le seul, à la ferme, à la parler. S'il disparaissait, elle n'aurait plus personne avec qui bavarder, avec qui grandir et échanger des idées. Si Vasska disparaissait à jamais, Anntche se figerait dans son enfance, incapable de continuer à grandir sans parler. C'est pourquoi Bach devait déposer les armes : non plus lutter contre le jeune rebelle, mais l'accepter comme un phénomène inévitable et inéluctable, ou, plus précisément, indispensable.

Et Bach céda. Non, la partie rebelle et fière de son âme s'y opposait, exigeait une autre conclusion : ligoter le petit insolent (la nuit, pour qu'Anntche ne le voie pas, lui fermant la bouche avec un bâillon et l'emmêlant dans le même filet de pêche), le jeter dans l'esquif et le laisser dériver dans le courant ; gifler Anntche et lui ordonner de se taire à jamais et d'oublier les mots appris ; quant à Bach lui-même, il ne lui resterait plus qu'à aller dans la glacière pour y mourir de froid, pour que les enfants se retrouvent seuls et comprennent qu'ils avaient tort. Sa fierté l'exigeait, l'exigeait, l'exigeait… Mais Bach la faisait taire.

Il ne restait plus qu'à se taire – quand les enfants rentraient de la forêt, discutant de quelque chose, riant aux éclats et échangeant des coups d'œil complices, puis, dès qu'ils apercevaient Bach, interrompaient leur discussion.

Se taire – quand Anntche commença à refuser les bras de Bach, se dégageant de son étreinte, gênée par les démonstrations pourtant rares de son affection (elle venait le trouver la nuit, se couchait un instant entre ses bras qui se languissaient d'elle, avant de repartir dans sa chambre – comme si elle voulait s'excuser pour son indifférence de la journée).

Se taire – quand Bach remarqua qu'Anntche était en train d'oublier leur langage de respirations et de mouvements : la langue parlée devenait peu à peu son seul moyen de communication.

Se taire.

Se taire.

Bach essaya d'apprendre lui-même la langue dans laquelle les enfants parlaient – pour les comprendre un peu, au moins deviner le sujet de leurs discussions. Mais soit cette langue était trop difficile, soit Bach était trop vieux : les mots sortaient de sa mémoire comme des pois d'une poche trouée.

Il accepta aussi cette défaite – encore une, dans une longue suite. Mais était-ce une défaite ? Ou, peut-être, l'ordre des choses ?

Finalement, il se dit : C'est bien. Qu'ils grandissent tout simplement, ces enfants. Que leur langue lui soit étrangère, qu'il ne comprenne rien à leur pensée. Les instants où ils étaient proches étaient trop rares, et quand ils avaient lieu – trop courts. C'est bien.

Qu'ils grandissent simplement à ses côtés – comme les pommiers au verger, les chênes dans la forêt. Qu'ils se nourrissent du fruit de ses efforts et de ses soins, qu'ils respirent, dorment, mangent, rient – près de lui. Il s'occuperait d'eux – avec autant de zèle et de soins qu'il le pourrait. Il attraperait du poisson pour eux, récolterait des noix et de l'eau de bouleau, sèmerait des carottes et des pommes de terre. Il leur ferait boire des herbes s'ils tombaient malades. Tourner des disques s'ils s'ennuyaient. Il chaufferait le poêle et les attendrait s'ils s'enfuyaient longtemps dans la forêt.

Sa décision prise – tout se passa comme il l'avait pensé, exactement.

# 24

Ce furent sans doute ses années les plus heureuses. Les pommiers donnaient des pommes. La Volga se figeait dans les glaces, puis reprenait son cours tranquille vers la Caspienne. Les vents se promenaient sur les toits : lourds en hiver, chargés de neige et de grumeaux glacés, bondissants au printemps, gorgés d'humidité et d'électricité céleste, ralentis en été, secs, traînant avec eux poussière et graines de stipes.

Quelque part au loin, la vie continuait. Quelque chose se passait – à Gnadenthal, à Pokrowsk, sur toute la Volga –, mais les échos de cette vie n'arrivaient pas jusqu'à la ferme isolée : comme Bach l'avait rêvé, la ferme était comme un grand bateau au milieu de l'océan, qui n'avait plus besoin des rivages.

Bien plus tard, Bach allait apprendre quelles années avaient passé, et leur donnerait des noms. Pendant les quatre ans qui s'écoulèrent, le monde acquit une particularité étonnante et effrayante : tout ce qui s'y passait avait toujours lieu à grande échelle – touchait des territoires immenses, impliquait d'énormes masses humaines, provoquait des effets et des phénomènes colossaux. Le monde était réellement devenu *vaste*, comme s'il s'était préparé à n'accueillir plus que des géants et des titans. Et toutes les années qui avaient lieu en ce monde pouvaient aussi être appelées les *Grandes Années.*

Bach baptisa 1931 *Année du Grand Mensonge* : cette année-là, tous mentirent – les travailleurs du Parti de la région, les dirigeants du centre de la République allemande, les journaux. Ils mentaient dans un seul but : accomplir la directive « Sur l'achèvement de la collectivisation totale » dans la République allemande ; quand, à l'été, l'objectif fut atteint, on « observa des cas de famine dans plusieurs familles » des colonies, et les paysans se révoltèrent et s'enfuirent par milliers dans d'autres régions.

1932 – l'*Année du Grand Barrage* – s'écoula sous la menace de voir Pokrowsk inondé, ainsi que de nombreuses colonies de la rive gauche, dont Gnadenthal : il était prévu de construire un peu en aval un gigantesque barrage. Le chantier ne commença jamais, mais les habitants n'eurent guère d'occasions de se réjouir : dans les villages, on continuait à « observer des cas de famine », et les normes mensuelles de farine furent revues à la baisse – trois fois en un an.

Après quoi, inévitablement, vint l'*Année de la Grande Famine* – qui emporta la vie de quarante mille habitants de la République allemande (cela dit, c'était encore très peu en comparaison des sept millions de morts à travers tout le pays). Elle fut suivie – tout aussi inévitablement – par l'*Année de la Grande Lutte*, qui devait vaincre les conséquences de la famine et empêcher son retour : on luttait contre l'analphabétisme, le vagabondage, le vol de blé, les professeurs n'appartenant pas au Parti, la pollution de l'appareil administratif par des éléments hostiles, le nationalisme allemand, et même le nazisme, qui s'était introduit dans les colonies après l'arrivée au pouvoir, en Allemagne, d'Adolf Hitler…

Bach ignorait tout cela. Sa *petite* vie et celle de ses enfants s'écoulaient selon ses propres lois. Et le temps s'y écoulait aussi différemment : imperceptiblement, à peine. Bach aurait voulu qu'il s'arrête tout à fait, seulement ce n'était pas en son pouvoir.

*

Les saisons avaient cessé d'intéresser Bach. Non qu'il soit devenu indifférent à la succession du chaud et du froid, des couleurs vives ou de leur absence, de la vie s'écoulant rapidement ou lentement. Au contraire : son âme, entamée par son angoisse pour sa fille adorée, était devenue si sensible que tous les phénomènes extérieurs – températures, couleurs, passage du temps – avaient perdu tout pouvoir sur elle. Le cœur de Bach ne réagissait qu'à une chose – à Anntche : sa présence déterminait s'il voyait le printemps ou l'hiver autour de lui.

Il suffisait qu'il reste quelques minutes, la nuit, avec Anntche dans les bras, pour que toute la beauté du monde se révèle à lui et, chaque fois, comme s'il était neuf : il sentait les eaux salées et les eaux douces sourdre de la terre, les arbres et les herbes s'emplir de force et grandir grâce aux feuilles et aux fleurs ; il sentait le duvet léger, sur les ailes des oisillons, se transformer en plumes, et les ventres doux des petits d'animaux, dans les terriers, se couvrir de fourrure ; il sentait les bois des cerfs pousser joyeusement, et les corps des minuscules alevins de la Volga se couvrir de chair et d'écailles. Quand Anntche descendait de ses bras et s'enfuyait dans sa chambre, toutes ces sensations, ce savoir, disparaissaient : Bach regardait par la fenêtre, et s'apercevait soudain qu'il neigeait, ou que les dernières feuilles brunes volaient au vent, ou qu'une pluie glacée tombait sans fin.

Au matin, il avait déjà oublié quelle était la saison – il fallait à nouveau regarder par la fenêtre pour s'habiller selon le temps. Il aurait pu se passer de sa pelisse et de son bonnet de fourrure en hiver, et se contenter, toute l'année, d'enfiler sa veste sans manches et son chapeau kirghize – son corps, après tous ses séjours dans la glacière, ne craignait plus le froid. Mais il s'habillait par habitude.

Il s'avéra que, pour être heureux, la température qu'il faisait dehors n'avait pas beaucoup d'importance. C'était étonnant de voir combien Bach avait appris à trouver de la joie dans des choses du quotidien qui autrefois lui pesaient : préparer les repas d'Anntche, réparer ses chaussures, nettoyer la maison dans laquelle elle vivait, raccommoder ses habits, entretenir le poêle qui la chauffait, faire bouillir l'eau de la théière pour la désaltérer, battre les oreillers avant qu'elle se couche (en secret, pour qu'elle ne se fâche pas) – et tout cela était pur plaisir. Combien il aimait maintenant soigner les pommiers ! Comme il travaillait volontiers au potager, démariait les carottes et buttait les pommes de terre ! Avec quel secret ravissement il regardait Anntche manger ces pommes, ces patates et ces carottes, les baies récoltées, les goujons pêchés ! Bach commençait même à trouver un sens et une joie à nourrir le vagabond Vasska – il servait la soupe de poisson ou la bouillie de céréales non au garçon kirghize insolent et audacieux, doté d'un sale caractère, mais à l'enseignant d'Anntche, doublé de son amuseur et protecteur.

Et alors, Bach se souvint de l'industrieuse Tilda, qui ne cessait un instant de travailler pour les habitants de la ferme. Alors, il comprit enfin les raisons de son zèle incessant ! Il était devenu lui-même, à la ferme, une Tilda muette, dont les soins faisaient vivre tous les autres. Un jour, il tomba sur le vieux tablier rayé de la servante – les enfants l'avaient tiré du fond d'un coffre en triant les habits –, et il prit l'habitude de le mettre à la cuisine et dans le potager, sans être le moins du monde gêné par son origine féminine.

*

Anntche grandissait vite, irrésistiblement : ses bras et ses jambes – qui étaient déjà fins, constitués uniquement d'os fragiles sous une peau translucide – s'allongeaient chaque année un peu plus, et la silhouette de la jeune fille faisait penser à un long roseau. Elle dépassa bientôt Vasska d'une tête, et il apparut clairement qu'il ne la rattraperait sans doute jamais. Les mouvements et la démarche d'Anntche étaient dans le même temps si légers et si rapides que son corps semblait comme suspendu dans l'air ; Bach, qui la regardait à la dérobée pendant qu'il travaillait dans le potager ou la cour, tremblait à chaque rafale de vent : il ne pouvait s'empêcher de penser qu'un souffle d'air aurait pu soulever la fillette et l'emporter. Elle était comme le vent : comme le vent, comme l'air, comme le vol des feuilles d'automne au-dessus de la Volga. Ses cheveux raffermissaient encore cette impression : Anntche enfermait ses boucles claires dans des tresses enroulées sur sa tête, mais des mèches légères s'échappaient constamment sur son front et ses tempes, formant comme une nuée souple autour de sa tête.

Le visage rond, enfantin, d'Anntche s'allongeait progressivement, des pommettes apparaissaient sous les joues pleines, son nez se redressait et offrait un profil droit. Bach reconnaissait, dans ces traits adultes, sévères, les siens propres, chaque année de manière plus évidente. Il ne rasait plus sa barbe depuis longtemps, et elle lui mangeait le visage jusqu'aux yeux, mais il n'avait pas besoin de le dégager ; il voyait bien que leur ressemblance était extrême : peu de filles auraient pu mieux ressembler à leur père. De la défunte Klara, il ne restait plus, sur le visage d'Anntche, que ses yeux bleus.

En revanche, les expressions qu'il prenait, toutes ses grimaces et mines, toute la vie qui s'exprimait sur ce visage n'avaient rien à voir avec Bach. Sa bouche – petite, avec des dents délicates – pouvait, en un instant, se transformer en une large gueule et se répandre en jurons incompréhensibles à Bach, ou s'ouvrir en une grimace insolente, ou se plisser avec mépris. Ses sourcils – fins, comme dessinés au crayon sur son front blanc de jeune fille – savaient se lever sarcastiquement ou se rejoindre à la racine du nez, fronçant la douce peau en plis rageurs. Son nez faisait souvent de petits mouvements circulaires comme un groin de cochon, et reniflait bruyamment en rythme avec les mots qui tombaient de sa bouche. Étonnamment, le visage de Vasska, à qui Anntche avait emprunté toutes ces grimaces, devenait de plus en plus paisible et bienveillant avec les années, comme s'il avait offert à Anntche tout ce qu'il avait accumulé pendant ses années de vagabondage, et était, lui, resté avec son visage dépouillé et libre de tous les masques qu'il avait autrefois portés.

Anntche parlait beaucoup. Bach, pour qui les paroles des enfants n'étaient qu'une musique, aimait le son de sa voix – forte, sonore comme un cri de mouette. Comparée à elle, la voix de Vasska, devenue un peu rauque avec les années, semblait plus sourde et plus basse. Sans même comprendre le sens de leur conversation, Bach n'en remarquait pas moins que Vasska s'exprimait tranquillement, par longues phrases compliquées, tandis que le discours d'Anntche était haché : la fillette parlait par phrases courtes et abruptes, les éparpillant autour d'elle, les parsemant d'intonations vives, mais ne sachant pas les rassembler en un flot uni, comme si elle piaillait avec effort, sans parvenir à chanter. Elle avait déjà tout à fait oublié la langue de la respiration et des mouvements qu'elle avait partagée avec Bach. Il ne lui en voulait pas. Il ne pouvait que se réjouir du fait qu'elle avait abandonné le discours des muets au profit de la parole.

Il y avait encore beaucoup de raisons de se réjouir : que le corps fluet d'Anntche soit aussi peu sujet à la maladie ; que, malgré son apparence fragile, elle était forte et résistante – elle battait facilement Vasska à la course à travers les bois et à la nage dans le fleuve ; et que, malgré l'agitation croissante, nouvelle, qu'on lisait dans ses yeux, qui grandissait au printemps, atteignait son comble en été et s'endormait à l'hiver, elle était toujours là, à la ferme, avec Bach.

Vasska, lui, était avec Anntche. Bach ne s'était pas aperçu à quel moment les brefs coups d'œil moqueurs que Vasska lançait à son élève s'étaient changés en longs regards sérieux. Il ne savait pas quand, pour la première fois, ce ne fut pas Anntche qui courut après Vasska en articulant maladroitement des mots et en exigeant qu'on parle ou qu'on joue, mais Vasska qui suivit Anntche. Est-ce que cela avait commencé avec leurs fuites dans la forêt ? Ou bien plus tard, quand elle s'était mise à parler vraiment ? Parfois, Bach avait l'impression que le petit vagabond était plus âgé qu'Anntche non d'une année ou deux, mais d'au moins cinq – tant son visage exprimait une tendresse adulte quand il regardait la fillette.

Bien sûr, cette tendresse inadmissible aurait dû fâcher Bach, le rendre méfiant ou l'indigner. Mais non : il regardait le visage d'Anntche et, dans ses yeux bleus, il décelait seulement un air un peu rêveur, des questions non posées, une attente – mais pas le même sentiment. Anntche était attachée à Vasska, fortement, passionnément – comme à un animal domestique. Elle avait besoin de lui – son unique ami et interlocuteur –, mais sans plus. Elle ne partageait pas l'émotion de Vasska – tout comme elle ne partageait pas les sentiments de Bach. Tous deux, le vieillard et le garçon, étaient à présent camarades d'infortune, avec leur amour non partagé pour Anntche.

Bach réfléchissait souvent au jour où Anntche voudrait quitter la ferme. Suivrait-elle Vasska, dont les instincts de vagabondage se seraient réveillés après des années d'oubli ? Ou prendrait-elle l'initiative – entraînant avec elle Vasska amoureux ? Partirait-elle par la forêt, ou sur l'esquif ? Serait-elle, ce jour-là, encore une adolescente aux genoux saillants – ou déjà une jeune fille adulte ?

Il se promettait de ne pas s'opposer à son choix (d'ailleurs, la résistance de Bach n'aurait sans doute servi à rien : Anntche surmontait facilement les obstacles). Il se promettait d'embrasser les enfants sans leur laisser deviner sa douleur, de leur préparer des vivres pour la route. Il se promettait… Et soudain, il se mit à aimer l'hiver : les enfants ne risquaient pas de partir de la ferme dans le froid et la neige. Et il détesta le printemps : tous ces ruisseaux et ces oiseaux chantant dans la forêt, ces vents chauds et ces éclats de soleil sur les herbes fraîches. Chaque été, il attendait l'automne avec impatience, pour pouvoir se dire, en regardant la première neige tant attendue : Non, le moment n'est pas venu. Ce ne sera pas pour cette année.

Il devenait chaque fois plus douloureux d'attendre la fin du printemps et de l'été, et Bach inventa un moyen pour soulager sa douleur. La nuit, quand les enfants dormaient déjà et que les volets étaient fermés jusqu'au matin, il sortait sur le perron et verrouillait la porte d'entrée. Il s'asseyait sur les marches de pierre, emmitouflé dans sa douillette, appuyait son épaule contre la balustrade, serrait la clé dans sa main – et somnolait jusqu'à l'aube. Ces heures, courtes et douces, quand les enfants étaient entièrement en son pouvoir – ils ne pouvaient pas sortir de la maison, encore moins s'enfuir –, emplissaient son cœur d'une joie douce et honteuse. Il savait qu'il se mentait : il n'avait aucun pouvoir sur les enfants. Mais ce mensonge n'était-il pas inoffensif ?… Bach se levait dès les premiers rayons du soleil et, doucement – pour que la clé ne grince pas –, ouvrait la porte et rentrait furtivement dans sa chambre.

Souvent, au lieu de passer la nuit sur le perron, il allait sur la rive – dans l'esquif. Il prenait une hache. Il ne mettait pas la barque à l'eau, mais s'asseyait dedans, y restait des heures. Il s'imaginait qu'il pouvait, d'un seul coup de hache, briser le fond du vieil esquif, et par là couper court à toute velléité de s'enfuir par la rivière. Il savait qu'il ne le ferait pas : qu'il ne mutilerait pas la barque et ne lutterait pas avec les enfants – mais cette illusion d'avoir un certain pouvoir sur eux donnait des forces à Bach. C'était précieux : ses forces s'amenuisaient d'année en année.

*

Cela eut lieu au début de l'automne. Bach, selon son habitude, avait passé la nuit dans l'esquif. Il ne dormait pas : il était assis, caressant les bords de la barque frais de la rosée du matin et réfléchissant à combien Anntche avait grandi pendant l'été : elle avait dix ans, mais elle aurait pu en faire treize, tant elle était grande, et risquait de bientôt dépasser le frêle Bach. Ce moment, qui se rapprochait, où Anntche le regarderait d'en haut, lui semblait contenir un sens caché, ou indiquer une frontière mystérieuse. N'était-ce pas sur cette frontière que les attendait la séparation ? Il se trémoussa sur le banc, chassant péniblement l'image des adieux avec les enfants : adieux à la lisière de la forêt, dans la maison, sur la falaise... Puis il saisit la hache par son manche lisse et donna un coup dans le flanc docile de la barque. Des débris de bois jaillirent dans les airs. Il donna encore un coup, un autre... Quand un trou se fit dans le flanc de la barque – assez grand pour qu'on y passe une main –, il jeta la hache sur les rochers et, refermant sa veste sur la poitrine, s'écroula dans l'esquif. Il cacha son visage entre ses mains – de regret, ou peut-être de honte – et ne bougea plus...

Un cri sonore le réveilla.

– Hé ho !

Bach leva la tête, regardant autour de lui avec des yeux encore troubles de sommeil. Le soleil était haut dans le ciel. Sur la rivière, à une dizaine de mètres de la rive, il y avait une barque. Dans la barque, un rameur, un tout jeune homme dans une tunique usée et sans galons, une casquette de drap sur la tête.

– Salut, grand-père ! Le jeune homme sourit joyeusement, comme à une vieille connaissance (même à distance, Bach put voir ses dents très blanches). Tu crèches tout seul ici, ou il y a d'autres citoyens dans le coin ?

Le jeune homme parlait russe, mais, remarquant la perplexité de Bach, il répéta la même chose en allemand ; ne voyant aucune réaction de compréhension sur le visage de son interlocuteur, il passa à nouveau au russe. Bach se leva dans l'esquif et se mit à agiter les bras comme s'il chassait un troupeau de moustiques : Pars ! Va-t'en !

– Eh bien, tu n'as pas l'air content de me voir ! Le jeune homme éclata de rire, puis planta sa rame dans l'eau, et la proue du bateau fit un demi-tour, se tourna vers la rive. Pourtant, je ne viens pas en visite privée. Je suis un employé de l'État, tout ce qu'il y a de plus dans l'exercice de mes fonctions !

Bach comprenait des mots par-ci par-là, et même parfois le sens des phrases, mais son émotion l'empêchait de se concentrer. La barque se rapprochait, le jeune homme criait de plus en plus fort – il croyait visiblement que son vis-à-vis était dur d'oreille. Bach se mit à courir en long et en large sur la rive, ne sachant pas comment chasser l'intrus, ou au moins comment l'obliger à se taire. Comprenant que l'inconnu allait accoster, il souleva un gros caillou et le lança en direction de la barque en train d'approcher.

– En voilà des manières ! Le jeune homme enfonça les rames dans l'eau, freinant le mouvement de la barque vers la rive. Nous sommes venus liquider l'analphabétisme, pour que tes petits-enfants vivent dans le savoir et l'épanouissement de l'intelligence. Et toi, tu me lances des pierres ! Tu devrais avoir honte, grand-père !

Bach souleva un nouveau caillou, plus gros et plus lourd que le premier.

– Je ne veux savoir qu'une chose, s'obstinait le jeune homme, tanguant dans sa barque, les rames relevées, sans s'approcher mais sans s'éloigner de la rive. Est-ce que tu sais lire et compter ? Tenir une plume ? Écrire ton nom ? Additionner les dizaines et les unités ? Ou tu ne sais que lancer des cailloux ?

Bach restait immobile, brandissant son caillou d'un air menaçant.

– N'aie pas peur, je ne te gronderai pas ! Et je ne vais pas commencer à t'apprendre l'alphabet maintenant ! On a des gens pour ça. Moi, je dois recenser, et faire l'agitateur auprès des citoyens, c'est tout ! Je dois mettre une coche en face de : « sait lire et écrire » ou « analphabète ». C'est tout ! Allez, avoue : tu sais lire ? Ou pas ?

Le jeune homme criait si fort qu'on l'entendait sans doute depuis la ferme. Bach ne savait pas que faire pour interrompre ce discours tonitruant. Serrant ses mains tremblantes, il souleva le caillou au-dessus de sa tête : Encore un mot, et je le jette !

– Bon, tant pis pour toi ! se vexa l'agitateur. Reste dans ta tanière ! L'humanité progressiste se débrouillera sans toi !

Il reprit ses rames, et allait déjà les enfoncer dans l'eau pour faire demi-tour, quand une voix retentit de la falaise :

– Hé-éé !

Anntche descendait le sentier à toute vitesse – bras écartés, touchant à peine le sol avec ses pieds. Derrière elle, s'agrippant aux buissons et les talons glissant sur la pente friable, Vasska soulevait la poussière.

Bach se figea de peur : Surtout, qu'elle ne trébuche pas ! Qu'elle ne tombe pas sur une pente pareille ! Mais les pieds d'Anntche étaient légers et habiles : ils portèrent son corps en bas de la pente, zigzaguèrent comme en apesanteur entre les rochers sur la rive et sautèrent dans l'eau. Déjà, Anntche était dans les vagues jusqu'aux genoux, s'accrochait au bord de la barque inconnue, le visage illuminé d'étonnement et de joie ; ses lèvres riaient, puis criaient à l'inconnu des phrases hâtives, passionnées. Que criaient-elles ?

Vasska la rejoignit, attrapa la barque de l'autre côté, se mit à débiter quelque chose avec excitation – demandant ou affirmant. Que débitait-il ?

Bach était sur la rive, serrant le lourd caillou contre sa poitrine, comprenant que quelque chose de grave, d'important était en train de se passer – sans pouvoir comprendre quoi.

– Tu m'entends, opportuniste, s'écria à nouveau l'agitateur – mais il n'y avait plus la moindre bienveillance ni la moindre joie dans sa voix, qui n'exprimait plus que froideur et sévérité. Comment as-tu osé soustraire des enfants soviétiques à l'école soviétique ? Tu les caches à la collectivité ? Tu veux les entraîner avec toi – dans l'obscurantisme et le bourbier du passé ?

Bach serra plus fort le caillou dans ses mains. Le caillou n'était pas obéissant – il ne voulait pas se froisser. Ses doigts lui faisaient mal.

– Mais tu n'y arriveras pas, ennemi du peuple ! Ce n'est pas pour rien que nous, les agitateurs, on parcourt le pays – pour libérer des enfants comme ceux-ci de la prison de l'ignorance ! Et pour des gens comme toi – on saura trouver le bon châtiment !

Sa poitrine aussi lui faisait mal : Bach serrait si fort le caillou contre elle, que son sternum et ses côtes manquèrent de se briser.

Les enfants coururent à lui – lui crièrent quelque chose d'un air implorant, piaillèrent, tournèrent autour de lui, le regardant dans les yeux, le priant. Ils parlaient fort, touchaient ses épaules des doigts, souriaient timidement et hochaient la tête avec approbation – si longtemps, qu'il se mit à sourire et faire oui de la tête à son tour. Il ne pouvait rien faire d'autre que sourire, et faire oui de la tête, encore et encore. Ils eurent un rire heureux, se serrèrent un instant contre lui – et coururent à la barque qui les attendait. Bach continuait à faire oui de la tête. Ils ne le voyaient déjà plus : ils grimpaient à bord.

L'agitateur rama, s'éloignant de la rive.

Les enfants crièrent quelque chose à Bach d'une voix perçante, agitant les bras.

Bach fit oui de la tête et sourit.

– Hé, grand-père ! cria l'agitateur. Je les emmène à Pokrowsk, à l'internat Clara Zetkin. Peut-être qu'ils ne les prendront pas tout de suite. Les foyers d'enfants sont pleins à craquer ! S'ils ne les prennent pas, on te les ramènera demain, j'y veillerai ! Attends-les !

Bach fit oui de la tête et sourit.

La nuit tombait déjà, semble-t-il, quand il comprit que la barque emportant les enfants avait disparu à l'horizon. Il comprit qu'il serrait toujours le caillou contre sa poitrine. Il le posa soigneusement à ses pieds.

Par contre, Bach n'arrivait pas à comprendre ce qu'il pensait ou ressentait lui-même. Il n'avait ni pensée ni sentiment. Sa tête était aussi vide qu'un seau. Et son corps était vide.

Bach se frappa à la tête – il eut l'impression d'entendre un tintement. Il se frappa à la poitrine – il crut à nouveau entendre le même tintement.

Ne sachant que faire avec ce vide carillonnant, où le porter, il décida de s'asseoir sur un rocher et de rester là, à regarder le cours éternel de la Volga.

Il s'assit et regarda.

# 25

Au centre de la capitale soviétique, entourée par les tilleuls noueux de la Ceinture des boulevards et la toile d'araignée serrée des vieilles ruelles de Moscou, cachée derrière l'enceinte crénelée du Kremlin, enveloppée dans les profondeurs du palais du Sénat, il y avait une table de billard. Ses pieds larges et puissants, en chêne d'Extrême-Orient russe, faisaient penser à des cuisses de femme ; le tronc avait été transporté entier, dans un wagon de marchandises scellé, jusqu'à une ébénisterie de la région de Moscou. Son cadre et ses bords hauts étaient en bois de frêne sonore de Mordovie. Son plateau – en schiste de montagne, tout d'une pièce également – sortait des mines du Baïkal. Le tapis recouvrant le plateau avait été tissé dans la toison de mérinos de Stavropol, dont la laine battait tous les records de longueur ; quelques années plus tard, lors de la première Exposition agricole pansoviétique, ces mérinos à poil long seraient récompensés par une médaille spéciale.

Dans l'intervalle, en ce novembre 1934, les doigts d'Andreï Petrovitch Tchemodanov caressaient la laine longue et solide. Ils glissaient lentement sur le tapis, vérifiant qu'il était bien tendu, sans usure. Tchemodanov était à genoux devant la table depuis un moment déjà : il avait palpé le tapis, frappé les bords laqués avec le dos des doigts, écoutant le son que rendait le bois sec. Les doigts de Tchemodanov étaient uniques : ils sentaient si le tapis était menacé de s'effiler quelque part à l'angle de la table, près de la poche, et détectaient la moindre fissure sur la bande du bord. Mais s'il n'y avait eu que les doigts ! Tchemodanov était unique dans toute sa personne : de ses yeux clairs, extraordinairement perçants, profondément enfoncés sous des sourcils broussailleux, à ses célèbres moustaches couleur des blés qui masquaient bien sa bouche pincée (et l'on ne pouvait pas comprendre s'il souriait, ou s'il serrait les lèvres de mécontentement), jusqu'à ses légendaires mains aux paumes larges, qui (s'il était bien disposé, et en bonne compagnie) pouvaient faire des merveilles avec une queue de billard, dignes d'un film de cinéma. Les boules fusaient comme des obus sur le tapis, les poches semblaient les aspirer l'une après l'autre, si vite qu'on ne savait plus où donner de la tête. Les gens se faisaient une fête d'assister au jeu du célèbre Tchemodanov – et pas n'importe qui, des invités triés sur le volet. Que dire : c'était un artiste, un maître.

Les genoux de Tchemodanov étaient résistants, habitués, il se mettait dans cette position presque tous les jours : tous les billards du Kremlin étaient sous sa responsabilité. Au moins une fois par mois, il rendait visite à chaque table, pour un examen préventif : l'état du tapis, des cadres, des bords… Il était bien sûr possible de passer la paume sur le plateau debout devant la table, mais pouvait-on espérer, en surplombant, tout voir et tout entendre ? C'était plus sûr à genoux, et plus respectueux pour la table. Même un vétérinaire s'assied sur un tabouret pour écouter le flanc d'une vache. Et là, ce n'était pas une vache – une véritable œuvre d'art. Un instrument plus complexe que n'importe quel instrument de musique. Une mécanique de haut vol !

Alors que Tchemodanov, toujours en génuflexion, faisait tourner une à une les boules du billard, observant leur rotation, quelqu'un entra dans la pièce – tranquillement, avec assurance. Sans même tourner la tête, Tchemodanov avait compris : c'était son élève. Son seul, son principal élève. Lui aussi, pouvait-on dire, était unique.

– Comment va notre éléphante ? demanda l'élève en guise de salutation.

– Bien, elle est sereine, répondit Tchemodanov.

Entre eux, par plaisanterie, ils appelaient les boules des éléphantes. Un jour, Andreï Petrovitch avait mentionné qu'elles étaient faites à partir de défenses d'éléphants femelles exclusivement (on trouvait aussi des boules en défenses d'éléphants mâles, mais de deuxième qualité, qui, bien entendu, n'avait pas cours au Kremlin) – et le surnom leur était resté.

– Moi, il m'a semblé, hier, que la onze faisait des siennes.

Tchemodanov chercha la boule onze, la fit à nouveau tourner : la boule d'ivoire, d'une blancheur éclatante, roula sur le tapis émeraude. Elle tournait régulièrement sur son axe, comme la ballerine Lepechinskaïa quand elle enchaînait trente-deux fouettés sur la scène du Bolchoï.

– Je vais la prendre à l'atelier et vérifier.

Tchemodanov rangea la boule dans son sac de voyage, et en sortit une autre d'un étui en feutre.

– Une partie ? L'élève, sans attendre la réponse, décrocha du mur sa queue de billard personnelle, en charme d'Arménie.

– On peut, acquiesça Tchemodanov. Dans cette salle de billard, il avait aussi sa propre queue.

Habituellement, les leçons avaient lieu tard le soir – une fois par semaine, toujours selon le même horaire, en dépit des membres du Politburo qui attendaient en salle de réunion ou des généraux illustres qui patientaient dans des antichambres, heure après heure, le dos invariablement droit et le visage impassible. Au début, Andreï Petrovitch était gêné à l'idée que leurs longues séances d'entraînement (« Allez, refaisons encore une trentaine de boules *au coupé* ! Et chaque fois, votre coup doit être un tout petit peu plus précis ! ») retardaient d'importantes décisions politiques. Puis il était devenu plus serein : il avait compris que c'était tout le contraire. Son élève aimait le billard, et après le cours, il regagnait le monde l'esprit reposé, d'humeur animée. Et qu'est-ce qui peut être plus important pour le pays qu'un guide des peuples aux idées claires et plein de vigueur morale ? Si l'on y pensait bien, le billard apportait sans nul doute, par ricochet, une contribution importante à la construction du socialisme, que dire – il en était une condition indispensable.

À présent, il était évident que le guide des peuples avait besoin non d'un cours, mais de jouer – d'une vraie partie, d'une bataille, où il n'était pas question que le maître cède des points ni fasse des concessions. Parfois – le plus souvent après minuit, voire à l'approche de l'aube – le guide des peuples ressentait soudain le besoin de réfléchir à une question particulièrement complexe, qu'il ne parvenait pas à résoudre dans le calme de son cabinet du Kremlin. Une sonnerie stridente résonnait immédiatement dans la chambre à coucher de Tchemodanov, où un téléphone dernier modèle avait été installé spécialement pour de tels cas, et une automobile noire apparaissait devant l'entrée de son immeuble, prête à conduire à toute vitesse l'instructeur, qui avait promptement enfilé un pantalon, vers son élève qui l'attendait pour jouer. Où erraient les pensées du guide des peuples tandis que ses mains étrillaient les boules avec la queue de billard ? Tchemodanov n'en savait rien. Mais il aimait ces trajets nocturnes, les attendait, même : c'était flatteur, de prendre une part aussi directe à la résolution des problèmes de l'État. Cette fois, par un heureux concours de circonstances, il était déjà sur place au moment où on avait besoin de lui.

– Un tir contre la bande, commanda-t-il d'un ton réglementaire, mettant les boules dans le triangle, sur le tapis, et laissant deux boules d'impact sur les côtés – pour déterminer qui allait commencer.

Ils tirèrent. La main de l'instructeur se révéla plus sûre : sa boule rebondit sur la bande haute, traversa la table et roula docilement vers la bande basse ; elle s'y immobilisa, comme collée sur place, ne laissant aucune chance à la boule adverse. Le premier coup serait pour Tchemodanov. La partie commençait.

Ils jouaient sérieusement, sans se hâter. Cela dit, le guide des peuples ne se hâtait jamais. En ce qui concerne la capacité à se contenir, à prendre le temps de préparer son coup, à jouer sur les nerfs de l'adversaire avec une lenteur qui semblait voulue – il en avait à revendre. Il tournait – lentement – autour de la table ; il posait – lentement – son bras gauche, atrophié depuis son enfance, sur le tapis ; de là, il relevait tout aussi lentement ses doigts un peu tordus, en chevalet ; sans se presser, il visait – et tirait soudain, d'un coup fort et sonore comme un coup de feu. Tout son caractère se retrouvait là-dedans.

Tchemodanov n'avait pas une fois vu le guide des peuples s'émouvoir – manquer une bonne boule au coupé ou faire une fausse queue dans sa précipitation. Mais, pas une fois, il n'avait fait montre de véritable audace, alors même qu'il se passionnait pour ce jeu depuis sept ans. Sans audace, que reste-t-il au joueur de billard ? Ce n'est qu'un vulgaire pousseur de boules, dont le jeu sera toujours mort : sans beauté ni émotion. Or, dans un coup de bravoure même une erreur – qu'elle soit due à un excès de suffisance ou à l'ivresse du jeu – est belle, parce qu'elle est vivante...

L'audace, dans le billard, vient avec l'expérience. Une personne joue dix, cent, deux cents parties – et comprend soudain : C'est ça ! Tchemodanov lisait toujours sur le visage des joueurs qui jouait avec feu et qui restait froid, ne s'appuyant que sur la technique. Les plus rapides à trouver l'inspiration étaient les poètes (il n'y avait qu'à voir le jeu furieux de Maïakovski !) et, étonnamment, les militaires – pas les généraux d'arrière-garde, les vrais combattants. Sans doute, ceux qui avaient le sang chaud. Boudionny, Vorochilov – ah, comme ils se battaient : avec fougue, à tour de bras, manquant souvent de casser les queues, de déchirer le tapis ! D'aucuns diraient : bravade et arrogance, hardiesse inutile de vieux guerrier. Mais Tchemodanov était d'un autre avis, il décelait une vraie beauté dans cette fougue, le souffle du génie du billard. Et comme il aurait voulu aider son élève à ne pas simplement maîtriser les règles, mais à *sentir le jeu*, pour que, une fois au moins, il ne donne pas un coup avec la queue, mais *allonge*, ne pousse pas la boule dans la poche, mais qu'il la *joue*, la *tue*, *l'achève* !... Hélas, on ne peut pas enseigner l'audace. Ni l'expliquer avec des mots.

Tchemodanov avait essayé, seul avec lui-même, en vain. Il n'en sortait que des bêtises, une sorte d'énumération de symptômes d'une maladie dans un manuel de médecine : un frisson au bout des doigts, la poitrine prête à éclater, la tête vide, le corps en apesanteur... Et s'il essayait autrement ? La queue de billard est à la fois un pinceau, un archet, une plume. Les boules – de la peinture, des cordes. Le tapis – la toile. Chaque coup – une musique !... Non, impossible de raconter, de décrire. Impossible.

Tchemodanov était accablé par son impuissance pédagogique, son incapacité à faire entrevoir à son élève le secret principal de l'art du billard. Il avait l'impression de lui dissimuler une connaissance essentielle, mais que pouvait-il faire ?...

Ce jour-là, le guide des peuples jouait médiocrement. Que dire ! En toute franchise, il jouait mal, terriblement mal. Quelque chose le retenait, paralysait ses mains déjà lentes, l'empêchait de porter ses coups ne serait-ce qu'avec son soin habituel. Et Tchemodanov, qui, lorsqu'une partie se jouait, étrillait toujours l'adversaire, quel que soit son rang – ambassadeur, commissaire du peuple ou le guide des peuples en personne –, fit bientôt sortir sa première boule : un à zéro. Il poussa un petit cri de dépit : il jouait pour lui-même, mais désirait la victoire de son élève.

Le guide des peuples grogna également : il n'aimait pas que son adversaire gagne le premier point – ni dans un jeu ni en politique. Celui qui marque le premier point mène, impose sa logique et son tempo. Son assurance d'avoir l'avantage se transmet aux autres, et c'est dangereux : les spectateurs peuvent être fascinés par un tel joueur.

Tchemodanov, presque sans regarder la table, tira une deuxième fois. Sa queue heurta brièvement la boule de choc, qui dessina un éclair blanc sur le tapis, cassa le tas des boules réunies au centre de la table, lesquelles se mirent à courir dans tous les sens sur le terrain : l'une d'elles, droit dans une poche (deux à zéro), et deux s'immobilisèrent à un demi-doigt des poches. C'était un jeu d'enfant que de les empocher – un débutant qui toucherait pour la première fois une queue de billard aurait réussi. Tchemodanov visa – sans le moindre enthousiasme, mais que pouvait-il faire ?! ses fichues mains tiraient toutes seules – et fit sortir les boules en frappant en carreau : trois à zéro… quatre à zéro… Il ne regardait plus le guide des peuples : il le sentait devenir de plus en plus sombre, son visage se figeant.

Pour le cinquième coup, il choisit une boule difficile, contre la bande, laissant de côté quelques coups simples (son adversaire les empocherait facilement s'il lui cédait le tour). Tchemodanov mit sa main en chevalet sur le bord et, levant haut sa queue de billard, il pensa tirer un peu plus fort que nécessaire pour que la boule dépasse le but de quelques millimètres – effleurant la poche sans y entrer. Il ferma les yeux de honte et tira de tout son cœur, comme un élève officier de première année qui voudrait prouver sa hardiesse : toc ! Bruissement de l'ivoire sur la laine. Un coup sourd sur le coin en cuir en haut de la poche. La boule rebondit sur le battant, tournoya sur le bord de la poche, tressauta convulsivement, restant encore une fraction de seconde en l'air avec l'énergie qui lui avait été communiquée, puis – tomba dans le trou. Cinq à zéro.

Le guide des peuples regardait, maussade, Tchemodanov le soumettre à un *feu nourri.* C'était de bonne guerre : il n'avait pas touché le premier, il devait payer. Il avait ressenti exactement la même chose un an et demi plus tôt quand les nationaux-socialistes étaient arrivés au pouvoir en Allemagne. C'était au début de 1933. Ce parvenu de Führer, avant même d'avoir pris la mesure de son poste de chancelier du Reich, avait immédiatement attaqué – une attaque qui semblait, alors, tout à fait inoffensive : l'ambassade d'Allemagne à Moscou avait pris l'initiative d'acheminer aux Allemands de la Volga victimes de la famine des paquets de nourriture offerts par leurs parents du Reich (Hitler jouait depuis longtemps sur ce thème des « frères » : pendant sa campagne électorale, il avait déjà accusé le parti au pouvoir de « laisser nos frères mourir de faim dans cette Russie sauvage »). Au début, le guide des peuples n'avait pas compris toute la gravité de cette aide humanitaire. Les choses allaient plutôt bien sur la Volga – la vitrine du socialisme soigneusement installée pour l'opinion publique internationale brillait de tous ses succès et de toutes ses réalisations : c'est en République soviétique allemande que le pays avait accompli sa première collectivisation totale ; c'est là que le premier tracteur d'URSS avait été produit en série (il est vrai que le « Nain » avait été retiré de la production, mais cela ne l'avait pas empêché d'entrer dans l'Histoire). La politique d'« enracinement » de la population allait grand train, on avait acheté, en Allemagne même, des manuels et des livres en allemand pour trois cent mille roubles d'or ! Et si le studio de cinéma « Nemkino » avait filmé, monté et sorti son propre film de fiction, *Au tournant* – n'étaient-ce pas les fruits de la révolution culturelle réalisée dans la République ? Les organisations de pionniers, l'Ossoaviakhim[1], la Ligue des militants athées... Bon, 1932 n'avait pas été une année de moisson abondante

1. Association pour la promotion de la défense et de la construction aérienne et chimique.

sur la Volga, mais les rapports locaux rassuraient : la famine était qualifiée de « cas isolés », « exagération » et « instrument de liquidation de la classe des koulaks ». Et l'on avait refusé à l'ambassade d'Allemagne le droit d'envoyer des paquets de provisions aux Allemands soviétiques « pour cause d'absence de famine dans la Russie soviétique ». La presse allemande s'était alors répandue en titres outragés et en articles fielleux. Plus tard, en regardant en arrière, le guide des peuples avait compris que l'histoire des paquets avait été le premier coup d'une partie soigneusement planifiée. La première boule que l'adversaire avait empochée.

Bientôt (et il fallait s'y attendre), une nouvelle série de coups avait eu lieu : sans s'éloigner de la table, l'adversaire avait empoché encore quatre boules de suite avec sa queue de billard. À Berlin, une brochure documentaire était sortie dans un large tirage, accompagnée d'une réclame dans tous les grands journaux allemands, racontant, sous le titre de « Nos frères sont dans le besoin ! », le destin tragique des Allemands soviétiques (un point !). À Berlin toujours, on avait organisé une exposition de lettres des Allemands soviétiques à leurs parents de l'étranger ; la visite de cette exposition devint, pour les Berlinois, comme une séance de film d'horreur, tant on pouvait sentir, dans les courts messages, dont beaucoup étaient les derniers, le souffle de la mort (un point !). L'agence de presse Wolff avait publié un appel antisoviétique de l'« Union des Allemands de l'étranger » qui demandait à l'ensemble du monde éclairé de participer à l'aide aux Allemands affamés d'URSS (encore un point !). Les banques du Reich avaient ouvert un compte spécial « Nos frères dans le besoin » ; Adolf Hitler et Paul von Hindenburg avaient été parmi les premiers à faire un don, de mille Reichsmark chacun (et encore un point !). Enfin, au Lustgarten de Berlin, on préparait un meeting antisoviétique sous la bannière de « Le départ des Allemands en URSS est un départ pour la mort ». Après le meeting, on planifiait une manifestation et une collecte.

– ... À votre tour, dit tranquillement Tchemodanov en s'éloignant de la table.

Il venait de manquer un coup en essayant un tir compliqué et en laissant sur la table deux boules bien placées dans les coins. La main passait au guide des peuples.

– C'est mon tour, acquiesça celui-ci. Mais ces boules, au fond, les numéros cinq et sept, sont à vous. Vous les avez préparées – vous les sortez. Je n'ai pas besoin d'aide humanitaire.

Pendant qu'ils frappaient avec leurs queues de billard, la nuit était tombée. Tchemodanov alla vers la porte et appuya sur l'interrupteur – une lampe électrique formée de dix cônes plats s'illumina brusquement, inondant la table d'une lumière vive, comme si on avait mis un faisceau d'or au milieu de la pièce. Tous les objets hors du faisceau disparurent, se changèrent en ombres noires, se fondirent en une même obscurité : les chaises pour les joueurs, le petit canapé de cuir pour les spectateurs, le cendrier sur pied, la vitrine pour les queues de billard, la fenêtre, les photographies sur les murs, les murs eux-mêmes, et tout ce qui était derrière eux. Il ne restait plus rien au monde, hormis le drap vert, les boules blanches posées dessus et les deux hommes tournant avec précaution autour, ombres à peine discernables. On ne voyait bien que le joueur qui émergeait de la pénombre pour se pencher sur la table, s'apprêtant à tirer. À présent, c'était le guide des peuples.

Il ne pouvait toujours pas se défaire de ses souvenirs désagréables sur la fougue avec laquelle le Führer allemand avait ouvert le jeu contre lui. Toute cette campagne débridée sur l'aide humanitaire « aux frères allemands affamés », qui sentait à des kilomètres la conjoncture politique, était d'une fausseté évidente, et faite si grossièrement qu'elle étonnait plus, au début, qu'elle incitait à la méfiance. La partie soviétique avait même été décontenancée par un mensonge aussi éhonté et aussi agressif. Puis elle s'était reprise, et avait répliqué sous la forme d'une protestation officielle. La *Pravda* et autres *Izvestia, Troud, Ogoniok, Krasnaïa zvezda* s'étaient affrontés avec les *Berliner Tageblatt, Lokal-Anzeiger, Völkischer Beobachter, Deutsche Allgemeine Zeitung.* Le premier point était marqué, mais il y avait un avantage évident en faveur de l'adversaire.

Le guide des peuples, agitant légèrement sa queue de billard en l'air, réfléchissait à la boule qu'il allait viser. Il aurait préféré envoyer la boule non dans une poche, mais dans la gueule à grand nez et petite moustache du leader allemand. Enfin, il se décida – il avait trouvé une boule bien placée. Il tira – et fit un ricochet. Son jeu n'était pas très pur, était un peu faible. Mais la boule, qui tournoyait à contrecœur vers la poche, y entra tout de même, sembla encore se retourner contre le bord, puis tomba dans le filet. Le guide des peuples avait empoché sa première boule.

Il réprima un sourire. Frottant consciencieusement le procédé en cuir avec de la craie, il visa longuement, visa bien. Il tira avec plus de force – mais manqua son coup. Sans dire un mot, le guide des peuples reprit sa queue de billard et plongea dans l'obscurité qui entourait la table.

Son adversaire s'avança dans la lumière. Ou plutôt, il avança d'abord ses mains : petites, un peu tordues, elles se posèrent sur le bord laqué et se mirent à battre nerveusement des doigts sur le bois. Les poignets maigres disparaissaient sous les manches d'un costume de tweed – un costume onéreux, de coupe anglaise, aux revers très larges. Dans l'ouverture du costume, on voyait la tache blanche d'une chemise au col si serré sous une cravate froissée, légèrement de travers, que des petites rides se formaient sur son cou un peu flasque. La partie inférieure de son visage, large et puissante, était suspendue au-dessus de la cravate, et la partie supérieure semblait être constituée uniquement d'une mèche de cheveux un peu gras, collée de biais sur un front fuyant. Entre le front et la mâchoire, exactement au milieu, il y avait le petit carré sombre de la moustache.

Après avoir attentivement observé la table, le Führer tomba soudain dessus, la poitrine en avant, et écarta les bras comme une énorme araignée, tentant de trouver une position confortable pour jouer. Enfin, il tira sur sa moustache et, l'instant d'après, fit gicler sa queue de billard contre la boule – il tira avec témérité, sur trois bords, mais sans empocher. Il se mit à haleter de dépit, plissa les yeux, fit une grimace. Il retira du tapis et fit disparaître dans l'obscurité d'abord sa main gauche, puis la droite avec la queue de billard serrée entre les doigts, puis son petit corps malingre. La dernière chose à plonger dans les ténèbres fut sa tête ; le Führer la hochait avec irritation, faisant tressauter sa mèche de cheveux luisante de brillantine.

Le guide des peuples était déjà là, déjà prêt. Il jaillit dans le cercle de lumière, oubliant sa lenteur coutumière. Ses yeux trouvèrent immédiatement, dans l'amas chaotique des boules, les deux dont il avait besoin. Il posa fermement une main sur le tapis, et l'autre trouva instantanément le bon angle de frappe. La queue de billard était différente au toucher – plus légère, ou peut-être au contraire plus pesante : elle semblait habitée par une énergie vivante qui n'obéissait qu'à lui, au guide des peuples. Le guide fit quelques limages pour préparer son coup – en avant, en arrière ! – et tira contre la boule de choc : à peine un cheveu au-dessus de la ligne du centre. C'était un joli coup, puissant : la boule fila sur le tapis, heurta la boule de but, rebondit sur le bord de droite, de gauche, toucha encore deux boules, perdant de la vitesse, pour, enfin, s'arrêter juste devant la poche, à quelques centimètres du trou.

Le visage du Führer rampait déjà au bord de la table. Le Führer s'était accroupi, appuyant sa moustache contre le cadre, sur lequel il posa son gros nez ; il bougea lentement autour de la table, cherchant la meilleure trajectoire pour son coup. Ses narines frémissaient légèrement – il semblait qu'il les utilisait pour palper le bois laqué : son nez laissait, sur le frêne ouvré, une trace humide qui s'effaçait rapidement sous la lumière brûlante de la lampe. Ayant trouvé la position recherchée, le Führer s'étala sur la table – de presque tout son corps, posant sur le tapis sa poitrine et son ventre qui saillait légèrement sous le tweed –, il écarta les coudes et frappa de toutes ses forces contre la boule que le guide des peuples avait si malheureusement laissée dans le jeu.

– Le salaud ! ne put s'empêcher de s'exclamer le guide des peuples.

– *Verflucht ! Was für 'ne Schweinerei*[1] ! cria le Führer à son tour, lançant un juron incompréhensible. La boule, qui semblait si facile, presque un jeu d'enfant, n'était pas tombée dans la poche – le coup, tiré maladroitement d'une bonne position, l'avait fait quitter le bord pour rejoindre le centre de la table.

En vérité, il n'y avait rien de malhonnête à utiliser les fautes de l'adversaire. Le jeu est le jeu. Et le guide des peuples décida de tirer deux boules, la cinq et la sept, qui étaient depuis longtemps positionnées près des poches d'angle, mais avaient échappé à l'attention des joueurs. Caressant amoureusement sa queue de billard, il se coucha sur le drap de laine chaude, inspira profondément, puis expira lentement, attendit une

1. « Malédiction ! Qu'est-ce que c'est que cette cochonnerie ! »

seconde – et tira sur la boule de choc, si rapidement et si fort qu'il ne comprit pas lui-même si c'était sa main qui avait porté le coup, ou si sa queue de billard avait agi d'elle-même. Il empocha ! C'était sa deuxième boule.

La troisième l'attendait : il aurait été honteux de ne pas empocher la boule qui se trouvait sur une position si appétissante, vers le coin. Quant à la quatrième boule, le guide des peuples l'envoya sur la longueur, à travers toute la table : la boule de choc fusa par la seule ligne possible entre les autres, sans en toucher aucune ; elle heurta la boule de but (il sembla même que des étincelles bleues avaient jailli sous le coup), l'envoya dans la poche du milieu et fit un doublé en tombant elle-même dans la poche d'angle. Deux boules empochées en un coup ! Le compte était maintenant égal : cinq à cinq.

– Ça t'en bouche un coin, babouin ? demanda le guide des peuples à voix basse, persuadé que le Führer le comprendrait sans traduction.

Celui-ci était toujours accroupi, son nez posé sur la table, ses petits yeux gris aqueux suivant les boules qui roulaient brusquement. À chaque coup de son adversaire, il émettait un glapissement plaintif, comme si la queue de billard ne heurtait pas les boules, mais sa tête.

Quand la main lui revint enfin, il sauta de joie, secouant la mèche de cheveux sur son front. La bouche ouverte d'excitation, il essuya longuement ses paumes moites sur le tapis – de longues bandes sombres restèrent sur le tissu – ; puis, mordant le bout de sa langue d'application, il frotta longuement la craie contre le procédé, tachant son front et son menton de blanc. Dans sa distraction, il fourra la craie non dans sa poche, mais dans sa bouche, et se mit à la promener pensivement entre ses dents, comme un caramel, en étudiant la disposition des boules sur la table, puis l'avala tout rond en souriant joyeusement : il avait trouvé son coup.

Il hissa sur la table sa petite jambe noueuse et torse, chaussée d'une guêtre de laine (le guide des peuples eut l'impression que la semelle de sa botte carrée sentait distinctement la merde), et se mit à cheval sur le bord. Il étendit son corps à côté, dans une étrange position tordue ; il appuya son ventre, sa poitrine et son menton contre le tapis, faisant bruisser son tweed et tintinnabuler ses boutons d'ivoire contre le cadre de bois. Il écarta les coudes ; fit bouger sa queue de billard, s'appliquant à viser ; fredonna quelque chose de doux et de lyrique :

– *Ein Freund, ein guter Freund – das ist das Schönste, was es gibt auf der Welt*[1]...

Ces préparatifs soigneux ne l'aidèrent pas : la queue de billard, au lieu de donner un coup, ne fit qu'effleurer la surface de la boule – le Führer avait lamentablement raté son coup. Comprenant ce qui s'était passé, il se mit à glapir des sons inarticulés, griffa la table avec ses ongles, arrachant des fils verts au tapis, agitant ses petites jambes en l'air. Du bout de sa queue de billard, le guide des peuples appuya sur le corps chétif et agité de son adversaire, le fit tomber de la table. Et, sans plus accorder la moindre attention aux jappements qui montaient du sol, il se mit à défendre le terrain.

D'un coup rusé par au-dessus, il sépara deux boules serrées l'une contre l'autre – l'une d'elles disparut immédiatement dans une poche. Il joua avec précaution une boule dans l'angle opposé (ah, si son sévère entraîneur Tchemodanov avait pu voir ce coup magnifique !). Puis celle de l'angle devant lui : rien à dire, il joua impeccablement, préparant les boules qui restaient sur la table pour les prochains coups...

Il avait agi avec autant de décision contre le Führer sur le terrain politique en 1933, pour mettre fin à la campagne diffamatoire de « la famine sur la Volga ». En réponse aux brochures mensongères des Allemands, il fit préparer une brochure soviétique : « Des frères dans le besoin ? Témoignages des Allemands soviétiques » (un point !). Les journaux publièrent en première page des preuves convaincantes de l'absence de toute famine en URSS : des reportages sur la destruction publique des paquets de ravitaillement qui arrivaient tout de même de temps en temps sur la Volga, envoyés par des parents de l'étranger ; d'innombrables lettres d'Allemands soviétiques proposant de faire venir d'Allemagne des enfants nécessiteux « pour les engraisser » ; un message des kolkhoziens au consul allemand de Sibérie, M. Grosskopf, lui rendant toute

1. *Avoir un bon copain / Voilà c'qui y a d'meilleur au monde* (all.) : Chanson du film muet (mais musical) *Le Chemin du paradis* (*Die Drei von der Tankstelle*, 1930).

son assistance matérielle en lui demandant de la transmettre aux « Allemands affamés de l'Allemagne fasciste » (un point ! un autre ! et un autre !). Berlin résistait mollement, essayant toujours de jouer sur le thème des « frères », mais Moscou avait déjà infléchi le cours du jeu. À l'automne 1934, une directive du comité central du Parti « Contre l'aide fasciste » activait la lutte contre le nationalisme allemand et les agents fascistes dans les colonies allemandes ; ce fut un *Kulturkampf* de taille : dans les écoles et les universités de la République allemande soviétique, l'allemand fut remplacé par le russe, et la campagne d'enracinement s'interrompit tout à fait (un point ! un autre ! et un autre !). Les consulats allemands cessèrent toute aide matérielle aux Allemands soviétiques ; tous ceux qui participaient à « l'aide hitlérienne » étaient immédiatement arrêtés...

Une mèche de cheveux frémissante apparut derrière le bord du fond, des doigts crochus rampèrent sur le tapis – le Führer voulait retirer furtivement une boule du jeu. Le guide des peuples agita sa queue de billard comme une épée et l'abattit de toutes ses forces sur le nez froncé qui s'élevait au-dessus du tapis. Le sang jaillit, le Führer eut un glapissement strident – les ampoules faillirent éclater – et, agitant misérablement son groin enflé (ah, quel dommage que le coup ne l'ait pas coupé !), disparut sous la table.

Le guide des peuples joua les trois dernières boules – un jeu *éblouissant*, aurait dit Tchemodanov. Il en envoya une dans la poche avec un long coup le long du bord. La deuxième avec un coup court, effet rétro. Quant à la troisième – il l'envoya avec double rebond. Rebond sur le côté droit. Sur le côté gauche. Poche ! La partie était gagnée.

... Tout était silencieux dans la salle de billard. De temps à autre, les ampoules électriques crachotaient. Tchemodanov sortit lentement de sous la table. À genoux, tenant son nez sanguinolent entre ses mains, il regarda autour de lui : il n'y avait personne dans la pièce ; sur la table vide, éclairée par une lumière vive, deux queues de billard formaient une croix. Tchemodanov avait affreusement mal au nez – qui était peut-être cassé – mais il ne put retenir un sourire heureux : aujourd'hui, pour la première fois en sept ans de cours réguliers, son élève avait eu de l'audace. Pourquoi justement à ce moment, pendant une partie qui avait si mal commencé et qui ne promettait aucune surprise, Tchemodanov ne le comprenait pas. Il savait seulement que, ayant trouvé une fois l'inspiration, un joueur de billard ne pouvait plus vivre sans audace. À dater de ce jour, son élève allait jouer de mieux en mieux, s'étonnant parfois lui-même de ses progrès rapides. À dater de ce jour, un tout autre jeu commençait.

Et Tchemodanov, heureux, souriait dans l'obscurité.

# LES ENFANTS

# 26

Les enfants ne revinrent pas – ni le lendemain ni le surlendemain. Et Bach ne retrouva pas l'usage de ses sens. Ils vivaient toujours dans son corps vieillissant, mais vivaient bizarrement – détachés de lui, sans aucun rapport avec ce qui lui arrivait. Le vent n'arrêtait pas de souffler dans ses oreilles quand le temps était calme (peut-être qu'il ventait là où était Anntche ?). Son nez sentait des odeurs inconnues, désagréables : de tous les coins de la maison, s'élevait un fumet de tabac froid et de poussière de charbon ; ses doigts, lorsqu'il les portait à son visage, avaient une odeur de phénol, et ses habits – de corps mal lavé (peut-être qu'en ce moment Anntche sentait ces odeurs de savon au phénol, de charbon et de sueur ?). Tout ce qu'il portait à sa bouche – une pomme, le dos de sa main, ses propres lèvres – avait un insupportable goût de brûlé. L'odorat, l'ouïe et le goût trahissaient Bach comme sa fille bien-aimée l'avait trahi (il s'était interdit d'utiliser ce mot – « trahison » – mais il surgissait sans cesse dans son esprit). Seule la vue lui était restée fidèle – et lui montrait le monde sans déformations.

Le premier jour après le départ des enfants, il resta assis sur la rive, à contempler la surface lisse et grise de l'eau légèrement ridée par la bruine, et à écouter le vent siffler dans sa tête. En réalité, il pouvait même trouver une utilité à la défection de ses sens : les gouttes de pluie tombaient sur son visage et ses habits, mais sa peau ne remarquait pas l'humidité et ne ressentait pas d'inconfort – ni la journée, ni dans la nuit fraîche qui lui succéda.

Le deuxième jour, Bach remarqua que ses yeux se posaient régulièrement sur l'esquif mutilé toujours échoué sur la rive, exposant à la pluie son flanc déchiqueté par la hache.

Le troisième jour, Bach apporta des outils et se mit à réparer la barque abîmée.

Pendant deux jours, il scia, répara, ponça. Il passa de la résine, colla, colmata avec de la sciure et colla à nouveau. Il sécha l'esquif au feu de bois, mettant une couverture de feutre sur les réparations (la pluie avait déjà cessé, mais des nuages bas exhalaient encore leur humidité). Il devait travailler avec prudence : ses doigts, qui avaient perdu leur sensibilité, pouvaient se retrouver sous la lame de la hache ou se brûler avec la résine bouillante. Au cinquième jour, quand un soleil pâle apparut dans le ciel gris trouble, Bach prit place sur l'esquif réparé et partit à la recherche d'Anntche.

La barque ne sentait pas la fumée, mais le métal mouillé et la rouille, les vagues sentaient le cuivre acide et le sulfate. Les gémissements du vent dans sa tête devinrent si forts qu'il aurait voulu presser ses mains contre ses oreilles. Parfois, à travers le vent inexistant, perçaient des bruits du monde réel – les cris des mouettes au-dessus des vagues, le grincement des tolets –, et bientôt, Bach ne put plus distinguer les bruits réels des bruits imaginaires. Ce mélange ne l'effrayait pas et ne l'empêchait pas de voguer en direction de Pokrowsk.

Bach ne savait pas ce qu'il allait faire quand il verrait Anntche. Allait-il mugir d'un air impérieux, lui ordonnant de rentrer à la maison ? Allait-il l'obliger à se souvenir de la langue des respirations et des mouvements – et lui signifier « rentre avec moi » ?... Il craignait plus que tout d'être incapable de se contenir : de la prendre dans ses bras et de l'emporter à la barque. Ou de la gifler...

Un espoir le transperça : et si sa bouche muette se mettait à parler, fouettée par cette souffrance insupportable ? Qu'elle dise, simplement : « rentre » ? Tant pis si c'était dit lentement, avec maladresse, et dans une langue qu'Anntche ignorait. Les mots sont souvent plus forts que les mains – Bach ne pourrait-il pas, ainsi, convaincre sa fillette ?

Il lâcha les rames, tapota des doigts sur ses lèvres. Il s'efforçait de ne pas taper trop fort, il voulait juste détendre sa bouche immobile, puis il l'ouvrit – de plus en plus large, autant qu'il le put – mais il ne réussit qu'à mugir. Il attrapa sa langue entre ses doigts et la tira de toutes ses forces, comme s'il essayait de l'arracher – en vain : il ne sortit qu'un beuglement de sa gorge, bas et traînant, comme la voix d'un mouton effrayé. Ayant perdu tout espoir, il se frappa le visage de sa paume ouverte : une fois, deux... Quelque chose de chaud et de collant coula sur ses lèvres – il ne l'essuya pas.

Il arriva à Pokrowsk vers midi. Il dissimula l'esquif dans des roseaux et serpenta sur le réseau de sentiers de la berge, se dirigeant vers la ville. Il marchait vite – non qu'il connût le chemin, mais il ne parvenait plus à contenir son émotion grandissante.

Les sentiers sous ses pieds étaient gonflés de pluie, les troncs des trembles et des érables étaient sombres d'humidité – mais Bach avait l'impression qu'une odeur étouffante de brûlé oppressait l'air : les buissons de la rive sentaient la laine roussie, la rivière – la fane de pomme de terre carbonisée. Dès qu'il ouvrait un peu la bouche, cette odeur de brûlé pénétrait dans sa gorge, répandait son amertume contre son palais et sa langue. Le vent continuait à siffler dans ses oreilles, bien que les branches des arbres et les tiges des roseaux poussant le long de l'eau fussent immobiles.

Bach ne savait pas comment demander sa route (il n'en avait aucune envie non plus). Il décida de parcourir Pokrowsk en long et en large : il restait assez de temps avant le soir, et il pourrait sans doute trouver le bâtiment de l'internat sans trop de peine.

Le Schulmeister n'était pas sorti dans le monde depuis cinq ou six ans. S'il avait pu choisir, il serait devenu invisible ou se serait changé en souris pour trotter sur le sol sans qu'on le voie – il n'avait plus l'habitude des yeux inconnus braqués sur lui, ni de l'agitation de la foule. Cependant, il comprit qu'il n'attirait pas l'attention : les gens avaient changé ; ils n'étaient plus curieux, leurs regards étaient concentrés, modestement baissés, leurs gestes étaient rapides et rares. Ils s'étaient mis à ressembler à des souris : ils surgissaient hâtivement des maisons et des coins de rue, s'efforçant de ne croiser aucun regard. Ils étaient également devenus muets comme des poissons : Bach ne remarqua pas une seule fois les passants échanger ne serait-ce que trois mots.

Les slogans s'étaient mis à parler à la place des gens. Ils étaient nombreux, inhabituellement nombreux : sur chaque maison, portail ou réverbère, de grosses lettres peintes sur du tissu criaient quelque chose, des affiches hérissées de points d'exclamation et d'interrogation faisaient des taches de couleurs vives dans la ville. Les slogans entouraient les poteaux électriques, recouvraient les capots des automobiles et ornaient les sièges des charrettes. Bach déchiffrait avec peine les lettres russes, et ne comprenait qu'une infime partie des mots.

« Donnons ! » affirmaient certaines inscriptions. « Renforçons ! », « Construisons ! ».

« Frappons ! » menaçaient d'autres. « Écrasons ! », « Liquidons ! ».

« À coups de balai ! » renchérissaient encore des panneaux. « De poing ! », « De botte ! ».

Décontenancé par la masse de menaces, Bach aurait voulu se tasser contre une porte cochère, mais une affiche y ordonnait : « En avant, camarade ! » Et Bach se remit en marche.

Il arpenta longtemps la ville : vers l'est – jusqu'à sa lisière, puis, prenant la rue suivante – vers l'ouest, puis de nouveau – vers l'est. Les maisons s'élevaient comme des falaises. À leur pied coulaient des flots de citoyens pareils à des souris et des poissons. Une odeur de résine brûlée montait des angles des rues, le vent sifflait et bourdonnait dans les oreilles de Bach. Parfois, d'autres bruits parvenaient à travers ce bourdonnement : le piétinement des sabots, les hoquets des moteurs d'automobile, le bruit strident des freins, le grincement des suspensions… Bach n'y prêtait aucune attention, occupé à étudier les façades et les portails : il craignait de manquer l'internat. Mais il avait tort de s'inquiéter.

Il était impossible d'ignorer la maison à un étage, en brique sombre – avec des cadres de fenêtres arrondis, peints en blanc, des vases tout aussi blancs dans des niches de la façade, des tourelles fantasques aux coins du toit, et un balcon en fonte sculpté au-dessus de la porte d'entrée. Pas à cause de son aspect, mais des visages qui regardaient par les fenêtres : ces visages d'enfants avaient une telle expression de sérénité et de vivacité, se distinguaient si bien des masques figés des adultes, que Bach comprit immédiatement qu'il était arrivé. Sans même se donner la peine de lire la bannière au-dessus de l'entrée (« Foyer d'enfants-internat Clara Zetkin »), il tira la lourde porte et pénétra à l'intérieur.

*

Et l'odeur de brûlé disparut, ainsi que le bruit dans ses oreilles, l'amertume dans sa bouche : Anntche était là, quelque part, tout près.

Le bâtiment sentait la bouillie au lait et le linge repassé. Bach s'arrêta dans un petit vestibule, ne sachant où aller. Sa silhouette immobile était le seul point figé du foyer : tout le reste, dans cette maison, ne cessait de bouger et de se déplacer. Au plafond, l'ampoule électrique tremblait sous les pas du premier étage, et ses reflets d'un jaune tendre dansaient autour d'elle. Les portes – qui n'étaient pas fermées à clé – s'ouvraient à tout moment, laissant passer des voix sonores, des bribes de chansons, voire les habitants eux-mêmes. Des enfants – tous habillés de la même façon, en toile de coton grise, les têtes pareillement rasées (celles des garçons comme celles des filles) – couraient d'un air affairé en haut et en bas d'un escalier grinçant aux marches de bois creusées par l'usure. Ils portaient à l'étage : des seaux d'eau, des rouleaux de papier, un balai décoré de rubans colorés, une échelle, des tas de livres, un samovar rouillé, une machine à écrire, une roue d'automobile, un ours empaillé (tout pelé par l'âge, mais encore assez menaçant). Ils redescendaient : des piles d'habits, un vieux trombone, un chevalet cassé, une bride et un collier de cheval peint, une banderole d'où gouttait encore une peinture fraîche, des brassées de fleurs et de blés séchés, et le même ours empaillé. Ils riaient, se hâtaient, se heurtaient et riaient à nouveau.

Il n'y avait pas d'adultes.

Bach parcourut cette maison rieuse, regardant derrière chaque porte et cherchant Anntche des yeux. Il vit le dortoir avec des rangées de lits étroits, tous faits de la même façon, où des bambins sifflaient et chantaient des comptines. Le réfectoire avec des jattes de fer-blanc toutes pareilles alignées sur les tables, où des enfants plus grands jouaient de l'accordéon et apprenaient des marches de pionniers. La bibliothèque avec ses rayonnages remplis de livres s'élevant jusqu'au plafond. La buanderie avec une énorme baignoire en fonte et des cuves à linge emplies d'eau bouillante. Et ce ne fut qu'à l'étage, dans la vaste salle de classe, qu'il découvrit enfin sa petite fille.

Les enfants répétaient un spectacle. Les tables et les chaises de la classe avaient été poussées vers la porte, et, dans l'espace libéré, devant le tableau noir avec des lettres et des chiffres à demi effacés, se jouait une scène. Anntche – dans une longue robe « à l'ancienne » bricolée avec des journaux, coiffée d'un bonnet dans la même matière – était debout entre deux grosses corbeilles pleines de pommes et tenait par la main un garçonnet maigre, également pourvu d'un costume de papier. Elle criait quelque chose d'un air furieux et repoussait Vasska avec mépris (il avait accroché à son visage un collier de barbe en raphia et s'était coiffé d'un haut-de-forme noir en carton), tandis que la foule de figurants vêtus d'habits « anciens » hétéroclites lançait des exclamations approbatrices et menaçait Vasska du poing.

Le metteur en scène – un adolescent efflanqué d'une douzaine d'années – n'était pas satisfait de la performance, et il sautillait entre les comédiens, faisait des grimaces affreuses en leur montrant comment il fallait crier et menacer. Ils rejouèrent plusieurs fois la scène.

Bach s'assit sur une chaise juste à côté de la porte et, de derrière les tables empilées, se mit à observer Anntche. Elle bougeait, souriait à son partenaire maigrichon et aux autres enfants, donnait la réplique et faisait des mines furieuses à Vasska avec un enthousiasme si sincère qu'il ne pouvait pas interrompre ce flot de joie – c'était impossible.

Comme Anntche avait changé en quelques jours ! Bach n'avait encore jamais vu son visage si inspiré, ses yeux si brillants. Sa bouche ne parvenait pas à réprimer un sourire, et elle devait se forcer à plisser les lèvres pour jouer avec la sévérité requise par la scène. Son costume de papier lui allait étonnamment bien, lui donnait un air plus mûr. De gros titres de journaux couraient sur sa poitrine, ses épaules, en bas de sa robe, sur le bord de son bonnet (Bach ne pouvait pas les lire : il voyait seulement une quantité de points d'exclamation et d'interrogation dispersés sur sa robe).

Improvisant soudain, Anntche empoigna, au milieu d'une réplique, le haut-de-forme posé sur la caboche de Vasska – et le chapeau vola au sol, révélant la tête rasée du garçon. La foule cria d'enthousiasme. Sans plus se préoccuper de la scène, Vasska se vengea en arrachant à Anntche son bonnet de papier. Elle avait elle aussi la tête rasée. La peau, sur sa tête – d'un blanc de nacre légèrement bleuté –, brillait doucement à travers le duvet doré qui avait déjà repoussé sur ses tempes et au-dessus de son front. Vasska et Anntche riaient sans arrêt, la foule hurlait, enthousiaste, tandis que le metteur en scène désolé grondait tout le monde en levant les yeux au ciel...

Bach se leva et sortit discrètement de la pièce. Il ferma tout doucement la porte derrière lui. Traversa le couloir en se tenant aux murs. Descendit l'escalier. Plissant les yeux sous la lumière de la lampe électrique, il trouva la sortie à tâtons. Il émergea dans la rue qui puait le brûlé, fit quelques pas mal assurés et cacha son visage dans un coin de la bâtisse.

Il resta longtemps ainsi – frottant ses joues contre les briques rugueuses et écoutant le vent siffler dans sa tête. Il fallait sans doute faire quelque chose : marcher, bouger les bras, se déplacer quelque part, avoir un but, battre des cils, respirer, penser... Penser était le plus douloureux : des lambeaux de pensées apparaissaient en désordre dans son esprit et disparaissaient, se succédant sans obéir à Bach.

... Qu'est-ce qui lui restait à faire ? Aimer ses enfants. Les aimer de loin. Les aimer sans les voir. Ses enfants qui n'avaient jamais entendu sa voix et ne l'entendraient sans doute jamais. Ses enfants qui parlaient une autre langue que lui. Qui étaient prêts à le quitter, à l'oublier et à le trahir. Ces enfants étranges et inconnus, qu'il avait eu l'audace d'appeler *les siens*...

... Mais les pommes, dans les corbeilles, étaient fausses, en papier mâché peint...

... Que restait-il encore ? Il pouvait seulement croire que tout n'avait pas été vain. Les contes qu'il avait écrits. Les enfants qu'il avait élevés. Les pommiers qu'il avait soignés...

… Mais comme c'était dommage pour les cheveux d'Anntche ! Se pouvait-il qu'on ait jeté les mèches sur le sol sale et froid ? Qu'on les ait balayées avec les cheveux d'autres enfants, du bout d'un balai grossier ? Qu'on les ait mises au dépotoir – avec des détritus pourrissants et autres immondices ?…

… Tout de même, c'était triste que les pommes du spectacle soient fausses. Ce n'était pas juste…

… Et comme il aurait voulu rester ici à jamais – poussière sur ces briques fraîches, boue sur les pierres du soubassement…

… Ou se faire engager comme concierge dans le foyer d'enfants ? Travailler contre de la nourriture. Dormir sur un banc dans la buanderie ou dans la salle de classe sur des chaises, s'il n'y avait pas de loge de concierge…

… Quelle chance que Vasska soit avec Anntche. Il la défendrait – sans doute mieux que Bach. Bien sûr – mieux que Bach, qui n'avait jamais su défendre personne…

… Il faudrait apporter de vraies pommes aux enfants – ils pourraient jouer leur spectacle, puis les manger à satiété. Ils pourraient tous manger : pas seulement Anntche et Vasska, mais aussi le garçonnet maigrichon dans son costume de papier, et le metteur en scène efflanqué…

Cette idée absurde de pommes tournoyait obstinément dans son cerveau, chassant peu à peu les autres. C'était bien : avoir une idée stupide était moins pénible que d'en avoir une dizaine. Et il obéit à cette idée : il éloigna son visage du mur, essuya la poussière de brique sur ses joues et se traîna vers la rive : il rentrerait à la ferme pour revenir le lendemain à l'internat – avec des pommes.

*

Dans la salle de classe, la répétition continuait. Pour la dixième fois ce jour-là, ils jouaient la scène finale. Les comédiens étaient à bout de patience, ils languissaient en attendant la sonnerie du déjeuner. Seul le metteur en scène avait gardé tout son entrain et toute sa vivacité, sans s'intéresser le moins du monde au fait que, dans le réfectoire, la délicieuse bouillie de riz au lait coupé d'eau achevait de cuire à feu doux.

– Attendez ! cria Vasska d'un ton tragique, en tendant ses mains écartées vers les autres comédiens (la sueur coulait sous sa barbe de raphia, son menton et son cou le grattaient horriblement, tout comme sa nuque emprisonnée par le haut-de-forme en carton). Ô, ma chère fille ! Comme je suis heureux de t'avoir retrouvée ! Laisse-moi m'occuper de toi, à partir de ce jour tu ne connaîtras plus ni malheurs ni privations !

– Non, père ! disait Anntche sévèrement, fronçant les sourcils sous son bonnet de papier qui lui tombait sur le front (elle aurait dû le remonter, bien sûr, mais ce geste imprévu les aurait obligés à rejouer la scène). Désormais, je sais m'occuper de moi toute seule.

– Permets-moi au moins de te trouver un mari ! Vasska roulait ses yeux écarquillés, regardant la foule – comme s'il y cherchait son futur gendre. Le souverain local serait heureux de s'allier avec ma famille. Vasska tapait d'un air satisfait sur son ventre maigre poussé en avant et souriait en découvrant ses dents. Et tu vivras à l'abri du besoin jusqu'à la fin de tes jours.

– Non, père ! s'exclama Anntche, tapant du pied pour être plus convaincante (dans les répétitions précédentes, elle poussait même Vasska à la poitrine, mais ils décidèrent ensuite d'éviter d'en venir aux mains sur scène). Je ne veux rien recevoir de toi ! Et je vais vivre de mon travail, avec mon cher maître d'école.

Elle serra de toutes ses forces la main de son partenaire en costume de journal, levant son bras comme si elle annonçait le gagnant d'un match de boxe (son partenaire chancelant poussait à chaque fois un petit cri – on ne savait trop s'il feignait l'enthousiasme ou avait simplement mal).

– Il instruira les enfants, et moi, je soignerai les vergers !

– Uuuh ! gémissait Vasska, comme si on lui avait envoyé un coup de poing à l'estomac. Puis il se prenait à la gorge comme s'il voulait s'étrangler lui-même et tombait au sol (le metteur en scène lui avait ordonné plusieurs fois de se tenir le cœur et non la gorge, mais un geste aussi évidemment théâtral déplaisait à Vasska, et chaque fois il agrippait obstinément son cou maigre).

Vasska réussissait particulièrement bien sa mort. Il pouvait émettre des sons rauques, montrer le blanc de ses yeux et se tordre sur le sol en convulsions d'agonie toute une éternité – quel dommage que, dans la mise en scène, le père bourgeois soit si rapidement caché par la foule qui chantait la chanson finale. Cela dit, cette fois-ci, ils n'allèrent pas jusqu'à la chanson : la sonnerie du repas retentit, et les enfants, abandonnant leurs accessoires, coururent au réfectoire.

# 27

Bach se rendait à Pokrowsk une fois par semaine, le dimanche. Lors d'une de ses premières visites, il remplit des papiers où il écrivit le nom de famille d'Anntche et l'année de sa naissance, ainsi que le nom de sa mère : Klara Grimm. Il aurait voulu également remplir des papiers pour Vasska, mais il n'en eut pas le droit.

D'habitude, quand il apparaissait à la porte du foyer, Bach s'arrêtait à l'entrée et attendait patiemment que l'un des petits habitants le remarque.

– Bach ! criait enfin quelqu'un, ayant aperçu le vieillard réfugié dans l'entrée. Anka ! Tu as de la visite !

Ou :

– Volguine ! Vasska ! Tu as de la visite !

Bach n'avait pas tout de suite compris que Volguine[1] était le nom que Vasska s'était lui-même choisi : sans doute que, dans le *vaste monde*, on ne pouvait se passer d'un nom de famille. Il aurait volontiers offert son nom à Vasska, mais celui-ci en avait décidé autrement. Cela dit, le nom de famille était la dernière chose qui intéressait Bach.

1. Volguine veut dire « de la Volga » comme Lénine veut dire « de la Lena » (la Lena est un fleuve sibérien).

Ils accouraient déjà à l'appel du fond de la maison – les enfants – ses enfants. Chaque fois plus grands, plus mûrs. Leurs yeux exprimaient la joie de le voir, mais ils ne se permettaient aucune effusion : selon leur nouvelle coutume, ils serraient la main de Bach (et il sursautait de tendresse quand les petits doigts chauds d'Anntche touchaient sa paume), puis s'asseyaient sur le banc à l'entrée.

Vasska racontait quelque chose à Bach, lui montrait parfois des dessins, ses manuels ou des cahiers remplis d'exercices. Bach hochait la tête et écoutait, admirant l'attitude de plus en plus calme et raisonnée de Vasska. Il se rendait compte à quel point il s'était trompé à son sujet : il s'était laissé prendre par la grossièreté et l'indépendance affichées par le gamin, sans savoir distinguer son âme et son talent. Or, Vasska avait tout : une âme délicate, des capacités peu communes pour les langues et un besoin avide d'amour… Le garçon abandonna rapidement ses mots orduriers, et son russe devint de plus en plus proche du russe littéraire ; Bach commença à comprendre des mots par-ci par-là. Pas des phrases entières, mais quelques bribes de sens, qui lui restaient en mémoire après la visite. Deux-trois mots dont il avait compris le sens – c'était déjà tant ! Il pouvait y réfléchir à son retour à la ferme ; la nuit, couché dans la maison vide ; et toute la semaine, en attendant le dimanche suivant.

Anntche, au contraire, parlait peu. Elle restait assise sur le banc, silencieuse, légèrement à l'écart, regardant Bach de côté, ou parfois lui tournant carrément le dos. Personne, à part Bach, ne remarquait que, tout ce temps, les doigts de la fillette avaient trouvé la main du vieillard à tâtons, et qu'ils la serraient – pas formellement, comme lorsqu'ils arrivaient, mais pour de vrai, longuement, de toutes ses forces. Bach, à son tour, serrait les doigts d'Anntche – n'osant même pas la regarder de peur de l'effrayer. Sans doute qu'elle désirait à la fois ce geste d'affection, et en avait honte. Bach acceptait cette caresse parcimonieuse, cette tendresse à l'aveugle…

Il apportait aux enfants des noix, des ides mélanotes séchés, de la farine de carotte. Et – des pommes. Dans des cornets, sacs, corbeilles, sans se préoccuper le moins du monde du fait que les réserves de la ferme pourraient bientôt s'épuiser. Il avait perdu son éternel sens de l'économie, et il n'entassait plus de provisions pour l'hiver. Comment aurait-il pu garder ces pommes pour lui, quand il pouvait en nourrir ses enfants – maintenant ! Anntche et Vasska acceptaient les cadeaux, mais ne les mangeaient jamais sur place, sur le banc : toute la nourriture allait à la cuisine, où elle était divisée en parts égales et distribuée à tous les enfants. Bach regrettait un peu de ne pouvoir assister à ce moment, mais il n'osait pas regarder par la fenêtre du réfectoire – il craignait de gêner Anntche et Vasska. À leurs joues rouges, il comprenait qu'ils ne souffraient pas de la faim. À leurs yeux brillants, il sentait qu'ils étaient heureux.

Les visites étaient courtes. Quelle que soit l'heure à laquelle Bach arrivait – le matin, la journée ou au coucher du soleil –, la maison bouillonnait toujours d'activité, la présence des enfants était toujours immédiatement et impérativement requise : pour préparer des silhouettes en carton et des banderoles pour les manifestations, pour une répétition de l'orchestre de percussions, pour un concours de littérature, pour une séance de cinéma, pour la réunion du club de jeunes agitateurs, pour écouter une émission de radio, pour préparer un meeting d'enfants, pour l'assemblée du club de l'Ossoaviakhim... et bientôt, s'élevaient des exclamations insistantes :

– Volguine ! Où es-tu fourré ?

– Bach ! Viens vite ! On n'y arrive pas sans toi !

Et ils partaient en courant, après avoir hâtivement serré la main de Bach. Il restait encore un moment assis sur le banc, écoutant les cris et les rires qui s'élevaient de toutes les portes, puis se levait, partait...

*

Sa vie était désormais rythmée par ces visites à Pokrowsk : de dimanche en dimanche. Y avait-il, dans sa vie, autre chose que les courtes minutes de visite aux enfants ? Il y avait le potager, qu'il fallait entretenir pour qu'il soit fertile – pour les enfants. Il y avait la Volga, généreuse en poissons – pour les enfants. Il y avait le corps de Bach – bien usé depuis quelque temps, qui s'était couvert de rides et de taches brunes, la peau tombante en certains endroits, mais encore souple, vivant. Si Bach perdait l'usage de son dos ou de ses jambes, il ne pourrait plus aller trouver Anntche et Vasska, ce qui le rendit plus attentif à son propre organisme : il l'habillait de chaud, l'enveloppait, la nuit, sous le vieil édredon de plumes, n'oubliait pas de le nourrir.

Les bruits étrangers dans sa tête et les odeurs étrangères cessèrent de gêner Bach. De temps en temps, une tempête imaginaire se levait dans son esprit, et l'odeur de brûlé emplissait ses narines – mais Bach savait maintenant comment conjurer ces mirages : il pensait aux pommes. Il s'imaginait qu'il allait dans la remise, prenait les plus gros fruits et les rangeait dans une corbeille ; qu'il apportait cette corbeille aux enfants ; il entendait le bruit des enfants croquant les pommes, faisant jaillir le jus – et le vent se calmait dans sa tête, l'odeur de brûlé faisait place à l'arôme des pommes. Bientôt, son odorat et son ouïe perdirent de leur acuité, comme sa vue et son toucher : le monde devint un peu plus lointain, plus pâle, plus diffus.

Le matin, Bach était tourmenté par de faux souvenirs : il se rappelait parfaitement que, la veille au soir (il avait déjà fermé les volets pour la nuit et éteint la lampe), on avait frappé à la porte. C'étaient les enfants, ils étaient revenus. Ils avaient franchi le seuil – fatigués du voyage, affamés, mais souriants –, avaient secoué les gouttes de pluie sur leurs habits et s'étaient précipités vers le poêle à la recherche de nourriture. Ils avaient remué les casseroles et les poêles en fonte avec une telle énergie qu'un couvercle – en fer, un peu tordu sur le bord – était tombé au sol et avait roulé jusqu'aux pieds de Bach… La raison de Bach lui rappelait que rien de tout cela ne s'était passé. Mais sa mémoire affirmait que si. Cette dispute entre sa mémoire et sa raison ne durait pas longtemps, en quelques minutes tout revenait dans l'ordre. Sa mémoire admettait que les enfants n'étaient pas rentrés. Et plus le temps passa, plus sa mémoire devint docile, admit facilement.

Bach rassembla les affaires des enfants (pantalons, chemises, robes) et les apporta à l'internat, mais Anntche et Vasska refusèrent de les prendre : ils ne voulaient porter que l'uniforme du foyer, qui était le même pour tous. Et Bach, tout heureux, les rapporta à la ferme, les pendit un peu partout dans la maison – sur le dos des chaises et aux montants des lits, au-dessus du poêle –, comme si les enfants avaient continué à vivre avec lui.

Le vide qui s'était fait dans sa vie ne pouvait être comblé ; mais Bach s'habituait à ce vide, comme on s'habitue à tout – à la perte de ses bras ou ses jambes, à la mort de ses parents ou à vivre loin de son pays. Ce vide se transformait parfois en un sentiment inhabituel et agréable : il regardait la moisissure se répandre sur les rondins de la maison – et pour la première fois, il n'était pas tourmenté par la honte, ne courait pas immédiatement la gratter avec un couteau et la recouvrir de sel ; il regardait les mauvaises herbes envahir le potager, la poussière recouvrir les meubles, les accrocs dans ses habits – et il ne ressentait rien d'autre que de l'indifférence. Il ne devait plus, désormais, désherber, ranger, cuisiner, recoudre. Il ne devait plus se lever aux aurores, s'agiter, se préoccuper. Il ne devait plus rien, à personne.

Le monde, à son tour, ne devait rien à Bach. Il ne devait pas lui donner des minutes, des heures et des années de bonheur. L'inspiration, la passion. Une femme et des enfants aimants. Ils étaient arrivés à un équilibre – le monde et Bach.

Ce sentiment d'équilibre, jusqu'alors inconnu à Bach, pouvait avoir plusieurs noms : indifférence ou froideur, ou une insensibilité soudaine du cœur, ou apathie et flegme sénile. Toutes ces vétilles – la moisissure, les mauvaises herbes et la poussière – s'étaient éloignées, étaient parties, n'étaient plus son fardeau, avaient passé par-dessus bord. Il ne restait qu'une chose, la plus importante : les enfants. Il n'y avait qu'à eux qu'il devait quelque chose – venir les dimanches, apporter des pommes, serrer la main. Tout le reste du temps, il pouvait rester couché sous son édredon et attendre – la visite suivante.

Et il passait le temps couché – écoutant le murmure de la pluie au-dehors, le bruissement des branches de pommier dans le verger. Il arrivait que, regardant les coulées grises sur la vitre de la fenêtre, il ferme les paupières, le temps de battre des cils – et les rouvre à la nuit venue. Parfois, c'était le contraire : il suffisait de fermer un instant les yeux pour que, un instant plus tard, l'obscurité se soit transformée en aurore. Cet effeuillage en accéléré des jours et des nuits – en simples battements de cils – avait son charme : il lui permettait de supporter plus facilement la semaine qui le séparait du dimanche tant attendu.

La ferme vieillissait – vieillissait en même temps que Bach, dans le même rythme ralenti et indifférent. Comme un vieux camarade. Comme un frère. Comme un reflet dans le miroir. Bach appréciait cette camaraderie non contraignante. Sa vie et celle de la ferme s'éteignaient peu à peu – tandis que celle des enfants brillait avec toujours plus de force et de clarté. Et leur départ lui semblait de jour en jour plus justifié…

*

Une nuit, Bach fut réveillé par une sensation de légèreté incroyable. Sa première pensée fut qu'il était mort. Mais non : il sentait ses bras et ses jambes, pouvait bouger les doigts et froncer son nez. Pourtant, ses membres étaient étonnamment légers, comme remplis d'air. Ses entrailles semblaient également remplies d'air, ainsi que sa gorge et sa tête ; et même ses cheveux semblaient se soulever un peu au-dessus de l'oreiller, en apesanteur. Quelque chose avait quitté son corps – quelque chose de matériel, de grand –, était parti en sueur sur son front, avait quitté sa poitrine dans une expiration.

Il courut à la lampe, alluma la bougie. Il examina son corps : de ses doigts de pieds tordus avec des ongles sur plusieurs couches jusqu'aux doigts noueux de ses mains ridées. Son corps était le même. Les sensations étaient différentes.

Là, sur son cou, il avait toujours eu un poids qui le serrait, le tirait vers le sol, lui faisant courber le dos et rentrer la tête dans les épaules. Il n'était plus là.

Dans ses entrailles, tout au fond, il avait toujours eu quelque chose qui serrait en boule ses viscères, son ventre, son foie et sa rate. Il n'y avait plus rien.

Tous ses muscles, ses tendons et ses articulations étaient souvent comme recouverts de givre, le faisant frissonner. Il n'avait plus froid.

Il n'y avait plus de meule en pierre pendue à son cou.

Il n'y avait plus d'aiguille glacée dans ses intestins.

Il n'y avait plus de givre sur ses muscles.

La peur avait quitté Bach.

Il le comprit exactement à cet instant, en pleine nuit, en examinant son corps à la lumière vacillante de la bougie. Il comprit clairement qu'il ne craignait plus ni ses concitoyens au cœur cruel, ni les Kirghizes austères. Ni la faim, ni la guerre, ni les vagabonds scélérats. Ni de perdre la femme aimée, ni que son labeur n'ait aucun sens. Ni même le départ des enfants. Il avait déjà vécu tout cela. Tout cela était arrivé – et parti, tout était redevenu sable, avait été emporté par les eaux de la Volga.

La peur avait disparu.

Pour la première fois en un demi-siècle de vie.

Bach souffla sa bougie et resta un moment assis dans l'obscurité. Cette légèreté, dans son corps, était si vertigineusement inhabituelle et inconfortable qu'il aurait préféré retrouver ne serait-ce qu'une infime partie de sa peur – pour consolider ses organes et ses muscles, les rassembler à nouveau, redonner un peu de poids à son organisme…

Il sortit dans la nuit, ouvrit en grand tous les volets. Il resta un moment assis sur le perron, observant la lune trouble cachée sous des nuées. Puis il s'habilla chaudement, ferma la porte et partit flâner dans les environs.

Ses jambes, qui n'avaient pas l'habitude d'un corps aussi léger, portaient rapidement Bach, menaçant sans cesse de s'emballer – mais il contrôlait leur vitesse, désireux d'entendre la forêt. Il ne pleuvait pas, et les bruits nocturnes s'élevaient avec clarté : les souches mouillées grinçaient, ses chaussures faisaient un bruit de ventouse en s'enfonçant dans les flaques et les feuilles lourdes d'humidité et, de temps en temps, des gouttes d'eau accrochées aux branches tombaient dans les flaques avec un clapotement sonore. Un cri lugubre – d'oiseau ? de bête ? – s'éleva dans le lointain. Bach était incapable de distinguer le sentier dans l'obscurité, mais son corps avait dû trouver tout seul le chemin, ou la forêt s'était écartée pour le laisser passer : il ne tomba pas une seule fois, ni ne trébucha, et n'eut pas une égratignure.

Comprenant que ses jambes l'avaient conduit à la falaise, il descendit vers le fleuve. Il resta un moment assis dans la barque, caressant ses flancs mouillés et glissants, puis la poussa à l'eau – il partit pour Gnadenthal.

Peut-être que Gnadenthal avait changé en tant d'années, peut-être que non. S'habituant progressivement à la légèreté agréable de ses mouvements, Bach marchait dans les rues. Mais rien – ni les maisons familières, ni la place principale où flottaient les fantômes des ormes brûlés, ni le bâtiment du soviet où, autrefois, Hoffmann passait des nuits entières sans dormir – ne touchait son cœur.

Bach traversa Gnadenthal et entra dans la steppe. Il marcha dans la ravine jusqu'au ruisseau du Soldat. Prit la rive à la Réglisse – jusqu'au ravin des Trois Bœufs. Passa le fossé aux Mûres et le vallon aux Moustiques – jusqu'au mont du Moulin et au lac du Pasteur, non loin de la tombe au Diable. Et continua son chemin.

Il marchait dans la steppe, les tiges de stipes caressaient ses genoux et ses mollets. Ses jambes ne se fatiguaient pas de porter son corps, son dos était droit, sa démarche légère, sa tête fièrement levée. La nuit n'en finissait pas, et le ciel couvert de nuages descendait de plus en plus bas, promettant un orage.

Quelque part devant lui, Bach sentit la terre frémir et glisser à sa rencontre. Au même instant, il comprit : ce n'était pas la terre qui s'avançait, mais une meute de loups. Il sentit leur odeur avant même de voir leurs yeux : des dizaines et des dizaines d'yeux jaunes, ou peut-être incolores. Ces yeux l'encerclèrent, et passèrent à travers lui. Les dos des loups glissaient contre ses cuisses, les queues des loups fouettaient ses mains. Un nuage de respirations de loups – affamées, chaudes – entra dans Bach et en sortit. La meute continua son chemin dans la steppe, s'éloignant de Bach. Et il resta à nouveau seul – sans peur.

Bach leva le visage. La voûte céleste, au-dessus de lui, était déjà emplie d'une pesante masse violette, l'air était si fortement imprégné d'électricité qu'un battement de cils devait suffire à provoquer des étincelles bleues. Les nuées pansues bruissaient, crépitaient, bourdonnaient. L'une d'elles laissa soudain échapper un éclair blanc, poussa un sanglot bas et passionné – et déversa une trombe d'eau froide sur Bach. L'eau lui fouettait le corps, ses jambes sentaient la terre trembler à chaque nouveau coup de tonnerre. Les éclairs – jaunes, bleus, d'un noir violacé – étaient de plus en plus nombreux, de plus en plus proches, à portée de main.

Mais Bach ne ressentait ni peur ni inspiration – il regardait les éléments se déchaîner avec indifférence, sans la moindre émotion.

Il n'avait pas peur.

Il fit demi-tour et rentra chez lui.

# 28

Longtemps après cette nuit, Bach continua de chercher la peur qui l'avait quitté. Il entrait dans l'étable du kolkhoze – dans l'enclos des taureaux furieux – et donnait aux bêtes du sel dans la main. Il entrait dans l'hôpital de Pokrowsk – dans l'aile réservée aux malades du typhus – et caressait les fronts brûlants des mourants. Il montait sur le clocher de Gnadenthal et, se penchant dangereusement à la fenêtre, regardait la terre d'en haut. Il n'avait pas peur. La peur semblait avoir quitté Bach à jamais.

Cela dit, l'absence de peur n'était pas du tout synonyme de témérité : elle avait été remplacée non par l'audace, mais par la sérénité. Le regard détaché de Bach voyait bien plus qu'auparavant, comme si on avait arraché le voile recouvrant les objets et les gens : pour la première fois, il contemplait le monde tel qu'il était. Le déchaînement des couleurs et la richesse des nuances s'étaient atténués – il ne restait que le noir et le blanc, rien que l'essentiel, le fond des choses. Ce nouveau regard ne faisait pas que voir : il comprenait.

Bach examinait les passants dans les rues de Pokrowsk, et comprenait que leur silence de poisson et leur agitation de souris n'étaient pas dus à une activité enthousiaste, n'étaient pas la marque de leur zèle ou de leur préoccupation, mais de la peur : ils avaient tous peur, ils fuyaient tous quelque chose.

Ces deux caractères, le poisson et la souris, s'étaient rapidement répandus dans toute la région ; ils se transmettaient de personne à personne, comme se transmettent une maladie ou une rumeur. L'épidémie avait atteint Gnadenthal. Bach s'y était rendu deux fois – et avait remarqué à quel point ses concitoyens avaient changé.

Les visages des uns s'étaient allongés, étaient devenus plus fins, les bouches s'étaient ramassées et s'étaient pincées sous les nez, tandis que les nez eux-mêmes se tendaient en avant, reniflaient continuellement. Les yeux avaient rapetissé, sautaient sans cesse d'un objet à l'autre, les oreilles s'étaient développées ; les corps semblaient être devenus plus petits, les bras plus courts, serrés contre les poitrines. Les Grass travailleurs, les Lang avares, les pieux Wenders et la famille nombreuse des Brecht, du patriarche grisonnant au plus jeune rejeton – tous les gens-souris semblaient désormais appartenir à la même famille, ils étaient devenus si semblables qu'on avait parfois de la peine à les distinguer les uns des autres. Ils filaient tous avec une rapidité inhabituelle – de portail en portail, de porte à porte – sans lever les yeux et sans rester plus d'une seconde à la même place.

Les physionomies des autres Gnadenthalois, au contraire, s'étaient élargies sur les joues et figées comme des masques ; leurs yeux s'étaient arrondis et étaient devenus horriblement saillants ; les bouches s'étaient serrées en un pli fin, presque invisible, aux coins tombants – leurs lèvres ne s'ouvraient jamais, et, chez certains, s'étaient peut-être définitivement refermées. Les gros yeux ne bougeaient presque pas dans leurs orbites, leurs mouvements étaient devenus lents, indifférents. Les Mann autrefois toujours pleins d'entrain, le peintre Anton Fromm, le forgeron Benz, l'osseuse veuve Koch, le président du soviet Dietrich, et même Emmy des Pastèques – tous les gens-poissons nageaient prudemment dans les rues de Gnadenthal, faisant à peine un signe de tête pour saluer.

Que craignaient-ils tous ? Quel affolement avait changé les gens en poissons et en souris ? Bach ne cherchait pas à trouver la réponse – il savait simplement qu'il n'était pas atteint par cette épidémie : il marchait sereinement à travers ces peurs, comme il aurait franchi un petit gué sans se mouiller.

Les enfants n'étaient pas non plus atteints par l'épidémie – pas seulement Anntche et Vasska, mais tous les pensionnaires de l'internat : la fine Mamlakat à la peau brune et aux dents blanches, Klaus aux yeux bleus, Lenz aux épais sourcils, Mania, avec ses taches de rousseur et ses fossettes sur les joues, le chenapan Petounia, le maigre Askhat, et la minuscule Engelsina avec ses yeux noirs bridés pareils à deux traits de pinceau.

Les enfants n'avaient peur de rien. Dans leurs regards confiants et leurs visages ouverts, Bach reconnaissait l'intrépidité qu'il avait observée dans les yeux d'Anntche depuis sa naissance. Les voix des enfants étaient pleines de foi et de passion, leurs sourires – pleins d'amour et d'espoir. Leurs gestes étaient dégagés, joyeux, et ils portaient cette joie et cette liberté avec eux – dans les rues de Pokrowsk, dans les espaces exigus des clubs de travailleurs, les théâtres, les salles de lecture. Les enfants ne craignaient pas les faces de poisson et de souris des adultes – peut-être qu'ils ne les remarquaient même pas : ils passaient entre ces peurs comme sur un petit gué, sans se mouiller.

Le monde s'était délité, divisé en deux : le monde des adultes effrayés et le monde des enfants intrépides, qui coexistaient sans jamais se croiser.

*

De façon incompréhensible, le temps se délitait aussi. Au premier abord, il s'écoulait comme auparavant, de l'aube au crépuscule, du jour à la nuit. Mais quelque chose en lui s'était brisé, il avait déraillé sous les yeux de tous, ou peut-être seulement de Bach : l'automne ne finissait jamais. Ou plutôt, le dernier mois d'automne – novembre – ne finissait jamais, ne laissait jamais l'hiver arriver.

La Volga se languissait, incapable de geler vraiment. Les vagues bruissaient contre le sable et les rochers du rivage, entraînant des miettes de glace à la place de l'écume. Des cristaux étincelaient brièvement dans les eaux vertes et transparentes, blanchissaient et formaient des plaques, pour ensuite à nouveau fondre et s'émietter. Une lie de glace voguait sans cesse à la surface du fleuve – tout comme, au-dessus, dans le ciel, voguaient de lourds nuages. De l'eau tombait des nuages.

En tombant les gouttes gelaient, se transformaient en neige, puis fondaient et s'abattaient sur le sol sous forme de pluie : une pluie glacée, qui griffait le visage. Le vent fouettait les arbres et les falaises, la steppe et les maisons, soufflant sans fin du nord, et seulement du nord – des jours, des semaines et des mois entiers.

L'humidité omniprésente – qui se changeait en givre, puis redevenait eau – glissait sur les fenêtres et les volets, les poteaux et les portails, les murs des basses-cours et des porcheries, sur les tableaux rouges et noirs, effaçant les résultats, notés à la craie, des avancées socialistes. Elle glissait sur les visages des kolkhoziens, les cornes des moutons et des chèvres, les corps des vaches et des tracteurs, les soies des porcs, les plumes des poules. Elle éteignait les ampoules électriques dans les maisons. Se mêlait au foin, gelait, puis craquait sous la dent des chameaux et des chevaux. Elle imbibait les plumes des mouettes, qui tombaient comme des pierres dans la Volga, incapables de maintenir dans les airs leurs corps alourdis.

Bach, qui n'avait pas de calendrier, et qui avait pris l'habitude de mesurer les années à la succession de la chaleur et du froid, des neiges et de l'herbe, avait perdu le compte du temps. Les gens aussi : à Gnadenthal, à Pokrowsk, sur toute la Volga. Noël arriva (on continuait de le fêter secrètement dans les colonies). Puis – l'anniversaire de l'Armée rouge. La Journée internationale de la femme. Vint le printemps. Mais c'était toujours novembre, qui se prolongeait indéfiniment.

Les laboureurs-poissons et les laboureurs-souris sortirent dans la steppe détrempée de pluie. Leurs tracteurs, malades depuis longtemps, couverts de rouille, restaient bloqués dans la boue, et n'en bougeaient plus, malgré les efforts des mécaniciens. Et bientôt, la steppe se couvrit de tracteurs morts, comme autrefois de meules de foin.

Ils recommencèrent à labourer à l'ancienne – avec des chevaux. S'enfonçant dans l'argile, ils poussaient la charrue, perdant leurs chaussures et blessant leurs pieds nus dans les flaques à demi gelées. Ils labouraient, non la terre, mais une bouillie glacée. Mais ils semaient, semaient – jetant obstinément des graines imbibées d'eau dans cette bouillie. Et le grain montait – en pousses blanches, pareilles à des cheveux gris. On récoltait. Mais c'était toujours novembre.

Les kolkhoziens, pâles de ne plus voir le soleil, les joues gris-bleu et les doigts ridés à force d'humidité, partirent récolter les fruits et les légumes. Ils récoltèrent des pastèques et des melons grands comme le poing, des navets et des betteraves – comme des noix, des pommes – comme des pois, et des carottes fines comme des fils de coton. Tous ces fruits avaient la même couleur et le même goût : la couleur de l'eau et le goût de l'eau.

Vint l'automne : septembre, puis octobre. Mais c'était toujours novembre.

C'était le temps de l'*Éternel Novembre.*

*

Cela dit, Bach n'était pas gêné par les pluies incessantes, par l'air trouble, imprégné d'eau, qui formait un brouillard blanc ou de petites aiguilles de glace ; il ne souffrait pas d'avoir les pieds et les vêtements toujours mouillés, ne parvenant pas à les sécher même sur le poêle brûlant – Bach ne remarquait pas Novembre.

La ferme se figea, enfoncée dans le froid et l'humidité. Les rondins de la bâtisse, noirs et brillants de brume, ne séchaient pas, mais ne pourrissaient pas non plus. La paille qui couvrait le toit avait noirci et collait, mais ne laissait pas passer l'eau. Les poêles dans la maison fumaient, donnaient une chaleur faible, mais fonctionnaient encore. Les vitres des fenêtres avaient les coins tapissés de feuilles pourries, mais elles laissaient passer la lumière. Les clôtures penchaient, s'immobilisaient dans des positions bizarres. Les mauvaises herbes qui avaient envahi le potager s'étaient changées en squelettes bruns, au milieu desquels s'élevait parfois la tache claire de rares pousses de chênes, à la croissance déjà avortée.

La vieille ferme ne demandait plus à Bach le moindre effort ni la moindre attention. Heureusement : Bach n'aurait pu lui donner ni l'un ni l'autre. Il tapotait avec reconnaissance les murs de rondins parcourus de fissures, la chaux qui s'effritait sur le poêle. Il touchait avec reconnaissance les pommiers, qui ne portaient plus de fruits, mais qui étaient encore vivants. Qui veillaient toujours sur Klara. Il allait rarement voir Klara – il gardait ses forces pour ses visites aux enfants.

Il continuait de leur apporter des pommes chaque dimanche ; n'ayant pas de calendrier, il comptait simplement six jours à dater de sa dernière visite, et, au septième jour, reprenait le chemin de Pokrowsk. Ce qui était étrange, vraiment étrange – il y avait toujours des pommes dans la grange. Bach ne les recensait plus comme auparavant, en les soulevant avec précaution et en arrangeant la paille. Il venait simplement, les mettait dans un sac et les apportait au foyer d'enfants. La semaine d'après, il remplissait un nouveau sac, les apportait. Puis – encore... En dépit des mathématiques et de tout bon sens, les pommes de la grange ne finissaient pas, et restaient parfaitement fraîches, comme si on les avait cueillies la veille.

Bach ne se préoccupait pas beaucoup de la nature de ce phénomène. La seule chose qui le troublait un peu était cette impression d'être hors du temps. Mais comment le sentir passer, quand la nature ne lui donnait aucun repère ? Ni la forêt ni le verger n'auraient pu aider Bach : les pommiers, comme les chênes et les érables dans la forêt, s'étaient tus, étonnés par ce froid prolongé ; parfois, sur les branches noircies, paraissaient des taches de moisissure blanche, qui disparaissaient aussitôt – c'était tout ce dont les arbres étaient capables (Bach aurait été très surpris si on lui avait dit que ce n'était pas de la moisissure, mais de minuscules fleurs stériles). La Volga ne pouvait pas l'aider non plus : ses eaux fatiguées, qui ne s'étaient toujours pas transformées en glace, épaissies par les écailles de poisson, coulaient le long des rives d'un air triste et désorienté ; le poisson avait disparu, ne laissant que ses écailles – qui, soulevées lors des grands vents, changeaient le fleuve en une sorte de gelée brillante.

Bach décida de mesurer le temps aux changements dans son propre corps : aux taches brunes sur le dos de sa main, aux poils blancs dans sa barbe. Mais ce calendrier s'avéra peu sûr : les taches de vieillesse apparaissaient et disparaissaient sur ses mains, se jouant de Bach, et ses cheveux blancs s'emmêlaient, ne lui permettant pas de tenir un compte exact. Il trouva une autre solution : il se mit à mesurer le temps avec la croissance des enfants.

Les corps de sa fille et de son fils étaient le meilleur calendrier. Les changements dans leur visage, les bras, les jambes et les doigts qui devenaient plus longs – c'est ainsi que Bach mesurait désormais le temps. Les bosses à peine visibles des seins sous la chemise de toile – chez Anntche. Une ombre à peine visible au-dessus de la lèvre supérieure – chez Vasska. Des lèvres un peu gonflées, des épaules arrondies – chez Anntche. La pomme d'Adam très saillante – chez Vasska...

Ce merveilleux calendrier ne nécessitait aucune note – il restait dans la mémoire de Bach. Mais, comme dans tout calendrier, il devait y avoir une dernière page. Bach se demandait où était cette dernière page. Il trouva lui-même la réponse : probablement le jour où les enfants le dépasseraient. Quand ils seraient tous deux plus grands que lui – ne serait-ce que d'un cheveu –, qu'ils pourraient voir plus loin et mieux que lui, qu'ils seraient plus forts, plus solides, plus sains. Alors, sans doute, ils n'auraient plus besoin de lui. Alors, sans doute, il devrait partir. Le merveilleux calendrier serait terminé. Est-ce qu'un nouveau commencerait ?...

Avec une joie sereine, Bach attendait le jour où Anntche serait aussi grande que lui. Et ce jour arriva. Quand Anntche, en lui serrant la main à son arrivée, le regarda pour la première fois non de bas en haut, mais bien en face, il comprit : Voilà, c'est arrivé.

Il ne restait plus qu'à attendre quand Vasska dépasserait Bach.

Depuis ce jour, son cœur connut – pas l'angoisse, non – mais une légère impatience. On pouvait sans doute appeler ça un vrai désir – pour la première fois depuis quelques années.

Bach ne se demandait pas ce qu'il allait devenir après. Mais il se demandait ce que la ferme allait devenir. Ce bon compagnon, ce camarade, cette amie – la vieille ferme –, comment allait-elle vivre sans Bach ?

Vasska et Anntche n'avaient pas besoin de la ferme. Ils l'avaient aimée, autrefois, mais depuis qu'ils étaient à la ville, ils n'avaient jamais eu le désir d'y revenir, de revoir la maison et le verger. Les années passeraient et devenus adultes, avec les premières traces de vieillesse sur leur visage, ils y retourneraient peut-être pour retrouver leurs souvenirs. Mais la ferme n'attendrait probablement jamais aussi longtemps : elle tomberait en ruine, serait mangée par la forêt.

Qu'allait faire Bach de cette maison – décatie, mais encore chaude ? Et de ces pommiers – noirs de vieillesse ? De ces granges et ces remises à demi écroulées ? De la glacière inondée ? Du puits décrépit ?

La réponse – simple, la seule bonne réponse – vint d'elle-même. Allongé sous l'édredon de plumes, écoutant la pluie, Bach comprit qu'elle lui avait été donnée il y a longtemps, de nombreuses années auparavant – bien avant que la question n'apparaisse. Une fois qu'il eut compris, il se leva du lit, alluma la lampe et se mit au travail, immédiatement, sans attendre le matin.

*

Il savait qu'il avait beaucoup de travail devant lui. Que l'Éternel Novembre allait beaucoup lui compliquer la tâche. Qu'il pourrait être pris de court. Mais Bach avait très envie d'aller jusqu'au bout. Et c'était un vrai désir – le deuxième en quelques années.

Il apporta les outils de la remise – la hache, la barre, les planes, rabots, becs-d'âne, maillets, racloirs, ciseaux, alênes –, tout ce dont il pouvait avoir besoin. Il passa du temps à les nettoyer, enlevant les taches sombres sur le bois et la rouille sur le fer – jusqu'au moment où les nuages noirs dans le ciel devinrent gris, annonçant le début du jour.

Il commença par le plus important. Rampant le long des murs, il examina, toucha chaque pierre – n'était-elle pas branlante ? fendue ? ne devait-elle pas être changée ? Il avait l'impression d'enlacer les pierres et de les caresser. Elles étaient plus chaudes que la bruine qui tombait sans cesse. Il rapporta encore quelques grosses pierres de la rive, prit du sable. Il posait les pierres et les recouvrait de sable, posait et recouvrait, parfois en ajoutant de l'argile. Il renforçait le soubassement.

Cela lui prit une semaine – Bach faillit manquer la visite du dimanche. En rentrant de Pokrowsk, il s'occupa des rondins.

Ses doigts touchaient chacun d'eux – chaque saillie et chaque creux. Il enlevait fil à fil l'étoupe pourrie, la remplaçait par une nouvelle couche bien sèche. Il mettait de la mousse séchée dans les fissures, les recouvrait de résine. Cela lui prit encore une semaine.

Il répara longuement le toit. Des réserves de paille et de roseaux attendaient leur heure depuis de nombreuses années dans la grange, mais – par chance pour Bach – elles n'avaient ni pourri ni moisi. Il tria les tiges vides, les saupoudra de sel, les relia en bottes. Puis il grimpa sur l'échelle posée contre le mur, monta sur le toit, et, frissonnant sous la pluie, l'inspecta tout entier, enleva les feuilles mortes et les branches avec un râteau, coupant soigneusement tous les morceaux abîmés. Du faîte au bord, il remit de nouvelles bottes, sèches et salées. Il emporta dans la forêt les nids d'oiseaux trouvés sur le toit.

Il enleva et rabota tous les cadres de fenêtre ouvragés, et ils brillèrent d'une lueur douce et jaune sur les murs brun foncé. Il rabota également la porte d'entrée et la balustrade du perron. Il remit des vitres aux deux fenêtres condamnées – celle de la cuisine et celle de la chambre de Klara.

Ayant terminé les travaux d'extérieur, il passa à l'intérieur. Là aussi, il frotta, gratta, changea l'étoupe. Il ramona la cheminée, blanchit le poêle à la chaux. Lava tous les tapis et les nattes dans la Volga. Nettoya les appuis des fenêtres avec un couteau.

Il se demanda longtemps ce qu'il allait faire des murs dans la chambre de Klara. Il était désolé à l'idée de toucher les inscriptions que Klara avait gravées un jour avec ses ongles fins. Il ne pouvait pas non plus les garder. Il pensa les effacer avec du sable – tendrement, sans faire de mal ni à lui-même ni aux rondins – mais ne put s'y résoudre. Il se rendit à Gnadenthal, en rapporta un seau de peinture : passer le pinceau sur les mots, en les conservant sous la couche opaque, était moins douloureux.

Avec les restes de peinture, il inscrivit, sur la porte d'entrée de la maison : « Foyer d'enfants de la Troisième Internationale ». Bach ne savait pas qui était cette Troisième Internationale ni en quoi elle s'était distinguée. Il avait choisi ce nom pour exaucer le vœu de Hoffmann – des années plus tard.

Bach pensa souvent à Hoffmann, ces jours-là. À Gnadenthal, les bâtiments construits pendant la mémorable *Année des Récoltes Inouïes* étaient toujours là. Ils étaient tous debout, tous utilisés selon leur vocation : l'isba-bibliothèque, le club (avec ses coins : politique, militaire, agraire et culturel), le jardin d'enfants, la crèche, l'hôtel, le foyer pour travailleurs, l'infirmerie, l'administration du kolkhoze, le parc automobile et des tracteurs, la ferme d'élevage, l'exploitation de volailles, l'entrepôt, et les écuries et porcheries collectives, la Maison du kolkhozien et celle du pêcheur. Même les roulottes (trois pour les faucheurs et moissonneurs, deux pour les éleveurs de volailles ambulants) continuaient à assurer leur charge. Mais qui, à Gnadenthal, se souvenait de l'extravagant bossu ?

Bach, lui, se souvenait de Hoffmann. Et, travaillant du matin au soir à réparer la maison – sciant, enfonçant, frappant, coupant, portant des planches, rabotant et écorçant –, il se sentit soudain pareil à lui. Il comprit quel enthousiasme pouvait emplir le cœur d'un homme à la vue d'une chaise réparée ou d'un toit rénové, s'ils étaient réparés et rénovés pour quelqu'un d'autre, pour des inconnus...

Dans la maison propre et restaurée, il ne restait qu'à adapter les chambres. Bach ne savait pas combien d'enfants viendraient y habiter, mais il aurait voulu en laisser venir autant que possible. C'est pourquoi il décida d'éliminer les vieux lits – larges et énormes – pour les remplacer par des couchettes plus étroites. Quelques mois plus tard, on ne reconnaissait plus la chambre de Klara ni celle du maître de maison : elles étaient remplies de lits à trois niveaux le long de chaque mur. Certains lits étaient plus courts – pour les petits –, d'autres plus longs – pour les adolescents. Bach ne fit pas de lits pour adultes (il dormait lui-même sur un lit pour adolescent, les jambes pliées, et serré contre le mur pour ne pas tomber). Il transforma l'ancienne chambre de Tilda en débarras – il n'y laissa pas de meubles, seulement les coffres.

La table à manger était depuis longtemps bancale – Bach lui fit de nouveaux pieds. Il fabriqua aussi des chaises supplémentaires. Il installa des étagères à livres sur les murs du salon : il avait la conviction qu'il y aurait beaucoup de livres dans la maison (en attendant, il avait mis sur l'étagère le premier, et pour l'instant le seul : le livre de poèmes de Goethe, à la reliure considérablement usée). Il avait cousu des matelas et des oreillers qu'il avait fourrés de paille. Il avait sculpté dans le bois des cuillères et des jattes, les avait disposées soigneusement sur le rebord du poêle. Il avait fait des réserves de bois – en avait rempli le bûcher, la remise, l'espace derrière le poêle...

*

Préparant le domaine mois après mois, Bach en arrivait parfois même à manquer une visite aux enfants : si, le dimanche matin, il s'apercevait que la journée ne serait pas pluvieuse, il restait à la ferme, à travailler. Les jours secs étaient rares, et gaspiller ces heures précieuses en déplacements lui semblait un luxe inadmissible.

Les retrouvailles n'en étaient que plus joyeuses. À cette époque, les enfants avaient commencé à recevoir, en classe, des cours d'allemand. Anntche se débattait péniblement avec cette langue étrangère, mais Vasska, toujours aussi pugnace, put déjà bredouiller ses premières phrases au bout de quelques semaines : il accolait les mots avec entrain, sans se préoccuper de l'ordre et des déterminants, mêlant à ses discours des bribes de chansons apprises par cœur au temps du gramophone. Pour la première fois, Bach comprenait ce que le garçon lui disait – comprenait tout, même si leurs conversations se limitaient aux thèmes scolaires : ils ne parlaient que de moissons, de lutte contre la religion et du quotidien des pionniers.

Bach trouvait étrange de regarder Anntche par en dessous – il ne parvenait pas à s'habituer, s'étonnait à chaque fois et se figeait. Il surveillait Vasska avec un sentiment mêlé, attendant : Ce sera quand ? quand ?... Vasska grandissait – mais d'une façon à peine perceptible, comme à contrecœur.

Quand Bach, ayant fini de réparer la maison, passa aux bâtiments de la cour – nettoya le puits, assécha la glacière, répara son toit, rénova la grange, la remise, l'étable, redressa les clôtures et restaura l'auvent du bûcher –, Vasska lui arrivait au menton.

Quand il s'occupa, finalement, du potager abandonné – arrachant une armada de mauvaises herbes et de pousses d'arbres, bêchant la terre et l'effritant entre ses mains, refaisant des plates-bandes et y semant les restes de graines –, Vasska arrivait à hauteur de sa bouche.

Quand il bêcha le verger, taillant et nettoyant, qu'il abattit une douzaine de vieux pommiers et les remplaça par de jeunes arbres – Vasska lui arrivait aux yeux.

Et quand Bach inscrivit, sur la pierre tombale de Klara, son nom et l'année de sa naissance et de sa mort (pour que personne ne soit tenté de bouger la pierre) – Vasska était devenu aussi grand que lui.

Ce jour-là, Bach resta avec les enfants plus longtemps que de coutume. Déjà, des camarades appelaient Vasska et Anntche, courant vers eux et criant leur nom, mais il les retint tous les deux en mettant ses mains sur leurs épaules. Ils lui obéirent, et restèrent avec lui.

Il était assis sur le banc, ne sachant pas quand il pourrait enlever ses mains des épaules fragiles des enfants.

Les enfants attendaient – et il attendait.

Ses mains étaient légères, mais il ne pouvait ni les déplacer ni les enlever.

Les enfants attendaient – et il attendait.

Il ferma les yeux et enleva ses mains.

Quand il rouvrit les yeux – les enfants n'étaient plus là.

Bach revint à la ferme, sortit l'esquif de l'eau, le rangea entre des rochers – de manière qu'on le voie depuis le sentier.

Il monta sur la falaise.

Il fit le tour de la cour et du verger.

Il entra dans la maison.

Il disposa sur la grande table les assiettes et les cuillères – comme pour le dîner.

Il répartit les habits sur les couchettes – tous ceux qui étaient dans les coffres.

Puis il se coucha lui-même, s'enveloppa sous l'édredon et se mit à écouter la pluie qui martelait la fenêtre…

Bach rêva des enfants. Pas seulement d'Anntche et de Vasska, mais d'autres enfants – à la peau sombre, blanche, aux cheveux crépus et à la tête rasée, aux yeux clairs et aux yeux foncés –, tous ceux qui viendraient un jour vivre dans cette maison.

Il ne vit aucun adulte dans son rêve. Les adultes ne l'intéressaient plus : les gens-souris étaient mesquins et agités, les gens-poissons, graves, posés, aux yeux saillants, faisaient penser à des carpes paresseuses.

# 29

Les carpes étaient énormes, paresseuses. Elles tournoyaient lentement dans le bassin rond, laissant parfois paraître, à la surface de l'eau dormante, l'étroite lame de leurs nageoires épineuses. Poussées par la brise, des fleurs de mandarinier tombaient dans le bassin, et les carpes se jetaient sur elles, ouvrant avec avidité leurs bouches blanches et mobiles ; elles les déchiquetaient dans un grand remous d'eau, puis les crachaient avec dépit et recommençaient à tournoyer lentement, solennelles. Le silence était si complet qu'on croyait entendre les pétales glisser dans l'air et tomber dans l'eau calme ; le bouillonnement d'écume, à chaque bousculade de poissons, semblait assourdissant.

Le guide des peuples se tenait au bord du bassin, assis sur une couverture de feutre pliée en quatre, et regardait les poissons. Sur le fond tapissé d'émail bleu, les corps argentés des carpes prenaient des reflets dorés. Leurs flancs couverts d'écailles miroitantes brillaient si vivement au soleil que le guide des peuples était obligé de fermer les yeux. La lumière aiguë flamboyait encore longtemps sur sa rétine, brûlant ses paupières, ses globes oculaires, son cerveau, mais il ne pouvait pas détourner le regard, il avait la sensation constante que la danse des poissons était liée à un mouvement à l'intérieur de son propre corps, dans sa poitrine ou dans son estomac : quelque chose de froid et de rugueux bougeait en lui. C'étaient peut-être des rimes qui attendaient leur heure.

La chaleur était douce et tiède, légère – une chaleur de printemps. Il régnait une odeur d'épicéa, de mer, de mandarinier en fleur, et – un tout petit peu – de fumée douceâtre (on ajoutait, pour l'arôme, des copeaux de pommier dans la cheminée) et de thé de qualité supérieure fraîchement infusé. On avait encore l'impression de sentir, venant de derrière les arbres, un corps échauffé, une haleine inconnue, une odeur de poudre ou de métal mouillé. C'était impossible : la datcha gouvernementale était la seule bâtisse sur la colline, gardée par six centaines de militaires dispersés en bas, invisibles ; elle n'était atteignable que par une unique route, à peine assez large pour une voiture, qui serpentait follement jusqu'au sommet. Il n'y avait personne derrière les arbres.

La silhouette du cuisinier – le guide des peuples la voyait du coin de l'œil – dansait d'un pied sur l'autre depuis un bon moment devant le pavillon en bois sculpté, où la table était mise pour une personne : une tasse et une soucoupe de porcelaine, des couverts en argent, un plat avec des pâtés couverts avec soin d'une serviette en lin. Les pâtés refroidissaient. Le guide des peuples savait qu'une deuxième fournée de *rasstegaï* aux champignons et de tourte au poulet se préparait – au cas où la première aurait refroidi avant qu'il vienne boire le thé –, et de la pâte était étalée sur le tour pâtissier, pour une troisième fournée. Le cuisinier s'apprêtait à filer dans la cuisine pour y prendre les pâtés chauds, quand le guide des peuples, sans quitter le bassin des yeux, leva la main et fit un geste irrité : Apporte ta nourriture et disparais. Le cuisinier attrapa joyeusement le plat et l'apporta au bassin – des éclats de granit crissèrent désagréablement sous ses bottes.

– Pourquoi avoir mis des cailloux sur le chemin ? demanda le guide des peuples d'une voix lasse. Ils sont coupants, on peut se blesser.

Le cuisinier fit un petit hochement de tête approbateur, suivi d'un hochement indigné. Il posa soigneusement le plat sur le rebord, enleva la serviette – une odeur lourde de champignons cuits se répandit immédiatement dans l'air – et, après avoir attendu un instant, s'évanouit dans la nature.

Les pâtés avaient une couleur trop vive : avant de les cuire au four, on les avait trop généreusement badigeonnés de jaune d'œuf, ils étaient excessivement dorés. Le guide des peuples s'empara d'un pâté ouvert – lourd, friable, du beurre chaud lui coula sur les doigts – et le jeta dans le bassin.

L'eau se mit immédiatement à bouillonner – le pâté fut déchiré en morceaux, disparut : les carpes se battaient, tremblantes d'excitation, attendant encore de la nourriture, et se frappaient avec la queue, perdant leurs écailles. Dans l'agitation de l'eau, le guide des peuples entendait distinctement leurs bruits de bouche. Il jeta encore un pâté, puis un autre...

Sur la table du bureau, un rapport sur l'*opération allemande* l'attendait. Le guide des peuples avait apporté les documents dans sa datcha de la mer Noire, mais il n'avait pas encore touché le fin porte-documents. À quoi bon – il connaissait le contenu sans avoir besoin de lire le texte.

L'Allemagne se préparait à la guerre, s'y préparait depuis longtemps. Dans son arsenal bien fourni, elle avait entre autres une arme non testée, mais d'importance : les Allemands de souche – un troupeau de chevaux de Troie dispersés sur le globe terrestre et attendant leur heure. Hitler – un fou, un hystérique et un génie incontestable de la démagogie – entrait, lors de ses discours de plusieurs heures, dans des transes oratoires en évoquant les injustices que les autres États perpétraient contre les « bons fils de la nation aryenne » vivant sur leurs territoires. Il rêvait de voir ces fils se dresser sous l'étendard du Reich : il avait annoncé le début de la lutte (pour le moment, simplement la lutte) pour la création de l'Allemagne nazie à l'étranger, et créé le concept de « l'Allemand absolu », qui transformait automatiquement toute personne dans laquelle coulait du bon sang aryen en nazi, car « le sang est plus fort que le passeport ».

Les doigts du guide des peuples brisaient la pâte fine et la jetaient dans l'eau. À ce jour de mai 1938, un million trois cent mille Allemands de souche vivaient en URSS.

Le Reich œuvrait sans relâche à préparer ses « chevaux de Troie » à la guerre imminente, sans chercher vraiment à cacher ses intentions. Cinq ans plus tôt, le troisième homme du Reich,

Rudolf Hess, à qui Hitler avait confié la *Volkstumpolitik*[1], avait créé un Conseil pour les affaires des *Volksdeutsche*, les « Allemands de souche ». Les succès de Hess dans ce domaine avaient semblé modestes à Hitler, et deux ans plus tard la question des *Volksdeutsche* avait été remise au Bureau pour les relations avec les Allemands de l'étranger sous l'aile du département de Ribbentrop. Mais cette mesure avait également été rapidement déclarée trop peu efficace, et depuis une année l'union des fils de la nation aryenne sous la bannière du Reich avait été confiée à un organisme spécial, le *Volksdeutsche Mittelstelle*[2], dit VoMi. Son dirigeant était l'Obergruppenführer SS Werner Lorenz. Le guide des peuples avait vu ce Lorenz sur des photographies : un bel homme trop bien nourri, avec un menton volontaire, des yeux maussades et transparents – il avait dû être souvent battu dans son enfance. L'Obergruppenführer s'était attelé avec enthousiasme à sa tâche : après un an, le VoMi comptait déjà trente collaborateurs, son budget était comparable au budget du ministère des Affaires étrangères allemand ; sous le slogan « *Heim ins Reich !* » (Rentrons dans le Reich !), ils menaient une campagne active pour le retour des Aryens de souche dans la patrie ; et leurs plans allaient si loin qu'ils avaient l'air fantastiques, comme, par exemple, l'idée de « germanisation » de la jeunesse des autres pays.

Le VoMi ne touchait pas aux Allemands soviétiques – en tout cas, il feignait de les ignorer. Après les « heurts » politiques actifs pendant et après la famine dans la Volga, Hitler avait fait comprendre que le thème des Allemands russes ne serait plus une pierre d'achoppement – la carte qui avait été jouée une vingtaine d'années plus tôt avait finalement été offerte à l'Union soviétique. C'était mauvais signe : la lutte pour les Allemands soviétiques allait sans doute être désormais jouée non cartes sur table, mais en sous-main. Ainsi, on avait nommé consul d'Allemagne à Novossibirsk un ancien Allemand russe, Maximilian Meier-Heidenhagen, qui parlait parfaitement russe.

Les informations locales confirmaient les craintes du guide des peuples : depuis quelques années, le NKVD avait découvert un

1. « Politique ethnique » nationale-socialiste.
2. Organisme qui s'occupait de la propagande nazie destinée aux Allemands de souche hors des frontières allemandes.

grand nombre de groupes contre-révolutionnaires et de complots antisoviétiques initiés par les Allemands soviétiques – le dossier « Amis » (mais qui avait donné un nom pareil à une opération sérieuse ?!), le dossier « Aryens », le dossier « enseignants de l'Institut pédagogique allemand », les complots de Balzer et de Warenburg, dans les fabriques « Karl Liebknecht », « Clara Zetkin », « Rosa Luxemburg » de la région de la Volga...

Les carpes, qui avaient dévoré presque tous les pâtés, devenaient plus agressives à chaque minute – la collation semblait leur avoir fouetté l'appétit, et peut-être se disaient-elles que la nourriture cesserait bientôt. Certaines sautaient hors de l'eau d'impatience, retombant à plat sur la masse tourbillonnante de bouches, narines et yeux globuleux de leurs congénères. L'une des carpes se distinguait particulièrement : longue, musculeuse, son aileron dentelé déjà bien abîmé par les bagarres – une vraie combattante. Une fois, tandis qu'elle sautait au-dessus des autres, elle réussit à attraper entre ses mâchoires l'index taché de farine du guide des peuples – celui-ci poussa un cri, retira sa main, puis se mit à lancer les plus gros morceaux à l'audacieuse : le zèle devait être récompensé.

C'est pour cette même raison que le guide des peuples avait nommé Nikolaï Ejov à la tête du commissariat du peuple aux Affaires intérieures. Ce fils d'un ouvrier alcoolique avait grandi sans mère dans les faubourgs de Saint-Pétersbourg ; il était affreusement inculte et tout aussi affreusement dévoué ; prodigieusement petit et laid comme un pou. Peut-être que, justement grâce à ces qualités, il s'était comporté en « commissaire de fer » après sa nomination – il avait serré le pays dans ses mains de fer. Le guide des peuples imagina Ejov (taille : un mètre cinquante et un) à côté du grand et gros Obergruppenführer Lorenz. Il eut un rire bref. Dans les petits pots, les meilleurs onguents. La cruauté et la loyauté indéfectible du commissaire du peuple étaient aujourd'hui plus indispensables que jamais : dans l'imminence de la guerre, le pays allait devoir *purifier son sang.*

Le plan général de purge était constitué de trois « volets » : deux visibles, et un secret. Le premier était de libérer l'Union soviétique de tous les *gens du passé* : les koulaks ayant réchappé à la collectivisation, les fonctionnaires tsaristes et les officiers de l'Armée blanche, qui s'étaient adaptés à la nouvelle vie avec une souplesse de caméléon et s'étaient même introduits dans les rangs du Parti à tous les niveaux, les SR et les mencheviks, les popes et les criminels. Le deuxième volet visait à liquider la base d'espionnage et de sabotage des pays capitalistes voisins (avant tout l'Allemagne, la Pologne et le Japon). Les contours du troisième volet n'étaient visibles que pour le guide des peuples lui-même : il avait été inventé pour éclaircir de façon conséquente et renouveler l'élite du Parti – les anciens camarades dont le dévouement s'était usé en deux décennies d'après-révolution. Ce n'est qu'en purifiant l'organisme de tous les maux et maladies qu'on pouvait escompter une victoire dans la guerre imminente.

Le commissaire du peuple partageait la préoccupation du guide et, dès le milieu de l'année précédente, avait lancé une attaque énergique sur les fronts intérieurs qui lui avaient été indiqués. Entre autres, il avait commencé l'*opération allemande*. Elle avait été initiée, sur l'ordre d'Ejov, avec le numéro 00439, dans le but de « mettre au jour tous les agents de l'espionnage allemand pas encore découverts », et ordonnait d'arrêter immédiatement « les agents de l'espionnage allemand, saboteurs et terroristes identifiés dans le processus ». Ils s'avérèrent particulièrement nombreux. Chaque jour à midi, Ejov recevait des télégrammes de rapports locaux sur le déroulement de l'opération ; des rapports intermédiaires étaient régulièrement posés sur la table du guide qui, à chaque nouveau document reçu, ne pouvait que se persuader un peu plus du bien-fondé de sa décision de « raboter les Teutons ».

L'opération, qui devait au départ durer cinq jours, s'étendait déjà depuis huit mois et demi. Elle avait débuté par l'arrestation de certains citoyens allemands, puis s'était transformée en poursuite de grandes organisations de saboteurs et de terroristes composées d'Allemands soviétiques. Le NKVD avait dressé une liste de contingents « utilisés par les services d'espionnage allemands », et donc nécessitant une plus ample vérification, avec une précision tout à fait allemande : elle comprenait tous ceux qui auraient pu avoir ne serait-ce que le plus petit lien avec ce thème, y compris selon le point le plus vague, sujet aux plus libres interprétations, intitulé « Relations ». La vérification s'étendait à tout le pays, en premier lieu aux entreprises industrielles, de défense et des chemins de fer, ainsi qu'aux lieux où vivaient un nombre important d'Allemands : à commencer par l'Ukraine, les rives de la mer d'Azov et de la mer Noire, la Crimée, en passant par le Kazakhstan, la Sibérie et la République soviétique allemande de la Volga. On découvrit et on mit hors d'état de nuire l'« Union nationale des Allemands d'Ukraine », l'« Organisation allemande d'espionnage et de sabotage des chemins de fer », le « Groupe des étudiants allemands de l'institut médical de Saratov » ; tout le pays entendit parler du complot des « Ennemis », des « Parents », des « Héritiers »... Des dizaines de milliers de personnes avaient été arrêtées.

L'ampleur inattendue de cette entreprise exigeait des modifications dans la mécanique du processus : bientôt, toutes les affaires liées à la nationalité furent examinées non pas individuellement, mais par « albums ». La documentation concernant les accusés, y compris la sentence proposée par le dirigeant local du NKVD et le parquet, était envoyée à Moscou pour être examinée par le commissaire du peuple Ejov et le procureur d'URSS Vychinski – ceux-ci, pour accélérer les choses, confirmaient les sentences également par « albums », c'est-à-dire en gros.

Personne – ni le guide des peuples ni Ejov – n'avait donné d'instructions pour passer à un examen par « albums » de l'*opération allemande* : le système l'avait fait de lui-même, par des initiatives venant d'en bas. Cela préoccupait le guide des peuples. Tout comme le zèle effréné qui s'était développé depuis quelques mois dans les régions : les maxima prescrits pour la purge dans le domaine des nationalités ne cessaient d'être dépassés, les agents locaux du NKVD demandaient avec avidité qu'on les augmente ; ils élargissaient de leur propre chef les contingents de gens à vérifier ; ils falsifiaient les documents, arrêtant et faisant passer pour des « nationaux » d'autres contingents (des déplacés spéciaux ou d'anciens prisonniers) ; ils avaient commencé en toute indépendance, sans le moindre ordre de la hiérarchie, deux opérations nationales qui n'étaient pas prévues dans le plan général : une *finlandaise* dans la région de Leningrad et la Carélie, et une *roumaine* en Ukraine... Qu'est-ce que cela reflétait ? Une stagnation des cadres et un abêtissement général transformant le zèle en mensonges et en démonstrations d'arbitraire ? Une lutte pour le pouvoir local qui avait imperceptiblement ébranlé le système par le bas, et qui menaçait d'échapper à tout contrôle ?

Le guide des peuples détourna les yeux de la masse bouillonnante des poissons et regarda autour de lui. Qu'est-ce qui se passait là-bas, derrière les aiguilles d'épicéa bougeant légèrement au vent, derrière les montagnes caucasiennes et les steppes kalmoukes – dans le pays ? Depuis quelques mois, il vivait sans le comprendre, et surtout, sans le sentir. Comme s'il avait perdu l'usage d'un organe invisible, mais très important. Ou comme si un cheval musclé, sous sa selle, s'était brusquement changé en ombre immatérielle : quand on essayait de le toucher, la main glissait dans le vide. Et pourtant, ses sens étaient, ces dernières semaines, tendus à l'extrême ; il ressentait avec une acuité particulière non seulement le monde qui l'entourait, ses couleurs, bruits et odeurs, mais aussi les signaux à l'intérieur de son propre organisme : les contractions brusques du muscle cardiaque, la pulsation du sang dans les artères et les veines, le frottement des os contre le cartilage, le glissement de la salive dans l'œsophage. Ce jour-là, par exemple, il sentait quelque chose bouger sans cesse, douloureusement, sous son diaphragme. Au début, il décida que c'étaient les affres de la création, puis un dîner mal digéré ou un polype gastrique, mais il comprit soudain que c'était sans doute, tout simplement, l'inquiétude. Il était inquiet pour le pays devenu soudain insaisissable, qui ne lui obéissait plus au doigt et à l'œil.

Le guide des peuples lança le dernier morceau de pâté à la carpe agressive qui lui avait plu ; il rinça ses doigts dans l'eau encore bouillonnante du bassin, secoua les miettes de ses genoux, se leva. Il fit un geste de la main, et quelques instants plus tard, le cuisinier apparut à ses côtés (cette fois, il courait sur le bord du chemin, ou alors dans les airs ; en tout cas, le gravier ne crissait plus sous ses bottes). Il sentait fort la cuisine – la moutarde et l'huile de tournesol chaude. Le guide des peuples renifla avec dégoût.

– Sers-moi ce costaud au repas, celui aux nageoires déchirées, dit-il en indiquant la carpe agressive.

Et il partit dans la maison – travailler.

Il y avait vingt-trois carpes en tout dans le bassin. Quatre d'entre elles étaient grosses, avec des dorsales déchirées.

Comment déterminer laquelle avait plu au guide ? Le cuisinier prit une décision pleine de sagesse : il les ferait cuire toutes les quatre.

Pendant que les poissons mijotaient dans la poêle de fonte sous un assaisonnement généreux d'ail haché et de poivre moulu, laissant échapper une graisse transparente, le guide des peuples lisait le rapport final sur l'*opération allemande.* On avait jugé par « albums » dans le cadre de la question allemande : 55 005 personnes. Trois fois le chiffre 5 – quelle belle rime. Parmi elles, la peine de mort avait été prononcée pour : 41 898 personnes. Ils auraient mieux fait d'écrire « 77 % » : deux 7, c'était une autre rime, tout aussi belle. Le guide des peuples ferma le dossier. Le document était exactement comme il se l'était représenté. Le commissaire du peuple Ejov ne se distinguait pas par son imagination, c'était rassurant. Par contre, il se distinguait par une capacité de travail absolument extraordinaire pour un corps aussi malingre, légèrement dégénéré : en parallèle avec l'*opération allemande,* il en menait deux autres, pas moins massives, l'*opération polonaise* et l'*opération Harbin-Japon,* plus une poignée d'opérations plus réduites – l'*estonienne,* la *lettonne,* la *chinoise,* la *bulgare,* la *macédonienne* et l'*afghane*...

Grâce au zèle infatigable du commissaire du peuple, toutes les prisons d'URSS étaient, à la fin du printemps 1938, remplies de prisonniers politiques : on manquait totalement de place pour les criminels ordinaires. Sans compter que, dans l'appareil central du NKVD, plus de cent mille dossiers non examinés étaient entassés, attendant leur heure – plusieurs tonnes d'« albums » sur des questions nationales. Le système pénitentiaire était dépassé : on lui en fournissait plus qu'il ne pouvait en digérer, et il risquait de s'étouffer. Le moment était venu de ralentir – de donner au pays l'occasion de reprendre son souffle et de se remettre après les soins médicaux, de retrouver sa sensibilité aux rênes et sa maniabilité.

En gros, le guide des peuples était satisfait des résultats de l'*opération allemande,* même si elle avait compliqué les relations avec l'Allemagne : cinq des sept consulats allemands avaient été fermés l'année précédente, et en mars de cette année l'ambassade d'Allemagne avait annoncé la fermeture des deux derniers, à Novossibirsk et à Kiev, déterminant, en réponse, la fermeture des consulats soviétiques à Hambourg, Königsberg et Stettin. Le bien-fondé et même la nécessité des actions des dirigeants soviétiques étaient confirmés par les chiffres : si, dans l'ensemble, en un an et demi, 1 % de tous les habitants du pays avaient été jugés et condamnés à diverses sentences, dans la colonie autonome allemande, la proportion grimpait à 1,5 %. Même parmi « leurs » Allemands, les soviétiques, pourtant malléables, il y avait une fois et demi plus d'ennemis qu'ailleurs – belle reconnaissance, de la part de la République soviétique allemande, envers son parrain ! Alors, que dire des « vrais » Allemands…

La carpe fut servie au guide encore fumante, une rondelle de citron glissée dans sa bouche pincée avec mépris. Sur la cuisinière, sous des couvercles de verre, attendaient encore trois poissons, au cas où le patron n'aurait pas reconnu sa championne dans la carcasse savamment posée sur l'assiette. Mais tout se passa bien : le guide des peuples prit ses couverts et se figea au-dessus du cadavre du poisson. Il sortit le citron de ses lèvres chaudes, qui étaient encore, une heure plus tôt, ouvertes, carnassières et mobiles ; il introduisit son doigt à l'intérieur, tâta les petites dents dures. Il remua, avec la fourchette, la peau dorée, grillée, écartant les réseaux d'un blanc nacré des muscles. Il n'avait absolument pas faim : les mouvements continuaient sous son diaphragme, il n'aurait pas pu faire entrer la carpe, lourde et huileuse, dans son estomac.

– Emballe-la, je la prends avec moi, dit le guide des peuples à voix basse en s'adressant au vide, ne comprenant pas pourquoi il voulait prendre à Moscou son repas refroidi, mais persuadé qu'on l'entendrait.

Le cuisinier, bien sûr, l'entendit, et hocha la tête d'un air de compréhension, cachant son étonnement ; il enveloppa le poisson dans un papier d'emballage, puis dans un papier ordinaire, puis le mit dans un carton ; il le ficela solidement avec du fil bourru, faisant deux nœuds marins. Le guide des peuples décida de garder la carpe dans la voiture, sur le siège à côté de lui.

*

Assis dans son automobile, une limousine Packard Twelve noire et rutilante, aux roues d'un blanc éblouissant, il s'enfonça d'un air fatigué dans son siège rembourré, regardant avec indifférence, par la triple vitre, défiler les épicéas centenaires, les hêtres, les châtaigniers, les buis ; enfin, apparut l'eau miroitante et lisse, couleur d'acier, de la mer. Les portes blindées isolaient très bien du bruit : le guide des peuples n'entendait rien, si ce n'est le ronronnement étouffé du moteur et le battement de son propre cœur. La carpe était avec lui, dans son carton. Son odeur se mêlait à l'arôme du revêtement de cuir de la voiture, mais, étonnamment, cela n'avait rien de désagréable. Au contraire, il était surpris et joyeux de constater que son odorat acceptait avec facilité l'odeur du poisson, qui le dégoûtait habituellement. Peut-être que la sensibilité maladive que le guide des peuples avait dernièrement constatée en lui s'était émoussée, et que son organisme retrouvait son état de sérénité ? D'un geste reconnaissant, il mit sa paume contre le carton contenant le poisson. Il était encore chaud.

Le cortège gouvernemental filait sur la route, prévenant de son passage en faisant retentir la sirène. Les rares automobiles qui avaient pris, en ce dimanche soir, la route de Soukhoumi, se pressaient contre les falaises – et s'immobilisaient pour le laisser passer.

Il restait encore quelques kilomètres jusqu'à la base aérienne de Goudaouta – environ cinq minutes de route – quand, soudain, le guide des peuples donna l'ordre d'arrêter la voiture. La Packard resta quelques secondes en plein milieu de la route, puis, sans faire demi-tour, repartit en marche arrière. Les Ford qui l'escortaient – une devant et deux derrière – furent contraintes de l'imiter.

Ils reculèrent assez longuement, jusqu'à ce qu'ils arrivent à un endroit où la route surplombait une plage étroite hérissée d'un chaos de rochers. La porte de la Packard s'ouvrit, le guide des peuples sortit de la voiture, son carton à la main, et descendit prudemment la pente de terre meuble en direction de la mer. Des cailloux roulaient sous ses bottes de cuir. Le chef de la sécurité regarda le chauffeur de la Packard d'un air interrogateur (celui-ci se contenta le hausser les épaules) ; remuant nerveusement sa mâchoire inférieure, il ordonna d'un geste à la moitié de l'escorte de rester près de la voiture, et à l'autre moitié de suivre le patron à une distance respectueuse.

Le guide des peuples avançait lentement sur la rive, cherchant quelqu'un du regard et constatant avec joie que, pour la première fois depuis de longues semaines, le crissement des cailloux sous ses semelles n'irritait plus ses oreilles, la sensation du vent n'irritait plus sa peau. Enfin, derrière un gros rocher, il aperçut celui qu'il avait remarqué d'en haut – un grand chien gris. C'était une bête maussade, galeuse, dont le poil pendait par touffes sur des flancs osseux. Le chien resta assis face à la mer, se contentant de couler un regard en coin de ses yeux jaunes et indifférents vers l'homme qui s'approchait.

– C'est pour toi, bouffe ça. Le guide des peuples déchira le carton et les nombreuses couches de papier, cassa un morceau de poisson dans sa main et le lança au chien. Ça serait dommage de le jeter. C'était un bon poisson.

Le chien attrapa l'offrande au vol et l'avala sans mâcher, faisant claquer bruyamment ses crocs et émettant un bref son de gorge. Son cou tressauta tandis qu'il envoyait le morceau de poisson dans son estomac. Puis il se leva sur ses pattes et remua la queue d'un air incertain.

Un deuxième museau apparut aussitôt de derrière le rocher – long et roux, comme celui d'un renard – et un deuxième chien s'approcha en sautillant du guide des peuples, boitillant sur une patte blessée, faisant battre le plumeau de sa queue contre ses flancs. Le guide des peuples lui envoya aussi un morceau.

Le chien gris attaqua le roux soudainement, sans prévenir. Le roux glapit de douleur, et ils se confondirent en une boule hurlante et grondante, roulèrent sur la rive, laissant du sang et des touffes de poils sur les rochers.

Mais le guide des peuples sentait déjà contre lui l'haleine chaude d'autres gueules – une meute de chiens errants était apparue de nulle part, attirée par l'odeur, et se frottait à lui, se bousculant et gémissant. Le guide des peuples, soulevant le carton au-dessus de sa tête, lança tout à la fois dans les mâchoires ouvertes : le poisson, les arêtes, le citron maculé de graisse, les bouts de persil collés, le papier d'emballage, le papier ordinaire, le carton, le fil bourru. Tout fut dévoré en un instant, et quelques secondes plus tard les mains du guide des peuples étaient vides, mais les chiens se pressaient, de plus en plus nombreux. Ils se mordaient les uns les autres, jappant de douleur et grondant avec impudence, l'entourant d'un cercle de plus en plus étroit, ne comprenant pas pourquoi la nourriture avait disparu si vite.

Le guide des peuples sentit la chose froide tournoyer précipitamment sous son diaphragme – cette chose rugueuse qui le gênait depuis le matin. Ce n'était pas un polype, ni un ulcère, ni son inquiétude pour le pays, ni un mauvais pressentiment. C'était la peur, une peur lourde et envahissante : elle tournait dans son ventre comme un poisson glacé, déchirant son estomac avec ses nageoires, enroulant ses viscères sur sa queue et grattant ses os avec ses écailles.

Effaré par les aboiements et les hurlements assourdissants, tentant de se défendre de l'haleine putride de la meute, le guide des peuples couvrit son oreille avec sa main gauche et tendit en avant sa main droite maculée de graisse – un chien tacheté, relevant brusquement le nez, bondit sur elle. Il n'eut pas le temps de mordre : un coup de feu retentit ; le chien s'écroula sur les galets. C'est l'un des gardes qui avait tiré : jusque-là, ils avaient assisté avec stupeur à la scène, n'osant pas interrompre l'étrange fantaisie du patron.

La meute s'enfuit de toutes parts, plusieurs coups de feu retentirent encore. Des bras forts attrapèrent le guide des peuples sous les coudes, des épaules larges le protégèrent de la fumée étouffante des armes, du soleil insupportable du crépuscule, des hurlements des chiens qui lui perçaient les tympans, du vent écœurant qui montait de la mer, tout poisseux de sel, des bords coupants des cailloux et du crissement aigu à faire grincer les dents, des galets sous les pieds. Le guide des peuples tomba avec reconnaissance dans ces bras prévenants et solides, haletant, bougeant légèrement les jambes, comme s'il nageait ou volait quelque part, jusqu'à ce qu'il sente, autour de lui, la fraîcheur de l'intérieur de sa voiture.

– Laissez-moi, laissez, murmura-t-il aux visages préoccupés penchés au-dessus de lui – il voulait rester seul. Enfin, attends ! Il attrapa quelqu'un par son col dur avec des losanges métalliques. Qui est cet homme qui a tiré le premier, sur la plage, ce grand soldat ?

On lui dit le nom du soldat.

– Épluchez bien son dossier. Il aurait pu manquer sa cible, vous comprenez…

– On comprend ! s'exclama le col. On va l'éplucher. Aujourd'hui ! Dès que vous serez dans l'avion ! Ah ça, on va *bien* l'éplucher !…

– Quel avion ? Le guide des peuples s'imagina un instant le hublot avec la terre s'éloignant, et le gros poisson gelé se débattit hystériquement dans son ventre, lui donnant un haut-le-cœur. Pas d'avion, jamais… On rentre à la datcha, immédiatement…

La porte blindée claqua, le laissant dans le calme tant attendu. Le cortège fit prudemment demi-tour et, prenant de la vitesse, s'éloigna de Goudaouta. Une douzaine de chiens abattus gisaient sur la plage : dix en tas, et deux – le gris et le roux – un peu à l'écart, à la lisière de l'eau. Les balles les avaient atteints pendant qu'ils se battaient toujours, et ils étaient restés dans cette position, accrochés l'un à l'autre.

Le guide des peuples ne voyait pas la scène : il s'était enfoncé dans son siège, sans forces, fermant les yeux et appuyant sa joue contre le cuir doux des coussins. Le cuir dégageait une odeur presque imperceptible de poisson grillé.

# 30

Le dernier matin, Bach resta longtemps couché sous l'édredon de plumes, écoutant la pluie tambouriner contre la vitre. Le vent, qui essayait d'ébranler la maison, frappait d'abord sur un mur, puis sur un autre. La charpente gémissait. La cheminée chuintait. Les volets faisaient cliqueter leurs loquets de fer.

Depuis longtemps, Bach n'aimait pas les manifestations inutilement tapageuses de l'Éternel Novembre. Mais à présent qu'il attendait quelque chose d'important, qui allait arriver d'un instant à l'autre, ou peut-être était déjà arrivé, ce fracas et ces mugissements le gênaient pour ressentir, écouter, attendre. Il ne savait pas ce qui allait se passer pendant cette journée, mais il désirait accueillir l'événement les yeux ouverts, tous ses sens en éveil. Il aurait voulu le silence.

Grimaçant de dépit, il déplia ses jambes recroquevillées, s'extirpa de sous son édredon et se leva de l'étroite couchette du lit d'enfant, manquant de heurter le lit du dessus avec la tête. Il n'alluma pas la lampe à bougie : les bougies seraient utiles aux futurs habitants de la maison. Dans la pénombre, il lissa le matelas de paille considérablement froissé, et, prenant l'édredon sous son aisselle, sortit de la maison. Il n'enfila ni manteau de mouton ni chapeau de fourrure, ne prit même pas son sempiternel chapeau de feutre – il laissait tout aux enfants. Il s'en alla en chemise de corps, sa veste kirghize enfilée directement dessus.

Il sortit sur le perron, ferma soigneusement la porte derrière lui, abaissa le loquet. Il décida de ne pas mettre de cadenas. Il appuya son épaule contre la porte et, tenant l'édredon par les coins, l'ouvrit à bout de bras.

L'eau qui tombait du ciel lui fouettait le visage et la poitrine. Sans faire attention à sa chemise et à sa veste alourdies par la pluie, Bach secoua l'édredon une fois, puis deux, puis trois – l'édredon ondula dans ses mains comme un gros nuage. Les gouttes de pluie glissaient dessus sans pénétrer le tissu – elles roulaient comme des perles et tombaient. Les plumes sautaient docilement à l'intérieur, s'emplissaient d'air, bouffaient.

Des tréfonds de l'édredon s'échappèrent – à chaque secousse plus nettement – les odeurs du passé : la douce odeur d'un corps et de cheveux d'enfant, le parfum déjà oublié de Klara, les odeurs de la Schulhaus, et de l'appartement de célibataire attenant, de l'encre et du papier, des livres. Avec les odeurs, le tissu décati laissa s'échapper les plumes, grandes et petites : d'abord au compte-gouttes, puis de plus en plus généreusement.

Le fin duvet d'oisillon faisait penser à de la farine, à de la poudre, à de la craie écrasée – il sortait du tissu en brume blanche. Le duvet un peu plus épais faisait penser à une poussière de neige. Quant aux plumes – translucides, presque impondérables –, elles volaient en gros flocons. L'air devint plus lumineux – l'aube approchait peut-être, ou alors c'était la blancheur des plumes qui volaient de tous côtés, par vagues. Pluie et vent se calmèrent.

Les épaules et les poignets de Bach étaient fatigués, mais il ne pouvait plus s'arrêter – il secouait et secouait l'édredon, faisant chaque fois sortir de nouvelles ondes de blanc. Les plumes lui volaient au visage et caressaient ses joues, se posaient dans ses cheveux. Bach ne comprit pas tout de suite qu'il n'entendait plus la pluie tomber, ni le vent souffler, ni les branches s'agiter : le silence tant attendu était enfin là. Il n'y avait plus qu'un seul bruit : les secousses régulières de l'édredon. À chaque minute, il devenait plus léger – perdant son contenu, perdant son poids – et il était chaque fois plus facile de le secouer. Et Bach le secouait – toujours plus vite, plus brusquement.

Bientôt, le nuage de plumes devant le perron fut si épais qu'il ne voyait plus les bâtisses de la cour, ni le faîte des arbres, ni le ciel sombre au-dessus de la ferme. Il sentait seulement la porte dure contre son dos, le perron dur sous ses pieds. Tout le reste était devenu doux – n'était composé que de plumes tourbillonnantes.

Quand l'édredon fut vide et devint parfaitement léger – il ne restait plus que le tissu de la housse –, Bach baissa les bras. Les tourbillons de duvet poudreux d'oisillon se calmaient progressivement, retombaient au sol. Les plumes neigeuses se soulevaient encore un peu – dans la cour, sur les pentes des toits – mais de plus en plus lentement, de plus en plus bas. Bach pendit soigneusement la housse sur la rampe du perron – elle servirait encore de serviette ou de serpillière – et regarda la ferme.

Les plumes blanches avaient tout recouvert : la terre, les murs, les toits, les portes et les volets, les clôtures, les plates-bandes, les barrières. Les pommiers du verger, les chênes, les bouleaux et les pins de la forêt disparaissaient sous une couche de blanc. Une pluie légère et vaporeuse de blanc tombait d'en haut – des toits, ou peut-être du ciel. Partout où Bach portait ses regards, tout était blanc, blanc de plumes. Mais étaient-ce des plumes ? Bach descendit le perron – dans ce blanc bouffant qui recouvrait la cour – et le blanc crissa, se tassa. Il en prit une poignée, la posa sur sa langue : ce n'étaient pas des plumes, mais de la neige.

Pour la première fois depuis de longues années, l'air ne sentait pas l'humidité, mais la neige. Pour la première fois depuis de longues années, les nuages ne laissaient pas échapper de la pluie, mais de la neige. Et quand le soleil de l'aube se montra derrière les nuages, il était gros, cramoisi – annonçant le gel.

S'enfonçant jusqu'aux genoux dans la neige, des flocons lui tombant sur le visage, Bach se dirigea vers la Volga. Il ne savait pas pourquoi. Mais il avait l'impression qu'il devait y aller.

Ses pieds, dans les pantoufles de feutre, crissaient sur la neige. Il aspirait avec bonheur, dans ses narines, l'air piquant, légèrement douceâtre, du froid grandissant – et son haleine faisait un nuage blanc.

Bach s'arrêta un moment sur la falaise, parcourant la Volga du regard. L'eau d'un gris de plomb s'éclaircissait à vue d'œil, se couvrant rapidement de taches de frasil. La bouillie glacée tournoyait sur la rivière, se rassemblait en morceaux scintillants dans la lumière rose de l'aube. Des crêpes de glace de toutes formes et de toutes tailles dérivaient dans le courant. Quelque part au loin, presque devant Gnadenthal, un point faisait une tache sombre sur l'eau : une barque.

Comment Bach avait-il pu l'apercevoir avec ses yeux à demi aveugles, à travers la neige fraîche ? Mais il la vit. Ou plutôt, il la reconnut. Il ne douta pas une seconde que la barque venait le chercher.

Il leva les bras et les agita joyeusement : Je suis là ! Ses bras étaient fatigués d'avoir secoué l'édredon et se haussaient avec peine, ses épaules étaient douloureuses, mais il continuait à faire de grands gestes.

L'esquif avançait lentement. Les rameurs – il semblait qu'il y en avait deux – travaillaient en bonne intelligence, rapidement, mais la bouillie de glace gênait les rames, et le vent qui s'était levé ralentissait l'embarcation.

Clignant des yeux sous la lumière vive, Bach enleva sa veste et la secoua comme un drapeau, espérant se faire remarquer. Puis il décida de descendre vers la Volga, à la rencontre de la barque.

Glissant sur les rochers glacés, s'accrochant aux herbes gelées, il descendit tant bien que mal sur la rive. En chemin, il fit tomber sa veste, qu'un coup de vent envoya immédiatement sur le côté ; il ne perdit pas de temps à la rattraper. Il se leva sur un haut rocher au bord de l'eau et agita les bras : Me voici !

Il ne voyait que le dos des rameurs – des dos puissants, dans des manteaux gris, qui bougeaient en rythme dans la barque : un coup de rame ! encore un ! Les rames sortaient de l'eau et y entraient à nouveau : en avant ! en avant !

La neige tombait déjà à si gros flocons qu'elle cacha bientôt presque l'esquif et les deux hommes assis dedans. Les rameurs ne se retournaient pas. Comment faisaient-ils pour voir leur route ? Comment faisaient-ils pour ne pas dériver sous la neige incessante ? Ou dérivaient-ils ?

Il mugit un appel, tentant d'attirer l'attention des rameurs. Ils ne l'entendirent pas.

Il mugit plus fort. Ils ne l'entendirent pas.

Il avança sur le rocher en direction de l'eau, allant à leur rencontre, marchant avec difficulté dans les vagues glacées. Il entra dans la rivière jusqu'aux chevilles, jusqu'aux genoux. Trébuchant sur une pierre pentue, il tomba dans la Volga.

*

L'eau s'empara immédiatement de lui – de tout son corps, d'un coup. Elle l'entraîna quelque part, projetant d'abord sa nuque, puis sa joue contre des rochers coupants. Elle arracha ses pantoufles de feutre, gonfla sa chemise et ses pantalons, le caressa – du petit doigt de pied au petit doigt de la main, du nombril à la tête. Elle entra dans ses oreilles, dans sa bouche, dans ses yeux. L'entraîna de plus en plus loin.

Il n'avait pas mal. Il n'avait pas peur. Et il n'avait pas du tout froid. Le froid était resté là-haut, à la surface, là où les vagues roulaient en jetant des éclats argentés. Ici, dans les profondeurs, il faisait bon.

Sous l'eau, les sons étaient étouffés, comme ralentis, les mouvements – harmonieux, alanguis. Il y avait peu de lumière, mais il n'en fallait pas plus : le monde aquatique n'était pas très coloré, on le contemplait mieux sous un éclairage pâle. Était-ce l'eau elle-même qui luisait un peu ? Ou cette lumière jaune, tremblotante, venait-elle des algues qui s'élevaient du fond vaseux ? Ou des écailles des poissons qui nageaient devant lui ? Dans tous les cas, Bach ouvrit les yeux, et comprit qu'il voyait clairement. Il comprit aussi que l'eau ne l'empêchait pas de respirer : elle entrait en lui comme de l'air, en sortait tout aussi facilement ; ses poumons, s'imprégnant d'eau, fonctionnaient parfaitement, emplissant son corps d'énergie.

Il regarda ses mains – pâles, verdâtres –, ses jambes – ses pantalons déchirés aux genoux, ses mollets nus –, son corps était entier. Il tâta sa barbe, sa tresse ébouriffée par le courant sur sa nuque – sa tête était entière.

Il regarda autour de lui. Il était assis, légèrement enfoncé dans la vase, sur le fond de la Volga. Au-dessus de lui, il y avait des mètres et des mètres d'eau. À droite et à gauche, de tous côtés, s'étendait une épaisseur verte qui ondulait légèrement dans le courant, et des poissons nageaient, leurs flancs écailleux lançant des éclats de lumière. Les contours des objets – pierres, souches, buissons aquatiques – tremblotaient légèrement, devenant flous à distance, mais, vus de près, ils étaient nets. L'eau le poussa dans le dos – très légèrement, affectueusement – ; il se leva, et se mit à marcher lentement sur le fond vaseux, s'habituant à la lenteur de ce monde.

Chaque pas levait un nuage de boue noire – les traces de Bach flottaient encore dans l'eau longtemps après son passage – : près des gros rochers couverts de chevelures d'algues, des entassements de pierres et des nombreuses fosses, des collines de coquillages et des fourrés d'algues.

Il trébucha sur un objet léger et creux – boîte de conserve ou bout de tuyau. Il l'éloigna du pied et continua son chemin. Quelques pas plus tard, il buta sur le même obstacle : il semblait y avoir une abondance de tuyaux dispersés sur le fond. Bach prit l'objet dans sa main et l'examina : le petit cylindre – aux teintes rougeâtres même dans la lumière verte de l'eau, sans doute en bronze – brillait, étonnamment propre, comme s'il venait de sortir de l'usine. Il le jeta au loin et fit plus attention en marchant.

Il rencontra toutes sortes de déchets sur son chemin – petits et grands – : lambeaux effrangés de filets de pêche, débris de rames, vaisselle ébréchée ; un rouleau de lettres nouées avec un ruban, deux ancres de bateau, des sacs fourre-tout, des valises éparpillées, des bouteilles, une échelle édentée, quelques robes de femme, un cendrier, une table de billard renversée, une commode à demi détruite, et même un mannequin femme d'atelier de couture. Parfois, Bach les contournait, parfois – il les enjambait. Il remarqua que tous les objets, curieusement, ne semblaient pas soumis à l'influence du fleuve : ils avaient beau être à demi enfouis dans la vase, ils ne se couvraient pas d'algues, ne rouillaient pas et ne fonçaient pas, ne prenaient pas une patine verte.

Le flanc d'une barque peinte en jaune émergeait du sable du fleuve – c'était une de ces embarcations de promenade instables dans lesquelles les citadins naviguaient le dimanche le long des plages autour de la ville. Non loin, un pont emporté par une crue – un pont solide, d'une bonne dizaine de mètres, avec des bordures épaisses et une charpente impeccable – faisait une tache claire, son bois comme fraîchement raboté.

Mais qu'importait le pont ! À côté de lui, c'était une maison entière qui s'élevait – sans doute elle aussi tombée dans le fleuve lors des hautes eaux. Sur ses murs en rondins, on voyait les arabesques fines du bois, des gouttes de résine brillaient dans les angles, sur la tranche des rondins, et les cadres de bois sculptés étaient clairs, comme s'ils venaient tout juste d'être achevés.

Bach continua sa marche, s'étonnant de plus en plus de la diversité du monde aquatique et de son étrange capacité à préserver les objets de l'usure du temps et des éléments. Selon son souvenir, la dernière grande crue avait eu lieu pendant l'*Année des Récoltes Inouïes*. Est-ce que la maison avait pu rester au fond de la Volga une douzaine d'années sans subir la moindre altération ?

Il erra entre des statues blanches en tunique de plâtre (avaient-elles été jetées à l'eau par une main malveillante, ou étaient-elles tombées par hasard ?), passa devant un tableau noir avec des exercices d'arithmétique tracés à la craie, aperçut des tas de livres et de journaux (comme il serait bon de s'asseoir ici et de lire – une éternité...), des palmiers penchés dans des pots de céramique, des rideaux de soie se balançant dans le courant, des lustres de bronze enfoncés dans le sable, un métier à tisser avec une toile d'arabesques à demi achevée, des charrettes aux brancards levés vers le ciel, un troupeau de « Nains » endormis (vous étiez donc là, chers amis disparus !).

Sur le siège de l'un des « Nains », il distingua une créature tassée sur elle-même – un gros poisson ou un animal. Il s'approcha pour mieux voir, et se figea : ce n'était ni un poisson ni un animal, mais un veau non né qui était couché, ses pattes pendantes, ayant fermé ses yeux aveugles. D'autres veaux, beaucoup de veaux, jonchaient le sol : des têtes aux fronts trop gros avec des ébauches d'oreilles, des bouches presque humaines, des pattes aux genoux cagneux, aux sabots fendus, les fines arêtes des côtes sous la peau rose, parcourue de veines bleues. Voilà où la Volga les avait conduits lors de ce terrible printemps de 1920. Voilà où elle les cachait – au fond de son lit. Comment avaient-ils pu rester là près de deux décennies – sans être dévorés par les brochets ou les silures ? sans enfler ni partir en morceaux sous l'effet de l'eau ?

Mais la Volga n'avait pas conservé que les veaux. Un peu plus loin, en aval, Bach découvrit le premier être humain : une femme. Elle s'était noyée volontairement : cela se voyait sur son visage, ses yeux tristes, ses lèvres plissées par le chagrin. Tous ses traits, et ses cheveux noirs ondulant dans l'eau, son cou délicat dans l'ouverture de sa robe de dentelle – tout en elle exhalait la fraîcheur, comme si la femme n'était pas morte, mais seulement endormie. Elle se balançait doucement, à demi couchée dans un nuage d'algues, s'élevait légèrement au-dessus de son lit d'herbes, puis s'enfonçait à nouveau dans les tiges vertes. Sa longue robe ondoyait avec elle, laissant dépasser ses genoux pâles. Bach tira la robe vers le bas, couvrant ses jambes dénudées.

Devait-il continuer son chemin ? Ou valait-il mieux rester en territoire connu – dans l'agréable compagnie des livres, des statues antiques et des maisons vides ? Bach s'apprêtait à s'asseoir sur le bord d'un des « Nains » pour y réfléchir, mais l'eau le poussa dans le dos – doucement, à peine, avec constance. L'eau faisait dériver Bach – un peu, encore un peu – toujours plus en aval. Il obéit, continua d'avancer.

Il rencontrait de plus en plus de gens.

Un soldat agrippé à son fusil était étendu dans une fosse de la Volga, à demi recouvert de terre.

Trois hommes étaient assis dans une automobile plantée dans la vase – vêtus à l'identique, de vestes de cuir et de lunettes pour protéger de la poussière. Du sable s'était amoncelé sur les lunettes – on ne voyait plus leurs yeux.

Un traîneau était renversé sur le côté, enfoncé dans un amoncellement de coquillages. Les chevaux qui le tiraient flottaient dans l'eau, retenus par leur harnachement, leurs crinières et leurs queues ondoyant dans le courant. Non loin, sur la vase, gisaient les passagers du traîneau, vêtus d'épais pardessus avec un col d'astrakan et coiffés de gros chapeaux de fourrure, avec, à côté d'eux, une mitrailleuse et une bande de munitions à moitié utilisée.

Bach passait devant les noyés sans regarder leurs visages – des visages d'apparence vivante, absolument pas abîmés par l'eau ou les poissons. Il aurait volontiers accéléré le pas, mais c'était difficile, dans le monde ralenti des fonds de la Volga – il avançait donc lentement, s'efforçant de ne pas croiser le regard des morts et les évitant autant que possible. Plusieurs noyés lui semblèrent familiers – il avait l'impression qu'il avait immergé ces malheureux par un trou dans la glace pendant l'*Année de la Faim*. Mais il ne s'arrêta pas pour vérifier s'il avait raison.

En revanche, deux silhouettes – un homme épais et une femme maigre – attirèrent son attention. Qui s'élevait ainsi sur une pente douce – le ventre aussi gros qu'un rocher de la Volga, les doigts épais comme des anguilles, la barbe comme un faisceau d'algues –, n'était-ce pas Udo Grimm ? Et, à côté de lui – le visage tout ridé, les cheveux blancs comme une panse de poisson –, n'était-ce pas Tilda ?

Oui, c'étaient eux.

Était-ce arrivé quand ils avaient quitté Saratov, maudissant Klara et sa fuite ? Ou en revenant à la ferme, à la recherche de la jeune fille ? Ils n'avaient pas quitté le pays, ils n'étaient allés nulle part ; ils gisaient désormais au fond du fleuve, vêtus de leurs seuls habits de corps, déchaussés – ils avaient visiblement été attaqués par des brigands, et jetés à l'eau.

Bach n'avait pas de chapeau pour l'enlever et honorer la mémoire des deux morts. Il resta un instant à leurs côtés, mais le courant inflexible le poussait dans le dos, appuyait sur ses genoux, le tirait en avant. Et il n'avait rien à portée de main, ni souche ni rocher auxquels s'agripper pour rester auprès d'eux : Bach fut entraîné en avant. Attristé, fâché contre l'eau cruelle qui ne le laissait pas rester une minute près de gens importants pour lui, il ferma les yeux, et continua d'avancer sans rien voir.

Mais quelqu'un ou quelque chose refusait de passer inaperçu : il glissa droit sur Bach, l'entoura comme s'il l'étreignait. Bach sursauta, faillit tomber en arrière, et repoussa cette chose lisse, froide et lourde. Il ouvrit les yeux, et vit un jeune homme.

Un corps nu – aussi beau que celui des statues qui étaient restées en arrière : une peau blanche, des muscles saillants, des proportions parfaites. Et ses traits étaient la perfection même. Des yeux sombres et brillants, frangés de longs cils ; des lèvres rouges, des joues d'un rose tendre – c'était un doux et délicat visage d'icône. Son regard, en revanche, était si mûr et si triste qu'il aurait pu appartenir à un vieillard.

Hoffmann, mort, regardait Bach et s'en allait dans le courant. Bach finit par réagir, tendit les mains, bondit à sa suite, mais il ne pouvait déjà plus le rattraper, le rejoindre. Le jeune corps parfait de Hoffmann s'éloignait, emporté par un courant invisible. Le même courant entraînait Bach dans une autre direction – loin de Hoffmann. Pourquoi le corps du bossu avait-il changé ? Était-ce parce qu'il était mort en martyr ? Ou était-ce l'imagination de Bach qui lui jouait des tours ? Ou est-ce que maintenant, après sa mort, Hoffmann était enfin apparu à Bach tel qu'il avait toujours été ?

Et quelle était cette eau, douce et tendre, mais indifférente, qui l'entraînait toujours plus loin ? Qui conservait hommes, bêtes et objets dans l'état où ils étaient entrés dans le fleuve ? Qui protégeait le sommeil des morts et ne laissait pas Bach rester plus d'un instant auprès d'eux ? Et que faisait-il dans cette eau, s'il n'était pas encore mort ?

Bach rebondit sur le fond de la rivière et brassa l'eau avec les mains – il essayait de remonter à la surface. Mais il ne put pas s'élever à plus d'un mètre du fond – la poussée d'Archimède ne semblait pas s'appliquer à son corps plongé dans l'eau. Ses pieds touchèrent bientôt à nouveau le fond, et le courant l'attrapa, encore soulevé par son saut, et le fit avancer vers l'aval.

Où l'entraînait-on ? Quel était le but de cet étrange voyage ?

Il cessa de bouger les jambes, ne voulant plus aider l'eau, mais le courant lent continuait de faire avancer régulièrement son corps sur le fond – à la vitesse de son pas habituel. Il tournoya un peu dans l'eau, roulant sur un côté, puis sur le ventre, puis sur le dos, comme s'il se tournait et se retournait dans un grand lit ; enfin, il trouva une position confortable et décida de se laisser faire : advienne que pourra. Il aurait pu fermer les yeux, et attendre la fin du trajet sans rien voir ; mais Bach décida de voyager les yeux ouverts, de peur de manquer à nouveau quelque chose d'important, comme il avait failli manquer la courte rencontre avec Hoffmann.

Il vit un navire de guerre coulé, hérissé de canons.

Il vit un wagon de marchandises, atterri là on ne sait d'où, avec des chevaux enfermés à l'intérieur.

Il vit une péniche au pont couvert de sacs de grain.

Il sentait que ce moment avait une signification – mais peu claire, cachée à Bach par la masse d'eau verte ou par les entassements de sable et les collines de vase qui l'entouraient. Que signifiait tout cela ? Qu'est-ce que Bach aurait dû voir à travers ces hordes de noyés et d'objets enfouis dans le fleuve ? Qu'aurait-il dû comprendre ?

Il cessa de faire attention aux objets proches et éclairés, et se mit à regarder au loin, dans l'obscurité des profondeurs brunes. Il avançait lentement, et ses yeux avaient le temps de scruter les horizons troubles, mais il n'y voyait rien, si ce n'est les mêmes gens et les mêmes objets, entre lesquels brillait, de temps en temps, le dos argenté d'un poisson.

Il regarda vers le haut – mais de là, du fond, la surface de l'eau ressemblait à un ciel lointain, d'où venait une lumière trouble et verdâtre.

Ne sachant plus ce qu'il pourrait encore essayer ni où regarder, il baissa les yeux sur le fond – des cailloux étaient dispersés sur le sable jaune, et l'ombre de Bach glissait silencieusement sur eux.

Étaient-ce bien des cailloux ? Bach rêvait-il, ou distinguait-il vraiment, dans ces formes rondes, les traits de visages : des bouches ouvertes, des yeux et des dents ? Des algues sortaient de sous les cailloux – ou étaient-ce des cheveux sur des têtes ? Et ces plis étranges que faisaient le sable et la vase – étaient-ce des corps étendus sur le fond ?

Non, ce n'était pas un rêve.

Ce n'étaient pas des cailloux, mais des visages.

Ce n'était pas de la vase, mais des corps.

Des corps jeunes, des corps mûrs. D'hommes et de femmes. De vieillards et d'enfants. Habillés de bleus de travail et de robes de prix, de drap et de lin, de fer et de cuir, dénudés, harnachés d'une armure. Tous étaient réunis, se fondaient en un bloc d'une seule pièce : têtes blondes et têtes noires, têtes grisonnantes, tresses de jeunes filles et tresses de guerriers kirghizes, chemises brodées au point de croix, bottes en cuir de veau et de porc, pantalons d'officier, pantoufles de feutre, sandales de tille, éperons, genoux, épaules, bottines fourrées à lacets, pieds nus, culottes de cavalier, heaumes et cottes de mailles, fronts, nez, mentons, serpes, caoutchoucs, chapeaux de boyards en vison, mains et coudes, colliers de pièces de monnaie, bottines de cuir tatares, boucliers et carquois, manteaux caucasiens en laine fine, lunettes et casquettes… Les gens gisaient pêle-mêle – sur la poitrine les uns des autres, sur le ventre, sur le dos, doigts et mains mêlés, joue contre joue, bouche à bouche – comme s'ils s'aimaient tous tendrement. Ils gisaient en amont et en aval, à main gauche et à main droite, partout où le regard portait. Ces corps recouvraient le fond de la Volga – ou plutôt, le constituaient. De tous côtés, des yeux – clairs, foncés, gris, bleus, grands ouverts, sous de longs cils, bridés, à peine visibles sous les paupières mongoles – regardaient tranquillement Bach. Et au milieu de tout cela – au milieu des tissus, cuirasses, harnachements de bois et d'os, manteaux, tuniques, bottes d'hiver, chapeaux en mouton, à travers les corps et les membres, les visages et les cheveux, les dents et les ongles –, dépassaient des flèches, des lances, des baïonnettes, béaient des trous laissés par les balles et par les couteaux. Comme des agrafes, des points ou des clous.

Effaré par cette vision, Bach ouvrit la bouche pour crier – mais, dans le monde du fleuve, les cris étaient impossibles. Il se débattit frénétiquement pour s'éloigner du fond – la gravité était plus forte : il flottait dans l'eau à une coudée des corps figés, sans pouvoir s'éloigner d'eux.

Avait-il vraiment pu vivre toutes ces années *sans savoir* ? Et les gens qui vivaient des deux côtés du fleuve, vivaient-ils aussi *sans savoir* ? Et buvaient cette eau, se baignaient dedans, y baptisaient leurs enfants, lavaient leur linge *sans savoir* ?

Sans savoir quoi ? Que ce fleuve était gorgé de mort ? Que son fond était couvert de cadavres, que l'eau était composée de sang et de malédictions d'agonisants ? Ou qu'il était, au contraire, empli de vie ? À tel point que même ceux qui y trouvaient leur fin échappaient à la décomposition ?

Que ce fleuve était débordant de cruauté ? Un cimetière d'armes et de derniers témoignages ? Ou, au contraire, qu'il abritait la vraie miséricorde ? Une miséricorde patiente, qui recouvrait de sa vague toutes les barbaries, toutes les cruautés, et les entraînait dans le courant.

Que ce fleuve n'était que duperie ? Une beauté trompeuse qui cachait une laideur immense ? Ou, au contraire, la vérité incarnée ? Une vérité pure, soigneusement conservée – attendant siècle après siècle ceux qui n'auraient pas peur de marcher sur son fond, les yeux ouverts ?

Hébété par ces questions auxquelles il ne trouvait pas de réponses, et se soumettant à une impulsion inexplicable, Bach tendit la main – et attrapa quelque chose. C'était un fusil. Serrant fort le canon, Bach s'étira, descendit le long du fusil et se coucha face et poitrine contre le *bechmet* d'un homme. Son front toucha une épaulette. Près de sa joue flottait quelque chose de long et de fin – le cuir d'un fouet, ou une tresse de jeune fille. Une barbe rousse mal peignée ondoya devant ses yeux.

Sentant que tout était bien, satisfait de cette solution, Bach s'apprêtait à se faire une place sur le fond pour y rester à jamais. Mais le courant ne le lui permit pas : il l'entraîna plus loin. Bach résista un moment, puis comprit qu'il ne pouvait rien contre la Volga. Las de lutter, il desserra les doigts – et le courant indolent s'empara à nouveau de lui.

L'eau était devenue encore plus tendre, plus caressante. Elle était à présent comme de l'huile tiède, comme une haleine, comme de la soie. Elle lissa les rides sur le front de Bach, détacha et peigna ses cheveux. Elle enleva au bas de sa chemise les morceaux d'algues et les écailles qui s'y étaient collés, lava ses pieds noirs de vase. Oubliant avec soulagement ses récentes intentions, il se détendit, heureux, dans ces flots doux, écartant bras et jambes, relevant la tête, comme un enfant s'étire dans son berceau. L'eau le poussait en avant – sans qu'il comprenne si elle l'entraînait doucement quelque part, ou si elle l'aidait à s'étirer de tout son corps détendu.

Il sentit ses bras et ses jambes devenir longs et souples, sa poitrine grandir et s'ouvrir. Il sentit sa colonne vertébrale se dérouler vertèbre après vertèbre, ses côtes se redresser. Il sentit ses muscles remplis d'eau se gonfler – ses poumons s'ouvrir et ses entrailles comprimées se déployer, tandis que sa peau, désormais inutile, se dissolvait dans les vagues. L'organisme de Bach n'était plus limité par les frontières de son corps, et il s'étendit en long et en large : le courant le répartissait sur le fond, des sources de la Volga à son embouchure.

Ses doigts de pieds furent entraînés dans les anses paisibles de la Cheksna et de la Mologa, vers les pentes douces de Doubna et de Kostroma. Ses genoux et ses mollets se dispersèrent dans l'Oka, ses cuisses furent déposées dans les eaux bleues de la Sviaga. Ses bras arrivèrent jusqu'à la Kama et se répandirent dans les méandres de la Viatka, la Tchoussovaïa et la Vichera. Son tronc s'étendit entre les monts Jigouli et les monts aux Serpents, aux embouchures de l'Irguiz et de l'Erouslan. Ses cheveux s'éparpillèrent sur l'Akhtouba, leurs pointes trempant dans la Caspienne.

Bach se dissolvait dans la Volga. Il ne restait plus qu'un instant avant le moment où son sang serait remplacé par l'eau du fleuve, ses os deviendraient sable et pierres, ses cheveux – algues, quand soudain une force – grossière, brusque – le saisit à la barbe et à la poitrine et le tira vers le haut.

*

L'air froid lui brûla le visage. Ce même air pénétra dans ses narines – à la place de l'eau, qui lui était déjà devenue familière. Bach n'avait plus l'habitude de respirer, il toussa, et voulut faire un saut pour retourner dans le fleuve – mais on le tenait : des mains le serraient fermement. On le hissa brusquement, par le col, par la ceinture, et il se retrouva sur le fond d'une barque, ouvrant frénétiquement la bouche, le corps ruisselant d'eau.

... Deux visages kirghizes rouges de froid se penchent sur lui. L'un jeune, coiffé d'un casque pointu en drap de laine aux oreillettes baissées. Le second strié de rides, sous un képi bleu avec un bandeau groseille.

– Il voulait fuir, dit le jeune, au visage inconnu.

Le deuxième se tait. Bach reconnaît ses traits, même si les années l'ont ridé : c'est Kaysar, le rameur maussade de la ferme de Grimm.

Les visages disparaissent – les Kirghizes ont repris leurs rames. Bach est toujours étendu au fond de la barque qui tangue, il réapprend à respirer. Des flocons de neige lui tombent sur le front, les joues. Il entend des glaçons grincer contre les flancs de l'esquif.

– On y va ? dit la voix de Kaysar.

Bach aspire l'air mordant, mêlé de neige, et répond :

– Je suis prêt.

# Épilogue

Jakob Ivanovitch Bach fut arrêté en 1938 et condamné à quinze ans de détention dans des camps de travail. En 1939, il fut transféré au camp de travail de Karaganda, au Kazakhstan soviétique. Il travailla d'abord à la construction du complexe industriel de Djezkazgan, puis dans les mines des combinats sidérurgiques du Karlag, le camp de travail pénitentiaire de Karaganda. En 1946, il périt dans un éboulement de la mine avec onze autres prisonniers.

Le 11 septembre 1941, en accord avec le décret du présidium du Soviet suprême d'URSS « Sur le déplacement des Allemands vivant dans la région de la Volga », la totalité de la population de la colonie de Gnadenthal fut envoyée au Kazakhstan. Le village fut repeuplé par des réfugiés venus des zones du front, et fut rebaptisé Guennadevo. En tout, 438 000 Allemands soviétiques furent déportés de la Volga en septembre 1941.

Anna Jakobovna Bach termina son école secondaire à l'internat Clara Zetkin de la ville d'Engels (ex-Pokrowsk). Elle rêvait d'entrer à l'école d'aviation militaire d'Engels pour devenir pilote, elle avait déjà déposé tous les documents, mais elle n'eut pas le temps de passer les examens d'entrée : la guerre éclata. En septembre 1941, elle fut déportée de la Volga avec la majorité de la population allemande de la région, et se retrouva avec d'autres déplacés spéciaux dans l'*aoul* de Karsakpaï, à cinquante kilomètres du bourg de Djezkazgan, dans la région de Karaganda, au Kazakhstan. En novembre 1942, elle fut appelée dans « l'armée du travail », et travailla dans des « colonnes de travail » sur des sites du NKVD, dans le système des camps de Karaganda. En 1946, elle fut déclarée invalide (on lui avait amputé la jambe jusqu'à mi-cuisse suite à un accident de travail), et revint habiter à Djezkazgan, où elle trouva un emploi de comptable au sovkhoze.

Vassili Vassilevitch Volguine termina, en 1941, la faculté des langues étrangères de l'institut pédagogique de Saratov. Il n'eut pas le temps de recevoir son diplôme d'enseignant d'allemand : il partit sur le front comme volontaire. Le 8 mai 1945, jour de la Victoire, il était à Gnadenthal – le Gnadenthal saxon, sur l'Elbe. Six mois plus tard, il était de retour sur la Volga. Il travailla quatre mois au kolkhoze de Guennadevo (ex-Gnadenthal), puis cinq mois comme homme à tout faire au foyer d'enfants de la Troisième Internationale, dans l'ancienne ferme de Grimm. À la fin de 1946, il partit pour le Kazakhstan à la recherche de Jakob Ivanovitch Bach, dont il connaissait le lieu d'internement par une carte postale reçue sur le front. En 1947, à la place du défunt Jakob Bach, il trouva Anna Bach. Il resta à Djezkazgan, épousa Anna Bach, et travailla comme enseignant d'allemand à l'école locale.

Le recueil des *Contes des Allemands soviétiques* fut édité en 1933 aux éditions de La Jeune Garde (volume : 640 pages, rédacteur et auteur de l'avant-propos I. Fichte, traduction en russe L. Wundt). Dans la première édition, l'auteur des contes était désigné comme un certain correspondant rural Hobach ; dans la deuxième édition, Hobach n'était plus que le compilateur des textes, et son nom disparut complètement des éditions suivantes. Le livre fut réédité cinq fois, pour un tirage total de 300 000 exemplaires. Le conte le plus célèbre du livre, « La Demoiselle prisonnière », fut mis en scène en 1934 dans le théâtre pour enfants de Saratov, puis dans les années qui suivirent dans 49 autres théâtres d'URSS, y compris dans les théâtres pour enfants de Moscou et de Leningrad.

# Le calendrier de Jakob Ivanovitch Bach

1918 – Année des Maisons Ruinées

1919 – Année de la Folie

1920 – Année des Veaux Non Nés

1921 – Année de la Faim

1922 – Année des Enfants Morts

1923 – Année du Mutisme

1924 – Année des Retours

1925 – Année des Visiteurs

1926 – Année des Récoltes Inouïes

1927 – Année des Mauvais Pressentiments

1928 – Année du Blé Caché

1929 – Année de la Fuite

1930 – Année de l'Indignation

1931 – Année du Grand Mensonge

1932 – Année du Grand Barrage

1933 – Année de la Grande Famine

1934 – Année de la Grande Lutte

1935-1938 – Années de l'Éternel Novembre, Années des Poissons et des Souris

# Commentaires

P. 22 : … *dans tout Gnadenthal, on ne trouvait pas plus d'une centaine de mots russes, retenus tant bien que mal des cours d'école. Il faut dire que, pour vendre ses marchandises à la foire de Pokrowsk, ces cent mots étaient tout à fait suffisants.* Pokrowsk est l'ancien nom de la ville d'Engels. De 1922 à 1941, c'était la capitale de la République autonome des Allemands de la Volga. En 1931, elle a été renommée en l'honneur du philosophe allemand Friedrich Engels.

P. 25 : *Les chroniques de la migration des paysans allemands en Russie racontaient les jours où, sur invitation de l'impératrice Catherine* II, *les premiers colons débarquèrent à Kronstadt.* En 1762-1763, Catherine II signa deux manifestes invitant les étrangers à coloniser les territoires vides de la Russie impériale. De 1764 à 1773, 105 colonies furent créées sur la basse Volga : c'était le début des Allemands de la Volga.

P. 34 : *Bach se souvint soudain que sa mère lui disait, dans son enfance : « Si tu n'es pas sage, le Kirghize viendra te chercher ! »* Dans les premières années de leur existence, les colonies allemandes de la Volga furent régulièrement attaquées par les tribus nomades des Kirghizes, ou Kaïssaks, comme on nommait les ancêtres des Kazakhs d'aujourd'hui. Grâce à la protection des autorités russes, ces attaques cessèrent.

P. 62-63 : ... *entre les épopées de chevaliers ensorcelés et la révolte du terrible Emelka Pougatchev*... Les paisibles colonies allemandes ont été fortement endommagées lors de la révolte de Pougatchev, en 1774 : l'armée paysanne s'était emparée de Saratov, avait pillé Katharinenstadt (aujourd'hui Marxstadt), Pokrowsk, Sarepta et de nombreuses autres colonies.

P. 100 : L'Année des Maisons Ruinées... Anna Janecke raconte, dans ses souvenirs, la destruction des maisons des colons allemands les plus riches (cf. Anna Janecke, *Wolgadeutsches Schicksal*, Leipzig, Koehler und Ameland, 1937).

P. 101 : ... *année que Bach appela, en son for intérieur,* Année de la Folie... En 1918-1919, de nombreux événements clés de la guerre civile se déroulèrent sur la Volga. Sur la basse Volga, l'Armée rouge disposait de la flottille militaire de la Caspienne, qui comptait plus de 200 navires, ainsi que d'une brigade aérienne.

P. 105 : *Quant à l'année, Bach l'appela :* Année des Veaux Non Nés. La réquisition des produits agricoles avait été introduite une fois déjà dans l'Empire russe, en décembre 1916, puis fut réintroduite en janvier 1919 par les autorités soviétiques, le pays étant en proie à la guerre civile et à des destructions généralisées. La campagne de réquisition de 1920 toucha non seulement les céréales, mais également la viande et d'autres produits. Cet épisode est évoqué dans les souvenirs d'Anna Janecke.

P. 107 : *Il nomma cette année terrible l'*Année de la Faim. La famine de 1921-1922, qui toucha 35 provinces de la Russie soviétique, est connue sous le nom de « famine dans la région de la Volga » : c'est là qu'elle toucha les populations le plus durement. Près de 5 millions de personnes en moururent.

P. 108 : ... *il n'avait pas la force d'observer, de la falaise, l'*Année des Enfants Morts. Suite à la famine, 1,5 million d'enfants de paysans furent privés de leurs parents et contraints à vagabonder, vivre de larcins et de mendicité ; un grand nombre d'entre eux périrent.

P. 125 : *Désormais, nous sommes une république : la République soviétique des Allemands de la Volga !* Le 19 octobre 1918, la première région autonome de la Russie soviétique fut formée dans la région de la Volga : la Commune laborieuse des Allemands de la Volga. Le 13 octobre 1923, Staline signa une résolution « Sur la réorganisation de la Commune allemande en République soviétique autonome des Allemands de la Volga ». Le 6 janvier 1924, la XI^e^ assemblée régionale des Soviets de Pokrowsk adopta la résolution de « Proclamation de la République socialiste soviétique autonome des Allemands de la Volga ».

P. 127-128 : *On chauffait généreusement aux Monts...* Le domaine des « Monts » (en russe : Gorki, à ne pas confondre avec le nom de l'écrivain, dérivé du mot « amer »), situé dans les environs de Moscou, était la résidence secondaire de Vladimir Lénine.

P. 130 : *Tous ces foerster, klemperer, nonne, borchardt, strümpell, bumke – autant de corbeaux gesticulants et croassants...* Otfrid Foerster : neurologue, l'un des fondateurs de la neurochirurgie mondiale, médecin traitant de Lénine en 1922-1924. Georg Klemperer : médecin généraliste, médecin traitant de Lénine en 1922-1923. Max Nonne : neurologue, consulté sur la santé de Lénine en 1923. Moritz Borchardt : chirurgien venu d'Allemagne en 1922 pour extraire la balle de la région sus-claviculaire de Lénine. Adolf von Strümpell : neurologue, consulté sur la santé de Lénine en 1923. Oswald Bumke : psychiatre et neurologue, consulté sur la santé de Lénine en 1923.

P. 132 : *Même les pourparlers de paix à Brest-Litovsk, on le sait, avaient été volontairement lents...* Le traité de paix de Brest-Litovsk, qui mit fin à la participation de la Russie à la Première Guerre mondiale, fut signé entre la Russie soviétique et les pays de la Quadruplice (Allemagne, Autriche-Hongrie, Empire ottoman et Bulgarie) le 3 mars 1918, après de longues négociations qui s'étendirent sur trois mois et demi.

P. 205 : *Parmi les centaines de contes narrés par Klara, le « Conte de la Demoiselle prisonnière » était celui qui convenait le mieux à son destin.* Le sujet du « Conte de la Demoiselle prisonnière » est tiré du conte populaire allemand « Demoiselle Maleen ». Il y a, dans le texte de Iakhina, des phrases prises directement dans le conte « Demoiselle Maleen » de Grimm.

P. 213 : *Bach appela cette année :* Année des Retours. Dans les premières années de la Russie soviétique, le pays a vu des processus migratoires intenses, dus aux conditions de vie difficiles des populations. En 1924, une sécheresse printanière dévasta les semis et provoqua une fuite panique des paysans de la République allemande de la Volga. En revanche, la résolution du 5 avril 1924 du Comité central et du commissaire du peuple de la République socialiste soviétique autonome des Allemands de la Volga, « Amnistie suite à la création de la République socialiste soviétique autonome des Allemands de la Volga », et autres mesures de propagande firent rentrer un flot d'émigrants au pays et attirèrent de nouveaux émigrants venus d'Allemagne dans la République des Allemands de la Volga.

P. 246 : *Il admira les mouvements puissants et précis des conducteurs, qui avaient su dompter ces poneys de fer, puis il remarqua, sur les flancs anguleux de chaque machine, des lettres noires formant le mot : « Nain ».* Le tracteur « Nain » (« Karlik »), construit par l'ingénieur Iakov Mamine, fut le premier tracteur soviétique produit en masse. Il était fabriqué, au milieu des années 1920, dans l'usine « Renaissance » de la ville de Marxstadt (jusqu'en 1915 – Katharinenstadt, après 1942 – Marx), à soixante kilomètres au nord-est de Saratov.

P. 250 : *Cette année étonnante, 1926, ne pouvait être appelée que :* Année des Récoltes Inouïes. En 1926, les récoltes céréalières d'URSS battirent tous les records depuis 1917. La moisson fut également excellente dans la République des Allemands de la Volga.

P. 253 : *« Un foyer d'enfants ! cria-t-il avec excitation à Bach lors d'un accès de confidence, décrivant des cercles dans la pièce du soviet. Et il sera immense, cent lits ! On l'appellera : Foyer d'enfants de la Troisième Internationale !... »* La Troisième Internationale était une organisation internationale réunissant les partis communistes de plusieurs pays ; elle a existé de 1919 à 1943.

P. 261 : *En cette courte nuit de juillet 1927...* Le retour précipité de Staline à Moscou était suscité par la montée de la lutte de l'opposition. Peu après, le chef de l'opposition de gauche, Léon Trotski, fut exclu des rangs du Comité central du Parti ; puis, après une tentative avortée de renverser le gouvernement en novembre 1927, du Parti communiste. Au début de 1929, il fut expulsé d'URSS, et en 1940, assassiné par un agent du NKVD.

P. 274 : ... *on avait décidé de marquer la visite d'un des dirigeants de l'État par un meeting extraordinaire, dont le clou serait le déboulonnement public de la statue de Catherine II...* Le monument à Catherine II fut érigé à Katharinenstadt (aujourd'hui Marx) sur l'initiative des colons allemands, qui réunirent les fonds. L'auteur du monument était le baron Peter Clodt, sculpteur apprécié par Nicolas Ier. Le monument fut démonté entre la fin des années 1920 et le début des années 1930, et en 1941, il fut fondu pour les besoins du front. En 2007, un nouveau monument a été inauguré sur l'emplacement de l'ancien, avec l'argent de mécènes et d'habitants de la ville.

P. 275 : ... *en voyant Mamine, le constructeur en chef de l'usine de tracteurs de Marxstadt...* Iakov Vassilevitch Mamine (1873-1953), mécanicien russe et soviétique inventeur, concepteur des tracteurs « Tracteur russe », « Le Preux », « Le Gnome », « Le Nain ».

P. 282 : ... *peu de temps après, le gouvernement, à Moscou, décida d'interrompre la production des « Nains » de Mamine.* Au début de la collectivisation, le tracteur « Nain » fut déclaré « koulak », car il avait été conçu pour des exploitants individuels, et on cessa de le produire.

P. 372 : *Les ennuyeux* Novembrine *et* Trayeuse *ne lui allaient pas du tout, ni les vindicatifs* Armée, Barricade, Vilioura *et* Boudiona *(franchement, c'était bon pour des vaches !), ni le compliqué* Dzerjinalda. *Enfin, il trouva :* Aviation. À l'époque soviétique, on inventa plusieurs centaines de nouveaux noms avec une signification idéologique particulière. Ainsi, Vilioura est un acronyme de « Vladimir Ilitch Lénine aime les ouvriers », Boudiona rappelle le nom du maréchal Semion Boudionny, héros de la guerre civile, et Dzerjinalda est un hommage au créateur de la Tcheka (ancêtre du NKVD), Félix Dzerjinski.

P. 411 : *... les doigts d'Andreï Petrovitch Tchemodanov caressaient la laine longue et solide.* Andreï Petrovitch Tchemodanov (1881-1970) : champion russe et soviétique de billard, entraîneur de Staline au billard.

P. 417 : *Et si le studio de cinéma « Nemkino » avait filmé, monté et sorti son propre film de fiction,* Au tournant... Dans l'histoire du cinéma russe, ce film de 1927 est plus connu sous son nom de travail : « Le tapis de Stenka Razine ».

P. 451 : *... pas seulement Anntche et Vasska, mais tous les pensionnaires de l'internat : la fine Mamlakat à la peau brune et aux dents blanches, Klaus aux yeux bleus, Lenz aux épais sourcils, Mania, avec ses taches de rousseur et ses fossettes sur les joues, le chenapan Petounia, le maigre Askhat, et la minuscule Engelsina...* Mamlakat Nakhangova (1924-2003) : fondatrice du mouvement stakhanoviste parmi les pionniers, première pionnière récompensée de l'ordre de Lénine (la plus grande récompense d'URSS). Toute l'URSS connaissait les photos de Mamlakat, alors âgée de onze ans, en compagnie de Staline. Engelsina Tchechkova (1928-2004) devint célèbre en URSS avec la photo qui la montrait, âgée de six ans, dans les bras de Staline. Un an et demi plus tard, le père d'Engelsina, membre du Comité central d'URSS, commissaire du peuple à l'agriculture de la République socialiste soviétique autonome bouriate-mongole, fut arrêté, accusé d'activités contre-révolutionnaires et d'espionnage, puis fusillé. La mère d'Engelsina fut également arrêtée et détenue en prison ; puis, avec Engelsina, elle fut reléguée dans la ville de Turkestan, dans la région du sud du Kazakhstan.

# Remerciements

Je remercie tous ceux dont le soutien et la compréhension ont aidé ce livre à voir le jour : mon mari, mes parents et ma bellemère pour leur patience infinie et leur indulgence ; ma chère fille pour son attitude pleine de maturité. *Elena Kostioukovitch* pour son approbation et pour l'inspiration ; *Ioulia Dobrovolskaïa* pour son soutien moral et pratique dans les minutes difficiles, son épaule amicale, son diapason et son compas ; *Sacha Klimine* pour son assistance dans la bataille contre les erreurs et les bêtises dans le texte. *Elena Choubina* pour sa patience et sa sagesse (c'est à elle que j'ai raconté la première fois l'idée du futur livre). *Galina Pavlovna Beliaeva* pour son travail d'orfèvre dans la rédaction du livre ; *Anna Kolesnikova, Tatiana Stoïanova* et leurs collègues de la « Rédaction d'Elena Choubina » ; le graphiste *Andreï Bondarenko. Christina Links* pour son précieux regard « allemand » sur le texte et son soutien en Allemagne ; *Helmut Ettinger* et *Marlies Juhnke* pour leurs conseils professionnels ; *Andrea Doberenz* pour sa confiance et son aide dans l'organisation de mon travail dans la résidence d'écrivains LCB ; ses collègues de l'édition Aufbau (Berlin). *Ola Wallin* pour son aide dans l'organisation de mon travail dans la résidence d'écrivains BCWT ; ses collègues de l'édition Ersatz (Stockholm). *Arkadi Adolfovitch Guerman* pour son regard scientifique sur le roman et ses remarques précieuses ; *Ricard San Vicente* pour notre importante discussion à distance ; *Vera Kostrova* et *Ivetta Litvinova* pour leur lecture impliquée. *Natalia Borissovna Kochkareva, Olga Rebkovets* et tous les membres du Conseil d'experts de la « Dictée totale » pour leur confiance, leur regard de philologues sur des extraits du roman (notamment la discussion inoubliable sur les vents). Mes chers traducteurs pour le plaisir de nos échanges, leur professionnalisme et la chaleur qu'ils insufflent dans le texte. Mes chers éditeurs et lecteurs de par le monde – sans leur soutien et leur attention, cette histoire n'aurait jamais été imaginée ni écrite.

Votre Gouzel IAKHINA

# Postface

## De toute profondeur

*« Tous ces détails, où tu les prends ?! J'en avais les entrailles retournées. Parce que tout ça… j'ai eu l'impression de le voir de mes propres yeux, salaud ! Espèce de Shakespeare mal peigné ! De Schiller ébouriffé ! Qu'est-ce qui se passe là-dedans – dans ta tête hirsute et muette, hein ? Quels démons s'y dissimulent ? Courant à Bach, Hoffmann, selon son habitude, approcha tout près de lui son visage à la beauté parfaite, gonflant les narines, battant des cils. »*

C'est déjà la deuxième fois que nous crions cela à Gouzel Iakhina, approchant de son roman, selon notre habitude, nos visages à la beauté parfaite. Et nous ne pouvons pas le lâcher. Nous continuons à lire – et notre étonnement grandit. Dans son premier livre, qui a connu un succès fulgurant et qui, un an à peine après sa parution, vivait déjà dans trente traductions et avait reçu une multitude de prix littéraires dans tous les pays, Iakhina nous avait expédiés en pleine Sibérie, nous montrant l'héritage tatar en elle-même, dans toute la Russie et, pourrait-on dire, en chacun de nous. Cette fois, elle plonge le lecteur dans l'eau froide de la Volga, dans la mousse et la tourbe, la houle et le fond visqueux de l'Etel, Boulga, Sou[1], et son « idée du peuple » est profonde comme la Volga,

1. Noms qu'ont pu donner à la Volga les différents peuples habitant ses rives.

tout en révélant l'héritage allemand en elle-même, dans toute la Russie et, pourrait-on dire, en chacun de nous.

Au premier plan du livre, on retrouve l'amour, la mort, un accouchement, la survie d'un bébé, l'histoire, la politique, la guerre et la création. Les vies des personnages, des Allemands de la Volga, s'entremêlent avec celles des tyrans qui les ont détruits, des assassins des veaux qui ne naîtront jamais et des bébés tracteurs inachevés – elles nous réjouissent, nous effraient. Ces entrelacs témoignent d'une imagination originale. On voudrait déchiffrer chaque détail.

Est-ce que c'est un temps cyclique, comme chez Márquez ? Une histoire magique ? Pourquoi les contes de Bach se réalisent-ils ? Staline et ses « frères et sœurs[1] », c'est la répétition du discours de l'impératrice allemande Catherine II aux colons qu'elle a fait venir d'Allemagne, « mes enfants » ? Ce qui a sans doute donné son titre au roman[2] ?

Dans l'un des épisodes du roman, l'impératrice se dresse, statue de bronze, presque cavalière de bronze, et elle sera déboulonnée, avec ses promesses sonores, non tenues, d'un « autre développement » de l'histoire russe, puis fondue dans un four, pour être remoulée en pièces de rechange pour des tanks ou des tracteurs. Le tyran Staline, qui atteint à ce moment des dimensions gigantesques, marche à pas lourds dans la ville, regardant par les fenêtres du premier étage. Il fait sauter entre ses mains la grand-mère de bronze changée en cylindres dorés, qu'il jette ensuite dans les profondeurs de la Volga.

Ce deuxième roman est une épreuve réussie. Il est encore plus vif, plus intéressant et plus honnête que le premier. En général, c'est le contraire. Une fois de plus, Gouzel Iakhina nous surprend.

Elena KOSTIOUKOVITCH

---

1. Début du discours à la nation de Staline du 3 juillet 1941, suite à l'attaque surprise des Allemands en Russie.
2. Le titre original du roman est *Mes enfants.*

# Table

COMPOSITION ET MISE EN PAGES
NORD COMPO À VILLENEUVE-D'ASCQ

CET OUVRAGE A ÉTÉ ACHEVÉ D'IMPRIMER
SUR ROTO-PAGE
PAR L'IMPRIMERIE FLOCH À MAYENNE
EN SEPTEMBRE 2021

N° d'impression : 98969
Dépôt légal : septembre 2021
*Imprimé en France*